Douglas Preston
Lincoln Child

ATTIC

Douglas Preston
Lincoln Child

ATTIC

Roman

Aus dem Amerikanischen von
Thomas Merk

Droemer

Originaltitel: »Reliquary«
Originalverlag: Forge Books, New York

Besuchen Sie uns im Internet:
www.droemer-knaur.de

Die Folie des Schutzumschlags sowie die Einschweißfolie sind
PE-Folien und biologisch abbaubar.
Dieses Buch wurde auf chlor- und säurefreiem Papier gedruckt.

Umschlaggestaltung: Agentur Zero, München
Umschlagfoto: Tony Stone, München
Satz: Ventura Publisher im Verlag
Druck und Bindung: Ueberreuter Print, Korneuburg
Printed in Austria
ISBN 3-426-19432-5

2 4 5 3 1

Lincoln Child widmet dieses Buch
seiner Tochter Veronica

Douglas Preston widmet dieses Buch
Dr. med. James Mortimer Gibbons

at-tic[1] [ætɪk] *s.* **1.** Dachstube *f.* Man'sarde *f*; *pl.* Dachgeschoß *n*: **2.** F *fig.* ‚Oberstübchen' *n.* Kopf *m.*

Wir lauschen dem Unausgesprochenen,
wir schauen das Unsichtbare.

Kakuzo Okakura:
»Das Buch vom Tee«

Teil Eins

ALTE KNOCHEN

1

Snow testete seinen Lungenautomaten, überprüfte die beiden Flaschenventile und ließ die Hände über das Neopren seines Taucheranzugs gleiten. Alles war in Ordnung, genau wie vor sechzig Sekunden, als er seine Ausrüstung das letztemal durchgecheckt hatte.

»Gleich sind wir da«, meinte der Sergeant und drosselte die Geschwindigkeit des Bootes.

»Super«, ließ sich die sarkastische Stimme von Fernandez durch das Röhren der starken Dieselmotoren vernehmen. »Ich kann's kaum erwarten.«

Nach Fernandez sagte niemand mehr ein Wort. Snow fiel auf, daß die Unterhaltung immer spärlicher wurde, je näher das Team dem Ziel seines Einsatzes kam.

Er warf einen Blick über die Schulter und sah, wie die Schraube des Bootes eine keilförmige Schaumspur im bräunlichen Wasser des Harlem River hinterließ, der an diesem warmen, dunstigen Augustmorgen breit und träge dahinfloß. Snow drehte den Kopf in Richtung Ufer und verzog das Gesicht, als ihn dabei das Gummimaterial seiner Kapuze am Hals kniff. Er sah hoch aufragende Wohngebäude ohne Fensterscheiben, geisterhafte Gerippe von Lagerhäusern und Fabriken und einen verlassenen Spielplatz. Nein, so ganz verlassen wohl doch nicht. Ein einsames Kind schwang auf einer rostigen Schaukel hin und her.

»He, Herr Tauchlehrer«, wandte sich Fernandez an Snow. »Hast du dir auch deine Traininigswindeln angezogen?«

Snow zupfte an den Fingern seiner Handschuhe herum und würdigte Fernandez keiner Antwort.

»Das letztemal, als wir einen Frischling mit auf so einen Einsatz genommen haben, hat er sich vor lauter Angst in den Anzug geschissen«, fuhr Fernandez fort. »Mein Gott, war das eine

Sauerei! Er mußte die ganze Heimfahrt über am Heck sitzen, so sehr hat er gestunken. Und das war vor Liberty Island, wo das Wasser im Vergleich mit der Kloake praktisch ein Kinderplanschbecken ist.«

»Das reicht, Fernandez«, wies ihn der Sergeant ohne viel Strenge zurecht.

Snow wandte den Blick nicht vom Ufer. Kurz nachdem er vom normalen Streifendienst bei der New Yorker Polizei zur Taucherabteilung versetzt worden war, hatte er einen Fehler gemacht und seinen neuen Kollegen erzählt, daß er in der Karibik in einer Schule für Sporttaucher als Tauchlehrer gearbeitet hatte. Erst danach hatte er erfahren, daß die meisten seiner Kollegen vor ihrem Job bei der Polizei Berufstaucher gewesen waren und entweder Kabel verlegt oder Schweißarbeiten an Pipelines und Ölplattformen durchgeführt hatten. Für sie waren Tauchlehrer wie er verwöhnte, schlecht ausgebildete Weichlinge, die durchdrehten, sobald das Wasser mal nicht ganz klar und der Gewässerboden nicht makellos sauber war. Besonders Fernandez ließ ihn das immer wieder spüren.

Das Boot neigte sich nach Steuerbord, als es der Sergeant in einer scharfen Kurve näher ans Ufer heranbrachte. Mit stark gedrosselter Maschine ließ er es auf eine Reihe von direkt ans Wasser gebauten Häusern zutuckern. Auf einmal kam zwischen den kahlen nackten Betonmauern eine schmale, aus Ziegeln gemauerte Durchfahrt in Sicht. Geschickt steuerte der Sergeant das Boot hindurch in das Zwielicht dahinter. Sofort fiel Snow der unbeschreibliche Gestank auf, der aus dem von der Bootsschraube aufgewühlten Wasser stieg. Seine Augen fingen an zu tränen, und er mußte einen starken Hustenreiz unterdrücken. Fernandez, der ihn nicht aus den Augen ließ, kicherte zufrieden vor sich hin. Unter Fernandez' noch nicht ganz geschlossenem Taucheranzug konnte Snow ein T-Shirt mit dem inoffiziellen Motto der New Yorker Polizeitaucher sehen: WIR WÜHLEN FÜR SIE IN DER SCHEISSE. Stimmt, dachte Snow, und diesmal lag in der Scheiße ein großes Paket Heroin, das ein Dealer in der Nacht zuvor nach einem Feuergefecht mit der Polizei von der Humboldt Eisenbahnbrücke geworfen hatte.

Langsam schob sich das Boot mit den Tauchern einen schmalen, an beiden Seiten von hohen Betonmauern begrenzten Kanal entlang. Im Schatten der Eisenbahnbrücke wartete bereits ein weiteres Polizeiboot, das mit ausgeschaltetem Motor sanft auf den Wellen schaukelte. An Bord des Bootes standen zwei Männer: der Bootsführer und ein Typ mit merklich gelichteten Haaren, der einen schlechtsitzenden Polyesteranzug trug und eine Zigarre im Mund hatte. Der Mann zog sich die Hose hoch, spuckte in weitem Bogen ins Wasser und hob eine Hand zum Gruß.

Der Sergeant nickte in Richtung auf das andere Boot. »Seht mal, wer da drüben ist.«

»Lieutenant D'Agosta«, erwiderte einer der Taucher am Bug. »Dann muß es ziemlich übel sein.«

»Es ist immer übel, wenn ein Polizist erschossen wird«, meinte der Sergeant.

Er schaltete den Motor aus und brachte das Boot längs an das andere heran. Lieutenant D'Agosta kam an Bord, um den Tauchern genauere Instruktionen zu geben, und Snow bemerkte, wie das Boot unter dem Gewicht des Mannes tiefer in den Fluß gedrückt wurde. Auf dem Rumpf des anderen Fahrzeugs, das dafür ein paar Zentimeter höher stieg, hinterließ das Wasser einen ölig-grünen Film.

»Guten Morgen«, sagte D'Agosta. Im Dämmerdunkel unterhalb der Brücke sah selbst der sonst so rotgesichtige Lieutenant noch wie ein bleicher Höhlenbewohner aus. »Wer hat hier das Kommando?«

»Ich, Sir«, erwiderte der Sergeant und befestigte einen Tiefenmesser an seinem Handgelenk. »Worum geht's?«

»Die Festnahme gestern war ein Debakel«, informierte ihn D'Agosta. »Dabei war der Bursche wohl nichts weiter als ein Bote. Als er aber bemerkte, daß ihm die Jungs vom Drogendezernat auf den Fersen waren, da hat er das Heroin von der Brücke da oben ins Wasser geworfen und wie wild um sich geballert. Einen Polizisten hat er erschossen, bevor er selbst eine Kugel abbekam. Täter tot, Fall geklärt. Jetzt müssen wir nur noch das Rauschgift finden, dann können wir die ganze Scheiße zu den Akten legen.«

»Und für so was hetzt ihr uns in diese Brühe da?« seufzte der Sergeant.

D'Agosta schüttelte den Kopf. »Sollen wir etwa Heroin im Wert von sechshundert Riesen da unten herumliegen lassen?«

Snow sah sich um. Hinter den düsteren Brückenbogen konnte er ausgebrannte Häuser sehen, deren rußgeschwärzte Fenster wie leere Augenhöhlen herab auf den toten Fluß blickten. Zu dumm, daß der Drogenbote das Heroin ausgerechnet in den Humboldt Kill werfen mußte, dachte Snow. Nicht umsonst wurde das stinkende Gewässer in Anlehnung an das Entwässerungssystem im alten Rom auch die *cloaca maxima* genannt. Im Lauf der Jahrhunderte hatten sich hier tonnenweise Fäkalien, tote Tiere und Giftstoffe abgelagert. Hoch über den Tauchern rumpelte klappernd und kreischend eine U-Bahn über die Brücke. Das Boot unter Snows Füßen begann zu schwanken, und das dickflüssige Wasser waberte wie Gelatine, die gerade fest zu werden beginnt.

»Okay, Männer«, sagte der Sergeant. »Dann wollen wir mal hinein ins kühle Naß.«

Snow zog den Reißverschluß seines Anzugs hoch und unterdrückte seine Angst. Er wußte, daß er ein erstklassiger Taucher war. Schon als Jugendlicher hatte er zu Hause in Portsmouth mehrere Ertrinkende aus dem Picataqua River gerettet, und später, in der Karibik, hatte er Jagd auf Haie gemacht und in Tiefen über siebzig Metern Unterwasserarbeiten verrichtet.

Trotzdem war ihm beim Gedanken an den bevorstehenden Tauchgang alles andere als wohl in seiner Haut.
Obwohl Snow noch nie im Humboldt Kill getaucht war, hatte er von seinen Kollegen schon viel darüber gehört. Von all den ekelhaften Gewässern, von denen es in New York wahrlich mehr als genug gab, war er das widerwärtigste. Der Humboldt Kill war übler als der Arthur Kill und das Hell Gate und sogar noch schlimmer als der Gowanus Canal. Früher einmal war der Humboldt Kill ein Nebenfluß des Hudson gewesen, der am Sugar Hill in Harlem vorbei und quer durch Manhattan geflossen war. Jetzt aber, nachdem er verbaut, vernachlässigt und als Abwasserkanal mißbraucht worden war, hatte sich der Humboldt Kill in ein stehendes, unglaublich verdrecktes Gewässer verwandelt, in das man im Laufe mehrerer Jahrhunderte alle nur erdenklichen Abfälle gekippt hatte.
Snow nahm seine Preßluftflaschen von dem Gestell aus rostfreiem Stahl in der Mitte des Bootes, ging damit ans Heck und schnallte sie sich auf den Rücken. Noch immer hatte er sich nicht so richtig an den schweren Trockentaucheranzug gewöhnt, dessen dickes Material seine Beweglichkeit empfindlich beeinträchtigte. Aus dem Augenwinkel bemerkte er, wie der Sergeant auf ihn zukam. »Alles in Ordnung?« fragte er mit seiner tiefen, ruhigen Stimme.
»Ich glaube schon, Sir«, antwortete Snow. »Aber eine Frage hätte ich doch noch an Sie: Warum tragen wir heute eigentlich keine Stirnlampen?«
Der Sergeant sah ihn nur an und sagte nichts.
»Bei all den Häusern ringsum fällt doch kein Sonnenstrahl hier herunter«, meinte Snow. »Wenn wir im Wasser was sehen wollen, brauchen wir doch Lampen, oder nicht?«
Der Sergeant grinste. »Die können wir uns sparen. Sehen Sie, das Wasser der *cloaca* ist etwa vier Meter tief, aber darunter befinden sich noch mal drei bis fünf Meter Schlick. Sobald man ihn mit den Flossen aufwirbelt, kann man die Hand nicht mehr

vor den Augen sehen. Aber der Schlick ist nicht das schlimmste, denn darunter kommen noch einmal zehn Meter breiiger, zäher Schlamm. In dem muß irgendwo das Heroin liegen. Dort unten sieht man nicht mit den Augen, sondern mit den Händen.«

Der Sergeant musterte Snow mit einem prüfenden Blick und zögerte einen Augenblick. »Hören Sie, Snow«, sagte er dann, »das hier ist etwas ganz anderes als unser Tauchtraining im Hudson. Ich habe Sie auf diesen Einsatz nur mitgenommen, weil Cooney und Schultz noch immer im Krankenhaus liegen.«

Snow nickte. Die beiden Taucher hatten sich eine Infektion mit Blastomykose eingefangen, als sie vor einer Woche im North River eine von Kugeln durchsiebte Leiche aus einem versunkenen Auto geholt hatten. Diese Pilzerkrankung, von den Tauchern kurz »Blasto« genannt, konnte sich auf die Lunge und andere Organe schlagen und war nur eine der vielen bizarren Krankheiten, mit denen die New Yorker Polizeitaucher sich trotz aller Vorsichtsmaßnahmen immer wieder herumschlagen mußten.

»Wenn Sie also lieber hier oben im Boot bleiben wollen, ist das schon okay«, fuhr der Sergeant fort. »Sie könnten mir mit den Sicherungsleinen helfen.«

Snow blickte hinüber zu den anderen Tauchern, die sich gerade ihre Bleigürtel umschnallten, die Reißverschlüsse ihrer Trockentaucheranzüge zuzogen und die Sicherungsleinen über die Bordwand hängten, und dachte an die goldene Regel für alle Taucherteams: Alle tauchen gemeinsam. Fernandez, der gerade seine Leine an einer Klampe festmachte, grinste provozierend zu ihm herüber.

»Ich tauche, Sir«, sagte Snow.

Der Sergeant sah ihm noch eine Weile ins Gesicht. »Wenn Sie da unten im Schlamm sind, denken Sie an die Taucherregel Nummer eins: Ruhe bewahren! Viele Taucher halten in solchen Situationen die Luft an. Tun Sie das nicht, denn das ist die sicherste Methode, um eine Embolie zu bekommen. Und blasen Sie Ihren Anzug nicht zu sehr auf, sonst bekommen Sie zuviel Auftrieb. Am wichtigsten aber ist, daß Sie niemals die Leine loslassen. Im Schlamm verliert man schnell die Orientierung und weiß dann nicht mehr, wo oben und unten ist. Wenn Sie die Leine verlieren, sind Sie womöglich die nächste Leiche, die wir aus dem Wasser fischen müssen.«

Der Sergeant deutete auf die Sicherungsleine, die dem Heck des Bootes am nächsten war. »Das ist die Ihre.«

Snow blieb stehen und versuchte, möglichst gleichmäßig zu atmen, während einer seiner Kollegen ihm die Haube seines Trockentaucheranzugs über den Kopf zog. Nachdem er seine Taucherbrille aufgesetzt und auf korrekten Sitz überprüft hatte, öffnete er die Ventile der Preßluftflaschen und ließ sich über die Seite des Bootes in den Fluß gleiten.

Selbst durch das dicke Material des Trockentaucheranzugs fühlte sich das Wasser seltsam zäh und sirupartig an. Es gurgelte nicht um seine Ohren und glitt ihm nicht durch die Finger wie normales Wasser, sondern setzte jeder Bewegung einen Widerstand entgegen wie dickflüssiges Motorenöl.

Mit der Hand am Sicherungsseil ließ sich Snow ein, zwei Meter nach unten sinken. Schon nach wenigen Zentimetern konnte er den Kiel des Bootes nicht mehr erkennen. Rings um ihn schwebten Myriaden von winzigen Partikeln im Wasser und schluckten das düster grünliche Licht. Seine eigene Hand, die unmittelbar vor der Taucherbrille das Sicherungsseil fest umklammert hielt, konnte Snow gerade noch sehen, aber schon die andere, mit der er sich durch das trübe Wasser tastete, war nur noch schemenhaft auszumachen. Obwohl er unter sich nichts als Dunkelheit wahrnahm, wußte er, daß ihn in sieben Metern Tiefe eine gänzlich andere Welt erwartete: die Welt des dicken, alles umschließenden Schlamms.

Zum erstenmal in seiner Taucherkarriere erkannte Snow, wie sehr sein Sicherheitsgefühl von klarem Wasser und Son-

nenlicht abhängig war. In der Karibik war das Wasser selbst in fünfzig Metern Tiefe noch durchsichtig gewesen, so daß ihm das Licht seiner Taschenlampe dort das Gefühl eines offenen Raumes vermittelt hatte. Hier aber war alles anders, hier fühlte er sich durch die mangelnde Sicht richtiggehend eingesperrt. Vorsichtig ließ sich Snow weiter hinunter in die Dunkelheit sinken, wobei er angestrengt durch die trübe Brühe spähte.
Auf einmal tauchte er in eine dickflüssige Masse ein, deren Oberfläche von der Strömung in wellenförmige Bewegungen versetzt wurde. Das muß die Schlickschicht sein, dachte Snow, während sich sein Magen zusammenkrampfte. Der Sergeant hatte ihm gesagt, daß Taucher in diesen trüben Gewässern, wo es schwer war, Wirklichkeit und Einbildung auseinanderzuhalten, oft die sonderbarsten Dinge zu sehen glaubten.
Während Snow in die seltsam wabernde Masse hineinglitt, stieg rings um ihn eine dichte Wolke von Schwebeteilchen auf, die ihn vollkommen einhüllte und ihm auch die letzte Sicht raubte. Einen Augenblick lang machte sich Panik in ihm breit, und er klammerte sich noch kräftiger an der Sicherungsleine fest. Dann dachte er an Fernandez und sein hämisches Grinsen und ließ sich wieder ein Stück nach unten gleiten. Jede Bewegung schickte dicke schwarze Schlickwolken vor seine Taucherbrille. Snow bemerkte, daß er instinktiv die Luft anhielt, und zwang sich, lange, ruhige Atemzüge zu machen. Bloß nicht auf dem ersten Einsatz schon durchdrehen, dachte er. Dann hielt er einen Moment inne, bis sein Atem wieder normal und regelmäßig ging.
Danach ließ er sich langsam weiter nach unten sinken und versuchte, sich dabei so weit wie möglich zu entspannen. Zu seinem eigenen Erstaunen bemerkte er, daß es inzwischen keinen Unterschied mehr machte, ob er die Augen offen oder geschlossen hielt. Ständig mußte er an die dicke Schlammschicht denken, der er sich unaufhaltsam näherte und in der,

wie Insekten im Bernstein, die absonderlichsten Dinge eingeschlossen waren ...
Plötzlich hatte er das Gefühl, als würden seine Füße den Grund des Flusses berühren, doch so einen Boden hatte Snow noch nie in seinem Leben gespürt. Die Masse gab seltsam gummiartig unter seinem Gewicht nach und umschloß nach und nach seine Knöchel, seine Knie und schließlich seine Hüften, so daß er glaubte, in nassem Treibsand zu versinken. Auch als der Schlamm sich über seinem Kopf geschlossen hatte, sank Snow noch nach unten, wenn auch nicht mehr so schnell wie am Anfang. Er spürte, wie sich der Morast gegen das Neopren seines Taucheranzugs drückte, und hörte, wie sich die Luftblasen aus seinem Lungenautomaten mühevoll den Weg nach oben bahnten. Das Geräusch, das sonst leicht und perlend klang, war jetzt eher ein schmatzendes Blubbern. Je tiefer Snow sank, desto mehr Widerstand schien ihm der Schlamm entgegenzubringen. Wie weit, so fragte er sich, sollte er sich eigentlich in diese Scheiße hineinbegeben?
So, wie er es in seiner Ausbildung gelernt hatte, schwang er prüfend seine freie Hand durch den Morast, und manchmal bekam er auch etwas zu fassen. Wegen der dicken Handschuhe war es oft nicht leicht, die Gegenstände durch Tasten zu erkennen. Von Ästen über weggeworfene Kurbelwellen bis hin zu heimtückischen Drahtbündeln, in denen man sich heillos verheddern konnte, hatte sich hier in diesem Schlammgrab der Unrat vieler Generationen angesammelt.
Drei Meter noch, sagte sich Snow, dann würde er wieder nach oben steigen. Und wehe, dieser Bastard Fernandez wagte es danach noch einmal, ihn so unverschämt anzugrinsen.
Als Snow gerade kehrtmachen wollte, berührte sein hin und her pendelnder Arm einen festen Gegenstand. Er zog daran, und das Ding kam ganz langsam auf ihn zugedriftet. Snow schloß daraus, daß es sich dabei um etwas Größeres und Schwereres als nur einen alten Ast handeln mußte. Er klemmte die

Sicherungsleine in seinen rechten Ellenbogen und befühlte das Ding mit beiden Händen. Was immer es auch sein mochte, das Bündel Heroin war es nicht. Also stieß er den Gegenstand wieder von sich und schlug mit den Flossen, um wieder aufzutauchen.
Die Strömung, die dadurch in den sirupzähen Schlamm kam, versetzte das Ding in plötzliche Bewegung. Snow erschrak fürchterlich, als es gegen die Taucherbrille schlug und ihm fast das Mundstück des Lungenautomaten aus dem Mund riß. Nachdem er wieder ruhiger geworden war, griff er nach dem Ding, um es aber erneut von sich zu stoßen. Es fühlte sich an wie ein Geflecht aus Zweigen. Vielleicht war es ja doch ein vor langer Zeit ins Wasser gestürzter Baum. Aber dann spürte Snow glatte Stellen, rundliche Knoten und nachgiebige Klumpen einer weichen Masse, die nicht so recht zu einem Baum passen wollten. Erst nach längerem Herumtasten wurde Snow bewußt, daß er Knochen in der Hand hielt. Und zwar nicht nur einen, sondern mehrere, die offenbar noch immer von Bändern und Sehnen zusammengehalten wurden. Zuerst kam Snow der Gedanke, daß es sich um die halb skelettierten Überreste eines größeren Tieres handeln könnte, möglicherweise eines Pferdes, aber je länger er tastete, desto deutlicher erkannte er, daß er es mit der Leiche eines Menschen zu tun hatte.
Snow hielt inne und versuchte, seinen rasenden Atem in Zaum zu halten und einen klaren Kopf zu bewahren. Sein Training wie sein gesunder Menschenverstand sagten ihm gleichermaßen, daß er den Leichnam nicht einfach hier unten lassen durfte. Er mußte ihn irgendwie nach oben bringen.
So gut es in dem zähen Schlamm ging, wand Snow seine Sicherungsleine um das Becken und die Oberschenkelknochen des Skelettes und hoffte, daß noch genügend Gewebe daran war, um es beim Aufstieg nicht auseinanderfallen zu lassen. In der Dunkelheit einen Knoten zu machen war alles andere als einfach, zumal man ihm diese Fertigkeit wäh-

rend seiner Ausbildung zum Polizeitaucher nicht beigebracht hatte.
Snow hatte zwar nicht das Heroin gefunden, dennoch hatte er bei seinem ersten Tauchgang Glück gehabt: Leichen waren immer spektakuläre Funde, die häufig zur Aufklärung eines bislang ungelösten Mordfalls führten. Snow freute sich schon darauf, was der blöde Muskelprotz Fernandez wohl für ein entgeistertes Gesicht machen würde, wenn das Skelett erst einmal oben war. Und das würde hoffentlich bald der Fall sein, denn Snow wollte nun so rasch wie möglich diesen widerlichen Schlamm verlassen.
Sein Atem ging jetzt in raschen kurzen Stößen. Snow bemühte sich gar nicht mehr, ihn unter Kontrolle zu bekommen. In seinem Anzug war ihm auf einmal bitter kalt, aber er hatte jetzt keine Zeit, mehr isolierende Luft hineinzublasen. Er mußte jetzt unbedingt diesen Knoten binden, doch das glatte Seil rutschte ihm immer wieder aus den Händen. Je verzweifelter er sich abmühte, das Ende der Leine zu einer Schlaufe zu formen, desto mehr mußte er an den meterdicken Schlamm über seinem Kopf, den wirbelnden Schlick und das ölige Wasser darüber denken, das kein Sonnenstrahl zu durchdringen vermochte ...
Erst nach mehreren Fehlversuchen gelang es Snow schließlich, den Knoten zu schlingen und das Seil zu spannen. Gott sei Dank, das war geschafft. Nun mußte er sich nur noch vergewissern, ob der Knoten auch wirklich hielt, und dann dreimal an der Leine ziehen zum Zeichen, daß er etwas gefunden hatte. Dann würde er an der Leine nach oben schwimmen und den grauenvollen schwarzen Schlamm hinter sich lassen. Wenn er dann erst einmal wieder festen Boden unter den Füßen hatte, würde er eine halbe Stunde lang duschen, sich besaufen und darüber nachdenken, ob er nicht doch lieber wieder Tauchlehrer werden sollte. In einem Monat begann in der Karibik die Hochsaison.

Snow überprüfte das Seil und schlang es noch einmal um die Kochen des Skeletts. Er führte es dabei durch die Rippen und um die Wirbelsäule, damit sich der Zug gleichmäßiger verteilte und das Knochengerüst beim Hochholen nicht auseinanderbrach. Vielleicht sollte er den Kopf ja noch besonders befestigen, denn der war wichtig, wenn man ein eventuelles Mordopfer identifizieren wollte. Snow tastete sich mit den Händen an den Halswirbeln entlang nach oben und griff mit einemmal ins Leere. Die Leiche hatte keinen Kopf! Instinktiv zog Snow seine Hand zurück und merkte einen Augenblick später mit einem Anflug von Panik, daß er dabei auch die Sicherungsleine losgelassen hatte. Mit beiden Armen ruderte er im Schlamm herum, bis er auf etwas Solides stieß: das Skelett. Vor lauter Erleichterung hätte er es am liebsten umarmt. Als er aber an den Knochen entlang nach dem Seil tastete, konnte er es nicht finden.

Wo war es? Hatte es sich von selbst vom Skelett gelöst? Aber das war unmöglich. Er hatte es doch festgebunden, hatte einen Knoten gemacht und ihn zweimal überprüft. Er drehte das Skelett herum und tastete auf der anderen Seite nach dem Seil, als sich sein Luftschlauch in etwas verfing. Snow drehte den Kopf zur Seite, wußte plötzlich nicht mehr, wo er war, und spürte, wie ihm langsam die Taucherbrille vom Gesicht gedrückt wurde und etwas Warmes, Feuchtes an sein Gesicht drang. Auf einmal verklebte ihm zäher Schlamm die Augen und die Nase, und dann wurde Snow schlagartig klar, daß er sich in einer makabren Umarmung mit einem zweiten Skelett befand. Was danach kam, war nichts als blinde, hirnlose, kreischende Panik.

An Bord des Polizeibootes beobachtete Lieutenant D'Agosta ohne allzu große Anteilnahme, wie der neue Taucher aus dem Wasser gezogen wurde. Der Mann schlug wild um sich, während ihm schwarzer Schlamm aus dem Mund quoll und seine Schreie zu einem unverständlichen Gurgeln verstümmelten. Teils ockerfarbene, teils dunkelbraune Brühe tropfte von seinem Taucheranzug. Vermutlich hatte der arme Kerl da unten das Seil verloren und war dann in Panik geraten. Er konnte von Glück sagen, daß er es doch noch irgendwie an die Oberfläche geschafft hatte. D'Agosta wartete, bis man den Taucher an Bord gehievt, seinen Anzug mit einem Schlauch abgespritzt und den hysterischen Mann wenigstens halbwegs beruhigt hatte. Schließlich hockte er sich ans Heck und erbrach sich ins Wasser. Wenigstens nicht ins Boot, dachte D'Agosta anerkennend. Nach dem, was er der wirren Erzählung des hysterischen Mannes entnehmen konnte, hatte der im Schlamm offenbar ein, nein, zwei Skelette gefunden. Das war zwar nicht gerade das, wofür man ihn da hinuntergeschickt hatte, aber trotzdem nicht schlecht für seinen ersten Taucheinsatz. D'Agosta beschloß, dem armen Kerl eine Empfehlung zu schreiben. Wenn ihm nichts von dem Morast, der ihm an Mund und Nase geklebt hatte, in die Lunge gekommen war, dann würde er vermutlich in ein paar Stunden wieder okay sein. Und wenn nicht ... nun, mit ein paar Antibiotika konnte man heutzutage wahre Wunder vollbringen.

Als das erste Skelett aus dem schäumenden Wasser auftauchte, war es noch völlig mit Schlamm bedeckt. Ein auf der Seite schwimmender Taucher zog es herüber zu D'Agostas Boot, schlang ein Netz darum und kletterte an Bord. Dann hievte er das Netz vorsichtig aus dem Wasser und legte das schlammtriefende Knochengebilde wie einen grausigen Fang auf eine zu D'Agostas Füßen ausgebreitete Plane.

»Großer Gott, ihr hättet es wirklich vorher abspritzen können«, knurrte D'Agosta, als ihm der scharfe Geruch von Ammoniak in die Nase stieg. Sobald das Skelett aus dem Wasser war, fiel es in seinen Zuständigkeitsbereich, doch insgeheim wünschte D'Agosta sehnlichst, es wäre unten im Schlamm geblieben. Daß

es keinen Kopf mehr hatte, hatte er nämlich schon auf den ersten Blick bemerkt.
»Soll ich es abspritzen, Sir?« fragte der Taucher und griff nach dem Schlauch.
»Machen Sie lieber zuerst sich selber sauber«, sagte D'Agosta und rümpfte die Nase. Der Taucher, dem ein gebrauchtes Kondom links am Kopf klebte, sah ebenso unappetitlich wie lächerlich aus. Dann erschienen zwei weitere Taucher neben dem Boot und kletterten an Bord, wo sie langsam an einem Seil zu ziehen begannen, während ein dritter Froschmann das zweite Skelett vorsichtig in Richtung Bordwand bugsierte. Als es neben dem anderen auf der Plane lag und alle sahen, daß es ebenfalls keinen Kopf mehr hatte, machte sich auf den beiden Booten eine betretene Stille breit. Auch das Päckchen Heroin hatten die Taucher gefunden und, verpackt in einen Beweismittelbeutel aus Gummi, aufs Deck des Polizeibootes gelegt. D'Agosta jedoch interessierte das Rauschgift nur noch am Rande.
Der Lieutenant zog nachdenklich an seiner Zigarre und ließ den Blick über das schmutzige Wasser des Humboldt Kill schweifen, bis er auf der Öffnung eines großen Abwasserrohrs innehielt. Ein paar bräunlich-weiße Stalaktiten ragten wie Zähne von der Decke des Rohres, dem Ende des riesigen Entwässerungssystems der Upper West Side. Wann immer es in Manhattan stark regnete und das Klärwerk am Lower Hudson mit den Wassermassen nicht mehr fertig wurde, rauschten durch dieses Rohr Hunderttausende von Litern ungeklärten Abwassers in den Humboldt Kill.
Kein Wunder, daß dieses Gewässer *cloaca* genannt wird, dachte D'Agosta und warf den Stummel seiner Zigarre ins Wasser. »Ich schätze, ihr müßt noch mal da runter, Leute«, sagte er zu den Tauchern. »Ich brauche die beiden Schädel.«

2

Louis Padelsky sah auf die Uhr und spürte plötzlich, wie sein Magen knurrte. Padelsky war Pathologe am Gerichtsmedizinischen Institut der Stadt New York und buchstäblich kurz vor dem Verhungern. Seit drei Tagen hatte er nichts anderes zu sich genommen als SlimCurve-Schlankheitsdrinks, und heute war der einzige Tag in der Woche, an dem er sich ein normales Mittagessen gönnen durfte. Popeye's Fried Chicken. Padelsky fuhr sich mit der Hand über seinen dicken Bauch und kniff prüfend hinein, um festzustellen, ob er schon etwas abgenommen hatte. Ja, dachte er. Er war eindeutig dünner geworden.

Der Pathologe nahm einen Schluck aus seiner Tasse mit schwarzem Kaffee – es war die fünfte an diesem Vormittag – und blickte auf das Formular auf seinem Klemmbrett. Aha, endlich mal was Interessantes, dachte er. Nicht wieder einer von diesen unzähligen Erstochenen, Erschossenen oder Drogentoten, mit denen er es sonst immer zu tun hatte.

Die Türen am anderen Ende des Autopsieraumes flogen auf, und Sheila Rocco, eine der Assistentinnen, schob eine Rollbahre herein. Padelsky warf einen raschen Blick auf die Leiche, sah weg und gleich wieder hin. Leiche war wohl das falsche Wort für das, was da vor ihm lag. Das braune Ding auf der Bahre war nicht viel mehr als ein Skelett, an dem nur noch wenige Fetzen Gewebe hingen. Padelsky rümpfte die Nase.

Die Assistentin schob die Rollbahre unter die von der Decke hängenden Arbeitslampen und bückte sich, um den Schlauch am Ablaufstutzen der Bahre einzuhängen.

»Die Mühe können Sie sich sparen, Sheila«, meinte Padelsky. Das einzig Flüssige in diesem Raum war der Kaffee in seiner Styroportasse. Er nahm sie, leerte sie mit einem langen Zug und warf sie in den Abfalleimer. Nachdem er die Zahlen auf dem

am Skelett befestigten Zettel mit denen auf seinem Formular verglichen hatte, schrieb er seine Initialen in das dafür vorgesehene Kästchen und zog sich ein Paar grüne Latex-Handschuhe an. »Na, wen haben Sie mir denn da gebracht?« fragte er Sheila. »Den Neandertaler höchstpersönlich?«
Rocco grinste schief und richtete die Lampen auf das Skelett.
»Riecht so, als wäre er jahrhundertelang begraben gewesen«, fuhr Padelsky fort. »Und zwar in reiner Scheiße. He, vielleicht ist es ja gar kein Neandertaler, sondern König Schitt-anch-Amun aus dem alten Ägypten.«
Rocco verdrehte die Augen und wartete, bis Padelskys lautes Gelächter verklungen war. Dann drückte sie ihm sein Klemmbrett in die Hand, auf dem sie ein neues Formular befestigt hatte.
Padelskys Lippen bewegten sich, während er sich die Informationen über die Leiche durchlas. Schon bei den ersten Zeilen stutzte er. »Aus dem Humboldt Kill«, murmelte er leise. »Na großartig!« Er warf einen Blick auf den Handschuhspender an der Wand und überlegte kurz, ob er sich nicht ein zusätzliches Paar überziehen sollte, entschied sich dann aber dagegen. »Hm. Enthauptet. Kopf wird immer noch vermißt ... keine Kleidung, aber ein Metallgürtel um die Hüften.« Padelsky sah hinüber zu der Rollbahre und bemerkte, daß an der Seite ein durchsichtiger Plastikbeutel hing.
»Schauen wir uns doch mal den Gürtel an«, sagte er. Der Beutel enthielt ein dünnes goldenes Band mit einer aufwendig gearbeiteten Schnalle, die ein großer Topas zierte. Padelsky wußte, daß der Gürtel bereits im Labor untersucht worden war, und er wußte auch, daß er ihn trotzdem nicht aus der Verpackung nehmen durfte.
»Teures Stück«, erklärte Padelsky. »Scheint sich wohl eher um Frau Neandertaler zu handeln. Oder um einem prähistorischen Transvestiten.« Abermals brach er in schallendes Gelächter über seinen eigenen Witz aus.

Rocco runzelte die Stirn. »Meinen Sie nicht, wir sollten dem oder der Toten ein wenig mehr Respekt zollen, Doktor Padelsky?«

»Ja, natürlich«, murmelte Padelsky und hängte das Klemmbrett an einen Haken an der Wand. Dann brachte er das Mikrophon, das über der Rollbahre von der Decke hing, in die Höhe seines Mundes. »Wären Sie so freundlich und würden das Tonbandgerät einschalten, mein Engel?« fragte er zuckersüß.

Als das Band lief, nahm Padelskys Stimme einen knappen professionellen Ton an. »Hier spricht Doktor Louis Padelsky. Es ist der zweite August, die Zeit ist 11.55 Uhr am Vormittag. Meine Assistentin ist Sheila Rocco, und wir führen nun die Obduktion von« – er warf rasch einen Blick auf den an dem Skelett befestigten Zettel – »Leiche Nummer A-1430 durch. Vor uns liegt ein Torso ohne Kopf, der praktisch vollständig skelettiert ist. Seine Länge beträgt – Sheila, würden Sie die Leiche bitte gerade hinlegen – einhundertzweiundvierzig Zentimeter. Zusammen mit dem noch fehlenden Kopf dürfte die Leiche etwa einhundertsiebenundsechzig bis einhundertsiebzig Zentimeter groß gewesen sein. Versuchen wir nun, das Geschlecht der Leiche zu bestimmen. Ein breiter Beckenkamm deutet darauf hin, daß wir es mit einer Frau zu tun haben. Keine knöchernen Ausziehungen an den seitlichen Lendenwirbeln, sie war also nicht älter als vierzig Jahre. Schwer zu sagen, wie lange die Leiche im Wasser war. Die Knochen riechen stark nach ... äh ... Kanalisation, und ihre bräunlich-orange Farbe läßt darauf schließen, daß sie lange im Schlamm gelegen sind. Andererseits ist noch genügend Bindegewebe vorhanden, um das Skelett zusammenzuhalten, und an den medialen und lateralen Kondylen des Oberschenkelknochens sowie an Kreuzbein und Steißbein hängen noch Fetzen von Muskelgewebe. Mehr als genug, um eine Blutgruppenbestimmung und genetische Tests durchführen zu können. Schere, bitte!«

Sheila reichte ihm das Instrument, und Padelsky schnitt damit

ein Stück Muskelgewebe ab und steckte es in einen kleinen Beutel. »Könnten Sie die Leiche bitte so drehen, daß das Becken seitlich zu liegen kommt, Sheila? Vielen Dank. Jetzt lassen Sie uns mal sehen ... Vom Kopf abgesehen, ist das Skelett auf den ersten Blick fast komplett. Der zweite Halswirbel fehlt ebenfalls, die restlichen sind aber vorhanden.«
Nachdem Padelsky das Skelett beschrieben hatte, trat er vom Mikrophon zurück. »Die Knochenzange, bitte.«
Sheila Rocco gab ihm das kleine Instrument, und Padelsky kniff damit die Bänder zwischen Elle und Oberarmknochen durch. »Den Knochenhautschaber, bitte«, sagte er. Er nahm das Instrument und hobelte damit eine Gewebeprobe von einem der Wirbel ab. Dann setzte er sich eine Schutzbrille aus Plastik auf. »Säge, bitte.«
Sheila reichte ihm eine kleine, preßluftbetriebene Knochensäge. Padelsky schaltete sie ein und wartete einen Augenblick, bis sie die richtige Drehzahl erreicht hatte. Als sich das diamantbesetzte Sägeblatt durch die Knochen fraß, erzeugte es ein hohes, heulendes Geräusch, das Padelsky immer an einen wütenden Moskito erinnerte. Im Autopsieraum verbreitete sich ein nur schwer erträglicher Geruch von Knochenstaub, Kloake, verwestem Knochenmark – und Tod.
Padelsky schnitt aus dem Oberarmknochen mehrere dünne Scheiben heraus, die er dann von Sheila in Plastikbeutel verpacken ließ. »Ich möchte, daß diese Proben unter dem optischen und dem Rasterelektronenmikroskop untersucht werden«, sagte Padelsky, während er von der Rollbahre zurücktrat, seine Handschuhe auszog und das Tonbandgerät ausschaltete. Rocco schrieb seine Anweisungen mit einem dicken schwarzen Marker auf die Plastikbeutel. Kurz darauf klopfte es an der Tür. Sheila öffnete und sprach mit jemandem, der draußen auf dem Gang stand.
»Sie haben den Gürtel identifiziert«, erklärte sie, als sie wieder hereinkam. »Er gehörte Pamela Wisher.«

»Ist das nicht diese junge Frau aus der besseren Gesellschaft, nach der seit Monaten gesucht wird?« fragte Padelsky, während er die Schutzbrille abnahm. »Puh!«
»Und außerdem haben wir noch ein zweites Skelett aus dem Humboldt Kill hereinbekommen.«
»Wie? Noch eines?« fragte Padelsky, der sich bereits die Hände wusch. »Wieso haben sie es denn nicht zusammen mit dem ersten hereingebracht, verdammt noch mal? Dann hätte ich beide in einem Aufwasch untersuchen können.« Padelsky sah auf die Uhr. Es war schon Viertel nach eins. Mist. Jetzt würde es mindestens drei Uhr werden, bevor er etwas in den Magen bekam. Er fühlte sich schon ganz flau vor Hunger.
Die Türen flogen auf, und ein zweites Skelett wurde neben das erste geschoben. Padelsky ging hinüber zu seinem Tisch und goß sich noch eine Tasse Kaffee ein, während Sheila alles für die neue Obduktion herrichtete.
»Wieder kein Kopf«, sagte Sheila.
»Machen Sie keine Witze«, entgegnete Padelsky. Er nahm seinen Kaffee und trat an das Skelett heran. Mit der Tasse an den Lippen starrte er ungläubig auf die Rollbahre.
»Was, zum Teufel, ist denn das?« Er stellte die Tasse ab und zog sich ein frisches Paar Latex-Handschuhe an. Dann beugte er sich über das Skelett und fuhr mit dem Finger über eine der Rippen.
»Was ist?« wollte Sheila wissen.
Padelsky richtete sich auf und streckte sich. »Decken Sie es ab, und rufen Sie Dr. Brambell. Und sagen Sie niemandem auch nur ein Sterbenswörtchen über« – er deutete mit dem Kinn in Richtung des Skeletts – »über das da.«
Sheila zögerte und starrte mit weit geöffneten Augen auf die Rollbahre.
»Tun Sie, was ich sage, Schätzchen. Und zwar sofort.«

3

Das Klingeln des Telefons durchschnitt die Stille des kleinen Büros im dritten Stock des Museumsgebäudes. Margo Green, die schon wieder viel zu nahe vor dem Bildschirm des Computers gesessen hatte, lehnte sich schuldbewußt in ihrem Stuhl zurück und strich sich ihre kurzen braunen Haare aus der Stirn.

Das Telefon klingelte ein zweites Mal. Margo griff nach dem Hörer, überlegte es sich dann aber doch anders. Bestimmt wollte sich wieder jemand aus der EDV-Abteilung darüber beschweren, daß Margo mit ihrem Programm zur Berechnung der kladistischen Regression zuviel Rechnerzeit auf dem Zentralcomputer verbrauchte. Also verschränkte sie die Arme vor der Brust und wartete darauf, daß das Klingeln aufhörte. Während sie so dasaß, spürte sie den leichten Muskelkater, der von ihrem gestrigen Besuch im Fitneß-Studio herrührte, und nahm den Handtrainer vom Schreibtisch. Sie drückte das kleine Gerät in ihrem gewohnten Rhythmus und blickte hinüber zum Bildschirm. In fünf Minuten würde ihr Programm durchgelaufen sein, dann konnte sich beschweren, wer wollte.

Margo wußte natürlich, daß nach den jüngst erlassenen Sparvorschriften rechenzeitverschlingende Vorhaben wie das ihre einer gesonderten Genehmigung bedurften, aber das hätte bedeutet, daß sie erst einmal endlose E-Mails hätte hin- und herschicken müssen, bevor sie ihr Programm hätte laufen lassen dürfen. Das aber konnte sie nicht, denn sie brauchte die Ergebnisse sofort.

Langsam gingen Margo die ständigen Sparbeschlüsse der Museumsleitung auf die Nerven. Hätte sie gewußt, was sie erwartet, hätte sie wohl nicht ihre Stelle als Lehrbeauftragte an der Columbia Universität aufgegeben, um den Posten als Stellvertretende Kuratorin am Naturgeschichtlichen Museum der

Stadt New York anzunehmen. Je mehr das Museum in finanzielle Schwierigkeiten geriet, desto offener spekulierte es auf den Massengeschmack und vernachlässigte dabei die ernsthafte wissenschaftliche Arbeit zunehmend. Margo hatte bemerkt, wie schon jetzt die Vorbereitungen für die Sensationsausstellung im nächsten Jahr getroffen wurden, die »Seuchen des 21. Jahrhunderts« heißen sollte.

Während das Programm immer noch rechnete, legte Margo den Handtrainer weg und holte sich die *New York Post* aus ihrer Handtasche. Mittlerweile gehörte die Lektüre der *Post* ebenso zu ihrem vormittäglichen Ritual wie die Tasse Kaffee, denn Margos Freund Bill Smithback hätte es ihr nie verziehen, wenn sie auch nur einen seiner reißerischen Artikel versäumt hätte. Und mit der Zeit hatte sie zu ihrem eigenen Erstaunen sogar Gefallen an dem blutrünstigen Stil des Blattes gefunden.

Als Margo die Zeitung entfaltete und die Schlagzeile las, mußte sie ungewollt grinsen. Das ist mal wieder typisch *Post*, dachte sie. Drei Viertel der ersten Seite nahm eine Überschrift in gigantisch großen Lettern ein:

VERSCHWUNDENE MILLIONÄRSTOCHTER LAG TOT IN KLOAKE

Schon am ersten Absatz erkannte sie, daß kein anderer als Smithback den Artikel geschrieben haben konnte. Das war schon seine zweite Titelseiten-Story in diesem Monat, und Smithback würde vor lauter Stolz darauf nun noch schwerer zu ertragen sein als sonst.

Margo überflog rasch den Artikel. Er war so sensationslüstern, makaber und versessen auf grausige Details, wie es von Smithback zu erwarten war. Am Anfang faßte er in knappen Worten zusammen, was die Bürger von New York ohnehin schon wußten. Die »schöne Millionärstochter Pamela Wisher, bekannt für ihre nächtlichen Vergnügungsmarathons«, war vor zwei Wochen nach dem Besuch einer Kellerdisco am Central Park South spurlos verschwunden. Bald darauf waren an den Häuserwänden zwischen der 57th und 96th Street Farbkopien der verschwundenen jungen Frau aufgetaucht. Auch Margo hatte das lächelnde Gesicht mit seinen, laut Smithback, »makellosen Zähnen, leicht abwesend blickenden Augen und von einem teuren Friseur gestylten blonden Haaren« häufig gesehen, wenn sie von ihrer Wohnung in der West End Avenue ins Museum gejoggt war.

Jetzt hatte man die sterblichen Überreste von Pamela Wisher im Schlamm des Humboldt Kill gefunden, und zwar, wie der Artikel genüßlich ausführte, »in einer grausigen Umarmung mit einem weiteren Skelett«. Während Pamela Wisher zweifelsfrei identifiziert worden war, konnte noch niemand sagen, um wen es sich bei dem zweiten Toten handelte. Ein Foto unterhalb der Schlagzeile zeigte Pamelas Verlobten, den jungen Viscount Adair, wie er in der Lounge des Platypus Hotels das leidgeprüfte Gesicht in den Händen vergrub. Die Polizei hatte, so der Artikel, natürlich sofort mit der »energischen« Untersuchung des Falles begonnen. Am Schluß des Artikels zitierte Smithback noch ein paar Meinungen von Passanten, die den »Kerl, der das getan hat«, allesamt auf den elektrischen Stuhl wünschten.

Margo ließ die Zeitung sinken und dachte an Pamela Wisher, deren Gesicht sie in den letzten Wochen so oft angesehen hatte. Die junge Frau hatte etwas Besseres verdient, als New Yorks Sensationsgeschichte dieses Sommers zu werden.

Das schrille Klingeln des Telefons riß Margo abermals aus ihren Gedanken. Sie blickte auf den Monitor, der anzeigte, daß ihr Programm inzwischen durchgelaufen war. Jetzt kann ich ja drangehen, dachte sie und hob den Hörer ab.

»Ja?« fragte sie in Erwartung eines Anpfiffs aus der Computerzentrale.

»Na endlich, Dr. Green. Wurde aber auch langsam Zeit.«

Die ruppige, autoritär klingende Stimme mit ihrem starken Queens-Akzent kam Margo irgendwie vertraut vor, auf Anhieb einordnen konnte sie sie jedoch nicht. So durchforstete sie ihr Gedächtnis nach dem passenden Gesicht.
Natürlich. Gestern, im Fernsehen, als von dem Leichenfund berichtet wurde! »Ich kann Ihnen nur sagen, daß wir weitere Untersuchungen anstellen lassen, bis die Identität der Toten eindeutig geklärt ist ...«
»Lieutenant D'Agosta, sind Sie's?« fragte Margo.
»Wer sonst? Wir brauchen Sie im Labor der Forensischen Anthropologie«, raunzte D'Agosta. »Und zwar sofort.«
»Darf ich fragen, was Sie ...«
»Nein, dürfen Sie nicht. Tut mir leid. Lassen Sie alles stehen und liegen, und kommen Sie nach unten.« Margo hörte ein Klicken, und die Leitung war unterbrochen.
Margo hielt den Hörer noch eine Weile in der Hand und starrte auf ihn, als erwarte sie eine weitere Erklärung. Dann nahm sie ihre Tasche und steckte die *Post* wieder hinein, wobei sie darauf achtete, daß die Zeitung eine kleine halbautomatische Pistole verbarg, die sie seit einigen Monaten immer bei sich hatte. Sie stand auf und verließ raschen Schrittes ihr Büro.

4

Bill Smithback schritt unbekümmert an der mit roten Sandsteinskulpturen verzierten Ziegelfassade des Hauses Nummer neun Central Park South entlang. Gleich zwei Türsteher standen unter der goldverzierten Markise auf dem Gehsteig, und durch die großen Fenster sah er, wie in der imposanten Eingangshalle des Gebäudes eine ganze Reihe weiterer dienst-

barer Geister wartete. Genau so hatte Smithback es sich vorgestellt; schließlich war das für die meisten dieser herrschaftlichen Wohnhäuser in der Nähe des Parks typisch. Diese Geschichte würde hart werden. Verdammt hart.
Smithback ging um die Ecke zur Sixth Avenue und blieb stehen. Er griff in eine Außentasche seines Jacketts und tastete nach dem Aufnahmeknopf seines kleinen Diktiergeräts. Wenn sich eine Gelegenheit dazu ergab, wollte er es unbemerkt einschalten und das Gespräch mitschneiden. Im Schaufenster eines großen Schuhgeschäfts überprüfte Smithback sein Spiegelbild: Dafür, daß seine Garderobe ihm in dieser Hinsicht nur wenig Auswahl bot, kam sein Aussehen dem eines jungen Mannes aus gutem Hause doch relativ nahe. Er holte tief Luft und ging mit frischem Mut wieder zurück um die Ecke und auf die cremefarbene Markise zu. Der nähere der beiden Türsteher, der seine in einem weißen Handschuh steckende Hand am Messingtürknopf hatte, sah ihm gelassen ins Gesicht.
»Ich möchte zu Mrs. Wisher«, sagte Smithback.
»Wie heißen Sie, Sir?«, fragte der Türsteher mit monotoner Stimme.
»Ich bin ein Freund von Pamela.«
»Tut mir leid, Sir«, erwiderte der Mann und bewegte sich nicht von der Stelle, »aber Mrs. Wisher empfängt keine Besucher.«
Smithback dachte fieberhaft nach. Der Mann hatte ihm die abschlägige Auskunft erst dann gegeben, nachdem er sich nach seinem Namen erkundigt hatte. Das bedeutete möglicherweise, daß Mrs. Wisher jemanden erwartete.
»Wenn Sie es unbedingt wissen wollen: Es geht um den Termin heute vormittag«, bluffte Smithback. »Leider hat es da eine Änderung gegeben. Wären Sie doch bitte so freundlich und würden Mrs. Wisher für mich anrufen?«
Der Türsteher zögerte einen Augenblick, dann öffnete er die Tür und führte Smithback in die Halle mit ihrem blitzblanken

Marmorfußboden. Der Journalist sah sich um. Der Portier, ein sehr hagerer alter Mann, stand hinter einer Bronzekonstruktion, die eher einer Festung als einer Rezeption glich. Weiter hinten in der Halle saß ein Sicherheitsbeamter an einem Tisch im Stil Ludwigs XIV. Neben ihm stand mit leicht gespreizten Beinen ein Liftboy, der die Hände vor der Gürtelschnalle gefaltet hatte.

»Dieser Herr möchte mit Mrs. Wisher sprechen«, erklärte der Türsteher dem Portier.

Der weißhaarige Mann blickte Smithback aus seinem Luxusbunker heraus prüfend an. »Ja?«

Smithback atmete tief durch. Zumindest war er ja nun schon mal bis in die Lobby vorgedrungen. »Es ist wegen der Verabredung heute vormittag. Es hat sich da etwas geändert.«

Der Portier sagte nichts und musterte mit seinen alten Augen Smithback vom Scheitel bis zur Sohle, während der Journalist inständig hoffte, daß sein Aufzug wenigstens halbwegs überzeugend wirkte.

»Wen darf ich melden?« fragte der Portier und räusperte sich.

»Sagen Sie einfach ›ein Freund der Familie‹, das dürfte genügen.«

Ganz offenbar war das dem Portier aber nicht genug, denn er bewegte sich nicht vom Fleck und sah Smithback herausfordernd an.

»Bill Smithback«, erklärte dieser rasch. Er war sich ziemlich sicher, daß Mrs. Wisher nicht zu den Lesern der *New York Post* zählte.

Der Portier konsultierte seinen Terminkalender. »Geht es um die Verabredung um elf?« fragte er.

»Ja. Ich bin der Ersatzmann«, antwortete Smithback aufs Geratewohl und blickte auf seine Uhr. Zufrieden stellte er fest, daß es zwei Minuten nach halb elf war.

Der Portier drehte sich um und verschwand in einem kleinen Büro, aus dem er eine Minute später wieder auftauchte. »Bitte

benutzen Sie das Haustelefon. Es steht auf dem Tisch neben Ihnen.«
Smithback hob ab und hielt den Hörer ans Ohr.
»Was ist los?« fragte eine leise, aber präzise Stimme, der man die Zugehörigkeit zur Oberschicht deutlich anhörte. »Wieso hat George abgesagt?«
»Mrs. Wisher, dürfte ich wohl kurz heraufkommen und mit Ihnen über Pamela sprechen?«
»Wer ist da?« wollte die Stimme nach einer kurzen Pause wissen.
»Bill Smithback.«
Wieder eine Pause, diesmal länger. Smithback sprach weiter: »Ich habe etwas Wichtiges für Sie, eine Information über den Tod Ihrer Tochter, die die Polizei Ihnen bestimmt vorenthalten hat. Ich bin mir sicher, daß Sie ...«
»So, Sie sind sich sicher«, unterbrach ihn die Stimme.
»Bitte, hören Sie mich an«, sagte Smithback, während er sich fieberhaft überlegte, was er ihr sagen sollte.
Stille.
»Mrs. Wisher?«
Smithback hörte ein Klicken. Die Frau hatte aufgelegt.
Na ja, dachte Smithback, versucht habe ich es ja wenigstens. Vielleicht sollte er sich draußen auf eine Parkbank setzen und warten, bis die Frau aus dem Haus kam. Aber noch während ihm dieser Gedanke durch den Kopf ging, wurde Smithback bewußt, daß Mrs. Wisher an diesem Tag ihre elegante Wohnung nicht mehr verlassen würde.
Ein Telefon am Tisch des Portiers klingelte, und Smithback, der vermeiden wollte, daß man ihn des Hauses verwies, machte sich schon mal auf den Weg zur Tür.
»Mr. Smithback!« rief der Portier ihm mit lauter Stimme hinterher.
Smithback drehte sich um. Solche Konfrontationen waren es, die ihm seinen Beruf manchmal verhaßt machten.

Der Portier, der den Hörer noch immer am Ohr hatte, sah ihn leidenschaftslos an. »Der Fahrstuhl ist dort drüben.«
»Der Fahrstuhl?«
Der Portier nickte. »Achtzehnter Stock.«
Der Liftboy öffnete zuerst das glänzende Messinggitter des Aufzugs, dann eine schwere doppelflügelige Eichentür, und schließlich stand Smithback in einem Foyer mit pfirsichfarben gestrichenen Wänden, das von Blumenbuketts fast überquoll. Auf einem Tisch türmten sich die Beileidskarten, von denen ein ganzer Stapel noch nicht einmal aus den Kuverts genommen war. Als Smithback am anderen Ende des Foyers eine halb offenstehende Glastür sah, ging er langsam darauf zu.
Hinter der Tür befand sich ein großes Wohnzimmer, in dem Empire-Sofas und eine Chaiselongue genau symmetrisch zueinander auf einem dicken Teppich standen. Eine Wand des Raumes bestand aus einer Reihe hoher Fenster, durch die man normalerweise vermutlich einen spektakulären Blick hinaus auf den Central Park hatte. Jetzt aber waren die Jalousien herabgelassen, so daß das geschmackvoll eingerichtete Zimmer in ein düsteres Halbdunkel getaucht war.
Smithback nahm eine Bewegung links von sich wahr und sah, daß auf einem der Sofas eine zierliche, gepflegte Frau mit perfekt gestylten braunen Haaren saß. Sie trug ein einfaches schwarzes Kleid. Mit einer Handbewegung bedeutete sie Smithback, daß er Platz nehmen solle. Der Journalist entschied sich für einen Ohrenbackensessel direkt gegenüber von Mrs. Wisher. Auf dem niedrigen Couchtisch vor ihm war ein Frühstück für zwei Personen angerichtet. Smithback ließ den Blick über die Teetassen, die Hörnchen, die Marmelade, den Honig und die Butter schweifen und bemerkte mit einem Anflug von Unbehagen, daß die Sachen vermutlich auf jenen George warteten, von dem Mrs. Wisher am Telefon gesprochen hatte und der nun jeden Augenblick erscheinen konnte.
Smithback räusperte sich. »Mrs. Wisher, zunächst möchte ich

Ihnen mein tief empfundenes Beileid zum Tod Ihrer Tochter aussprechen«, sagte er.
Während er sprach, bemerkte er zu seinem eigenen Erstaunen, daß er seine Worte tatsächlich ernst meinte. Der Anblick dieses eleganten Raumes und die Erkenntnis, wie wenig all der Wohlstand angesichts einer wirklichen Tragödie bedeutete, machten ihm mit einemmal überdeutlich, welchen Verlust die Frau vor ihm erlitten hatte.
Mrs. Wisher hatte die Hände im Schoß gefaltet und sah ihn mit ruhigem Blick an. Smithback glaubte, ein kaum wahrnehmbares Nicken ihres Kopfes zu sehen, war sich in dem trüben Licht jedoch nicht sicher. Dann wollen wir mal, dachte er und drückte auf den Aufnahmeknopf seines Diktiergeräts.
»Schalten Sie das Tonband wieder aus«, sagte Mrs. Wisher mit leiser, nur leicht gestreßt klingender Stimme, die eine bemerkenswerte Autorität ausstrahlte.
Smithback zog die Hand ruckartig aus der Tasche. »Tut mir leid.«
»Wären Sie vielleicht so freundlich, das Gerät aus Ihrer Tasche zu nehmen und hier auf den Tisch zu legen? Dann kann ich mich selbst davon überzeugen, ob es auch wirklich ausgeschaltet ist.«
»Aber natürlich«, stammelte Smithback und zog das Gerät aus dem Jackett.
»Haben Sie denn gar keinen Anstand?« flüsterte Mrs. Wisher.
Während Smithback das Diktiergerät auf den Couchtisch legte, brannten ihm die Ohren vor Scham.
»Wie können Sie mir nur Ihr Beileid aussprechen und gleich darauf dieses widerliche Ding da einschalten? Und Sie habe ich auch noch in meine Wohnung eingeladen!«
Smithback rutschte unbehaglich in seinem Stuhl herum und vermied es, der Frau in die Augen zu schauen. »Es tut mir leid«, murmelte er. »Das ... das ist nun mal mein Job.« Die Worte kamen ihm selbst merkwürdig vor.

»Und ich habe kürzlich mein einziges Kind verloren. Auf wen, glauben Sie, sollte man in so einem Fall mehr Rücksicht nehmen?«
Smithback schwieg und zwang sich, Mrs. Wisher in die Augen zu schauen. Sie saß noch immer mit gefalteten Händen unbeweglich auf ihrem Sofa und sah Smithback unverwandt an. Die Intensität ihres Blickes hatte einen merkwürdigen Effekt auf Smithback. Das Gefühl war so ungewohnt für ihn, daß er es fast nicht akzeptiert hätte. Zum erstenmal in seiner journalistischen Karriere war ihm etwas zutiefst peinlich. Mehr noch, er schämte sich für das, was er getan hatte. Wenn er sich zu der Frau mit allen Mitteln durchgekämpft hätte, wäre es vielleicht etwas anderes gewesen. Aber sie hatte ihn freiwillig zu sich heraufgebeten, und er hatte ihre Trauer ausgenutzt ... Auf einmal war das Hochgefühl, das er sonst immer bei einer großen Geschichte empfand, völlig verflogen.
Mrs. Wisher hob eine Hand und deutete mit einer sanften Bewegung auf ein kleines Tischchen neben ihrem Sofa.
»Ich nehme an, Sie sind der Mr. Smithback, der für dieses Blatt hier schreibt.«
Als Smithback auf dem Tischchen die neueste Ausgabe der *New York Post* entdeckte, sank ihm das Herz in die Hose.
»Ja«, gab er kleinlaut zu.
Mrs. Wisher faltete wieder die Hände. »Ich wollte mich nur vergewissern. Und jetzt teilen Sie mir bitte diese wichtige Information über den Tod meiner Tochter mit. Oder halt, besser doch nicht. Vermutlich war das ohnehin nur ein Vorwand, um sich hier einzuschleichen.«
Smithback schwieg und hoffte fast, daß der für elf Uhr angekündigte George endlich erscheinen würde. Alles wäre ihm jetzt recht gewesen, um der Gegenwart dieser Frau zu entfliehen.
»Wie schaffen Sie es nur?« fragte Mrs. Wisher nach einer langen Pause.

»Wie schaffe ich was?«
»Wie erfinden Sie all diesen fürchterlichen Mist? Genügt es denn nicht, daß meine Tochter ermordet wurde? Müssen da auch noch Schmierfinken wie Sie ihr Andenken besudeln?«
Smithback schluckte schwer. »Mrs. Wisher, ich ...«
»Wenn man diesen Dreck hier liest, dann möchte man meinen, meine Pamela sei nichts weiter gewesen als ein selbstsüchtiges Society-Häschen, um das es nicht weiter schade ist. Sie schreiben so, daß Ihre Leser Schadenfreude über ihren Tod empfinden. Warum tun Sie das?«
»Mrs. Wisher, die Menschen in dieser Stadt nehmen etwas erst dann wahr, wenn man es ihnen um die Ohren haut«, begann Smithback, hielt aber inne, als er bemerkte, daß Mrs. Wisher ihm seine Rechtfertigung genausowenig abnahm wie er selbst. Langsam beugte sich die Frau nach vorn. »Sie wissen nichts von Pamela, Mr. Smithback, absolut nichts«, flüsterte sie. »Alles, was Sie sehen, ist die äußere Fassade. Aber für etwas anderes interessieren Sie sich ja offenbar sowieso nicht.«
»Das ist nicht wahr!« platzte Smithback heraus. Die Heftigkeit seiner Reaktion überraschte ihn. »Ich meine, ich interessiere mich schon für etwas anderes. Ich möchte gern die wahre Pamela Wisher kennenlernen.«
Die Frau sah ihn lange an, dann stand sie auf und verließ das Zimmer. Einen Augenblick später kam sie mit einem gerahmten Foto zurück, das sie Smithback reichte. Es zeigte ein etwa sechsjähriges Mädchen, das mit schwingenden Zöpfen und fliegender Schürze auf einer von einer mächtigen Eiche herabhängenden Schaukel saß. Es lachte in die Kamera, und Smithback sah, daß zwei seiner Vorderzähne fehlten.
»Das ist die Pamela, an die ich mich mein Leben lang erinnern werde, Mr. Smithback«, sagte Mrs. Wisher mit neutraler Stimme. »Wenn Sie wirklich daran interessiert sind, wer sie war, dann drucken Sie dieses Bild und nicht das, auf dem sie wie ein hirnloses Partygirl aussieht.« Mrs. Wisher setzte sich auf und

strich ihr Kleid über den Knien glatt. »Pamelas Vater ist vor sechs Monaten gestorben, und sie war gerade dabei, wieder ein wenig Freude am Leben zu finden. Ist es denn verwerflich, daß sie sich ein bißchen amüsieren wollte, bevor sie im Herbst mit ihrer Arbeit begann?«

»Was wollte sie denn arbeiten?« fragte Smithback.

Wieder breitete sich in dem düsteren Raum eine unangenehme Stille aus, in der Mrs. Wisher Smithback abermals eingehend musterte. »In einem Hospiz für Aidskranke, Mr. Smithback. Aber das hätten Sie auch selbst herausfinden können, wenn Sie etwas gründlichere Recherchen angestellt hätten.«

Smithback schluckte betreten und schwieg.

»So war die *wirkliche* Pamela«, sagte Mrs. Wisher, deren Stimme auf einmal brach. »Freundlich, großzügig, voller Leben. Ich möchte, daß Sie über diese Pamela schreiben, Mr. Smithback.«

»Ich werde mein Bestes tun«, murmelte der Journalist betreten. Dann war der Augenblick der Schwäche vorbei, und Mrs. Wisher zeigte sich wieder so gefaßt und distanziert wie zuvor. Als sie ihr Gesicht abwandte und mit der Hand wedelte, erkannte Smithback, daß er entlassen war. Er bedankte sich für das Gespräch, nahm sein Diktiergerät und entfernte sich so rasch, wie er es für schicklich hielt, in Richtung Aufzug.

»Eines noch«, rief Mrs. Wisher ihm hinterher. Ihre Stimme klang auf einmal schneidend hart. Smithback, der schon an der Glastür war, drehte sich noch einmal um. »Die Polizei kann mir zwar nicht sagen, wann, wie und warum meine Pamela gestorben ist. Aber eines weiß ich genau: Sie ist nicht umsonst gestorben. Das verspreche ich Ihnen.«

Die Überzeugung, mit der sie das sagte, ließ Smithback einen Schritt zurück in ihre Richtung machen.

»Wie haben Sie sich vorhin gleich wieder ausgedrückt?« fuhr Mrs. Wisher fort. »›Die Menschen in dieser Stadt nehmen etwas erst dann wahr, wenn man es ihnen um die Ohren haut.‹ Nun,

Mr. Smithback, genau das habe ich vor. Ich werde den Menschen dieser Stadt den Tod meiner Tochter um die Ohren hauen.«

»Und wie?« wollte Smithback wissen, aber Mrs. Wisher hatte sich wieder zurückgelehnt, so daß er ihr Gesicht nicht mehr erkennen konnte. Als sie ihm keine Antwort gab, ging er durch das pfirsichfarbene Foyer und drückte den Knopf des Fahrstuhls. Er fühlte sich müde und ausgelaugt. Erst als er wieder unten auf der Straße war, wo ihn die grelle Sommersonne die Augen zukneifen ließ, bemerkte er, daß er das Kinderbild von Pamela Wisher noch immer in der Hand hielt. Langsam begann ihm zu dämmern, was für eine außergewöhnliche Frau die Mutter dieses toten Mädchens doch war.

5

Die Metalltür am Ende des graugestrichenen Ganges war mit schablonengeschriebenen Großbuchstaben als »Forensische Anthropologie« gekennzeichnet. Dahinter verbarg sich das hochmoderne Labor zur Untersuchung von Knochen und anderen menschlichen Überresten. Zu ihrem Erstaunen fand Margo die Tür verschlossen. Seltsam, dachte sie, denn sie war schon unzählige Male hier gewesen und hatte bei der Analyse von peruanischen Mumien oder von Knochen der Anasazi-Indianer mitgeholfen. Niemals war bislang die Tür abgesperrt gewesen. Gerade als Margo die Hand hob, um zu klopfen, wurde die Tür von innen geöffnet, so daß ihr Fingerknöchel in die Luft stieß.

Sie trat ein und blieb abrupt stehen. Das Labor, das normalerweise hell erleuchtet war und von Doktoranden und Assistenzkuratoren nur so wimmelte, war in eine merkwürdige Dunkel-

heit getaucht. Vor die Fenster, die normalerweise einen herrlichen Rundumblick auf den Central Park boten, hatte man schwere Vorhänge gezogen, so daß die Elektronenmikroskope, die Röntgengeräte und die großen Apparate zur Elektrophorese in dem dämmrigen Licht nur als düstere Schatten an der hinteren Wand des Labors zu erahnen waren.
Lediglich der Labortisch in der Mitte des Raumes war von starken Halogenlampen hell erleuchtet. Auf dem Tisch sah Margo ein menschliches Skelett ohne Kopf, dessen braune Knochen noch von zusammengeschrumpften Bändern und Sehnen zusammengehalten wurden. Daneben lag unter einer blauen Plastikplane ein länglicher Gegenstand von etwa derselben Größe. Erst jetzt fiel Margo auf, daß ein schwacher, aber unverkennbarer Leichengeruch den Raum erfüllte.
Sie hörte, wie jemand hinter ihr die Tür schloß und absperrte. Lieutenant Vincent D'Agosta, der ihr geöffnet hatte, nickte ihr kurz zu und ging dann zurück zu der Personengruppe, die sich um den Tisch herum versammelt hatte. D'Agosta trug denselben Anzug, den er schon bei der Untersuchung der Museumsmorde vor eineinhalb Jahren angehabt hatte und dessen Braun der Farbe des Skeletts auf dem Labortisch nicht unähnlich war. Seit Margo ihn zuletzt gesehen hatte, schien der Lieutenant ein paar Kilo abgenommen zu haben.
Nachdem Margos Augen sich an das schwache Licht gewöhnt hatten, besah sie sich die Anwesenden: links von D'Agosta stand ein nervös wirkender Mann in einem weißen Laborkittel, der in seiner fleischigen Hand eine Tasse Kaffee hielt. Neben ihm erkannte sie die große hagere Gestalt von Olivia Merriam, der neuen Direktorin des Museums. Weiter hinten in der Dunkelheit befand sich noch eine Gestalt, deren Gesicht Margo aber nicht erkennen konnte.
Die Direktorin wandte sich mit einem matten Lächeln an Margo. »Danke, daß Sie gekommen sind, Dr. Green. Der Lieutenant hier« – damit deutete sie in Richtung auf D'Agosta –

»hat darum gebeten, daß Sie zu dieser Untersuchung hinzugezogen werden.«

Danach sagte niemand etwas, bis D'Agosta gereizt meinte: »Wir können jetzt nicht mehr länger auf ihn warten. Er wohnt irgendwo weit draußen in Mendham, und als ich ihn gestern abend anrief, hatte er keine allzu große Lust, in die Stadt herein zu fahren.« D'Agosta blickte in die Runde der Anwesenden. »Sie haben heute morgen ja sicher die *Post* gelesen.«

»Ich lese solche Blätter grundsätzlich nicht!« protestierte die Direktorin.

»Dann werde ich kurz noch einmal zusammenfassen, worum es hier geht«, sagte D'Agosta und deutete auf das Skelett. »Darf ich vorstellen: Pamela Wisher, die Tochter von Anette und dem verstorbenen Horace Wisher. Bestimmt haben Sie in den letzten Wochen ihr Bild gesehen. Es hing überall in der Stadt. Pamela verschwand am 23. Mai um drei Uhr früh, nachdem sie den Abend im Whine Cellar verbracht hatte, einer Kellerdisco in der Nähe des Central Park South. Sie verließ die Tanzfläche, um ein Telefonat zu machen, und seitdem wurde sie nicht wieder gesehen. Bis gestern, genauer gesagt, als wir sie aus dem Humboldt Kill fischten. Offenbar hat sie der Wolkenbruch vor ein paar Tagen aus dem Entwässerungssystem der Upper West Side gespült.«

Margo blickte hinüber zu den Knochen auf dem Tisch. Sie hatte in ihrem Leben zwar schon unzählige Skelette gesehen, aber nie eines von einem Menschen, dessen Namen sie gekannt hatte. Es war schwer zu glauben, daß dieses grausige Knochengerüst einmal die hübsche blonde Frau gewesen sein sollte, von der sie noch vor ein paar Minuten in der Zeitung gelesen hatte.

»Und zusammen mit den sterblichen Überresten von Pamela Wisher haben wir das hier gefunden.« D'Agosta nickte in Richtung auf die blaue Plastikfolie. »Die Presse weiß bisher nur, daß es noch ein zweites Skelett gibt – Gott sei Dank.« Er blickte hinüber zu der Gestalt im Schatten. »Alles weitere soll Ihnen

Dr. Simon Brambell, der Oberste Gerichtsmediziner der Stadt New York, erzählen.«

Als Brambell ins Licht trat, sah Margo einen schlanken glatzköpfigen Mann von ungefähr fünfundsechzig Jahren. Er musterte sie wie alle anderen auch mit dunklen Augen, die durch die Gläser seiner altmodischen Hornbrille noch kleiner wirkten, als sie ohnehin schon waren. Sein längliches Gesicht ließ keinerlei Gefühlsregung erkennen.

Brambell legte einen Finger an seine Oberlippe. »Treten Sie doch bitte etwas heran«, sagte er mit einem weichen irischen Akzent, »dann sehen Sie besser, was ich Ihnen gern zeigen möchte.«

Nachdem die Anwesenden zögerlich der Aufforderung gefolgt waren, ergriff Dr. Brambell einen Zipfel der blauen Folie und zögerte noch einen Augenblick, wobei er wie unbeteiligt in die Runde blickte. Dann zog er die Folie mit einem entschlossenen Ruck weg.

Darunter kam ein weiteres, ebenfalls kopfloses Skelett zum Vorschein, dessen Knochen dieselbe braune Farbe aufwiesen wie die von Pamela Wisher. Schon auf den ersten Blick kam das Skelett Margo ziemlich seltsam vor, aber erst nach einer Weile wurde ihr der Grund bewußt, und sie hielt den Atem an: Die überdimensional verdickten Beinknochen, die bizarren Verformungen der Gelenke – nichts war so, wie es sein sollte.

Was hatte das zu bedeuten?

Auf einmal klopfte es an der Tür.

»Na endlich«, knurrte D'Agosta und ging aufmachen. »Es wurde aber auch Zeit.«

Der Lieutenant öffnete die Tür, und Whitney Cadwalader Frock, der berühmte Evolutionsbiologe, kam in seinem Rollstuhl in den Raum gefahren. Ohne einen Blick auf die Versammelten zu verschwenden, rollte er direkt auf den Labortisch zu und betrachtete die beiden Leichen, wobei seine Blicke auf dem merkwürdig deformierten Skelett verharrten. Nach einer

Weile wandte er sich ab und nickte D'Agosta und der Direktorin des Museums zu, wobei ihm eine Strähne seines buschigen weißen Haares auf die breite Stirn fiel. Als er Margo erblickte, huschte ein Ausdruck des Erstaunens über sein Gesicht, der sich aber gleich darauf in ein ehrlich erfreutes Lächeln verwandelte.

Margo lächelte zurück und nickte ihrem pensionierten Doktorvater zu, den sie seit seiner Abschiedsparty nicht mehr gesehen hatte. Dr. Frock hatte das Museum verlassen, um sich ganz seiner Forschung zu widmen und an der Fortsetzung seines berühmten Standardwerks »Die Fraktale Evolution« zu arbeiten, die aber bisher noch nicht erschienen war.

Dr. Brambell, der Frocks Erscheinen mit einem knappen Kopfnicken zur Kenntnis genommen hatte, fuhr nun fort. »Ich möchte Sie einladen«, sagte er freundlich, »sich die Kammbildung an den Langknochen sowie die Spikulabildung und die Osteophyten an der Wirbelsäule und den Gelenken anzusehen. Bemerkenswert sind auch die um zwanzig Grad verschobenen Trochanter am Hüftbein. Und dann beachten Sie bitte, daß die Rippen einen trapezoiden und nicht den üblichen prismatischen Querschnitt aufweisen. Schließlich möchte ich Ihre Aufmerksamkeit noch auf die enorme Verdickung der Oberschenkelknochen lenken. Alles in allem nicht gerade ein Adonis, finden Sie nicht auch? Und dabei habe ich Ihnen nur die auffälligsten Abweichungen gezeigt. Den Rest können Sie ja selber sehen.«

D'Agosta atmete laut vernehmlich durch die Nase aus. »Und ob wir das können«, sagte er.

Frock räusperte sich. »Ich will zwar ohne eine genaue Untersuchung keine abschließende Meinung äußern, aber ich frage mich, ob Sie die Möglichkeiten in Betracht gezogen haben, daß wir es hier mit einem krassen Fall von DISH zu tun haben könnten.«

Der Leichenbeschauer musterte Frock, und zwar gründlicher

als beim erstenmal. »Eine sehr intelligente Bemerkung«, sagte er, »aber leider absolut nicht zutreffend, Dr. Frock. Mein werter Kollege spricht von der Diffusen Idiopathischen Skelett-Hyperostose, einer besonders schweren Form degenerativer Arthritis, die hier aber keinesfalls in Betracht kommt«, Dr. Brambell hob abwehrend die Hand. »Auch Osteomalazie kann es nicht sein. Ein extrem schlimmer Fall von Skorbut wäre denkbar, aber so etwas kommt Ende des 20. Jahrhunderts eigentlich nicht mehr vor. Ich muß ganz offen sagen, daß ich vor einem Rätsel stehe, was den Zustand dieses Skeletts anbetrifft. Meine Mitarbeiter haben sämtliche medizinischen Datenbanken durchsucht und nichts gefunden, was auch nur annähernd als Erklärung dienen könnte.«

Brambell fuhr der Leiche mit seinen Fingern langsam und fast liebevoll an der Wirbelsäule entlang. »Ich möchte Ihnen nun ein paar ziemlich merkwürdige Spuren zeigen, die wir an beiden Skeletten gefunden haben. Dr. Padelsky, würden Sie mir bitte das Mikroskop bringen?«

Der übergewichtige Mann im weißen Laborkittel verschwand nach hinten und rollte kurz darauf ein großes Stereomikroskop heran, dessen Objektive er direkt über dem Hals des deformierten Skelettes positionierte. Nachdem er scharf gestellt hatte, trat er einen Schritt zurück.

Brambell winkte Dr. Frock heran. »Hätten Sie vielleicht die Güte, sich das bitte einmal anzusehen?«

Frock rollte herbei und richtete sich in seinem Rollstuhl so weit auf, daß er in die beiden Okulare blicken konnte. Mehrere Minuten verharrte er bewegungslos in dieser Position und starrte auf die skelettierte Leiche. Als er sich schließlich wieder in seinen Rollstuhl sinken ließ und vom Mikroskop fortrollte, sagte er kein Wort.

»Dr. Green?« fragte Dr. Brambell und sah Margo an. Als sie an das Mikroskop trat, spürte sie, wie alle Augen auf sie gerichtet waren.

Sie mußte eine Weile hinsehen, bis sie erkannte, daß das Mikroskop auf einen Halswirbel eingestellt war. Der Knochen, an dem Fetzen von Knorpel- und Fettgewebe, Muskelfasern und eine undefinierbare bräunliche Masse hingen, wies an einer Seite mehrere flache, regelmäßige Einkerbungen auf.
Als Margo sich langsam aufrichtete, spürte sie, wie eine alte Angst plötzlich wieder Besitz von ihr ergriff. Am liebsten hätte sie sich geweigert, einen Schluß aus den Einkerbungen an dem Knorpel zu ziehen.
»Nun, was meinen Sie, Dr. Green?« fragte der Gerichtsmediziner mit hochgezogenen Augenbrauen.
Margo atmete tief ein. »Ich würde sagen, diese Einkerbungen sehen wie Bißspuren aus.«
Sie und Dr. Frock blickten sich an.
Jetzt wußte sie, warum man Frock zu dieser Zusammenkunft gerufen hatte, und ihr alter Professor wußte es auch.
Brambell wartete geduldig, bis auch alle anderen einen Blick durch das Mikroskop geworfen hatten. Dann rollte er es, ohne ein Wort zu sagen, hinüber zum Skelett von Pamela Wisher und richtete sein Objektiv auf eine Stelle an ihrem Becken. Wieder war Frock der erste, der hindurchsehen durfte, gefolgt von Margo und den anderen. Sie alle sahen dieselben Bißspuren wie an dem anderen Skelett, nur daß sie hier tiefer, zum Teil schon bis ins Knochenmark gedrungen waren.
»Lieutenant D'Agosta hat mir erklärt, daß die beiden Skelette aus der Stadtentwässerung gespült wurden«, sagte der Wissenschaftler und kniff in dem hellen Licht die Augen zusammen.
»Richtig«, bestätigte D'Agosta. »Vom Wolkenbruch letzte Woche.«
»Vielleicht wurden die beiden ja von Hunden angefressen, während sie in der Kanalisation lagen«, meinte Frock.
»Das wäre natürlich eine Möglichkeit«, entgegnete Brambell. »Aber um diese Spuren zu hinterlassen, wäre ein Druck von etwa fünfundachtzig Kilopond pro Quadratzentimeter nötig.

Das dürfte ein bißchen viel für einen Hund sein, finden Sie nicht?«

»Nicht für eine Dogge«, widersprach Frock.

Brambell legte den Kopf schief. »Oder für den Hund von Baskerville.«

Der Sarkasmus des Gerichtsmediziners bewegte Frock zu einem Stirnrunzeln. »Ich bin mir nicht sicher, ob für diese Bißmarken soviel Kraft vonnöten war.«

»Wie wäre es denn mit einem Alligator?« mischte D'Agosta sich in die Auseinandersetzung der beiden Wissenschaftler ein.

Alle Augen wandten sich mit einemmal auf ihn.

»Na ja, Sie wissen doch, daß es in der Kanalisation Alligatoren gibt«, erläuterte D'Agosta. »Die Leute kaufen sie als Jungtiere, und wenn sie ihnen zu groß werden, spülen sie sie das Klo hinunter.« Er blickte in die Runde. »Jedenfalls habe ich das irgendwo gelesen.«

Brambell ließ ein ohrenbetäubendes Lachen hören. »Alligatoren, mein lieber D'Agosta, haben wie alle anderen Reptilien auch, konusförmige Zähne. Die Bißspuren, die wir gesehen haben, stammen aber von relativ kleinen, dreieckigen Zähnen, wie wir sie unter anderem bei hundeartigen Säugetieren finden.«

»Ach ja? Hundeartig? Vorhin hatten Sie doch noch Ihre Zweifel, daß es ein Hund gewesen sein könnte«, tönte Frock. »Denken Sie doch an das Gleichnis von Occams Rasiermesser: Die einfachste Erklärung ist meistens auch die zutreffende.«

Brambell warf Frock einen amüsierten Blick zu. »Ich weiß, daß Philosophen wie Occam in *Ihrer* Profession hochgeschätzt werden, Dr. Frock. Ich als Gerichtsmediziner halte es aber lieber mit Sherlock Holmes: Wenn man das Unmögliche eliminiert hat, dann muß das, was übrigbleibt, die Wahrheit sein, *und wenn es auch noch so unwahrscheinlich ist.*«

»Und was bleibt Ihrer Meinung nach in diesem Fall übrig, Dr. Brambell?« fauchte Frock.

»Das kann ich Ihnen im Augenblick noch nicht sagen.«
Frock lehnte sich in seinem Rollstuhl zurück. »Wie dem auch sei, das zweite Skelett ist wirklich interessant. Möglicherweise ist es sogar die Fahrt von Mendham herein in die Stadt wert. Trotzdem dürfen Sie nicht vergessen, daß ich im Ruhestand bin.«
Margo hörte ihm stirnrunzelnd zu. Eigentlich hätte den Professor ein Rätsel wie dieses bei weitem mehr faszinieren müssen. Unwillkürlich fragte sie sich, ob Frock sich vielleicht – genau wie sie selbst auch – an die Vorgänge vor achtzehn Monaten erinnerte und deshalb zögerte. Die Erinnerungen an diese schreckliche Zeit waren nämlich wahrlich nicht dazu angetan, einen harmonischen Ruhestand zu garantieren.
Olivia Merriam ergriff das Wort. »Dr. Frock«, sagte sie, »wir haben eigentlich gehofft, Sie würden uns bei der Untersuchung dieses Skeletts ein wenig unter die Arme greifen. Wegen der außergewöhnlichen Umstände habe ich mich entschlossen, sie hier in diesem Labor durchführen zu lassen. Wenn Sie dabei mithelfen wollen, würden wir Ihnen gerne ein Büro im fünften Stock und eine Sekretärin zur Verfügung stellen.«
Frock hob die Augenbrauen. »Aber das Gerichtsmedizinische Institut der Stadt New York hat doch sicher sehr viel modernere Einrichtungen als das Museum. Ganz zu schweigen von dem überragenden medizinischen Talent eines Dr. Brambell.«
»Mit dem überragenden Talent haben Sie sicher recht, Dr. Frock«, entgegnete Brambell. »Aber in bezug auf die technischen Einrichtungen irren Sie sich leider gewaltig. Die Haushaltskürzungen der letzten beiden Jahre haben uns schwer getroffen. Darüber hinaus ist die Gerichtsmedizin im Augenblick kein passender Ort für derart delikate Untersuchungen. Zur Zeit wimmelt es dort nur so von Reportern und Fernsehteams.« Brambell hielt einen Augenblick inne, bevor er mit einem gewinnenden Lächeln hinzufügte: »Vor allem aber fehlt dort eine Kapazität vom Kaliber eines Dr. Whitney Cadwalader Frock.«

»Danke für die Blumen«, brummte Frock und deutete auf das zweite Skelett. »Aber ist es denn wirklich so schwer, jemanden zu identifizieren, der, diesen Knochen nach zu schließen, wie das *Missing Link* ausgesehen haben muß?«

»Wir haben alles versucht, das können Sie uns glauben«, sagte Lieutenant D'Agosta. »In den vergangenen vierundzwanzig Stunden haben wir sämtliche Vermißtenakten in New York, New Jersey und Connecticut durchforstet und nichts gefunden. Wenn man danach geht, dann hat es so einen deformierten Burschen nie gegeben, geschweige denn einen, der verschwunden ist und in der Kanalisation angeknabbert wurde.«

Frock schien die Antwort auf seine Frage nicht zu hören, sondern blieb mit auf die Brust gesunkenem Kinn mehrere Minuten lang schweigend in seinem Rollstuhl sitzen. Bis auf ein gelegentliches ungeduldiges Zungenschnalzen von Dr. Brambell herrschte in dem Labor Totenstille. Schließlich richtete Frock sich auf, seufzte tief und sagte mit einer Stimme, in der tiefe Resignation mitschwang: »Na schön. Ich werde Ihnen eine Woche lang zur Verfügung stehen, weil ich ohnehin in der Stadt einiges zu erledigen habe. Vermutlich wollen Sie, daß Dr. Green mich bei meiner Arbeit unterstützt, habe ich recht?«

Zu spät erkannte Margo, daß sie sich bisher noch keine Gedanken darüber gemacht hatte, weshalb sie zu dieser geheimen Zusammenkunft gebeten worden war. Jetzt wußte sie es. Und sie wußte auch, daß Frock ihr rückhaltlos vertraute. Schließlich hatten sie vor eineinhalb Jahren gemeinsam das Geheimnis um die Museumskreatur gelüftet. Sie müssen gewußt haben, dachte sie, daß Frock nur mit mir und niemandem sonst zusammenarbeiten würde. »Moment mal«, platzte sie heraus. »Das kann ich unmöglich machen.«

Als alle Köpfe sich in ihre Richtung drehten, wurde Margo klar, daß sie einen schärferen Ton angeschlagen hatte als beabsichtigt. »Ich wollte sagen, daß ich im Augenblick überhaupt keine Zeit habe«, stammelte sie.

Frock sah sie verständnisvoll an. Mehr als alle anderen wußte er, daß dieser Auftrag in ihr angstvolle Erinnerungen wachrufen würde.
Olivia Merriams Augenbrauen schossen in die Höhe. »Ich werde mit Dr. Hawthorne sprechen«, verkündete sie. »Er wird Sie so lange freistellen, wie die Polizei Ihre Dienste benötigt.«
Margo öffnete den Mund, um zu protestieren, aber dann schwieg sie doch. Sie wußte, daß sie noch nicht lange genug als Kuratorin für das Museum tätig war, um der Direktorin widersprechen zu dürfen.
»Wunderbar«, sagte Brambell mit einem trockenen Grinsen auf seinen dünnen Lippen. »Ich werde natürlich eng mit Ihnen beiden zusammenarbeiten. Bevor wir aber auseinandergehen, möchte ich noch einmal nachdrücklich darauf hinweisen, daß diese Angelegenheit äußerste Diskretion verlangt. Es ist schlimm genug, daß der Fund von Pamela Wishers Leiche in die Schlagzeilen gelangt ist. Wenn nun auch noch herauskommen sollte, daß jemand an unserem Society-Girl herumgenagt hat – egal, ob vor oder nach ihrem Tod, dann ...« Brambell brachte den Satz nicht zu Ende und fuhr sich mit der Hand über seinen glänzenden Glatzkopf.
Frock warf dem Gerichtsmediziner einen scharfen Blick zu. »Wollen Sie damit etwa andeuten, daß die Bißspuren Ihrer Meinung nach nicht *post mortem* erfolgt sind?«
»Das, verehrter Dr. Frock, ist eine der Fragen, deren Beantwortung den Herrn Bürgermeister wie auch den Polizeipräsidenten brennend interessiert.«
Als Frock daraufhin nichts sagte, war allen klar, daß die Besprechung zu Ende war. Alle Anwesenden schienen froh, endlich dem Anblick der beiden bräunlichen Skelette entkommen zu können. Beim Hinausgehen wandte sich die Museumsdirektorin an Margo und sagte: »Wenn ich Ihnen mit irgend etwas behilflich sein kann, lassen Sie es mich bitte wissen.«

Dr. Brambell warf Frock und Margo einen letzten kritischen Blick zu und verließ hinter der Direktorin das Labor.
Lieutenant D'Agosta ging als letzter. Auf der Türschwelle blieb er noch einmal stehen. »Und bewahren Sie absolutes Stillschweigen. Wenn Sie mit irgend jemandem über die Sache reden müssen, dann nur mit mir«, knurrte er und öffnete den Mund, als wolle er noch etwas sagen, überlegte es sich dann aber doch anders. Nachdem er sich mit einem kurzen Nicken verabschiedet hatte, drehte er sich um und verschwand. Als sich die Tür hinter ihm schloß, war Margo mit Dr. Frock, Pamela Wisher und dem grotesk deformierten Skelett allein.
Frock setzte sich in seinem Rollstuhl auf. »Bitte verschließen Sie die Tür, Margo«, sagte er, »und schalten Sie die restlichen Lichter ein.« Dann rollte er näher an den Tisch heran. »Am besten ziehen Sie sich Ihre Laborsachen an.«
Margo sah erst zu den beiden Skeletten und dann zu ihrem alten Doktorvater. »Dr. Frock?« fragte sie mit leiser Stimme. »Erinnert Sie das nicht an ...«
Der Professor drehte sich ruckartig in ihre Richtung. Mit einem seltsamen Ausdruck in seinem rötlichen Gesicht sah er Margo direkt in die Augen. »Nein, Margo!« zischte Frock in scharfem Flüsterton und schüttelte den Kopf. »Sagen Sie nichts, bevor wir uns nicht vergewissert haben.«
Margo hielt seinem Blick eine Weile stand, dann nickte sie und ging hinüber zu den Lichtschaltern. Das, was zwischen ihr und Dr. Frock nicht zur Sprache gekommen war, beunruhigte sie noch mehr als die beiden grausigen Skelette.

6

In einem rauchgeschwängerten Winkel der Cat's Paw Bar zwängte sich Smithback in eine winzige Telefonzelle. Er hielt seinen Whiskey in der einen Hand, während er mit der anderen auf dem schlecht beleuchteten Tastenfeld die Nummer seines Büros eintippte. Dabei fragte er sich, wie viele Nachrichten wohl diesmal für ihn eingegangen waren.

Bill Smithback zweifelte nicht im geringsten daran, daß er einer der besten Journalisten in New York war, wenn nicht sogar der beste überhaupt. Vor eineinhalb Jahren hatte er die Welt mit seiner aufsehenerregenden Story über die Museumskreatur beglückt, die geradezu eine Revolution gegenüber dem reservierten blutleeren Geschreibsel gewesen war, das man sonst überall las. Kein Wunder übrigens, denn schließlich war Smithback damals zusammen mit D'Agosta und einer Gruppe von Ausstellungsbesuchern durch die Katakomben des Museums geirrt und hatte die Angst vor dem Monster hautnah am eigenen Leib verspürt. Der überwältigende Erfolg seines aufgrund dieser Erfahrungen verfaßten Buches hatte ihm seine jetzige Stellung als Polizeireporter der *Post* verschafft. Nun arbeitete er an dem Fall Wisher, der ihm wie ein Geschenk des Himmels vorkam. Spektakuläre Geschichten waren nämlich sehr viel seltener, als Smithback es sich vorgestellt hatte, und außerdem lauerten Konkurrenten wie dieser unsägliche Bryce Harriman von der *Times* nur darauf, sie einem vor der Nase wegzuschnappen. Smithback wußte, daß der Fall Wisher mindestens dasselbe Potential hatte wie die Museumsmorde vor achtzehn Monaten, wenn nicht gar mehr. Er mußte ihn nur richtig angehen.

Ein großer Journalist, dachte Smithback, während er dem Klingelton im Hörer lauschte, ergreift die Gelegenheiten, die sich ihm bieten. Ein gutes Beispiel dafür war die Wisher-Story, bei der er zunächst überhaupt nicht an die Mutter des Opfers gedacht und dann unverhofft herausgefunden hatte, was für eine außergewöhnliche Frau sie doch war. Unter dem Eindruck seines Besuches bei ihr hatte er für die Morgenausgabe der *Post* einen Artikel verfaßt, in dem er Pamela Wisher als den »Engel von Central Park South« bezeichnet und ihren Tod in den tragischsten Tönen geschildert hatte. Eine herzzerreißende Geschichte, aber der wirkliche Geniestreich war seine Idee gewesen, für Hinweise auf den Täter eine Belohnung von einhunderttausend Dollar auszusetzen. Die Idee war ihm beim Schreiben des Artikels gekommen, und er hatte sofort alles stehen- und liegengelassen, um sie Arnold Murray, dem neuen Chefredakteur der *Post*, zu unterbreiten. Der hatte sie begeistert aufgenommen und Smithback grünes Licht gegeben, ohne auch nur Rücksprache mit dem Verleger zu nehmen.

Schließlich wurde das Telefon abgehoben, und Ginny, die Redaktionssekretärin, erzählte Smithback aufgeregt, daß schon über zwanzig Anrufe wegen der Belohnung eingegangen wären. Leider waren sie alle unbrauchbar.

»Sonst gibt es nichts?« fragte Smithback ein wenig enttäuscht.

»Doch. Ein wirklich komischer Kerl hat nach Ihnen gefragt«, plapperte Ginny weiter. Sie war eine kleine, hagere Frau, die in Ronkonkoma lebte und eine Schwäche für Smithback hatte.

»Und was war das für ein Kerl?«

»Na ja, er war völlig zerlumpt und hatte einen ziemlich strengen Körpergeruch. Mein Gott, hat der *gestunken.* Außerdem war er besoffen oder high oder so.«

Vielleicht ist das der heiße Tip, auf den ich schon die ganze Zeit warte, dachte Smithback aufgeregt. »Was wollte der Mann?«

»Er hat gesagt, er hätte Informationen über den Wisher-Mord. Er will, daß Sie ihn in einer Herrentoilette in der Pennsylvania Station treffen.«

Fast hätte Smithback sein Glas fallen lassen. »In einer Herrentoilette? Soll das ein Scherz sein?«

»Tut mir leid, aber das hat er gesagt. Meinen Sie, er ist ein

Perversling?« fragte Ginny mit nur schlecht verhehltem Interesse.
»Hat er gesagt, in welcher Herrentoilette?«
Smithback hörte das Rascheln von Papier. »Einen Augenblick. Hier steht's: im nördlichen Untergeschoß, links neben dem Aufzug zu Gleis zwölf. Heute abend um acht Uhr.«
»Hat er gesagt, um welche Information es sich handelt?«
»Nein.«
»Danke, Ginny«, sagte Smithback. Noch während er den Hörer auflegte, sah er auf seine Armbanduhr. Es war 7.45 Uhr. Eine Herrentoilette in der Pennsylvania Station? Man mußte schon verrückt oder völlig verzweifelt sein, wenn man so einem Tip nachging.

Smithback war noch nie zuvor in einer Bahnhofstoilette auf den Penn Station gewesen, und er kannte auch niemanden, der einen solchen Ort je betreten hätte. Als er die Tür öffnete und in den großen, stickig-heißen Raum trat, raubte ihm der Gestank nach Urin und Durchfall den Atem. Lieber würde ich in die Hose pinkeln, dachte er, als freiwillig hierher zu gehen. Smithback hatte sich fünf Minuten verspätet und hoffte fast, daß der Mann schon wieder fort sei. Oder vielleicht war das Ganze ja doch nur ein übler Scherz. Der Journalist machte kehrt und wollte die Toilette gerade wieder verlassen, als er hinter sich eine rauhe Stimme hörte.
»William Smithback?«
»Wer spricht da?« Smithback blickte sich rasch in dem menschenleeren Raum um, bis er in dem Spalt unter der letzten Toilettenkabine ein Paar Füße entdeckte. Die Tür öffnete sich, und ein kleiner magerer Mann schlurfte mit unsicheren Schritten auf Smithback zu. Sein längliches Gesicht war schmutzig, seine Kleider starrten vor Dreck, und seine fettigen, zerzausten Haare standen abenteuerlich in alle Richtungen ab. Ein völlig verfilzter Bart von unbeschreiblicher Farbe hing bis knapp

oberhalb des Bauchnabels hinab, der durch einen langen Riß im Hemd des Mannes hervorspitzte.
»Sind Sie William Smithback?« fragte der Mann noch einmal.
»Wer sonst?«
Ohne ein weiteres Wort zu sagen, drehte sich der Mann um und stapfte zurück zu der offenen Toilettentür. Dort blieb er stehen und drehte sich um. Er wartete offenbar darauf, daß Smithback ihm folgte.
»Was haben Sie für Informationen für mich?« fragte der Journalist.
»Kommen Sie mit«, entgegnete der Mann und deutete in die Toilettenkabine.
»Nein, das werde ich nicht tun«, entgegnete Smithback. »Wenn Sie mit mir reden wollen, dann tun Sie es hier. Ich werde jedenfalls nicht mit Ihnen dort hineingehen. Das können Sie sich abschminken.«
»Aber das ist nun mal der Weg.«
»Der Weg wohin?«
»Nach unten.«
Smithback näherte sich vorsichtig der offenen Tür. Der Mann war inzwischen in die Kabine getreten und hatte ein großes lackiertes Blech an der Hinterwand beiseite geschoben. Dahinter bemerkte Smithback ein schwarzes Loch in der gekachelten Wand, die so aussah, als habe sie seit Jahren niemand mehr saubergemacht.
»Da soll ich hinein?« fragte er.
Der Mann nickte.
»Und wo kommt man da hin?«
»Nach unten«, sagte der Mann abermals.
»Nicht mit mir«, erklärte Smithback und wollte sich umdrehen.
Der Mann sah ihm direkt in die Augen. »Ich soll Sie zu Mephisto bringen«, sagte er. »Mephisto möchte mit Ihnen über den Mord an dem Mädchen sprechen. Er weiß viel.«
»Jetzt hören Sie aber auf!«

Der Mann wandte den Blick nicht von Smithbacks Gesicht. »Sie können mir vertrauen«, sagte er leise.
Irgendwie glaubte Smithback dem Mann, trotz seines verdreckten Äußeren und seines zugedröhnten Blickes. »Was weiß er?«
»Das wird Mephisto Ihnen selber sagen.«
»Und wer ist dieser Mephisto?«
»Er ist unser Anführer«, entgegnete der Mann mit einem Achselzucken, so, als wäre damit auch alles gesagt.
»Wessen Anführer?«
»Na, der Leute von Route 666.«
Trotz seiner Zweifel verspürte Smithback auf einmal eine seltsame Erregung. Gab es dort im Untergrund tatsächlich eine organisierte Gemeinde? Das wäre ja allein für sich schon eine tolle Geschichte. Und wenn dieser Mephisto dann auch noch tatsächlich etwas über den Wisher-Mord wußte ...
»Wo sind diese Leute von Route 666?«
»Das darf ich Ihnen nicht sagen. Aber ich führe Sie hin.«
»Wie heißen Sie?« wollte Smithback wissen.
»Man nennt mich den Heckschützen«, antwortete der Mann mit einem Anflug von Stolz in seinen wäßrigen Augen.
»Passen Sie mal auf, Mr. Heckschütze«, sagte Smithback. »Ich würde Ihren Mephisto ja gerne kennenlernen, aber Sie müssen auch verstehen, daß ich nicht so einfach mit Ihnen in dieses Loch da hineinkriechen kann. Wer weiß, was mich da drinnen erwartet – ein Hinterhalt, ein Überfall, sonst was.«
Der Mann schüttelte heftig den Kopf. »Ich werde Sie beschützen. Jeder weiß, daß ich der Läufer von Mephisto bin. Ihnen wird nichts geschehen.«
Smithback musterte den Mann mit kritischen Blicken: glasige Augen, laufende Nase und dieser schmutzige Bart, der ihn an einen alten Zauberer erinnerte. Immerhin hatte dieser Mann den weiten Weg in die Redaktion der *Post* auf sich genommen, was einem Burschen, der so heruntergekommen wie er aussah, bestimmt nicht leichtgefallen war.

Auf einmal mußte Smithback an Bryce Harrimans selbstzufriedenes Gesicht denken und stellte sich vor, wie sein Konkurrent einen Rüffel von seinem Chefredakteur bekam, weil er, Smithback, ihm schon wieder eine tolle Story vor der Nase weggeschnappt hatte.

Diese Vorstellung gefiel ihm sehr.

Smithback trat in die Kabine und kroch also hinter dem Mann, der sich Heckschütze nannte, in das dunkle Loch. Als sie auf der anderen Seite der Toilettenwand angekommen waren, zog sein Führer das Blech wieder vor die Öffnung.

Smithback sah, daß er sich in einem langen, engen Tunnel befand. Über seinem Kopf liefen Wasser- und Fernwärmeleitungen wie dicke graue Adern an der Decke entlang, die gerade hoch genug war, daß Smithback aufrecht stehen konnte. Durch im Abstand von etwa dreißig Metern angebrachte Gitterroste sickerte schwaches Abendlicht in die Dunkelheit herab.

Mit unsicheren Schritten folgte der Reporter der kleinen gebückten Gestalt, die vor ihm durch das Dämmerdunkel lief. Ab und zu bebte der schmale Gang vom Rumpeln eines U-Bahnzugs, das Smithback mehr spürte, als er es vernahm.

Nachdem sie eine Viertelstunde lang den nicht enden wollenden Tunnel entlang gegangen waren, wurde Smithback langsam unruhig. »Entschuldigen Sie«, wandte er sich an den Heckschützen, »warum müssen wir eigentlich so weit laufen?«

»Weil Mephisto will, daß die direkten Zugänge zu seinem Territorium ein Geheimnis bleiben.«

Smithback nickte und stieg über den aufgequollenen Kadaver eines Hundes, der mitten im Gang lag. Er konnte die Vorsicht dieses Mephisto zwar verstehen, aber irgendwann mußte damit auch Schluß sein. Sicher waren sie jetzt schon so weit, um unter dem Central Park zu sein.

Schließlich machte der Tunnel eine sanfte Rechtskurve, und Smithback konnte in der glatten Betonwand eine Reihe von massiv aussehenden Stahltüren ausmachen. An der Decke lief ein dickes Rohr, aus dessen Isoliermantel Wasser tropfte. Ein Schild an der Isoliermatte verkündete: ACHTUNG ASBEST! STAUB VERMEIDEN! GEFAHR VON KREBS UND LUNGENERKRANKUNGEN.

Der Heckschütze blieb stehen und kramte aus einer seiner Taschen einen Schlüssel hervor, den er in das Schloß der ersten Metalltür steckte.

»Wo haben Sie denn den Schlüssel her?« fragte Smithback.

»Wir haben geschickte Leute in unserer Gemeinde«, antwortete der Mann und hielt dem Reporter die Tür auf.

Als sie sich hinter ihnen schloß, umfing sie tiefe Dunkelheit. Auf einmal wurde Smithback klar, wie sehr er sich auf das schwache Licht verlassen hatte, das durch die Gitterroste in den Tunnel gefallen war. Er spürte, wie Panik in ihm aufstieg.

»Haben Sie denn keine Taschenlampe?« stammelte er.

Smithback hörte ein kratzendes Geräusch und sah, wie ein Streichholz aufflammte. In seinem flackernden Licht erblickte er eine Reihe von Betonstufen, die einen halben Meter vor ihm in die Tiefe führten.

Der Heckschütze machte eine rasche Handbewegung, und das Streichholz verlosch.

»Zufrieden?« fragte er mit monotoner Stimme.

»Nein«, entgegnete Smithback rasch. »Zünden Sie noch eines an.«

»Erst, wenn es nötig ist.«

In der Dunkelheit tastete sich Smithback vorsichtig die Treppe hinab, wobei er sich mit den Händen an den kalten, glatten Wänden abstützte. Es dauerte eine kleine Ewigkeit, bis er den Abstieg geschafft hatte. Als schließlich ein weiteres Streichholz aufflammte, sah Smithback, daß die Treppe in einem gewaltigen Eisenbahntunnel endete, dessen Wände das orangefarbene Flackern der kleinen Flamme nur schwach reflektierten.

»Und wo sind wir jetzt?« fragte Smithback.

»Das ist Gleis hundert«, antwortete der Heckschütze. »Zwei Stockwerke unter der Oberfläche.«
»Wann sind wir endlich da?«
Das Streichholz ging aus, und Smithback starrte wieder in die Dunkelheit.
»Folgen Sie mir«, kam die Stimme aus der Finsternis. »Aber wenn ich ›Halt!‹ sage, bleiben Sie stehen, und zwar sofort.«
Langsam gingen sie auf die Gleise zu. Smithback stolperte über eine Schiene und hatte mit einer weiteren Panikattacke zu kämpfen.
»Halt!« hörte er den Heckschützen sagen und hielt an. Ein weiteres Streichholz flammte auf. »Sehen Sie das?« fragte der Heckschütze und deutete auf eine glänzende, mit einem dicken gelben Strich auf den Schwellen gekennzeichnete Metallschiene in der Mitte der Gleise. »Da sollten Sie besser nicht drauftreten, denn das ist die Stromschiene.«
Das Streichholz erlosch. Smithback hörte, wie der Mann langsam weiterging.
»Halt! Zünden Sie noch ein Streichholz an!« rief er.
Eine kleine Flamme erschien, in deren Licht Smithback vorsichtig über die Stromschiene stieg.
»Gibt es viele von der Sorte?« fragte der Journalist.
»Ja. Aber ich zeige sie Ihnen schon.«
»Gott im Himmel«, murmelte Smithback, als die Flamme erlosch. »Was passiert eigentlich, wenn man auf so ein Ding da drauftritt?«
»Der Strom ist so stark, daß Ihr Körper explodiert«, sagte die Stimme des Heckschützen aus dem Nirgendwo. »Er reißt Ihnen Arme, Beine und sogar den Kopf ab.« Der Heckschütze schwieg eine Weile, dann meinte er trocken: »Sie steigen also besser nicht drauf.«
Wieder ging ein Streichholz an und beleuchtete eine weitere gelb gekennzeichnete Schiene. Smithback stieg vorsichtig darüber und sah, wie der Heckschütze auf ein kleines Loch in der

Tunnelwand deutete, das man im trüben Licht des Streichholzes nur mit Mühe erkennen konnte. Es war in die Ziegelwand eines zugemauerten Torbogens hineingebrochen und etwa einen halben Meter hoch und einen Meter breit.
»Da müssen wir hinunter«, erklärte der Heckschütze.
Smithback spürte einen warmen Luftzug aus dem Loch aufsteigen. Neben einem fauligen Gestank, der Smithback fast den Magen umdrehte, wehte er auch den schwachen Rauch eines Holzfeuers herauf.
»Hinunter?« fragte Smithback ungläubig und drehte das Gesicht zur Seite. »Schon wieder? Und wie soll ich das bitte schön machen? Soll ich etwa auf allen vieren da hineinkriechen?«
Er hörte, wie der Heckschütze sich bereits durch das Loch zwängte.
»Das mache ich nicht mit!« rief Smithback ihm hinterher. »Ich komme nicht mit hinunter, hören Sie? Wenn dieser Mephisto mit mir reden will, dann soll er sich gefälligst zu mir heraufbequemen.«
Es folgte eine längere Stille, dann hörte Smithback von der anderen Seite der Ziegelwand die hohl klingende Stimme des Heckschützen: »Mephisto kommt nie weiter herauf als Ebene drei.«
»Dann wird er diesmal eben eine Ausnahme machen müssen«, entgegnete Smithback und versuchte, dabei zuversichtlicher zu klingen, als er sich fühlte. Auf einmal wurde ihm klar, daß er sich in eine unmögliche Situation gebracht hatte. Er hätte diesem bizarren, unsicheren Typen niemals vertrauen dürfen. Jetzt hatte er den Salat: er steckte in der rabenschwarzen Dunkelheit unter der Stadt und hatte keine Ahnung, wie er wieder nach oben gelangen konnte.
Wieder war es lange still.
»Sind Sie noch da?« rief Smithback schließlich in das Loch hinein.

»Warten Sie hier!« befahl die Stimme des Heckschützen.
»Gehen Sie etwa fort? Dann lassen Sie mir wenigstens ein paar Streichhölzer da!« Smithback spürte, wie ihn etwas am Knie berührte, und erschrak fürchterlich. Als er nach unten griff, spürte er eine durch das Loch gestreckte Hand, in der er drei Streichhölzer ertasten konnte. »Ist das alles?« fragte er.
»Mehr kann ich nicht erübrigen«, ließ sich die Stimme vernehmen. Dann hörte Smithback, wie sich auf der anderen Seite der Wand langsam Schritte entfernten. Der Heckschütze sagte noch etwas, was Smithback aber nicht mehr verstehen konnte.
Eine totale Stille brach über Smithback herein. Da er sich nicht traute, sich hinzusetzen, ging er in die Hocke und lehnte sich mit dem Rücken an die Wand. Die Hand fest um seine drei Streichhölzer gekrampft, fing er an, sich massive Vorwürfe zu machen. Wie hatte er nur einem Penner bis hierher folgen können? Keine Story auf der ganzen Welt war es wert, sich in eine solche Gefahr zu begeben. War es denn möglich, mit nur drei Streichhölzern wieder nach oben zu finden? Smithback schloß die Augen und versuchte, sich daran zu erinnern, welchen Weg er und der Heckschütze genommen hatten. Schließlich mußte er einsehen, daß er keine Chance hatte. Seine drei Streichhölzer würde er allein schon brauchen, um die gefährlichen Stromschienen zu erkennen.
Als Smithback die Knie weh taten, richtete er sich auf und starrte mit weit geöffneten Augen in den stillen Tunnel. Die Dunkelheit war so undurchdringlich, daß er anfing, sich irgendwelche schemenhaften Bewegungen einzubilden. Smithback zwang sich, ruhig zu bleiben und gleichmäßig zu atmen. Es kam ihm vor, als wäre eine Ewigkeit vergangen, seit der Heckschütze ihn allein gelassen hatte. Wenn der Kerl bloß nicht …
»Schreiberling!« hörte er auf einmal eine geisterhafte, körperlose Stimme aus dem Loch zu seinen Füßen.

»Was?« rief Smithback erstaunt und fuhr herum.
»Ich spreche doch mit William Smithback, dem Schreiberling, oder etwa nicht?« Die Stimme war dumpf und rauh und stieg wie ein sinistrer Singsang aus der Tiefe empor.
»Ja, ich bin Smithback. Bill Smithback. Und wer sind Sie?« rief Smithback in das Loch hinein. Es war ein beunruhigendes Gefühl, sich mit einer Stimme aus der Dunkelheit zu unterhalten.
»Ich bin Mephisto«, kam die Antwort, wobei das S wie ein böses Zischen klang.
»Wieso haben Sie so lange gebraucht?« fragte Smithback nervös und ging vor dem Loch in der Ziegelwand in die Hocke.
»Der Weg ist weit hier herauf.«
Smithback konnte es kaum glauben, daß dieser Mann, der jetzt irgendwo unter ihm stehen mußte, mehrere Ebenen nach oben hatte steigen müssen, um an diesen Ort zu gelangen.
»Kommen Sie zu mir herauf?« fragte Smithback.
»Nein! Sie sollten sich geehrt fühlen, Schreiberling, daß ich überhaupt hier bin. So weit oben war ich in den vergangenen fünf Jahren nicht.«
»Warum das?« wollte Smithback wissen und tastete nach seinem Diktiergerät.
»Weil wir hier in meinem Territorium sind. Ich bin der Herr von allem, was Sie hier sehen.«
»Aber ich sehe überhaupt nichts.«
Ein trockenes Kichern kam aus dem Loch in der Ziegelwand.
»Falsch! Sie sehen *Dunkelheit*, und die Dunkelheit ist mein Reich. Direkt über Ihnen fahren die U-Bahnen und noch weiter oben rennen die Oberflächenbewohner herum wie aufgescheuchte Hühner. Aber das Gebiet *unter* dem Central Park – und dazu zählen die Route 666, der Ho-Chi-Minh-Pfad und das Blockhaus – gehört mir.«
Smithback dachte einen Augenblick nach. Route 666 war eine

ironische Anspielung auf die berühmte Route 66, aber was hatten die beiden anderen Namen zu bedeuten? »Was ist der Ho-Chi-Minh-Pfad?« rief er nach unten.

»Das war mal eine Gemeinde wie die anderen auch«, zischte die Stimme. »Aber jetzt gehört sie zu mir und genießt meinen Schutz. Vor langer Zeit kannten viele von uns den richtigen Ho-Chi-Minh-Pfad ziemlich gut. Das waren die armen Schweine, die man in den Dschungel geschickt hat, um ein unschuldiges Dritte-Welt-Land in den Krieg zu stürzen. Heute will die Gesellschaft von diesen Leuten nichts mehr wissen. Viele leben jetzt hier unten im selbstgewählten Exil, wo sie atmen, sich fortpflanzen und sterben. Sie wie wir alle wollen nur eines: daß man uns in Ruhe läßt.«

Smithback hielt sein Diktiergerät in das Loch und hoffte, daß es in der feuchten Luft auch richtig funktionierte. Natürlich hatte er schon davon gehört, daß Obdachlose Schutz in den U-Bahn-Schächten suchten, aber daß es unter der Erde ganze Gemeinden geben sollte, war ihm neu ... »Sind denn alle Ihre Bürger Obdachlose?« fragte er.

Mephisto ließ sich mit der Antwort Zeit. »Uns gefällt dieses Wort nicht besonders, Schreiberling«, sagte er dann. »Wir *haben* ein Obdach hier unten, und wenn Sie nicht so ängstlich wären, dann könnte ich es Ihnen zeigen. Glauben Sie mir, wir haben hier alles, was wir brauchen. Aus den Leitungen zapfen wir Wasser zum Kochen und Waschen, und die Stromkabel versorgen uns mit Elektrizität. Die paar Dinge, die wir von der Oberfläche benötigen, bringen uns die Läufer. Im Blockhaus haben wir sogar eine Krankenschwester und einen Schullehrer. Andere Gebiete im Untergrund, wie zum Beispiel die Bahndepots in der West Side, sind wilde gesetzlose Orte, aber bei uns hier geht es zivilisiert zu.«

»Sie haben eben einen Schullehrer erwähnt. Heißt das etwa, daß es auch Kinder bei Ihnen gibt?«

»Sie sind ganz schön naiv, Schreiberling. Viele von uns sind nur

deshalb hier, *weil* sie Kinder haben und ein grausamer Staat sie ihnen wegnehmen und in ein Heim stecken will. Diese Menschen ziehen meine Welt der Wärme und der Dunkelheit Ihrer eiskalten Welt der Verzweiflung vor, Schreiberling.«
»Warum nennen Sie mich eigentlich immer ›Schreiberling‹?«
Wieder tönte ein heiseres Kichern zu Smithback herauf. »Aber das sind Sie doch, oder? William Smithback, der Schreiberling?«
»Ja, aber ich ...«
»Für einen Journalisten sind Sie erstaunlich schlecht belesen. Beschäftigen Sie sich erst einmal mit Popes ›Die Dummköpfe‹, bevor wir uns noch mal über dieses Thema unterhalten.«
Langsam begann es Smithback zu dämmern, daß er mit einem sehr viel gebildeteren Menschen sprach, als er erwartet hatte.
»Wer sind Sie eigentlich wirklich?« fragte er. »Wie ist Ihr richtiger Name?«
Wieder schwieg der Mann eine Weile. »Meinen Namen habe ich oben in Ihrer Welt gelassen, zusammen mit allem anderen«, zischte es schließlich aus dem Loch herauf. »Jetzt bin ich Mephisto, und ich rate Ihnen, mir niemals wieder diese Frage zu stellen. Ebensowenig wie irgendeinem anderen hier unten.«
Smithback schluckte schwer. »Tut mir leid«, sagte er.
Trotz seiner Entschuldigung schien er Mephisto verärgert zu haben, denn dessen Stimme klang jetzt viel schärfer. »Ich habe Sie aus einem ganz bestimmten Grund hier herunterbringen lassen.«
»Wegen des Wisher-Mordes, oder?« fragte Smithback eifrig.
»In Ihren Artikeln haben Sie geschrieben, daß bei der Leiche der jungen Frau und dem anderen Skelett die Köpfe fehlten. Ich habe Sie hierher bringen lassen, um Ihnen mitzuteilen, daß die Enthauptung noch das Harmloseste ist, was den beiden hat zustoßen können.« Die Stimme ging in ein heiseres freudloses Lachen über.

»Wie meinen Sie das?« fragte Smithback. »Und wissen Sie, wer es getan hat?«
»In gewisser Weise schon«, zischte Mephisto. »Es waren dieselben, die auch meinen Leuten nachstellen. Die Wrinkler.«
»Die Wrinkler? Wer sind die Wrinkler?« fragte Smithback. »Ich verstehe nicht ganz ...«
»Dann halten Sie den Mund und hören Sie mir zu, Schreiberling! Lange Zeit war meine Gemeinde ein sicherer Zufluchtsort, aber seit dem vergangenen Jahr stellt man uns nach. Außerhalb der Sicherheitszone werden meine Leute angegriffen und auf bestialische Weise ermordet. Meine Schützlinge haben große Angst. Immer wieder habe ich Läufer hinauf zur Polizei geschickt. Zur Polizei!« Smithback hörte ein verächtliches Spucken, bevor die Stimme in einer höheren Tonlage fortfuhr: »Diese korrupten Wachhunde der Gesellschaft sind moralisch am Ende. Für sie sind wir nichts weiter als Abschaum, den man entweder einsperrt oder verrecken läßt. Was bedeutet denen schon unsereiner? Fat Boy, Hector, Dark Annie, der Master Sergeant – sie und viele andere wurden getötet, und kein Hahn hat je nach ihnen gekräht. Aber wehe, wenn so ein kleines Gesellschaftshäschen mit seidener Unterwäsche enthauptet wird! Dann ist die ganze Stadt im Aufruhr!«
Smithback befeuchtete sich die Lippen und fragte sich, wie stichhaltig Mephistos Informationen wohl sein mochten. »Was meinten Sie vorhin, als Sie sagten, man stelle Ihren Leuten nach?« wollte er wissen.
»Daß jemand Jagd auf sie macht«, ließ sich die zischende Stimme nach einer Weile vernehmen. »Und zwar von draußen.«
»Von draußen?« fragte Smithback. »Wie meinen Sie das? Bedeutet das von der Oberfläche?«
»Nein. Von außerhalb der Route 666. Außerhalb des Blockhauses«, kam die Antwort, die so leise wie ein Flüstern war. »Es gibt hier unten noch einen anderen, einen verlassenen verbotenen

Ort. Vor einem Jahr etwa hörten wir die ersten Gerüchte, daß sich jemand dort aufhalten soll. Bald darauf begannen die Morde, und immer mehr von meinen Leuten verschwanden. Zuerst schickten wir noch Suchtrupps nach ihnen aus, aber die meisten der Opfer waren wie vom Erdboden verschluckt. Die wenigen, die wir fanden, hatten keine Köpfe mehr, und ihr Fleisch war ihnen vom Körper weggefressen worden.«

»Einen Moment mal«, unterbrach Smithback. »Was soll das heißen, *weggefressen?* Wollen Sie damit etwa sagen, daß es dort unten Kannibalen gibt, die Menschen töten, ihnen die Köpfe abschneiden und sie dann verspeisen?« Smithback konnte kaum glauben, was er da hörte. Vielleicht war dieser Mephisto ja doch verrückt? Nicht zum erstenmal drängte sich Smithback die Frage auf, wie er wohl wieder zurück an die Oberfläche gelangen sollte.

»Der zweifelnde Ton in Ihrer Stimme gefällt mir nicht, Schreiberling«, entgegnete Mephisto. »Aber meine Antwort auf Ihre Frage lautet: ja. Genau das wollte ich damit sagen. Heckschütze?«

»Ja?« sagte eine Stimme direkt neben Smithback.

Der Journalist schrie vor Schreck laut auf und machte einen Satz zur Seite. »Wie ist denn der wieder hier heraufgekommen?« stieß er hervor.

»Mein Reich hat viele verschlungene Wege«, antwortete Mephistos Stimme. »Und wer lange genug in dieser herrlichen Dunkelheit lebt, entwickelt eine erstaunlich gute Nachtsicht.«

Smithback schluckte. »Hören Sie«, sagte er, »es geht nicht darum, ob ich Ihnen glaube oder nicht, aber ...«

»Seien Sie still!« warnte Mephisto. »Wir haben schon viel zu lange geredet. Heckschütze, bring ihn zurück nach oben.«

»Aber was ist mit der Belohnung? Interessiert Sie die denn nicht?«

»Haben Sie mir denn überhaupt nicht zugehört?« zischte es aus dem Loch. »Euer Geld bedeutet mir nichts. Die Sicherheit meiner Leute ist das einzige, worum ich mir Sorgen mache. Gehen Sie hinauf in Ihre Welt, und schreiben Sie Ihren Artikel. Erzählen Sie Ihren Leuten, was ich Ihnen erzählt habe. Sagen Sie ihnen, daß diejenigen, die Pamela Wisher getötet haben, auch meine Leute töten. Und daß diese Morde aufhören müssen.« Es kam Smithback vor, als hätte sich die körperlose Stimme während der letzten Sätze immer weiter entfernt. »Und denken Sie dran«, hallte sie aus irgendwelchen Tunnels weit unter seinen Füßen herauf. »Wir können auch zu *anderen* Mitteln greifen, um unseren Worten Gehör zu verschaffen.«

»Aber ich brauche noch ...«, setzte Smithback an.

Da packte ihn eine Hand am Ellenbogen. »Mephisto ist schon fort«, sagte der Heckschütze neben ihm. »Ich bringe Sie jetzt wieder nach oben.«

7

Lieutenant D'Agosta saß in seinem mit Stapeln von Akten vollgestopften Büro und arbeitete sich, während er nervös an der Zigarre in seiner Brusttasche herumfummelte, durch die Berichte über die beiden Leichen aus dem Humboldt Kill. Anstatt mit einem praktisch aufgeklärten Polizistenmord hatte er es seit dem grausigen Fund mit zwei ungeklärten Verbrechen zu tun, deren Lösung er noch keinen Schritt nähergekommen war. Zum Beispiel der Fall Wisher: Niemand wußte etwas, niemand hatte etwas bemerkt. Der Freund der Toten war tief erschüttert und nicht vernehmungsfähig, und die steinreiche Mutter so unkommunikativ und distanziert wie eine Göttin aus Eis. D'Agosta runzelte die Stirn. Dieser Mordfall war so explosiv wie Nitroglyzerin.

Als sein Blick von den Berichten zu dem Rauchen-verboten-

Schild neben der Tür wanderte, verzog D'Agosta das Gesicht noch mehr. Erst vor einer Woche hatte man dieses und ein Dutzend gleicher Schilder überall im Revier angebracht.
Ohne sich groß um das Verbot zu kümmern, zog der Lieutenant die Zigarre aus seiner Brusttasche und wickelte sie aus ihrer Zellophanhülle. Das war ja Gott sei Dank noch gestattet. Nachdem er die Zigarre genüßlich zwischen den Fingern gerollt und ihre Banderole kritisch begutachtet hatte, steckte er sie sich in den Mund.
Eine Weile blieb er regungslos so sitzen, dann zog er mit einem lauten Fluch die oberste Schreibtischschublade auf und suchte darin herum, bis er ein Päckchen Streichhölzer gefunden hatte. Er riß eines davon an der Sohle seines Schuhs an und hielt die Flamme an die Spitze der Zigarre. Dann lehnte er sich mit einem wohligen Seufzer zurück, lauschte dem leisen Knistern des brennenden Tabaks und sog genüßlich den Rauch ein, den er langsam durch die Nase wieder entweichen ließ.
Auf einmal schrillte das Haustelefon auf seinem Tisch. »Ja«, meldete sich D'Agosta. Wollte sich vielleicht schon jemand darüber beschweren, daß er rauchte? Er hatte die Zigarre doch eben erst angezündet.
»Sergeant Hayward wünscht Sie zu sprechen, Sir«, hörte er die Stimme der Sekretärin.
»Ich kenne keinen Sergeant Hayward. Schicken Sie ihn weg«, knurrte er.
»Sergeant Hayward ist eine Dame, Lieutenant, und sie sagt, daß Sie sie herbestellt hätten.«
An D'Agostas halb offenstehender Bürotür erschien eine Frau in Uniform, die der Lieutenant interessiert musterte: Sie war klein und schlank, hatte blasse Haut, tiefschwarze Haare und einen ziemlich großen Busen.
»Sind Sie Lieutenant D'Agosta?« fragte sie.
D'Agosta war verblüfft, daß eine so kleine Frau eine so tiefe

Stimme haben konnte. »Nehmen Sie doch Platz«, sagte er und deutete auf einen Stuhl.

Offenbar sah Sergeant Hayward es als eine Selbstverständlichkeit an, bei einem ranghöheren Beamten unangemeldet ins Büro zu platzen.

»Ich kann mich nicht daran erinnern, daß wir einen Termin vereinbart hätten, Sergeant«, meinte D'Agosta.

»Das hatten wir auch nicht«, antwortete Hayward ungeniert. »Aber ich bin mir sicher, daß Sie mich auch ohne Termin sehen wollen.«

D'Agosta lehnte sich in seinem Stuhl zurück und zog langsam an seiner Zigarre. Er würde sich anhören, was die Frau zu sagen hatte, und sie dann nicht allzu freundlich hinausbefördern. Obwohl er niemand war, der kleinlich auf die Einhaltung von Dienstvorschriften pochte, fand er die Art, wie sie sich in sein Büro gedrängt hatte, doch ein ziemlich starkes Stück. Er fragte sich, ob sie sich vielleicht über einen seiner Männer beschweren wollte, der ihr im Archiv oder sonstwo an die Wäsche gegangen war. Ein Fall von sexueller Belästigung war das Letzte, was er im Augenblick brauchen konnte.

»Es geht um die Leichen, die Sie im Humboldt Kill gefunden haben«, erklärte Sergeant Hayward.

»Was ist mit ihnen?« fragte D'Agosta und wurde sofort mißtrauisch. Eigentlich hatte er über die Details dieser Angelegenheit eine interne Nachrichtensperre verhängt.

»Ich war bei der Bahnpolizei, bevor man sie aufgelöst hat«, erklärte Sergeant Hayward und nickte, als wäre das allein schon eine ausreichende Erklärung für ihr Eindringen in D'Agostas Büro. »Jetzt gehe ich immer noch Streife in der U-Bahn und kümmere mich um die Obdachlosen in der Penn Station, Hell's Kitchen und den Eisenbahndepots ...«

»Moment mal«, unterbrach D'Agosta, »Sie wollen mir doch nicht etwa erzählen, daß *Sie* die Penner aus der U-Bahn verjagen?«

Er wußte sofort, daß er einen Fehler gemacht hatte. Als Hayward seinen ungläubigen Ton hörte, setzte sie sich kerzengerade hin und hob die Augenbrauen. Eine Weile herrschte zwischen den beiden eine unangenehme Stille.

»Wir haben es nicht gerne, wenn man von ›verjagen‹ spricht, Lieutenant«, meinte sie schließlich.

»In meinem Büro sage ich, was ich will«, entgegnete D'Agosta, der viel zu viele andere Sorgen hatte, um sich auch noch Gedanken um die Gefühle seines ungebetenen Gastes zu machen.

Hayward blickte ihn eine Sekunde lang durchdringend an. D'Agosta sah, wie aus ihren braunen Augen das Wohlwollen schwand, mit dem sie ihn zu Anfang des Gesprächs noch angesehen hatte. »Bitte«, sagte sie, »wenn Sie meinen.« Sie atmete tief durch. »Als ich von diesen Skeletten hörte, mußte ich an einige Morde denken, die sich in letzter Zeit bei den Maulwürfen ereignet haben.«

»Bei was für Maulwürfen?«

»Bei den Tunnelmenschen, meine ich«, verbesserte sie sich und sah D'Agosta mit einem herablassenden Blick an, den dieser als ausgesprochen irritierend empfand. »Oder bei den Obdachlosen in den U-Bahn-Schächten, wenn Ihnen das lieber ist. Ich bin hier, weil ich heute in der *Post* diesen Artikel gelesen habe. Den über Mephisto.«

D'Agosta verzog das Gesicht. Dieser sensationslüsterne Smithback hatte wieder einmal seine Leser aufgestachelt und damit eine ohnehin schon prekäre Situation noch weiter zugespitzt. Bei den Ereignissen um die Museumsmorde waren D'Agosta und Smithback zwar so etwas wie Freunde geworden, aber jetzt, wo der Journalist sich als Polizeireporter gerierte, ging er D'Agosta gewaltig auf den Geist. Unzählige Male schon hatte Smithback ihn um Insider-Informationen angegangen, obwohl er genau wußte, daß D'Agosta sie ihm nie und nimmer geben würde.

»Ein Obdachloser hat in dieser Stadt an sich schon eine sehr geringe Lebenserwartung«, sagte Hayward, »und bei den Maulwürfen ist sie noch viel niedriger. Aber in letzter Zeit ereignen sich unten in den Tunnels auch noch diese extrem brutalen Morde: Enthauptungen, aufgerissene Körper und so weiter. Ich dachte, es würde Sie vielleicht interessieren, daß dieser Journalist sich die Geschichte nicht aus den Fingen gesaugt hat.« Sergeant Hayward rutschte auf ihrem Stuhl herum und sah D'Agosta mit ihren durchdringenden braunen Augen an. »Aber wer weiß, vielleicht hätte ich mir die Mühe ja sparen sollen.«

D'Agosta entschloß sich, diese Frechheit zu überhören. »Von wie vielen enthaupteten Leichen reden Sie denn, Hayward?« wollte er wissen. »Von zwei? Oder drei?«

»Eher von einem halben Dutzend«, sagte Hayward nach einer kurzen Pause.

D'Agosta sah sie entgeistert an und vergaß, an seiner Zigarre zu ziehen. »Von einem halben *Dutzend?*«

»Sieben innerhalb der letzten vier Monate, um genau zu sein. Bevor ich zu Ihnen kam, habe ich mir noch einmal die Akten durchgesehen.«

D'Agosta ließ die Hand mit der Zigarre sinken. »Verstehe ich Sie da richtig, Sergeant? Da läuft eine Art Jack the Ripper im Untergrund herum, und niemand interessiert sich dafür?«

»Moment mal!« verteidigte sich Hayward. »Das ist bloß so eine Idee von mir, okay? Nichts Offizielles.«

»Und warum haben Sie diese Idee nicht auf dem normalen Dienstweg Ihrem Vorgesetzten mitgeteilt?«

»Das habe ich ja. Kennen Sie Captain Waxie?«

Jeder bei der Polizei kannte Jack Waxie. Er war der fetteste und faulste Polizei-Captain von ganz New York City, ein Mann, der sich seine Position durch Nichtstun und Schleimerei ersessen hatte. Vor einem Jahr, nach den Museumsmorden, hätte eigentlich D'Agosta zum Captain befördert werden sollen, aber dann war Bürgermeister Harper abgewählt worden, und sein

Nachfolger, der für massive Steuersenkungen gekoppelt mit einem rigorosen Sparkurs eintrat, hatte ihn einfach übergangen und statt dessen Waxie zum Captain gemacht. Seither verstand D'Agosta die Welt nicht mehr.

Hayward schlug die Beine übereinander und sah ihn an. »Morde an den Tunnelmenschen sind etwas anderes als Morde an der Oberfläche«, sagte sie. »Die meisten Leichen werden nie gefunden und wenn, dann sind sie oft stark von Ratten oder Hunden angefressen und nur schlecht zu identifizieren. Aber selbst wenn die Leichen völlig intakt sind, haben sie oft keine Papiere, keine Angehörigen und niemanden, der sie vermißt. Und die anderen Maulwürfe würden sich lieber die Zunge abbeißen, als der Polizei einen Hinweis zu geben.«

»Und so legt Jack Waxie einen Fall nach dem anderen zu den Akten, stimmt's?« fragte D'Agosta.

Hayward runzelte wieder die Stirn. »Er schert sich einen Dreck um die Tunnelmenschen.«

D'Agosta sah sie eine Weile an und fragte sich, was ein alter Chauvie wie Waxie wohl von dieser einen Meter siebenundfünfzig großen Ex-Bahnpolizeibeamtin hielt. Aber er brauchte nur seinen Blick über ihre schlanke Taille, ihre glatte Haut und ihre braunen Augen gleiten lassen, und schon lag die Antwort auf der Hand. Sergeant Hayward war wirklich hübsch anzuschauen. »Okay, Sergeant«, sagte er. »Ich habe angebissen. Können Sie mir sagen, wo diese Leichen gefunden wurden?«

»Das kann ich gerade noch, aber darüber hinaus sind die Informationen mehr als dürftig.«

D'Agostas Zigarre war ausgegangen; er nahm ein weiteres Streichholz aus der Schachtel. »Also, wo hat man sie gefunden?«

»Ich habe hier eine Liste für Sie«, sagte Hayward und zog einen Computerausdruck aus einer Tasche ihrer Uniform. Sie faltete das Blatt auf, strich es glatt und reichte es D'Agosta.

Während der Lieutenant seine Zigarre wieder ansteckte, warf

er einen Blick auf die Liste. »Die erste Leiche wurde am 30. April in der West 58th Street Nummer 624 gefunden«, las er.
»Und zwar in einem Heizungskeller, der einen Zugang zu den Gleistunnels der Eisenbahn hat.«
D'Agosta nickte und las weiter. »Die zweite wurde am 7. Mai unter der S-Bahnstation Columbus Circle gefunden, und bei der dritten steht als Datum der 20. Mai und dann Stamm B4, Gleis zweiundzwanzig, Kilometer 2,1. Was, zum Teufel, ist denn das?«
»Das ist ein zugemauerter Frachttunnel am alten Güterbahnhof in der West Side. Die Maulwürfe brechen Löcher in die Wände und nisten sich in diesen Tunnels ein.«
D'Agosta hörte ihr zu und genoß seine Zigarre. Vor einem Jahr hatte er die Marke gewechselt – sozusagen als Vorgriff auf seine bevorstehende Beförderung. Als er dann doch kein Captain geworden war, hatte er es nicht übers Herz gebracht, von den Dunhills wieder zu den Garcia y Vegas zurückzukehren. Ab und zu sah er beim Rauchen hinüber zu Sergeant Hayward, die seinen Blick gelassen erwiderte. Der Frau mangelte es eindeutig am nötigen Respekt gegenüber Vorgesetzten. Trotz ihres zierlichen Körperbaus strahlte sie ein gesundes Selbstvertrauen und eine natürliche Autorität aus. Daß sie D'Agosta aus eigenem Antrieb aufgesucht hatte, deutete auf viel Eigeninitiative hin. Und darauf, daß sie ziemlich mutig war. Einen Augenblick lang bedauerte es der Lieutenant, daß ihr Verhältnis bisher unter keinem guten Stern gestanden hatte. »Daß Sie direkt zu mir kommen, entspricht zwar nicht dem Dienstweg«, sagte er. »Aber ich weiß es trotzdem sehr zu schätzen.«
Hayward nickte fast unmerklich, als wolle sie ihm damit signalisieren, daß sie sein Kompliment zwar zur Kenntnis genommen, aber deshalb noch lange nicht akzeptiert hatte.
»Ich möchte mich nicht in Captain Waxies Angelegenheiten einmischen«, fuhr D'Agosta fort, »aber ich kann Ihren Hinweis

auch nicht ignorieren. Möglicherweise besteht ja wirklich eine Verbindung zwischen den Mordfällen. Das haben Sie sich aber sicher schon selbst zusammengereimt. Deshalb schlage ich vor, wir vergessen, daß Sie hier bei mir waren.«

Hayward nickte abermals.

»Ich werde Waxie anrufen und so tun, als wäre ich selbst auf die Fälle aufmerksam geworden, und dann werden wir zusammen einen kleinen Bummel in den Untergrund machen.«

»Das wird dem Captain aber gar nicht gefallen. Wenn der mal einen Bummel macht, dann höchstens in die Cafeteria.«

»Er wird trotzdem mitkommen, glauben Sie mir. Es würde nicht allzu gut aussehen, wenn er auf seinem Hintern hockenbleiben würde, während ein Lieutenant die Arbeit für ihn tut. Ganz besonders in diesem Fall, wo es möglicherweise um einen Serienkiller geht, der sich seine Opfer unter den Obdachlosen sucht. Eine solche Geschichte birgt eine Menge politischen Zündstoff. Also werden Waxie, Sie und ich uns ganz unauffällig in den Untergrund begeben. Und zwar ohne großes Aufsehen.«

Hayward runzelte die Stirn. »Das wäre nicht klug, Lieutenant«, sagte sie. »Da unten kann es ganz schön gefährlich werden. Wir kennen uns viel zuwenig aus, die Maulwürfe dafür aber um so besser. Und es sind nicht nur harmlose Penner im Untergrund, sondern auch ziemlich rabiate Burschen – Vietnamveteranen, Ex-Sträflinge, Überbleibsel der radikalen Studentenbewegung. Es gibt nichts, was die mehr hassen als die Polizei. Wenn wir uns da hinwagen, dann mindestens mit einer Hundertschaft.«

D'Agosta ging der respektlose Ton der Frau langsam auf die Nerven. »Nun machen Sie aber einen Punkt, Hayward. Wir sprechen hier nicht von einer Invasion, sondern von einer inoffiziellen Informationstour. Solange die Sache nichts weiter als eine Vermutung ist, sollten wir sie nicht an die große Glocke hängen. Falls wir im Untergrund etwas entdecken sollten, können wir ja noch immer im großen Stil zuschlagen.«

Hayward erwiderte nichts.
»Und noch was, Hayward. Wenn auch nur ein Sterbenswörtchen von dieser Unternehmung durchsickert, weiß ich genau, wo die undichte Stelle war.«
Hayward stand auf, strich sich die blaue Uniformhose glatt und rückte ihren breiten Dienstgürtel zurecht. »Verstanden.«
»Ich hatte auch nichts anderes erwartet«, sagte D'Agosta und blies eine Rauchwolke hinauf zu dem Rauchen-verboten-Schild. Hayward warf einen Blick auf seine Zigarre, wobei sich D'Agosta nicht ganz sicher war, ob er Mißbilligung oder Ekel ausdrücken sollte. »Wollen Sie auch eine?« fragte er sarkastisch und holte eine weitere Zigarre aus seiner Brusttasche.
»Nein danke. Ich muß dabei immer an meinen Onkel denken.«
»Was ist denn mit Ihrem Onkel?«
»Mundkrebs. Man hat ihm die Lippen wegoperiert.«
Schweigend sah D'Agosta zu, wie Hayward auf dem Absatz kehrtmachte und raschen Schrittes sein Büro verließ. Er bemerkte nicht nur, daß sie es nicht nötig gehabt hatte, sich zu verabschieden, sondern auch, daß ihm seine Zigarre auf einmal nicht mehr ganz so gut schmeckte wie zuvor.

8

Er saß in der wispernden Dunkelheit und bewegte sich nicht. Obwohl es in dem Zimmer kein Licht gab, wanderten seine Augen im Raum herum und verharrten liebevoll auf jedem Gegenstand, den sie erblickten. Die Fähigkeit, im Dunkeln zu sehen, war noch neu für ihn, und so saß er manchmal stundenlang einfach nur da und wunderte sich über die plötzliche Schärfe seiner Sinne.
Nach einer Weile schloß er die Augen und lauschte den weit

entfernten Geräuschen der Stadt. Bald konnte er aus dem beständigen Hintergrundmurmeln einzelne Gesprächsfetzen heraushören, zum Teil aus der Nebenwohnung, zum Teil sogar in anderen Stockwerken. Schließlich hörte er weg und konzentrierte sich auf das leise Scharren und Quieken der Mäuse, die in den Wänden des Gebäudes ihr eigenes verborgenes Leben führten. Manchmal glaubte er gar, das Geräusch zu hören, mit dem sich die Erde drehte.

Später – er konnte nicht genau sagen, wieviel später – verspürte er wieder so ein Hungergefühl. Es war kein Hunger, wie er ihn kannte, sondern eher das Gefühl, daß etwas *fehlte*: eine tiefe Begierde, die sich nicht genau lokalisieren ließ und im Augenblick noch relativ schwach war. Er gab ihr nie die Gelegenheit, viel stärker zu werden.

Rasch stand er auf und ging, trotz der vollständigen Finsternis, sicheren Schrittes durch das Labor. Vor einem der Gasbrenner hinten an der Wand blieb er stehen, zündete ihn mit einem Feuerzeug an und stellte einen Glaskolben mit destilliertem Wasser darüber. Während es sich erhitzte, griff er in eine geheime Tasche, die er sich ins Futter seiner Jacke genäht hatte, und holte eine kleine Metallkapsel heraus. Er schraubte sie auf und schüttete eine kleine Menge Pulver ins Wasser. Im blauen Licht der Gasflamme hatte das Pulver die Farbe hellgrüner Jade. Als die Temperatur anstieg, löste sich das Pulver auf und sank langsam in einer kleinen Wolke nach unten.

Er drehte das Gas ab und goß die Flüssigkeit in ein Reagenzglas. Das war der Punkt, an dem er das Gefäß mit der Flüssigkeit immer in beide Hände nahm, den Kopf hob und die Nasenflügel weit blähte. Dann schwenkte er wie bei einer rituellen Handlung das Gebräu und sog mit einem wohligen Schauder den angenehmen Duft ein. Jedesmal nahm er sich vor, die Flüssigkeit vor dem Trinken abkühlen zu lassen, aber er schaffte es nie. Auch jetzt verbrannte er sich wieder den Gaumen,

weil er den Trank viel zu gierig schlürfte. Nachsichtig lachte er über sich selbst. Es amüsierte ihn, daß es ihm nicht gelang, die Vorschriften zu beachten, auf deren Einhaltung er bei anderen so rigoros beharrte.
Noch bevor er sich wieder hingesetzt hatte, war das hohle Gefühl in seinem Inneren verschwunden, und das stetig anschwellende Kribbeln begann. Es war eine warme Glut, die an den Extremitäten anfing und sich dann immer weiter nach innen verbreitete, bis sein ganzer Körper in Flammen zu stehen schien. Ein unbeschreibliches Gefühl von Macht und Wohlbefinden erfüllte ihn. Die Fähigkeiten seiner ohnehin schon geschärften Sinne schienen sich zu multiplizieren, so daß er in der totalen Dunkelheit sogar noch die winzigsten Staubpartikel sehen und die Stimmen von ganz Manhattan hören konnte – vom Small talk im Rainbow Room im siebzigsten Stock des Rockefeller Center bis zum hungrigen Heulen seiner Kinder an verborgenen Orten tief unter der Erde.
Sie wurden immer hungriger. Bald würde nicht einmal die Zeremonie sie mehr unter Kontrolle halten können.
Aber dann würde das auch nicht mehr nötig sein.
Die Dunkelheit kam ihm jetzt fast schmerzhaft hell vor. Er schloß die Augen und lauschte dem kraftvollen Rauschen des Blutes in den Gängen und Kammern seiner Ohren. Er würde die Augen geschlossen halten, bis der Höhepunkt der Sinnesschärfung – und der merkwürdige silbrige Glanz, der dabei vorübergehend seine Augen überzog – vorüber war. Wer auch immer diesem Zeug den Namen »Glaze« gegeben hat, dachte er amüsiert, wußte genau, was er tat.
Bald – allzu bald – ließ das erste Hochgefühl nach. Die Kraft in seinen Muskeln, Gelenken und Sehnen aber blieb als ständige Erinnerung an das, was Glaze aus ihm gemacht hatte. Wenn nur seine früheren Kollegen ihn jetzt sehen könnten, dann würden sie alles verstehen.
Fast bedauernd stand er wieder auf. Nur ungern verließ er den

Ort, an dem er soviel Freude erfahren hatte, aber es gab noch so viel zu tun.
Er hatte eine anstrengende Nacht vor sich.

9

Als Margo sich der Tür näherte, bemerkte sie mit Abscheu, daß diese noch immer so verdreckt war wie eh und je. Selbst für die Standards des Museums, wo man nicht allzu staubempfindlich sein durfte, war die Tür zum Anthropologischen Labor, das im Museumsjargon nur der »Skelettraum« hieß, unbeschreiblich schmutzig. Die hat eine Ewigkeit niemand mehr saubergemacht, dachte Margo. Der Türknauf und die Stelle ringsum waren so schwarz von fettigen Fingerabdrücken, daß Margo sich kurz überlegte, ob sie nicht ein Papiertaschentuch aus ihrer Handtasche holen sollte. Sie verwarf diesen Gedanken aber rasch wieder, faßte den Knauf und drehte ihn beherzt.
Wie immer war der Raum dahinter nur schwach erleuchtet, so daß sie Mühe hatte, die langen Reihen von Metallschubladen zu erkennen, die vom Boden bis zur Decke reichten, wie die Bücherregale in einer großen Bibliothek. Jede der über zwölftausend länglichen Schubladen enthielt ein säuberlich zerlegtes menschliches Skelett, entweder komplett oder in Teilen. Die meisten stammten von Eingeborenen aus Afrika sowie Nord- und Südamerika, aber Margo interessierte sich heute nur für eine Unterabteilung der Sammlung, die mehr aus medizinischen als aus anthropologischen Gründen angelegt worden war. Dr. Frock hatte vorgeschlagen, daß sie sich zunächst einmal die Überreste von Menschen mit schweren Knochenerkrankungen ansehen sollten. Vielleicht, so lautete seine

Hypothese, konnte ja der Vergleich mit den Knochen von an Akromegalie oder dem Proteus-Syndrom erkrankten Personen dabei helfen, das Geheimnis des bizarren Skeletts zu lüften, das im Labor für Forensische Anthropologie noch immer unter einer blauen Plastikplane lag.

Margo seufzte leise und ging an den Wänden mit den Schubladen entlang. Sie wußte genau, daß eine unangenehme Begegnung sie erwartete. Sy Hagedorn, der Verwalter der Skelettsammlung, war fast so alt und vertrocknet wie seine Exponate und zählte zusammen mit Curley, dem Portier am Personaleingang, Emmaline Spragg von der Abteilung für wirbellose Tiere und noch ein paar anderen zur alten Garde des Museums. Obwohl die meisten anderen Sammlungen des Museums längst über computerisierte Kataloge verfügten, weigerte Hagedorn sich standhaft, seine Datenverwaltung auf den Stand des 20. Jahrhunderts zu bringen. Als Margos früherer Kollege Greg Kawakita noch sein Büro in der Anthropologischen Abteilung gehabt hatte, hatte er jedesmal, wenn er seinen Laptop-Computer aufklappte, Hagedorns beißenden Spott über sich ergehen lassen müssen. Aus Rache hatte Kawakita Hagedorn hinter dessen Rücken den Spitznamen »Stumpy« verpaßt. Viele dachten, der Name sei eine Abkürzung von »Wunderstumpen« und bezöge sich auf Hagedorns geringe Körpergröße, aber Margo wußte es besser: Ihr und ein paar anderen von Dr. Frocks Doktoranden hatte Kawakita nämlich anvertraut, daß er an *Stumpiniceps trolodytes* gedacht hatte, einen besonders häßlichen kleinen Fisch, der im Karbon sein Leben im Schlamm der Weltmeere gefristet hatte.

Beim Gedanken an Kawakita überfiel Margo ein leises Schuldgefühl. Vor etwa sechs Monaten hatte er auf ihren Anrufbeantworter gesprochen und sich dafür entschuldigt, daß er den Kontakt zu ihr hatte abreißen lassen. Dann hatte er noch gesagt, daß er dringend mit ihr reden müsse und daß er sie am folgenden Abend um dieselbe Zeit wieder anrufen würde. Als das Telefon vierundzwanzig Stunden später dann tatsächlich wieder geklingelt hatte, war Margo einen Augenblick lang unschlüssig dagesessen und hatte dann doch nicht abgehoben. Der Anrufbeantworter war angesprungen, aber niemand hatte darauf gesprochen, und Margo hatte ganz langsam ihre Hand, die nur wenige Zentimeter vom Hörer entfernt innegehalten hatte, wieder zurückgezogen. Sie hatte sich gefragt, was sie wohl dazu bewogen hatte, Kawakitas Anruf nicht entgegenzunehmen, aber schon damals hatte sie die Antwort darauf gewußt: Kawakita war – ebenso wie Lieutenant D'Agosta, Smithback, Special Agent Pendergast und selbst Dr. Frock – für sie zu sehr mit den schrecklichen Erlebnissen von vor eineinhalb Jahren verbunden. Mit dem von ihm entwickelten Extrapolationsprogramm waren sie schließlich hinter das Geheimnis der seltsamen Kreatur gekommen, die damals das Museum und die ganze Stadt in Angst und Schrecken versetzt hatte. Dieses Monstrum geisterte noch immer durch Margos Träume, und sie hatte monatelang den Kontakt mit all den Menschen gemieden, die sie an die schlimme Zeit von vor eineinhalb Jahren erinnerten.

Ein plötzliches Räuspern brachte Margo zurück in die Gegenwart. Sie sah einen kleinen Mann in einem abgetragenen Tweedanzug vor sich, dessen lederartiges Gesicht von unzähligen Falten durchfurcht war.

»Hab' ich's mir doch gedacht, daß da jemand zwischen meinen Skeletten herumschleicht«, sagte Sy Hagedorn stirnrunzelnd und verschränkte seine Arme vor der Brust. »Was wollen Sie?«

Der in Margo aufkeimende Ärger verjagte ihre Tagträume schlagartig. *Seine* Skelette, dachte sie bitter und zog ein Blatt Papier aus ihrer Umhängetasche. »Dr. Frock will, daß Sie ihm diese Stücke ins Labor für Forensische Anthropologie schicken«, sagte sie und reichte Hagedorn das Blatt.

Er überflog es und runzelte die Stirn noch stärker. »*Drei* Ske-

lette auf einmal?« fragte er erstaunt. »Das entspricht aber nicht den Vorschriften.«
Du kannst mich mal, Stumpy, dachte Margo. »Es ist sehr wichtig, daß wir sie so schnell wie möglich bekommen. Sollte es ein Problem für Sie sein, dann rufen Sie doch bitte Dr. Merriam an. Sie hat mir zugesichert, daß wir alles für unsere Arbeit benötigte unverzüglich erhalten.«
Die Erwähnung der Direktorin hatte den gewünschten Effekt auf Hagedorn. »Gut, wenn das so ist, will ich eine Ausnahme machen«, sagte er. »Aber korrekt ist es trotzdem nicht.«
Hagedorn schlurfte zurück zu dem alten Holztisch, der im Lauf der Jahre viele Schrammen und Kratzer abbekommen hatte. Dahinter befand sich in mehreren kleinen Schubladen Hagedorns Karteisystem. Er sah sich den ersten Eintrag auf Frocks Liste an und fuhr mit seinem dünnen nikotingelben Finger an den Karteikästen entlang. Schließlich zog er eine Schublade auf und blätterte durch die speckigen Karten. Dann holte er eine davon heraus und räusperte sich mißbilligend. »Neunzehnhundertdreißig-zweihundertzweiundsechzig«, las er. »Und das mir. Ist natürlich in einer der obersten Schubladen. Ich bin nämlich nicht mehr der Jüngste, wissen Sie. So hoch hinaufzusteigen bereitet mir Probleme.«
Er schlurfte los, blieb aber nach ein paar Schritten stehen. »Das ist ja ein Skelett aus der medizinischen Sammlung«, sagte er und deutete auf den roten Punkt in der rechten oberen Ecke der Karte.
»Das sind sie alle drei«, antwortete Margo. Dann schwieg sie, obwohl ihr klar war, daß Hagedorn eine Erklärung erwartete.
Schließlich räusperte sich der Verwalter noch einmal und hob die Augenbrauen zum Zeichen, wie ungewöhnlich er diese Bestellung doch fand. »Gut, wenn Sie darauf bestehen«, sagte er und schob ihr quer über den Tisch die Karte hin. »Hier. Tragen Sie Ihren Namen und Ihre Abteilung ein, und verges-

sen Sie nicht, auch Dr. Frocks Namen in der Kontrollspalte zu vermerken.«

Margo warf einen Blick auf die abgegriffene Karte, deren Ränder von der Berührung unzähliger Finger ganz ausgefranst und schwarz waren. Eine Bibliothekskarte, dachte sie. Wie putzig. In der ersten Zeile stand in Druckbuchstaben der Name des Skeletts: Homer MacLean. Frock hatte ihr gesagt, daß der Mann unter starker Neurofibromatose gelitten habe.

Sie beugte sich vor und kritzelte ihren Namen in die unterste Zeile auf der Karte. Dann hielt sie plötzlich inne, denn vier Namen weiter oben entdeckte sie eine ihr vertraute Unterschrift: G. S. Kawakita, Anthropologie. Vor fünf Jahren hatte er sich dieses Skelett aushändigen lassen. Das war eigentlich nichts Ungewöhnliches, denn Greg hatte immer schon ein Interesse an allem Anormalen gehabt. Vielleicht rührte daher auch seine Faszination für Dr. Frock und dessen Theorie der Fraktalen Evolution.

Als Margo Greg Kawakitas Namen las, fiel ihr plötzlich ein, wie dieser in Hagedorns Abwesenheit einmal hier in diesem Raum mit seiner Angel das Fliegenfischen geübt hatte, und unterdrückte ein Grinsen.

Jetzt muß ich Greg aber wirklich mal anrufen, dachte sie. Heute abend suche ich mir seine Nummer aus dem Telefonbuch. Besser spät als gar nie.

Als sie Hagedorn schnauben hörte, blickte sie auf. »Sind Sie bald fertig?« fragte er ungeduldig. »Sie sollen bloß Ihren Namen eintragen, nicht einen lyrischen Erguß schreiben.«

10

Die breite Vorderfront des Polyhymnia Clubs an der West 45th Street erinnert mit ihren üppigen Verzierungen aus Marmor und Sandstein manche Leute an das Heck einer spanischen Galeone. In der Mitte, gleich über der Markise, befindet sich eine vergoldete Statue der für Rhetorik zuständigen Muse Polyhymnia, die nur auf einem Fuß steht und so aussieht, als wolle sie jeden Moment abheben und losfliegen. Samstag abends herrscht im Polyhymnia-Club immer Hochbetrieb, und obwohl nur New Yorker Journalisten Zutritt zu dem Gebäude haben, kommt die schwere Drehtür nur selten zur Ruhe. Wie schon Horace Greeley einmal beklagte, trifft der Begriff »New Yorker Journalist« offenbar auf »die Hälfte aller arbeitslosen jungen Spunde südlich der 14th Street« zu.

Im eichenholzgetäfelten Inneren des Gebäudes trat Bill Smithback an die Bar und bestellte einen Coal Ila ohne Eis. Er gab nicht allzu viel auf die altehrwürdige Tradition des Clubs, dafür aber schätzte er dessen einmaliges Angebot an speziell importierten schottischen Whiskeys um so mehr. Als ihm der Barkeeper den bernsteinfarbenen Single Malt hinstellte, nahm er andächtig einen Schluck und genoß mit geschlossenen Augen den einzigartigen Geschmack nach Torffeuer und dem Wasser des Loch nam Ban. Danach erst sah er sich um und nahm die bewundernden Blicke seiner Kollegen entgegen.

Der Wisher-Mord hatte sich als einer der größten Glücksfälle in Smithbacks Karriere erwiesen. Schon jetzt hatte er ihm drei Titelgeschichten in weniger als einer Woche verschafft, denn vor diesem Hintergrund waren auch das Geschwätz und die vagen Drohungen von Mephisto für eine Schlagzeile auf Seite eins gut gewesen. Sogar Murray hatte ihm heute nachmittag freundschaftlich auf die Schulter geklopft, und dabei konnte der Chefredakteur sonst nie ein lobendes Wort erübrigen.

Nachdem Smithback niemanden entdeckt hatte, mit dem er gerne geredet hätte, bestellte er sich noch einen Whiskey. Es ist schon erstaunlich, dachte er, welche Macht man als Journalist doch hat. Die ganze Stadt war wegen seiner Artikel aus dem Häuschen, in denen selbst der Bürgermeister sein Fett wegbekommen hatte, und seine Idee mit der Belohnung hatte so eingeschlagen, daß Ginny die Anrufe nicht mehr allein bewältigen konnte und Verstärkung durch eine extra angeheuerte Telefonistin bekommen hatte. Mrs. Wisher konnte mit Smithback zufrieden sein. Er hatte ganze Arbeit geleistet.

Nur ganz am Rande kam Smithback der Verdacht, daß Mrs. Wisher ihn vielleicht bewußt manipuliert haben könnte. Er schob ihn aber sogleich beiseite und ließ einen Schluck von seinem Scotch die Kehle hinunterrinnen, wie ein Traum von einer schöneren Welt.

Als sich eine Hand auf seine Schulter legte, fuhr Smithback herum. Es war Bryce Harriman, der Polizeireporter der *Times*, der ebenfalls auf den Fall Wisher angesetzt war.

»Ach, du bist's«, sagte Smithback mit enttäuschter Miene.

»Alles klar, Bill?« fragte Harriman, während er sich neben Smithback an die Bar zwängte und auf die zinkbeschlagene Theke klopfte. »Ein Kilians«, bestellte er beim Barkeeper.

Smithback nickte schicksalsergeben. Von allen Leuten in dieser Stadt mußte ihm ausgerechnet dieser Kerl über den Weg laufen.

»Tolle Idee, das mit der Belohnung«, meinte Harriman und nahm die Hand immer noch nicht von Smithbacks Schulter. »Bestimmt hat sie bei der … *Post* großen Anklang gefunden.« Harriman zögerte einen Augenblick vor dem Wort *Post*, als würde ein anständiger Mensch es normalerweise nicht in den Mund nehmen.

»Das ist richtig.«

»Weißt du was, Smithback, eigentlich sollte ich mich bei dir bedanken. Du hast mir zu einer guten Story verholfen.«

»Ach wirklich?« fragte Smithback ohne großes Interesse.
»Wirklich. Du solltest mal lesen, was morgen in der *Times* steht. Die polizeilichen Untersuchungen sind praktisch zum Stillstand gekommen«, sagte Harriman mit einem selbstzufriedenen Grinsen. »Seit ihr diese Belohnung ausgesetzt habt, rufen sämtliche Psychopathen der Stadt ständig bei der Polizei an, die daraufhin jeder auch noch so idiotischen Spur nachgehen muß. Kein Wunder, daß dabei die eigentliche Untersuchung ins Stocken gerät. Wenn ich du wäre, würde ich mich für eine Weile nicht im Polizeipräsidium blicken lassen, Smithback. So fünf bis zehn Jahre dürften genügen.«
»Ach, hör doch auf«, knurrte Smithback gereizt. »Wir haben der Polizei doch einen Gefallen getan.«
»Das sehen die Leute, mit denen ich mich unterhalten habe, aber ganz anders.«
Smithback wandte sich demonstrativ ab und nahm einen Schluck von seinem Whiskey. Er war Harrimans Sticheleien gewohnt. Sein Konkurrent hatte an der Columbia Universität Journalismus studiert und hielt sich für den besten Reporter der Stadt. Aber ganz gleich, was er auch sagte, Smithback wußte, daß er sich auf sein gutes Verhältnis zu Lieutenant D'Agosta verlassen konnte, und nur darauf kam es an. Dieser Scheißkerl Harriman war doch bloß neidisch.
»Sag mal, Bryce«, wandte er sich an seinen Kollegen, »wie verkauft sich denn die *Times* so in letzter Zeit? Wir haben unsere Auflage seit letzter Woche um vierzig Prozent steigern können.«
»Keine Ahnung. Und es interessiert mich auch nicht. Ein guter Journalist schielt nicht auf Verkaufszahlen.«
Smithback ließ sich davon nicht beirren. »Jetzt gib doch endlich zu, Bryce, daß ich dich ausgestochen habe. Ich habe nun mal das Interview mit Mrs. Wisher gemacht und nicht du.«
Harriman wurde rot, und Smithback wußte, daß er einen Nerv

getroffen hatte. Offenbar hatte der Reporter deswegen einen Anpfiff von seinem Chefredakteur bekommen.
»Das stimmt«, sagte Harriman. »Sieht aber so aus, als hätte sie dich um den kleinen Finger gewickelt und würde dich mit irgendwelchen Mätzchen hinhalten, während sich die wirkliche Geschichte ganz woanders abspielt.«
»Und worum geht es in der richtigen Geschichte?«
»Zum Beispiel um die Identität des zweiten Skeletts. Oder darum, wo man die beiden Leichen aus dem Humboldt Kill hingebracht hat.« Harriman trank einen Schluck von seinem Bier und warf Smithback einen schrägen Blick zu. »Jetzt sag bloß, du weißt das nicht?« fragte er mit gespieltem Erstaunen. »Aber wie solltest du auch? Du verbringst deine Zeit ja in U-Bahn-Schächten und läßt dir von irgendwelchen Irren dummes Zeug erzählen.«
Smithback sah seinen Kollegen fragend an und bemühte sich, sein Erstaunen zu verbergen. Wollte er ihm etwa einen Bären aufbinden? Nein, die blasierten Augen hinter der Hornbrille blickten ihn zwar verächtlich, aber dennoch ernst an. »Ich bin noch dabei, die Geschichte zu recherchieren«, erklärte er vorsichtig.
»Was du nicht sagst«, meinte Harriman und klopfte ihm gönnerhaft auf den Rücken. »Wie hoch war noch mal die Belohnung? Hunderttausend Dollar? Davon kann dir die *Post* vermutlich gerade mal zwei Jahre dein Gehalt zahlen – falls sie nicht vorher pleite geht, versteht sich.« Er lachte schallend, legte einen Fünfdollarschein auf die Theke und ging.
Smithback schaute Harriman irritiert hinterher. Die Skelette waren also nicht mehr in der Gerichtsmedizin? Das hätte er eigentlich selbst herausfinden müssen. Aber wo waren sie dann? Begraben hatte man sie bestimmt noch nicht, also mußten sie noch in irgendeinem Labor sein. Und zwar in einem, das besser ausgestattet war als das des Leichenbeschauers. Darüber hinaus mußte es ein ruhiger Ort sein, wo nicht

ständig Studenten herumliefen. Damit fielen die Columbia und die Rockefeller University aus. Schließlich war D'Agosta mit dem Fall betraut, und der war ein alter Hase, der keine Risiken einging. Aber warum hatte er dann die Leichen so rasch woanders hinbringen lassen?

D'Agosta.

Auf einmal ahnte – nein, *wußte* – Smithback, wo die Skelette sein mußten.

Er trank sein Glas leer, glitt von seinem Barhocker und ging über den dicken roten Teppich zu einer Reihe von Telefonzellen im Foyer neben der Bar. Er steckte einen Vierteldollar in den Schlitz des ersten Apparats und wählte eine Nummer.

»Hier Curley«, sagte eine Stimme, der man ihr hohes Alter anhörte.

»Hallo Curley, hier spricht Bill Smithback. Wie geht es Ihnen?«

»Danke, gut, Dr. Smithback. Ich habe Sie schon länger nicht mehr hier gesehen.« Curley, der Portier am Personaleingang des Naturgeschichtlichen Museums, nannte alle Leute Doktor. Er saß schon eine Ewigkeit in seinem kleinen Kabuff aus verzierter Bronze und kontrollierte die Ausweise der Angestellten und Besucher. Selbst wenn rings um ihn die Welt unterginge, würde Curley noch immer die Stellung halten.

»Sagen Sie doch, Curley, wann genau sind am Mittwoch die beiden Krankenwagen ins Museum gefahren?« fragte Smithback so beiläufig wie möglich und hoffte inständig, daß der alte Portier noch immer glaubte, er würde für die PR-Abteilung des Museums arbeiten.

»Tut mir leid, Doktor«, sagte Curley in seiner langsamen Art, »daran erinnere ich mich nicht.«

»Tatsächlich?« fragte Smithback niedergeschlagen. Dabei war er sich seiner Sache so sicher gewesen.

»Oder meinen Sie vielleicht die Ambulanz, die mit Blaulicht und Sirene kam? Aber das war am Donnerstag in aller Früh, nicht am Mittwoch.« Smithback konnte hören, wie Curley durch das Besucherbuch blätterte. »Hier steht's. Es war kurz nach fünf.«

»Stimmt, Donnerstag«, sagte Smithback. »Ich muß da wohl was durcheinandergebracht haben.« Er bedankte sich bei dem Portier und legte auf.

Zufrieden grinsend ging er zurück in die Bar. Mit einem einzigen Anruf hatte er herausgefunden, wonach Harriman bestimmt seit Tagen – und garantiert ohne Erfolg – gesucht hatte.

Das Ganze war ziemlich einleuchtend. Smithback wußte nur zu gut, daß D'Agosta sich auch bei der Aufklärung der Museumsmorde vor eineinhalb Jahren der dortigen wissenschaftlichen Einrichtungen bedient hatte. Die Labors galten als sicher, das Personal als verschwiegen. Bestimmt hatte er wieder diesen aufgeblasenen alten Kurator Dr. Frock zu Rate gezogen und vielleicht auch dessen frühere Assistentin Margo Green. Smithback war mit ihr damals, als er ein Buch über das Museum schrieb, recht gut befreundet gewesen.

Margo Green, dachte Smithback. Allein ihretwegen lohnt es sich schon, der Sache auf den Grund zu gehen.

Er winkte den Barkeeper herbei und sagte: »Paddy, ich glaube, ich bleibe auf Islay, aber ich werde die Destillerie wechseln. Jetzt hätte ich gerne einen Laphroaig, aber den fünfzehnjährigen, bitte.«

Andächtig nahm Smithback einen Schluck von dem wundervollen Whiskey. Er kostete zwar zehn Dollar das Glas, war aber jeden einzelnen Penny wert. Wie hatte Harriman vorhin gesagt? »Hunderttausend Dollar. Davon kann dir die *Post* vermutlich gerade mal zwei Jahre lang dein Gehalt zahlen.« So unrecht hatte der Mann gar nicht. Smithback nahm sich vor, nach seiner nächsten Titelstory Murray um eine Gehaltserhöhung anzugehen. Man muß das Eisen schmieden, solange es heiß ist.

11

Sergeant Hayward stieg eine lange Metalltreppe hinab, öffnete eine schmale, von braunem Rost überzogene Tür und trat hinaus neben ein aufgelassenes Rangiergleis. D'Agosta, die Hände in den Hosentaschen vergraben, folgte ihr. Gedämpftes Sonnenlicht fiel durch eine Reihe von Gitterrosten über ihren Köpfen und beleuchtete die Staubpartikel, die durch die stille Luft schwebten. D'Agosta blickte erst nach links und dann nach rechts. Zu beiden Seiten verlor sich das Gleis in einem düsteren Tunnel.

»Wo bleibt denn der Captain?« wollte Hayward wissen.

»Der kommt nach«, sagte D'Agosta und kratzte sich an einer der Eisenbahnschienen etwas vom Absatz seines rechten Schuhs. »Gehen Sie nur los.«

Er sah Hayward zu, wie sie mit katzenartiger Geschmeidigkeit an den Gleisen entlang in den Tunnel steuerte. Seit er gesehen hatte, wie sicher sich die kleine Frau im Untergrund bewegte, hatte er jeglichen Vorbehalt aufgegeben und ihr die Führung überlassen.

Captain Waxie war in den zwei Stunden, die sie nun schon unterwegs waren, immer langsamer geworden. Zunächst hatten sie den Keller besichtigt, in dem man vor drei Monaten den ersten toten Obdachlosen gefunden hatte. Dieser feuchte Raum war voller alter Heizungskessel, und abgerissene Drähte hingen von der Decke. Hayward hatte ihnen die Matratze hinter einem der Öfen gezeigt, auf der noch immer leere Plastikflaschen und aufgeweichte zerfetzte Zeitungen lagen. Auf der von Ratten zerfressenen Matratze hatten sie einen riesigen Blutfleck von etwa einem Meter Durchmesser gesehen, und darüber hatten an einem rostigen Heizungsrohr zwei von grünem Schimmel überzogene Socken gehangen.

Die Leiche, die man dort gefunden hatte, war die eines gewissen Hank Jasper gewesen. Er hatte weder Angehörige noch Freunde gehabt. Die Akte seines Falles, die Hayward Lieutenant D'Agosta vor dem Ausflug in den Untergrund gezeigt hatte, war äußerst dürftig: keine Tatortfotos, keine Zeugenaussagen, nur ein paar lieblos ausgefüllte Formulare, auf denen von »massiven Fleischwunden« und einem »weitgehend zertrümmerten Schädel« die Rede war, und schließlich eine knappe Notiz, daß der Tote in Potter's Field auf Hart Island beigesetzt worden war.
Auch am zweiten Tatort, einer aufgelassenen Toilette im Bahnhof Columbus Circle, hatten sie nicht viel entdeckt, nur eine Menge Unrat und die Spuren halbherzig entfernten Blutes auf schmutzigen Waschbecken und gesprungenen Spiegeln. Von dem Mann, der hier gestorben war, wußte man nicht einmal den Namen: Er war enthauptet worden, den Kopf hatte man nie gefunden.
D'Agosta vernahm einen unterdrückten Fluch von der anderen Seite der verrosteten Tür, durch die sich kurz darauf der dicke Leib von Jack Waxie zwängte. Der Captain sah sich um, wobei sein teigiges, schweißnasses Gesicht einen angewiderten Ausdruck annahm. »Großer Gott, Vinnie«, schnaufte er, während er schwankend über die Gleise stieg und auf D'Agosta zukam. »Was, zum Teufel, machen wir bloß hier unten? Habe ich dir nicht gesagt, daß das kein Job für einen Polizei-Captain ist? Noch dazu an einem Sonntagnachmittag.« Er bewegte den Kopf in Richtung auf den dunklen Eisenbahntunnel. »Die Kleine hat dich dazu überredet, stimmt's? Ist ja ein süßes Ding, das muß ich zugeben. Tolle Titten, findest du nicht? Stell dir vor, ich habe ihr einen Job als meine persönliche Assistentin angeboten, und was macht sie? Besteht darauf, weiter hier unten auf Streife zu gehen und besoffene Penner aus ihren Schlupflöchern zu vertreiben.«
Kein Wunder, dachte D'Agosta, der sich gut vorstellen konnte,

was es für eine so attraktive Frau wie Hayward bedeutete, für einen Mann wie Waxie arbeiten zu müssen.
»Und jetzt spinnt auch noch mein verfluchtes Funkgerät«, beklagte sich Waxie gereizt.
D'Agosta deutete mit dem Finger nach oben. »Hayward meint, daß die Dinger hier unten nicht funktionieren. Zumindest nicht zuverlässig.«
»Na toll. Und wie fordern wir dann bitte schön Verstärkung an?«
»Gar nicht. Wir sind hier auf uns allein gestellt.«
»Na toll«, knurrte Waxie abermals.
D'Agosta musterte den Captain. Auf seiner Oberlippe standen dicke Schweißperlen, und seine sonst so prallen Wangen wirkten eingefallen. »Das hier ist dein Zuständigkeitsbereich, Jack, nicht meiner. Denk einfach dran, wie gut sich das ausnimmt, wenn aus der Sache doch noch was werden sollte: Captain Waxie begibt sich ausnahmsweise mal als erster an den Ort des Geschehens.« D'Agosta griff in seine Jackentasche, um sich eine Zigarre zu angeln, überlegte es sich dann aber doch anders. »Aber denk vor allen Dingen daran, wie schlecht es sich machen würde, wenn diese toten Obdachlosen am Ende doch etwas miteinander zu tun hätten und die Presse über dich schreiben würde, du hättest dich einen Dreck um das alles gekümmert.«
»Na und? Ich kandidiere schließlich nicht als Bürgermeister, Vinnie«, maulte Waxie und warf D'Agosta einen bösen Blick zu.
»Davon rede ich ja auch gar nicht. Aber wenn es hart auf hart kommt, dann kannst du wenigstens sagen, du hättest etwas getan.«
Waxie brummte vor sich hin und schien ein wenig besänftigt zu sein.
D'Agosta sah, wie der Lichtstrahl von Haywards Taschenlampe die Gleise entlang auf sie zukam. »Wir sind fast da«, erklärte

sie, als sie die beiden Männer erreicht hatte. »Wir müssen nur noch eine Ebene nach unten.«

»Nach unten?« fragte Waxie. »Ich dachte, das hier *wäre* die unterste Ebene, Sergeant.«

Hayward sagte nichts.

»Und wie geht es da hinunter?« wollte D'Agosta wissen.

Hayward deutete in die Richtung, aus der sie gerade gekommen war. »Wir müssen etwa vierhundert Meter an den Gleisen entlang nach Norden, dort gibt es rechts eine weitere Treppe.«

»Und wenn ein Zug kommt?« fragte Waxie.

»Das hier ist eine stillgelegte Strecke«, antwortete Hayward. »Hier ist schon lange kein Zug mehr gefahren.«

»Woher wollen Sie das wissen?«

Ohne ein Wort zu sagen, beleuchtete Hayward die Schienen vor ihren Füßen. Sie waren von hellbraunem Rost überzogen. D'Agosta blickte Hayward ins Gesicht. Sie sah nicht besonders glücklich aus.

»Ist was mit der nächsten Ebene?« fragte er ruhig.

Hayward schwieg einen Augenblick, dann sagte sie: »Normalerweise gehen wir nur hier oben Streife. Aber man hört so dies und das. Je tiefer man kommt, desto verrücktere Typen laufen herum.« Wieder hielt sie inne. »Deshalb habe ich vorgeschlagen, mehr Leute mitzunehmen.«

»Ja *leben* denn Menschen hier unten?« fragte Waxie und ersparte damit D'Agosta eine Antwort auf Haywards Bemerkung.

»Natürlich«, sagte Hayward, deren Ton keinen Zweifel daran ließ, wie dumm ihr Waxies Frage schien. »Hier sind sie sicher vor Regen und Wind, und im Winter ist es warm. Die einzigen Leute, vor denen sie da unten Angst haben müssen, sind die anderen Maulwürfe.«

»Wann wurde diese untere Ebene denn zum letztenmal von Obdachlosen gesäubert?« fragte Waxie.

»Dort unten finden keine Säuberungsaktionen statt, Sir.«

»Und warum nicht?«

»Weil man die Leute nicht finden kann«, entgegnete Hayward nach einer längeren Pause. »Die Maulwürfe können im Dunkeln phantastisch sehen, wir aber nicht. Man hört etwas, und noch bevor man sich umgedreht hat, sind sie schon verschwunden. Man kann sie eigentlich nur mit Hunden aufstöbern, die auf den Geruch von Leichen trainiert sind. Aber auch das ist nicht empfehlenswert, denn dort unten geht es gefährlich zu. Nicht alle Maulwürfe suchen nur Schutz in den tieferen Ebenen. Einige von ihnen sind auf der Flucht vor der Polizei, und manche sind sogar Killer, die im Untergrund ihren Opfern nachstellen.«

»Was sagen Sie eigentlich zu diesem Artikel in der *Post?*« wollte D'Agosta wissen. »Da steht, daß es eine Art organisierte Gemeinde im Untergrund geben soll. Übermäßig gefährlich klang das allerdings nicht.«

»Unter dem Central Park ist das auch so, Lieutenant«, antwortete Hayward. »Aber hier befinden wir uns unter der West Side. Es gibt im Untergrund harmlose und gefährliche Gegenden, so wie an der Oberfläche auch. Und vergessen Sie nicht, daß in dem Artikel auch etwas über Kannibalen stand«, fügte sie mit einem zuckersüßen Lächeln an.

Waxie öffnete den Mund, um etwas zu sagen, klappte ihn dann aber wieder zu und schluckte hörbar.

Schweigend begannen sie, die Schienen entlangzugehen. Nach ein paar Schritten bemerkte D'Agosta, daß er, ohne es zu wollen, die Hand an den Griff seiner Smith & Wesson, Modell 4946, Double Action, gelegt hatte. Vor ein paar Jahren hatte man bei der Polizei über die Einführung einer halbautomatischen Neun-Millimeter-Pistole nachgedacht, sie aber dann doch nicht durchgeführt. Jetzt war D'Agosta plötzlich froh, daß er noch seinen bewährten alten Colt hatte.

Schließlich erreichten sie die Treppe. Hayward zog eine schief in ihren Angeln hängende Stahltür auf und trat einen Schritt zur Seite. D'Agosta steckte den Kopf hinein. Der scharfe Ge-

stank nach Ammoniak biß ihn in der Nase und trieb ihm Tränen in die Augen.
»Ich gehe als erste, Lieutenant«, sagte Hayward.
D'Agosta machte ihr bereitwillig Platz.
Eine mit Kalk überkrustete Treppe führte nach unten bis zu einem Zwischenabsatz, von wo sie in die andere Richtung lief. D'Agosta spürte, wie seine Augen heftiger tränten, weil der Gestank immer beißender wurde.
»Was stinkt denn hier so, verdammt noch mal?« fragte er.
»Pisse«, entgegnete Hayward ungerührt. »Hauptsächlich jedenfalls. Zusammen mit ein paar anderen Sachen, die Ihnen bestimmt nicht gefallen würden.«
Waxies Keuchen hinter ihnen wurde deutlich stärker.
Unten angelangt, traten sie durch ein Loch in einer Mauer hinaus in einen dunklen, feuchten Raum. Hayward leuchtete mit ihrer Taschenlampe herum, und D'Agosta sah, daß sie sich am Ende eines alten Tunnels befanden. Allerdings gab es hier keine Schienen, nur festgetrampelten Lehm mit Öl- und Wasserlachen und den verkohlten Resten kleiner Lagerfeuer. Dazwischen lag überall Müll verstreut: alte Zeitungen, eine zerrissene Unterhose, ein kaputter Schuh, eine erst vor kurzem vollgekackte Plastikwindel.
D'Agosta hörte, wie Waxie hinter ihm schwer atmete, und fragte sich, weshalb der Captain auf einmal mit dem Meckern aufgehört hatte. Vermutlich liegt es an dem Gestank, dachte er.
Hayward ging auf einen Gang am Ende des Tunnels zu. »Da drinnen hat man die dritte Leiche gefunden«, erklärte sie. »Wir sollten hier nahe beieinander bleiben. Und passen Sie auf, daß Sie kein Rohr über die Rübe kriegen.«
»Wie bitte?« fragte D'Agosta.
»Hier kommt es öfter mal vor, daß jemand aus der Dunkelheit heraus einem ein Eisenrohr über den Kopf schlägt.«
»Aber ich sehe niemanden«, meinte D'Agosta.

»Sie sind trotzdem da, glauben Sie mir.«
Waxies Keuchen klang noch angestrengter.
Langsam stolperten sie den Gang entlang, wobei Hayward immer wieder die Wände ableuchtete. In Abständen von sechs, sieben Metern waren rechteckige Nischen in den Fels getrieben, die früher den Eisenbahnarbeitern als Arbeits- und Vorratsräume gedient hatten. In vielen lagen schmutzige Matratzen, und immer wieder scheuchte das Licht der Taschenlampe fette Ratten auf, die sich nur träge und langsam zwischen den überall herumliegenden Abfallhaufen verkrochen. Menschen waren nirgendwo zu sehen.
Hayward blieb stehen, nahm ihre Uniformmütze ab und strich sich eine Haarsträhne aus dem Gesicht. »In dem Bericht stand, daß die Leiche in der Nische neben einem zusammengebrochenen Eisensteg lag«, erklärte sie.
D'Agosta hielt sich die Hand vor den Mund, und als auch das nicht gegen den Gestank half, lockerte er seine Krawatte und zog sich den Kragen seines Hemdes wie eine Art Maske über Mund und Nase.
»Da ist es.« Haywards Taschenlampe beleuchtete einen rostigen Haufen aus Metallstreben und T-Trägern. Dann wanderte der Lichtstrahl zur anderen Seite des Tunnels und traf auf eine Nische, die auf den ersten Blick genauso aussah wie alle anderen auch: zwei Meter lang und eineinhalb Meter tief und etwa einen halben Meter über dem Boden des Ganges in den Felsen gehauen.
D'Agosta kam heran, warf einen Blick in die Nische hinein und sah eine dick mit getrocknetem Blut überkrustete Matratze. Auch die Wände waren voller Blut, und dazwischen klebten Dinge, deren Herkunft D'Agosta sich lieber nicht ausmalen wollte. Neben der Matratze lag eine von den allgegenwärtigen Obstkisten, die jemand umgeworfen und halb zertrümmert hatte. Aus der Nische, deren Boden dick mit Zeitungen ausgelegt war, drang ein unbeschreiblicher Gestank.

»Auch diese Leiche wurde ohne Kopf gefunden«, flüsterte Hayward. »Aber man konnte sie anhand der Fingerabdrücke identifizieren: ein Mann namens Sasheen Walker, zweiunddreißig Jahre alt. Hatte ein ellenlanges Vorstrafenregister wegen Drogendelikten.«

Bei jeder anderen Gelegenheit hätte D'Agosta eine flüsternde Polizistin lächerlich gefunden, hier aber war er froh, daß Hayward nicht lauter sprach. Eine ganze Weile sagte er nichts, während er mit seiner eigenen Taschenlampe die Nische ableuchtete. »Hat man denn seinen Kopf gefunden?« fragte er schließlich.

»Nein«, antwortete Hayward.

In dem übelriechenden Loch deutete nichts darauf hin, daß hier eine polizeiliche Durchsuchung stattgefunden hatte. Obwohl es ihm mächtig grauste, griff D'Agosta in die Nische, um die dreckstarrende Wolldecke von der Matratze zu ziehen. Er spürte einen gewissen Widerstand, und dann löste sich aus den Falten der Decke eine braune Kugel und rollte gefährlich nahe an den Rand der Nische heran. Es war ein Kopf, dessen halbverwester Mund wie zu einem lautlosen Schrei geöffnet war.

»Ihre Kollegen haben wohl nicht allzu gründlich danach gesucht«, sagte D'Agosta und hörte ein unterdrücktes Stöhnen von Waxie. »Alles in Ordnung, Jack?« fragte er und drehte sich nach dem Captain um.

Waxie sagte nichts. Sein Gesicht nahm sich im Licht der Taschenlampen wie ein bleicher Vollmond aus.

D'Agosta leuchtete wieder den Kopf an. »Wir sollten so schnell wie möglich die Spurensicherung herholen«, meinte er und griff nach seinem Funkgerät, bevor ihm plötzlich einfiel, daß es hier unten ja nicht funktionierte.

Hayward trat neben ihn. »Lieutenant?«

»Ja?«

»Die Maulwürfe haben diesen Ort bisher aus Ehrfurcht vor dem Toten in Ruhe gelassen. Sie sind ziemlich abergläubisch, zumindest einige von ihnen. Aber sobald wir wieder weg sind, werden sie alle Spuren beseitigen und den Kopf so verstecken, daß Sie ihn garantiert nie wieder finden. Sie hassen es, wenn die Polizei hier unten herumschnüffelt.«

»Aber woher wollen sie denn wissen, daß wir hier waren?«

»Ich habe Ihnen doch gesagt, daß sie überall sind. Um uns herum. Sie hören jedes Wort, das wir reden.«

D'Agosta leuchtete mit seiner Taschenlampe in dem Gang herum. Nirgends war etwas zu sehen oder zu hören. »Was schlagen Sie vor, daß wir jetzt tun sollen, Sergeant Hayward?«

»Wenn Sie den Kopf wollen, dann müssen Sie ihn jetzt mitnehmen.«

»Mist«, schnaufte D'Agosta. »Okay, Sergeant, dann müssen wir eben improvisieren. Schnappen Sie sich das Handtuch da drüben.«

Hayward trat vor den wie erstarrt dastehenden Captain Waxie, nahm ein schmutziges durchfeuchtetes Handtuch, das neben der Matratze lag, und breitete es neben dem Kopf auf dem Boden der Nische aus. Dann zog sie den Ärmel ihrer Uniform über ihre rechte Hand und rollte den Kopf langsam in die Mitte des Handtuchs.

Mit einer Mischung aus Ekel und Bewunderung sah D'Agosta zu, wie Hayward die Enden des Handtuchs zusammenschlug. Er blinzelte mit den Augen, die noch immer von dem beißenden Gestank brannten. »Gehen wir, Sergeant«, sagte er. »Sie dürfen den Kopf tragen.«

»Kein Problem«, sagte Hayward, hob das Handtuch an und hielt es möglichst weit von ihrem Körper entfernt. Als D'Agosta sich umdrehte und den Gang entlang in Richtung Treppe leuchtete, hörte er auf einmal ein Pfeifen in der Luft und sah, wie eine leere Flasche auf sie zuflog, die nur knapp Waxies Kopf verfehlte. Nachdem sie mit einem lauten Geräusch an der Wand zerschellt war, hörte D'Agosta in der Dunkelheit vor sich ein raschelndes Geräusch. »Wer ist da?« rief er. »Halt! Polizei!«

Eine weitere Flasche sauste durch die Dunkelheit heran. D'Agosta sträubten sich die Nackenhaare, als er spürte, wie sich von überall her unsichtbare Gestalten auf ihn zubewegten.
»Wir sind nur zu dritt, Lieutenant«, hörte er Hayward mit belegter, auf einmal merklich nervös klingender Stimme sagen. »Sehen wir zu, daß wir von hier fortkommen.«
Aus der Dunkelheit ertönte ein heiserer Schrei, gefolgt vom Geräusch rennender Füße. Waxie jaulte verängstigt auf.
»Reiß dich zusammen, Jack!« herrschte D'Agosta ihn an.
Waxie fing an, leise zu wimmern. Von der anderen Seite hörte D'Agosta ein zischendes Geräusch und drehte sich um. Hayward stand kerzengerade da und holte tief Luft, als bereite sie sich mental auf etwas vor. Dann drehte sie sich rasch um und setzte sich in Richtung Treppe in Bewegung.
»He, warten Sie auf mich«, jaulte Waxie.
D'Agosta packte den Captain an der Schulter und drückte ihn vorwärts. Mit einem tiefen Stöhnen setzte sich der dicke Mann in Bewegung. Zuerst ging er langsam, dann wurde er immer schneller, bis er schließlich an Hayward vorbei in die Finsternis rannte.
»Schnell!« rief D'Agosta und schob Hayward mit einer Hand vor sich her. Als er spürte, wie etwas haarscharf an seinem Ohr vorbeiflog, blieb er stehen und drehte sich um. Er zog die Pistole und feuerte einen Schuß an die Decke. Im Blitz des Mündungsfeuers konnte er ein Dutzend oder mehr Menschen sehen, die mit beängstigender Geschwindigkeit durch die Dunkelheit rannten und ihn einzukreisen versuchten. Er rannte zur Treppe.
Erst als er oben und jenseits der schiefen Tür war, blieb er stehen und lauschte, nach Atem ringend, in die Dunkelheit. Neben ihm stand Hayward, die ebenfalls ihre Waffe gezogen hatte. Bis auf Waxie, der weit vor ihnen auf das oben einfallende Licht zulief, war nichts zu hören.

Nach einer Weile drehte sich D'Agosta um. »Wenn Sie das nächstemal vorschlagen, Verstärkung mitzunehmen – oder irgend etwas anderes –, dann erinnern Sie mich bitte daran, daß ich mich auch danach richte, Sergeant.«
Hayward steckte ihren Colt ins Halfter zurück. »Ich hatte schon Angst, daß Sie da unten durchdrehen, wie Captain Waxie«, sagte sie. »Aber für einen Neuling haben Sie sich ziemlich gut geschlagen, Sir.«
D'Agosta sah sie an und bemerkte, daß sie ihn zum erstenmal wie einen Vorgesetzten angesprochen hatte. Fast hätte er sie gefragt, was es mit ihrer seltsamen Atemtechnik vorhin auf sich gehabt hatte, überlegte es sich dann aber doch anders. »Haben Sie den Kopf noch?« sagte er statt dessen.
Hayward hob wortlos das Handtuch.
»Dann sehen wir zu, daß wir hier rauskommen. Den Rest schauen wir uns ein andermal an.«
Auf dem langen Weg nach oben hatte D'Agosta ständig ein Bild vor Augen. Merkwürdigerweise waren es weder die auf ihn zurennenden Tunnelmenschen noch die blutgetränkten Dekken. Es war die frisch vollgekackte Babywindel.

12

Margo wusch sich in dem tiefen Edelstahlwaschbecken die Hände und trocknete sie an dem rauhen Handtuch ab. Dabei blickte sie hinüber zu der Rollbahre, auf der die mit einem Tuch zugedeckten Überreste von Pamela Wisher lagen. Jetzt, nachdem sie die Untersuchung abgeschlossen und die nötigen Proben entnommen hatten, war die Leiche zur Bestattung freigegeben worden. Hinter der Rollbahre sah Margo Brambell und Frock, die gerade dabei waren, an dem noch

immer unidentifizierten zweiten Skelett einen der grotesk deformierten Hüftknochen zu vermessen.
»Darf ich eine Bemerkung machen?« fragte Brambell, während er die Säge zur Seite legte.
»Aber natürlich«, antwortete Frock mit seiner weichen, tiefen Stimme und machte eine großzügige Geste.
Trotz der aufgesetzten Höflichkeit war es eindeutig, daß die beiden sich abgrundtief haßten.
Margo wandte den Kopf zur Seite, um ihr Grinsen zu verbergen. Noch nie hatte sie Frock zusammen mit einem Mann erlebt, der ihm intellektuell und von der Persönlichkeit her ebenbürtig war. Es war ein Wunder, daß die beiden überhaupt etwas gemeinsam zustande brachten, aber trotz aller Meinungsverschiedenheiten hatten sie in den vergangenen Tagen beeindruckende Arbeit geleistet: Sie hatten beide Skelette auf Antikörper, toxische Rückstände und Teratogene getestet sowie eine osteologische Analyse des zweiten Skeletts und eine ganze Reihe anderer Untersuchungen durchgeführt. Nun fehlte eigentlich nur noch eine DNS-Sequenzierung und eine forensische Analyse der Bißspuren. Noch immer allerdings hatte das rätselhafte Skelett keines seiner Geheimnisse preisgegeben. Margo war klar, daß dieser Umstand die ohnehin schon geladene Atmosphäre in dem Labor noch zusätzlich anheizte.
»Das sieht doch ein Blinder mit Krückstock, daß dieser Biß nicht von hinten erfolgt sein kann«, verkündete Brambell mit seiner hohen, irisch singenden Stimme.
»Das stellt sich mir ganz anders dar«, murmelte Frock.
Margo blendete sich aus der Diskussion aus, die sie ohnehin nur am Rande interessierte. Ihre Spezialgebiete waren Ethnopharmakologie und Genetik, nicht die Anatomie. Margo hatte andere Probleme zu lösen.
Als sie sich über die Aufnahmen der neuesten Gel-Elektrophorese beugte, verspürte sie ein starkes Ziehen in der Halsmuskulatur. Offenbar hatte sie sich am Abend zuvor im Fitneß-Studio

ein wenig zuviel zugemutet. Sie nahm sich vor, in Zukunft die Gewichte nicht mehr so rasch zu steigern. Man konnte es mit dem Training ja auch übertreiben.
Zehn Minuten lang studierte sie sorgfältig die Untersuchungsergebnisse, dann richtete sie sich mit einem leisen Stöhnen auf. Wie sie schon erwartet hatte, hatte die Gel-Elektrophorese des von den Knochen entnommenen Gewebes nur gezeigt, daß es sich um ganz normale menschliche Muskelproteine handelte. Eine detailliertere Analyse des genetischen Materials würde ihr erst die sehr viel genauere DNS-Sequenzierung verschaffen. Leider aber dauerte der Prozeß so lange, daß mit ersten Ergebnissen erst in ein paar Tagen zu rechnen war.
Nachdem sie die Aufnahmen der Gel-Strips zur Seite gelegt hatte und sich nachdenklich den schmerzenden Nacken rieb, bemerkte sie einen großen braunen Umschlag neben dem Computer. Das müssen die Röntgenaufnahmen sein, die vermutlich heute früh gebracht wurden, dachte sie. Brambell und Frock waren so sehr in ihre Auseinandersetzung über die Leiche vertieft, daß sie noch keinen Blick darauf geworfen hatten. Das war aber auch verständlich, denn bei einer fast vollständig skelettierten Leiche würden die Erkenntnisse, die man aus Röntgenaufnahmen ziehen konnte, wohl eher bescheiden ausfallen.
»Margo, kommen Sie bitte mal zu mir?« fragte Frock.
Sie ging hinüber zu der Rollbahre.
»Hier, meine Liebe«, sagte Frock und bewegte sich mit seinem Rollstuhl nach hinten, um den Platz vor dem Mikroskop freizumachen. »Sehen Sie sich doch bitte einmal die Vertiefung im rechten Oberschenkelknochen an.«
Obwohl das Stereomikroskop auf den niedrigsten Stand eingestellt war, sah der Knochen aus wie eine wilde braune Wüstenlandschaft mit Tälern und Höhenzügen.
»Was halten *Sie* davon?« fragte Frock.
Es war nicht das erstemal, daß Margo bei einer Auseinander-

setzung um ihre Meinung gefragt wurde. Sie mochte diese Rolle überhaupt nicht. »Sieht so aus, als wäre es eine natürliche Spalte im Knochen«, sagte sie mit möglichst neutraler Stimme. »Könnte sein, daß sie durch die Verformungen entstand, die wir an diesem Skelett schon an mehreren Stellen gefunden haben. Sie muß nicht unbedingt von einem Zahn herrühren.«
Frock lehnte sich in seinem Rollstuhl zurück und versuchte ohne allzu großen Erfolg, sich sein triumphierendes Lächeln zu verkneifen.
Brambell blinzelte ungläubig. »Wie bitte?« fragte er. »Ich will Ihnen ja nicht widersprechen, Dr. Green, aber wenn ich je die Spur von einem Reißzahn gesehen habe, dann ist es dies hier.«
»Ich will *Ihnen* auch nicht widersprechen, Dr. Brambell«, antwortete Margo und stellte eine stärkere Vergrößerung ein. Die Spalte verwandelte sich in ein tiefes Tal. »Aber ich glaube, ich habe an den Wänden natürliche Porenbildung entdeckt.«
Brambell eilte herbei, nahm seine altmodische Hornbrille ab und blickte in die Okulare des Mikroskops. Nachdem er eine Weile hineingestarrt hatte, trat er langsam von dem Mikroskop zurück.
»Hmm«, brummte er, während er seine Brille wieder aufsetzte. »Ich sage das zwar nur ungern, aber es könnte sein, daß Sie in diesem Punkt nicht unrecht haben, Dr. Frock.«
»Sie meinen wohl, daß *Margo* nicht unrecht hat«, sagte Frock.
»Ja, natürlich. Gut beobachtet, Dr. Green.«
Das Klingeln des Telefons ersparte es Margo, auf dieses Kompliment zu antworten. Frock rollte hinüber und hob ab. Zum erstenmal seit Beginn ihrer neuerlichen Zusammenarbeit hatte Margo Zeit, ihren alten Mentor eingehend zu betrachten. Obwohl er noch immer ziemlich untersetzt wirkte, schien er seit ihrer gemeinsamen Zeit am Museum abgenommen zu haben. Auch sein Rollstuhl kam ihr irgendwie älter und abgenutzter vor. Mit einer plötzlichen Aufwallung von Mitleid fragte

sich Margo, ob es Frock vielleicht finanziell nicht besonders gut ging. Falls dem so war, dann hatte das aber ganz offenbar keinen negativen Effekt auf ihn. Im Gegenteil, er sah viel kräftiger und vitaler aus als damals, als er noch Leiter der Anthropologischen Abteilung des Museums gewesen war.
Was Frock am Telefon hörte, schien ihm gar nicht zu gefallen. Margo ließ ihren Blick aus dem Fenster des Labors hinaus auf den Central Park wandern. Die Bäume trugen ihr kräftiges dunkelgrünes Sommerlaub, und die Oberfläche des großen Sees, der der Stadt als Wasserreservoir diente, schimmerte im hellen Sonnenschein. An seinem südlichen Ende kreuzten sich ein paar Segelboote. Margo dachte daran, wieviel lieber sie jetzt in einem dieser Boote säße und sich in der Sonne räkeln würde, anstatt in diesem finsteren Museum verrottete Leichen auseinanderzunehmen.
»Das war D'Agosta«, erklärte Frock, nachdem er mit einem leisen Seufzer aufgelegt hatte. »Er sagt, daß unser Freund hier bald Gesellschaft bekommen wird. Wären Sie so freundlich und würden Sie die Jalousien schließen, Margo? Bei künstlichem Licht läßt es sich besser mikroskopieren.«
»Was soll das heißen, daß unser Freund bald Gesellschaft bekommt?« fragte Margo.
»So hat D'Agosta sich ausgedrückt. Er hat gestern nachmittag in einem alten Eisenbahntunnel einen stark verwesten Kopf gefunden und möchte, daß wir ihn untersuchen.«
Dr. Brambell sagte etwas auf gälisch, das wie ein Ausruf des Erstaunens klang.
»Gehört dieser Kopf vielleicht ...«, begann Margo und deutete auf die beiden Leichen.
Frock schüttelte mit düsterer Miene den Kopf. »Nein, offenbar hat er nichts mit ihnen zu tun.«
Eine Weile herrschte Stille in dem Labor. Dann wandten sich die beiden Männer, wie auf ein unausgesprochenes Stichwort hin, wieder dem unidentifizierten Skelett zu, und Margo kehrte

zu ihren Bildern der Elektrophorese-Strips zurück. Sie hatte noch eine Menge Arbeit zu erledigen.
Als sie sich setzte, fiel ihr Blick auf den Umschlag mit den Röntgenaufnahmen. Frock und Brambell hatten den Leuten vom Labor die Hölle heiß gemacht, damit sie die entwickelten Negative in aller Früh auf den Tisch bekamen, und jetzt sahen sie sie nicht einmal an. Vielleicht sollte ja wenigstens sie einen Blick darauf werfen, bevor sie weiterarbeitete.
Sie nahm die Aufnahmen aus dem Umschlag und legte die ersten drei auf den Leuchttisch. Sie stammten vom Brustkorb des unidentifizierten Skeletts und zeigten – sehr viel undeutlicher übrigens als das Aufnahmeobjekt selbst – die bizarren Deformationen an der Knochenstruktur, die sich hauptsächlich in grotesken Verdickungen und Kammbildungen manifestierten.
Margo legte die Aufnahmen beiseite und ersetzte sie durch die nächsten drei, auf denen der Lendenbereich zu sehen war.
Die vier kleinen weißen Punkte entdeckte sie sofort. Neugierig geworden, zog sie die Lupe heran und betrachtete sich die Aufnahme genauer. Die vier Punkte hatten dreieckige Querschnitte und bildeten am unteren Ende der Wirbelsäule ein exaktes Quadrat, das vollkommen von unscharf sichtbarer Knochenmasse überwuchert war, so daß man es an der Leiche selbst nicht hatte sehen können. Die Punkte mußten aus Metall sein, denn nur dieses war für Röntgenstrahlen vollkommen undurchlässig.
Margo richtete sich auf und blickte hinüber zu den beiden Wissenschaftlern, die sich noch immer über irgendeine Einzelheit der Leiche stritten. »Ich habe hier etwas, das Sie sich ansehen sollten, meine Herren«, sagte sie.
Brambell war als erster am Leuchtkasten und schaute durch die Lupe. Dann nahm er seine Brille ab, putzte sie und sah sich das Röntgenbild noch einmal an.
Kurz darauf rollte auch Frock herbei. »Entschuldigen Sie bitte

vielmals«, murmelte er und drängte Brambell mit seinem Rollstuhl ziemlich rüde beiseite. Dann starrte auch er auf die vier Punkte.

Im Labor herrschte Stille bis auf das Zischen der Entlüftungsanlage direkt über der Rollbahre. Margo fiel auf, daß zum erstenmal seit Beginn der Untersuchung die Herren Frock und Brambell gleichermaßen verblüfft wie sprachlos waren.

13

Obwohl Chief Horlocker nun schon über ein Jahr lang den Posten des Polizeichefs von New York City innehatte, war Lieutenant D'Agosta noch nie in dessen Büro gewesen. Jetzt kam er aus dem Staunen nicht mehr heraus. Der Raum mit seinen schweren Möbeln im Mahagonistil und seiner gedämpften Beleuchtung erinnerte ihn an ein Steakhaus in der Vorstadt, das verzweifelt versucht, ein besseres Publikum anzuziehen. Dicke schwere Vorhänge und billige, mediterran wirkende Lampen aus Schmiedeeisen und gelbem Riffelglas verstärkten diese Illusion so sehr, daß sich D'Agosta um ein Haar nach einem Kellner umgesehen hätte.

Chief Redmond Horlocker saß hinter einem Schreibtisch, auf dem nicht ein einziges Blatt Papier lag. Captain Waxie hatte es sich in einem Sessel daneben bequem gemacht und erzählte von seinen Abenteuern im Untergrund. Ohne eine Miene zu verziehen, hörte Horlocker sich gerade an, wie Waxie eine Horde wütender Obdachloser in Schach hielt, um D'Agostas und Sergeant Haywards Fluchtweg zu decken.

D'Agosta warf Waxie, der bei seiner Schilderung immer mehr in Fahrt kam, mißbilligende Blicke zu. Eine Weile überlegte er sich sogar, ob er nicht selbst das Wort ergreifen und die Sache klarstellen sollte, aber seine lange Erfahrung im Polizeidienst riet ihm, es lieber seinzulassen. Waxie war zwar ein Captain, der ein ganzes Revier unter sich hatte, aber er bekam trotzdem nicht oft die Gelegenheit, den Polizeipräsidenten höchstpersönlich mit seinen Heldentaten zu beeindrucken. Vielleicht erreichte er mit seiner Aufschneiderei ja, daß mehr Leute für die Aufklärung des Falles abgestellt wurden. Außerdem sagte D'Agosta eine innere Stimme, daß das ein Fall war, bei dem man nur allzu leicht unter die Räder kommen konnte. Obwohl die Angelegenheit eigentlich in seinen, D'Agostas, Zuständigkeitsbereich fiel, schadete es nichts, wenn Waxie sich ins Rampenlicht rückte. Wer sich am Anfang am meisten exponierte, der bekam am Schluß auch das meiste Fett ab.

Als Waxie mit seiner Geschichte fertig war, ließ Horlocker ein paar bedeutungsschwangere Sekunden verstreichen, bevor er sich laut und vernehmlich räusperte. »Und was halten Sie von der Sache, Lieutenant?« wandte er sich an D'Agosta.

»Nun, Sir, es ist noch zu früh, um sagen zu können, ob eine Verbindung zwischen den einzelnen Morden besteht oder nicht«, antwortete D'Agosta und setzte sich auf. »Trotzdem ist die Geschichte es wert, daß man ihr nachgeht, weshalb ich auch dringend ein paar zusätzliche Männer brauche, die ...«

Das auf alt gemachte Telefon klingelte, und Horlocker hob ab. Nachdem er einen Augenblick zugehört hatte, sagte er: »Das kann warten«, legte auf und wandte sich wieder D'Agosta zu. »Lesen Sie eigentlich die *Post,* Lieutenant?« fragte er.

»Ab und zu«, erwiderte D'Agosta, der schon wußte, worauf der Polizeichef hinauswollte.

»Und kennen Sie diesen Smithback, der diesen ganzen Mist schreibt?«

»Ja, Sir.«

»Ist er ein Freund von Ihnen?«

»Nicht direkt, Sir« sagte D'Agosta nach einer kurzen Pause.

»Nicht direkt«, wiederholte der Polizeipräsident. »In seinem

Buch über die Museumsmorde stellt Mr. Smithback es aber so dar, als wären Sie richtiggehende Busenfreunde. Wenn man ihm Glauben schenkt, dann haben Sie beide gemeinsam die Welt gerettet und nicht bloß ein kleines Problem im Museum für Naturgeschichte beseitigt.«

D'Agosta sagte nichts. Die Rolle, die er damals bei der katastrophalen Eröffnung der Aberglauben-Ausstellung gespielt hatte, war stadtbekannt, aber niemand in der neuen Administration schien ihm dafür besonders dankbar zu sein.

»Nun, Ihr *nicht direkter* Freund Smithback hat uns mit seiner Belohnung ein ziemlich übles Süppchen eingebrockt. Beschweren Sie sich bei ihm, wenn ich Ihnen keine zusätzlichen Leute zur Verfügung stellen kann. Ich brauche im Augenblick alle verfügbaren Kräfte, um den Hinweisen von irgendwelchen Irren nachzugehen.« Der Polizeipräsident rutschte verärgert auf seinem ledernen Chefsessel herum. »Aber zurück zu den Morden an den Obdachlosen. Sie sind also der Meinung, daß sie alle die Handschrift ein und desselben Täters aufweisen?«

D'Agosta nickte.

»Okay. Nun sind wir natürlich alles andere als begeistert, wenn in unserer Stadt Obdachlose ermordet werden. Das ist zweifelsohne ein Problem und wirft kein gutes Licht auf New York. Aber wenn jemand aus der besseren Gesellschaft umgebracht wird, dann haben wir ein *wirkliches* Problem. Verstehen Sie, was ich damit sagen will?«

»Voll und ganz«, erwiderte Waxie.

D'Agosta schwieg.

»Es ist doch so, meine Herren: Natürlich berühren uns die Morde an den Obdachlosen, und wir wollen auch versuchen, sie aufzuklären. Aber mal ehrlich, D'Agosta, Obdachlose sterben nun mal jeden Tag, und, unter uns gesagt: es kräht kein Hahn nach ihnen. Hingegen ist wegen der enthaupteten Pamela Wisher die ganze Stadt in hellem Aufruhr. Der Bürgermeister verlangt von uns, daß wir diesen Fall *lösen*, und zwar schnell!« Horlocker beugte sich vor, die Ellenbogen auf den Tisch gestützt. Sein Gesicht nahm auf einmal einen gönnerhaften Ausdruck an. »Passen Sie auf, D'Agosta, ich weiß genau, daß Sie in diesem Fall etwas Hilfe gebrauchen können. Und deshalb werde ich Ihnen Captain Waxie zur Unterstützung zuteilen. Jemand anders wird ihn derweil auf dem vierundzwanzigsten Revier vertreten.«

»Jawohl, Sir«, stimmte Waxie zu.

D'Agosta hatte das Gefühl, als würde die Welt einstürzen. Eine lebende Katastrophe wie dieser Waxie war nicht gerade das, was er sich unter Verstärkung vorgestellt hatte. Anstatt zusätzliche Männer zur Verfügung zu haben, würde er nun darauf achten müssen, daß dieser unfähige Captain keinen Schaden anrichtete. Am besten teilte er ihn für irgendeine unbedeutende Aufgabe ein, wo er ihm möglichst wenig in die Quere kam. Darüber hinaus warf der Vorschlag des Polizeipräsidenten noch ein ganz anderes Problem auf: Waxie war Captain und mußte nun von einem Lieutenant Befehle annehmen. Ob das wohl gutging?

»Lieutenant D'Agosta!« sagte Horlocker scharf.

D'Agosta blickte auf. »Was ist?«

»Ich habe Sie soeben gefragt, wie die Untersuchungen im Museum vorankommen.«

»Die Tests am Skelett von Pamela Wisher sind abgeschlossen, und ihre Leiche wurde der Familie übergeben«, antwortete D'Agosta.

»Und was ist mit dem anderen Skelett?«

»Das konnte noch immer nicht identifiziert werden.«

»Gibt es schon Erkenntnisse über die Bißspuren?«

»Dr. Frock und Dr. Brambell sind sich nicht einig, von wem oder was sie stammen.«

Chief Horlocker schüttelte den Kopf. »Großer Gott, D'Agosta, Sie haben mir doch gesagt, daß diese Leute wissen, was sie tun.

Langsam frage ich mich, ob es wirklich so gut war, Ihren Rat zu befolgen und die Skelette ins Museum bringen zu lassen.«
»Was soll daran falsch sein? Immerhin arbeitet der oberste Gerichtsmediziner von New York zusammen mit hochkarätigen Wissenschaftlern des Museums an diesem Fall. Ich kenne diese Leute persönlich und weiß, daß es keine besseren ...«
Horlocker unterbrach ihn mit einem lauten Seufzer und machte eine ungeduldige Handbewegung. »Es ist mir egal, wie gut oder schlecht diese Leute sind. Ich will Ergebnisse, sonst nichts. Jetzt, wo ich Ihnen Captain Waxie zugeteilt habe, erwarte ich, daß Sie schneller vorankommen als bisher. Bis morgen abend möchte ich Resultate sehen, haben Sie mich verstanden, D'Agosta?«
D'Agosta nickte. »Jawohl, Sir.«
»Gut, dann machen Sie sich an die Arbeit. Sie können beide gehen.«

14

Es war die seltsamste Demonstration, die Smithback in den zehn Jahren, die er nun schon in New York lebte, je gesehen hatte. Die Transparente waren von Profis gemalt, das Soundsystem war von allerbester Qualität, und Smithback fühlte sich so schlecht gekleidet wie schon lange nicht mehr.
Die Teilnehmer an der Demonstration stammten ganz klar aus besseren Kreisen: Schmuckbehangene feine Damen aus Central Park South und der Fifth Avenue waren in ihren Designerklamotten ebenso auf die Straße gegangen wie Banker, Börsenmakler und abenteuerlustige junge Leute aus besserem Hause, die geradezu darauf brannten, ihre Zivilcourage unter Beweis zu stellen. Was Smithback aber am meisten erstaunte, war die

Anzahl der Demonstranten. Er schätzte sie auf mindestens zweitausend.
Wer auch immer die Demonstration angemeldet hatte, mußte über beträchtlichen politischen Einfluß verfügen, denn sonst hätten die Behörden niemals die Grand Army Plaza für die Schlußkundgebung freigegeben – und das an einem Werktag mitten in der Rush-hour. Hinter den Absperrungen der Polizei und den Kleinbussen der zahlreichen Fernsehteams sah Smithback lange Schlangen ärgerlich hupender Fahrzeuge.
Die hier versammelten Menschen, das stand für Smithback fest, repräsentierten die Macht und den Einfluß der wohlhabenden Bürgerschaft von New York City. Solche Leute gingen normalerweise nicht auf die Straße zum Demonstrieren. Daß sie es nun doch getan hatten, konnten weder der Bürgermeister noch der Polizeipräsident auf die leichte Schulter nehmen, noch irgendwer sonst, der in der Stadt politisch etwas ausrichten wollte.
Mrs. Horace Wisher stand vor dem auf drei mal drei Meter vergrößerten Kinderfoto ihrer Tochter Pamela auf einer großen Holzplattform, die ihre Helfer vor der vergoldeten Siegesstatue an der Kreuzung von Central Park South und der Fifth Avenue errichtet hatten. Ihre klar elektronisch verstärkte Stimme dröhnte aus vielen Lautsprechern zugleich.
»Wie lange?« fragte sie die vor dem Podium versammelte Menge. »Wie lange wollen wir es noch zulassen, daß diese unsere Stadt jeden Tag ein bißchen mehr stirbt? Wie lange wollen wir es noch tolerieren, daß man unsere Töchter und Söhne tötet, unsere Brüder und Schwestern, unsere Eltern und Großeltern? Wie lange wollen wir noch in ständiger Angst leben?« Sie blickte herausfordernd hinunter in die Menge, aus der ein empörtes Gemurmel zu ihr aufstieg.
»Meine Vorfahren kamen vor dreihundert Jahren in diese Stadt«, fuhr Mrs. Wisher in etwas ruhigerem Ton fort. »Seit damals, als New York noch New Amsterdam hieß, hat meine

Familie hier ihr Zuhause. Und es war ein gutes Zuhause, bis weit in unser Jahrhundert hinein. Ich kann mich noch daran erinnern, daß ich als kleines Mädchen mit meiner Großmutter im Central Park spazierenging. Damals konnten wir Kinder auch nach Einbruch der Dunkelheit von der Schule allein nach Hause laufen, und niemand sperrte nachts seine Haustür ab. Diese Zeiten sind heute leider vorbei.«

Mrs. Wisher wartete, bis die zustimmenden Rufe der Demonstranten verebbt waren, und fuhr dann fort: »Was ist nur mit New York geschehen? Warum hat niemand verhindert, daß sich Drogen und Verbrechen in dieser Stadt breitgemacht haben? Wie viele Mütter müssen denn eigentlich noch ihre Kinder verlieren, bis wir endlich sagen: ›Stopp! Bis hierher und nicht weiter!‹?«

Als Mrs. Wisher vom Mikrophon zurücktrat, um sich zu sammeln, brandete in der Menge wütendes Geschrei auf. Diese Frau ist eine geborene Rednerin, dachte Smithback, der alles mit seinem Diktiergerät aufzeichnete und schon wieder eine Titelgeschichte witterte.

»Die Zeit ist gekommen«, ließ sich nach einer kurzen Pause Mrs. Wisher erneut vernehmen, »um uns die Stadt zurückzuerobern, sie zurückzuerobern im Namen unserer Kinder und Enkelkinder. Und wenn wir dazu alle Drogendealer auf den elektrischen Stuhl bringen oder eine Milliarde Dollar in den Bau neuer Gefängnisse stecken müssen, dann ist das eben notwendig. Schließlich befinden wir uns mitten in einem Krieg, einem Krieg, den das Verbrechen gegen uns führt. Und wenn Sie mir das nicht glauben, dann sehen Sie sich doch einmal die Kriminalstatistik dieser Stadt an. Eintausendneunhundert Morde hat es hier im vergangenen Jahr gegeben, das sind fünf Morde am Tag. Stellen Sie sich das einmal vor: Fünf Menschen sterben täglich hier in New York einen gewaltsamen Tod! Wenn das kein Krieg ist, meine Freunde! Und es ist ein Krieg, den wir verlieren werden, wenn wir nicht auf der Stelle mit allen

Mitteln, die uns zur Verfügung stehen, zurückschlagen. Wir müssen unsere Stadt vom Verbrechen säubern, und zwar Straße für Straße, Block für Block, vom Battery Park bis zu den Cloisters, von der East End Avenue bis zum Riverside Drive!«
Das wütende Geschrei war immer stärker angeschwollen, und Smithback bemerkte, wie die jüngeren Männer silberne Flachmänner und kleine Flaschen mit Whiskey kreisen ließen. Die Jungbanker trinken sich wohl Mut an, dachte er.
Auf einmal trat Mrs. Wisher auf dem Podium einen Schritt nach vorn und deutete in die Menge. Smithback folgte ihrem ausgestreckten Arm und sah, daß sich hinter einer der Absperrungen etwas tat. Eine große schwarze Limousine war vorgefahren, und der Bürgermeister, ein kleiner, halb kahler Mann im dunklen Anzug stieg aus und machte sich in Begleitung mehrerer Polizisten auf den Weg zum Podium. Offenbar hatte er die Größe der Demonstration zunächst unterschätzt und beeilte sich nun, den Leuten zu zeigen, daß er ihre Probleme ernst nahm.
»Da ist der Bürgermeister von New York«, rief Mrs. Wisher ins Mikrophon. »Er ist wohl gekommen, um zu uns zu sprechen.«
Aus der Menge tönten empörte Rufe.
»Aber wir wollen keine weiteren Sonntagsreden. Wir wollen endlich Taten sehen, Herr Bürgermeister!« schrie Mrs. Wisher.
Die Demonstranten stimmten ihr jubelnd zu.
»Taten!« wiederholte sie. »Nicht Worte!«
»Taten!« brüllte die Menge. Die jungen Männer fingen gellend an zu pfeifen. Der Bürgermeister hatte inzwischen das Podium erreicht und stieg hinauf. Nachdem er der Menge lächelnd zugewunken hatte, ging er auf Mrs. Wisher zu und bat sie offenbar um das Mikrophon. Mrs. Wisher trat einen Schritt zurück. »Wir haben genug von Ihren leeren Versprechungen, Herr Bürgermeister«, rief sie. »Genug von Ihrem *Bockmist!*« Mit diesen Worten riß sie den Stecker des Mikros aus der Verstärkeranlage, stieg von der Plattform und ließ den vollkommen verdatterten Bürgermeister, dem sein aalglattes Lächeln auf

dem Gesicht eingefroren war, einfach allein stehen. Ohne Mikrophon hatte er keine Chance, sich gegenüber der tobenden Menge Gehör zu verschaffen.

Mrs. Wishers harsche Worte hatten die Stimmung zum Kochen gebracht. Mit einem immer lauter anschwellenden Geräusch, das sich anhörte wie das Brüllen eines großen wütenden Tieres, drängten die Demonstranten auf die Plattform zu. Smithback spürte, wie ihm ein kalter Schauer den Rücken hinunterlief. Die Menge wurde immer bedrohlicher. Schon flogen die ersten Whiskeyflaschen in Richtung Podium; eine davon zerschellte keine zwei Meter vom Bürgermeister entfernt. Von hinten drängten sich jetzt die angetrunkenen jungen Männer laut rufend und johlend durch die Menge. Worte wie »Arschloch«, »Schwuchtel«, »liberaler Scheißer« wurden dem Bürgermeister ebenso entgegengeschleudert wie weitere Wurfgeschosse, bis seine Leibwächter, die jetzt offenbar einsahen, daß hier nichts mehr zu holen war, ihn vom Podium geleiteten und zu seinem Auto brachten.

Interessant, dachte Smithback, wie sich auch die Oberschicht in einen tobenden Mob verwandeln läßt. Allerdings hatte er auch noch nie eine so effektive Hetzrede gehört wie die von Mrs. Wisher. Als die Wut der Demonstranten verrauchte und die Menge sich langsam zerstreute, suchte sich Smithback eine Parkbank, auf der er seine Eindrücke in ein Notizbuch kritzelte, solange sie noch frisch waren. Dann sah er auf die Uhr. Es war halb sechs. Smithback stand rasch auf und trottete in nordwestlicher Richtung quer durch den Park. Er mußte noch jemanden abpassen.

15

Margo joggte gerade um die Ecke der 65th Street, als sie zu ihrem Erstaunen vor dem Eingang zu ihrem Wohnhaus eine vertraute hagere Gestalt entdeckte. Sie blieb stehen, schaltete ihren Walkman ab, auf dem sie gerade einen Nachrichtensender gehört hatte, und steckte die Ohrhörer in die Tasche. »Was machen Sie denn hier?« fragte sie.

Smithback trat einen Schritt zurück, gespielte Enttäuschung auf dem Gesicht. »Undank ist der Welt Lohn«, meinte er. »Nach allem, was wir beide miteinander durchgestanden haben – nach all diesen gemeinsamen Erlebnissen –, bin ich Ihnen nur ein ›Was machen Sie denn hier?‹ wert?«

»Genau diese gemeinsamen Erlebnisse versuche ich zu vergessen«, sagte Margo, während sie sich nach vorne beugte, um ihre Waden zu massieren. »Außerdem haben Sie die letzten paar Male, als wir uns über den Weg gelaufen sind, von nichts anderem gesprochen als von Ihrer Karriere.«

»Eins zu null für Sie«, gab Smithback mit einem Schulterzucken zu. »Dann sagen wir eben, daß ich hier bin, um mich bei Ihnen zu entschuldigen, meine Lotosblüte. Darf ich Sie vielleicht auf einen Drink einladen?« Smithback betrachtete Margo mit anerkennenden Blicken. »Du meine Güte, Sie sehen aber durchtrainiert aus. Wollen Sie Miss Universum werden, oder was?«

Margo richtete sich wieder auf. »Danke für die Einladung, aber ich habe leider schrecklich viel zu tun.« Als sie an Smithback vorbei ins Haus schlüpfen wollte, packte er sie am Arm und flüsterte ihr ins Ohr: »Ich habe an das Café des Artistes gedacht.«

Margo blieb stehen und seufzte schicksalsergeben. »Na schön«, sagte sie mit einem schwachen Lächeln und befreite ihren Arm aus Smithbacks Griff. »Ich bin zwar nicht billig, aber käuflich bin ich schon. Geben Sie mir zehn Minuten, damit ich mich duschen und umziehen kann.«

Eine halbe Stunde später betraten die beiden durch die Lobby des Hotel des Artistes das renommierte Café. Auf dem Weg in die gemütliche alte Bar nickte Smithback dem Hotelmanager zu wie einem alten Freund.

»Sieht gut aus«, meinte Margo und deutete auf das Tablett mit Quiche, mit dem eine Bedienung von Tisch zu Tisch ging.

»He, ich habe gesagt, daß ich Sie auf einen Drink einlade, nicht auf ein achtgängiges Dinner« protestierte Smithback und steuerte zielsicher auf einen Tisch unter einem Gemälde zu, das in einem Garten herumtanzende nackte Frauengestalten zeigte.

»Ich glaube, die Rothaarige ist verliebt in mich«, sagte er und deutete augenzwinkernd über seine Schulter. Ein alter Kellner mit einem Dauerlächeln auf dem faltigen Gesicht kam an den Tisch, um ihre Bestellung aufzunehmen.

»Ich liebe diese Bar«, sagte Smithback, als der schwarz-weiß gekleidete Ober wieder von dannen geschlurft war. »Die Bedienung hier ist so freundlich. Ich hasse diese blasierten Kellner, die einen wie ein Stück Dreck behandeln.«

Margo blickte ihn fragend an.

»Okay. Genug der Vorrede. Beginnen wir mit der Fragestunde. Haben Sie seit unserem letzten Treffen auch brav alle meine Artikel gelesen?«

»Wo denken Sie hin? Das hält doch kein Mensch aus«, frotzelte Margo. »Aber die Artikel über Pamela Wisher habe ich mir alle angetan. Der zweite war sogar halbwegs lesbar. Es hat mir gefallen, daß sie die Frau endlich mal als einen echten Menschen dargestellt haben, nicht nur als ein ums Leben gekommenes Gesellschaftshäschen. Dieser menschliche Touch ist wohl Ihre neueste Masche, habe ich recht?«

»Gut erkannt«, sagte Smithback. Der Kellner brachte ihnen ihre Drinks und eine Schale mit Haselnüssen. »Ich komme

gerade von einer Demonstration, die Mrs. Wisher organisiert hat«, ergänzte Smithback. »Sie ist eine bemerkenswerte Frau.«
Margo nickte. »Ich habe ihre Rede beim Joggen in den Nachrichten gehört. War ziemlich starker Tobak. Ich frage mich, ob sie wohl weiß, was sie damit ins Rollen bringt.«
»Am Schluß wurde es richtig unheimlich, als die oberen Zehntausend auf einmal die Macht der Straße entdeckten.«
Obwohl Margo lachte, blieb sie auf der Hut. Bei Smithback mußte man vorsichtig sein. Sie traute es ihm ohne weiteres zu, daß er das ganze Gespräch auf Tonband mitschnitt.
»Ist schon merkwürdig«, fuhr Smithback fort.
»Was ist merkwürdig?«
Er zuckte mit den Achseln. »Wie wenig es braucht – ein bißchen Alkohol, das Gefühl, Teil einer Menge zu sein –, um unter der Oberschichttünche den häßlichen Gewaltmenschen hervorzuholen.«
»Wenn Sie auch nur ein bißchen Ahnung von Anthropologie hätten«, sagte Margo, »dann würden Sie sich nicht darüber wundern. Im Radio haben sie übrigens gesagt, daß die Demonstranten nicht nur Mitglieder der Oberschicht waren.« Sie nahm einen weiteren Schluck von ihrem Drink und lehnte sich zurück. »Aber Sie haben mich doch bestimmt nicht eingeladen, um mit mir zu plaudern, Bill. Soviel Geld geben Sie nur dann aus, wenn Sie etwas von mir wollen.«
Smithback stellte sein Glas auf den Tisch, wobei er ehrlich verletzt wirkte. »Margo! So kenne ich Sie ja gar nicht! Da sehen wir uns wochenlang nicht, und wenn wir endlich zusammenkommen, erzählen Sie solchen Unsinn. Und schauen Sie sich bloß mal an: muskelbepackt wie eine Gazelle. Wo ist nur die untrainierte Margo mit den krummen Schultern geblieben, die Margo, die ich gekannt und geliebt habe? Margo, Margo, was ist nur mit Ihnen los?«
Margo wollte schon antworten, aber dann hielt sie inne. Was würde Smithback erst sagen, wenn er wüßte, daß sie jetzt immer

eine Pistole in ihrer Umhängetasche dabeihatte? Ja, was ist wirklich mit mir los? fragte sie sich. Aber sie wußte die Antwort nur zu genau. Es stimmte, sie hatte Smithback in letzter Zeit nur selten gesehen, und Greg Kawakita oder FBI-Agent Pendergast hatte sie seit den schrecklichen Vorfällen im Museum überhaupt nicht mehr getroffen und Dr. Frock und Lieutenant D'Agosta erst wieder bei der Untersuchung des Wisher-Mordes. Die Erinnerungen, die sie alle miteinander teilten, waren für Margo einfach noch zu frisch und zu schmerzlich. Die Alpträume, unter denen Margo litt, waren schon schlimm genug; da brauchte sie nicht auch noch jemanden, der sie durch seine Gegenwart an die grauenvollen Ereignisse erinnerte.

Noch während Margo darüber nachdachte, verwandelte sich Smithbacks geschmerzter Gesichtsausdruck in ein breites Grinsen. »Ach, was soll's«, sagte er. »Es macht keinen Sinn, mich groß zu verstellen. Dafür kennen Sie mich viel zu gut. Ich gebe es also zu: Ich will tatsächlich was von Ihnen. Ich weiß nämlich, warum Sie in letzter Zeit bis spät in die Nacht im Museum arbeiten.«

Margo zuckte zusammen. Wie hatte er das bloß herausgekriegt? Aber dann fing sie sich wieder. Smithback war schließlich für seine Fangfragen berühmt. Sie beschloß, sich von ihm nicht aufs Glatteis führen zu lassen. »Ach ja?« fragte sie. »Dann sagen Sie mir doch mal, was ich dort tue und wie Sie darauf kommen.«

Smithback hob die Schultern und breitete die Hände aus. »Ich habe eben so meine Quellen, das sollten Sie eigentlich am besten wissen. Ich habe meine alten Beziehungen zum Museum spielen lassen und herausgefunden, daß die Leiche von Pamela Wisher und das noch nicht identifizierte Skelett am vergangenen Donnerstag dorthin gebracht wurden. Sie und Frock helfen Dr. Brambell bei der Autopsie.«

Margo sagte nichts.

»Keine Angst, Margo, das werde ich nicht in der Zeitung schreiben.«

»Ich glaube, ich muß jetzt gehen.«
»Warten Sie«, bat Smithback und legte seine Hand auf die ihre. »Ich will nur noch eines wissen: Hat man Sie wegen der Bißspuren an den Knochen hinzugezogen?«
Margos Kopf fuhr herum. »Woher wissen Sie das?« fragte sie scharf.
Als Smithback triumphierend grinste, war Margo klar, daß sie ihm auf den Leim gegangen war. Er hatte doch nur im trüben gefischt, und jetzt hatte ihre Reaktion seinen Verdacht bestätigt.
»Sie sind ein echter Bastard, wissen Sie das?« fragte sie, während sie sich wieder in ihren Stuhl zurücksinken ließ.
Der Journalist zuckte mit den Schultern. »Ich habe nicht nur geraten«, erklärte er. »Ich wußte zum Beispiel, daß die Leichen ins Museum gebracht wurden. Und wenn Sie mein Interview mit Mephisto, dem Führer der Maulwurfmenschen gelesen hätten, dann wüßten Sie, daß er mir von Kannibalen im Untergrund erzählt hat.«
Margo schüttelte den Kopf. »Sie dürfen das nicht drucken, Bill.«
»Warum nicht? Niemand wird erfahren, daß es von Ihnen kam.«
»Darüber mache ich mir auch keine Sorgen«, fauchte Margo. »Vergessen Sie doch für einen Augenblick Ihre blöden Schlagzeilen, und stellen Sie sich vor, was für einen Effekt eine solche Geschichte auf die Stimmung in der Stadt hätte! Was meinen Sie wohl, daß Ihre neue Freundin Mrs. Wisher tun wird, wenn sie erfährt, daß ihre Tochter nicht nur ermordet und enthauptet, sondern teilweise auch noch aufgefressen wurde?«
Ein geschmerzter Ausdruck huschte über Smithbacks Gesicht. »Das ist mir schon klar, Margo. Aber trotzdem handelt es sich hier um eine wichtige Nachricht.«
»Warten Sie wenigstens einen Tag.«
»Warum?«

Margo zögerte.
»Dafür müssen Sie mir schon einen Grund nennen, meine Lotosblüte«, drängte Smithback.
»Okay.« Margo seufzte. »Möglicherweise stammen die Bißmarken von Hunden. Die Leichen lagen offenbar lange in irgendwelchen Tunnels, bevor der Regen sie hinausgespült hat. Da kann es gut sein, daß sich streunende Hunde über sie hermachen.«
Smithbacks Miene verfinsterte sich. »Wollen Sie damit etwa sagen, daß es keine Kannibalen waren?«
Margo schüttelte den Kopf. »Tut mir leid, wenn ich Sie enttäuschen muß, Bill. Morgen schließen wir unsere Tests ab, dann müßten wir eigentlich wissen, woher die Bißspuren stammen. Ich verspreche Ihnen, daß Sie diese Information exklusiv bekommen, wenn Sie jetzt stillhalten. Morgen nachmittag haben wir eine Sitzung, und danach werde ich mit Frock und D'Agosta darüber sprechen.«
»Aber was macht denn ein Tag Aufschub für einen großen Unterschied?«
»Das habe ich Ihnen doch schon gesagt: Wenn Sie mit der Geschichte jetzt an die Öffentlichkeit gehen, dann lösen Sie eine unkontrollierbare Panik aus. Sie haben mir doch selbst vorhin von der Demonstration erzählt. Was, meinen Sie, werden wohl diese Leute tun, wenn sie glauben, daß hier in der Stadt ein kannibalistischer Serienmörder herumläuft oder gar ein neuer Mbwun?« Margo spielte damit auf das Monstrum an, das vor achtzehn Monaten im Naturgeschichtlichen Museum für Angst und Schrecken gesorgt und das FBI-Agent Pendergast vor ihren Augen ins Jenseits befördert hatte. Als Smithback keine Antwort gab, fuhr sie fort: »Und wenn wir am nächsten Tag verkünden, daß es sich doch nur um Hundebisse gehandelt hat, dann stehen Sie wie ein Idiot da. Die Polizei ist ohnehin noch sauer auf Sie wegen dieser Belohnungsgeschichte, und wenn Sie jetzt auch noch ohne guten Grund ganz New

York in Angst und Schrecken versetzen, wird man Sie teeren und federn und aus der Stadt jagen.«
Smithback lehnte sich zurück. »Hm«, brummte er.
»Warten Sie noch einen Tag, Bill«, bat Margo. »Die Geschichte ist noch nicht reif für die Presse.«
Smithback dachte schweigend nach. »Einverstanden«, sagte er schließlich widerstrebend. »Mein Instinkt sagt mir zwar, daß ich verrückt bin, wenn ich mich darauf einlasse, aber gut, ich gebe Ihnen noch einen Tag. Doch dann will ich die Geschichte exklusiv für mich alleine, haben Sie mich verstanden? Kein anderer Journalist darf davon erfahren.«
»Keine Sorge«, erwiderte Margo und lächelte ihn an.
Eine Weile saßen sie da und sagten nichts. Dann ergriff Margo mit einem Seufzer das Wort. »Sie haben mich vorhin gefragt, was mit mir los ist, Bill. Ehrlich gesagt, ich weiß es nicht. Ich schätze, daß diese Morde schmerzliche Erinnerungen in mir aufwühlen.«
»Sie meinen wohl die Erinnerungen an Mbwun und die Aberglauben-Ausstellung«, sagte Smithback, während er die letzten paar Haselnüsse aus der Schale nahm. »Das war wirklich schlimm.«
»Sie haben sie vielleicht schneller vergessen als ich«, meinte Margo. »Aber ich leide noch heute darunter. Als ich an der Columbia University war, ging es besser, aber seit ich wieder im Museum arbeite, sind die Alpträume zurückgekehrt. Und jetzt mit diesen Morden ...« Sie brachte den Satz nicht zu Ende. »Bill«, sagte sie dann plötzlich, »wissen Sie eigentlich, was aus Gregory Kawakita geworden ist?«
»Aus Greg?« fragte Smithback, der gerade die leere Schale umdrehte, als könnten sich darunter noch mehr Nüsse verbergen. »Keine Ahnung. Seit er beim Museum gekündigt hat, habe ich nichts mehr von ihm gehört. Warum fragen Sie? Sie hatten doch nicht etwa was mit ihm?«
Margo winkte ab. »Nein, natürlich nicht. Wenn über-

haupt, dann waren wir Konkurrenten, was die Aufmerksamkeit von Dr. Frock anbelangte. Ich frage nur, weil Greg vor ein paar Monaten versucht hat, mich zu erreichen, und ich ihn nicht zurückgerufen habe. Jetzt habe ich deswegen ein schlechtes Gewissen. Vielleicht hat er ja meine Hilfe gebraucht. Ich habe schon versucht, seine Nummer im Telefonbuch zu finden, aber sie steht nicht drin. Ich würde gerne wissen, ob er vielleicht irgendwo anders eine neue Stelle angenommen hat, oder was.«

»Da bin ich überfragt«, sagte Smithback. »Aber Greg ist einer von den Leuten, die immer wieder auf die Füße fallen. Vermutlich arbeitet er in irgendeiner abgeschiedenen Denkfabrik und macht seine hunderttausend Dollar im Jahr.« Er sah auf die Uhr. »Mein Artikel über die Demo geht erst um neun in Druck. Das bedeutet, daß wir noch Zeit für einen zweiten Drink haben, wenn Sie wollen.«

Margo starrte ihn mit gespielter Verwunderung an. »Ja, ist denn das möglich? Bill Smithback spendiert eine zweite Runde? Daß ich das noch erleben darf ...«

16

Nick Bitterman rannte leichtfüßig die Steintreppe hinauf zur Aussichtsplattform von Belvedere Castle, und erst an der Brustwehr blieb er stehen, um auf Tanya zu warten. Unter ihm streiften die letzten Strahlen der Abendsonne den langsam dunkel werdenden Central Park. Durch die Papiertüte, die er sich unter den Arm geklemmt hatte, spürte Nick die Flasche Champagner, die er vor wenigen Minuten gekauft hatte. Das eiskalte Glas war eine Wohltat an diesem schwülwarmen Abend. Als er langsam an den Zinnen entlangging, klirrten in einer Tasche seines Jacketts die beiden Sektkelche, während in der anderen die Schatulle mit dem Ring steckte, für den er bei Tiffany vier Riesen bezahlt hatte. Der einkarätige, herrlich geschliffene Diamant war jeden Cent wert, fand Nick und freute sich schon auf Tanyas Gesicht, wenn sie die Schatulle öffnete. Das Mädchen, das jetzt kichernd und ein wenig außer Atem die Treppe heraufkam, hatte keine Ahnung von dem Geschenk.

Während sie auf ihn zuging, dachte Nick an einen Film, in dem ein Paar auf der Brooklyn Bridge Champagner getrunken und danach die Gläser hinunter in den Fluß geworfen hatte. Nette Szene, dachte er, aber das, was er jetzt vorhatte, hatte bei weitem mehr Stil. Es gab keinen schöneren Blick auf Manhattan als den vom Belvedere Castle bei Sonnenuntergang. Man mußte nur darauf achten, daß man aus dem Park wieder verschwunden war, bevor es völlig dunkel wurde.

Nick nahm Tanya an der Hand und führte sie an den Rand der Brustwehr. Über ihnen ragte düster der Turm der Burg auf, dessen neugotische Ornamente von den Antennen und Apparaturen der Wetterstation auf der obersten Plattform ad absurdum geführt wurden. Zu ihren Füßen lagen der Schloßweiher und die große Rasenfläche, hinter der die Oberfläche des von hohen Bäumen gesäumten Wasserreservoirs wie gehämmertes Gold erschien. Rechts vom Turm ließ das letzte Licht des Sonnenuntergangs die Fenster der hohen Gebäude an der Fifth Avenue orangefarben aufblitzen, während linker Hand eine niedrige Wolkenbank die Hochhäuser von Central Park West in dunklen Schatten tauchte.

Nick zog die Flasche Dom Perignon aus der Papiertüte und entfernte die Folie und die Drahtkappe. Weil er noch nie eine Champagnerflasche geöffnet hatte, wußte er nicht genau, wie er den Korken herausbekommen sollte, aber als er spürte, wie sich dieser von selbst bewegte, ließ er ihn einfach mit einem lauten Knall hinaus in den abendlichen Park schießen. Andächtig lauschte er einen Moment, bis er den Korken im Wasser des Weihers aufspritzen hörte.

»Bravo!« rief Tanya.

Nick füllte die Gläser und reichte ihr eines.

»Cheers!« Die beiden stießen an. Nick leerte sein Glas in einem Zug und sah Tanya, die mit kleinen Schlucken an dem ihren nippte, lachend an. »Nun mach schon, trink aus«, forderte er sie auf.

Tanya tat, worum er sie bat, und spürte, wie ihr die Kohlensäure in die Nase stieg. »Das bizzelt«, kicherte sie, während Nick nachschenkte. Abermals trank er sein Glas in wenigen großen Zügen leer.

»Aufgepaßt, Bürger von Manhattan!« rief er hinaus in den stillen Park und hielt sein leeres Glas in die Höhe. »Hier spricht Nick Bitterman! Hiermit erkläre ich feierlich, daß der 7. August von heute bis in alle Ewigkeit Tanya-Schmidt-Tag heißen soll!«

Tanya lachte, und Nick goß den Rest des Champagners in die überschäumenden Gläser. Als sie ausgetrunken hatten, legte er den Arm um Tanyas Hüfte. »Es ist ein alter Brauch, daß man jetzt die Gläser hinunterwirft«, erklärte er mit ernster Stimme. Die beiden schleuderten die Sektkelche in hohem Bogen über die Balustrade und warteten, bis sie mit einem leisen Platschen im Wasser aufschlugen. Während Nick ihnen noch nachsah, bemerkte er, daß inzwischen alle Spaziergänger und Rollschuhläufer den Park verlassen hatten und sich kein Mensch mehr auf dem großen Platz rings um das Schloß aufhielt. Langsam wurde es Zeit, daß er seine Show abzog. Also holte er die Schatulle aus seiner Jackettasche und überreichte sie Tanya. Dann trat er einen Schritt zurück und sah zu, wie sie das kleine lederbezogene Kästchen öffnete.

»Nick, du meine Güte!« rief Tanya überrascht aus. »Der muß ja ein Vermögen gekostet haben.«

»Das bist du mir wert«, sagte Nick lächelnd und sah zu, wie sich Tanya das Schmuckstück über den Ringfinger ihrer linken

Hand streifte. Dann zog er sie ganz nahe an sich heran und gab ihr einen schnellen, aber heftigen Kuß. »Weißt du, was das bedeutet?« fragte er.
Tanyas Augen glänzten, als sie zu ihm aufsah. Hinter ihr sank die Sonne langsam in die Kronen der Bäume.
»Na?« drängte Nick.
Sie küßte ihn und flüsterte ihm etwas ins Ohr. »Bis daß der Tod uns scheidet«, wiederholte Nick und küßte sie lange auf den Mund, wobei er seine rechte Hand auf eine ihrer Brüste legte.
»Nick!« protestierte Tanya lachend und schob ihn von sich. »Was machst du denn da?«
»Es ist doch niemand hier«, verteidigte sich Nick und drückte mit der anderen Hand Tanyas Unterleib fest an den seinen.
»Nur die halbe Stadt, die uns vom Fenster aus zusehen kann.«
»Dann laß sie doch. Vielleicht lernt sie ja noch was von uns.«
Während Nick seine Hand unter Tanyas Kleid schob und ihre kleine, hart gewordene Brustwarze liebkoste, stellte er mit einem bedauernden Blick hinunter in den Park fest, daß es schon fast dunkel war. »Vielleicht sollten wir jetzt doch besser zu mir in die Wohnung gehen«, flüsterte er Tanya ins Ohr.
Tanya lächelte ihn an, löste sich aus seiner Umarmung und steuerte auf die Treppe zu. Während Nick ihre natürliche Grazie bewunderte, spürte er, wie ihm der Champagner durch die Adern perlte. Es stimmt schon, was die Leute sagen, dachte er. Champagner geht direkt ins Blut.
Aber leider ging er bei ihm auch direkt in die Blase. »Warte einen Augenblick«, bat er Tanya. »Ich muß mal rasch für kleine Jungs.«
Tanya blieb stehen, während Nick sich hinüber zum Turm trollte. Er wußte, daß es dort außer der metallenen Wendeltreppe, die hinauf zur Wetterstation und hinunter zum Schloßteich führte, auch eine Toilette gab. Im Windschatten des Turms war nicht einmal der Verkehrslärm vom East Drive zu hören. Nick fand die Tür zur Herrentoilette und ging an den dunklen

Klokabinen vorbei zu den Pissoirs. Er öffnete seinen Hosenschlitz, stützte sich mit der Hand an den kühlen Kacheln der Wand ab und schloß die Augen. Eine Sekunde später riß er sie wieder auf.
Durch seinen Champagnerschwips hindurch glaubte er, ein leises Geräusch gehört zu haben. Aber nein, da war nichts. Vermutlich war es nur ein Anflug jenes Verfolgungswahns, der unter der Oberfläche auch des abgebrühtesten New Yorkers noch schlummerte.
Aber dann kam das Geräusch wieder, diesmal viel lauter als zuvor. Nick drehte sich erschrocken um und sah, seinen Penis noch immer in der Hand, wie jemand aus einer der Kabinen kam.

Tanya wartete noch immer und spürte, wie ein urplötzlich aufgekommener kühler Abendwind ihr ums Gesicht strich. Mit den Fingern tastete sie nach dem dicken Verlobungsring, der sich an ihrer Hand noch ganz ungewohnt anfühlte. Nick ließ sich aber lange Zeit, fand sie. Der Park war jetzt ganz dunkel und verlassen, und im Wasser des Schloßteichs spiegelten sich schon die Straßenlaternen der Fifth Avenue.
Ungeduldig ging sie hinüber zum Turm und umrundete ihn, bis sie schließlich die Herrentoilette fand. Erst zaghaft, dann immer lauter klopfte sie an die Tür. »Nick? He, Nick! Bist du da drin?«
Es blieb still bis auf das Geräusch des Windes in den Zweigen der nahen Bäume, der ihr einen unangenehmen Geruch wie nach vergammeltem Feta-Käse in die Nase wehte.
»Nick? Machst du dich über mich lustig, oder was?«
Als sie auch darauf keine Antwort erhielt, öffnete sie die Tür zur Toilette und trat ein.
Einen Augenblick lang war es ganz still in Belvedere Castle. Dann aber fingen die Schreie an: gellende, immer lauter werdende Schreie, die die Stille der lauen Sommernacht zerrissen.

17

Smithback setzte sich in seinem Lieblingscafé an die Theke und nickte dem griechischen Koch zu, der wortlos mit der Zubereitung seines Frühstücks begann: zwei verlorene Eier und eine doppelte Portion Tatar. Smithback schlürfte derweil den Kaffee, den der Koch vor ihn hingestellt hatte, und breitete mit zufriedenem Seufzer seine mitgebrachten Zeitungen aus. Zuerst widmete er sich der *Post* und las mit gerunzelter Stirn Hank McCloskeys Artikel über den Mord im Belvedere Castle, der seinen eigenen Bericht über die Demonstration auf der Grand Army Plaza von der Titelseite verdrängt hatte. Wenn er die Geschichte über die Bißspuren an den Leichen hätte bringen dürfen, wäre das nicht passiert, aber er hatte Margo ja nun mal sein Wort gegeben. Morgen aber würde er sich mit dieser Story die Titelseite zurückerobern. Und vielleicht würde ihm ja sein Verzicht von heute in Zukunft andere, noch viel sensationellere Geschichten verschaffen.

Als sein Frühstück kam, legte Smithback die *Post* beiseite und aß eine Gabel von seinem Tatar, während er nebenbei die *Times* durchblätterte. Verächtlich grinsend überflog er die biedere langweilige Schlagzeile, bis er weiter unten eine andere Überschrift entdeckte: »Kehrt das Museumsmonster zurück?« Darunter stand: »Exklusiv für die *Times* von Bryce Harriman«.

Smithbacks Tatar schmeckte auf einmal so fade wie Tapetenleim.

New York – Wissenschaftler am Museum für Naturgeschichte haben, wie die *Times* aus gut informierter Quelle erfahren hat, an den Leichen von Pamela Wisher und einer bisher unidentifizierten Person Bißspuren entdeckt, von denen man allerdings noch nicht weiß, ob sie mit der Todesursache

in unmittelbarem Zusammenhang stehen oder den Leichen erst im nachhinein von Hunden oder anderen Tieren zugefügt wurden.
Seit dem brutalen Mord an Nicholas Bitterman gestern nacht im Belvedere Castle im Central Park arbeiten die Wissenschaftler mit Hochdruck an einer Antwort auf diese Frage. Möglicherweise passen auch die Morde, denen in den vergangenen Monaten mehrere Obdachlose zum Opfer gefallen sind, in dieses Schema. Bisher ist jedoch noch nicht bekannt, ob auch diese Leichen im Museumslabor untersucht werden sollen. Pamela Wishers sterbliche Überreste sind inzwischen ihrer Familie übergeben worden und sollen heute nachmittag um drei Uhr auf dem Holy Cross Friedhof in Bronxville beigesetzt werden.
Die Autopsien im Museum wurden unter strengster Geheimhaltung durchgeführt. Offenbar befürchtet man, unter der Bevölkerung eine Panik auszulösen, aber das Wort, das hinter vorgehaltener Hand die Runde macht, ist: *Mbwun*.
Mbwun hieß jenes Monster, das eine vom Amazonas zurückkehrende Expedition unwissentlich in das Museum eingeschleppt hatte und das im April vergangenen Jahres mehrere Angestellte und Besucher des Museums tötete. Bei der Eröffnung der spektakulären Aberglauben-Ausstellung sorgte die gefährliche, mit übernatürlichen Kräften ausgestattete Kreatur für eine Massenpanik. Das Massaker, bei dem sechsundvierzig Menschen, darunter auch der Direktor des Museums, starben und bei dem fast dreihundert verletzt wurden, zählt zu den schlimmsten Katastrophen des vergangenen Jahrhunderts in New York.

Der Name *Mbwun* wurde der Kreatur von den Kothoga gegeben, einem inzwischen ausgestorbenen Indianerstamm aus dem Amazonas-Becken. Jahrzehntelang waren Anthropologen und Kautschuksammlern am Oberlauf des Xingu-Flusses Gerüchte von einem großen, gefährlichen und reptilienartigen Tier zu Ohren gekommen, bis im Jahr 1987 das Naturgeschichtliche Museum eine Expedition unter dem Anthropologen John Whittlesey ausschickte, um mehr Informationen über die Kothoga und die geheimnisvolle Kreatur zu sammeln. Whittlesey verschwand im Regenwald, und die anderen Mitglieder der Expedition kamen auf tragische Weise auf der Rückreise in die Vereinigten Staaten bei einem Flugzeugabsturz ums Leben.

Mehrere Kisten mit den von der Expedition gesammelten Exponaten fanden per Schiff den Weg nach New York. Zum Verpacken der Gegenstände hatte man Pflanzenfasern verwendet, die eine ganz bestimmte Substanz enthielten. Die Kreatur, die auf bisher ungeklärte Art und Weise ins Museum gelangte – man vermutet, daß sie unbeabsichtigt in einem der Frachtcontainer nach New York verschifft wurde –, war nach dieser Substanz süchtig. Solange sie im Keller des Museums genügend von diesen Fasern fand, konnte sie dort unbemerkt leben. Erst als die Vorräte zur Neige gingen, begann sie, Besucher und Aufsichtspersonal anzufallen.

Bei der Eröffnung der Aberglauben-Ausstellung wurde die Kreatur getötet. Ihr Kadaver wurde von den Behörden beschlagnahmt und beseitigt, bevor noch eingehendere Untersuchungen an ihr vorgenommen werden konnten. Obwohl das meiste über die Kreatur im dunkeln liegt, ist sich die Wissen-

schaft darüber einig, daß sie auf einem *tepui*, einem isolierten Plateau im Urwald, lebte, das vor kurzem durch eine neu angelegte Goldmine vollständig zerstört wurde. Professor Whitney Cadwalader Frock, der bis vor kurzem zum wissenschaftlichen Stab des Naturgeschichtlichen Museums gehörte und als der Verfasser des Buches »Die Fraktale Evolution« berühmt wurde, vertritt die Auffassung, daß es sich bei der Kreatur um eine einmalige evolutionäre Mißbildung handelte, die nur in ihrem isolierten Lebensraum mitten im Regenwald entstehen konnte.
Anläßlich der jüngst in dieser Stadt verübten Morde wurden nun Vermutungen laut, daß eine zweite Mbwun-Kreatur dafür verantwortlich sein könnte. Diese Befürchtungen teilt offenbar auch die New Yorker Polizei, denn weshalb sonst hätte sie die im Humboldt Kill gefundenen Skelette ausgerechnet im Naturgeschichtlichen Museum auf Bißspuren untersuchen lassen sollen? Es bleibt also zu hoffen, daß wir möglichst bald erfahren werden, ob die Leichen von streunenden Hunden angenagt wurden oder ob sie einem weitaus stärkeren und gefährlicheren Lebewesen zum Opfer fielen - einer Kreatur von der Sorte Mbwuns.

Zitternd vor Wut schob Smithback den Teller mit den Eiern und dem Rest des Tatars beiseite. Er wußte nicht, was schlimmer war: daß dieser Schnösel Harriman ihm eins ausgewischt hatte oder das Wissen, daß er, Smithback, die Geschichte bereits im Sack gehabt und sich dazu hatte überreden lassen, sie einen Tag aufzuschieben.
Nie wieder, schwor sich Smithback. Nie wieder würde ihm so etwas passieren.

Im fünfzehnten Stock des Polizeipräsidiums ließ Lieutenant D'Agosta dieselbe Zeitung mit einem leisen Fluch auf seinen Schreibtisch sinken. Die Öffentlichkeitsabteilung der Polizei würde beide Hände voll zu tun haben, um eine Massenhysterie zu verhindern. Wenn er herausfand, wer diese Information an die Presse weitergegeben hatte, würde er ihm höchstpersönlich den Arsch aufreißen. Aber wenigstens stammte dieser Artikel ausnahmsweise einmal nicht von seinem nervtötenden Freund Smithback.

D'Agosta griff zum Telefon, um den Polizeipräsidenten anzurufen. Wenn schon ein Arsch aufgerissen werden mußte, sollte das nach Möglichkeit nicht sein eigener sein. Bei Horlocker war es immer besser, wenn man sich mit ihm in Verbindung setzte und nicht wartete, bis er sich meldete.

D'Agosta hatte kein Glück. Er erreichte nur die Voice-Mail von Horlockers Sekretärin.

Er schlug noch einmal die Zeitung auf, warf sie aber nach kurzer Lektüre frustriert wieder auf den Schreibtisch. Jeden Augenblick konnte Waxie kommen und sich über den Termin beschweren, den der Polizeipräsident ihm und D'Agosta gesetzt hatte. Beim Gedanken an Waxie schloß D'Agosta unwillkürlich die Augen, öffnete sie aber sofort wieder, als er spürte, daß ihn ein tiefes Gefühl der Müdigkeit überfiel. Er hatte in der vergangenen Nacht wegen der Untersuchung des Bitterman-Mordes nur zwei Stunden geschlafen und war völlig fertig.

Er stand auf und trat ans Fenster. Unter einem dünnen Schleier aus Smog sah er, wie auf dem Pausenhof einer nahen Grundschule Kinder herumtollten, Seil hüpften und Fangen spielten. Sicher brüllten sie dabei aus Leibeskräften, aber D'Agosta war viel zu weit entfernt, um etwas davon zu hören. Großer Gott, was hätte er dafür gegeben, jetzt eines dieser Kinder sein zu können.

Als er sich wieder seinem Schreibtisch zuwandte, bemerkte er, daß er mit der Zeitung das Foto seines zehnjährigen Sohnes,

Vinnie junior, umgeworfen hatte. Er stellte es wieder auf, rückte es sorgfältig zurecht und lächelte es an. Danach fühlte er sich ein wenig besser. Er griff in seine Brusttasche und zog eine Zigarre hervor. Zum Teufel mit Horlocker. Er würde die Dinge einfach auf sich zukommen lassen.

D'Agosta zündete seine Zigarre an, warf das Streichholz in den Aschenbecher und trat vor den großen Stadtplan an der Wand, auf dem die West Side von Manhattan dargestellt war. In der Karte steckten zwei rote und weiße Markierungsnadeln. Die weißen standen für Menschen, die in den vergangenen sechs Monaten verschwunden waren, die roten für Morde, die denen an den Obdachlosen und an Pamela Wisher ähnelten. D'Agosta nahm aus seiner Plastikdose eine rote Nadel, suchte sich das Wasserreservoir im Central Park aus und drückte die Nadel unmittelbar unterhalb in den Stadtplan. Dann trat er einen Schritt zurück in der Hoffnung, in den weit verstreuten Nadeln ein Muster zu erkennen.

Es gab zehnmal so viele weiße Nadeln wie rote, aber D'Agosta war klar, daß viele der von ihnen derart symbolisierten Fälle einer genaueren Überprüfung nicht standhalten würden. Jeden Tag verschwanden in New York Menschen aus den verschiedensten Gründen, die nicht unbedingt mit einem Verbrechen zu tun haben mußten, aber immerhin waren im letzten halben Jahr dreimal so viele Vermißtenanzeigen eingegangen wie sonst üblich. Obwohl die meisten Menschen in der Nähe des Central Parks verschwunden waren, konnte D'Agosta auch bei längerem Betrachten der Nadeln kein Muster entdecken. Dennoch sagte ihm sein Verstand, daß es einen Zusammenhang zwischen den einzelnen Fällen geben mußte.

»Na, Lieutenant, träumen Sie?« hörte D'Agosta eine ihm mittlerweile vertraute tiefe Stimme. Er fuhr zusammen und drehte sich um. Es war Sergeant Hayward, die ihm, ebenso wie Waxie, für den Fall zugeteilt war.

»Schon mal was von Anklopfen gehört?« fauchte D'Agosta.

»Habe ich. Aber ich dachte, Sie wollten dieses Zeug hier so schnell wie möglich auf dem Schreibtisch haben«, sagte Hayward und hielt ihm den dicken Stapel Computerausdrucke unter die Nase. D'Agosta nahm die Papiere und blätterte sie durch. Es waren die Berichte über weitere Morde an Obdachlosen, die zum Großteil in Waxies Revier um den Central Park und die West Side passiert waren. Natürlich war keines der Verbrechen ordentlich untersucht worden.
»Gott im Himmel«, murmelte er und schüttelte den Kopf. »Am besten, wir markieren sie gleich mal auf unserer Karte.«
D'Agosta setzte sich vor die Computerausdrucke und las Hayward die Fundorte der Leichen vor, die diese dann mit einer roten Nadel auf dem Stadtplan vermerkte. Als er fertig war, hielt er inne und sah Hayward an. Obwohl er es ihr gegenüber nie zugegeben hätte, war er insgeheim froh, daß sie ihm jetzt zur Seite stand. Ihr unerschütterliches Selbstvertrauen kam ihm vor wie ein sicherer Hafen inmitten eines tobenden Sturms, und wenn er ehrlich war, mußte er außerdem zugeben, daß sie auch ein hübscher Anblick war.
Auf einmal drangen vom Gang her das Geräusch laufender Menschen und laute Stimmen heran. Irgend etwas fiel mit lautem Krach zu Boden. D'Agosta runzelte die Stirn und nickte Hayward zu, damit sie der Ursache des Lärms auf den Grund ging. Kaum war sie draußen, da hörte D'Agosta schon noch lauteres Geschrei, aus dem er deutlich eine hohe, hysterisch kreischende Stimme seinen Namen rufen hörte.
Neugierig geworden, streckte er den Kopf aus der Tür und erblickte einen unglaublich schmutzigen, abgerissenen Mann, den zwei Polizisten nur mit Mühe unter Kontrolle halten konnten. Hayward stand daneben, ihren kleinen drahtigen Körper gespannt, als warte sie nur auf eine Gelegenheit zum Eingreifen. D'Agosta betrachtete den seltsamen Besucher genauer: Der magere Mann hatte eine blasse gelbliche Haut und vor Schmutz starrende, zerzauste Haare. In der rechten Hand trug

er einen schwarzen Plastiksack, der vermutlich seine ganze Habe enthielt.
»Ich will sofort den Lieutenant sprechen«, schrie der Mann mit seiner dünnen durchdringenden Stimme. »Ich habe wichtige Informationen für ihn! Ich verlange ...«
»Jetzt hör mal gut zu, Kumpel«, meinte einer der Polizisten, der den Mann mit angewidertem Gesicht an einem seiner speckigen Ärmel festhielt, »wenn du irgendwas zu sagen hast, dann sagst du es mir, verstanden? Der Lieutenant hat zu tun.«
»Da ist er ja«, quiekte der Mann und deutete mit einem zitternden Finger auf D'Agosta. »Nehmt sofort eure Pfoten weg, oder ich beschwere mich über euch. Ich rufe meinen Anwalt an!«
D'Agosta ging zurück in sein Büro, schloß die Tür und widmete sich wieder dem Stadtplan. Der Streit draußen tobte weiter, wobei das schrille Geschrei des Penners immer nervtötender wurde. Selbst Hayward, deren Stimme zunehmend ärgerlicher klang, schien sich nicht gegen ihn durchsetzen zu können. Dieser Mann ließ sich offenbar nicht abschütteln.
Auf einmal flog die Tür auf, und der Stadtstreicher taumelte, dichtauf gefolgt von einer wütenden Hayward, herein. Er rannte in eine Ecke des Büros und hielt sich seinen Müllsack wie einen Schutzschild vor den Körper. »Sie müssen mich anhören, Lieutenant«, winselte der Mann.
»Der Kerl ist glitschig wie ein Fisch«, keuchte Hayward und wischte sich die Hände an ihren schlanken Hüften ab. »Und zwar im wörtlichen Sinn.«
»Bleiben Sie mir bloß vom Leib«, schrie der Obdachlose sie an.
»Ist schon in Ordnung, Sergeant«, sagte D'Agosta mit einem müden Seufzer und wandte sich dem Mann zu. »Okay, ich gebe Ihnen fünf Minuten. Aber das da bleibt draußen.« Er deutete auf den Müllsack, der einen kaum zu ertragenden Geruch verströmte.
»Die werden ihn mir klauen«, krächzte der Mann.

»Sie sind hier auf einem Polizeirevier!« schnauzte ihn D'Agosta an. »Niemand wird Ihnen hier Ihren Mist stehlen.«
»Das ist kein Mist«, jaulte der Mann, übergab den Sack dann aber doch Sergeant Hayward, die ihn mit spitzen Fingern anfaßte und nach draußen beförderte. Dann kam sie wieder herein und schloß rasch die Tür vor dem Gestank.
Kaum war die Tür zu, da veränderte sich das Benehmen des Obdachlosen dramatisch: Selbstbewußt ging er geradewegs auf einen der Besucherstühle zu, setzte sich und schlug die Beine übereinander, als wäre er in D'Agostas Büro zu Hause. Der Geruch, den er dabei verbreitete, erinnerte D'Agosta an den Gestank in dem alten Eisenbahntunnel.
»Ich hoffe, Sie sitzen bequem«, sagte der Lieutenant zu dem Mann. »Sie haben noch knappe vier Minuten.«
»So bequem, wie es einem Mann in meiner Situation nur sein kann, Vincent«, sagte der Stadtstreicher mit einer völlig veränderten Stimme.
D'Agosta ließ erstaunt die Zigarre sinken.
»Sie rauchen also immer noch«, meinte der Mann mit einem bedauerlichen Unterton. »Aber zumindest scheint Ihr Geschmack in der Zwischenzeit einen gewissen Aufschwung genommen zu haben. Diese Dunhill ist schon eine gewaltige Verbesserung gegenüber dem Kraut, mit dem Sie sich früher vergiftet haben.«
D'Agosta war sprachlos. Er kannte die Stimme mit ihrem melodiösen Südstaatenakzent, aber er konnte sie beim besten Willen nicht mit dem stinkenden, verdreckten Penner in Verbindung bringen, der sich vor ihm in seinem Besuchersessel räkelte. »Sind Sie's, Pendergast«, fragte er plötzlich atemlos.
Der Obdachlose nickte.
»Was, zum Teufel ...«
»Ich muß Sie um Verzeihung bitten wegen meines effektvollen Eindringens«, sagte Pendergast, »aber ich wollte testen, wie überzeugend meine Verkleidung ist.«

»Ach ja«, nickte D'Agosta.
Hayward trat einen Schritt vor und sah D'Agosta an. Zum erstenmal, seit er sie kannte, schien sie etwas nicht auf Anhieb zu verstehen. »Lieutenant?« fragte sie.
D'Agosta atmete tief durch. »Sergeant Hayward, das ist Special Agent Pendergast vom FBI«, erklärte er und deutete auf die heruntergekommene Gestalt, die jetzt die Hände vor der Brust gefaltet hatte und die junge Frau mit Unschuldsmiene angrinste.
Hayward ließ ihren Blick zwischen ihm und D'Agosta hin und her schweifen. »Unfug«, knurrte sie schließlich.
Pendergast ließ ein amüsiertes Lachen hören. »Sehr erfreut, Sergeant«, sagte er und stützte den Kopf auf die Fingerspitzen. »Ich würde Ihnen ja gerne die Hand geben, aber ...«
»Lassen Sie nur«, entgegnete Hayward, deren Skepsis noch immer nicht ganz verflogen schien.
Auf einmal trat D'Agosta auf den Besucher zu und schloß dessen schlanke, vor Schmutz starrende Hände in die seinen. »Du meine Güte, Pendergast, es ist schön, Sie wiederzusehen. Ich habe mich schon gefragt, was wohl aus Ihnen geworden ist. Ich habe zwar gehört, daß man Ihnen den Posten des Direktors in Ihrem New Yorker Büro verweigert hat, aber ich habe Sie nicht mehr gesehen seit ...«
»Seit den Museumsmorden, ich weiß«, unterbrach ihn Pendergast. »Sieht so aus, als wären Sie jetzt wieder mal in den Schlagzeilen.«
D'Agosta setzte sich und nickte Pendergast düster zu.
Der FBI-Agent sah auf den Stadtplan. »Da haben Sie ja einen ziemlichen Packen Probleme an der Hand, Vincent. Eine Reihe von brutalen Morden über und unter der Erde, Angst, die unter den Reichen der Stadt grassiert und jetzt auch noch diese Gerüchte über einen neuen Mbwun.«
»Wie recht Sie doch haben, Pendergast.«
»Bei so einer Geschichte kann ich Sie unmöglich alleine lassen,

Vincent, und deshalb bin ich hier, um Ihnen meine Hilfe anzubieten.«

D'Agostas Miene hellte sich auf, nahm dann aber einen vorsichtigen Ausdruck an. »Ist das offiziell?« fragte er.

»Sagen wir mal halboffiziell«, antwortete Pendergast mit einem Lächeln. »Mehr konnte ich leider nicht herausschlagen. Zur Zeit kann ich mir meine Aufgaben mehr oder weniger selbst aussuchen. Nachdem ich mich jetzt ein Jahr lang technischen Projekten gewidmet habe, über die wir uns vielleicht ein andermal unterhalten können, habe ich mir die Erlaubnis geholt, die New Yorker Polizei in diesem Fall zu unterstützen. Natürlich muß ich mich so lange zurückhalten, bis es ein Verbrechen gibt, das in den Zuständigkeitsbereich des FBI fällt – und handfeste Beweise für ein solches haben wir ja bisher noch nicht.« Pendergast holte kurz Atem. »Mein Problem, Vincent, ist aber nun mal, daß ich einfach nicht die Finger von einem interessanten Fall wie diesem lassen kann. Eine schlimme Angewohnheit, ich weiß, aber eine, gegen die ich leider machtlos bin.«

D'Agosta sah ihn neugierig an. »Und warum habe ich dann nicht schon viel früher wieder etwas von Ihnen gehört? New York ist voll von interessanten Fällen.«

Pendergast legte den Kopf schief und sah D'Agosta undurchdringlich an. »Nicht für mich«, entgegnete er.

D'Agosta wandte sich an Hayward. »Daß Special Agent Pendergast hier auftaucht, ist das erste erfreuliche Ereignis, seit ich diesen verdammten Fall übernommen habe«, erklärte er.

»Vincent, Sie schmeicheln mir«, wehrte Pendergast ab und sah von D'Agosta zu Sergeant Hayward und wieder zurück, wobei seine flinken blauen Augen einen starken Kontrast zu seinem verdreckten Gesicht bildeten. »Aber wir wollen jetzt an die Arbeit gehen. Da meine Verkleidung Sie beide überzeugt hat, glaube ich, daß ich sie demnächst auch bei den Obdachlosen im Untergrund testen kann. Aber zuerst müssen Sie mich noch auf den neuesten Stand der Ermittlungen bringen.«

»Dann sind Sie also auch der Meinung, daß zwischen dem Fall Wisher und den Morden an den Obdachlosen ein Zusammenhang besteht?« fragte Hayward, deren Stimme immer noch ein wenig mißtrauisch klang.

»Und ob ich das bin, Sergeant … Hayward, so war doch Ihr Name?« erwiderte Pendergast. Dann setzte er sich gerade hin und fragte: »Doch nicht Laura Hayward, oder?«

»Ja, aber wieso fragen Sie?« Hayward hörte sich so an, als wäre sie noch mehr auf der Hut vor Pendergast als vorhin.

Der FBI-Agent entspannte sich wieder. »Wunderbar«, sagte er. »Bitte, lassen Sie mich Ihnen zu Ihrem Artikel im *Journal für abnormale Soziologie* gratulieren. Ich habe noch nie eine so fundierte Abhandlung über die soziale Hierarchie im Untergrund lebender Obdachloser gelesen.«

Zum erstenmal, seit D'Agosta sie kannte, wirkte Hayward richtiggehend betreten. Sie wurde rot im Gesicht und sah zur Seite. Offenbar war sie es nicht gewohnt, daß man ihr solche Komplimente macht.

»Stimmt das, Sergeant Hayward?« fragte D'Agosta.

»Ja, ich mache an der New Yorker Uni gerade meinen Magister«, erklärte sie, ohne D'Agosta oder Pendergast anzusehen. Dann aber hob sie den Kopf und fixierte D'Agosta mit einem herausfordernden Blick. »Meine Diplomarbeit hat das Thema ›Gewalt im Untergrund‹.«

»Ich habe nichts dagegen«, beteuerte D'Agosta, der sich über ihre abwehrende Haltung wunderte und sich gleichzeitig darüber ärgerte, daß Hayward ihm nichts von ihrem Studium erzählt hatte. Hielt sie ihn für zu blöd, um das zu verstehen?

»Aber warum publizieren Sie Ihre Arbeit denn in so einer obskuren Zeitschrift?« fragte Pendergast. »So etwas wäre doch viel eher etwas für das *Law Enforcement Bulletin.*«

Hayward lachte leise auf, fing sich dann aber wieder. »Jetzt machen Sie wohl Witze, oder?« fragte sie.
D'Agosta verstand, was Hayward meinte. Es war für sie ohnehin schon schwer genug, sich als kleine, schlanke und zudem hübsche Frau unter diesen Kleiderschrank-Typen der ehemaligen Bahnpolizisten zu behaupten. Da brauchten ihre Kollegen nicht auch noch aus dem Polizeiblatt zu erfahren, daß sie eine akademische Arbeit über die Leute schrieb, die sie tagtäglich aus dem Untergrund vertreiben mußte. Er schüttelte den Kopf, als er sich vorstellte, welchen Hänseleien sie sich damit aussetzen würde.
»Ach so, verstehe«, sagte Pendergast und nickte. Ihm waren offenbar dieselben Gedanken durch den Kopf gegangen wie D'Agosta. »Trotzdem ist es mir ein Vergnügen, Sie kennenzulernen, Sergeant. Aber jetzt lassen Sie uns über unseren Fall sprechen. Ich möchte gerne die Polizeiberichte von allen Tatorten sehen. Je mehr wir über den Verbrecher wissen, desto schneller können wir ihn fassen. Oder sie, falls es mehrere Täter sind. Die Opfer wurden nicht sexuell mißbraucht, habe ich recht?«
»Korrekt.«
»Trotzdem könnte es sich bei dem Täter um eine Art Fetischisten handeln, der Köpfe sammelt wie andere Leute Souvenirs. Ich finde, wir sollten die Akten sämtlicher Serienmörder durchgehen, ob wir eine Übereinstimmung im *Modus operandi* finden. Vielleicht wäre es ja auch sinnvoll, den Computer nach möglichen Verknüpfungen zwischen den Daten aller Opfer suchen zu lassen. Außerdem sollten wir uns sämtliche vermißt gemeldeten Personen in ganz New York ansehen. Gegebenenfalls finden wir ja etwas, das einige von ihnen miteinander verbindet – und wenn es nur eine noch so unbedeutende Kleinigkeit ist.«
»Ich werde mich darum kümmern«, versprach Hayward.
»Sehr gut.« Pendergast stand auf und trat an den Schreibtisch.

»Dürfte ich jetzt vielleicht einen Blick in die Akten werfen, Vincent?«
»Bleiben Sie bitte sitzen«, sagte D'Agosta rasch und rümpfte die Nase. »Ihre Verkleidung ist nämlich in mancher Hinsicht ein bißchen *zu* überzeugend, wenn Sie wissen, was ich meine.«
»Verstehe«, Pendergast grinste unbekümmert. »Das soll sie ja auch sein. Sergeant Hayward, wären Sie bitte so nett, mir die Akten herüberzureichen?«

18

Margo nahm in der weitläufigen Linnaeus Hall Platz, die sich mitten im ursprünglichen Gebäude des Naturgeschichtlichen Museums befand. Die im Jahr 1882 erbaute elegante Halle war mit Eichenholz getäfelt und hatte ein hohes Deckengewölbe, unter dem ein wunderschön geschnitzter Fries die einzelnen Stufen der Evolution darstellte.
Amüsiert blickte Margo hinauf zum Bildnis des Menschen, den der Künstler mit Frack, Zylinder und Gehstock dargestellt hatte. Der Fries war ein herrliches Beispiel für die frühdarwinistische Auffassung von der Evolution, der zufolge sich die Natur von simplen zu immer komplexeren Lebensformen fortentwickelte und schließlich im *homo sapiens* als Krone der Schöpfung ihren Abschluß fand. Margo wußte, daß modernere Theorien das völlig anders sahen. Heute nahm man an, daß die Evolution viel zufälliger und wahlloser vor sich gegangen und dabei immer wieder in jede Menge Sackgassen gemündet war. Dr. Frock, der neben ihr in seinem Rollstuhl saß, hatte mit seiner Theorie einer Fraktalen Evolution viel zu diesem Verständnis beigetragen. Die Evolutionsbiologen an der Schwelle zum dritten Jahrtausend sahen den Menschen nicht mehr als

die Apotheose der Evolution an, sondern als das Ende eines kleinen, nicht allzu spezialisierten Seitenzweigs der Säugetiere.
Margo blickte hinauf zu dem Projektionsfenster an der hinteren Wand. Die ehrwürdige Halle war im Lauf der Jahre zu einem Vortragssaal mit versenkbaren Tafeln und Filmleinwänden umgebaut worden. Kürzlich war sogar eine hochmoderne computergesteuerte Audivisionsanlage dazugekommen.
Zum hundertstenmal an diesem Tag fragte sich Margo, wer wohl die Informationen über die am Museum durchgeführten Untersuchungen an die Presse weitergegeben hatte. Wer auch immer es gewesen sein mochte, er hatte offenbar nicht alles gewußt, denn sonst hätte der Artikel bestimmt die grotesken Deformationen am zweiten Skelett erwähnt. Aber auch so war das, was an die Öffentlichkeit gedrungen war, schon mehr als genug. Obwohl sie insgeheim froh war, daß sie sich nun nicht mehr für Smithback stark machen mußte, bereitete ihr das, was sie inzwischen über die Bißspuren an den Knochen herausgefunden hatte, große Sorgen. Mit unguten Gefühlen sah sie dem Eintreffen der Leiche von Nicholas Bitterman entgegen. Sie hatte Angst, daß auch sie derartige Spuren aufweisen würde.
Ein lautes, brummendes Geräusch riß Margo aus ihren Gedanken. Vor der Bühne glitt eine riesige Projektionsleinwand von der Decke herab.
In der für zweitausend Besucher ausgelegten Halle befanden sich genau sieben Menschen: Mehrere Reihen vor Margo saßen Lieutenant D'Agosta und ein fülliger Polizei-Captain in verknitterter Uniform zusammen mit zwei gelangweilt dreinblickenden Detectives von der Mordkommission. Und neben ihr summte Dr. Frock eine Melodie aus einer Wagner-Oper und trommelte auf den abgeschabten Armlehnen seines Rollstuhls mit seinen dicken Fingern den Takt dazu. Obwohl sein Gesicht äußerlich keine Regung zeigte, wußte Margo, daß er innerlich vor Wut kochte. Als Chef der Gerichtsmedizin durfte Dr. Brambell jetzt auf dem Podium stehen und die Ergebnisse

der Untersuchungen präsentieren. Frock hatte sich damit einverstanden erklärt, aber Margo wußte genau, wie sehr ihn das wurmte.

Inzwischen waren die Lichter in der Halle ausgegangen, so daß Margo nur noch Brambells leichenhaft blasses Gesicht sehen konnte, das von der kleinen Lampe am Vortragspult gespenstisch erhellt wurde. In einer Hand hielt Brambell eine Fernbedienung, mit der er die Diavorführung steuern konnte, in der anderen einen Laserzeiger. »Ich finde, wir sollten gleich in *medias res* gehen und uns ein paar Dinge ansehen«, sagte Brambell in seiner hohen, fröhlichen Stimme, die gleichzeitig aus den vielen Lautsprechern an den Wänden der Halle ertönte. Margo hörte, wie Frock neben ihr verärgert in seinem Rollstuhl herumrutschte.

Auf der Leinwand erschien das stark vergrößerte Bild eines Knochens, das die Halle und ihre wenigen Besucher in ein hellgraues Licht tauchte.

»Dieses Foto zeigt Pamela Wishers dritten Halswirbel, auf dem Sie unschwer die deutlich sichtbaren Zahnspuren erkennen können.«

Nachdem Brambell mit dem roten Punkt des Laseranzeigers die betreffenden Stellen bezeichnet hatte, schaltete er den Projektor weiter.

»Hier sehen Sie eine dieser Spuren in zweihundertfacher Vergrößerung. Und das hier ist ein Querschnitt, an dem gut zu erkennen ist, daß der Biß vom Zahn eines Säugetiers stammt.«

Die nächsten Dias zeigten Diagramme, auf denen die zur Erzielung der jeweiligen Bißtiefe nötige Kraft dargestellt wurde. »Wie Sie sehen, war zum Erzeugen der tiefsten Spuren ein Druck von etwa fünfunddreißig bis fünfundsechzig Kilopond pro Quadratzentimeter nötig, was sich gravierend von den fünfundachtzig Kilopond pro Quadratzentimeter unterscheidet, von denen wir zunächst ausgegangen waren.«

Von denen *du* zunächst ausgegangen warst, dachte Margo.

»Wir haben an den Knochen der beiden Opfer insgesamt einundzwanzig Biß- oder Kratzspuren gefunden, die ohne jeden Zweifel von Zähnen herrühren«, fuhr Brambell fort. »Außerdem gibt es Spuren, die vermutlich mit einem stumpfen Gegenstand verursacht wurden. Sie sind zu regelmäßig, um von Zähnen zu stammen, aber zu rauh, als daß es sich um Schnitte mit einem gut geschliffenen Messer handeln könnte. Wir glauben, daß sie möglicherweise auf den Gebrauch einer primitiven Axt oder eines Steinmessers hindeuten. Diese Spuren finden sich hauptsächlich an den Halswirbeln, was vielleicht auch ein Hinweis darauf sein könnte, wie die Opfer enthauptet wurden.«

Ein weiteres Dia wurde auf die Leinwand projiziert. »Hier sehen Sie einen Schnitt durch einen der Knochen, der genau zeigt, daß an den Bißstellen Blut durch die interstitiellen Zonen des Knochens in das Knochenmark gesickert ist. Das ist ein eindeutiger Beweis dafür, daß die Bisse vor dem Tod des Opfers erfolgt sein müssen.«

Obwohl niemand etwas sagte, konnte Margo spüren, wie ein Ruck durch die Anwesenden ging.

»Leider ist angesichts des Zustands der Leichen eine genaue Bestimmung der Todesursache unmöglich, aber es kann durchaus sein, daß die Bisse dabei eine Rolle gespielt haben. Wir vermuten, daß die Opfer an schweren Traumen und starkem Blutverlust starben.«

Brambell blickte auf und wandte sich mit einer dramatischen Geste an seine Zuhörer. »Ich weiß, daß Sie sich jetzt sicher alle eine ganz bestimmte Frage stellen, *die* Frage, die auch uns bei unseren Untersuchungen immer wieder beschäftigt hat: Wer oder was hat diese Bißspuren verursacht? Inzwischen wird ja in der Presse schon spekuliert, daß in dieser Stadt ein neuer Mbwun sein Unwesen treibt.«

Das macht ihm einen Heidenspaß, dachte Margo, die spürte, wie die Spannung unter den wenigen Menschen in der großen

Halle stieg. Besonders D'Agosta rutschte nervös auf seinem Stuhl herum.
»Natürlich haben wir die Bißspuren sorgfältig mit denen verglichen, die vor achtzehn Monaten an Mbwuns Opfern dokumentiert wurden. Dabei sind wir zu zwei entscheidenden Ergebnissen gekommen.«
Brambell holte tief Luft und blickte hinunter in den halbdunklen Saal. »Erstens: Die Bißspuren an den beiden Skeletten sind nicht identisch mit denen, die von Mbwun stammten, weder in Länge und Breite noch im Zahnprofil.«
Margo sah, wie D'Agosta sich erleichtert zurücklehnte.
»Zweitens: Die Kraft hinter diesen Bissen überschreitet in keinem Fall vierundsechzig Kilopond pro Quadratzentimeter, was bedeutet, daß sie ohne weiteres von Hunden, ja, sogar von Menschen verursacht worden sein können. Die Bißspuren des Museumsmonsters ließen alle auf eine sehr viel größere Kraft schließen.«
In rascher Folge waren nun Dias von verschiedenen stark vergrößerten Bißmustern zu sehen. »Ein gesunder amerikanischer Mann, zumal, wenn er häufig Kaugummi kaut, kann mit seinen Kiefermuskeln durchaus eine Kraft von fünfundfünfzig bis fünfundsechzig Kilopond pro Quadratzentimeter erzeugen«, sagte Brambell. »Auch von der Form her könnten viele der Spuren von menschlichen Eckzähnen stammen. Obwohl es nach wie vor nicht auszuschließen ist, daß ein Rudel streunender Hunde die beiden Opfer im Untergrund angegriffen, getötet und verstümmelt haben könnte, sind meiner Meinung die Bißspuren eher menschlichen als tierischen Ursprungs. Aus welchem Motiv und unter welchen Umständen sie entstanden sind, kann ich Ihnen allerdings nicht erklären.«
»Im Untergrund geschehen seltsame Dinge, Dr. Brambell«, ließ sich auf einmal eine leicht ironisch gefärbte Stimme mit tiefstem Südstaatenakzent vernehmen. »Viel seltsamere, als wir

sie uns mit unserer beschränkten Phantasie je vorstellen können.« Margo drehte sich um und entdeckte in einem Stuhl ein paar Reihen weiter hinten die vertraute schlanke Gestalt von Special Agent Pendergast. Sie hatte den FBI-Agenten gar nicht hereinkommen gehört. Pendergast bemerkte ihren Blick und sah sie an, wobei seine hellen Augen im Licht des Diaprojektors funkelten. »Hallo, Miss Green«, sagte er. »Aber halt – es muß jetzt wohl Dr. Green heißen, nicht wahr?«

Margo nickte ihm lächelnd zu. Sie hatte Pendergast seit den Museumsmorden nicht mehr gesehen. Unwillkürlich mußte sie daran denken, wie sie damals auf der kleinen Abschiedsfeier in Frocks Büro eine Menge Leute zum letztenmal für eine lange Zeit getroffen hatte, darunter Frock selber und auch Greg Kawakita.

Frock drehte sich mit einiger Mühe in seinem Rollstuhl nach hinten und begrüßte Pendergast mit einem kurzen Nicken, bevor er seine Aufmerksamkeit wieder der Leinwand zuwandte.

Brambell sah den Neuankömmling vom Podium herunter an. »Und wer sind *Sie*, wenn ich fragen darf?«

»Das ist Special Agent Pendergast vom FBI«, antwortete D'Agosta. »Er wird uns bei der Lösung dieses Falles beraten.«

»Verstehe«, sagte Brambell. »Sehr erfreut.« Dann fuhr er mit seinem Vortrag fort. »Ich möchte mich nun der nächsten Frage widmen, nämlich der Identifizierung des zweiten Skeletts. Hier habe ich eine erfreuliche Neuigkeit für Sie, die möglicherweise selbst meine Kollegen Dr. Frock und Dr. Green überraschen wird. Ich bin nämlich selbst erst vor kurzer Zeit darauf gestoßen.«

Frock beugte sich mit versteinertem Gesicht in seinem Rollstuhl nach vorn, und Margo ließ ihren Blick zwischen ihm und Brambell hin und her wandern. War es möglich, daß Brambell ihnen etwas verheimlicht hatte, um jetzt allein alle Lorbeeren einzuheimsen?

»Sehen Sie sich das nächste Dia bitte genau an«, sagte der Gerichtsmediziner. Ein neues Bild erschien auf der Leinwand. Es zeigte die Röntgenaufnahme mit den vier Punkten, die Margo als erster aufgefallen waren.

»Was Sie hier sehen, sind vier kleine dreieckige Metallstücke, die in einem Lendenwirbel des unbekannten Skeletts eingewachsen waren. Seit Dr. Green sie entdeckt hat, haben wir uns über ihre Bedeutung den Kopf zerbrochen. Gestern abend kam mir dann eine Art Erleuchtung, und heute habe ich mich bei einigen Orthopäden kundig gemacht. Wenn ich mich nicht geirrt habe, dann werden wir bis spätestens Ende der Woche die Identität des zweiten Skeletts erfahren.«

Brambell ließ seinen Blick triumphierend durch die Halle schweifen, wobei er bei Frock einen Augenblick länger verweilte als bei den anderen.

»Glauben Sie, daß es sich bei diesen Punkten um ...«, setzte Pendergast an, wurde aber sofort von Brambell abgewürgt.

»Im Augenblick möchte ich mich über dieses Thema nicht weiter auslassen«, sagte der Gerichtsmediziner und schaltete mit der Fernbedienung den Diaprojektor weiter. Auf der Leinwand erschien das Bild eines stark verwesten Kopfes mit leeren Augenhöhlen und einem lippenlosen Grinsen. Margo stieß der Anblick fast ebenso ab wie der Kopf selbst, den man ihnen gestern ins Labor gebracht hatte.

»Wie Sie vermutlich alle wissen, sollten wir diesen Kopf im Auftrag von Lieutenant D'Agosta untersuchen, der ihn am Tatort eines Obdachlosenmordes gefunden hat. Natürlich können wir Ihnen die ausführlichen Untersuchungsergebnisse erst in ein paar Tagen mitteilen, aber vorab läßt sich bereits sagen, daß der Kopf von einem Mann stammt, der seit etwa zwei Monaten tot ist. Wir haben auch an diesem Kopf zahlreiche Spuren von Zähnen und einer primitiven Klinge gefunden, letztere wiederum hauptsächlich an dem noch am Schädel verbliebenen Halswirbel. Wir haben bereits veranlaßt, daß die zu dem

Kopf gehörende Leiche in Pottersfield wieder exhumiert wird, damit wir sie einer gründlichen Obduktion unterziehen können.«

O nein, dachte Margo.

Brambell zeigte nun mehrere Dias in rascher Folge. »Auch hier haben wir, wie Sie sehen können, den zur Erzeugung der Bißspuren nötigen Druck bestimmt und sind zu demselben Ergebnis gekommen wie bei den beiden Skeletten: Die Kraft wäre auch hier durchaus von menschlichen Kiefermuskeln aufzubringen gewesen, deutet also nicht auf einen neuen Mbwun hin.«

Die Leinwand wurde weiß, und Brambell legte den Laserzeiger auf das Vortragspult. Als das Licht im Saal anging, stand D'Agosta auf. »Jetzt bin ich mehr erleichtert, als Sie sich vorstellen können, Dr. Brambell«, sagte er. »Aber eines würde ich gerne doch genauer wissen: Sie sind also wirklich der Meinung, daß die Bißspuren von einem Menschen stammen?«

Brambell nickte.

»Nicht von Hunden oder irgendwelchen anderen Tieren, die sich vielleicht in der Kanalisation herumtreiben?«

»Wie ich schon sagte, kann man diese Möglichkeit nicht ganz ausschließen, aber ich bin trotzdem der Meinung, daß die Spuren eher auf einen Menschen – oder auch mehrere Menschen – hinweisen. Wenn wir einen kompletten Gebißabdruck hätten, könnte ich das mit Bestimmtheit sagen, aber so ...« Brambell reckte D'Agosta die leeren Handflächen hin. »Und dann sind da auch noch diese Kratzer, die mit ziemlicher Sicherheit von einem primitiven Instrument stammen. Ich habe noch nie einen Hund gesehen, der mit einem Steinmesser hantiert.«

»Wie steht es mit Ihnen, Dr. Frock?« fragte D'Agosta und wandte sich dem anderen Wissenschaftler zu. »Was ist Ihre Meinung dazu?«

»Ich stimme mit Dr. Brambell überein«, sagte Frock knapp und rutschte unbehaglich in seinem Rollstuhl herum. »Wie Sie sich vielleicht erinnern werden, war ich derjenige, der als erster davon überzeugt war, daß wir es *nicht* mit einer Kreatur wie diesem Mbwun zu tun haben. Ich stelle mit Zufriedenheit fest, daß Dr. Brambell sich nun meiner Meinung angeschlossen hat. Trotzdem muß ich schärfstens gegen die Art und Weise protestieren, wie Dr. Brambell bei der Identifizierung von Kadaver A vorgeht.«

»Ich nehme das zur Kenntnis«, entgegnete Brambell mit einem dünnen Grinsen.

»Dann haben wir es also mit einem Killer zu tun, der Mbwun nachahmt«, ließ sich der dicke Polizei-Captain vernehmen.

Alle Augen ruhten auf ihm.

Der Captain stand auf und sah sich um. »Da draußen läuft ein Irrer herum, der sich von diesem Museumsmonster inspirieren läßt«, verkündete er mit lauter Stimme. »Er tötet wahllos Menschen, schneidet ihnen die Köpfe ab und ißt seine Opfer vielleicht sogar auf.«

»Dieser Rückschluß ist zwar im Prinzip richtig«, meinte Brambell, »aber eines muß ...«

Der Captain schnitt ihm das Wort ab. »Und dieser Mörder ist ein Obdachloser!«

»Moment mal, Captain Waxie«, mischte sich D'Agosta ein, »das erklärt noch lange nicht ...«

»Doch, es erklärt alles«, erwiderte Waxie dickköpfig.

Auf einmal wurde die Tür am Ende des Saales aufgerissen, und eine ärgerliche Stimme dröhnte durch den Raum: »Warum, zum Teufel, hat mich niemand von diesem Treffen informiert?«

Margo drehte sich um und erkannte über der makellosen blauen Uniform mit der vor Orden starrenden Brust das Gesicht von Polizeipräsident Horlocker. Gefolgt von zwei Adjutanten stürmte er wütend auf D'Agosta zu.

Ein müder Ausdruck huschte über das Gesicht des Lieutenants, bevor er einen neutralen Ausdruck annahm. »Aber ich habe Ihnen doch eine Nachricht zukommen lassen.«

»Eine Nachricht?« schnaubte Horlocker verächtlich. »Sie hätten es mir persönlich sagen müssen! Soviel ich weiß, haben Sie denselben Fehler schon damals bei den Museumsmorden gemacht, Vincent. Auch da haben Sie Ihre Vorgesetzten nicht von Anfang an eingeweiht, sondern zusammen mit diesem Trottel Coffey viel zu lange darauf beharrt, daß Sie es mit einem Serienmörder zu tun hätten. So lange, bis Sie ein Museum voller Leichen hatten.«

»Entschuldigen Sie, wenn ich mich einmische, Chief Horlocker«, tönte Pendergasts honigsüße Stimme von hinten, »aber das entspricht in keiner Weise den Tatsachen.«

Margo beobachtete Horlocker, wie er sich langsam nach der Stimme umdrehte. »Wer ist das?« fragte er.

D'Agosta wollte antworten, aber Pendergast hob die Hand. »Lassen Sie nur, Vincent. Chief Horlocker, ich bin Special Agent Pendergast vom FBI.«

Horlocker runzelte die Stirn. »Ich habe schon von Ihnen gehört. Sie waren bei dem Schlamassel im Museum damals auch mit von der Partie.«

»Nett gesagt«, gab Pendergast zurück.

»Also, was wollen Sie, Pendergast?« fragte Horlocker ungeduldig. »Das hier fällt nicht in Ihren Zuständigkeitsbereich.«

»Ich stehe Lieutenant D'Agosta beratend bei.«

Horlocker hob die Augenbrauen. »Der Lieutenant braucht Ihre Hilfe nicht.«

»Entschuldigen Sie, wenn ich Ihnen widerspreche, Sir«, sagte Pendergast höflich, »aber ich glaube, daß er jede Hilfe braucht, die er kriegen kann. Und Sie übrigens auch.« Seine Blicke wanderten von Horlocker zu Waxie und wieder zurück zu Horlocker. »Keine Angst, Chief, ich will Ihnen den Fall nicht wegnehmen, sondern lediglich zur Erstellung eines Täterprofils beitragen.«

»Sehr beruhigend«, fauchte Horlocker und wandte sich an D'Agosta. »Also? Was haben Sie herausgefunden?«
»Dr. Brambell glaubt, daß er bis zum Freitag das zweite Skelett identifiziert haben wird«, sagte D'Agosta. »Außerdem glaubt er, daß die Bißspuren von einem oder mehreren Menschen stammen.«
»Von mehreren?« hakte Horlocker nach.
»Meiner Meinung nach verdichten sich die Hinweise darauf, daß wir es mit mehreren Tätern zu tun haben, Chief«, erklärte D'Agosta, und Brambell nickte zustimmend.
»Sie behaupten also, daß in dieser Stadt gleich zwei irre Kannibalen herumlaufen und die Leute abschlachten?« fragte Horlocker mit geschmerztem Gesicht. »Großer Gott, Vinnie, benutzen Sie doch mal Ihren Grips! Wir haben es hier mit einem obdachlosen Serienmörder zu tun, der im Normalfall nur seinesgleichen nachstellt. Ab und zu fällt ihm auch ein normaler Mensch zum Opfer wie Pamela Wisher oder dieser Bitterman.«
»Ein normaler Mensch?« wiederholte Pendergast fragend.
»Sie wissen schon, was ich meine. Ein produktives Mitglied der Gesellschaft. Jemand, der eine feste Adresse hat.« Horlocker wandte sich von Pendergast an D'Agosta. »Ich habe Ihnen einen Termin gesetzt, Lieutenant, und hatte eigentlich mehr erwartet als diese paar dürftigen Ergebnisse.«
Waxie wuchtete sich aus seinem Stuhl. »Ich bin der festen Überzeugung, daß wir es mit einem Einzeltäter zu tun haben, Sir«, schnaufte er.
»Ganz genau«, stimmte Horlocker ihm zu und sah die anderen herausfordernd an, als warte er auf Widerspruch. »Wir haben da so einen durchgeknallten Penner, der möglicherweise in der Nähe des Central Parks seinen Unterschlupf hat und glaubt, er sei das Museumsmonster. Aber damit nicht genug. Nach diesem gottverdammten Artikel in der *Times* dreht uns jetzt auch noch die halbe Stadt durch.« Mit einer abfälligen

Handbewegung wandte er sich wieder an D'Agosta. »Und was tun Sie, Lieutenant? Sie scheint das alles nicht groß zu kümmern!« schnauzte er ihn an.
»Immer mit der Ruhe, Chief«, sagte Pendergast beschwichtigend. »Sie kennen doch den alten Spruch: Wer schreit, hat unrecht.«
Der Polizeipräsident sah Pendergast mit ungläubiger Miene an. »So können Sie nicht mit mir reden.«
»Doch, das kann ich, Chief Horlocker, und zwar vermutlich als einziger hier im Saal«, entgegnete Pendergast. »Und deshalb ist es jetzt an mir, Ihnen zu sagen, daß Sie soeben ein paar durch nichts gerechtfertigte Vermutungen kundgetan haben. Die erste ist die, daß der Mörder ein Obdachloser ist, die zweite, daß er sich in der Nähe des Central Parks aufhält, und die dritte, daß es sich bei ihm um einen Verrückten handelt. Kommt noch die falsche Annahme Nummer vier hinzu, nämlich die, daß wir es mit einem Einzeltäter zu tun haben.« Pendergast machte bei seinen Worten ein nachsichtiges, aber zugleich gestreßtes Gesicht wie ein Vater, der sein verstocktes Kind zur Vernunft bringen will.
Horlocker starrte Pendergast eine Sekunde an, dann drehte er sich, ohne ein Wort zu sagen, um und stapfte, nachdem er D'Agosta einen vernichtenden Blick zugeworfen hatte, mit großen Schritten aus dem Saal.
Als die Tür hinter ihm und seinen Adjutanten geräuschvoll ins Schloß gefallen war, herrschte zunächst einmal Stille. »Was für eine traurige Farce«, murmelte Frock schließlich vor sich hin.
D'Agosta seufzte und wandte sich an Brambell. »Stellen Sie sicher, daß der Chief eine Kopie Ihres Berichts bekommt, aber sorgen Sie dafür, daß sie nur die wichtigsten Fakten enthält. Und tun Sie viele Bilder hinein, damit sie sich besser liest. Am besten, Sie orientieren sich am Niveau eines Viertkläßlers, dann können Sie nichts falsch machen.«
Brambell brach in hämisches Gelächter aus. »Danke für den

Tip, Lieutenant«, gackerte er. »Ich werde mir alle Mühe geben.«
Margo sah, wie Waxie beiden einen mißbilligenden Blick zuwarf und sich selbst in Richtung Tür in Bewegung setzte. »Ich finde solche Späße auf Kosten eines Vorgesetzten nicht sonderlich professionell, meine Herren«, sagte er im Vorbeigehen. »Bei so etwas mache ich nicht mit.«
D'Agosta starrte ihm nach. »Wissen Sie was, Dr. Brambell?« sagte er so laut, daß Waxie es noch hören konnte, »schreiben Sie Ihren Bericht für Drittkläßler, damit der Captain ihn auch versteht.«

Hoch oben im Projektionsraum trat Smithback vom Beobachtungsschlitz zurück, schaltete zufrieden sein Diktiergerät aus und lauschte den Schritten der Leute, die langsam die große Halle verließen.
Als der Vorführer in den Raum kam, warf er Smithback einen kritischen Blick zu. »Sind Sie noch immer da? Sie sagten doch ...«
Der Journalist winkte ab. »Ich weiß, was ich gesagt habe, aber ich wollte Sie nicht beunruhigen. Hier, nehmen Sie das.« Smithback öffnete seine Brieftasche und drückte dem Mann einen Zwanzigdollarschein in die Hand.
»Ich würde das nicht annehmen, wenn mir das Museum genügend bezahlen würde«, verteidigte sich der Mann. »Aber von meinem Gehalt kann man hier in New York kaum leben ...«
»Das weiß ich doch«, sagte Smithback gönnerhaft und warf einen letzten Blick hinunter in den Saal. »Sie brauchen sich nicht zu rechtfertigen, schließlich haben Sie sich soeben um die Pressefreiheit verdient gemacht. Gehen Sie von dem Geld nett zum Essen, okay? Und machen Sie sich keine Sorgen. Ich wandere lieber ins Gefängnis, als daß ich meine Quellen preisgebe.«

»Gefängnis?« krächzte der Vorführer. Smithback beruhigte ihn mit einem Schulterklopfen und verließ den Projektionsraum. Mit Notizbuch und Diktiergerät in der Hand ging er die alten, staubigen Museumskorridore entlang, an die er sich noch gut erinnern konnte. Er hatte Glück: Am nördlichen Ausgang saß die alte Pförtnerin, die bei allen wegen ihres üppig aufgetragenen Rouges nur »Pocahontas« hieß. Beim Hinausgehen winkte er ihr zweideutig lächelnd zu und hielt ihr seinen alten Museumsausweis so hin, daß sein Daumen das längst abgelaufene Gültigkeitsdatum überdeckte.

19

Margo betrat durch die Drehtür das siebenundzwanzigste Revier, bog nach links ab und stieg eine lange, steile Treppe hinunter in den Keller. Vor langer Zeit schon hatte man das Geländer abgeschraubt, so daß Margo sich an der schmutzig-gelben Wand abstützen mußte, um auf den glatten Betonstufen nicht auszurutschen. Trotz der dicken Wände konnte sie bereits von hier aus ein gedämpftes Knallen vernehmen.

Als sie unten eine dick gepolsterte Schallschutz-Tür öffnete, wurde die Knallerei ohrenbetäubend laut. Margo verzog das Gesicht und trat auf den diensthabenden Sergeant zu. Der Mann erkannte sie und winkte ab, als sie ihre Genehmigung aus der Handtasche kramte. »Nehmen Sie Nummer siebzehn«, brüllte er durch den Lärm und gab ihr einen Stapel Zielscheiben und ein Paar abgenutzte Ohrenschützer.

Margo kritzelte ihren Namen und die Uhrzeit in das Buch des Sergeants, dann stülpte sie sich die Ohrenschützer über und ging den Schießstand entlang, vorbei an den oben offenen

Kabinen, in denen Polizisten mit ihren Pistolen feuerten, die Zielscheiben auswechselten oder ihre Treffer begutachteten. Jetzt, am frühen Abend, war eine beliebte Zeit für die vorgeschriebenen Schießübungen, besonders hier auf dem siebenundzwanzigsten Revier, das über den größten und am besten ausgestatteten der zwölf über die ganze Stadt verteilten Polizeischießstände verfügte.

Als Margo an Kabine siebzehn angelangt war, nahm sie ihre Pistole und eine Schachtel Patronen aus ihrer Umhängetasche. Nachdem sie die Munition auf einem Brett an der Seite der Kabine abgelegt hatte, überprüfte sie ihre Waffe. Die Handgriffe, die sie vor einem Jahr, als sie die Pistole gekauft hatte, noch als ungewohnt und fremd empfunden hatte, waren ihr inzwischen in Fleisch und Blut übergegangen. Zufrieden mit sich selbst schob sie ein volles Magazin in den Griff der Pistole, klemmte eine der Zielscheiben an die Leine und zog sie auf eine Entfernung von zehn Metern aus. Dann nahm sie rasch die Schußhaltung ein, die man ihr beigebracht hatte: rechte Hand am Abzug, linke Hand über die rechte gelegt, Beine leicht gespreizt. Sie zielte über Kimme und Korn, drückte ab und ließ ihre leicht angewinkelten Ellenbogen den Rückstoß abfedern. Dann hielt sie einen Augenblick inne, zielte erneut und verschoß in rascher Folge den Rest des zehn Patronen fassenden Magazins.

Bald kam sie in den üblichen Schießstand-Rhythmus: Laden – Zielscheibe austauschen – Feuer. Als sie die Hälfte ihrer Munition verschossen hatte, wechselte sie auf Silhouettenziele in fünfundzwanzig Metern Entfernung. Als sie auch damit fertig war, bemerkte sie zu ihrer Überraschung, daß Lieutenant D'Agosta mit verschränkten Armen hinter ihr stand und ihr zusah. »Hi«, schrie sie durch das Geknalle und nahm ihre Ohrenschützer ab.

D'Agosta nickte in Richtung Zielscheibe. »Na los, wollen wir mal sehen, wie gut Sie getroffen haben«, brüllte er Margo ins

Ohr und wartete, bis sie die Scheibe herangezogen hatte. »Nicht schlecht!« sagte er anerkennend.
Margo lachte. »Das verdanke ich Ihnen. Wenn Sie mir nicht die Genehmigung verschafft hätten, könnte ich hier nicht üben.« Sie warf die leeren Magazine in ihre Tasche und dachte daran, wie seltsam ihre Bitte D'Agosta damals vorgekommen sein mußte. Fünf Wochen nach dem Tod des Museumsmonsters war sie in sein Büro geplatzt und hatte ihn um einen Waffenschein gebeten – zur Selbstverteidigung, wie sie ihm erklärt hatte. Wie hätte sie ihm auch sagen sollen, daß sie die Waffe brauchte, um die schwelende Angst, die schweißgebadeten Alpträume und das Gefühl der Schutzlosigkeit im Zaum zu halten, die sie seit den Museumsmorden nicht mehr losgelassen hatten?
»Brad hat mir erzählt, daß Sie eine gelehrige Schülerin sind«, sagte D'Agosta. »Aber das hatte ich mir schon gedacht, sonst hätte ich Sie ihm nicht empfohlen. Für die Erteilung Ihres Waffenscheins war übrigens nicht ich zuständig – das hat Pendergast höchstpersönlich in die Hand genommen. Und jetzt zeigen Sir mir doch mal, zu was für einer Waffe Brad Ihnen geraten hat.«
Margo reichte ihm die Pistole. »Es ist eine Baby-Glock, Modell sechsundzwanzig, mit einem speziell modifizierten ›New York‹-Abzug.«
D'Agosta wog die Waffe in der Hand. »Schön leicht. Aber von der Reichweite her ist sie eher was für Kurzsichtige.«
»Ihr Freund Brad war mir eine große Hilfe. Er hat mir das richtige Zielen beigebracht und wie man die verstellbare Kimme richtig einstellt. Ich habe alle meine Schießübungen mit dieser Pistole absolviert. Mit was anderem könnte ich vermutlich gar nicht umgehen.«
»Das möchte ich bezweifeln«, sagte D'Agosta und gab ihr die kleine Waffe zurück. »Wer so gut trifft wie Sie, der kommt mit jeder Kanone zurecht.« Er deutete in Richtung Tür. »Machen

wir, daß wir aus diesem Lärm herauskommen. Ich begleite Sie nach oben.«
Am Tisch des diensthabenden Beamten blieb Margo stehen, um sich auszutragen und die Ohrenschützer zurückzugeben. Zu ihrem Erstaunen setzte auch D'Agosta seine Unterschrift in das Buch. »Haben Sie denn auch geschossen?« fragte sie.
»Warum nicht? Selbst alte Hasen wie ich müssen ab und zu mal üben.« Sie verließen den Schießstand und gingen zur Treppe. »Bei Fällen wie diesem werden wir alle irgendwie nervös. Besonders nach den Ergebnissen Ihrer Untersuchung. Da ist es gut, wenn man sich davon überzeugt, daß man im Notfall noch halbwegs treffsicher ist.«
Margo gab keine Antwort und stieg rasch die restlichen Stufen der steilen Treppe hinauf. Oben angekommen, blieb sie stehen und wartete, daß D'Agosta nachkam. Er war sichtlich außer Atem, als sie durch die Drehtür hinaus auf die 31st Street traten. Es war ein kühler Abend mit wenig Verkehr. Margo sah auf die Uhr: kurz vor acht. Genug Zeit, um nach Hause zu joggen, sich etwas zu essen zu machen und früh ins Bett zu gehen.
»Diese verfluchte Treppe hat bestimmt mehr Herzinfarkte verursacht als sämtliche Sahnetorten in ganz New York«, schnaufte D'Agosta. »Ihnen scheint sie allerdings nicht das geringste Problem zu bereiten.«
Margo zuckte mit den Achseln. »Ich halte mich eben fit.«
»Das ist mir nicht entgangen. Sie sind nicht mehr dieselbe Frau wie vor eineinhalb Jahren. Äußerlich zumindest. Was treiben Sie denn für einen Sport?«
»Hauptsächlich Krafttraining. Sie wissen schon: viel Gewicht, wenige Wiederholungen.«
D'Agosta nickte. »Ein paarmal die Woche?«
»Ich trainiere abwechselnd die Muskulatur des Oberkörpers und des Unterleibs. Wenn's geht, halte ich mein Trainingsprogramm ein.«

»Nicht schlecht«, lobte D'Agosta anerkennend. Sie gingen in Richtung auf die Sixth Avenue. »Und es hat gewirkt?«

»Wie bitte?«

»Ob das Training schon gewirkt hat?«

Margo runzelte die Stirn. »Ich weiß nicht, was Sie meinen«, sagte sie, aber dann verstand sie auf einmal, worauf D'Agosta hinauswollte. »Nein«, antwortete sie nach kurzem Zögern. »Jedenfalls nicht ganz.«

»Ich möchte ja nicht aufdringlich wirken«, erklärte D'Agosta und klopfte seine Jackettaschen nach einer Zigarre ab, »aber ich bin manchmal sehr direkt, falls Sie das noch nicht bemerkt haben sollten.« Als er eine Zigarre gefunden hatte, holte er sie heraus, wickelte sie aus ihrer Zellophanhülle und riß die Banderole ab. »Dieser Mist im Museum geht uns wohl allen ziemlich an die Nieren.«

Als sie die Avenue erreichten, zögerte Margo einen Augenblick. »Tut mir leid«, sagte sie. »Es fällt mir schwer, darüber zu reden.«

»Das weiß ich«, erwiderte D'Agosta. »Und jetzt vermutlich noch viel mehr.« Beide schwiegen, während er seine Zigarre anzündete. »Passen Sie gut auf sich auf, Dr. Green.«

Margo lächelte ihn an. »Sie auch, Lieutenant. Und noch mal vielen Dank für das da.« Sie klopfte auf ihre Umhängetasche, fing an zu laufen und joggte an den Autos vorbei in Richtung auf die West Side und ihre Wohnung.

20

D'Agosta sah auf die Uhr: Es war zehn Uhr abends, und sie hatten noch immer keine vorzeigbaren Ergebnisse. Seine Leute, verstärkt von uniformierter Polizei, hatten sich in allen Obdachlosenasylen, Betreuungsstätten und Suppenküchen der Stadt umgehört, ob dort irgendwer ein gesteigertes Interesse an Mbwun kundgetan hatte. Hayward, deren Wissen über die Obdachlosen im Untergrund für D'Agosta immer wertvoller wurde, hatte mehrere Ausflüge in alte U- und Eisenbahn-Schächte unternommen, war aber mit ebenso leeren Händen wiedergekommen wie ihre Kollegen an der Oberfläche. Die Maulwurfmenschen hatten sich sofort in die Dunkelheit zurückgezogen, und Hayward war klar, daß sie nur die obersten Schichten eines weit in die Tiefe gehenden Tunnelsystems erreichen konnte. Die einzig positive Entwicklung des Tages war, daß der Strom von Spinnern und Wichtigtuern, die wegen der von Smithback ausgesetzten Belohnung anriefen, langsam zu versiegen begann. Vielleicht hatte ja selbst diese Leute inzwischen die Panik ergriffen, die von der *Times* mit ihrem Bericht über den Bitterman-Mord ausgelöst worden war.

D'Agosta blickte auf seinen Schreibtisch, der vor Berichten über die erfolglosen Aktionen des Tages regelrecht überquoll, und starrte dann zum hundertstenmal an diesem Abend auf den Stadtplan an der Wand, als könne er ihm allein durch die Intensität seines Blickes seine Geheimnisse entreißen. Da mußte es doch irgendein Muster geben. Aber welches? »Finde das Muster« lautete eine der goldenen Regeln der Verbrechensaufklärung.

D'Agosta war es scheißegal, was Horlocker meinte. Sein Instinkt sagte ihm, daß die Morde von mehreren Tätern begangen worden waren. Aber nicht nur sein Instinkt, auch eine Reihe von Fakten sprachen für D'Agostas Theorie: Erstens gab es zu viele Morde, um von einem Täter begangen worden zu sein, und zweitens waren sich die Vorgehensweisen zwar ähnlich, aber doch nicht ähnlich genug. Manche Opfer waren enthauptet worden, anderen hatte man den Schädel eingeschlagen, wieder andere hatte man lediglich an den Gliedmaßen verstümmelt. Vielleicht hatten sie es ja mit einer Art bizarrem Kult zu tun, dachte D'Agosta. Aber um diese oder andere Theorien zu beweisen, bedurfte es langwieriger methodischer Detektivarbeit. Und für die hatte niemand Zeit, denn Horlocker verlangte rasche Ergebnisse.

Mein Gott, jetzt klinge ich schon fast wie Pendergast, dachte D'Agosta und mußte über sich selbst lachen.

Aus dem kleinen Lagerraum, der direkt neben seinem Büro lag, drang eine Reihe von schleifenden Geräuschen. Vor ein paar Minuten war Hayward, die mal eben Pause machte, dort hineingegangen. D'Agosta starrte eine Weile auf die Tür und lauschte. Schließlich stand er auf, öffnete die Tür und trat ein. Hayward stand in seltsamer Haltung in der Mitte des kleinen Raumes: Ihren linken Arm hatte sie gerade nach vorn gestreckt, die rechte Hand mit ausgestreckten Fingern an die Schläfe gelegt. Viel zu konzentriert, um D'Agosta zu bemerken, drehte Hayward ihren kleinen Körper um neunzig Grad nach links und wechselte mit den Armen die Position, so daß nun die rechte Hand die Stellung einnahm, in der sich vorher die linke befunden hatte und umgekehrt. Nach kurzem Innehalten drehte sie sich abermals um neunzig Grad weiter und wiederholte den Wechsel der Arme. Eine weitere Drehung brachte sie schließlich Angesicht zu Angesicht mit D'Agosta, der noch immer im Türrahmen stand und sie staunend betrachtete. Während sie mit einer langsamen, genau abgezirkelten Bewegung ihre Hände vor den Körper zusammenbrachte, fragte sie mit leiser Stimme: »Brauchen Sie etwas, Lieutenant?«

»Nur eine Erklärung für das, was Sie hier machen«, erwiderte D'Agosta.

Hayward richtete sich langsam auf, atmete laut hörbar aus und sah ihm in die Augen. »Da ist eine der Heian-Figuren des Kata.«
»Und was ist das, bitte schön?«
»Formale Übungen des Shotokan-Karate«, erklärte sie und fügte, als sie seinen verständnislosen Gesichtsausdruck sah, noch hinzu: »Ich mache das, um mich zu erholen und in Form zu bleiben. Ich habe im Moment nämlich Pause, wenn Sie nichts dagegen haben.«
»Nein, überhaupt nicht. Fahren Sie ruhig fort«, murmelte D'Agosta und drehte sich um. Bevor er die Tür schloß, fragte er Hayward noch: »Und was haben Sie für einen Gürtel?«
Sie sah ihn einen Augenblick lang an, bevor sie ihm eine Antwort gab. »Den weißen.«
»Ach so.«
Hayward lächelte. »Shotokan ist die ursprüngliche japanische Schule des Karate. Bei der gibt es nicht so viele Farbschattierungen der Gürtel wie anderswo. Zuerst kommen acht Stufen des weißen Gürtels, dann der braune und schließlich der schwarze.«
D'Agosta nickte. »Und welche Stufe haben Sie?« fragte er neugierig.
»Nächsten Monat mache ich die Prüfung für den braunen Gürtel.«
D'Agosta hörte, wie die Tür seines Büros geöffnet wurde, und ging hinaus. Er sah sich Captain Waxie gegenüber, der ohne ein Wort zu dem Stadtplan an der Wand trat. Mit hinter dem Rücken gefalteten Händen betrachtete er das Durcheinander an roten und weißen Nadeln. »Ich erkenne hier ein Muster«, sagte er.
»Wirklich?« fragte D'Agosta, der sich bemühen mußte, seine Stimme neutral zu halten.
Waxie nickte wissend, ohne sich zu D'Agosta umzudrehen.
»Und es hat *hier* seinen Ursprung.« Waxies dicker Zeigefinger

tippte auf ein grünes Rechteck im Stadtplan. D'Agosta sah, daß er auf den Ramble, den wildesten Teil des Central Parks, deutete.

»Wie haben Sie das herausgefunden?« wollte D'Agosta wissen.

»Ganz einfach«, antwortete Waxie. »Chief Horlocker hat die Daten an einen Statistiker in der Personalabteilung weitergegeben, und er hat sie durch den Computer gejagt. Herausgekommen ist, daß alle Tatorte eine Art Halbkreis um den Ramble bilden. Sehen Sie selbst. Der Belvedere Castle-Mord war der Schlüssel.«

Jetzt endlich drehte Waxie sich um. »Im Ramble gibt es jede Menge Felsen, Höhlen, und dichtes Gehölz. Ein perfektes Versteck für Obdachlose. Ich gehe jede Wette ein, daß wir dort auch unseren Mörder finden.«

Diesmal gelang es D'Agosta nicht, seine Ungläubigkeit zu verbergen. »Einen Augenblick, Jack. Willst du etwa sagen, daß euch irgendein Versicherungsheini in der Personalabteilung diesen Supertip gegeben hat? Wollte er dir vielleicht auch gleich noch einen Sparvertrag aufschwatzen?«

Waxie runzelte die Stirn, und seine dicken Backen färbten sich leuchtend rot. »Dein Ton paßt mir nicht, Vinnie. Er war schon bei dem Treffen heute nachmittag nicht angebracht, und jetzt ist er es auch nicht.«

»Hör zu, Jack«, entgegnete D'Agosta, der nur mit Mühe die Ruhe bewahren konnte. »Was versteht ein Statistiker, selbst wenn es sich dabei um einen Polizeistatistiker handelt, schon von der Vorgehensweise eines Mörders? Einfach irgendwelche Berechnungen anzustellen genügt nicht. Man muß auch Motive, Verhaltensweisen und vieles andere bedenken. Außerdem ist der Belvedere-Mord derjenige, der am *wenigsten* in das Muster paßt.« Als Waxie ihn nur stur und verständnislos ansah, gab D'Agosta auf. Es hatte keinen Sinn, dem Captain noch mehr zu erzählen. Und Horlocker war, wie manch anderer Polizeichef auch, spezialisten-, experten- und beraterhörig.

»Ich brauche diesen Stadtplan«, erklärte Waxie.
D'Agosta starrte auf den breiten Rücken des Captains, als ihm auf einmal ein Licht aufging. Jetzt wußte er, was das alles zu bedeuten hatte. »Bedien dich«, sagte er und stand auf. »Die Akten sind hier in dieser Schublade, und Sergeant Hayward hat sehr wertvolle Kenntnisse ...«
»Die brauche ich nicht«, schnitt ihm Waxie das Wort ab. »Nur den Stadtplan und die Akten. Schick sie mir bis morgen früh um acht in mein Büro. Zimmer zwei-vier-null-drei. Chief Horlocker findet es besser, wenn ich mein Hauptquartier hier bei euch aufschlage.«
Waxie drehte sich langsam auf dem Absatz um und sah D'Agosta in die Augen. »Tut mir leid, Vinnie, aber es ist wohl eine Frage der Chemie. Zwischen mir und Horlocker stimmt sie eben. Er will jemanden, auf den er sich verlassen kann. Jemanden, der gegenüber der Presse dichthalten kann. Nimm es nicht persönlich. Auf die eine oder andere Weise kannst du ja noch an dem Fall arbeiten. Wir machen bestimmt bald Fortschritte, und dann fühlst du dich auch wieder besser. Wir müssen nur den Ramble durchkämmen, und dann haben wir den Kerl.«
»Na klar doch«, brummte D'Agosta. Er machte sich wieder bewußt, daß bei diesem Fall sowieso keine Lorbeeren zu verdienen waren und daß er sich von Anfang an nicht darum gerissen hatte. Es half beides nichts.
Waxie streckte ihm die Hand hin. »Also, nichts für ungut, Vinnie.«
D'Agosta drückte die fleischigen warmen Finger. »Nichts für ungut, Jack«, hörte er sich selbst sagen.
Waxie sah sich noch einmal im Büro des Lieutnant um, als suche er noch nach weiteren Dingen, die er requirieren könnte. »Okay, ich muß jetzt gehen. Ich wollte es dir nur persönlich sagen.«
»Danke.«

Eine Weile standen sich die beiden in peinlichem Schweigen gegenüber. Dann klopfte Waxie D'Agosta unbeholfen auf die Schulter und verließ das Büro.
An dem leisen Knistern des Uniformstoffs hörte D'Agosta, daß Sergeant Hayward neben ihn getreten war. Gemeinsam lauschten sie Waxies sich entfernenden Schritten auf dem Linoleumboden des Korridors, bis diese sich schließlich im leisen Klappern der Schreibmaschinen und dem gedämpften Gemurmel der Unterhaltungen verloren. Dann wandte sich Hayward an D'Agosta.
»Wieso haben Sie ihm das durchgehen lassen?« fragte sie bitter. »Als wir da unten im Tunnel mit dem Rücken an der Wand standen, ist der Feigling *davongelaufen.*«
D'Agosta setzte sich wieder und suchte in der oberen Schublade seines Schreibtischs nach einer Zigarre. »Respekt gegenüber Vorgesetzten gehört wohl nicht gerade zu Ihren Stärken, Sergeant Hayward, oder?« fragte er »Und wieso sind Sie so sicher, daß die Sache für Waxie von Vorteil ist?« Er fand eine Zigarre, bohrte mit einem Bleistift ein Loch in ihre Spitze und zündete sie an.

Zwei Stunden später, als D'Agosta gerade die Akten für Waxie zusammensuchte, kam Pendergast in sein Büro geschlendert. Es war der Pendergast, wie D'Agosta ihn kannte: schwarzer frisch gebügelter Maßanzug, die weißblonden Haare sorgfältig nach hinten gekämmt, rotbraune auf Hochglanz gewienerte Gucci-Mokassins. Wie immer erinnerte er D'Agosta eher an einen modebewußten Bestattungsunternehmer als an einen FBI-Agenten.
»Darf ich?« fragte Pendergast und deutete in Richtung Besucherstuhl.
D'Agosta nickte, und Pendergast ließ sich mit katzenartiger Anmut in den Stuhl sinken. Er sah sich um und entdeckte die Pappkartons mit den Akten und den leeren Fleck an der Wand,

wo der Stadtplan gehangen hatte. Mit fragend erhobenen Augenbrauen wandte er sich wieder D'Agosta zu.
»Der Fall gehört jetzt Waxie«, sagte dieser ungefragt. »Soll er sich doch darüber den Kopf zerbrechen. Ich bin nicht mehr der Leiter der Untersuchung.«
»Sie scheinen mir aber nicht allzu unglücklich über diese Wendung der Ereignisse zu sein.«
»Wieso sollte ich auch unglücklich sein?« fragte D'Agosta zurück. »Sehen Sie sich doch mal genau um. Der Stadtplan ist weg, die Akten sind verpackt, Hayward ist nach Hause gegangen, der Kaffee ist heiß, und meine Zigarre brennt. Ich fühle mich ausgezeichnet.«
»Das möchte ich bezweifeln. Aber vermutlich werden Sie heute nacht besser schlafen als unser verehrter Freund Waxie. Schwer ist die Krone dem Kopf, der sie trägt.« Er sah D'Agosta amüsiert an. »Und was machen Sie als nächstes?«
»Na ja, ich bin immer noch für den Fall zuständig. Wie und in welchem Umfang hat Waxie mir allerdings nicht mitgeteilt.«
»Vermutlich weiß er es selber nicht. Aber wir werden schon dafür sorgen, daß Sie nicht hier herumsitzen und Däumchen drehen«, meinte Pendergast und verstummte, während D'Agosta sich in seinem Stuhl zurücklehnte und seine Zigarre ebenso genoß wie die Stille.
»Waren Sie schon mal in Florenz, Vincent?« fragte Pendergast schließlich.
»Nein«, erwiderte D'Agosta. »Aber ich war kürzlich in Italien. Habe mit meinem Sohn letztes Jahr seine Großmutter besucht.«
»Schade. Sie hätten den Palazzo Pitti besuchen sollen.«
»Wen?«
»Das ist ein Kunstmuseum, keine Person. Es gibt dort ein Fresco, das eine Weltkarte darstellt. Es wurde ein Jahr vor der Entdeckung Amerikas gemalt.«
»Ist das wahr?«

»Dort, wo sich Amerika befindet, ist auf der Karte ein weißer Fleck, auf dem folgende Worte zu lesen sind: *Cui ci sono dei mostri.*«

D'Agosta verzog das Gesicht. »Hier sind die ...«, übersetzte er. »Was sind *mostri*?«

»Monstren.«

»Stimmt. Mein Italienisch ist ganz eingerostet. Dabei habe ich es als Kind viel mit meinen Großeltern gesprochen.«

Pendergast nickte. »Lieutenant, raten Sie doch mal, welches Gebiet der Erde heute am schlechtesten kartographisch erfaßt ist.«

»Keine Ahnung«, antwortete D'Agosta mit einem Achselzucken. »Milwaukee vielleicht?«

»Nicht schlecht«, meinte Pendergast mit einem leisen Lächeln. »Aber es stimmt nicht. Und es ist auch nicht die Äußere Mongolei oder die Antarktis. Es ist der Untergrund von New York.«

»Sie wollen mich wohl auf den Arm nehmen?«

»Nichts liegt mir ferner«, grinste Pendergast. »Der Untergrund von New York erinnert mich an das Fresco im Palazzo Pitti, Vincent. Er ist ein unerforschtes Gebiet. Und er scheint schier unglaubliche Ausdehnungen zu haben. Wußten Sie, daß es allein unter dem Central Park zwölf verschiedene Ebenen gibt – die Kanalisation nicht einmal mitgezählt? Unter der Pennsylvania Station gibt es sogar noch mehr Stockwerke.«

»Dann waren Sie also dort unten?« fragte D'Agosta.

»Ja, und zwar nachdem ich bei Ihnen hier im Revier war. Es war eine Erkundungstour, mehr nicht. Ich wollte mich mit dem Terrain vertraut machen, ausprobieren, wie ich mich im Untergrund zurechtfinden kann. Ich habe mit ein paar von den Tunnelmenschen gesprochen. Sie haben mir viel erzählt und noch mehr angedeutet.«

D'Agosta beugte sich vor. »Haben Sie auch etwas über die Morde erfahren?«

Pendergast nickte. »Indirekt schon. Aber die, die wirklich etwas darüber wissen, leben in den Ebenen, in die ich mich noch nicht hinunter wage. Es dauert eine Weile, bis man das Vertrauen dieser Leute gewonnen hat. Besonders jetzt, wo viele der Obdachlosen im Untergrund Angst haben.« Pendergast sah D'Agosta aus seinen blassen Augen an. »Hinter vorgehaltener Hand wird gemunkelt, daß eine Gruppe von Leuten dort unten die Macht ergreifen will. Manche sprechen nicht einmal von *Leuten*, sondern von Wilden, Kannibalen oder Untermenschen. Genau sie macht man für die Morde verantwortlich.«

Es entstand eine Pause, in der D'Agosta aufstand, ans Fenster trat und hinaus aufs nächtliche Manhattan blickte. »Und Sie glauben das?« fragte er nach einer Weile.

»Ich weiß nicht so recht«, erwiderte Pendergast. »Zuerst muß ich mit Mephisto reden, dem Anführer der Obdachlosen unter dem Columbus Circle. Meine Nachforschungen haben vieles bestätigt, was er in dem Artikel in der *Post* gesagt hat. Leider ist er ein Mann, mit dem man nur schwer in Kontakt kommt. Er ist mißtrauisch gegenüber Fremden und haßt nichts so sehr wie die Polizei. Aber ich habe irgendwie das Gefühl, daß er der einzige ist, der mich dorthin führen kann, wo ich hin muß.«

»Was dagegen, wenn ich mitkomme?« fragte D'Agosta.

Ein kleines Lächeln huschte über Pendergasts Gesicht. »Da unten ist es extrem gefährlich, Lieutenant. Aber danke für das Angebot, ich werde es mir durch den Kopf gehen lassen. Einverstanden?«

D'Agosta nickte.

»Gut. Und jetzt schlage ich vor, daß Sie nach Hause gehen und sich ausschlafen«, sagte Pendergast und stand auf. »Obwohl Freund Waxie es noch nicht weiß, hat er unsere Hilfe nämlich nötiger denn je.«

21

Während Dr. Simon Brambell den Reißverschluß seiner Aktentasche zuzog, summte er leise »Macushla« vor sich hin. Er ließ seinen Blick liebevoll über die Sicherheitsdusche in der Ecke des Labors streifen und über die in ihren Glasschränken sauber aufgereihten chromblitzenden Instrumente. Brambell war mit sich und der Welt zufrieden. Immer wieder dachte er an seinen Triumph über Frock und daran, wie dieser während seines Vortrags zwar äußerlich ruhig, aber innerlich vor Wut kochend in seinem Rollstuhl gesessen war. Dieser Anblick hatte ihn für Frocks höhnisches Gelächter wegen seiner ursprünglichen Fehleinschätzung des hinter den Bißspuren steckenden Drucks mehr als entschädigt. Obwohl Brambell schon seit vielen Jahren in der Gerichtsmedizin tätig war, genoß er den akademischen Streit mindestens ebensosehr wie ein Wissenschaftler an der Universität.

Brambell klemmte seine Aktentasche unter den Arm und wandte sich zum Gehen. Nur ungern verließ er dieses hervorragend ausgestattete geräumige Labor. Eines dieser Art hätte er bei sich in der Gerichtsmedizin auch gerne gehabt, aber er wußte genau, daß es dazu nie kommen würde. Schließlich litt die Stadt New York ständig unter akuter Geldnot. Wenn ihn der kriminalistische Aspekt seiner Arbeit nicht so fasziniert hätte, hätte auch er sich längst einen Unterschlupf in einem gut dotierten Elfenbeinturm wie diesem Museum gesucht.

Leise zog er die Tür hinter sich ins Schloß und trat hinaus auf den nächtlich leeren Korridor. Noch nie hatte er Wissenschaftler kennengelernt, die eine so starke Abneigung gegen Nachtarbeit gehabt hatten wie die Leute hier im Museum. Er selbst hatte nichts gegen die nächtliche Stille, die denen so bedrohlich schien. Verglichen mit der Hektik, die manchmal in der städtischen Leichenhalle herrschte, fand er diese Ruhe ebenso erfrischend und wohltuend wie den Geruch nach Staub und altem Holz im Vergleich mit dem Gestank nach Verwesung und Formaldehyd, der in seinen Arbeitsräumen in der Anatomie vorherrschte. Wie jeden Abend, wenn er das Museum verließ, wählte er den langen Weg, der ihn unter anderem durch die Afrika-Halle führte. Er liebte die Dioramen dort, die in seinen Augen richtige Kunstwerke waren. Besonders zu vorgerückter Stunde, wenn nur die Nachtbeleuchtung brannte, kamen sie ihm wie schummrig schimmernde Fenster in eine andere Welt vor.

Brambell schritt den langen Korridor entlang und stieg, weil er Aufzüge nicht mochte, drei Treppen hinunter. Dann betrat er durch einen Bogen aus Metall die »Halle des Lebens in den Ozeanen«. Der riesige, von nur wenigen Lampen in geheimnisvolles Dämmerdunkel getauchte Raum war still bis auf das allgegenwärtige Knacken, Ächzen und Knarzen der alten Bausubstanz. So muß man sich das Museum ansehen, dachte Brambell, ohne die Massen kreischender Kinder, bei denen nie ein Lehrer zu sehen ist. Beschwingt schritt er unter einer Nachbildung eines riesigen Tintenfischs hindurch auf zwei gelb gewordene Elefanten-Stoßzähne zu und betrat die Afrika-Halle.

Es war genau Mitternacht. Langsam steuerte Brambell auf die Herde ausgestopfter Elefanten zu, die in dem düsteren Licht kaum zu erkennen waren. Wie üblich blieb Brambell vor dem Schaukasten mit den Gorillas stehen, der ihm von allen der liebste war. Wer weiß, wie oft ich mir die noch anschauen kann, dachte er. Seine Arbeit hier würde wohl bald beendet sein und damit auch die Möglichkeit, nachts alleine im Museum herumzustreifen. Brambell hatte eine Theorie, und wenn die Überreste von Nicholas Bitterman und der Kopf des Obdachlosen, den D'Agosta und Hayward im Untergrund gefunden hatten, diese bestätigten, dann würde der Fall ziemlich rasch gelöst sein.

Leise seufzend riß sich Brambell von den imposanten ausgestopften Tieren los und verließ die Halle durch einen niedrigen Durchgang. Von hier aus führte ein Gang mit Wänden aus Naturstein zum Turm des Museums. Brambell kannte die Geschichte des berühmten Bauwerks: Endurance D. Flyte, ein Eisenbahnmagnat und der dritte Direktor des Museums, hatten im Jahr 1870 ein Erweiterungsgebäude entwerfen lassen. Es sollte in seiner äußeren Form der walisischen Burg Caernarvon nachempfunden werden, die Flyte zuvor erfolglos als Sitz für seine Familie zu erwerben versucht hatte. Als der exzentrische Flyte wenig später seines Amtes enthoben und der Bau gestoppt wurde, war erst der Bergfried seiner Burg vollendet. In dem mächtigen sechseckigen Turm, der heute den Eckpfeiler der Südwestseite des Museums darstellt, wurden seitdem Teile der umfangreichen naturhistorischen Sammlungen aufbewahrt. Außerdem war er, so hatte Brambell sich sagen lassen, ein beliebter Treffpunkt für die eher makaber angehauchten Angestellten des Museums.

Die düstere, an eine Kathedrale erinnernde Halle im Fuß des Turms lag still und verlassen da. Als Brambell sie durchquerte, hallten seine Schritte gespenstisch von den hohen Gewölben wider. Am Personalausgang angekommen, nickte er dem Pförtner zu und trat hinaus in die feuchtwarme Nacht. Trotz der mitternächtlichen Stunde war die Straße am Ende des Museum Drives noch voller Menschen und Autos.

Brambell machte ein paar Schritte, bevor er sich noch einmal nach dem Turm des Museums umdrehte. Ganz gleich, wie oft er es schon gesehen hatte, das hoch aufragende, düstere Bauwerk mit seinen an Fangzähne erinnernden Zinnen erweckte jedesmal wieder seine Bewunderung. An sonnigen Tagen warf es seinen Schatten bis zur 59th Street, und in einer Mondnacht wie dieser wirkte das bleiche Gemäuer so unheimlich, als wäre es voller Gespenster.

Nach einer Weile riß Brambell sich von dem Anblick los, ging um die Ecke und dann die 81st Street entlang in Richtung auf seine bescheidene in der Nähe des Hudson gelegene Wohnung. Die Häuser, an denen er vorbeitrottete, wurden immer schäbiger, und die Zahl der Passanten nahm mehr und mehr ab. Doch Dr. Brambell schenkte dem keine Beachtung. Leise vor sich hin summend genoß er den frischen Nachtwind und freute sich auf zu Hause: einen Happen zu essen, eine schnelle Dusche, ein Gläschen irischen Whiskey und dann ab ins Bett. Am nächsten Morgen würde er, wie üblich, um fünf Uhr aufstehen. Brambell zählte zu den glücklichen Menschen, die auch mit wenig Schlaf hervorragend auskamen. Für einen Gerichtsmediziner, besonders wenn er es in seinem Beruf zu etwas bringen wollte, war das ein unschätzbarer Vorteil. Daß Brambell unzählige Male als erster an einem Tatort gewesen war, hatte er nur dem Umstand zu verdanken, daß er längst wach gewesen war, als alle anderen noch fest geschlafen hatten.

Obwohl die Gegend, in der Brambell wohnte, ausgesprochen heruntergekommen wirkte, lag sie nur einen Block vom Broadway mit seinen Imbißständen, Buchläden und Restaurants entfernt. Brambell ging an einer Reihe baufälliger Ziegelgebäude entlang, deren große Wohnungen in einzelne Zimmer und kleine Apartments aufgeteilt waren. An einer Straßenecke lungerten ein paar Betrunkene herum.

Als der Gerichtsmediziner etwa die Mitte des Blocks erreicht hatte, bemerkte er aus dem Augenwinkel eine Bewegung im Kellereingang eines verlassenen Wohnhauses. Brambell beschleunigte seine Schritte. Aus dem Keller wehte ein selbst für New Yorker Verhältnisse ungewöhnlich fauliger Geruch herauf. Da Brambell rasche Schritte hinter sich hörte, öffnete er im Gehen seine Aktentasche und holte das Skalpell heraus, das er immer mit sich führte. Als er die Finger um den ergonomisch geformten Griff des Instruments schloß, wich zwar das Lächeln aus seinem Gesicht, aber wirklich beunruhigt war er nicht. Man hatte ihn schon mehrmals überfallen und ausgeraubt, einmal

mit vorgehaltener Pistole, zweimal mit gezücktem Messer. Er wußte genau, wie er sich verhalten mußte.
Brambell blieb abrupt stehen und wirbelte, das Skalpell in der Hand, herum. Hinter ihm war niemand. Erstaunt blickte er sich um, als er spürte, wie sich von der Seite her ein Arm um seinen Hals legte und ihn in die Dunkelheit zog. Es mußte ein Arm sein, dachte Brambell mit seltsamer Gleichgültigkeit, obwohl sich das Ding, das über eine unglaubliche Kraft verfügte, irgendwie kühl und glitschig anfühlte. Dann spürte er auf einmal, wie ihm etwas knapp unterhalb des Adamsapfels die Kehle aufritzte. Es war ein extrem merkwürdiges Gefühl, das Brambell nicht einordnen konnte.

22

Margo sperrte die Tür zum Labor für Forensische Anthropologie auf und war erfreut, den Raum dunkel und verlassen vorzufinden. Zum erstenmal seit Tagen war es ihr gelungen, vor Dr. Brambell hier zu sein. Wenn sie sonst zur Arbeit erschien, saß er meistens schon auf seinem Laborhocker und nickte ihr zur Begrüßung über den Rand seiner Kaffeetasse weg zu. Dann machte er üblicherweise eine Bemerkung über den Museumskaffee, von dem er annahm, daß man ihn mit Formaldehyd aus der Tierkörper-Konservierungsabteilung zubereitet hatte. Manchmal war auch schon Dr. Frock da und hatte den Gerichtsmediziner in eines seiner höflich gedämpften Streitgespräche über irgendwelche Tabellen oder Untersuchungsergebnisse verwickelt.
Margo verstaute ihre Umhängetasche in einer Schublade ihres Schreibtisches und schlüpfte, während sie ans Fenster trat, in ihren Laborkittel. Die Morgensonne war über die Gebäude der

Fifth Avenue gestiegen und tauchte die Stadt in ein warmgoldenes Licht. Margo schaute hinunter in den langsam erwachenden Park: Mütter mit Kindern auf dem Weg in den Zoo, Jogger, die um das langgestreckte Oval des Wasserreservoirs trabten. Beim Anblick der rötlichen Mauern von Belvedere Castle zuckte sie zusammen; schließlich hatte man hier auf der Herrentoilette den toten Nicholas Bitterman gefunden. Im Lauf des Vormittags würde man seine enthauptete Leiche aus der Gerichtsmedizin hierherbringen.
Die Tür ging auf, und Dr. Frock rollte durch das Halbdunkel des Labors zu Margo ins Sonnenlicht. Sie drehte sich um und wollte ihm einen guten Morgen wünschen, aber als sie seinen Gesichtsausdruck sah, hielt sie abrupt inne. »Dr. Frock, fehlt Ihnen etwas?« fragte sie.
Frock kam langsam auf Margo zu. Sein sonst so rosiges Gesicht sah blaß und mitgenommen aus. »Ich habe traurige Nachrichten für Sie, Margo«, sagte er mit leiser Stimme. »Heute früh habe ich einen Anruf bekommen. Simon Brambell wurde gestern nacht auf dem Nachhauseweg ermordet.«
Margo runzelte die Stirn und atmete tief ein. »Dr. Brambell?« wiederholte sie ungläubig.
Frock nahm ihre Hand in die seine. »Es tut mir leid, daß gerade ich Ihnen die Nachricht überbringen muß, meine Liebe. Es war auch für mich ein Schock.«
»Wie konnte das passieren?« fragte Margo.
»Er wurde offenbar auf der 81st Street überfallen«, sagte Frock. »Man hat ihm die Kehle durchgeschnitten. Mehr weiß ich auch nicht ...« Margo spürte, wie seine Hand zitterte.
Die Nachricht kam ihr irgendwie unwirklich vor, wie eine Art Alptraum. Sie konnte nicht glauben, daß der Mann, der noch gestern in der Linnaeus Hall vor der großen Leinwand gestanden war, seinen Laserzeiger wie ein Samurai-Schwert in der Hand, jetzt auf einmal tot sein sollte.
Frock seufzte tief. »Vielleicht haben Sie es ja nicht mitbekom-

men, Margo, aber Simon und ich waren nicht immer derselben Meinung. Wir hatten unsere sachlichen Differenzen, das ist richtig, aber vor dem Menschen Brambell hatte ich immer den größten Respekt. Sein Tod ist ein schmerzlicher Verlust für die Gerichtsmedizin und auch für unsere Arbeit, die noch dazu an einem kritischen Punkt angelangt ist.«

»Unsere Arbeit«, wiederholte Margo mechanisch. »Aber wer hat das getan?« fragte sie dann nach einer kurzen Pause.

»Es gibt keine Zeugen.«

Einen Augenblick verharrten sie am Fenster. Margo spürte immer noch Frocks warme beruhigende Hand auf der ihren. Dann ließ er sie los und rollte langsam durch das Labor. »Ich weiß nicht, wen man uns als Ersatz schicken wird«, sagte er. »Falls überhaupt jemand kommt. Aber ich bin mir sicher, daß es in Simons Sinn ist, wenn wir jetzt seine Arbeit fortsetzen.« Frock war an der gegenüberliegenden Wand angelangt und schaltete das Licht ein. »Ich war schon immer der Meinung, daß Arbeit das beste Mittel gegen Trauer ist.« Nachdem er einige Sekunden geschwiegen hatte, stöhnte Frock leise vor sich hin, als müsse er sich zwingen, sich ans Werk zu machen. »Wären Sie bitte so freundlich und würden mir Kadaver A aus dem Kühlschrank holen? Ich habe da eine Theorie über eine potentielle genetische Anomalie, die möglicherweise für seine Mißbildungen verantwortlich sein könnte. Oder würden Sie sich lieber den Tag freinehmen?« Frock hob fragend die Augenbrauen.

»Nein«, erwiderte Margo und schüttelte den Kopf. Frock hatte recht. Brambell hätte bestimmt gewollt, daß sie weitermachten. Langsam stand sie auf und ging quer durch den Raum, wo sie sich hinkniete und eine der untersten Schubläden eines großen Kühlschranks öffnete. Drinnen lag auf einer herausziehbaren Bahre das unidentifizierte Skelett, das jetzt, wo es auseinandergenommen und untersucht worden war, nur noch eine Serie von unregelmäßigen Buckeln unter der blauen

Plane war. Margo hob die Bahre auf ein fahrbares Gestell und rollte sie in die Mitte des Raumes.

Frock entfernte die Plane und begann, die Handwurzelknochen mit einer elektronischen Schieblehre auszumessen. Margo, die ein merkwürdig unheimliches und beinahe schon irreales Gefühl hatte, ging an ihren Platz und besah sich eine Serie von Kernspin-Tomographenscans. Für eine Weile versank das Labor in tiefe Stille.

»Haben Sie eigentlich eine Ahnung, von welchem Hinweis Simon gestern gesprochen hat?« fragte Frock schließlich.

»Pardon?« Margo blickte auf. »Ach so. Nein. Er hat mit mir nie darüber geredet. Er hat mich damit gestern ebenso überrascht wie Sie.«

»Wie schade«, meinte Frock. »Soweit ich weiß, hat er auch keinerlei Aufzeichnungen gemacht, die uns darüber Aufschluß geben könnten.« Er schwieg wieder eine Weile, dann sagte er mit leiser Stimme: »Das wirft uns wirklich zurück, Margo. Möglicherweise werden wir nie erfahren, was er herausgefunden hat.«

»Wahrscheinlich haben Sie recht«, sagte Margo. »Schließlich kann keiner voraussehen, daß er den nächsten Tag nicht erleben wird.«

Frock schüttelte den Kopf. »Simon war ein typischer Gerichtsmediziner. Wirklich interessante, aufsehenerregende Fälle wie hier dieser sind selten, und wenn jemand wie Simon dann an einen gerät ... nun, dann kann er nicht anders, er muß sich in Szene setzen.« Er sah auf die Uhr. »Ach du meine Güte, jetzt hätte ich fast vergessen, daß ich gleich einen Termin in der Osteologie habe. Sagen Sie, Margo, könnten Sie vielleicht Ihre Arbeit für einen Augenblick beiseite legen und hier weitermachen? Ich weiß nicht, woran es liegt, aber ich komme einfach nicht weiter. Vielleicht ist es dieses tragische Ereignis, oder vielleicht habe ich einfach schon zu lang immer wieder dieselben Knochen angestiert. Es könnte sicher nicht schaden, wenn

jemand anders sich der Sache annimmt und sie aus einem frischen Blickwinkel betrachtet.«
»Aber gerne, Dr. Frock«, sagte Margo. »Wonach haben Sie genau gesucht?«
»Wenn ich das wüßte. Ich bin mir sicher, daß dieser Mensch an einer Erbkrankheit litt, und würde gerne die morphologischen Veränderungen quantifizieren, um herauszufinden, inwieweit hier eine genetische Aberration vorliegt. Leider bedeutet das, daß wir sämtliche Knochen an dem Skelett genau vermessen müssen. Ich dachte, ich fange am besten bei den Finger- und Handgelenksknochen an, wo man, wie Sie ja wissen, genetische Veränderungen zuerst feststellen kann.«
Margo sah hinunter auf das Skelett. »Aber das kann Tage dauern.«
Frock zuckte gereizt mit den Achseln. »Dessen bin ich mir nur allzu bewußt, meine Liebe.« Er griff an die Räder seines Rollstuhls und schob sich kraftvoll in Richtung Tür.
Ohne allzu große Begeisterung begann Margo damit, einen Knochen nach dem anderen mit der elektronischen Schieblehre zu vermessen und die Daten in den Computer einzuspeichern. Selbst die kleinsten Knochen mußten an einem guten Dutzend Stellen gemessen werden, so daß über den Bildschirm des Computers bald lange Reihen von Zahlen flimmerten.
Margo hatte schwer zu kämpfen, um sich nicht von der langweiligen Arbeit und der Grabesstille des Labors in eine tiefe Depression hineinziehen zu lassen. Wenn Frock recht hatte und die Deformation genetisch bedingt war, dann würde das die Identifizierung der Leiche auf einen relativ kleinen Personenkreis einengen. Jetzt, wo Brambell tot war, waren sie auf jeden Hinweis angewiesen, der sich bot. Die Skelette aus der Physikalischen Anthropologie hatten keine neuen Erkenntnisse vermittelt. Während Margo einen Knochen nach dem anderen vermaß, fragte sie sich, was Brambell jetzt wohl an ihrer Stelle getan hätte, aber die Erinnerung an den ermordeten

Gerichtsmediziner war zu schmerzhaft. Wie schrecklich, auf diese Weise ums Leben zu kommen ... Sie schüttelte den Kopf und zwang sich, wieder an ihre Arbeit zu denken.

Als sie gerade einen besonders komplizierten Handknochen vermaß, schrillte das Telefon. Am Abstand zwischen den Klingelzeichen konnte sie erkennen, daß es sich um einen Anruf von außerhalb des Museums handelte. Vielleicht war es ja D'Agosta, der Neuigkeiten über Brambells Tod hatte.

Margo hob ab. »Forensische Anthropologie«, meldete sie sich.

»Ist Dr. Brambell da?« wollte eine kurzangebundene, jugendlich klingende Stimme wissen.

»Dr. Brambell?« fragte Margo, deren Gedanken sich überschlugen. Was sollte sie nur sagen, wenn ein Verwandter von Brambell am Apparat war?

»Hallo? Sind Sie noch dran?« fragte die Stimme.

»Ja, natürlich«, antwortete Margo. »Dr. Brambell ist nicht hier. Kann ich Ihnen vielleicht weiterhelfen?«

»Da bin ich mir nicht so sicher. Es handelt sich um eine vertrauliche Angelegenheit. Mit wem spreche ich denn?«

»Mit Dr. Green. Ich bin Dr. Brambells Assistentin.«

»Ach so. Das ist natürlich etwas anderes. Mein Name ist Dr. Cavalieri vom St. Luke's Hospital in Baltimore. Ich habe jetzt die Identität des Patienten herausgefunden, nach dem Dr. Brambell sich erkundigt hat.«

»Was für ein Patient?«

»Na, der mit der Spondylolisthesis.« Margo hörte das Rascheln von Papier. »Erinnern Sie sich an die seltsamen Röntgenaufnahmen, die Dr. Brambell mir geschickt hat? Zuerst dachte ich ja an einen schlechten Scherz. Aber dann bin ich doch noch draufgekommen.«

»Auf was?« fragte Margo und suchte sich einen Stift und ein Stück Papier. »Am besten, Sie erzählen mir die Sache von Anfang an.«

»Na schön«, willigte die Stimme ein. »Ich bin orthopädischer

Chirurg in Baltimore. Einer von dreien in den Vereinigten Staaten, die korrektive Operationen zur Verminderung von Spondylolisthesen vornehmen. Dr. Brambell wußte das.«

»Was ist eine Spondylolisthesis?« fragte Margo.

Dr. Cavalieri hielt kurz inne. »Sind Sie denn keine Ärztin?« fragte er in einem Ton, der auf einmal ziemlich mißtrauisch klang.

Margo atmete tief durch. »Dr. Cavalieri, ich schenke Ihnen am besten reinen Wein ein. Dr. Brambell wurde ... nun, er ist in der vergangenen Nacht verstorben. Ich bin Evolutionsbiologin am Naturgeschichtlichen Museum und habe ihm dabei geholfen, die Überreste von mehreren Mordopfern zu begutachten. Jetzt, wo Dr. Brambell nicht mehr hier ist, müssen Sie mir alles sagen, was Sie wissen.«

»Dr. Brambell ist tot? Aber ich habe doch noch gestern mit ihm gesprochen.«

»Es war ein ziemlich plötzlicher Tod«, erwiderte Margo, die dem fremden Arzt nicht mehr erzählen wollte.

»Aber das ist ja schrecklich. Dr. Brambell war überall in den USA als Kapazität auf seinem Gebiet bekannt, ganz zu schweigen von Großbritannien und ...«

Cavalieri führte den Satz nicht zu Ende. Margo dachte daran, wie sie Dr. Brambell in der Linnaeus Hall zum letztenmal gesehen hatte: Ein selbstsicheres Lächeln hatte um seine Lippen gespielt, und seine Augen hatten lebhaft hinter der altmodischen Hornbrille hervorgeblitzt. Ein leiser Seufzer am anderen Ende der Leitung riß sie aus ihren Gedanken.

»Unter einer Spondylolisthesis versteht man das Abgleiten eines Wirbelkörpers nach vorn, das im Fall dieses Patienten durch einen Bruch des Wirbels verursacht wurde«, dozierte die Stimme Dr. Cavalieris. »Wir korrigieren eine derartige Fraktur, indem wir die beiden Teile mittels einer Metallplatte und mehrerer Schrauben wieder zusammendrücken.«

»Ich bin mir nicht sicher, ob ich Ihnen folgen kann«, sagte Margo.

»Erinnern Sie sich noch an die vier weißen Dreiecke auf den Röntgenaufnahmen, die Sie mir geschickt haben? Das sind die Gewindestücke für die Schrauben, die noch immer in den Knochen stecken. An ihnen kann ich sehen, daß der Patient eine operierte Spondylolisthesis hatte.«

»Verstehe.«

»Weil nur wenige Spezialisten auf der Welt solche Operationen durchführen, kann ich Ihnen auch genau sagen, daß Ihre Röntgenaufnahme einen meiner Patienten zeigt«, fuhr Cavalieri fort. »Und zwar aus einem einfachen Grund: Diese speziellen Muttern stammen von der Firma Steel-Med Products aus Minneapolis, die 1989 pleite ging. Ich habe das Material bei etwa drei Dutzend Operationen eingesetzt und dabei eine von mir entwickelte Spezialtechnik angewendet, bei der ich die Schrauben hinter dem Wirbelquerfortsatz befestigte. Eine brillante Technik übrigens, bei der die Gewinde einen sehr guten Halt im Knochen hatten. Nur ich und zwei meiner Assistenzärzte haben sie durchgeführt. Wenn Sie wollen, können Sie darüber in der Herbstausgabe 1987 des *Journal of American Orthopedics* nachlesen. Leider gilt diese Art der Operation seit der Entwicklung der Steinmann-Methode als überholt, so daß sie heute nicht mehr zum Einsatz kommt; was aber bedeutet, daß ich der einzige Arzt bin, der sie je angewandt hat.«

Margo konnte es der Stimme von Dr. Cavalieri anhören, wie stolz er auf diese Tatsache war.

»Nur eines an Ihren Röntgenaufnahmen kann ich mir nicht erklären«, sprudelte der Arzt weiter. »Kein Chirurg auf der ganzen Welt würde die Metallplatte, mit der er eine Spondylolisthesis behoben hat, wieder *entfernen.* Das wird nirgendwo gemacht. Und doch zeigt das Röntgenbild ganz eindeutig, daß jemand die Metallplatte und die Schrauben herausgenommen und nur die Gewindeteller im Wirbel belassen hat. Aber die kann man ja auch kaum entfernen, weil sie im Knochen eingewachsen sind ...«

Margo hatte angestrengt mitgeschrieben. »Erzählen Sie bitte weiter.«

»Na ja, wie ich schon sagte, als ich die Röntgenaufnahmen sah, wußte ich sofort, daß es sich um einen meiner Patienten handeln mußte. Aber dann sah ich die Form des Wirbels und war doch einigermaßen verwirrt. Was für abnormale Verwachsungen! Ich konnte mich nicht erinnern, jemals einen derart deformierten Patienten operiert zu haben.«

»Dann muß das Knochenwachstum also nach der Operation erfolgt sein?«

»Ganz genau. Aufgrund meiner Krankenakten ließ sich der Patient nämlich zweifelsfrei identifizieren. Ich habe ihn am 2. Oktober 1988 operiert.«

»Und wer war dieser Patient?« fragte Margo und setzte den Stift an. Aus dem Augenwinkel sah sie, wie sich die Tür öffnete und Dr. Frock ins Labor gerollt kam.

»Einen Augenblick bitte«, sagte Dr. Cavalieri am anderen Ende der Leitung. Margo hörte, wie er eine Seite umblätterte. »Ich werde Ihnen natürlich sämtliche Unterlagen faxen, aber ich kann gut verstehen, daß Sie den Namen schon jetzt haben wollen. Einen Augenblick ... Ah, hier ist er. Der Patient hieß Gregory S. Kawakita.«

Margo hatte ein Gefühl, als ob ihr das Blut in den Adern gefror. »Greg Kawakita?« krächzte sie.

»Ja. Gregory S. Kawakita. Seltsam, als Beruf steht hier derselbe wie der Ihre. Evolutionsbiologe. Kannten Sie ihn etwa?«

Margo konnte nicht mehr weitersprechen und legte auf. Zuerst Dr. Brambell und jetzt ... Sie blickte hinüber zu Frock und stellte alarmiert fest, daß dessen Gesicht aschfahl geworden war. Er war im Rollstuhl zusammengesackt und preßte schwer atmend eine Hand auf seine Brust.

»Greg *Kawakita*?« brachte er nur mit Mühe hervor. »Großer Gott! Das da drüben soll unser Gregory sein?«

Als er wieder etwas regelmäßiger atmete, schloß Frock die

Augen und ließ den Kopf hängen. Margo wandte sich ab und trat ans Fenster, wobei sie ein Schluchzen unterdrückte.
Ohne daß sie es wollte, kehrten ihre Gedanken zu den schrecklichen Morden zurück, die sich vor achtzehn Monaten hier im Museum ereignet hatten. Sie dachte an die Eröffnung der Aberglauben-Ausstellung, an das Blutbad, das es dort gegeben hatte, und daran, wie Pendergast den Mbwun vor ihren Augen getötet hatte. Greg Kawakita war damals Assistenzkurator gewesen und ebenso wie sie ein Doktorand bei Professor Frock. Mehr als jeder andere war Greg daran beteiligt gewesen, daß das Monster identifiziert und zur Strecke gebracht werden konnte. Mit seinem genetischen Extrapolationsprogramm hatte er den Schlüssel zur Herkunft Mbwuns geliefert und gleichzeitig einen Weg gefunden, wie man ihn töten konnte. Das Grauen, das dieses Monster verbreitet hatte, war allen an die Nieren gegangen, am allermeisten aber Greg. Er hatte bald nach den Vorfällen das Museum verlassen und damit eine vielversprechende Karriere aufgegeben. Niemand hatte seither mehr etwas von ihm gehört.
Niemand außer Margo, der Greg vor ein paar Monaten eine Mitteilung auf den Anrufbeantworter gesprochen hatte. Damals hatte er gesagt, daß er ihre Hilfe brauche, und sie hatte bei seinem zweiten Anruf nicht einmal den Hörer abgehoben. Jetzt dämmerte Margo langsam, weshalb Greg seinerzeit das Museum verlassen hatte: Er hatte wohl damals schon unter einer schrecklichen Krankheit gelitten, die seine Knochen deformiert und ihn langsam in jenes entstellte Skelett verwandelt hatte, das jetzt hinter ihr auf der Rollbahre lag. Zweifelsohne hatte er sich seiner Veränderung geschämt und nach einer Behandlung gesucht, aber keine gefunden. Weil er nicht mehr hatte arbeiten können, war er wohl schließlich obdachlos geworden und war irgendwann einmal in den U-Bahn-Schächten gelandet. Und dort war sein Leben, das zunächst so vielversprechend verlaufen war, von einem grausamen Mörder be-

endet worden. Von einem Sadisten, der ihn enthauptet und dann noch an seinen Knochen herumgenagt hatte.
Margo starrte aus dem Fenster und schauderte trotz der warmen Sonnenstrahlen. Gregs Ende mußte grauenvoll gewesen sein. Vielleicht hätte sie ihm helfen können, wenn sie nicht so sehr versucht hätte, ihre eigene Vergangenheit zu vergessen. Ihr Sport und ihre Arbeit waren ihr wichtiger gewesen als Menschen wie Greg Kawakita. Sie hatte ihn einfach links liegengelassen.
»Dr. Frock?« rief sie, als sie das Knarzen des Rollstuhls hinter sich hörte.
»Dr. Frock, ich ...« Margo konnte nicht weitersprechen.
Dann spürte sie, wie sie eine leicht zitternde Hand ganz sanft am Ellenbogen berührte. »Lassen Sie mich einen Augenblick nachdenken«, sagte Frock. »Nur einen Augenblick, bitte. Wie kann das alles nur so gekommen sein? Der Gedanke, daß dieser traurige Haufen Gebeine, den wir untersucht, vermessen und auseinandergenommen haben, einmal Gregory gewesen sein soll ...« Seine Stimme brach, und seine von einem durchs Fenster einfallenden Sonnenstrahl beleuchtete Hand glitt langsam von Margos Ellenbogen.
Margo blieb unbewegt stehen, schloß die Augen und zwang sich, so ruhig wie möglich zu atmen. Als sie sich wieder halbwegs unter Kontrolle hatte, drehte sie sich um und ging hinein ins Labor. Um das Skelett auf der Rollbahre machte sie einen weiten Bogen – sie wußte nicht, ob sie es jemals in ihrem Leben wieder würde ansehen können – und steuerte auf Frock zu, der mit trockenen Augen ins Leere starrte.
»Wir sollten jetzt besser Lieutenant D'Agosta anrufen«, schlug sie vor.
Frock sagte lange nichts, dann signalisierte er ihr mit einem stummen Nicken sein Einverständnis.

Teil Zwei

CUI CI SONO DEI MOSTRI

Aus naheliegenden Gründen gibt es keine zuverlässigen Zahlen über die Anzahl der im Untergrund von Manhattan lebenden Obdachlosen. Allerdings geht aus der Rushing-Bunten-Studie hervor, daß im Jahr 1994 allein zweitausendsiebenhundertfünfzig Personen in dem relativ kleinen Gebiet zwischen der Pennsylvania Station im Südwesten und der Grand Central Station im Nordosten lebten. Im Winter soll dort die Zahl der Obdachlosen sogar auf viertausendfünfhundert ansteigen. Die Autorin dieser Zeilen kann aus eigener Anschauung bestätigen, daß diese Zahlen eher zu niedrig als zu hoch gegriffen erscheinen.
Natürlich wird im Untergrund von New York kein Geburts- und Sterberegister geführt, aber zumindest die Zahl der Todesfälle dürfte angesichts der Tatsache, daß sich dort zahlreiche Drogensüchtige, Kriminelle, Strafentlassene und psychisch Kranke aufhalten, überdurchschnittlich hoch sein. Menschen, die sich von der Oberfläche in die dunkle Welt halb vergessener Tunnels zurückziehen, geben dafür ganz unterschiedliche Gründe an. Hauptsächlich aber suchen sie Sicherheit und Zuflucht vor einer Gesellschaft, der sie sich in hohem Maße entfremdet haben. Eine trügerische Zuflucht, denn rein statistisch beträgt die durchschnittliche Lebensdauer eines Menschen im Untergrund von New York nicht mehr als zweiundzwanzig Monate.

Aus: L. Hayward, *Soziale Hierarchien im Untergrund von Manhattan* (erscheint in Kürze)

23

D'Agosta ging mit großen Schritten die West 63rd Street entlang und hoffte, daß ihn niemand erkannte. Jetzt, wo er sich dem Hudson näherte, waren die größeren Wohnblöcke längst gepflegten Klinkerbauten gewichen, an denen er mit gesenktem Blick vorbeieilte. Ein paar Schritte vor ihm schlurfte Special Agent Pendergast, dessen Verkleidung als Penner wieder einmal bis hin zu seinen Ausdünstungen perfekt war. »Genau so habe ich mir meinen freien Nachmittag vorgestellt«, murmelte D'Agosta.

Obwohl es ihn an vielen Stellen seines Körpers juckte, unterließ er es, sich zu kratzen, denn dazu hätte er den schmierigen alten Regenmantel anfassen müssen, mit dem Pendergast ihn ausstaffiert hatte. D'Agosta fragte sich, wo der FBI-Agent die Sachen bloß herhatte, von dem billigen karierten Polyesterhemd über die speckig glänzenden, abgewetzten Hosen bis hin zu den ausgelatschten Schuhen, vor denen es D'Agosta besonders ekelte.

Zu D'Agostas Leidwesen war auch der Schmutz an seinem Gesicht und seinen Händen echt und nicht aus dem Schminktopf. »Vincent, Ihr Leben hängt davon ab, daß Sie überzeugend wirken«, hatte Pendergast erwidert, als sich D'Agosta wegen dieser Verkleidung bei ihm beschwert hatte.

Der FBI-Agent hatte ihn nicht einmal seinen Revolver und seine Polizeimarke mitnehmen lassen. »Ich möchte Ihnen lieber nicht sagen, was die mit Ihnen anstellen, wenn man so etwas an Ihnen findet«, hatte Pendergast angedeutet. Diese ganze Unternehmung ist von vorn bis hinten ein Verstoß gegen sämtliche Dienstvorschriften, dachte D'Agosta, während er mürrisch hinter Pendergast hertrottete.

Als er einmal kurz aufblickte, sah er eine Frau auf sich zukommen. Sie trug ein frisch gebügeltes Sommerkleid und Stöckelschuhe und führte einen kleinen Chihuahua an der Leine. Sobald die Frau auf gleicher Höhe mit den beiden vermeintlichen Pennern war, blieb sie stehen und sah angewidert zur Seite. Als Pendergast an ihr vorbeiging, sprang der Hund auf ihn zu und brach in ein schrilles, piepsig klingendes Gekläff aus. Pendergast machte einen Schritt zur Seite, woraufhin der Hund seine Anstrengungen verdoppelte und wie verrückt an seiner Leine zerrte.

Obwohl sich D'Agosta in seinem Outfit extrem unbehaglich fühlte – oder vielleicht auch gerade deshalb –, wurde er immer wütender, je länger er in das blasiert angewiderte Gesicht der Frau schaute. Woher nahm diese Zimtzicke eigentlich das Recht, auf andere Menschen herabzusehen? Als er an ihr vorbeiging, blieb er kurz stehen. »Schönen Tag noch«, knurrte er und reckte ihr herausfordernd sein Kinn entgegen.

Die Frau machte einen Satz zurück. »Lassen Sie mich in Ruhe, Sie Widerling«, kreischte sie. »Geh bloß nicht zu ihm hin, Petit Chou!«

Pendergast packte D'Agosta am Arm und zerrte ihn um die Ecke in die Columbus Avenue. »Sind Sie verrückt geworden?« zischte er leise, während er den Lieutenant rasch mit sich fortzog. »Hilfe! Polizei!« schrie die Frau hinter ihnen her. »Diese Rüpel haben mich bedroht!«

Nachdem sie einen halben Block entlanggehastet waren, verschwand Pendergast in einer Einfahrt, wo er vor zwei in den Boden eingelassenen Stahlplatten über einem Notausstieg der U-Bahn in die Hocke ging. Mit einem kleinen Haken zog er die beiden Platten zur Seite und deutete auf eine Reihe nach unten führender Eisenstufen. »Da hinein«, sagte er zu D'Agosta. Dann folgte er dem Lieutenant hinab in die Dunkelheit, nicht ohne die Platten wieder zu verschließen. Am Fuß der Treppe befanden sich zwei Bahngleise, die vom Licht, das durch einen Gitterrost sickerte, schwach erhellt wurden. Pendergast und D'Agosta überquerten sie rasch. Auf der anderen Seite war ein

Durchgang zu einer weiteren Treppe. Nachdem sie diese, zwei Stufen auf einmal nehmend, hinuntergerannt waren, blieb Pendergast stehen.
Am Fuß der Treppe war es stockdunkel. Die beiden schnauften durch, dann schaltete Pendergast eine kleine Taschenlampe an und kicherte leise vor sich hin. »›Schönen Tag noch‹ ... Was für ein Teufel hat Sie denn da geritten, Vincent?«
»Gar keiner. Ich wollte bloß freundlich sein, das war alles«, verteidigte sich D'Agosta.
»Ihre Freundlichkeit hätte um ein Haar das Aus für unsere kleine Expedition bedeutet, und zwar noch bevor sie überhaupt richtig angefangen hat. Denken Sie bitte in Zukunft daran, daß ich Sie nur zur Tarnung mitgenommen habe. Dieser Mephisto wird nur mit mir reden, wenn ich mich als Anführer einer anderen Untergrundgemeinde ausgebe, und so jemand ist nie ohne seinen Adjutanten unterwegs.« Pendergast leuchtete mit seiner Taschenlampe in einen engen Seitengang. »Dieser Tunnel führt nach Osten in Mephistos Territorium.«
D'Agosta nickte.
»Und denken Sie an das, was ich Ihnen gesagt habe: Überlassen Sie das Reden mir, und vergessen Sie, daß Sie Polizist sind. Was auch immer geschieht, greifen Sie, um Himmels willen, nicht ein.«
Pendergast griff in eine Tasche seines abgerissenen Trenchcoats und zog zwei weiche Wollhüte hervor. »Hier, setzen Sie den auf«, sagte er und reichte D'Agosta einen.
»Warum?«
»Weil eine Kopfbedeckung die Gesichtsform verändert. Wenn wir fliehen müssen, können wir die Hüte absetzen und damit unseren Wiedererkennungswert entscheidend verringern. Denken Sie daran, daß unsere Augen nicht an die Dunkelheit gewöhnt sind. Das ist ein großer Nachteil gegenüber den Maulwürfen.« Mit diesen Worten griff Pendergast noch einmal

in seine Tasche und holte einen kleinen Gegenstand hervor, den er in seinen Mund nahm.
»Was, zum Teufel, ist denn das?« fragte D'Agosta, während er sich den Hut aufsetzte.
»Das ist ein Gaumeneinsatz aus Gummi, mit dem ich das Resonanzverhalten meines Rachens verändern kann. Wie Sie ja wissen, laufen hier unten eine Menge Schwerkriminelle herum. Ich habe im vergangenen Jahr auf Riker's Island für das FBI Persönlichkeitsprofile von einigen Mördern angefertigt. Ein paar von ihnen sind inzwischen ausgebrochen, und es könnte durchaus sein, daß sie im Untergrund Zuflucht gesucht haben. Ich möchte nicht das Risiko eingehen, daß sie mich an meiner Stimme wiedererkennen.« Pendergast machte eine abwehrende Handbewegung. »Wenn man sich wirklich verkleiden will, Vincent, dann genügt es nicht, nur seine äußere Erscheinung zu verändern. Man muß sich auch eine andere Haltung, eine andere Gangart und sogar die eine oder andere Macke antrainieren. Ihre Aufgabe bei unserer Unternehmung ist da bedeutend einfacher zu bewerkstelligen. Sie müssen bloß den Mund halten, sich möglichst unauffällig benehmen und meinen Instruktionen folgen. Auf gar keinen Fall dürfen Sie sich in irgendeiner Weise hervortun. Haben Sie verstanden?«
D'Agosta nickte.
»Wenn wir Glück haben, bringt uns Mephisto einen Schritt weiter. Vielleicht gelingt es uns ja sogar, Spuren von den Morden zu finden, die er der *Post* geschildert hat, und damit auch das zusätzliche Beweismaterial, das wir so dringend benötigen.« Pendergast hielt kurz inne. »Gibt es eigentlich schon neue Spuren im Mordfall Brambell?« wollte er dann wissen. Er trat einen Schritt vor und leuchtete in den Tunnel hinein.
»Nein«, antwortete D'Agosta. »Waxie und Horlocker glauben, daß der Mörder ihn willkürlich gewählt hat. Ich allerdings frage mich, ob sein Tod nicht doch etwas mit seiner Arbeit zu tun hatte.«

Pendergast nickte. »Eine interessante Theorie.«
»Immerhin stand er ja kurz davor, die Identität des zweiten Skeletts herauszufinden. Vielleicht wollte das jemand verhindern.«
Pendergast nickte abermals. »Ich muß gestehen, daß ich ziemlich verblüfft war, als ich erfuhr, daß es sich bei dem Toten um Kawakita handelt. Das eröffnet eine ganz neue und ziemlich beunruhigende Perspektive. Außerdem bedeutet es meiner Meinung nach, daß wir für den Schutz von Dr. Frock und Dr. Green und den der anderen Wissenschaftlern sorgen sollten.«
D'Agosta verzog das Gesicht. »Genau das habe ich heute früh Chief Horlocker vorgeschlagen, aber er meinte, sie bräuchten keinen Polizeischutz. Er glaubt, daß Kawakita irgendwie mit Pamela Wisher in Verbindung stand und zufällig bei ihr war, als sie ermordet wurde. Seine einzige Sorge war, daß davon nichts in die Presse gelangt, zumindest nicht, bevor Kawakitas Familie unterrichtet worden ist. Aber das ist wahrscheinlich sowieso egal, denn soweit ich mich erinnere, war Kawakita ein Waisenkind. Waxie ist übrigens in Horlockers Büro herumstolziert wie ein Pfau und hat getönt, ich solle wenigstens diesmal dafür sorgen, daß die Nachrichtensperre auch wirklich eingehalten wird.«
»Und wie haben Sie reagiert?«
»Ich habe ihm gesagt, er könne mich mal kreuzweise. Mit höflicheren Worten, natürlich. Vor diesem Treffen war ich noch der Meinung gewesen, wir sollten Frock und Green nicht unnötig beunruhigen, aber danach habe ich die beiden angerufen und ihnen geraten, in nächster Zeit besonders vorsichtig zu sein.«
»Haben sie denn schon den Grund für die seltsamen Deformationen an Kawakitas Knochen herausgefunden?«
»Nein, bisher noch nicht«, murmelte D'Agosta geistesabwesend.

Pendergast drehte sich um und sah ihn an. »Stimmt was nicht?« fragte er.
»Doch, doch. Es ist nur wegen Dr. Green. Ich weiß nicht so recht, wie sie meine Warnung aufgenommen hat. Immerhin war es meine Idee, sie und Frock bei der Untersuchung hinzuzuziehen. Frock war so bärbeißig wie immer, aber Margo ...« D'Agosta hielt inne. »Sie wissen ja, wie sie auf die Museumsmorde reagiert hat. Sie joggt täglich, macht Krafttraining und schleppt immer eine Pistole mit sich herum.«
»Das ist keineswegs ungewöhnlich bei einer posttraumatischen Streßsituation«, meinte Pendergast. »Menschen, die schreckliche Erlebnisse hinter sich haben, wollen für den Fall, daß ihnen so etwas noch einmal widerfährt, besser gewappnet sein. Meiner Meinung nach ist das eigentlich sogar eine recht gesunde Reaktion. Ehrlich gesagt, ich kann mir kaum etwas Schlimmeres vorstellen als das, was Dr. Green und ich vor eineinhalb Jahren gemeinsam durchgemacht haben«, fügte er mit einem grimmigen Grinsen an. »Immerhin kam das Mbwun-Monster in dem dunklen Museumskorridor direkt auf uns zu, und wenn ich es nicht mit einem Schuß ins Auge erlegt hätte, dann ...« Er ließ den Satz unvollendet.
»Stimmt«, sagte D'Agosta, »aber ich finde trotzdem, daß Margo übertreibt. Wollen wir bloß hoffen, daß sie jetzt nicht hysterisch wird und durchdreht. Hoffentlich habe ich keinen Fehler begangen, als ich sie zu dem Fall hinzuzog.«
»Nein, bestimmt nicht, Vincent. Und jetzt, wo wir wissen, daß es sich bei dem unbekannten Skelett um Kawakita handelt, brauchen wir Dr. Greens Sachverstand um so mehr. Ich nehme doch an, daß Sie versuchen werden, Kawakitas letzten Aufenthaltsort herauszufinden.«
D'Agosta nickte.
»Vielleicht sollten Sie sich von Dr. Green dabei helfen lassen«, schlug Pendergast vor, während er weiterhin die Wände des Tunnels ableuchtete. Dann spähte er in die Dunkelheit, die vor

ihnen lag, und fragte: »Na, wie steht's, Vincent? Sind Sie bereit?«

»Ich denke schon. Aber eine Frage hätte ich noch: Was machen wir eigentlich, wenn wir angegriffen werden?«

»Man wird uns nicht angreifen. Wenn man die nötigen Tauschwaren dabeihat, kann man die Leute bei Laune halten«, entgegnete Pendergast mit einem leisen Lächeln.

»Doch nicht etwa Drogen?« fragte D'Agosta ungläubig.

Pendergast nickte und öffnete seinen Trenchcoat. Im Schein der Taschenlampe sah D'Agosta, daß er mehrere kleine Taschen in das speckige Futter eingenäht hatte.

»Fast jeder hier unten war einmal nach der einen oder anderen Substanz hier süchtig oder ist es noch immer«, sagte Pendergast und deutete auf die vielen kleinen Abteilungen. »Ich trage hier einen regelrechten Giftschrank mit mir herum: Crack, Kokain, Methylphenidylat, Carbrital und Seconal. Dieses Zeug kann uns das Leben retten, Vincent. Diese Erfahrung habe ich schon bei meinem ersten Ausflug hierher gemacht.«

Pendergast griff in eine der kleinen Taschen und holte eine längliche schwarze Kapsel hervor. »Biphetamin«, erklärte er. »Hier im Untergrund besser bekannt als ›Black Beauty‹.«

Er sah sich die Kapsel einen Augenblick lang nachdenklich an, dann steckte er sie sich in den Mund.

»He, was machen Sie denn da?« ereiferte sich D'Agosta, aber Pendergast brachte ihn mit einer Handbewegung zum Schweigen.

»Es genügt nicht, die Rolle zu *spielen*«, flüsterte er. »Man muß sie *leben*. Dieser Mephisto ist allem Anschein nach ein extrem vorsichtiger und mißtrauischer Mann, den keiner so leicht hinters Licht führt. Das dürfen Sie keinen Augenblick lang vergessen, Vincent.«

D'Agosta sagte nichts mehr. Ihm wurde klar, daß sie sich nun wirklich außerhalb der Gesellschaft und jenseits von Recht und Ordnung befanden.

Er folgte Pendergast in den Seitentunnel, in dem ein aufgelassener Schienenstrang in die Dunkelheit führte. Immer wieder blieb Pendergast stehen und sah auf eine mitgebrachte Skizze. D'Agosta war überrascht, wie schnell er selbst jegliche Orientierung und sogar sein Zeitgefühl verloren hatte.
Auf einmal deutete Pendergast auf einen rötlichen Lichtpunkt, der etwa hundert Meter vor ihnen in der Dunkelheit auftauchte. »Ein Feuer mit Menschen«, flüsterte der FBI-Agent. »Vermutlich eine kleine Gruppe aus den oberen Stockwerken, die am Rand von Mephistos Machtbereich lebt.« Er starrte eine Weile auf das flackernde Licht, dann wandte er sich an D'Agosta. »Sind Sie bereit für ein kleines Kamingespräch, Vincent?« fragte er den Lieutenant und ging, ohne dessen Antwort abzuwarten, auf das Feuer zu. D'Agosta folgte ihm.
Als sie näher kamen, bemerkte D'Agosta im Licht der Flammen etwa ein Dutzend auf dem Boden kauernde oder auf alten Kisten hockende Gestalten. Pendergast trat in den Kreis und setzte sich direkt neben das Feuer, in dessen Glut eine rußgeschwärzte dampfende Kaffeekanne stand. Zunächst schenkte ihm niemand Beachtung; erst als er aus einer Tasche seines Mantels eine Halbliterflasche billigen Rotwein hervorzog, richteten sich alle Augen auf ihn.
Pendergast drehte den Schraubverschluß auf, nahm einen tiefen Schluck aus der Flasche und hielt sie zufrieden seufzend in die Runde. »Noch jemand?« fragte er und drehte das Etikett so ins Licht, daß die anderen es lesen konnten. D'Agosta traute seinen Ohren kaum. Die Stimme des FBI-Agenten hatte sich vollkommen verändert. Pendergast sprach mit schwerer Zunge in breitestem Brooklyn-Akzent. In dem unruhig flackernden Licht wirkten seine bleiche Haut und seine blassen Augen irgendwie unheimlich und bedrohlich.
»Gib her«, sagte der Mann, der neben Pendergast auf einer Obstkiste saß. Er packte die Pulle und führte sie an seine

Lippen. D'Agosta hörte ein langgezogenes glucksendes Geräusch, und als der Mann Pendergast die Flasche zurückgab, fehlte gut ein Viertel ihres Inhalts. Der FBI-Agent reichte sie nun nach der anderen Seite weiter, und nach ein paar Stationen war die Flasche leer. Einer der Männer murmelte etwas, das wie ein Dankeschön klang.

D'Agosta, der sich neben Pendergast niedergelassen hatte, war froh, daß der Rauch des Feuers in seine Richtung wehte und so den Gestank nach altem Männerschweiß, billigem Fusel und abgestandenem Urin ein wenig überlagerte.

»Ich suche Mephisto«, sagte Pendergast nach einer kurzen Pause.

Sofort wurden die Gestalten merklich unruhig, und D'Agosta spürte, wie ihm und Pendergast eine Welle des Mißtrauens entgegenschlug. »Wer will das wissen?« fragte schließlich der Mann, der als erster aus Pendergasts Pulle getrunken hatte, in einem feindseligen Ton.

»*Ich*, wenn du nichts dagegen hast«, antwortete Pendergast genauso unfreundlich.

Nach einer kurzen Stille, in welcher er Pendergast eingehend musterte, sagte der Mann: »Verpiß dich, du Wichser.«

Pendergast reagierte so rasch, daß selbst D'Agosta erschrak. Innerhalb von Sekundenbruchteilen hatte er den Mann mit dem Gesicht nach unten auf den Schotter geworfen und drückte ihm einen Fuß ins Genick.

»Scheiße!« jaulte der Mann.

»Niemand nennt Whitey einen Wichser«, zischte Pendergast und trat ein wenig fester zu.

»Ist ja gut, Mann! War ja nicht so gemeint.«

Pendergast hob seinen Fuß ein wenig an. »Also, wo finde ich Mephisto?«

»In der Route 666.«

»Und wo ist das?«

»Hör auf, Mann, du tust mir weh! Geh Gleis hundert entlang

bis zum alten Generator. Da gibt es eine Leiter, die hinunter zu einem Laufsteg führt, auf dem kommst du hin.«
Pendergast ließ den Mann los, der sich aufrappelte und seinen Hals rieb. »Aber nimm dich in acht. Mephisto mag keine Fremden«, sagte er.
»Ich habe geschäftlich mit ihm zu reden.«
»Über was?«
»Über die Wrinkler.«
Selbst in der Dunkelheit konnte D'Agosta noch erkennen, wie ein Ruck durch die Gruppe ging. »Was ist mit ihnen?« fragte eine neue Stimme scharf.
»Das geht nur Mephisto und mich etwas an«, antwortete Pendergast und nickte D'Agosta zu. Sie traten aus dem Kreis und gingen weiter den Tunnel entlang. Als das Licht des Feuers nur noch ein winziger Funken in der Ferne war, schaltete Pendergast seine Taschenlampe wieder ein.
»Hier unten darf man keine Respektlosigkeit dulden«, murmelte er leise. »Nicht einmal bei einer relativ harmlosen Gruppe wie dieser. Wenn die auch nur die geringste Schwäche spüren, ist man schon so gut wie tot.«
»Das haben Sie ziemlich gut gemacht.«
»Mit einem Betrunkenen hat man leichtes Spiel. Bei meinem letzten Besuch hier unten habe ich herausgefunden, daß auf den oberen Ebenen hauptsächlich Alkohol konsumiert wird, und diese Gestalten eben haben mir das voll bestätigt. Nur der dürre Kerl ganz am Rand hat sich irgendwelches Zeug gespritzt, vermutlich Fentanyl. Haben Sie bemerkt, wie er sich ständig gekratzt hat? Das ist typisch für diese Droge.«
Der Tunnel teilte sich, und Pendergast zog seinen Plan zu Rate, bevor er sich für die linke Abzweigung entschied. »Die müßte uns eigentlich direkt zu Gleis hundert führen«, sagte er und ging los. D'Agosta schlurfte ihm schweigend hinterher.
Nach einem nicht enden wollenden Marsch blieb Pendergast wieder stehen und leuchtete auf eine riesige verrostete Maschi-

ne, die D'Agosta an einem meterhohen Antriebsrad und dem halb vermoderten Transmissionsriemen auf dem Boden davor als den Generator erkannte, von dem der Mann am Feuer gesprochen hatte. Daneben führte eine rostige Wendeltreppe in die Tiefe. Sie endete in einem Laufsteg, der unter der Decke eines alten Tunnels entlanglief. D'Agosta bückte sich unter einem alten kalkverkrusteten Rohr und folgte Pendergast auf den wackeligen Steg, an dessen Ende der FBI-Mann eine mit Scharnieren befestigte Eisenplatte hochklappte und eine Sprossenleiter nach unten stieg. An ihrem Fuß befand sich ein nicht ausgebauter Tunnel, in dem noch Schotterhaufen und Stapel nicht verlegter Schienen lagen. Zwar konnte D'Agosta die Überreste mehrerer Lagerfeuer entdecken, doch schien der Tunnel jetzt menschenleer.
»Sieht so aus, als müßten wir da runter«, sagte Pendergast und leuchtete auf ein Loch am Ende des Tunnels. Ein grob aus dem Fels gesprengter Schacht, dessen Wände von unzähligen Händen und Füßen schon ganz glattpoliert waren, führte schräg nach unten, von wo ein beißender Geruch heraufwehte.
D'Agosta stieg als erster hinab und hatte an manchen Stellen seine liebe Mühe, sich an den Vorsprüngen des feuchten, glitschigen Basalts festzukrallen. Nach schrecklichen fünf Minuten war er endlich unten und hatte das Gefühl, im felsigen Urgestein der Insel Manhattan gefangen zu sein.
»Würde mich mal interessieren, wie diese zugedröhnten Junkies da hinaufkraxeln«, murmelte er, als Pendergast neben ihm ankam. Die Muskeln seiner Oberarme zitterten noch immer von der Anstrengung.
»Von hier unten kommt niemand mehr nach oben«, bemerkte Pendergast. »Außer natürlich die Läufer.«
»Was für Läufer?«
»Soviel ich weiß, sind das die einzigen Mitglieder einer Untergrundgemeinde, die noch Kontakt mit der Oberfläche haben. Sie holen Wohlfahrtschecks ab und lösen sie ein, organisieren

Lebensmittel, Medikamente und Drogen und verdienen sich ein paar Cents mit dem Aufsammeln von leeren Dosen und Pfandflaschen.«

Pendergast leuchtete mit seiner Taschenlampe herum. Sie standen in einer Höhle mit grob behauenen Felswänden, an deren einem Ende ein an die zwei Meter langes Stück Wellblech eine Tunnelöffnung verdeckte. An der Wand daneben stand mit kruden Buchstaben: NUR FÜR DIE FAMILIE. VERBOTEN FÜR ALLE ANDEREN.

Pendergast packte das Blech und zog es mit einem lauten, kreischenden Geräusch zur Seite. »Das ist wohl die Türglocke«, meinte er lakonisch.

Kaum hatten er und D'Agosta den Tunnel betreten, da kam auch schon eine abgerissen aussehende Gestalt mit einem brennenden Holzscheit in einer Hand auf sie zu. Der Mann war groß und erschreckend mager. »Wer seid ihr?« fragte er und baute sich vor Pendergast auf.

»Bist du der Heckschütze?« wollte Pendergast wissen.

»Raus!« entgegnete der Mann und drängte ihn und D'Agosta zurück in Richtung Wellblechtür. Als die beiden wieder draußen im Tunnel standen, sagte er: »Mein Name ist Flint. Was wollt ihr?«

»Ich bin hier, um mit Mephisto zu sprechen«, antwortete Pendergast.

»Weshalb?«

»Ich bin der Anführer von Grant's Tomb, einer neuen Gemeinde unter der Columbia Universität. Ich möchte mit ihm über die Morde reden.«

Flint schwieg eine Weile, dann fragte er mit einem Blick hinüber zu D'Agosta: »Und wer ist der da?«

»Das ist mein Läufer.«

»Habt ihr Waffen oder Drogen dabei?« fragte Flint.

Im flackernden Schein der Fackel nahm Pendergasts Gesicht einen verlegenen Ausdruck an. »Waffen haben wir keine«,

antwortete er, »aber ich habe einen kleinen persönlichen Vorrat an …«
»Bei uns sind Drogen nicht gestattet«, erklärte Flint. »Wir sind eine saubere Gemeinde.«
Was für ein Bockmist, dachte D'Agosta, als er die geröteten Augen des Mannes sah.
»Tut mir leid«, sagte Pendergast, »aber ich gebe meine Sachen nicht her. Wenn das ein Problem ist, dann …«
»Was hast du denn?« wollte Flint wissen.
»Das geht dich nichts an.«
»Koks?« D'Agosta glaubte, in der Stimme des Mannes einen erwartungsvollen Unterton zu vernehmen.
»Erraten«, erwiderte Pendergast nach einer kurzen Pause.
»Das muß ich konfiszieren.«
»Betrachte es als ein Geschenk von mir an dich«, sagte Pendergast und hielt Flint ein kleines Briefchen aus gefalteter Alufolie hin. Der Mann griff rasch danach und ließ es unter seinem Mantel verschwinden.
»Folgt mir«, sagte er.
Hinter Flint stiegen Pendergast und D'Agosta eine weitere Wendeltreppe hinunter, die auf einer Plattform über einem riesigen zylinderförmigen Raum endete. Hier ging Flint eine Betonrampe hinab, die an der Wand spiralförmig nach unten führte. D'Agosta bemerkte mehrere tiefe Nischen, in denen einzelne Obdachlose oder ganze Familien hausten. Im gelblichen Licht von Kerzen und Petroleumlampen sah er schmutzige Gesichter und modrige Matratzen, und auf der anderen Seite des Raumes entdeckte er ein geborstenes Rohr, aus dem Wasser in einen verschlammten Teich am Boden floß. Um diese Wasserstelle kauerten mehrere Gestalten, die gerade Wäsche wuschen.
Unten angekommen, überquerten sie auf einer Holzplanke den schmalen Bach, der aus dem Teich floß und in der Dunkelheit verschwand, und gingen dann an mehreren Gruppen

von Menschen vorbei, die schlafend oder Karten spielend am Boden kauerten. Einer von ihnen lag mit offenen, von einem milchigen Schleier überzogenen Augen ganz starr da. D'Agosta wußte, daß der Mann tot war.
Flint führte die beiden einen langen niedrigen Tunnel entlang, von dem viele kleinere Seitenstollen abzweigten; manche waren schwach erleuchtet. D'Agosta sah, wie Leute Kleidung flickten, Konservendosen aufeinanderstapelten oder Schnaps brannten. Schließlich brachte Flint ihn und Pendergast in einen großen, von einer einzigen Glühbirne schwach erhellten Raum mit roten Ziegelwänden. In der Mitte stand ein abgewrackter alter Eisenbahnwaggon, der so schräg stand, daß seine Hinterräder einen halben Meter in der Luft hingen. Wie er an diesen seltsamen Ort gekommen war, konnte sich D'Agosta nicht einmal annähernd vorstellen. Auf dem abblätternden roten Lack des Wagens konnte er die verwitterten Buchstaben NEW YO CENTRA erkennen.
Flint bedeutete den beiden zu warten und betrat den Waggon. Nach ein paar Minuten erschien er an der Tür und winkte Pendergast und D'Agosta heran. Die beiden stiegen in den dunklen und erdrückend heißen Waggon und gelangten zunächst in einen kleinen Vorraum, der durch einen schweren schwarzen Vorhang abgeschlossen wurde. Flint ging wieder nach draußen und wartete vor der Tür.
»Wer ist da?« zischte eine merkwürdig klingende Stimme jenseits des Vorhangs.
Pendergast räusperte sich: »Man nennt mich Whitey, und ich bin der Anführer von Grant's Tomb. Ich habe von deinem Appell zum Zusammenschluß der Untergrundgemeinden gehört und bin jetzt hier, um mit dir zu reden. Diese Morde müssen endlich aufhören.«
Die Stimme entgegnete nichts, und D'Agosta fragte sich, was sich wohl hinter dem Vorhang verbergen mochte. Vielleicht war dort ja überhaupt nichts, wie in der Geschichte vom Zau-

berer von Oz. Vielleicht hatte sich Smithback die ganze Geschichte ja nur ausgedacht. Bei diesen Journalisten wußte man nie ...

»Komm rein«, sagte die Stimme schließlich.

Jemand zog von innen den Vorhang beiseite, und D'Agosta folgte Pendergast widerstrebend in den rückwärtigen Teil des Wagens.

Der Raum wurde von dem von draußen eindringenden Licht der Glühbirne und einem kleinen Feuer erleuchtet, das vor einem Loch in der Außenwand des Waggons glomm. Vor ihnen saß in einem massiven thronähnlichen Stuhl ein großer Mann mit langen grauen Haaren. Er trug einen alten braunen Kordanzug mit Schlaghosen und einen speckigen Borsalino-Hut, und seinen Hals zierte eine schwere Navajo-Kette aus Silber und Türkisen.

Mephisto sah seine Besucher mit ungewöhnlich stechenden Augen an. »Du nennst dich also Whitey«, sagte er. »Nicht gerade ein origineller Name und alles andere als ehrfurchtgebietend. Aber für einen Albino wie dich ist er vielleicht sogar angebracht.« Das Zischen von vorhin hatte sich in einen langsamen, fast förmlichen Ton verwandelt.

D'Agosta spürte, wie Mephisto ihn mißtrauisch beäugte. Wer auch immer dieser Kerl sein mochte, verrückt war er jedenfalls nicht. Oder zumindest nicht total.

»Und wer ist der da?« fragte Mephisto.

»Das ist Cigar. Mein Läufer.«

Mephisto starrte D'Agosta lange an, bevor er sich wieder Pendergast zuwandte. »Ich habe noch nie etwas von einer Gemeinde namens Grant's Tomb gehört«, sagte er dann mit tiefem Zweifel in der Stimme.

»Das wundert mich nicht, es gibt uns noch nicht allzu lange«, erklärte Pendergast. »Wir sind nicht viele und haben uns in den Tunnels unter der Columbia University eingenistet. Von dort aus kann man wunderbar auf dem Campus schnorren gehen.«

Mephisto hörte zu und nickte. Langsam wich der zweifelnde Ausdruck aus seinem Gesicht und wurde durch ein schiefes Grinsen ersetzt, von dem D'Agosta nicht sagen konnte, ob es freundlich oder hinterhältig war. »Verstehe«, murmelte Mephisto. »In diesen unsicheren Zeiten ist uns natürlich jeder Verbündete willkommen. Aber bevor wir uns weiter unterhalten, laßt uns dieses historische Zusammentreffen mit einem kleinen Festmahl feiern.«

Mephisto klatschte in die Hände. »Los, Leute! Bringt Stühle für unsere Gäste! Und legt Holz aufs Feuer! Heckschütze, du holst uns Fleisch!« Ein kleiner, dürrer Mann, den D'Agosta bisher noch nicht bemerkt hatte, löste sich aus dem Schatten neben Mephisto und eilte nach draußen. Ein anderer, der im Schneidersitz zu Mephistos Füßen gehockt war, rappelte sich langsam auf und schlurfte wie in Zeitlupe zum Feuer, wo er ein paar frische Holzscheite auflegte und die Glut mit einem Eisenhaken anschürte. Als ob es nicht auch schon so viel zu heiß wäre, dachte D'Agosta, dem unter seinem schmutzigen Hemd der Schweiß in Strömen den Körper hinabrann.

Ein breitschultriger, muskelbepackter Mann kam mit zwei Obstkisten herein, die er vor Mephistos Stuhl auf den Boden stellte. »Bitte, nehmen Sie Platz, meine Herren«, sagte Mephisto mit einer einladenden Geste.

Während sich D'Agosta vorsichtig niederließ, kam der Mann, den Mephisto als Heckschütze angesprochen hatte, wieder herein und ließ ein schweres, in Zeitungspapier eingeschlagenes Bündel vor dem Feuer auf den Boden fallen. Als er das Papier aufschlug, spürte D'Agosta, wie sich ihm der Magen zusammenkrampfte: Vor ihm lag eine fette Ratte mit halb zerschmettertem Kopf, deren Muskeln noch im Todeskampf zuckten.

»Wunderbar!« rief Mephisto erfreut. »Gerade frisch erlegt, wie ihr seht.« Mit forschenden Blicken musterte er Pendergast. »Ihr eßt doch Gleishasen in eurer Gemeinde?«

»Und ob!« antwortete Pendergast.

D'Agosta bemerkte, wie der breitschultrige Mann mit verschränkten Armen direkt hinter ihnen Aufstellung nahm. Ihm war klar, daß Mephisto sie mit der Ratte auf die Probe stellte. Mephisto griff sich das tote Tier und bohrte ihm einen langen Metallspieß vom After bis zum Maul durch den Körper. Dann hielt er die noch immer schwach zuckende Ratte in die Flammen und brannte ihr das Fell ab, bevor er sie auf einem Metallgestell über dem Feuer langsam weiter rösten ließ. Eine Wolke beißenden Qualms verbreitete sich in dem engen Raum, und D'Agosta sah mit einer Mischung aus Ekel und Faszination, wie der lange Schwanz des Tieres zu einem schwarzen Korkenzieher zusammenschmorte.

Nach einer Weile nahm Mephisto den Spieß wieder vom Feuer und schabte mit einem Messer, das er aus einer Tasche seines Mantels gezogen hatte, die restlichen Haare vom Körper der Ratte. Nachdem er ihr ein paarmal in den Bauch gestochen hatte, um dampfende, übelriechende Gase entweichen zu lassen, legte er den Spieß zurück auf das Gestell über dem Feuer.

»So eine *grand souris en brochette* richtig zuzubereiten ist eine Kunst für sich«, sagte er mit einem zufriedenen Grinsen.

D'Agosta blickte auf das langsam vor sich hin brutzelnde Tier und war sich dabei vollkommen bewußt, daß alle Augen auf ihn und Pendergast gerichtet waren. Er wagte gar nicht daran zu denken, was wohl geschehen würde, wenn er später beim Essen auch nur den leisesten Ekel erkennen ließ.

Zehn Minuten briet die Ratte leise zischend vor sich hin. Niemand sagte ein Wort, und ab und zu drehte Mephisto den Spieß ein kleines Stück weiter, bis er schließlich Pendergast fragend ansah. »Also ich persönlich mag Rattenfleisch am liebsten, wenn es noch etwas blutig ist«, verkündete er. »Und wie steht es mit dir, Whitey?«

»Blutig ist okay«, erwiderte Pendergast so gelassen, als hätte

man ihm in einem besseren Lokal nach seinen Wünschen für ein Steak gefragt.
So eine Ratte ist doch ein Tier wie jedes andere auch, versuchte D'Agosta sich in seiner Verzweiflung einzureden. Das Fleisch wird mich schon nicht umbringen, was man von diesen Kerlen hier ja nicht unbedingt behaupten kann.
Mephisto konnte seine Ungeduld nur schlecht verbergen. »Meinst du, die Ratte ist schon durch?« fragte er Pendergast.
»Bestimmt«, erwiderte der FBI-Agent und rieb sich erwartungsvoll die Hände. »Kommt, laßt uns endlich essen.«
D'Agosta sagte nichts.
»Zu einem solchen Festmahl gehört auch ein guter Tropfen zu trinken!« rief Mephisto, woraufhin ihm einer seiner Untertanen eine halbvolle Flasche Rotwein reichte. Mephisto sah sie voller Abscheu an.
»Ein *guter* Tropfen, habe ich gesagt«, protestierte er und warf die Flasche achtlos beiseite. »Für unsere Gäste nur das Beste!«
Eilig kramte der Mann, den sie Heckschütze nannten, aus einer Ecke des Waggons eine Flasche billigen Sekt hervor und reichte sie seinem Boß zusammen mit drei nicht gerade sauberen Plastikbechern. Mephisto nahm den Spieß vom Feuer und streifte die gebratene Ratte auf die ausgebreitete Zeitung.
»Du bist der Ehrengast, Whitey«, wandte er sich an Pendergast. »Greif zu.«
D'Agosta spürte, wie sich kalte Panik in ihm ausbreitete. Wenn Pendergast jetzt bloß keinen Fehler machte! Mit einem gemischten Gefühl aus Ekel und Bewunderung sah er zu, wie der FBI-Agent die gebratene Ratte in beide Hände nahm, seine Lippen an die Stelle legte, wo Mephisto ihr mit seinem Messer in den Bauch gestochen hatte, und ihr mit einem schlürfenden Geräusch die Eingeweide aus dem Leib sog. D'Agosta spürte, wie ihm der Inhalt seines Magens in die Kehle stieg.
Pendergast fuhr sich mit der Zunge über die Lippen und legte die Zeitung mitsamt der Ratte vor Mephisto auf den Boden.

»Ausgesprochen delikat«, erklärte er.
Mephisto nickte anerkennend. »Interessante Schlürftechnik.«
»Habe ich mir so angewöhnt«, erwiderte Pendergast mit einem Achselzucken. »Auf dem Campus wird eine Menge Rattengift ausgelegt, und am Geschmack der Leber läßt sich sofort erkennen, ob das Tier genießbar ist oder nicht.«
Ein ehrliches Lächeln machte sich auf Mephistos Gesicht breit. »Ein guter Tip«, meinte er. »Den werde ich mir merken.« Dann nahm er sein Messer, schnitt ein großes Stück Fleisch von der Keule der Ratte ab und reichte es D'Agosta.
Jetzt war es soweit. Mit einem raschen Blick auf den Gorilla hinter sich nahm er das Fleisch und schob es sich mit geschlossenen Augen in den Mund. Mit vorgetäuschtem Appetit kaute er darauf herum und schluckte es so rasch hinunter, daß er von dem Geschmack so gut wie nichts mitbekam. Schließlich grinste er Mephisto an und hoffte, daß der Bissen auch wirklich da unten bleiben würde.
»Bravo!« sagte Mephisto, der ihn nicht aus den Augen gelassen hatte. »Ein echter Gourmet!«
Die Situation entspannte sich spürbar. Während D'Agosta sich mit der Hand über den Bauch strich, verwandelte sich das brütende Schweigen in dem Waggon in leises Lachen und geflüsterte Unterhaltungen.
»Ihr müßt mir mein Mißtrauen verzeihen«, erläuterte Mephisto leutselig. »Früher wäre so etwas hier unten undenkbar gewesen, aber wem sage ich das? Die Zeiten haben sich drastisch geändert.«
Mephisto goß die drei Becher voller Sekt und prostete Pendergast und D'Agosta zu. Danach zerschnitt er die Ratte in mehrere große Stücke, die er zwischen sich und seinen Gästen aufteilte.
»Ich möchte euch gerne meine Lieutenants vorstellen«, sagte Mephisto und deutete auf den bulligen Mann hinter ihnen. »Das hier ist Little Harry. Er hat sich seine Leidenschaft für

Pferdewetten mit kleinen Diebstählen finanziert, bis er schließlich nach Attica kam. Dort hat er zwar eine Menge gelernt, aber als er rauskam, fand er weder Wohnung noch Arbeit. Little Harry hat das einzig Richtige getan und ist zu uns in den Untergrund gekommen, bevor er zu seinen schlechten Angewohnheiten zurückfand.«

Mephisto hielt kurz inne und deutete dann auf den Mann, der neben dem Feuer kauerte. »Das ist Boy Alice. Er hat früher einmal an einer Privatschule in Connecticut Englisch unterrichtet, aber als sich seine Frau von ihm scheiden ließ, ging es bergab mit ihm. Er fing an zu saufen, machte Schulden und verlor schließlich seinen Job. Irgendwann einmal stand er auf der Straße, aß in den Suppenküchen und schlief im Obdachlosenasyl. Dort hat er von uns gehört und ist in den Untergrund gekommen. Und dann ist da noch der Heckschütze, der aus Vietnam zurückkam und feststellen mußte, daß das Land, für das er seinen Kopf hingehalten hatte, nichts mehr von ihm wissen wollte.«

Mephisto wischte sich seinen Mund mit der Zeitung ab. »So, mehr braucht euch nicht zu interessieren«, erklärte er. »Schließlich haben wir alle unsere Vergangenheit an der Oberfläche zurückgelassen. Laßt uns also über die Gegenwart reden. Flint hat gesagt, daß ihr mich wegen der Morde sprechen wollt.«

Pendergast nickte. »Seit letzter Woche sind drei unserer Leute verschwunden, und langsam machen wir uns Sorgen um sie. Außerdem haben wir gehört, daß du Unterstützung gegen die Wrinkler suchst, die Menschen jagen und ihnen die Köpfe absäbeln sollen.«

»Das spricht sich offenbar herum. Vor zwei Tagen hat der Philosoph schon Kontakt mit mir aufgenommen. Kennst du ihn?«

Ohne merklich zu zögern, sagte Pendergast: »Nein.«

Mephistos Augen verengten sich. »Seltsam«, wunderte er

sich. »Der Philosoph ist mindestens so bekannt wie ich. Er ist der Anführer der Gemeinden unter der Grand Central Station.«

»Vielleicht werde ich ihn ja eines Tages kennenlernen«, entgegnete Pendergast ungerührt, »aber im Moment bin ich hier und rede mit dir. Ich brauche dringend Informationen, damit ich meine Leute besser schützen kann. Was weißt du über die Morde und die Mörder?«

»Die Morde begannen vor knapp einem Jahr«, erwiderte Mephisto. »Als ersten erwischte es Joe Atcitty. Wir fanden seine Leiche ohne Kopf in der Nähe vom Blockhaus. Dark Annie verschwand als nächste, dann war der Master Sergeant dran. Andere folgten. Manche haben wir gefunden, die meisten aber nicht. Und dann erzählten uns die Mander, daß sich in den Ebenen unter ihnen seltsame Dinge täten.«

Pendergast runzelte die Stirn. »Wer sind die Mander?«

Abermals warf Mephisto ihm einen mißtrauischen Blick zu. »Sag bloß, du kennst die Mander nicht?« Er kicherte heiser vor sich hin. »Du solltest mal auf die Wanderschaft gehen, Whitey, damit du was von der Welt siehst. Die Mander bewohnen die Ebenen unter uns. Sie kommen nie nach oben und verwenden kein Licht. Wie Salamander. Kapiert? Und diese Mander haben uns erzählt, daß sich *unter* ihnen etwas tut.« Mephistos Stimme war jetzt nur noch ein Flüstern. »Sie sagen, daß irgendwer *The Devil's Attic* kolonisiert hat.«

D'Agosta blickte fragend hinüber zu Pendergast, aber der nickte zustimmend. »Die tiefste Ebene unter der Stadt«, murmelte er, wie an sich selbst gerichtet, »der Dachboden des Teufels.«

»Die allertiefste«, bestätigte Mephisto.

»Warst du eigentlich jemals dort unten?« fragte Pendergast so beiläufig wie nur möglich.

Mephisto sah ihn an, als habe Pendergast ihn gefragt, ob er total übergeschnappt sei.

»Aber du glaubst, daß die Leute in *The Devil's Attic* für die Morde verantwortlich sind?«
»Das glaube ich nicht, ich *weiß* es. Während wir uns hier unterhalten, lauern die dort unten nur darauf, daß sie wieder einen von uns in die Finger kriegen«, sagte Mephisto grimmig. »Aber ich bin mir nicht so ganz sicher, ob man sie überhaupt *Leute* nennen kann.«
»Was soll das heißen?« fragte Pendergast, dessen Stimme nun nicht mehr so beiläufig klang.
»Ich habe Gerüchte gehört«, erwiderte Mephisto noch leiser als zuvor. »Man sagt, daß sie nicht umsonst die *Wrinkler* genannt werden.«
»Weißt du, warum man sie so nennt?«
Mephisto gab keine Antwort.
Schließlich fragte Pendergast: »Was sollen wir also tun?«
»Was wir tun sollen?« Ein müdes Lächeln huschte über Mephistos Gesicht. »Diese Stadt wachrütteln, das sollten wir tun! Wir müssen denen da droben verklickern, daß es bald nicht nur wir Maulwürfe sein werden, die von den Wrinklern getötet werden.«
»Und was ist dann?« fragte Pendergast. »Was können die an der Oberfläche gegen die Wrinkler tun?«
Mephisto dachte einen Augenblick lang nach. »Das, was man mit anderem Ungeziefer auch macht: Man vernichtet es in seinem Bau.«
»Das ist leichter gesagt als getan.«
Mephistos harte, funkelnde Augen blickten dem FBI-Agenten direkt ins Gesicht. »Hast du vielleicht eine bessere Idee, Whitey?« zischte er.
Pendergast schwieg eine Weile. »Noch nicht«, sagte er dann.

24

Robert Willson, der Bibliothekar der *New York Historical Society*, warf dem einzigen Besucher im Kartenraum einen irritierten Blick zu. Ein seltsamer Zeitgenosse war das: schwarzer Anzug, blasse Katzenaugen, das weißblonde Haar streng aus der hohen Stirn nach hinten gekämmt. Und er ging Willson gewaltig auf die Nerven. Den ganzen Nachmittag über hatte er immer wieder neue Karten und Pläne einzusehen verlangt und Willson damit ganz schön in Trab gehalten. Jedesmal, wenn sich der Bibliothekar an den Computer gesetzt und sich seiner eigenen Arbeit gewidmet hatte – er wollte *das* Standardwerk über die Fetische der Zuñi verfassen –, war dieser Mann zu ihm gekommen und hatte ihm irgendwelche Fragen gestellt.

Auch jetzt stand er wieder auf und kam mit leisen Schritten herüber. »Entschuldigen Sie«, sagte er in seiner höflichen, aber penetranten Südstaatenmanier.

»Was gibt's denn jetzt schon wieder?« fragte Willson barsch und blickte langsam von seinem Bildschirm auf.

»Tut mir leid, daß ich Sie schon wieder stören muß, aber soviel ich weiß, hatten Vaux und Olmstead bei ihrer Planung für den Central Park auch Kanäle vorgesehen, die das dortige Sumpfland entwässern sollten. Könnte ich die Pläne, die sie damals vorgelegt haben, vielleicht einmal einsehen?«

Willson preßte die Lippen aufeinander. »Der Vorschlag wurde von der Parkkommission abgelehnt«, antwortete er, »und sämtliche Unterlagen dafür sind seit langem verschollen. Jammerschade, aber was will man machen?« Willson seufzte und wandte sich wieder seinem Computer zu. Wirklich jammerschade wäre es, wenn er jetzt nicht endlich mit seiner Arbeit vorankäme.

»Verstehe«, sagte der Besucher, obwohl er Willsons Wink mit

dem Zaunpfahl eigentlich nicht verstanden hatte. »Aber wie wurde dann der Sumpf tatsächlich trockengelegt?«

Willson lehnte sich genervt zurück. »Das, dachte ich, wäre allgemein bekannt. Über das alte Aquädukt an der 86th Street natürlich.«

»Und gibt es irgendwelche Pläne *dafür?*«

»Ja«, bestätigte Willson.

»Dürfte ich die bitte mal sehen?«

Willson seufzte abermals, stand auf und öffnete die schwere Tür zum Kartenarchiv. Dahinter ging es so chaotisch zu wie immer. Obwohl der Raum riesengroß war, bekam Willson dort angesichts der wackeligen, vom Boden bis zur Decke reichenden Metallgestelle voller zusammengerollter Karten und alter Blaupausen regelmäßig Beklemmungen. Als er die gewünschten Pläne gefunden hatte und sie aus dem Regal zog, stieg eine kleine Staubwolke auf, die ihn in der Nase kitzelte. Warum müssen die Leute eigentlich immer die ältesten Karten bestellen? fragte er sich, während er an den langen Regalreihen entlang zurück in den Lesesaal ging.

»Da sind sie«, sagte Willson und legte die Pläne auf die Mahagonitheke. Der Mann nahm sie und trug sie zu seinem Tisch, wo er etwas in ein ledergebundenes Notizbuch schrieb. Der Bursche muß eine Menge Geld haben, dachte Willson säuerlich. So einen Anzug konnte man sich als Professor jedenfalls nicht leisten.

Eine Weile herrschte himmlische Ruhe im Lesesaal, so daß sich Willson ganz seiner Arbeit widmen konnte. Er zog ein paar vergilbte Fotos aus der Schreibtischschublade und machte sich wieder an sein Kapitel über die Bildersprache der verschiedenen Indianerstämme.

Nach ein paar Minuten spürte er, daß der Besucher schon wieder hinter ihm stand. Schweigend drehte Willson sich um. Der Mann beugte sich über den Schreibtisch und deutete auf eine der Fotografien, die einen ziemlich unscheinbaren Stein

mit einer eingeritzten Tierzeichnung zeigte. An den Stein war mit einem Stück Sehne ein dreieckiger Feuerstein gebunden.
»Ich möchte ja nicht aufdringlich sein«, erklärte der Mann, »aber das Tier, das Sie hier als Puma beschreiben, ist in Wirklichkeit ein Grizzlybär.«
Willson blickte in das blasse Gesicht, auf dem ein leises Lächeln lag, und fragte sich, ob sich der Mann wohl einen Scherz mit ihm erlaubte. »Cushing, der diesen Fetisch 1883 gesammelt hat, beschreibt ihn aber eindeutig als Erkennungszeichen des Puma-Klans«, sagte er. »Sie können es gerne nachlesen, wenn Sie mir nicht glauben.« Unglaublich, wer sich heutzutage alles für einen Experten hielt.
»Dann hat Cushing sich geirrt«, behauptete der Mann unbeeindruckt. »Grizzly-Fetische erkennt man daran, daß eine Speerspitze angebunden ist. Bei Puma-Fetischen wäre es eine Pfeilspitze.«
»Und worin liegt der Unterschied?« fragte Willson und setzte sich aufrecht hin.
»Ganz einfach: Ein Puma wurde mit Pfeil und Bogen gejagt, ein Grizzly hingegen mit dem Speer. Und nun sehen Sie sich das Stück Feuerstein auf dem Foto mal an. Für eine Pfeilspitze ist es viel zu groß.«
Willson starrte auf das Foto und schwieg.
»Auch Cushing hat ab und zu einen Fehler gemacht«, sagte der Mann mit sanfter Stimme.
Willson nahm die Fotos und legte sie beiseite. »Ehrlich gesagt, ich vertraue Cushing mehr als einem ...« Er ließ den Satz unvollendet. »Die Bibliothek schließt in einer Stunde.«
»Wenn das so ist, dann hätte ich noch gerne die Pläne für die Gasleitung, die 1956 in der Upper West Side verlegt wurde.«
Willson preßte die Lippen aufeinander. »Welche genau?«
»Alle, falls das möglich ist.«
Das war zuviel. »Tut mir leid«, sagte Willson scharf, »aber das geht nicht. Besucher bekommen grundsätzlich nur zehn Pläne

einer Serie ausgehändigt, so ist es nun mal Vorschrift.« Der Bibliothekar grinste seinen lästigen Besucher triumphierend an.

Der Mann reagierte nicht auf die Provokation, sondern starrte eine Weile gedankenverloren ins Leere, bevor er seine Augen wieder auf Willson richtete.

»Robert Willson«, sagte er und deutete auf das Namensschild an der Brust des Bibliothekars. »Jetzt fällt mir ein, warum mir der Name so vertraut vorkam.«

»Tatsächlich?« fragte Willson verunsichert.

»Aber ja. Oder sind Sie etwa nicht der Robert Willson, der letztes Jahr auf der Konferenz für Navajo-Forschung in Window Rock den ausgezeichneten Vortrag über Bildsteine gehalten hat?«

»Ja, der bin ich«, bestätigte Willson.

»Dachte ich mir's doch. Ich konnte leider nicht selbst nach Window Rock fahren, aber ich habe mir die Protokolle kommen lassen. Ich habe nämlich selbst ein paar private Studien zum Thema religiöse Ikonographie der südwestlichen Stämme betrieben.« Nach einer kurzen Pause fügte der Besucher noch hinzu: »Allerdings bei weitem nicht so ernsthaft wie Sie.«

Willson räusperte sich. »Wenn man sich dreißig Jahre lang einem Thema widmet, läßt es sich wohl nicht vermeiden, daß man einen gewissen Bekanntheitsgrad erreicht«, sagte er dann so bescheiden wie möglich.

Der Besucher lächelte ihn an. »Es ist mir eine Ehre, Ihre Bekanntschaft zu machen. Mein Name ist Pendergast.«

Willson reichte dem Mann die Hand und fand, daß er einen unangenehm laschen Händedruck hatte.

»Es freut mich sehr, Sie bei der Arbeit zu sehen«, erklärte Pendergast. »Die Leute wissen leider immer noch viel zuwenig über die Kultur der Navajos.«

»Da haben Sie recht«, stimmte Willson aus vollem Herzen zu. Er fühlte sich durch Pendergasts Worte sehr geschmeichelt.

Noch nie hatte ein Besucher der Bibliothek auch nur das geringste Interesse für seine Arbeit gezeigt, geschweige denn eine intelligente Meinung darüber geäußert. Auch wenn dieser Pendergast nicht allzuviel von indianischen Fetischen verstand, so war er doch ...

»Ich würde ja liebend gerne weiter mit Ihnen plaudern«, sagte Pendergast, »aber ich fürchte, ich habe Ihnen schon viel zuviel von Ihrer wertvollen Zeit gestohlen.«

»Aber nicht doch«, erwiderte Willson. »Was für Karten wollten Sie gleich noch mal haben? Die von der Gasleitung aus dem Jahr sechsundfünfzig?«

Pendergast nickte. »Und noch etwas hätte ich gerne, wenn es Ihnen nicht zu viele Umstände macht. Ich habe gehört, daß es Pläne für die noch existierenden Tunnels eines in den zwanziger Jahren konzipierten unterirdischen Schnellbahnsystems geben soll, das aber nie in Betrieb ging. Stimmt das?«

Willson machte ein langes Gesicht. »Aber das sind über sechzig Pläne ...«

»Verstehe«, sagte Pendergast zerknirscht. »Und das ist gegen die Vorschrift.«

Willson verzog den Mund zu einem breiten Lächeln. »Na und?« meinte er. »Ich muß es ja schließlich nicht weitersagen. Und vergessen Sie die Öffnungszeiten, ich werde heute noch lange hierbleiben und an meiner Monographie arbeiten. Vorschriften sind schließlich dazu da, daß man sie umgeht, habe ich nicht recht?«

Willson verschwand im Archiv. Zehn Minuten später schob er einen hoch mit Plänen beladenen Aktenwagen zu Pendergasts Arbeitstisch.

25

Als Smithback die große Eingangshalle des Restaurants Four Seasons betrat, war er froh, der Hitze, dem Lärm und dem Gestank der Park Avenue entkommen zu sein. Gemessenen Schrittes näherte er sich der quadratischen Bar, an der er schon so oft gesessen war und sehnsüchtig an dem Gemälde von Picasso vorbei ins unerreichbare Paradies geschaut hatte. Diesmal brauchte er sich nicht an der Bar herumzudrücken, er steuerte vielmehr direkt auf den Oberkellner zu. Die Nennung eines bestimmten Namens genügte, und schon wurde Smithback ins Allerheiligste des berühmten Lokals geleitet.

Obwohl der Pool-Room bis auf den letzten Platz besetzt war, sorgte schon allein die schiere Größe des Raumes für eine ruhige und entspannte Atmosphäre. Der Oberkellner führte Smithback an Industriemagnaten, Immobilienhaien und Zeitungszaren vorbei zu einem der begehrten Tische direkt neben dem Springbrunnen, wo Mrs. Wisher bereits Platz genommen hatte.

»Mr. Smithback«, sagte sie. »Danke, daß Sie gekommen sind. Bitte, setzen Sie sich doch.«

Während Smithback sich auf dem Stuhl gegenüber niederließ, blickte er sich nach allen Seiten um und hoffte, daß ihm genügend Zeit blieb, um dieses Mittagessen auch wirklich zu genießen. Um sechs Uhr war Redaktionsschluß, und er hatte noch nicht allzuviel von seinem Artikel für die morgige Ausgabe der *Post* geschrieben.

»Trinken Sie ein Glas Amarone mit mir?« fragte Mrs. Wisher, die eine frisch gestärkte safranfarbene Bluse und einen dunklen Faltenrock trug.

»Gerne«, antwortete Smithback und sah ihr in die Augen. Diesmal fühlte er sich in Mrs. Wishers Gegenwart sehr viel wohler als bei ihrer letzten Begegnung in ihrer abgedunkelten Wohnung, wo er stocksteif auf dem Sofa gesessen und sich in Grund und Boden geschämt hatte. Jetzt, nachdem er ihrer toten Tochter den Beinamen »Engel von Central Park South« gegeben, seinen Chefredakteur zum Aussetzen der Belohnung bewegt und auch noch den wohlwollenden Artikel über die Demonstration auf der Grand Army Plaza geschrieben hatte, war ihm Mrs. Wishers Wertschätzung gewiß.

Mrs. Wisher winkte den Weinkellner herbei und wartete, bis dieser Smithbacks Glas gefüllt und sich wieder zurückgezogen hatte. »Mr. Smithback«, begann sie dann, »Sie werden sich sicher fragen, weshalb ich Sie zum Mittagessen eingeladen habe.«

»Da haben Sie recht«, erwiderte Smithback und probierte den Wein, der ausgezeichnet war.

»Dann will ich Sie nicht lange raten lassen. In dieser Stadt werden sich demnächst gewisse Ereignisse zutragen, und ich möchte, daß Sie sie dokumentieren.«

»Ich?« fragte Smithback und stellte sein Weinglas ab.

Mrs. Wishers Mundwinkel hoben sich leicht. Fast sah es so aus, als würde sie lächeln. »Ich dachte mir schon, daß Sie das überraschen würde. Aber Sie müssen wissen, Mr. Smithback, daß ich seit unserem letzten Treffen Erkundigungen über Sie eingezogen habe. Und außerdem habe ich mir Ihr Buch über die Museumsmorde besorgt.«

»Sie haben sich tatsächlich ein Exemplar gekauft?« fragte Smithback hoffnungsfroh.

»Nein, ich habe es mir in der städtischen Bücherei ausgeliehen. Spannend geschrieben, meine Hochachtung. Ich wußte gar nicht, daß Sie damals mittendrin im Geschehen waren.«

Smithback warf einen raschen Blick auf ihr Gesicht, konnte aber keine Anzeichen von Sarkasmus entdecken.

»Ihren Artikel über die Demonstration habe ich auch gelesen«, fuhr Mrs. Wisher fort. »Er hatte einen positiven Grundtenor,

den ich bei so manch anderem Blatt vermißt habe. Und dann wollte ich mich noch bei Ihnen bedanken.«
»Bedanken? Wofür?« fragte Smithback und wurde ein wenig nervös.
»Nun, schließlich haben Sie mich davon überzeugt, daß sich hier in New York nur dann etwas verändert, wenn man der Stadtverwaltung auf die Füße steigt. Erinnern Sie sich noch daran, was Sie bei unserem ersten Treffen gesagt haben? ›Die Menschen in dieser Stadt nehmen etwas erst dann wahr, wenn man es ihnen um die Ohren haut.‹ Wenn Sie nicht gewesen wären, würde ich jetzt wohl noch immer in meinem Wohnzimmer sitzen und fruchtlose Beschwerdebriefe an den Bürgermeister schreiben, anstatt meinen Schmerz in etwas Nutzbringendes zu verwandeln.«
Smithback nickte. An dem, was die Frau sagte, war etwas dran.
»Seit der Demonstration hat unsere Bewegung enormen Zustrom bekommen«, erklärte Mrs. Wisher. »Wir haben mit unserem Anliegen offenbar einen Nerv getroffen. Viele Menschen haben sich zusammengetan, Menschen mit viel Macht und beträchtlichem Einfluß. Aber das bedeutet noch lange nicht, daß sich unsere Botschaft nicht auch an den ganz normalen Mann auf der Straße richtet. Und genau den können wir über Ihre Zeitung erreichen.«
Smithback wurde zwar nur ungern daran erinnert, daß er hauptsächlich von kleinen Leuten gelesen wurde, aber er ließ es sich nicht anmerken. Außerdem hatte Mrs. Wisher ja völlig recht.
»Deshalb möchte ich Ihnen folgenden Vorschlag machen«, fuhr sie fort und legte ihre kleinen, perfekt manikürten Finger auf das Tischtuch. »Ich werde Ihnen zu jeder Aktion, die wir in Zukunft planen, privilegierten Zugang verschaffen. Die meisten dieser Aktionen werden ohne offizielle Anmeldung erfolgen, damit die Verwaltung erst dann davon erfährt, wenn sie keine wirksamen Gegenmaßnahmen mehr ergreifen kann. Sie

werden als einziger Journalist darüber informiert, was wann, wo und wie laufen wird. Wenn Sie wollen, können Sie bei den Demonstrationen immer in meiner unmittelbaren Umgebung sein und somit aus dem Mittelpunkt des Geschehens berichten. Sammeln Sie Erfahrungen aus nächster Nähe, und hauen Sie sie Ihren Lesern um die Ohren.«

Smithback hatte Mühe, seine Begeisterung im Zaum zu halten. Das war doch zu schön, um wahr zu sein!

»Ich könnte mir auch vorstellen, daß Sie vielleicht wieder mal ein Buch schreiben wollen«, fuhr Mrs. Wisher fort. »Nach dem erfolgreichen Abschluß unserer Aktion ›Säubert New York‹ haben Sie meinen Segen dazu. Ich selbst werde mich für Interviews zur Verfügung stellen, und Hiram Bennett, der Chef von Arcadia House, ist einer meiner engsten Freunde. Ich könnte mir vorstellen, daß er großes Interesse an einem solchen Manuskript hätte.«

Großer Gott, dachte Smithback. Hiram Bennett war einer der einflußreichsten Verleger der Stadt. Er konnte sich schon ausmalen, wie Arcadia House und Octavo, der Verlag, der sein Buch über die Museumsmorde herausgebracht hatte, sich gegenseitig überboten. Er würde seinen Agenten die Rechte richtiggehend versteigern lassen – mit einem unteren Limit von zweihundert Riesen – oder halt, besser zweihundertfünfzig – und zehn Prozent Beteiligung und ...

»Als Gegenleistung dafür verlange ich folgendes«, riß ihn Mrs. Wishers kühle Stimme in die Realität zurück: »Ich möchte, daß Sie sich von nun an ausschließlich der Berichterstattung über die Aktion ›Säubert New York‹ widmen. Damit meine ich, daß sich alle Ihre Zeitungsartikel einzig und allein auf dieses Thema konzentrieren.«

»Wie bitte?« fragte Smithback ungläubig. »Aber ich bin Kriminalreporter, Mrs. Wisher, und als solcher habe ich Verpflichtungen gegenüber meiner Redaktion.« Seine Träume von schriftstellerischem Ruhm verflogen so rasch, wie sie gekommen waren, und wichen dem Bild seines tobenden Chefredakteurs, der auf der Ablieferung der vereinbarten Artikel bestand. Mrs. Wisher nickte. »Das weiß ich. Aber machen Sie sich keine Sorgen, denn bald wird es nichts Wichtigeres in dieser Stadt mehr geben als unsere Aktion. Sobald wir unsere Planung abgeschlossen haben, teile ich Ihnen die Einzelheiten mit. Vertrauen Sie mir, diese Zusammenarbeit wird für beide Seiten äußerst fruchtbar sein.«

Smithback dachte rasch nach. In ein paar Stunden mußte sein Artikel über das, was er bei der Museumskonferenz belauscht hatte, in Druck gehen. Er hatte ihn ohnehin schon aufgeschoben, weil er – leider vergeblich – auf weiterführende Informationen gehofft hatte. Aber auch so würde ihm diese Geschichte endlich die langersehnte Gehaltserhöhung bringen und diesem Schnösel von Harriman ein für allemal den Wind aus den Segeln nehmen.

Aber würde sie das wirklich? Die groß angekündigte Belohnung hatte keine brauchbaren Hinweise ergeben, und seine Geschichte über Mephisto hatte nicht das Echo gefunden, das er sich eigentlich erhofft hatte. Was den Artikel anlangte, den er heute schreiben wollte, so war Smithback sich nicht sicher, ob er nach der Veröffentlichung nicht Scherereien wegen seines unerlaubten Eindringens in das Museum bekommen würde. Außerdem war die Verbindung zwischen Brambells Ermordung und dessen Enthüllungen während des Vortrags, die er in seinem Artikel ziehen wollte, nur schwer zu beweisen. Der Vorschlag hingegen, den Mrs. Wisher ihm soeben unterbreitet hatte, barg möglicherweise mehr und journalistischeren Sprengstoff als der für morgen geplante Museumsartikel. Smithbacks Reporterinstinkt sagte ihm, daß es sich dabei möglicherweise um einen echten Glücksfall handelte. Vielleicht konnte er sich ja krank melden und Murray ein paar Tage lang hinhalten. Und dann würde er ihn mit einer Geschichte überraschen, die es wirklich in sich hatte.

Smithback blickte auf. »In Ordnung, Mrs. Wisher, ich mache mit.«
»Nennen Sie mich doch Anette«, sagte Mrs. Wisher und blickte ihm mit einem Anflug von Lächeln in die Augen, bevor sie ihre Aufmerksamkeit der Speisekarte zuwandte. »Und jetzt lassen Sie uns bestellen. Ich würde Ihnen die Kammuscheln mit Kaviar an Zitronenschaum empfehlen. Die sind hier nämlich ganz ausgezeichnet.«

26

Als Hayward in die 72nd Street einbog, blieb sie einen Augenblick stehen und starrte verwundert auf das sandfarbene Gebäude vor sich. Nachdem sie einen Zettel aus ihrer Tasche geholt und sich vergewissert hatte, daß die Hausnummer auch wirklich stimmte, musterte sie das Anwesen noch einmal eingehend. Das war also das legendäre Dakota, von dem sie schon oft gehört hatte. Mit eigenen Augen freilich sah sie es jetzt zum erstenmal, denn Hayward kam nur selten in die Upper West Side.
Mit seinen neun Stockwerken, die von zwei riesigen Giebeln wie von indigniert nach oben gezogenen Augenbrauen gekrönt wurden, sah das Dakota aus, als wäre es soeben einem Cartoon von Charles Addams entsprungen. Das Verrückteste an dem Haus war jedoch sein schiefergedecktes Dach, aus dem eine Unzahl von Kaminen, Türmen und Türmchen mit Kupferhauben in den Himmel ragten. Fehlt nur noch eine Dachterrasse, dachte Hayward, oder vielleicht wären Zinnen und Schießscharten ja noch passender. Dieses Dakota wurde seinem seltsamen Namen vollauf gerecht.
Hayward steuerte eine Art Wachhäuschen in einem hohen,

bogenförmigen Durchgang an und meldete sich dort beim Portier, der ihren Namen notierte und einen Anruf tätigte. »Gehen Sie in den Innenhof, und fahren Sie mit dem Aufzug in der südwestlichen Lobby in den fünften Stock«, sagte er, nachdem er aufgelegt hatte, und erklärte Hayward den Weg.

Nachdem sie durch den langen, dunklen Durchgang in einen großen Innenhof gelangt war, blieb sie kurz stehen und betrachtete den leise vor sich hin plätschernden bronzenen Brunnen, der so gar nicht ins hektische Manhattan passen wollte. Dann wandte sie sich nach rechts und steuerte in eine kleine Eingangshalle, wo sie mit einem Aufzug in den fünften Stock fuhr.

Oben angekommen, trat Hayward hinaus in einen mit dunklem Holz getäfelten Flur. Als sich die Tür des Aufzugs hinter ihr schloß, befand sie sich auf einmal in völliger Finsternis. Einen Augenblick lang fragte sie sich, ob sie vielleicht im falschen Stockwerk ausgestiegen war, dann hörte sie etwas rascheln und griff instinktiv nach ihrem Dienstrevolver.

Eine Tür öffnete sich, und ein schwacher Lichtschein fiel in den kleinen Vorraum. »Sergeant Hayward, wie schön, daß Sie da sind. Kommen Sie doch bitte herein«, sagte eine Stimme, die Hayward immer und in jeder Situation als die von Special Agent Pendergast erkannt hätte.

Pendergast bat Hayward in ein nicht allzu großes Zimmer, das durch seine hohe Decke und die muschelförmigen Bronzelampen mit hauchdünnen Achatscheiben sehr elegant wirkte. Drei Wände waren in dunklem Altrosa gestrichen und mit schwarzem Stuck verziert, während die vierte zur Gänze aus schwarzem Marmor bestand, über den auf seiner gesamten Fläche eine dünne Schicht Wasser floß und unten mit einem leisen Gurgeln in einem kleinen Rost am Fuß der Wand verschwand. Die Installation vermittelte den Eindruck von lebendigem, sich bewegendem Glas. Im Raum verteilt standen ein paar kleinere

Ledersofas, deren Füße in einem dicken Teppich versanken. An den Wänden hingen ein paar Bilder, und auf glänzenden Lacktischchen standen kleine, seltsam verdreht und knorrig aussehende Pflanzen. Nirgends in dem makellos sauberen Raum war auch nur das geringste Staubkörnchen zu sehen. Obwohl Hayward klar war, daß das nicht die ganze Wohnung sein konnte, gelang es ihr nicht, an einer der Wände auch nur die Spur einer Tür zu entdecken.

»Setzen Sie sich doch, Ms. Hayward«, sagte Pendergast. »Darf ich Ihnen vielleicht eine kleine Erfrischung anbieten?«

»Nein, danke«, erwiderte Hayward und wählte das Sofa, das der Tür am nächsten stand. Nachdem sie sich in das leise knarzende schwarze Leder hatte sinken lassen, betrachtete sie das impressionistische Gemälde an der Wand gegenüber. Es stellte mehrere Heuhaufen im rötlichen Licht eines Sonnenuntergangs dar und kam ihr irgendwie bekannt vor. »Eine schöne Wohnung haben Sie«, sagte sie. »Obwohl das Haus auf den ersten Blick ja ein wenig unheimlich wirkt.«

»Wir Bewohner bezeichnen es lieber als exzentrisch«, sagte Pendergast, »obwohl die meisten Leute wohl eher Ihre Meinung teilen dürften. Wissen Sie übrigens, weshalb es Dakota heißt? Ganz einfach: Im Jahr 1888, als es erbaut wurde, lag es so weit draußen vor der Stadt, daß die Leute diese Gegend im Scherz mit den Indianerterritorien im Westen verglichen. Ich schätze an diesem Haus seine Solidität, die mir ein Gefühl von Beständigkeit vermittelt. Immerhin hat es fast achtzig Zentimeter dicke Grundmauern und steht auf massivem Felsgestein. Aber ich schweife ab. Schließlich sind Sie nicht hier, um mit mir über die Architektur des 19. Jahrhunderts zu plaudern. Ehrlich gesagt bin ich froh, daß Sie meiner Einladung überhaupt gefolgt sind.«

»Machen Sie Witze?« fragte Hayward. »Wer wird schon die Gelegenheit ausschlagen, Special Agent Pendergasts heilige Hallen zu besichtigen? Sie sind schließlich so was wie eine

Legende bei der Polizei von New York. Behaupten Sie jetzt bloß nicht, daß Ihnen das nicht bekannt ist.«

»Sie schmeicheln mir, Ms. Hayward«, erwiderte Pendergast und ließ sich auf einem Sofa nieder. »Aber mehr als diesen einen Raum hier werden Sie leider nicht besichtigen können. Selbst das ist schon eine Ausnahme, denn ich lade ganz selten Gäste ein. Angesichts dessen, was ich mit Ihnen zu besprechen habe, fand ich es allerdings angebracht.«

»Und warum das?« fragte Hayward, während sie ihre Blicke durch den Raum schweifen ließ. Als sie die Pflanze auf dem Lacktisch neben Pendergasts Sofa sah, riß sie die Augen auf. »He, das ist ja ein Bonsai! Ein kleiner japanischer Baum! Mein Sensei im Karate-Dojo hat auch ein paar davon.«

»Der hier ist ein *Ginkgo biloba*«, erklärte Pendergast. »Das einzige noch existierende Mitglied einer Baumfamilie, die es schon in der Urzeit gab. Und rechts neben Ihnen steht eine Gruppe von Zwergahornen. Im Herbst färbt ein jeder von ihnen sein Laub zu einer anderen Zeit gelb. Allein an diesem Arrangement habe ich neun Jahre lang gearbeitet. Ihr Sensei könnte Ihnen sicherlich erzählen, daß man Bonsaigruppen nach und nach pflanzt, und zwar immer so, daß sich eine ungerade Zahl ergibt. Erst wenn man Mühe hat, die einzelnen Stämme zu zählen, ist man fertig.«

»Neun *Jahre?*« wiederholte Hayward ungläubig. »Dann müssen Sie ja eine Menge Freizeit haben.«

»Leider nicht. Aber Bonsais sind eine meiner Leidenschaften. Diese Mischung aus Künstlichkeit und Natur finde ich zutiefst faszinierend, und darüber hinaus ist ihre Pflege eine Kunst, in der man es nie zur Vollendung bringt.« Pendergast schlug ein Bein übers andere. Das Schwarz seines Anzugs hob sich kaum von der Farbe des Ledersofas ab. »Aber jetzt lassen Sie uns zum Grund meiner Einladung kommen«, sagte er. »Sie haben mich vorhin gefragt, weshalb ich Sie hierher gebeten habe. Der Grund ist ganz einfach: Ich will von Ihnen mehr über die

Obdachlosen im Untergrund erfahren, und das müssen Leute wie Captain Waxie nicht unbedingt mitbekommen.«

Hayward saß da ohne ein Wort.

»Sie haben mit diesen Menschen gearbeitet«, fuhr Pendergast fort. »Sie haben sie *studiert*. Sie sind eine Expertin auf diesem Gebiet. Ihr Wissen ist sehr wertvoll.«

»Mit dieser Meinung stehen Sie aber ziemlich alleine da.«

»Wer auch nur ein wenig darüber nachdenkt, müßte mir eigentlich zustimmen. Wie dem auch sei, ich kann verstehen, daß es Ihnen nicht angenehm ist, wenn Ihre Kollegen von Ihrer Doktorarbeit erfahren. Auch aus diesem Grund fand ich es besser, wenn wir diese Angelegenheit außerhalb Ihrer Dienstzeit und weit weg von Ihrer Dienststelle besprechen.«

Hayward mußte zugeben, daß Pendergast recht hatte. In diesem seltsamen Zimmer mit seiner herben Schönheit und dem beruhigend vor sich hin murmelnden Wasserfall fühlte sie sich so weit von Waxie, Horlocker und D'Agosta entfernt wie vom Mond. Sie ließ sich tiefer in das verführerisch weiche Sofa sinken und spürte, wie sich ihr angeborenes Mißtrauen immer mehr verflüchtigte. Einen Augenblick lang überlegte sie, den unbequemen Dienstgürtel abzunehmen, war dann aber zu faul, um extra aufzustehen.

»Ich war selbst erst zweimal im Untergrund«, erklärte Pendergast. »Das erste Mal, um meine Verkleidung zu testen, und das zweite Mal auf der Suche nach Mephisto. Als ich schließlich mit ihm sprechen konnte, wurde mir klar, daß ich viele Dinge dort unterschätzt hatte, darunter auch die Ausstrahlung dieses Mannes und die Zahl seiner Anhänger.«

»Niemand kann genau sagen, wie viele Menschen unter dieser Stadt leben«, sagte Hayward. »Aber es sind mehr, als man gemeinhin annimmt, das steht fest. Von Mephisto weiß ich, daß er der bekannteste Anführer der Maulwürfe ist. Seine Gemeinde ist die größte im Untergrund und soll sich aus mehreren unterschiedlichen Gemeinden zusammensetzen, die sich um einen harten Kern aus Vietnam-Veteranen, Anarchisten und Überbleibseln der radikalen Studentenbewegung aus den sechziger Jahren zusammengeschlossen haben. Nachdem die ersten enthaupteten Leichen gefunden wurden, sind einige kleinere Gruppen zu ihnen gestoßen, die davor noch selbständige Gemeinden waren. Inzwischen hat Mephisto fast das ganze tiefere Tunnelsystem unterhalb des Central Parks unter Kontrolle.«

»Was mich erstaunt hat, war die Vielfalt an unterschiedlichen Menschen, die man dort trifft«, fuhr Pendergast fort. »Bisher hatte ich immer gedacht, daß es eigentlich nur bestimmte Typen in den Untergrund treibt.«

»In gewisser Weise stimmt das auch«, entgegnete Hayward, »denn nicht alle Obdachlosen gehen in den Untergrund. Es sind hauptsächlich diejenigen, die etwas gegen Suppenküchen haben und nicht gerne in Asylen oder auf Lüftungsgittern schlafen. Es sind mehr die Einzelgänger und die abgefahrenen Typen, die es erst in die U-Bahn-Tunnels und dann noch weiter in die Tiefe zieht. Glauben Sie mir, unter dieser Stadt gibt es mehr verborgene Orte, als Sie sich träumen lassen.«

Pendergast nickte. »Schon bei meinem ersten Trip hat mich die riesige Ausdehnung des Tunnelsystems verblüfft. Ich fühlte mich wie auf einer Expedition in vollkommen unerforschtes Gebiet.«

»Und dabei kennen Sie nur einen Bruchteil davon. Im Untergrund von New York existieren über dreitausend Kilometer aufgelassener oder nur halb fertig gebauter Tunnels, zusätzlich zu den achttausend Kilometern, die noch in Betrieb sind. Dazu jede Menge unterirdischer Räume, die man zugemauert oder vergessen hat.« Hayward zuckte mit den Achseln. »Und dann hört man immer wieder Gerüchte von geheimen Atombunkern, die das Pentagon angeblich in den fünfziger Jahren für die Bosse der Wallstreet hat anlegen lassen. In manchen von ihnen soll es noch fließendes Wasser, elektrisches Licht und riesige Vorräte an Konservendosen geben. Darüber hinaus hört man von gigantischen Maschinenräumen mit verrosteten Turbinen und längst vergessenen Kanalisationssystemen, die so alt sein sollen, daß sie noch hölzerne Rohre haben. Da unten liegt eine ganze gottverdammte Welt.«

Pendergast beugte sich auf seinem Sofa nach vorne. »Sergeant Hayward«, fragte er mit leiser Stimme, »haben Sie jemals von *The Devil's Attic* gehört?«

Hayward nickte. »Ja, sicher.«

»Können Sie mir sagen, wo das ist und wie ich zu diesem Dachboden des Teufels komme?«

Hayward ließ sich mit ihrer Antwort Zeit. »Nein, tut mir leid«, sagte sie schließlich. »Ich habe die Obdachlosen zwar häufig darüber reden hören, aber nie konkret. Ich habe diese Geschichten eigentlich immer als reine Erfindung abgetan, denn dort unten wird eine Menge Schwachsinn erzählt.«

»Gibt es denn niemanden, der mehr darüber weiß?«

Hayward rutschte auf ihrem Sofa herum. »Vielleicht sollten Sie mal Al Diamond fragen«, sagte sie und blickte hinauf zu dem Gemälde mit den Heuhaufen. Seltsam, dachte sie, wie genau man eine Stimmung nur mit ein paar Farbklecksen wiedergeben kann. »Er ist Ingenieur bei den Stadtwerken und eine Kapazität auf seinem Gebiet. Er wird immer dann gerufen, wenn im Untergrund ein Wasserrohr bricht oder ein neuer Gastunnel gebohrt werden muß.« Hayward hielt einen Augenblick inne. »Allerdings habe ich schon längere Zeit nichts mehr von ihm gehört. Vielleicht hat er ja den Löffel abgegeben.«

»Wie bitte?«

»Vielleicht ist er inzwischen gestorben. Ich habe ihn jedenfalls schon lange nicht mehr im Untergrund gesehen.«

Eine Weile war es so still in dem Raum, daß Hayward nur das leise Murmeln des Wasserfalls hörte. »Wenn die Morde wirklich von Lebewesen begangen wurden, die sich in den untersten Tunnels eingenistet haben, dann dürfte es die große

Anzahl von Obdachlosen sehr schwer machen, sie alle zu beschützen«, meinte Pendergast schließlich.
Hayward wandte den Blick von dem Bild an der Wand und richtete ihn auf den FBI-Agenten. »Und dabei ist es jetzt dort unten geradezu leer.«
»Wie meinen Sie das?«
»Warten Sie erst einmal bis Ende Oktober. Dann strömen die Obdachlosen erst richtig in den Untergrund, weil sie Angst vor dem kalten Winter haben. Wenn Sie mit Ihrer Theorie recht haben, dann wissen Sie ja, was das bedeutet.«
»Nein, das weiß ich nicht«, entgegnete Pendergast. »Erklären Sie es mir.«
»Es bedeutet, daß die Jagdsaison dann eröffnet ist«, antwortete Hayward und sah wieder hinauf zu dem Gemälde.

27

Das heruntergekommene Industriegebiet endete vor einem aus Schotter aufgeschütteten Kai, der schon halb im schmutzigbraunen Wasser des East River versunken war. Von hier aus konnte man nicht nur Roosevelt Island und die Brücke an der 59th Street sehen, sondern auch die Gebäude der Vereinten Nationen und die luxuriösen Wohnblocks am gegenüberliegenden Ufer. Toller Blick, dachte D'Agosta, als er aus seinem zivilen Polizeifahrzeug stieg. Viel zu schön für diese lausige Gegend.
Die heiße Augustsonne brannte auf die müllübersäte Straße herab, weichte die vielfach geflickte Teerdecke auf und schickte wabernde Hitzeschlieren in die Luft. Während D'Agosta seine Krawatte lockerte und den obersten Hemdknopf öffnete, las er noch einmal die Adresse, die man ihm im Personalbüro

des Museums gegeben hatte: Long Island City, 34th Avenue Nummer 11-46. Mit einem Blick auf die umliegenden Gebäude fragte er sich, ob er hier wirklich richtig war. Diese Gegend war alles andere als ein Wohnviertel. Ringsum gab es nichts als alte Lagerhäuser und verlassene Fabriken. Selbst jetzt, kurz vor zwölf Uhr mittags, war es hier bis auf einen altersschwachen Lastwagen, der gerade von einer Laderampe am anderen Ende der Straße wegfuhr, wie ausgestorben. D'Agosta schüttelte den Kopf. Schon wieder so eine gottverdammte Sackgasse. Kein Wunder, wo Waxie ihn nur mit den Aufgaben betraute, denen er die geringste Bedeutung beimaß.

Von der massiven Metalltür mit der Nummer 11-46 blätterte der verkratzte schwarze Lack in mehreren Schichten ab. Die Tür sah aus wie alle anderen auch in dieser Straße. D'Agosta drückte den dreckverschmierten Klingelknopf und trommelte, als ihm niemand aufmachte, mit der Faust an die Tür. Nichts. Nachdem er eine Weile gewartet hatte, ging er um die Ecke in eine schmale Seitenstraße und kletterte auf ein paar Rollen zerbröselnder Dachpappe, die vor einem Fenster des Lagerhauses lagen. Erst als er mit seiner Krawatte ein kleines Guckloch in die dicke Staubschicht auf der Scheibe gewischt hatte, konnte er durch das von vielen Sprüngen durchzogene drahtverstärkte Glas einen Blick ins Innere des Gebäudes werfen.

Der große, vom gedämpften Sonnenlicht nur schwach erhellte Raum war bis auf eine kleine Empore am anderen Ende, auf der sich früher wohl einmal ein kleines Büro befunden hatte, vollkommen leer.

Aus dem Augenwinkel nahm D'Agosta auf einmal eine Bewegung in der schmalen Gasse wahr. Er fuhr herum und sah, wie ein Mann mit einem langen Küchenmesser in der Hand auf ihn zurannte. Sofort sprang D'Agosta von der Dachpappe und zog seinen Revolver aus dem Schulterhalfter. Als der Mann die Waffe sah, blieb er stehen, überlegte einen Augenblick und rannte dann in die Richtung davon, aus der er gekommen war.

»Halt!« schrie D'Agosta. »Polizei!«
Der Mann blieb abermals stehen und drehte sich langsam um. Zu D'Agostas Erstaunen lag ein amüsierter Ausdruck auf seinem Gesicht. »Ein Cop!« sagte er kopfschüttelnd. »Wie kommt ein Cop in diese Gegend?«
Der Mann, der ihn mit einem sarkastischen Grinsen herausfordernd anstarrte, war eine der seltsamsten Gestalten, die D'Agosta je gesehen hatte: braunes Jutehemd, durchlöcherte rote Leinenturnschuhe, ein dünnes Ziegenbärtchen, eine kleine, runde Trotzky-Brille und als Krönung des Ganzen ein kahlgeschorener, knallgrün bemalter Glatzkopf.
»Messer fallen lassen!« befahl D'Agosta.
»Okay, Mann, immer mit der Ruhe. Ich dachte, Sie wären ein Einbrecher.«
»Haben Sie nicht gehört? Sie sollen das verdammte Messer fallen lassen!«
Das Grinsen verschwand aus dem Gesicht des Mannes. Er warf das Messer zwischen sich und D'Agosta auf den Boden.
D'Agosta kickte es mit dem Fuß zur Seite. »Und jetzt langsam umdrehen, Beine spreizen und beide Hände an die Wand.«
»He, was soll das? Wir sind hier nicht in einem Polizeistaat.«
»Wird's bald?«
Der Mann gehorchte widerwillig. Als D'Agosta ihn abtastete, fand er nichts weiter als eine Brieftasche, die er an sich nahm und aufklappte. Im Führerschein des Mannes war die Adresse gleich neben der leeren Lagerhalle angeführt.
D'Agosta steckte den Revolver zurück in sein Halfter und gab dem Mann die Brieftasche zurück. »Ist Ihnen klar, daß ich Sie vorhin fast erschossen hätte, Mr. Kirtsema?«
»He, woher sollte ich denn wissen, daß Sie ein Cop sind? Ich dachte, Sie wollten hier einbrechen.« Der Mann trat von der Mauer weg und rieb sich die Hände. »Sie können sich ja gar nicht vorstellen, wie oft man mich schon beraubt hat. Und wo

war da die Polizei? Ihr Feiglinge fahrt ja nicht einmal mehr hier heraus, wenn man euch ruft. Sie sind der erste Cop, der sich seit Monaten hierher traut, und das ...«

D'Agosta schnitt ihm mit einer ungeduldigen Handbewegung das Wort ab. »Passen Sie in Zukunft trotzdem besser auf. Außerdem haben Sie keine Ahnung, wie man mit einem Messer umgeht. Ein echter Einbrecher hätte Sie vermutlich längst umgebracht.«

Der Mann rieb sich die Nase und murmelte etwas Unverständliches.

»Sie wohnen nebenan?« fragte D'Agosta, der sich noch immer nicht an die grüne Glatze des Mannes gewöhnt hatte. Er hatte große Mühe, nicht ständig draufzustarren.

Der Mann nickte.

»Wie lange schon?«

»So etwa drei Jahre. Vorher hatte ich einen Loft in Soho, aber da hat man mich rausgeschmissen. Das hier ist so ziemlich der einzige Ort in der Stadt, wo ich ungestört meiner Arbeit nachgehen kann.«

»Was machen Sie denn?«

»Das läßt sich schwer in Worte fassen«, sagte der Mann, dessen Stimme auf einmal sehr viel mißtrauischer klang. »Außerdem weiß ich nicht, ob ich überhaupt mit Ihnen reden soll. Sie haben mir ja noch nicht einmal Ihren Ausweis gezeigt.«

D'Agosta griff in seine Hosentasche und hielt dem Mann wortlos seine Dienstmarke vor die Nase.

»Aha, von der Mordkommission«, sagte der Mann. »Ist hier in der Gegend jemand getötet worden?«

»Nein. Könnten wir vielleicht hineingehen und alles weitere drinnen besprechen?«

Der Mann beäugte D'Agosta mißtrauisch. »Soll das eine Durchsuchung sein? Dazu bräuchten Sie doch einen Haussuchungsbefehl, oder nicht?«

D'Agosta schluckte seinen Ärger hinunter. »Ich bitte Sie lediglich, mich freiwillig in Ihre Wohnung zu lassen, Mr. Kirtsema. Ich möchte Ihnen ein paar Fragen über Mr. Kawakita stellen, den Mann, der in diesem Lagerhaus gewohnt hat.«

»Ach, so heißt der? Das ist vielleicht ein seltsamer Kerl.« Kirtsema ging hinüber zu dem nächsten Lagerhaus und sperrte auf. Das Innere war cremeweiß gestrichen, und entlang der Wände standen mehrere seltsam geformte Metallbehälter, die bis zum Rand mit allem möglichen Schrott gefüllt waren. In einer Ecke streckte eine verwelkte Palme ihre toten Wedel in die Luft, und in der Mitte des Raumes hingen unzählige schwarze Fäden von der Decke bis auf den Boden. D'Agosta hatte das Gefühl, in einen gespenstischen Urwald geraten zu sein. Ein Feldbett, eine Herdplatte und eine offen dastehende Kloschüssel nebst Waschbecken an der Rückwand des Lagerhauses waren die einzigen Anzeichen dafür, daß dieser Raum von einem menschlichen Wesen bewohnt wurde.

»Was ist denn das?« fragte D'Agosta und nahm ein Bündel von den Fäden in die Hand.

»Um Gottes willen, nicht *durcheinanderbringen!*« rief Kirtsema aus und stieß D'Agosta zur Seite, um den Schaden zu reparieren.

»Sie dürfen sich nie *berühren*«, erklärte er in weinerlichem Ton, während er die Fäden wieder entwirrte.

D'Agosta trat einen Schritt zurück. »Ist das eine Art Experiment, oder was?«

»Nein, es ist Kunst. Eine künstliche Wirklichkeit, eine Nachbildung des Dschungels, in dem wir alle leben.«

D'Agosta betrachtete die Fäden mit ungläubigen Blicken. »Das soll Kunst sein? Ja, wer sieht sich denn so was an?«

»Das ist *konzeptionelle* Kunst«, erklärte Kirtsema ungehalten. »Die soll gar nicht gesehen werden. Es genügt vollkommen, daß sie existiert. Daß sich die Fäden niemals berühren, hat eine tiefere Bedeutung. Sie symbolisieren uns Menschen, die auch nicht wirklich miteinander in Kontakt kommen, niemals wirklich miteinander kommunizieren. Wir sind alleine, verstehen Sie? Allein auf unserer Reise durch den Kosmos, wo uns niemand sieht. Genausowenig wie dieses Kunstwerk hier. Wie sagt doch Derrida so treffend? ›Kunst ist das, was nicht Kunst ist.‹ Das bedeutet, daß ...«

»Wußten Sie, daß sein Vorname Gregory war?«

»Nein, Jacques. *Jacques* Derrida. Nicht Gregory.«

»Ich meine Ihren Nachbarn.«

»Wie ich Ihnen schon sagte, ich kannte nicht einmal seinen Nachnamen. Ehrlich gesagt, ich meide ihn wie der Teufel das Weihwasser. Ach so. Jetzt verstehe ich. Sie sind wohl wegen meiner Beschwerden hier.«

»Was für Beschwerden?«

»Na ja, ich habe doch immer wieder bei der Polizei angerufen. Aber nach den ersten paar Malen kam niemand mehr, um nach dem Rechten zu sehen.« Kirtsema blinzelte D'Agosta beleidigt an, aber dann fiel ihm etwas ein. »Aber halt, das haut ja nicht hin. Sie sind ja von der Mordkommission. Hat der Kerl von nebenan vielleicht jemanden umgebracht?«

Ohne ihm eine Antwort zu geben, zog D'Agosta sein Notizbuch aus der Jackettasche. »Sagen Sie mir alles, was Sie über Kawakita wissen.«

»Er ist vor knapp zwei Jahren eingezogen, vielleicht auch ein wenig später. Zuerst schien er mir ein ziemlich ruhiger Zeitgenosse, aber dann kamen eines Tages Lastwagen vorgefahren und lieferten alle möglichen Kisten und Paletten an. Und dann begann auch schon der Lärm. Und zwar mitten in der Nacht. Hämmern, Klopfen, lautes Knallen. Dazu der Geruch ...« Kirtsema rümpfte angeekelt die Nase. »Faulig und verbrannt zugleich. Der Kerl hat die Fenster von innen schwarz gestrichen, aber einmal ist eines eingeschlagen worden, und da konnte ich einen Blick hineinwerfen, bevor es repariert wurde.« Er grinste verschmitzt. »Ich kann Ihnen sagen, da war vielleicht seltsames

Zeug drin! Ich habe ein Mikroskop gesehen und große Glaskolben, in denen irgendwas gekocht und geblubbert hat, und Aquarien mit Lampen drüber.«

»Aquarien?«

»Ja, eines neben dem anderen. Ganze Reihen von großen Aquarien, in denen nichts als grüne Algen schwammen. Offenbar war der Kerl so eine Art *Wissenschaftler.*« Kirtsema sprach das Wort aus, als ob es etwas Unanständiges wäre. »Ich hasse Wissenschaftler. Sind alle Sezierer und Reduzierer. Das Schlimmste vom Schlimmen. Deren Art, die Welt zu betrachten, ist mir ein Greuel. Ich selber bin Holist, Sergeant.«

»Verstehe.«

»Eines Tages kamen dann die Leute von der Elektrizitätsgesellschaft und sagten, sie müßten spezielle Starkstromleitungen legen oder so was Ähnliches. Haben mir einfach zwei Tage lang den Strom gesperrt. Zwei volle Tage! Aber beschweren Sie sich mal, da beißen Sie bei diesen hirnlosen Bürokraten auf Granit.«

»Hatte Kawakita denn manchmal Besuch?« wollte D'Agosta wissen. »Irgendwelche Freunde vielleicht?«

»Besuch!« schnaubte Kirtsema. »Das war es ja, was das Faß zum Überlaufen brachte. Ständig kamen Leute zu dem, meistens in der Nacht, natürlich. Die haben immer in einem bestimmten Rhythmus an seine Tür geklopft, war wohl eine Art Erkennungszeichen. Da habe ich zum erstenmal die Polizei gerufen, weil mir das alles nicht geheuer vorkam. Zuerst dachte ich an Drogen, aber die Cops sagten bloß, daß er nichts Illegales täte, und fuhren wieder ab.« Kirtsema schüttelte verständnislos den Kopf.

»So ging es monatelang weiter. Ich rief noch ein zweites Mal bei der Polizei an und beschwerte mich über den Lärm und den Gestank, aber es nützte nichts. Beim drittenmal schickten sie dann nicht einmal mehr einen Streifenwagen vorbei. Dann, vor etwa einem Jahr, kam der Typ zu mir herüber und klopfte an meine Tür. Einfach so, ohne Vorwarnung, um elf Uhr nachts.«

»Was wollte er von Ihnen?« fragte D'Agosta.

»Keine Ahnung. Ich dachte, er wolle mich fragen, weshalb ich ihm die Polizei auf den Hals gehetzt habe. Der hat mich vielleicht erschreckt, das kann ich Ihnen sagen. Es war im September und fast so heiß wie jetzt, und er trug einen dicken weiten Mantel mit einer großen Kapuze. Stand da draußen in der Dunkelheit und fragte, ob er reinkommen könne, und ich sagte natürlich nein. Wenn so jemand vor Ihrer Tür gestanden wäre, hätten Sie ihn vermutlich auch weggeschickt, Sergeant.«

»Lieutenant«, korrigierte D'Agosta geistesabwesend, während er etwas in sein Notizbuch schrieb.

»Wie Sie wollen. Ich gebe nichts auf Titel oder Dienstgrade. *Mensch* ist der einzige Titel, der für mich zählt.«

D'Agosta schrieb immer noch in sein Buch. Was er gehört hatte, wollte überhaupt nicht zu dem Greg Kawakita passen, den er damals, nach der verheerenden Eröffnung der Aberglauben-Ausstellung, in Frocks Büro kennengelernt hatte. Er zermarterte sich das Gehirn und versuchte, sich an alles zu erinnern, was er über den toten Wissenschaftler wußte. »Können Sie sich an Kawakitas Stimme erinnern?« fragte er.

»Ja. Sie war sehr tief. Außerdem lispelte er.«

D'Agosta runzelte die Stirn. »Irgendein Akzent?«

»Schwer zu sagen bei jemandem, der lispelt, aber ich glaube eigentlich nicht. Irgendwie klang seine Stimme fast kastilianisch, aber natürlich auf englisch, nicht auf spanisch.«

D'Agosta nahm sich vor, Pendergast bei nächster Gelegenheit zu fragen, was man sich unter einer kastilianisch klingenden Stimme vorzustellen hatte. »Können Sie mir sagen, wann er ausgezogen ist? Und wissen Sie vielleicht den Grund dafür?«

»Ein paar Wochen nachdem er an meiner Tür war. Anfang Oktober, würde ich sagen. Eines Nachts hörte ich, wie zwei große Laster vorfuhren. Das war zwar nichts Ungewöhnliches bei ihm, aber diesmal holten sie Sachen ab, anstatt welche zu bringen. Als ich am nächsten Tag um die Mittagszeit aufstand, war das ganze Lagerhaus drüben total leer geräumt. Die haben sogar die schwarze Farbe von den Fenstern gekratzt.«

»Sie sagten, es sei mittags gewesen?«

»Normalerweise schlafe ich von fünf Uhr früh bis zwölf Uhr mittags. Ich lasse mich nämlich nicht zum Sklaven einer Erd-Sonne-Mond-Konstellation machen, Sergeant.«

»Ist Ihnen an den Lastwagen irgend etwas aufgefallen? Ein Logo oder ein Firmenname vielleicht?«

Kirtsema dachte einen Augenblick lang nach. »Ja«, sagte er schließlich. »Es war so eine Spezial-Umzugsfirma. Scientific Precision Moving hieß sie, glaube ich.«

D'Agosta musterte den Mann mit dem grünen Schädel. »Glauben Sie das oder wissen Sie es?«

»Ich weiß es. Ganz sicher sogar, Sergeant.«

D'Agosta glaubte ihm. Auch wenn er mit seinem Aussehen als Zeuge vor Gericht keinen Pfifferling wert war, schien er ein ziemlich guter Beobachter zu sein. Und ein neugieriger dazu.

»Gibt es sonst noch etwas, das Ihnen aufgefallen ist?«

Die grüne Halbkugel schwankte nachdenklich hin und her. »Ja. Kurz nachdem der Typ hier einzog, ging auf einmal die Straßenbeleuchtung kaputt und konnte nie wieder repariert werden. Sie funktioniert bis heute noch nicht. Irgendwie habe ich das Gefühl, daß dieser Kerl dafür verantwortlich war, aber in welcher Form, kann ich nicht sagen. Natürlich habe ich bei der Elektrizitätsgesellschaft angerufen, aber bei den entmenschten Robotern dort redet man ja an eine Wand. Aber wehe, Sie zahlen mal Ihre Stromrechnung nicht pünktlich, dann ...«

»Vielen Dank, Mr. Kirtsema«, unterbrach D'Agosta den Redeschwall. »Sie waren mir eine große Hilfe. Rufen Sie mich an, falls Ihnen noch etwas einfallen sollte.« Er klappte das Notizbuch zu, gab Kirtsema seine Karte und ging.

An der Tür blieb er noch einmal stehen. »Sie haben doch vorhin gesagt, daß Sie schon mehrmals beraubt wurden«, fragte er und ließ seinen Blick durch das Lagerhaus streifen. »Was hat man Ihnen denn gestohlen? Hier gibt es doch so gut wie nichts, was sich zu klauen lohnte.«
»Ideen, Sergeant!« antwortete Kirtsema und reckte stolz das Kinn in die Luft. »Materielle Dinge sind wertlos, Ideen aber unbezahlbar. Schauen Sie sich doch um. Haben Sie jemals schon so viele geniale Ideen gesehen?«

28

Die kleine metallene Beobachtungskanzel klebte in siebzig Metern Höhe am Abzugskamin Nummer zwölf, einem rußgeschwärzten Ziegelschornstein, der über der Einfahrt zum Lincoln Tunnel in den Himmel ragte.
Dreißig Meter über den Autos, die in einer endlosen Schlange im Maul des Tunnels verschwanden, klammerte sich Pendergast an die Sprossen einer schmalen Eisenleiter und blickte den Kamin entlang nach oben. Bis hinauf zu der Kanzel war es noch ein weiter Weg, und die Leiter, auf der er stand, war alles andere als vertrauenerweckend. An manchen Stellen, wo die Verankerungsbolzen aus den verwitterten Ziegeln gebrochen waren, schwankte sie bereits bedenklich.
Pendergast war froh, als er endlich unterhalb der Beobachtungskanzel angelangt war und am Boden eine runde Klappe mit einem ringförmigen Schließrad entdeckte, das ihn an das Turmluk eines U-Boots erinnerte. Auf dem Metall der Klappe stand in erhabenen Buchstaben PORT OF NEW YORK AUTHORITY geschrieben. Die Luft, die durch den Abzugskamin heulte, war fast so laut wie das Röhren eines Düsentrieb-

werks, und so mußte Pendergast mehrmals an die Klappe klopfen, bevor sie von innen geöffnet und nach oben gezogen wurde.
Pendergast kletterte in die Metallkabine und strich sich seinen Anzug glatt, während der kleine drahtige Mann in Overall und kariertem Hemd, der ihn hereingelassen hatte, die Klappe wieder schloß. Von der Kanzel aus hatte man einen guten Blick auf den Hudson, die Zufahrten zum Lincoln-Tunnel und die große Maschinenhalle, in der mächtige Ventilatoren die Abgase aus dem Tunnel saugten und durch mehrere Kamine in die Luft bliesen.
Der Mann trat von der Klappe zurück und begab sich zu einem Hocker hinter einem Tisch, der einzigen Sitzgelegenheit in dem engen Raum. Er blickte Pendergast an und sagte etwas, doch wegen der Lautstärke der Lüfterturbinen konnte der FBI-Mann kein einziges Wort verstehen.
»Was?« schrie Pendergast, nachdem er ganz nahe an den Mann herangetreten war.
»Ihren Ausweis!« schrie der Mann zurück. »Man hat mir gesagt, Sie hätten einen Ausweis.«
Pendergast holte seinen FBI-Ausweis aus der Jackentasche, den der Mann einer sorgfältigen Überprüfung unterzog.
»Sie sind doch Mr. Albert Diamond, oder?« fragte Pendergast.
»Al«, erwiderte der Mann mit einer unbekümmerten Geste. »Was brauchen Sie?«
»Ich habe mir sagen lassen, daß Sie eine Koryphäe sind, was den Untergrund von New York anbelangt«, erklärte Pendergast.
Diamond sah Pendergast an. Eine seiner Wangen beulte sich aus, als er sich mit der Zunge langsam über die Backenzähne fuhr. »Schätze, da ist was Wahres dran«, sagte er schließlich.
»Wie lange ist es her, daß Sie zum letztenmal im Untergrund waren?«

Diamond hob eine Faust und öffnete sie zweimal hintereinander.
»Zehn?« fragte Pendergast. »Zehn Monate?«
Diamond schüttelte den Kopf.
»Jahre?«
Diamond nickte.
»Warum?«
»Wollte nicht mehr. Hab' mich statt dessen um diesen Job hier beworben.«
»Extra beworben? Interessanter Arbeitsplatz. So weit weg vom Untergrund wie möglich. War das Absicht?«
Diamond zuckte mit den Achseln. Offenbar wollte er die Frage weder bejahen noch verneinen.
»Ich brauche Informationen!« brüllte Pendergast. Es war hier oben einfach zu laut, um eine gepflegte Unterhaltung zu führen.
Diamond nickte, und die Beule an seiner Wange wanderte nach oben, wo seine Zunge jetzt die Zähne des Oberkiefers untersuchte.
»Was wissen Sie von *The Devil's Attic?*«
Die Beule blieb plötzlich stehen. Diamond rutschte auf seinem Hocker herum und sagte gar nichts.
»Ich habe gehört, daß es unter dem Central Park mehrere Ebenen von Tunnels gibt«, fuhr Pendergast fort. »Ungewöhnlich tiefe Ebenen. Sie sollen angeblich der Dachboden des Teufels heißen, aber ich habe diese Bezeichnung bisher auf keinem Plan finden können.«
Eine Minute verging, dann sah Diamond Pendergast an. »Der Dachboden des Teufels?« wiederholte er widerstrebend.
»Wissen Sie, wo das ist?«
Diamond griff in eine Tasche seines Overalls und zog einen Flachmann heraus, der bestimmt nicht mit Wasser gefüllt war. Er nahm einen langen Zug und steckte die kleine Flasche, ohne Pendergast etwas anzubieten, dann wieder ein. Schließlich

sagte er etwas, das der FBI-Agent bei dem Lärm in der kleinen Kabine aber wieder nicht verstehen konnte.
»Was?« schrie Pendergast und rückte noch näher an den Mann heran.
»Ich sagte ja. Ich kenne den Ort.«
»Dann teilen Sie mir bitte mit, was Sie darüber wissen.«
Diamond wandte den Blick von Pendergast und ließ ihn über den Fluß hinüber nach New Jersey schweifen.
»Diese reichen Bastarde«, sagte er.
»Wie bitte?«
»Diese reichen Bastarde wollten schon damals nichts mit dem gemeinen Volk zu tun haben.«
»Welche reichen Bastarde?« fragte Pendergast.
»Sie wissen schon. Astor. Rockefeller. Morgan. Und wie sie sonst noch alle hießen. Sie haben vor hundert Jahren diese Tunnels graben lassen.«
»Ich verstehe nicht, was Sie meinen.«
»Na, Eisenbahntunnel«, platzte Diamond verärgert heraus. »Sie haben sich eine private Untergrundbahn bauen lassen. Sie begann in Pelham, lief unter dem Park zum Knickerbocker Hotel und zur Fifth Avenue. Komplett mit luxuriös ausgestatteten Privatbahnhöfen, Wartesälen und allen sonstigen Schikanen.«
»Aber weshalb so tief unten?«
Diamond grinste zum erstenmal während des Gesprächs. »Geologie. Sie mußten tiefer graben als die damals schon bestehenden Eisenbahntunnels und die ersten U-Bahnen. Aber unter denen kam erst mal so eine dicke Schicht Scheißstein.«
»Wie bitte?« schrie Pendergast.
»Brüchiger, präkambrischer Sandstein. Wir nennen das Zeug Scheißstein. Wasser- und Abwasserleitungen lassen sich darin ja gerade noch verlegen, aber für Eisenbahntunnels ist es völlig ungeeignet. Deshalb mußten sie so tief hinunter. *The Devil's Attic* ist dreißig Stockwerke unter der Erde.«

»Aber warum?«
»Warum? Warum glauben Sie denn?« Diamond sah den FBI-Agenten herausfordernd an. »Diese Geldsäcke wollten nicht von Signalen oder Bahnhöfen aufgehalten werden, an denen die Züge mit den Normalsterblichen hielten. In diesen tiefen Tunnels konnten sie auf direktem Weg die Stadt verlassen und erst wieder in Croton an die Oberfläche kommen. Ohne Aufenthalt und ohne Berührung mit dem einfachen Volk.«
»Aber das erklärt noch lange nicht, weshalb ich nirgends einen Hinweis auf die Existenz solcher Tunnels gefunden habe.«
»Der Bau der Dinger hat ein Vermögen gekostet, und nicht alles davon kam aus den Taschen der Ölbarone. Die Stadtverwaltung hat diese private U-Bahn kräftig subventioniert. So was hängt man nicht an die große Glocke.«
»Und warum hat man die Tunnels aufgelassen?«
»Nicht zu erhalten. Sie lagen unterhalb aller Abwasser- und Entwässerungsrohre und waren deshalb oft überflutet. Irgendwann wurde es dem reichen Pack zuviel, da haben sie die Stollen dann einfach zumauern lassen. Nicht mal die Maschinen oder die Einrichtung haben sie rausgeholt.«
Diamond schwieg, und in der Kanzel war wieder einmal nur das Heulen der Turbinen zu hören.
»Gibt es irgendwelche Pläne zu diesen Stollen?« fragte Pendergast nach einer Weile.
»Pläne?« fragte Diamond und rollte mit den Augen. »Danach habe ich zwanzig Jahre lang gesucht. Es gibt keine Pläne. Alles, was ich über die Tunnels weiß, habe ich von alten Kollegen erfahren.«
»Waren Sie jemals selbst dort unten?« fragte Pendergast.
Diamond zuckte merklich zusammen. Erst nach einem Augenblick nickte er zögerlich.
»Würden Sie mir eine Lageskizze zeichnen?«
Diamond schwieg.
»Jede Kleinigkeit, an die Sie sich erinnern können, wäre mir

eine große Hilfe«, sagte Pendergast und hielt dem Ingenieur einen Hundertdollarschein unter die Nase.
Diamond starrte auf die Banknote, als müsse er sich das Angebot gut überlegen. Schließlich nahm er den Schein und ließ ihn zusammengefaltet in der Brusttasche seines Overalls verschwinden. Dann beugte er sich über den Tisch und fing an, etwas auf ein Stück Papier zu kritzeln. Nach und nach entstand die Skizze eines weitverzweigten Tunnelsystems.
»Besser geht's nicht«, erklärte er, als er nach ein paar Minuten fertig war. »Ich habe Ihnen auch den Eingang eingezeichnet, durch den ich damals hineingekommen bin. Südlich des Parks hat man viele Tunnels mit Beton ausgegossen, und im Norden sind sie vor Jahren eingestürzt. Sie müssen sich deshalb bis zum Flaschenhals durchschlagen. Nehmen Sie den Zubringertunnel Nummer achtzehn, der von der alten Hauptwasserleitung aus dem Jahr vierundzwanzig abzweigt.«
»Was ist der Flaschenhals?« wollte Pendergast wissen.
Diamond kratzte sich mit seinem schmutzigen Zeigefinger an der Nase. »Tief unter dem Park gibt es eine Granitschicht im Gestein. Superhartes Zeug, durch das kaum durchzukommen ist. Um Zeit und Dynamit zu sparen, hat man damals nur ein großes Loch hineingesprengt und dann alle Leitungen durchgelegt. Das ist der Flaschenhals. Die Tunnels beginnen direkt darunter. Soweit ich weiß, ist das der einzige Zugang von Süden her – außer natürlich, Sie nehmen eine Taucherausrüstung mit.«
Pendergast betrachtete die Karte eingehend. »Vielen Dank, Mr. Diamond«, sagte er. »Meinen Sie, Sie könnten vielleicht mit mir zusammen noch einmal in den Dachboden des Teufels hinuntersteigen und ihn mir zeigen? Natürlich gegen angemessene Bezahlung, versteht sich.«
Diamond nahm einen langen Zug aus seinem Flachmann. »Kein Geld der Welt bringt mich jemals wieder da runter.«
Pendergast legte den Kopf schief.

»Noch eines«, meinte Diamond. »Nennen Sie die Tunnels nicht den ›Dachboden des Teufels‹. Das ist Maulwurfsprache. Sprechen Sie von den Astortunnels.«

»Wieso Astortunnels?«

»Weil sie Mrs. Astors Idee waren. Es heißt, sie habe ihren Mann dazu überredet, den ersten Privatbahnhof unterhalb ihres Hauses in der Fifth Avenue zu bauen. Und damit fing alles an.«

»Und woher kommt die Bezeichnung ›der Dachboden des Teufels‹?« wollte Pendergast wissen.

Diamond grinste freudlos. »Keine Ahnung. Aber stellen Sie sich doch bloß mal diese Tunnels dreißig Stockwerke unter der Erde vor. Gekachelte Wartesäle mit Wandgemälden, Spiegeln, Sofas und Mosaiken aus buntem Glas. Hydraulische Aufzüge mit Parkettboden und Samtvorhängen. Und dann stellen Sie sich vor, daß dort jahrelang schmutziges Abwasser hereinflutet und das Ganze schließlich ein Jahrhundert lang zugemauert wird.« Er verschränkte die Arme und sah Pendergast an. »Ich weiß nicht, wie Sie das finden, aber für meine Begriffe könnte so der Dachboden der Hölle aussehen.«

29

Der alte Güterbahnhof an der West Side liegt in einer ausgedehnten Senke am westlichen Rand von Manhattan und verbirgt sich so vor den Blicken der Millionen von New Yorkern, die in seiner Nähe leben oder zur Arbeit gehen. Der Rangierbahnhof, der mit seinen dreißig Hektar nach dem Central Park die größte unbebaute Fläche in der Stadt darstellt, liegt seit vielen Jahren in einer Art Dornröschenschlaf. Wo um die Jahrhundertwende noch geschäftiges Treiben geherrscht

hatte, verschwinden jetzt verrostete Gleise und Weichen unter Klettengestrüpp und Holunderbäumen, modern verlassene mit Graffiti beschmierte Lagerhäuser langsam vor sich hin. Zwanzig Jahre lang war dieses Stück Land das Objekt von endlosen Gerichtsverfahren, politischen Manipulationsversuchen, ehrgeizigen Stadtentwicklungsplänen und Baupleiten gewesen. Die Mieter der Lagerhäuser waren einer nach dem anderen ausgezogen und hatten die Gebäude Graffitischmierern, Brandstiftern und Stadtstreichern überlassen. Im Lauf der Zeit hatte sich in einem Teil des Bahnhofs eine wilde Barackensiedlung gebildet, wo Obdachlose in windschiefen, aus Sperrholz, Pappe und Wellblech zusammengebastelten Behausungen lebten und in verwahrlosten Gärten Erbsen, Tomaten und Kürbisse anbauten.
Margo stand in den qualmgeschwärzten Trümmern eines vor vier Monaten abgebrannten Lagerhauses, von dem nicht viel mehr als ein paar niedrige Grundmauern, ein zusammengestürztes Gerüst von Eisenträgern und ein Haufen Schutt übrig waren. Überall in der vom scharfen Geruch nach Plastik und Teer durchzogenen Ruine entdeckte Margo die verbrannten Überreste von technischen Apparaten, Schalttafeln und wissenschaftlichen Instrumenten. Zusammengeschmolzene Plastikgehäuse gaben den Blick auf verschmurgelte Leiterplatten und dicke Stränge oxydierter Kupferleitungen frei, und auf mehreren langen Stahltischen an einer Seite der Ruine bemerkte Margo eine Reihe von ausgeglühten Metallgestellen, zwischen denen jede Menge Glasscherben lagen.
D'Agosta trat neben sie. »Na, was halten Sie davon?« fragte er.
Margo schüttelte den Kopf. »Sind Sie sicher, daß das hier Gregs letzte bekannte Adresse war?«
»Ja. Ich habe es bei der Spedition nachgeprüft. Das Lagerhaus dürfte etwa zur Zeit seines Todes abgebrannt sein, deshalb bezweifle ich, daß er von dort noch irgendwo anders hingezogen ist. Allerdings hat er bei den Elektrizitätswerken und der

Telefongesellschaft einen falschen Namen angegeben, so daß wir seine letzten Schritte nicht genau überprüfen können.«
»Einen falschen Namen?« wiederholte Margo. »Ich frage mich, ob er vor oder nach dem Brand dieses Lagerhauses gestorben ist.«
»Ich mich noch viel mehr«, brummte D'Agosta.
»Sieht aus, als wäre das Ganze hier einmal eine Art Labor gewesen.«
D'Agosta nickte. »Soviel hätte selbst ich Ihnen sagen können. Schließlich war dieser Kawakita ein Wissenschaftler. Ebenso wie Sie.«
»Aber in einem anderen Fachgebiet. Greg war Genetiker und Evolutionsbiologe, während ich mich mit anthropologischer Pharmakologie beschäftige.«
»Wie dem auch sei«, sagte D'Agosta und zog sich die Hose straff. »Die Frage ist doch, was für eine Art Labor er hier betrieben hat.«
»Das läßt sich auf Anhieb nur schwer sagen. Zuerst müßte man sich die kaputten Apparate näher ansehen und dann anhand der Scherben auf den Tischen rekonstruieren, was dort vielleicht einmal gewesen sein könnte.«
»Dann legen Sie mal los«, sagte D'Agosta.
»Wie bitte?«
»Worauf warten Sie noch? Untersuchen Sie das Zeug.«
Margo sah den Lieutenant erstaunt an. »Warum ich?« fragte sie. »Sollte da nicht besser die Spurensicherung ...«
»Geht nicht«, unterbrach sie D'Agosta. »Dieser Brand interessiert meine Vorgesetzten in etwa soviel wie ein Kaugummidiebstahl im Kindergarten.«
Margo runzelte erstaunt die Stirn.
»Horlocker schert sich einen feuchten Dreck darum, was Kawakita vor seinem Tod getan hat. Außerdem glaubt er noch immer, daß Brambell einem zufälligen Verbrechen zum Opfer gefallen ist.«

»Sind Sie etwa anderer Meinung? Glauben Sie, daß Brambells Tod irgendwie mit den anderen Morden zusammenhängt?«
D'Agosta zog ein Taschentuch aus seiner Hose und wischte sich den Schweiß von der Stirn. »Verdammt noch mal, ich weiß es ja auch nicht. Aber ich habe irgendwie das dumpfe Gefühl, daß Kawakita hier etwas nicht ganz Hasenreines gemacht hat, und ich will wissen, was. Sie kannten ihn doch, oder?«
»Ja«, antwortete Margo.
»Ich selber habe ihn nur einmal getroffen, auf Frocks Abschiedsparty für Pendergast. Wie war er denn so?«
Margo dachte einen Augenblick nach. »Er war ein brillanter Wissenschaftler.«
»Und vom Charakter her?«
»Na ja, er war nicht gerade der netteste Kollege, den ich damals im Museum hatte«, antwortete Margo vorsichtig. »Er war ... nun, man könnte sagen, daß er ein wenig rücksichtslos war. Ich hatte den Eindruck, daß er fast alles getan hätte, um seine Karriere voranzubringen. Er hat sich nicht allzuviel mit uns anderen abgegeben und schien niemandem zu trauen, der ...« Sie hielt mitten im Satz inne.
»Ja?«
»Müssen Sie das denn wirklich wissen? Ich rede nicht gerne schlecht über jemanden, der tot ist.«
»Wieso? Der kann einen doch wenigstens nicht mehr zur Rechenschaft ziehen. Aber Spaß beiseite, war dieser Kawakita vielleicht so ein Typ, der auch mal was Ungesetzliches tut?«
»Absolut nicht. Ich bin zwar mit ihm in ethischen Fragen nicht immer hundertprozentig einer Meinung gewesen, denn Greg war einer von den Forschern, denen wissenschaftlicher Fortschritt mehr bedeutet als menschliche Moral. Aber deswegen war er noch lange kein Krimineller.« Sie zögerte. »Greg hat übrigens vor einiger Zeit versucht, mit mir in Kontakt zu treten. Das muß etwa einen Monat vor seinem Tod gewesen sein.«

D'Agosta sah sie erstaunt an. »Haben Sie eine Ahnung, weshalb? Befreundet waren Sie ja offensichtlich nicht mit ihm.«
»Zumindest nicht eng. Aber immerhin waren wir Kollegen. Vielleicht befand er sich in Schwierigkeiten und ...« Ihre Miene verdüsterte sich. »Möglicherweise hätte ich ihm helfen können, aber statt dessen habe ich seinen Anruf einfach ignoriert. Jetzt frage ich mich oft, was er wohl von mir gewollt hat.«
»Ich fürchte, das werden Sie nun nie mehr erfahren«, sagte D'Agosta. »Aber jetzt wäre ich Ihnen wirklich dankbar, wenn Sie sich hier ein bißchen umsehen würden.«
Als Margo immer noch zögerte, sah D'Agosta sie nachdenklich an. »Wer weiß?« sagte er mit ruhiger Stimme. »Vielleicht hilft Ihnen das ja, mit Ihren Schuldgefühlen besser fertig zu werden.«
Hübsch gesagt, dachte Margo sarkastisch. Ich wußte gar nicht, daß der gute D'Agosta Hobbypsychologe ist. Als nächstes wird er mir weiszumachen versuchen, daß ich nur durch die Untersuchung dieser Ruine meinen inneren Frieden wiedererlangen kann.
Langsam ließ sie ihre Blicke durch das verbrannte Lagerhaus schweifen. »Einverstanden, Lieutenant«, sagte sie schließlich.
»Wunderbar. Soll ich Ihnen einen Fotografen rufen, der für Sie Aufnahmen macht?«
»Vielleicht später. Fürs erste genügen wohl ein paar Skizzen.«
»Dann mal zu«, ermunterte sie D'Agosta, der Margo ziemlich ungeduldig vorkam.
»Meinetwegen müssen Sie nicht hierbleiben«, sagte sie. »Ich schaffe das schon allein.«
»Auf keinen Fall. Nicht nach dem, was Brambell zugestoßen ist.«
»Lieutenant ...«
»Keine Widerrede. Ich wollte sowieso ein paar Proben von der Asche nehmen, damit das Labor sie auf Brandbeschleuniger

untersuchen kann. Ich werde Ihnen schon nicht im Weg umgehen.«
Margo seufzte, zog ihr Notizbuch aus der Umhängetasche und machte sich ans Werk. Die Ruine war ein trauriger Ort, der ihr wie ein einziger stummer Vorwurf erschien. Du hättest etwas tun können, dachte sie. Greg hat versucht, dich zu erreichen, und wer weiß, vielleicht wäre alles ganz anders gekommen, wenn du ihm geholfen hättest.
Margo schüttelte den Kopf, um die traurigen Gedanken zu verscheuchen. Ihre Schuldgefühle konnten Greg Kawakita auch nicht wieder lebendig machen. Da war es schon sinnvoller, die Überreste seines Labors zu untersuchen, denn wenn es überhaupt einen Schlüssel für die Aufklärung von Gregs schrecklichem Schicksal gab, dann mußte er hier zu finden sein. Vermutlich beendete sie diesen Alptraum am raschesten, wenn sie sich ihm offensiv stellte. Außerdem gab ihr diese Untersuchung Gelegenheit, eine Weile dem Labor für Forensische Anthropologie zu entfliehen, das sich immer mehr in eine Leichenhalle verwandelte. Am Mittwoch nachmittag waren die sterblichen Überreste von Nicholas Bitterman angeliefert worden und hatten eine Reihe von neuen ungelösten Fragen aufgeworfen. Die Kratzspuren am Halswirbel der enthaupteten Leiche deuteten darauf hin, daß auch dieser Kopf hastig mit einem rauhen primitiven Instrument abgeschnitten worden war. Der oder die Mörder hatten wohl nicht viel Zeit für ihr grausiges Werk gehabt.
Margo ging an die Arbeit. Zunächst fertigte sie eine grobe Skizze von dem Labor an, in das sie die Positionen der Tische und der zerstörten Apparaturen eintrug. In jedem Labor gab es einen bestimmten Arbeitsablauf, aus dem man Rückschlüsse auf die Art der dort betriebenen Forschungen ableiten konnte. Den wollte Margo jetzt herausfinden.
Nachdem sie ihre Planskizze fertiggestellt hatte, wandte sie sich den Tischen zu. Da sie aus Stahl waren, hatten sie der Hitze des

Feuers ziemlich gut widerstanden. Für jeden einzelnen Tisch zeichnete Margo ein Rechteck auf ihren Block, in das sie die Lage der zerbrochenen Reagenzgläser, Titriervorrichtungen, Meßzylinder und anderer Gegenstände eintrug, deren Verwendungszweck ihr noch nicht ganz klar war. Besondere Rätsel gaben ihr die seltsamen rechteckigen Metallgestelle auf, die sie noch nie zuvor in einem Labor gesehen hatte. Eines aber wußte sie ziemlich rasch: In diesem Labor war Biochemie auf höchstem Niveau betrieben worden. Fragte sich nur, in welcher Form.

Als nächstes wandte sich Margo den verbrannten Apparaten zu. An den matt schimmernden Edelstahlblechen der Verkleidung und den Überbleibseln der komplizierten Displays erkannte sie auf den ersten Blick, daß es sich um sündteure Geräte gehandelt haben mußte.

Als Margo mit dem Fuß vorsichtig gegen das von der Hitze aufgeplatzte Gehäuse der ersten Maschine trat, fiel diese laut krachend um. Margo zuckte erschreckt zusammen. Auf einmal wurde ihr klar, wie allein sie und D'Agosta hier waren. Hinter den Gleisen sank die Sonne langsam auf die New Jersey Palisades am anderen Ufer des Hudson zu, von dem aus durchdringendes Möwengekreisch an Margos Ohr drang. Woanders in dieser Stadt ging jetzt ein angenehm warmer Sommertag langsam zu Ende, aber hier, in der Abgeschiedenheit des vergessenen alten Frachtbahnhofs, hatte das Nahen des Abends fast schon etwas Bedrohliches. Margo blickte hinüber zu D'Agosta, der inzwischen seine Proben eingesammelt hatte und jetzt mit vor der Brust gekreuzten Armen in den gelben Strahlen der untergehenden Sonne stand und hinaus auf den Hudson starrte. Jetzt war sie froh, daß er sich von ihr nicht hatte fortschicken lassen.

Margo beugte sich über den umgestürzten Apparat und mußte wegen ihrer Nervosität innerlich grinsen. Nach längerer Suche fand sie schließlich das Typenschild. Nachdem sie es vom Ruß befreit hatte, sah sie ein Firmenlogo, eine Seriennummer und die Worte: Westerly Genetics Equipment: Integrierter DNS-Sequenzierapparat. Margo notierte sich die Informationen.

Systematisch ging Margo die zerstörten und teilweise zusammengeschmolzenen Geräte durch, bis sie schließlich in einer Ecke der Ruine auf die Überreste mehrerer Maschinen stieß, deren Sinn und Zweck sich ihr nicht auf Anhieb erschließen wollte. Vorsichtig untersuchte sie die Teile und kam zu dem Schluß, daß es sich um Fraktionierungs- und Destillationsapparate gehandelt haben mußte. Als sie dann auch noch eine Vorrichtung zum Anlegen von Schwachstrom entdeckte, war ihr klar, daß Kawakita hier ziemlich komplexe organisch-chemische Synthesen vorgenommen hatte. Weiter unten in dem Haufen, wo das Feuer nicht so stark gewütet hatte, fand Margo die Scherben mehrerer Erlenmeyerkolben, auf denen sie teilweise sogar noch die Aufschriften entziffern konnte. Hauptsächlich handelte es sich dabei um ganz normale Laborchemikalien, nur ein Bruchstück bereitete ihr Kopfzerbrechen: AKTIVIERTES 7-DEHYDROCHOL... konnte sie gerade noch entziffern, der Rest des Wortes fehlte.

Margo drehte die Glasscherbe nachdenklich in der Hand. Verdammt, diese Chemikalie kam ihr irgendwie bekannt vor. Nachdem sie eine Weile gegrübelt hatte, steckte sie die Scherbe in ihre Umhängetasche. Wenn sie wieder in ihrem Labor war, würde sie die Substanz in der Enzyklopädie der Organischen Chemie nachschlagen.

Gerade als sie sich wieder aufrichten wollte, fiel Margo ein seltsamer Aschehaufen neben der zerstörten Maschine auf. Es waren die verbrannten Reste eines Notizbuchs, von dem das Feuer nur Teile ganz weniger Seiten verschont hatte. Vorsichtig hob Margo die zerbröselnden Papierstücke auf und steckte sie in einen Plastikbeutel, den sie ebenfalls in ihrer Tasche verstaute.

Eine Viertelstunde später hatte sie auch die anderen Apparate begutachtet und war zu dem definitiven Schluß gekommen, daß sich in dieser Lagerhalle einmal ein hervorragend ausgestattetes gentechnisches Labor befunden hatte. Margo hatte selbst lange genug an ähnlichen Geräten gearbeitet, um zu wissen, daß hier wissenschaftliche Ausrüstung im Wert von über einer halben Million Dollar in Rauch aufgegangen war.

Woher hatte Greg bloß das Geld für ein so teures Labor gehabt? fragte sie sich. Und was hat er bloß mit all den Apparaten gemacht?

Als sie sich erneut den Tischen an der Längswand näherte, entdeckte sie auf einmal zwischen den Glasscherben und den Metallrahmen etwas, das aussah wie getrockneter, von der Hitze zusammengebackener Schlamm. Seltsam, daß mir das vorhin entgangen ist, dachte Margo und besah sich die Tische noch einmal genauer. Jetzt, wo sie darauf achtete, fielen ihr gleich mehrere dieser seltsamen Gebilde auf. In einem von ihnen steckte ein metallisch glänzendes Objekt, das etwa so groß war wie ihre Faust. Margo holte ein Taschenmesser aus ihrer Umhängetasche und hebelte damit das Ding vorsichtig aus der harten Masse. Nachdem sie die verkrusteten Überreste abgekratzt hatte, konnte sie die Buchstaben MINNE AQUARIUM BEDARF darauf entziffern. Es war eine Pumpe für ein Aquarium!

Jetzt war ihr plötzlich klar, was die Glasscherben und die seltsamen Metallrahmen bedeuteten: Auf den Tischen hatten vor dem Brand mehrere Aquarien gestanden, den Ausmaßen der Rahmen nach zu schließen sogar ziemlich große Exemplare. Aber was hatten Aquarien in einem Genlabor zu suchen?

Margo nahm noch einmal ihr Taschenmesser zur Hand und bohrte damit weiter in der getrockneten Masse herum, bis diese wie brüchiger Beton in mehrere harte Stücke zerbrach. Als Margo einen größeren Brocken umdrehte, entdeckte sie zu ihrem Erstaunen kleine Wurzeln, die der Schlamm offenbar vor dem Verbrennen bewahrt hatte. Vorsichtig löste sie mit

dem Messer die zarten Fasern aus der harten Masse und betrachtete sie im Licht der untergehenden Sonne.
Langsam drehte sie das kurze Stück Stengel, das noch an den Wurzeln hing, in der Hand. So trocken, wie es war, zerfiel es sogleich zu langen trockenen Fasern ... Mit einem leisen Aufschrei ließ Margo die Pflanze fallen, als habe sie etwas Giftiges berührt. Margos Herz klopfte ihr bis zum Hals. Ja, das war doch nicht möglich!
Margo kannte diese Fasern, kannte sie besser, als ihr lieb war. Auf einen Schlag fühlte sie sich um eineinhalb Jahre zurückversetzt, als sie wenige Stunden vor der katastrophalen Eröffnung der Aberglauben-Ausstellung im Genetischen Labor des Museums gesessen war und eine dieser Fasern unter dem Mikroskop betrachtet hatte. Natürlich mußte Margo die Reste der Pflanze erst einmal genauer untersuchen, aber schon jetzt wäre sie jede Wette eingegangen, daß sie eine *Lilicea mbwunensis* gefunden hatte, jene geheimnisvolle Pflanze, deren Fasern der Anthropologe Whittlesey vor fast zehn Jahren als Packmaterial für seine im Amazonas-Becken gefundenen und ans Museum geschickten Artefakte verwendet hatte. Eigentlich hätte das Gewächs mittlerweile ausgestorben sein müssen, denn sein natürlicher Lebensraum am oberen Xingú war durch rücksichtslose Brandrodung dem Erdboden gleichgemacht worden, und was die Fasern anbelangte, nach denen das Museumsmonster süchtig gewesen war, so hatten die Behörden nach der Katastrophe vor achtzehn Monaten auch die letzten Reste davon vernichtet.
Margo bückte sich und hob die Pflanze wieder auf. Greg Kawakita hatte sie ganz offenbar in großen Aquarien gezüchtet. Aber wo hatte er sie hergehabt?
Und wozu hatte er sie angebaut?
Auf einmal kam Margo ein schrecklicher Gedanke, den sie aber sofort wieder verwarf. Es konnte doch wohl nicht sein, daß Greg damit eine zweite Mbwun-Kreatur gefüttert hatte?

Oder doch?
»Lieutenant?« rief Margo. »Ich möchte Ihnen gerne etwas zeigen.«
D'Agosta kam zu ihr herüber. »Was ist das?« fragte er, als Margo ihm die Pflanze hinhielt.
»Das ist eine *Lilicea mbwunensis.* Besser bekannt als die Mbwun-Pflanze.«
»Sie wollen mich wohl verscheißern.«
Margo schüttelte langsam den Kopf. »Leider nicht.«
Eine Weile standen die beiden wortlos da und sahen zu, wie die untergehende Sonne den Himmel über den Häusern auf der anderen Seite des Flusses in eine kräftige orangerote Farbe tauchte. Margo besah sich noch einmal die Pflanze in ihrer Hand und wollte sie gerade in einen Plastikbeutel stecken, als ihr noch etwas auffiel, das ihr bisher entgangen war. Es war eine kleine Pfropfstelle am unteren Ende des Stengels, die aussah wie ein langes doppeltes V. Eine solche Narbe konnte eigentlich nur zweierlei bedeuten: Entweder hatte jemand an der Pflanze eine ganz normale Veredelung vorgenommen …
Oder ein sehr fortschrittliches gentechnisches Experiment.

30

Hayward kaute noch, als sie in D'Agostas Büro hineinplatzte. »Captain Waxie hat gerade angerufen«, sagte sie mit vollem Mund und schluckte den Rest ihres Thunfischsandwichs hinunter. »Er will, daß Sie sofort zu den Vernehmungszimmern kommen. Sie haben ihn geschnappt.«
»Wen?« fragte D'Agosta, der an der Wand vor einem nagelneuen Stadtplan stand, in den er soeben die letzte Markierungsnadel gesteckt hatte.

»Na *ihn.* Den Mörder, der die ganzen Menschen enthauptet hat, wen denn sonst?« antwortete Hayward mit einem ironischen Grinsen.
»Echt?« D'Agosta nahm sein Jackett und hastete zur Tür.
»Sie haben ihn im Ramble erwischt«, erzählte Hayward auf dem Weg zu den Aufzügen. »Zwei Polizisten auf Streife haben in einem Gebüsch ein verdächtiges Geräusch gehört und den Mann dabei überrascht, wie er gerade einem Stadtstreicher mit dem Messer den Kopf absäbeln wollte.«
»War das Opfer schon tot?«
»Keine Ahnung. Das müssen Sie Captain Waxie fragen.«
»Und das Messer?«
»War selbstgebastelt. Ein ziemlich primitives Ding. Offenbar genau das, wonach wir gesucht haben.« Hayward klang nicht allzu überzeugt.
Als sich die Türen des Aufzugs öffneten, stellten D'Agosta und Hayward fest, daß sich bereits Special Agent Pendergast in der Kabine befand.
»Fahren Sie auch nach unten zu den Verhörzimmern?« fragte der FBI-Agent.
»Ja. Waxie hat mich rufen lassen«, antwortete D'Agosta.
»Tolle Geschichte«, meinte Pendergast und hob die Augenbrauen. »Ich bin ja gespannt, was für einen Fisch unser Freund Waxie da an Land gezogen hat.«
Der Verhörbereich des Polizeipräsidiums bestand aus einer Reihe trister, grau gestrichener Räume mit schweren Metalltüren. Der diensthabende Beamte im Gang schickte die drei in den Beobachtungsraum neben Verhörzimmer neun, wo Waxie bereits Platz genommen hatte und gebannt durch die einseitig verspiegelte Glasscheibe in den Vernehmungsraum starrte. Er warf Pendergast einen mißtrauischen Blick zu und bedachte D'Agosta mit einem triumphierenden Nicken. Hayward ignorierte er.
»Redet er denn?« fragte D'Agosta.

»Wie ein Wasserfall«, antwortete Waxie. »Aber bisher leider nur lauter unbrauchbaren Scheiß. Er nennt sich Jeffrey, seinen Nachnamen sagt er uns nicht. Aber keine Sorge, wir werden die Wahrheit schon noch aus ihm herausbekommen. Ich dachte, du wolltest ihm vielleicht auch gern ein paar Fragen stellen.« Waxie, der vor lauter Selbstzufriedenheit schier platzte, lächelte D'Agosta gönnerhaft an.

Durch die Glasscheibe sah D'Agosta einen verwahrlosten Mann mit rotgeränderten, verstört blickenden Augen. Die raschen Bewegungen seines Mundes standen in einem fast komischen Kontrast zu seiner starren Körperhaltung.

»*Der* soll unser Mörder sein?« fragte D'Agosta ungläubig.

»Genau.«

D'Agosta wandte den Blick nicht von der Glasscheibe ab. »Kommt mir ein bißchen schmächtig vor für einen Serienkiller.«

Waxies Gesicht nahm einen abwehrenden Ausdruck an. »Gerade schmächtige Leute werden oft so lange von den anderen herumgeschubst, bis bei ihnen eine Sicherung durchbrennt.«

D'Agosta beugte sich nach vorn und drückte auf einen Knopf neben der Glasscheibe. Sofort drang aus dem Lautsprecher an der Wand ein wüster Schwall von Flüchen und Verwünschungen. Nachdem er eine Weile zugehört hatte, schaltete er den Lautsprecher wieder aus.

»Und was ist mit der Mordwaffe?« fragte er.

Waxie zuckte mit den Achseln. »Selbstgebastelt. Ein Stück Stahl, das er mit Schnur oder Stoff oder was weiß ich an einen Holzgriff gebunden hat. Das Ding war zu blutig, um es genau sagen zu können. Wir müssen warten, bis das Labor mit der Untersuchung fertig ist.«

»Stahl«, wiederholte Pendergast.

»Ja, Stahl.«

»Nicht Stein.«

»Ich sagte doch, daß es ein Stück Stahl war. Sehen Sie es sich doch selbst an, wenn Sie mir nicht glauben.«

»Alles zu seiner Zeit«, meinte D'Agosta und trat von der Glasscheibe zurück. »Jetzt möchte ich dem Burschen erst mal ein paar Fragen stellen.« Als er zur Tür ging, folgte ihm Pendergast wie ein stummer Schatten.

Das Vernehmungszimmer Nummer neun unterschied sich mit seinen graugestrichenen Wänden, dem verkratzten Holztisch und der in einer Ecke angebrachten Videokamera in nichts von zahllosen anderen Räumen dieser Art. Vor dem Tisch saß mit dem Gesicht zu dem in die Wand eingelassenen Spiegel der Gefangene, dem man die Arme mit Handschellen auf den Rücken gefesselt hatte. Auf der anderen Seite des Tisches hatte ein Detective Platz genommen, der ein Tonbandgerät vor sich stehen hatte und mit teilnahmsloser Miene die Beschimpfungen des Festgenommenen über sich ergehen ließ. An den Wänden rechts und links des Tisches hingen zwei große Schwarzweißfotos, die die übel zugerichtete Leiche von Nicholas Bitterman und das Kinderfoto von Pamela Wisher zeigten, das durch Smithbacks Artikel in der *Post* berühmt geworden war. Unter den Fotos saßen zwei uniformierte Polizisten, die den Festgenommenen nicht aus den Augen ließen.

Als D'Agosta neben dem Detective Platz nahm, bemerkte er den typischen Geruch nach Schweiß, feuchten Socken und unterdrückter Angst. Waxie ließ seinen fülligen Körper in den Stuhl daneben sinken, während Hayward sich zu einem ihrer uniformierten Kollegen stellte. Pendergast, der als letzter den Raum betreten hatte, schloß die Tür und lehnte sich mit dem Rücken dagegen.

Der Gefangene hatte mit seinen Verwünschungen aufgehört und starrte die Neuankömmlinge durch seine ihm wild in die Augen hängenden Haare hindurch an. Als er Hayward sah, blieb sein Blick einen Augenblick auf ihr ruhen. »Wieso starrt ihr mich so an?« brüllte er schließlich.

»Keine Ahnung«, erwiderte der Lieutenant ruhig. »Haben Sie vielleicht eine Erklärung dafür?«

»Du kannst mich mal, Bulle.«

D'Agosta seufzte. »Kennen Sie Ihre Rechte?«

Der Gefangene grinste und entblößte dabei eine Reihe kleiner, bräunlicher Zähne. »Der Fettsack neben Ihnen hat sie mir schon vorgelesen, aber ich brauche keinen Anwalt, der mir Händchen hält.«

»Paß auf, was du sagst«, fauchte Waxie, dessen Gesicht knallrot angelaufen war.

»Schlag mich doch, Fettarsch, wenn du dich traust!« schrie der Gefangene und brach in hysterisches Gelächter aus. Hayward an der Wand bemühte sich nicht einmal, ein Grinsen zu unterdrücken.

D'Agosta fragte sich, ob das ganze Verhör bislang auf diesem Niveau abgelaufen war. »Also, was ist im Park geschehen?« wollte er wissen.

»Das habe ich doch schon hundertmal gesagt. Ad eins kam er an meinen Schlafplatz, ad zwei hat er mich angezischt wie die ägyptische Schlange, ad drei war er nicht von Gott gesegnet, ad vier ...«

»Das wissen wir jetzt schon«, unterbrach ihn Waxie ungehalten. »Erzähl uns von den anderen.«

Jeffrey blieb stumm.

»Wird's bald?« drängte Waxie. »Wen hast du sonst noch umgebracht?«

»Viele«, kam schließlich die Antwort. »Mir pinkelt nämlich keiner ungestraft ans Bein. Und du schon gleich gar nicht, Fettarsch.« Er beugte sich drohend vor. »Paß bloß auf, daß ich dir nicht ein Stück Speck aus deinem wabbligen Wanst schneide.«

D'Agosta legte Waxie besänftigend eine Hand auf den Arm. »Sagen Sie uns, wen Sie alles umgebracht haben«, verlangte er von dem Festgenommenen.

»Ach, das wißt ihr doch ohnehin schon. Man nennt mich nicht umsonst Jeffrey, die Cherubskatze. Ich gehe meinen Weg.«
»Was ist mit Pamela Wisher?« mischte Waxie sich wieder ein. »Jetzt streite bloß nicht ab, daß du sie getötet hast, Jeffrey.«
Der Gefangene kniff die verschleierten Augen zusammen. »Das tue ich ja gar nicht. Diese Schweine waren alle respektlos zu mir. Sie haben ihren Tod verdient.«
»Und was hast du mit den Köpfen gemacht?« fragte Waxie atemlos.
»Welche Köpfe?« entgegnete Jeffrey. D'Agosta kam es so vor, als käme er ins Stocken.
»Es hat keinen Sinn zu leugnen, Jeffrey«, sagte Waxie. »Dazu steckst du viel zu tief da drinnen.«
»Ach so, die Köpfe. Die habe ich aufgegessen.«
Waxie warf D'Agosta einen triumphierenden Blick zu. »Und jetzt erzähl uns von Nick Bitterman, den du im Belvedere Castle umgebracht hast. Du erinnerst dich doch an ihn?«
»Das war ein guter Mord«, sagte der Mann und rutschte auf seinem Stuhl herum. »Der Kerl hatte keinen Respekt. Er war ein Heuchler. Ein Geizhals. Er war der Feind.«
»Der Feind?« fragte D'Agosta stirnrunzelnd.
»Ja. Der Prinz der Feinde.«
»Verstehe«, mischte Pendergast sich mit verständnisvoll klingender Stimme ein. »Und du mußt diese Feinde bekämpfen, den Mächten der Dunkelheit Paroli bieten, habe ich recht?« Es waren seine ersten Worte, seit er den Raum betreten hatte.
Der Gefangene rutschte noch unruhiger hin und her. »Ja, ja.«
»Mit deiner elektrischen Schutzhaut.«
Das Herumgerutsche hörte plötzlich auf.
»Mit deinen Laseraugen«, fuhr Pendergast fort. Dann drückte er sich von der Tür ab und trat langsam auf den Verhafteten zu, wobei er ihn unverwandt fixierte.
Jeffrey starrte Pendergast entgeistert an. »Wer bist du?« hauchte er.

Pendergast blieb eine Weile still. »Ich bin Kit Smart«, sagte er dann, ohne die Augen von Jeffrey zu nehmen.
Die Verwandlung, die sich an dem Verhafteten zeigte, fand D'Agosta geradezu schockierend: Im Bruchteil einer Sekunde wich sämtliche Farbe aus seinem Gesicht, und sein Mund formte unhörbare Worte, während er noch immer unverwandt auf Pendergast starrte. Dann rutschte er auf einmal mit solcher Kraft nach hinten, daß der Stuhl umkippte und auf den Boden krachte. Hayward und die beiden uniformierten Polizisten stürzten herbei, um den laut schreienden Jeffrey zu bändigen.
»Großer Gott, Pendergast, was haben Sie ihm denn gesagt?« fragte Waxie und erhob sich mühsam.
»Offenbar genau das Richtige«, entgegnete Pendergast und wandte sich an Hayward. »Bitte gehen Sie möglichst sanft mit ihm um. Captain Waxie wird das Verhör zu Ende führen.«

»Also, was ist mit dem Burschen los?« fragte D'Agosta, als er und Pendergast im Lift hinauf zur Mordkommission fuhren.
»Ich weiß zwar nicht, wie er wirklich heißt, aber Jeffrey ist bestimmt nicht sein richtiger Name«, antwortete Pendergast und rückte seine Krawatte zurecht. »Und ich bin mir sicher, daß er nicht derjenige ist, nach dem wir suchen.«
»Sagen Sie das mal Waxie.«
Pendergast warf D'Agosta einen nachsichtigen Blick zu. »Was wir eben beobachtet haben, Lieutenant, war eine geradezu klassische multiple Persönlichkeit, die unter einer akuten paranoiden Schizophrenie leidet. Haben Sie bemerkt, wie der Mann ständig zwischen zwei verschiedenen Persönlichkeiten hin und her gewandert ist? Da war zuerst einmal der großmäulige harte Bursche, der Sie bestimmt ebensowenig überzeugt hat wie mich. Dann kam der visionäre Killer mit Sprüchen wie: ›Er hat mich angezischt wie die ägyptische Schlange‹, oder: ›Man nennt mich Jeffrey, die Cherubskatze.‹ Den fand ich schon weitaus gefährlicher.«

»Ich auch. Der Kerl klang so, als ob ihm jemand gerade die Zehn Gebote oder so was Ähnliches überreicht hätte.«
»Eher so was Ähnliches«, meinte Pendergast. »Aber Sie haben recht: Was er sagte, klang so, als rezitiere er etwas. Ich mußte eine Weile nachdenken, aber dann fiel mir ein, daß es ein altes Gedicht von Christopher Smart war. Es heißt ›Jubilate Agno‹.«
»Nie davon gehört.«
»Kein Wunder. Es ist auch ein ziemlich obskures Gedicht von einem ebenso obskuren Autor. Dennoch entbehrt es nicht einer seltsamen visionären Kraft. Wenn Sie mal dazu kommen, sollten Sie es unbedingt lesen. Smart hat das Gedicht geschrieben, als er halb verrückt im Schuldturm saß. Es gibt darin eine lange Passage, in der er seine Katze Jeoffry beschreibt, von der er glaubt, daß sie die Fähigkeit hat, ihren Körper zu verwandeln.«
»Interessant. Aber was hat das alles mit unserem verwirrten Freund dort unten zu tun?«
»Offenbar identifiziert sich der arme Kerl mit der Katze in diesem Gedicht.«
»Mit der *Katze?*« fragte D'Agosta ungläubig.
»Warum nicht? Kit Smart – der wirkliche Kit Smart – hat das auch getan. Eine Katze ist schließlich ein Symbol für Verwandlung. Ich bin mir sicher, daß Jeffrey Akademiker ist, vielleicht auch ein verkannter Dichter, der langsam verrückt wurde. Gut, er hat einen Menschen getötet, aber nur, weil dieser ihm zur falschen Zeit über den Weg gelaufen ist. Die restlichen Morde aber ...« Pendergast winkte ab. »Es gibt viele Hinweise darauf, daß er nicht der Mann ist, den wir suchen.«
»Wie zum Beispiel die Fotos«, stimmte D'Agosta zu. Wie jeder gute Kriminaler wußte er, daß kein Mörder Fotos seiner Opfer oder Gegenstände vom Tatort auf Dauer ignorieren kann. Jeffrey hingegen hatte, jedenfalls solange D'Agosta im Vernehmungszimmer gewesen war, keines der dort aufgehängten Bilder auch nur eines Blickes gewürdigt.

»Genau.« Der Aufzug öffnete sich, und die beiden machten sich auf den Weg zu D'Agostas Büro. »Und auch die Tatsache spricht dagegen, daß der Mord, bei dem Jeffrey geschnappt wurde, nicht zu der brutalen Vorgehensweise bei den anderen Opfern paßt.«

Als sie in D'Agostas Büro waren, schloß Pendergast die Tür und wartete, bis der Lieutenant Platz genommen hatte. Dann fuhr er fort: »Aber lassen Sie uns jetzt zu etwas Wesentlicherem kommen. Haben Sie schon die Querverbindungen zwischen den einzelnen Morden untersuchen lassen?«

»Heute früh habe ich die Ergebnisse bekommen«, erwiderte D'Agosta und nahm einen dicken Stapel Computerausdrucke zur Hand. »Sehen wir uns das Zeug einmal an. Fünfundachtzig Prozent der Opfer waren männlich, und zweiundneunzig Prozent lebten in Manhattan oder hielten sich in Manhattan auf.«

»Ich interessiere mich vor allem für Dinge, die *alle* Opfer gemeinsam haben«, erklärte Pendergast.

»Verstanden.« D'Agosta blätterte eine Weile durch die Ausdrucke. »Da hätte ich was: Keiner der Nachnamen beginnt mit einem I, S, U, V, X oder Z.«

Pendergasts Mund verzog sich zu einem schwachen Lächeln.

»Alle waren älter als zwölf und jünger als sechsundfünfzig Jahre. Keines der Opfer hatte im November Geburtstag.«

»Weiter.«

»Das war's, soweit ich sehe.« D'Agosta war auf der letzten Seite der Ausdrucke angelangt. »Ach, hier ist noch was: Keiner der Morde wurde bei Vollmond begangen.«

Pendergast setzte sich auf. »Tatsächlich? Das ist interessant. War's das?«

»Ja, das war's.«

»Danke, Vincent.« Pendergast lehnte sich wieder in seinem Stuhl zurück. »Ein bißchen dürftig, trotz allem. Wir brauchen unbedingt noch mehr Informationen. Und zwar Fakten, keine

Vermutungen. Und deshalb kann ich jetzt auch nicht mehr warten.«

D'Agosta sah ihn verständnislos an. »Sie wollen doch nicht etwa schon wieder in den Untergrund gehen?« fragte er stirnrunzelnd.

»Ich muß. Wenn Captain Waxie weiterhin davon überzeugt ist, daß dieser Mann der Täter ist, dann wird er alle zusätzlichen Sicherheitsmaßnahmen abblasen, und wir haben es in kürzester Zeit mit einem weiteren Mord zu tun.«

»Wo wollen Sie hin?« fragte D'Agosta.

»In den Dachboden des Teufels.«

»Jetzt hören Sie aber auf, Pendergast«, schnaubte D'Agosta. »Sie wissen doch nicht einmal, ob es den überhaupt gibt, geschweige denn, wie Sie dorthin gelangen sollen. Sie haben nichts in der Hand außer das Wort eines Penners.«

»In dieser Hinsicht halte ich Mephisto für ziemlich glaubwürdig«, entgegnete Pendergast. »Und außerdem habe ich eine Menge mehr als nur sein Wort. Ich habe inzwischen mit Al Diamond gesprochen, einem Ingenieur von den Stadtwerken. Er hat mir erklärt, daß *The Devil's Attic* ein Tunnelsystem ist, das sich vor der Jahrhundertwende die reichen Familien von New York haben anlegen lassen. Es sollte eine Art private U-Bahn werden, wurde aber nach ein paar Jahren wegen ständiger Wassereinbrüche wieder aufgegeben. Von Diamond habe ich auch eine grobe Skizze bekommen, die die Lage dieser Tunnels beschreibt.« Pendergast stand auf, nahm einen Filzstift von D'Agostas Schreibtisch und trat vor den Stadtplan an der Wand. Dort setzte er den Stift an der Kreuzung von Park Avenue und 45th Street an und zog einen Strich über die Fifth Avenue hinweg zur Grand Army Plaza und von dort nach Norden zum Central Park West. »Sehen Sie sich das einmal an, Vincent«, sagte er.

D'Agosta kam zu ihm und schaute auf den Stadtplan. Bis auf ein paar Punkte im Central Park steckten fast alle weißen und roten Markierungsnadeln in unmittelbarer Nähe der Striche, die Pendergast soeben gezogen hatte.

»Ach du grüne Scheiße«, murmelte er.

»So kann man es auch ausdrücken«, sagte Pendergast. »Diamond hat mir übrigens erzählt, daß Stücke der Tunnels südlich und nördlich des Parks zugemauert und teilweise aufgefüllt wurden. Ich werde mir also einen Einstieg direkt unter dem Park suchen.«

D'Agosta holte sich eine Zigarre aus dem Schreibtisch. »Ich komme mit.«

»Tut mir leid, Vincent, aber das geht nicht. Sie werden hier oben viel dringender gebraucht, vor allem jetzt, wo der Rest der Polizei den Fall für geklärt hält. Außerdem müssen Sie zusammen mit Dr. Green herausbekommen, was genau Kawakita bis zu seinem Tod gemacht hat. Wir wissen noch immer nicht, was für eine Rolle er bei dieser Sache gespielt hat. Darüber hinaus ist diese Expedition extrem gefährlich, und zu zweit ist das Risiko, entdeckt und angegriffen zu werden, gleich doppelt so groß.« Pendergast drückte die Kappe des Filzschreibers auf den Stift und schnalzte mit den Fingern. »Aber ich wäre Ihnen dankbar, wenn Sie mir Sergeant Hayward für ein paar Stunden überlassen könnten, damit sie mir bei den Vorbereitungen mit ihrem Wissen zur Hand gehen kann.«

D'Agosta legte die Zigarre in den Aschenbecher und sah Pendergast streng an. »Großer Gott, Pendergast, das ist ein Mordsunternehmen, das Sie da vorhaben. Sie werden über Nacht weg sein.«

»Vielleicht sogar noch länger«, sagte der FBI-Agent und legte den Filzstift zurück auf den Schreibtisch. »Sollten Sie allerdings nach zweiundsiebzig Stunden noch immer nichts von mir gehört haben, dann ...« Pendergast hielt inne. Dann lächelte er rasch und ergriff D'Agostas Hand. »Eine Rettungsexpedition wäre ein idiotisches Unterfangen.«

»Was wollen Sie denn dort unten essen?«
»Aber Vincent, haben Sie denn schon vergessen, wie köstlich der Rattenbraten am Spieß war, mit dem Mephisto uns bewirtet hat?«
D'Agosta verzog das Gesicht, und Pendergast lächelte ihn aufmunternd an. »Machen Sie sich keine Sorgen, Lieutenant, ich werde ausreichend Proviant mitnehmen. Und halbwegs zuverlässige Karten habe ich auch.«
»Mir kommt das Ganze vor wie eine Reise zum Mittelpunkt der Erde«, bemerkte D'Agosta kopfschüttelnd.
»Mir auch. Ich fühle mich ein wenig wie ein Entdecker, der sich zu wilden, unerforschten Stämmen aufmacht. Seltsame Vorstellung, daß sich das alles direkt unter unseren Füßen befindet. *Cui ci sono dei mostri*, mein Freund. Wollen wir mal hoffen, daß ich den *mostri* aus dem Weg gehen kann.«
Pendergast blieb einen Augenblick stehen und schien tief in Gedanken versunken, bevor er mit einem kurzen Nicken das Büro verließ. Als er langsam den von Neonröhren erleuchteten Gang entlangging, kam er D'Agosta in seinem matt schimmernden schwarzen Seidenanzug wie der letzte große Entdecker vor.

31

Mit einer leinenen Reisetasche in der Hand stieg Pendergast rasch die breiten Stufen zum Eingang der New Yorker Stadtbibliothek hinauf. Hayward, ein paar Schritte hinter ihm, blieb kurz stehen und betrachtete die beiden Marmorlöwen, die die Treppe flankierten.
»Sie brauchen kein so besorgtes Gesicht zu machen, Sergeant«, meinte Pendergast. »Die haben heute schon gefressen.« Ob-

wohl es ein heißer Tag war, trug der FBI-Agent einen olivgrünen Staubmantel, der ihm fast bis an die Knöchel reichte.
In der marmornen Eingangshalle der Bibliothek war es dunkel und angenehm kühl. Pendergast zeigte dem Portier seine FBI-Marke und stellte ihm mit leiser Stimme eine Frage. Dann nickte er Hayward zu und öffnete eine kleine Tür unterhalb der geschwungenen in den Lesesaal hinaufführenden Doppeltreppe.
»Sie kennen den Untergrund von Manhattan besser als wir alle zusammen, Sergeant Hayward«, sagte Pendergast, als sie in eine kleine, mit Leder ausgeschlagene Liftkabine stiegen. »Gibt es etwas, das Sie mir sagen wollen, bevor ich aufbreche?«
Der Aufzug setzte sich nach unten in Bewegung. »Ja«, erwiderte Hayward. »Bleiben Sie hier.«
Pendergast lächelte schwach. »Ich fürchte, diese Option steht mir leider nicht offen. Nur durch eigenen Augenschein kann ich mich davon überzeugen, ob der oder die Mörder wirklich in den Astortunnels leben.«
»Dann nehmen Sie mich wenigstens mit.«
Pendergast schüttelte den Kopf. »Ich würde Ihr Angebot wirklich gern annehmen, glauben Sie mir. Aber zwei Personen machen nun mal mehr Lärm als nur eine, und diesmal darf ich auf gar keinen Fall entdeckt werden.«
Der Fahrstuhl kam in der untersten Ebene, die mit Drei B markiert war, zum Stehen. Pendergast und Hayward traten hinaus in einen dunklen Korridor. »Seien Sie auf der Hut«, sagte Hayward. »Die meisten Maulwürfe sind zwar in den Untergrund gegangen, weil sie Konfrontationen scheuen, aber trotzdem gibt es dort eine Menge unberechenbarer Typen. Besonders wenn sie Alkohol trinken oder Drogen nehmen, können sie verdammt gefährlich werden. Und vergessen Sie nie, daß Ihre Gegner im Dunkeln besser sehen und auch besser hören können als Sie. Außerdem kennen sie die Tunnels wie ihre Westentasche. In diesen drei Punkten sind Sie im Nachteil.«

»Stimmt. Aber ich werde mein Bestes tun, um diese Handikaps auszugleichen«, erklärte Pendergast und blieb vor einer alten Tür stehen, die er mit einem Schlüssel öffnete und Hayward dann aufhielt. Sie traten in einen Raum voller Regale, die vor alten Folianten förmlich überquollen; es roch stark nach Staub und Schimmel. Die Gänge zwischen den Regalen waren gerade mal einen halben Meter breit.
»Was machen wir hier eigentlich?« fragte Hayward, während sie Pendergast durch den Raum folgte.
»Von allen Gebäuden, die für einen Einstieg in die Tunnels in Frage kamen, gab es für dieses hier noch die besten Pläne. Zwar liegt es nicht so nahe an den Astortunnels wie andere Ausgangspunkte, aber ich wollte wenigstens am Anfang meiner Expedition auf Nummer Sicher gehen.« Pendergast blieb stehen und sah sich um. »Aha«, sagte er dann und deutete auf einen engen Seitengang. »Hier muß es sein.«
Am Ende des Ganges befand sich eine kleine Tür. Pendergast sperrte sie auf und führte Hayward eine Treppe hinunter in einen engen Raum mit Lehmfußboden. »Direkt unter uns liegt ein Schacht, den man 1925 als Teil eines Rohrpostsystems angelegt hat; man wollte so Bücher von Bücherei zu Bücherei schicken. Wegen der Wirtschaftskrise wurde es nie fertiggestellt, und danach hat man die bereits gebauten Tunnels vergessen.«
Pendergast leuchtete den Boden mit seiner Taschenlampe ab, bis er eine Falltür entdeckte, die er mit Haywards Hilfe anhob. Darunter führte ein runder Schacht mit gekachelten Wänden in die Tiefe. Pendergast beugte sich über das Loch und schickte den Lichtstrahl der Taschenlampe hinab in die Dunkelheit. Nach einer Weile richtete er sich auf und zog sich den langen Staubmantel aus.
Hayward staunte nicht schlecht, als darunter ein Kampfanzug mit einem grau-schwarzen Tarnmuster und mattschwarzen Schnallen und Reißverschlüssen zum Vorschein kam.

»Ungewöhnliches Kleidungsstück, nicht wahr?« meinte Pendergast lächelnd. »Das ist eine Spezialanfertigung für den Nachtkampf.« Er beugte sich hinunter zu seiner Tasche, holte eine Tube mit schwarzer Schminke heraus und rieb sich damit Gesicht und Hände ein. Als nächstes faltete er eine Rolltasche aus Filz auf und zeigte sie Hayward. »Das ist mein transportables Verkleidungsstudio«, erklärte Pendergast. »Darin ist alles, was ich brauche, um mein Aussehen zu verändern: Rasierer, Schminke, ein kleines Handtuch, ein Spiegel und Mastix, um einen falschen Bart ankleben zu können. Ich glaube zwar nicht, daß ich es diesmal benötigen werde, aber zur Sicherheit nehme ich es trotzdem mit.« Er steckte die Tube mit der schwarzen Schminke in die Rolltasche und verstaute diese dann in seinem Kampfanzug. Dann holte er aus der Leinentasche eine kurzläufige Pistole, deren mattes Material Hayward eher an Plastik als an Metall erinnerte.

»Was ist denn das?« fragte sie.

»Das ist der Prototyp einer neuen Neun-Millimeter-Pistole aus Deutschland«, antwortete Pendergast. »Die Kugeln sind ein Verbundmaterial aus Teflon und Keramik. Seit meiner Begegnung mit dieser Mbwun-Kreatur habe ich mir geschworen, kein Risiko mehr einzugehen. Mit diesem kleinen Wunderding hier kann ich ein Loch durch einen ausgewachsenen Elefanten pusten. Und zwar der Länge nach.«

»Beeindruckend«, meinte Hayward. »Damit könnten Sie auch auf Großwildjagd gehen.«

»Soviel zur aktiven Sicherheit«, erklärte Pendergast. »Hier sehen Sie die passive.« Er zog den Reißverschluß seiner Kampfjacke auf und zeigte ihr die schußsichere Weste, die er darunter trug. Dann griff er wieder in seine Reisetasche und holte eine schwarze Mütze aus Kevlar heraus, die er sich sorgfältig auf den Kopf setzte. Unter Haywards anerkennenden Blicken verstaute er noch ein Gerät zum Wasserfiltern und mehrere andere Kleinigkeiten in den Taschen seines Kampfanzugs.

»Und was ist das für Zeug?« fragte Hayward und deutete auf zwei durchsichtige Plastikbeutel, in denen sich dünne schwarze Streifen befanden. Sie sahen aus wie Schuhleder.
»Das ist Pemmican.«
»Wie bitte?«
»Rindsfilet, das in dünne Streifen geschnitten, getrocknet und dann mit Beeren, Früchten und Nüssen versetzt wurde. Es enthält Proteine, Vitamine und Mineralien, kurz alles, was ein Mensch zum Leben braucht. Darüber hinaus schmeckt es erstaunlich gut. Bisher hat noch niemand eine bessere Expeditionsnahrung erfunden. Lewis und Clark haben ihre Herstellung von den Indianern gelernt und auf ihren Entdekkungsreisen wochenlang nichts anderes gegessen.«
»Na, dann werden Sie da unten ja wenigstens keinen Hunger leiden«, bemerkte Hayward. »Jetzt müssen Sie eigentlich nur noch aufpassen, daß Sie nicht verlorengehen.«
»Auch dafür habe ich vorgesorgt«, erwiderte Pendergast und zeigte ihr das Futter seiner Tarnjacke. »Das hier ist das Wichtigste überhaupt: detaillierte Karten. Ich habe mich von den Piloten im Ersten Weltkrieg inspirieren lassen und sie mir in meine Jacke gemalt.« Er deutete auf die Pläne von Tunnels und Ebenen, die er mit sicherer Hand auf den eierschalenfarbenen Stoff gezeichnet hatte.
Schließlich zog er den Reißverschluß wieder hoch und griff in seine rechte Hosentasche. »Hier«, sagte er zu Hayward und reichte ihr einen Schlüsselbund und seine FBI-Marke, »geben Sie das bitte Lieutenant D'Agosta. Dort, wo ich jetzt hingehe, brauche ich so was nicht.«
Prüfend tastete er noch einmal die Taschen seines Anzugs ab, als wolle er sich vergewissern, daß er auch wirklich alles dabeihatte. Dann trat er auf die Falltür zu und stieg vorsichtig in den engen Schacht ein. »Danke, daß Sie sich um meine Sachen kümmern«, sagte er und zeigte auf die Reisetasche und den Staubmantel.

»Das mache ich doch gerne«, entgegnete Hayward. »Schicken Sie mir eine Postkarte, wenn Sie unten angekommen sind.«

32

Margo starrte gebannt auf die Titrationsvorrichtung und beobachtete, wie Tropfen um Tropfen in die klare Flüssigkeit fiel. Auch Dr. Frock hinter ihr in seinem Rollstuhl schien gespannt darauf zu warten, wann die Lösung im Reagenzglas ihre Farbe verändern würde. Das leise Geräusch seines Atems machte ihr bewußt, daß sie selber, ohne es zu wollen, die Luft anhielt.

Als schließlich die Lösung mit einemmal in ein kräftiges Gelb umschlug, drehte Margo den kleinen Glashahn zu und stoppte so die Zufuhr der Titerlösung. Dann las sie an einer Skala ab, wieviel davon herausgetropft war.

Margo trat einen Schritt zurück und spürte, wie sich ein altbekanntes, aber unangenehmes Gefühl in ihr breitmachte. Es war ein fast schon an Angst grenzendes Unbehagen, das sie vor achtzehn Monaten bereits einmal ganz ähnlich verspürt hatte, und zwar in einem Labor, das nicht einmal dreißig Meter von diesem entfernt auf demselben Korridor lag. Damals hatten sie und Frock ebenso gebannt auf den Bildschirm eines Computers gestarrt, auf dem Greg Kawakitas genetisches Extrapolator-Programm soeben die möglichen physischen Merkmale des Museumsmonsters aufgelistet hatte.

Margo erinnerte sich daran, wie sie damals John Whittlesey fast verflucht hätte, den Wissenschaftler, dessen fehlgeschlagene Expedition ins Amazonas-Becken alles Unglück ausgelöst hatte. Whittlesey hatte, ohne zu wissen, was er damit anstellte, die Fasern einer bestimmten Sumpfpflanze als Packmaterial für seine Artefakte verwendet. Weder Whittlesey noch irgendeinem anderen Mitglied der Expedition war dabei bewußt gewesen, daß die Mbwun-Kreatur nach den in dieser Pflanze enthaltenen Hormonen süchtig war. Als schließlich der Lebensraum der Kreatur zerstört war, hatte sich diese auf die Suche nach dem einzigen noch existierenden Vorrat an diesen Hormonen gemacht: den Verpackungsfasern in den Expeditionskisten. Diese aber waren, nachdem sie einige Jahre lang fast unbeachtet im Keller des Museums herumgestanden hatten, in einen durch Stahltüren gesicherten Lagerraum gebracht worden, wodurch sie der Kreatur nicht mehr zugänglich waren, die nun ihre Gier nach den Hormonen mit einem Ersatz hatte stillen müssen: dem Hypothalamus des menschlichen Gehirns, in dem sich ganz ähnliche Hormone – wenn auch in weitaus geringerer Konzentration – fanden.

Als Margo in die gelbliche Lösung starrte, verspürte sie neben ihrer Angst auch eine merkwürdige Erregung. Bei dieser ganzen Geschichte gab es nach wie vor etwas, das nicht ausreichend erklärt war. Dasselbe unbefriedigende Gefühl hatte sie schon gehabt, als der Kadaver der von Pendergast erlegten Kreatur von den Behörden in einer Nacht-und-Nebel-Aktion beiseite geschafft worden war. Margo hatte es sich nie richtig eingestanden, aber eigentlich war sie schon damals der Meinung gewesen, daß man dem Rätsel um Mbwun nicht wirklich auf den Grund gegangen war. So war zum Beispiel nie geklärt worden, was diese Kreatur gewesen und wie sie vom Oberlauf des Xingú nach Manhattan gelangt war. Es hatte keinen Autopsiebericht gegeben, keine Untersuchungen am Kadaver, nichts. Dabei hätte Margo wirklich gerne gewußt, weshalb die DNS der Kreatur einen so hohen Anteil menschlicher Gene aufgewiesen hatte. Wären diese und eine ganze Reihe anderer Fragen damals beantwortet worden, hätte die Geschichte einen wirklichen Abschluß bekommen und Margo hätte womöglich auch keine Alpträume mehr gehabt.

Jetzt, eineinhalb Jahre später, wurde Margo urplötzlich klar, daß Frocks Theorie einer einmaligen genetischen Aberration sie eigentlich nie wirklich überzeugt hatte. Widerwillig rief sie sich die paar Augenblicke ins Gedächtnis zurück, in denen sie die Museumskreatur mit eigenen Augen gesehen hatte. Als das Monster in dem dunklen Korridor Pendergast und sie mit einem fast triumphierenden Funkeln in seinen intelligenten Augen angegriffen hatte, war es Margo eher wie eine Hybride vorgekommen und nicht wie eine Aberration. Eine Hybride aus Reptil und ... was noch?

Sie hörte, wie Frock ungeduldig in seinem Rollstuhl herumrutschte, und wischte die Gedanken weg. »Lassen Sie uns den Versuch noch einmal wiederholen«, forderte er sie auf. »Nur um sicherzugehen, daß auch alles stimmt.«

»Ich bin mir bereits sicher«, entgegnete Margo.

»Meine Liebe«, sagte Frock und lächelte, »Sie sind noch zu jung, um sich wirklich sicher zu sein. Denken Sie daran, daß jedes wissenschaftliche Experiment exakt nachvollziehbar sein muß. Ich möchte Sie ja nicht enttäuschen, aber ich fürchte, daß sich Ihre Versuche am Ende als eine große Zeitverschwendung erweisen werden. Wir sollten uns lieber die Leiche von diesem Bitterman vornehmen.«

Margo machte sich zähneknirschend daran, den Versuch zu wiederholen. Wenn sie weiter so langsam vorankamen, würde es Wochen dauern, bis ihre Untersuchungen der Proben, die sie aus Greg Kawakitas zerstörtem Labor mitgebracht hatte, zu irgendwelchen brauchbaren Ergebnissen führten. Frock war sich bei all seinem Pochen auf wissenschaftlich exaktes Vorgehen wieder mal in keiner Weise bewußt, wie sehr die Zeit drängte. Außerdem war er, wie viele große Wissenschaftler, ein heilloser Egozentriker, der sich eigentlich nur für seine eigene Arbeit interessierte und nicht für die anderer Leute. Margo erinnerte sich daran, daß Frock als ihr Doktorvater gerne endlose Geschichten von seinen Reisen erzählt hatte, die er, als er noch nicht im Rollstuhl saß, nach Afrika, Südamerika und Australien unternommen hatte. Nur wenn Margo Glück hatte, wurde bei solchen Treffen am Rande auch über ihre Doktorarbeit gesprochen.

Jetzt hatten sie schon mehrere Stunden lang die Pflanzenreste untersucht, die sie in Gregs Labor gefunden hatte, und noch immer war nicht zweifelsfrei erwiesen, ob es sich dabei wirklich um dieselbe Pflanze handelte, nach der die Mbwun-Kreatur süchtig gewesen war. Auch psychoaktive Substanzen, wie D'Agosta sie vermutete, hatte sie bisher noch nicht nachweisen können.

Wenn die Behörden damals nicht sämtliche Fasern vernichtet hätten, dachte Margo, wäre es jetzt sehr viel einfacher, vergleichende Tests anzustellen. Aber die Leute von der Seuchenkontrollbehörde waren bei ihrer Arbeit leider äußerst gründlich vorgegangen. Sie hatten sogar Margos Handtasche konfisziert, in der sie eine kleine Menge von den Fasern transportiert hatte.

Wenn aber sämtliche Überreste der *Lilicea mbwunensis* vernichtet waren, wie hatte Greg die Pflanze dann in seinen Aquarien züchten können? Und, was noch viel wichtiger war, *warum* hatte er das getan?

Weil Margo keine Antwort auf diese Frage wußte, wandte sie sich lieber der Glasscherbe mit der Aufschrift AKTIVIERTES 7-DEHYDROCHOL... zu, die sie in Kawakitas zerstörtem Labor gefunden hatte. Inzwischen hatte sie eine Chemikalie in ihrem Lexikon nachgeschlagen und sie als AKTIVIERTES 7-DEHYDROCHOLESTERIN identifiziert. Fast hätte sie dabei über ihre eigene Dummheit lachen müssen. Kein Wunder, daß ihr der Name vertraut vorgekommen war, schließlich handelte es sich dabei um die gängigste Form von Vitamin D_3. Als sie daraufhin noch einmal ihre Skizzen aus der Ruine angesehen hatte, war ihr rasch klargeworden, daß einige Apparaturen in Gregs Labor zur Synthetisierung größerer Mengen von Vitamin D gedient haben mußten. Aber wofür hatte er es hergestellt?

Inzwischen war die Titration beendet und hatte zu genau demselben Ergebnis geführt wie der vorherige Versuch auch. Frock, der gerade am anderen Ende des Labors irgendwelche Instrumente aufräumte, sah nicht einmal herüber. Margo zögerte einen Augenblick und fragte sich, was sie als nächstes tun sollte. Schließlich ging sie hinüber zu dem Stereomikroskop, unter dem sie mit der Pinzette vorsichtig eine weitere Faser aus dem Stengel der in Kawakitas Labor gefundenen Pflanze löste. Langsam ging ihr Vorrat zur Neige.

Frock kam herbeigefahren, als er Margo am Mikroskop sah. »Verzeihen Sie, Margo, aber es ist schon sieben Uhr«, sagte er mit sanfter Stimme. »Finden Sie nicht, daß Sie für heute genug gearbeitet haben? Lassen Sie uns doch zu Ende kommen.«

»Ich bin fast fertig, Dr. Frock«, erwiderte Margo lächelnd. »Ich würde nur gerne noch einen Test machen, bevor ich nach Hause gehe.«

»Und was soll das für ein Test sein?«

»Ich würde gerne eine der Fasern gefrierspalten und mir dann ihren Querschnitt im Rasterelektronenmikroskop ansehen.«

Frock runzelte die Stirn. »Und zu welchem Zweck?«

Margo sah auf die winzige Faser auf dem Objektträger. »Das weiß ich selber noch nicht so recht«, meinte sie. »Als wir damals die Fasern untersuchten, haben wir darin doch eine Art Reovirus gefunden, das sowohl menschliche wie tierische Erbinformationen in sich trug. Ich würde gerne mal nachsehen, ob sich das Virus auch in dieser Pflanze befindet. Vielleicht ist es ja dafür verantwortlich, daß die Pflanze wie eine Droge wirkt.«

Frocks breite Brust begann langsam, dann immer schneller zu beben, bis sich seine Heiterkeit schließlich als ein lautes Lachen entlud. »Margo, jetzt ist es aber wirklich an der Zeit, daß Sie eine Pause machen«, sagte er. »Sie ergehen sich ja schon in den wildesten Spekulationen.«

»Mag sein. Ich würde es eher eine Ahnung nennen.«
Frock sah sie skeptisch an und seufzte tief. »Wenn Sie meinen. Ich für meinen Teil werde jedenfalls jetzt nach Hause fahren. Morgen muß ich zu meiner jährlichen Vorsorgeuntersuchung ins Krankenhaus, und da will ich ausgeschlafen sein. Bis Mittwoch dann, meine Liebe.«

Margo sagte auf Wiedersehen und sah zu, wie Frock in seinem Rollstuhl zur Tür fuhr. Langsam wurde ihr klar, daß der berühmte Wissenschaftler es nicht mochte, wenn man ihm widersprach. Als sie noch eine schüchterne und nachgiebige Doktorandin gewesen war, hatte Frock sich ihr gegenüber stets charmant und zuvorkommend verhalten. Jetzt aber, als Professor im Ruhestand und sie selbst als Kuratorin mit eigenem Forschungsgebiet, schien er manchmal nicht allzu glücklich über ihr inzwischen gewonnenes Selbstbewußtsein zu sein.

Margo nahm den Objektträger mit der winzigen Pflanzenfaser und trug ihn hinüber zur Gefrierspaltmaschine, in der die Faser, in einen kleinen Plastikblock eingeschlossen, bis knapp oberhalb des absoluten Nullpunktes heruntergekühlt und dann in zwei Teile gespalten wurde. Diesen Querschnitt wollte sie anschließend unter dem Rasterelektronenmikroskop betrachten. Frock hatte natürlich recht: Es gab eigentlich keinen logischen Grund, die Faser auf diese Weise zu untersuchen. Auch wenn Margo sich einredete, damit einer unbestimmten Ahnung zu folgen, tat sie es eigentlich nur, weil ihr sonst nichts mehr einfiel.

Nach einer Weile signalisierte ein grünes Licht an der Kältemaschine, daß der Gefrierprozeß abgeschlossen war. Mittels einer elektronisch gesteuerten Transportwiege beförderte Margo den kleinen Plastikblock auf die Spaltbühne, wo ein Diamantmesser ihn mit einem leisen Klicken in zwei Teile zerlegte. Margo nahm eines und legte es in das Rasterelektronenmikroskop. Nachdem sie den Elektronenstrahl und die Bildkontrollen sorgfältig eingestellt hatte, erschien ein scharfes Schwarzweißbild auf dem Monitor des Mikroskops.

Was sie sah, ließ ihr das Blut in den Adern stocken.

Die Faser war geradezu übersättigt mit dem Reovirus, das Kawakita vor achtzehn Monaten mit Hilfe seines Extrapolator-Programms entdeckt hatte. Die sechseckigen Partikel steckten in allen Zellen der Faser, rings herum hatten sich große Hohlräume gebildet, die eine Art kristallisiertes Sekret zu enthalten schienen. Dieses Sekret mußte von dem Reovirus stammen.

Margo atmete tief durch. Die hohe Konzentration des Virus und das Sekret konnten eigentlich nur eines bedeuten: Die Pflanze *Lilicea mbwunensis* war lediglich ein Wirtsorganismus für das Virus, das seinerseits die Droge hervorbrachte, nach der D'Agosta gesucht hatte. Jetzt wußte Margo auch, warum sich in keinem ihrer Tests eine psychoaktive Substanz hatte nachweisen lassen. Die Droge war das Sekret, das in den kleinen, Vakuolen genannten Hohlräumen der Fasern eingeschlossen war.

Nun gut, dachte Margo. Was sie jetzt zu tun hatte, war ziemlich einfach. Sie mußte das Reovirus isolieren, auf einem Medium heranzüchten und herausfinden, was für eine Droge es produzierte.

Und genau das mußte Kawakita auch gemacht haben.

Vielleicht hatte er ja gar nicht versucht, die Pflanze gentechnisch zu verändern, sondern das *Virus.* Und wenn das der Fall war, dann ...

Margo dachte angestrengt nach. Langsam schienen sich die Puzzlestücke zusammenzufügen: ihre alten und neuen Untersuchungen; das Virus und seine Wirtspflanze; das Monster und seine Sucht nach den Pflanzenfasern. Aber all das erklärte weder, weshalb Kawakita das Museum verlassen und sich ein geheimes Labor aufgebaut hatte, noch wie die Mbwun-Kreatur über viele tausend Kilometer vom Amazonas nach New York gekommen war und sich schließlich die Kisten der gescheiterten Whittlesey-Expedition gesucht hatte ...

Whittlesey!

Margo sprang so hastig auf, daß sie dabei den Stuhl umwarf. Vor lauter Schreck preßte sie sich eine Hand auf den Mund. Jetzt war ihr auf einmal alles klar.

33

Als Smithback diesmal die Wohnung im achtzehnten Stock von Central Park South Nummer neun betrat, fiel ihm sofort auf, daß die Fenster des großen Wohnzimmers alle weit geöffnet waren. Heller Sonnenschein strömte herein und tauchte den Raum mit seinen Sofas und Rosenholztischen, der dem Journalisten bei seinem ersten Besuch wie das Empfangszimmer eines Beerdigungsinstituts vorgekommen war, in ein warmes, angenehmes Licht.

Ein Dienstmädchen führte Smithback hinaus auf den Balkon, wo Anette Wisher an einem Tisch mit Glasplatte saß. Sie trug einen modischen Strohhut und eine dunkle Sonnenbrille und bat Smithback, auf dem Stuhl neben ihr Platz zu nehmen.

»Bringen Sie Mr. Smithback bitte eine Tasse Tee«, forderte Mrs. Wisher das Dienstmädchen auf, während der Reporter noch den herrlichen Blick über den Central Park bewunderte.

»Bitte, nennen Sie mich doch Bill«, sagte Smithback und schüttelte seiner Gastgeberin die Hand. Er kam nicht umhin zu bemerken, daß Mrs. Wishers Gesicht auch im hellen Licht der Vormittagssonne auffallend wenige Falten hatte. Es wirkte ebenso straff und voller jugendlicher Spannkraft wie die Frau selbst.

»Ich möchte Ihnen für Ihre Geduld danken, Bill«, erklärte

sie. »Und ich glaube, daß ich Sie sehr bald dafür entschädigen kann. Wir haben uns nämlich auf einen Aktionsplan geeinigt, und wie versprochen sind Sie der erste, der davon erfährt. Allerdings müssen Sie ihn noch eine Weile für sich behalten.«

Smithback dankte dem Dienstmädchen für den Tee und schnupperte den Duft von teurem Darjeeling und zartem Jasmin. Das lasse ich mir gefallen, dachte er: auf dem Balkon einer eleganten Wohnung hoch über Manhattan zu sitzen und mit der Frau, die jeder Journalist der Stadt interviewen will, in aller Ruhe eine Tasse Tee zu trinken. Das entschädigte ihn sogar für die Tatsache, daß er durch seine selbstauferlegte Zurückhaltung diesem selbstgefälligen Bastard Bryce Harriman eine Reihe toller Geschichten hatte überlassen müssen.

»Nach dem großen Erfolg unserer Demonstration auf der Grand Army Plaza wollen wir nun mit unserer Aktion ›Säubert New York‹ einen Schritt weitergehen«, informierte ihn Mrs. Wisher.

Smithback nickte.

»Unser Plan ist eigentlich ganz einfach. Von nun an werden wir bei jedem neuen Mord vor das Polizeipräsidium ziehen und verlangen, daß dieser Wahnsinn gestoppt wird.« Sie strich sich eine Haarsträhne aus dem Gesicht. »Aber vielleicht wird das ja auch gar nicht mehr notwendig sein.«

»Und weshalb nicht?«

»Weil unsere Leute sich morgen abend Punkt sechs vor der St. Patrick's Cathedral versammeln werden. Glauben Sie mir, Bill, im Gegensatz zu dieser Demonstration wird das, was Sie an der Grand Army Plaza gesehen haben, sich wie ein verlorenes Häufchen ausnehmen. Diesmal werden wir der Stadt und ihren Politikern zeigen, daß wir es wirklich ernst meinen. Wir werden die Fifth Avenue hinaufmarschieren und dann von Central Park South nach Central Park West. An jedem Tatort werden wir eine Mahnwache mit Kerzenlicht abhalten und uns dann

alle auf der Liegewiese im Central Park zu einem abschließenden Mitternachtsgebet treffen.«
Mrs. Wisher schüttelte den Kopf und fuhr dann fort: »Ich fürchte, daß der Bürgermeister bisher noch nicht kapiert hat, worum es wirklich geht. Aber wenn er erst einmal sieht, daß unzählige Bürger den Verkehr in der ganzen Innenstadt von Manhattan lahmlegen und von ihm endlich Taten fordern, dann *muß* er einfach etwas tun, darauf gebe ich Ihnen mein Wort.«
»Meinen Sie, der Bürgermeister kreuzt bei der Demonstration auf, so wie er es bei der letzten gemacht hat?« fragte Smithback.
»Das könnte ich mir gut vorstellen. Politiker wie er lassen sich eine solche Gelegenheit nur ungern entgehen. Und wenn er kommt, dann werde ich ihm sagen, daß wir ihm noch eine letzte Chance geben. Sollte er die vertun, muß er mit einem regelrechten Feldzug gegen sich und seine Verwaltung rechnen. Und wenn wir mit ihm fertig sind, dann wird er nicht einmal mehr einen Job als Hundefänger in Akron, Ohio, bekommen.« Ein frostiges Lächeln spielte um ihre Lippen. »Ich erwarte übrigens, daß Sie das zu gegebener Zeit wörtlich zitieren, Bill.«
Auch Smithback konnte nun ein Lächeln nicht mehr unterdrücken. Die Sache ließ sich sogar noch besser an, als er sich vorgestellt hatte.

34

Es war fast vollendet.
Er trat in die feuchtwarme Dunkelheit des Tempels, fuhr mit den Fingern sanft an den glatten Kugeln entlang, aus denen die Wände bestanden, und ließ sie fast liebevoll über das organische Material mit seinen Löchern und Ausbuchtungen

gleiten. Es war gut, daß dieser Tempel hier stand; der Ort hatte so viel mit dem des ursprünglichen Tempels gemeinsam und unterschied sich dabei doch so grundlegend von ihm. Er drehte sich um und setzte sich auf den Thron, den seine Kinder ihm erbaut hatten. Er spürte die rauhe lederartige Oberfläche des Sitzes und hörte das leise Knarzen von unter seinem Gewicht nachgebenden Knochen und Sehnen. Seine Sinne waren so geschärft wie niemals zuvor. Jetzt, da sein Werk bald vollendet sein würde, strebte auch seine Verwandlung ihrer Vollendung zu.

Seine Kinder hatten für ihn, ihren Führer und Meister, lange hart gearbeitet. Sie liebten und fürchteten ihn, und bald würden sie ihn als ihren Gott anbeten. Er schloß die Augen und sog die dichte gehaltvolle Luft ein, deren feuchte Schwaden wie Nebel um ihn herumwaberten. Früher, als seine Sinne noch stumpf und unentwickelt gewesen waren, hätte ihn der Geruch dieses Tempels angewidert. Doch nun, unter dem Einfluß der Pflanze, hatte sich das grundlegend geändert. Der Geruch kam ihm jetzt wie eine abwechslungsreiche Landschaft vor, die sich in ständig wechselnden Farben und Stimmungen vor ihm entfaltete. Hier war sie hell und aufgeräumt, dort dunkel und geheimnisvoll. Es gab Berge, Täler und Wüsten des Geruchs, es gab Ozeane und Himmel, Flüsse und Wiesen, und alle verbanden sich miteinander zu einem einzigartigen Duftpanorama, für dessen Beschreibung der menschlichen Sprache die Worte fehlten. Verglichen damit war die visuelle Welt flach, häßlich und steril.

Er lehnte sich zurück und kostete seinen Triumph aus. Wo der andere versagt hatte, war *er* erfolgreich gewesen. Wo der andere seiner Angst und seinen Zweifeln nachgegeben hatte, waren *seine* Kraft und sein Mut nur noch stärker geworden. Der andere hatte es nicht geschafft, den Fehler zu erkennen, der in seiner Formel verborgen lag, *er* aber hatte nicht nur den Fehler gefunden, sondern auch noch die herrliche Pflanze entscheidend verbessert. Der andere hatte die verzweifelte Sehnsucht der Kinder nach einem Ritus, einer Zeremonie völlig unterschätzt, *er* aber war diesem Irrtum nicht erlegen. Er allein hatte die wahre Bedeutung der heiligen Pflanze begriffen.

Dies hier stellte die wahre Krönung seines Lebenswerks dar, und es wurmte ihn, daß er nicht schon viel früher darauf gekommen war. Nur er, nicht der andere, hatte schon immer die Kraft, den Intellekt und den Willen gehabt, um eine solch große Aufgabe zu bewältigen. Er alleine war in der Lage, diese Welt zu reinigen und in ihre Zukunft zu führen.

Die Welt! Er murmelte das Wort laut vor sich hin und dachte an all die Erbärmlichkeit dort oben, hoch über seinem Kopf und dem Allerheiligsten dieses Tempels. Er sah diese Welt jetzt in einem neuen, schonungslos klaren Licht. Es war eine übervölkerte Welt, in der die Menschen wie Insekten herumkrabbelten und nicht glauben wollten, daß sie nur unbedeutende, winzig kleine Zahnräder in einer sinnlosen Maschinerie waren. Da oben fraßen sie, ließen ihren Kot fallen, paarten sich, bekamen Kinder und starben, ohne auch nur einen Augenblick lang die jämmerliche Tretmühle menschlicher Existenz verlassen zu haben. Es war so einfach – und so unvermeidlich –, das alles auszulöschen wie die Puppen in einem Ameisenhaufen, den man mit ein paar beherzten Fußtritten zerstört hat. Und dann, wenn diese Arbeit getan war, würde eine neue Welt entstehen: eine frische, vielfältige Welt voll von kühnen Träumen.

35

Wo sind denn die anderen?« erkundigte sich Margo, als D'Agosta alleine in den kleinen Konferenzraum der Anthropologischen Abteilung kam.

»Die kommen nicht«, sagte D'Agosta, während er seine Hose hochzog und sich setzte. »Terminschwierigkeiten.« Als er Margos fragenden Blick bemerkte, schüttelte er resigniert den Kopf. »Ach, was soll's, ich kann Ihnen genausogut die Wahrheit sagen. Sie haben einfach kein Interesse. Erinnern Sie sich noch an Captain Waxie? Sie haben ihn bei Brambells Präsentation kennengelernt. Er leitet jetzt die Untersuchung und ist felsenfest davon überzeugt, daß er den Täter in Gewahrsam hat.«

»Wie bitte? Soll das heißen, daß man den Mörder geschnappt hat?«

»Nein, natürlich nicht. Waxie ist nur ein armer Irrer aus dem Park ins Netz gegangen. Der Kerl hat zwar einen Mord verübt, aber er ist nicht der Killer, hinter dem wir her sind. Zumindest glaubt Pendergast das.«

»Wo ist Pendergast überhaupt?«

»Auf einer kleinen Geschäftsreise.« D'Agosta lächelte, als habe er soeben einen Witz gemacht, den nur er verstand. »Also, was haben Sie herausgefunden, Dr. Green?«

»Da muß ich etwas weiter ausholen«, sagte Margo und atmete tief ein. »Vor zehn Jahren führte John Whittlesey, ein Wissenschaftler dieses Museums, eine Expedition ins Amazonas-Becken, die von Anfang an unter keinem guten Stern stand. Weil es ziemlich bald Streit unter den einzelnen Wissenschaftlern gab, trennten sie sich und gingen jeder seiner eigenen Wege. Keiner von ihnen kehrte lebend zurück, nur ein paar Kisten mit in seltsame Pflanzenfasern verpackten Artefakten gelangten per Schiff hierher. In einer von ihnen fand man eine häßliche Steinfigur.«

D'Agosta nickte. Die Geschichte war ihm von den Museumsmorden vor eineinhalb Jahren nur allzu bekannt.

»Niemand wußte, daß es sich bei der Figur um die Darstellung einer grausigen Kreatur handelte, die es am Oberlauf des Xingú wirklich einmal gegeben hatte. Ebensowenig ahnte man, daß dieses Monstrum nach der Pflanze süchtig war, von der die zum Ausstopfen der Kisten verwendeten Fasern stammten. Als dann der natürliche Lebensraum des Monsters zerstört wurde, kam es hierher nach New York und nistete sich im Keller des Museums ein, wo es jahrelang vollkommen unbehelligt lebte und sich von Ratten und anderen Tieren sowie von den Fasern der Pflanze ernährte, nach denen es süchtig zu sein schien.«

D'Agosta nickte abermals.

»Sie kennen diese Geschichte ja ebenso gut wie ich, Lieutenant«, sagte Margo. »Aber wissen Sie was? Ich glaube sie nicht mehr!«

D'Agosta zog eine Augenbraue hoch. »Und *was* daran glauben Sie nicht?«

»Haben Sie sich noch nie gefragt, wie ein wildes Tier – so intelligent es auch sein mag – vom Amazonas-Becken nach New York gelangen soll? Das ist ein verdammt weiter Weg.«

»Aber es ist doch hierhergekommen, oder etwa nicht? Großer Gott, ich habe sogar seinen *Atem* gespürt. Ist es da nicht egal, wie es den Weg gefunden hat?«

»Nein, das ist es nicht. Was wäre, zum Beispiel, wenn dieser Mbwun gar nicht vom Oberlauf des Xingú gestammt hätte, sondern aus New York City? Dann wäre er lediglich nach Hause zurückgekehrt.«

»Nach Hause?« fragte D'Agosta verblüfft.

»Ja. Stellen Sie sich mal vor, Mbwun wäre gar kein Tier, sondern ein Mensch gewesen. Stellen Sie sich vor, er wäre *Whittlesey* gewesen.«

D'Agosta musterte Margo mit kritischen Blicken. So fit sie körperlich auch sein mochte, die viele Arbeit an den Skeletten und Leichen mußte ihr in letzter Zeit schwer zu schaffen gemacht haben. Und dann war da noch die Sache mit Brambell und Kawakita ... Vielleicht war es ja seine, D'Agostas, Schuld. Er hätte die Frau, von der er wußte, daß sie die Museumsmorde von vor eineinhalb Jahren seelisch noch nicht richtig verkraftet hatte, niemals zu einer solchen Untersuchung hinzuziehen dürfen. »Hören Sie, Dr. Green«, begann er, »ich glaube, es wäre besser, wenn Sie ...«

Margo hob abwehrend die Hand. »Ich weiß ja, wie verrückt das alles klingt, Lieutenant, aber ich schwöre Ihnen, das ist es nicht. Meine Laborassistentin ist im Moment dabei, meine Theorie durch weitere Tests zu untermauern. Hören Sie mir also bitte bis zum Ende zu. Als wir vor achtzehn Monaten eine von Mbwuns Krallen untersuchten, stellten wir fest, daß seine DNS in weiten Teilen der eines Menschen ähnelte. Die Übereinstimmungen waren einfach zu groß, um eine einfache genetische Aberration zu sein. Und erinnern Sie sich noch an die Gebrauchsgegenstände, die Pendergast im Bau der Kreatur fand? Und noch etwas: Wie kommt es, daß das Monster jeden getötet hat, der mit ihm in Berührung kam, mit Ausnahme von Ian Cuthbert? Ich will es Ihnen sagen: weil Cuthbert ein guter Freund von Whittlesey war. Immerhin wurde Whittleseys Leiche nie gefunden ...«

D'Agosta schob seinen Stuhl nach hinten und stand auf. Jetzt war Margo Green total durchgedreht.

»Bitte setzen Sie sich wieder«, sagte Margo ruhig.

Als D'Agosta die Entschlossenheit in ihren Augen sah, nahm er wieder Platz.

»Lieutenant«, fuhr Margo fort, »ich weiß genau, wie das alles klingt. Aber Sie *müssen* mich bis zum Ende anhören. Wir haben einen schrecklichen Fehler gemacht, für den ich mindestens genauso verantwortlich bin wie alle anderen hier. Wir haben damals die Puzzlesteine nicht richtig zusammengesetzt, aber jemand anders schon: und zwar *Greg Kawakita.*«

Margo legte eine stark vergrößerte Mikroskopaufnahme vor D'Agosta auf den Tisch. »Die Pflanze, die ich in Kawakitas zerstörtem Labor gefunden habe und die auch in den Kisten der Whittlesey-Expedition war, enthält ein Reovirus.«

»Das wußten wir damals schon.«

»Stimmt. Aber wir haben übersehen, daß diese Reoviren fremdes Erbgut in eine Wirtszelle einbauen können. Heute abend habe ich noch ein paar zusätzliche Tests mit den Fasern gemacht und herausgefunden, daß sie Reptilien-DNS enthalten. Wenn nun ein Mensch von der Pflanze ißt, wird diese fremde DNS in seine Zellen eingebaut, wo sie eine *physische* Veränderung auslöst. Auf irgendeine Weise – ich weiß noch nicht genau, wie – muß Whittlesey bei seiner Expedition diese Pflanze zu sich genommen und danach eine starke morphologische Veränderung durchgemacht haben. *Er verwandelte sich in Mbwun* und war fortan süchtig nach der Pflanze. Als dann ihr natürliches Verbreitungsgebiet zerstört wurde, fielen Whittlesey die Fasern ein, die er selbst in die Kisten gepackt und hierher ans Museum geschickt hatte. Also machte er sich auf den Weg nach New York und schlich sich in den Keller des Museums, wo er ein paar Jahre lang lebte, ohne großes Aufsehen zu erwecken. Erst als man die Kisten zur Vorbereitung der Aberglauben-Ausstellung an einen sicheren Ort brachte und Whittlesey alias Mbwun nicht mehr an seine Fasern kam, fing er an, wahllos Menschen zu töten, damit er an deren Hypothalamus kam. Diese Drüse im menschlichen Gehirn produziert nämlich ein Hormon, das der Droge in der Pflanze ähnelt, und ...«

»Moment mal«, unterbrach D'Agosta. »Wollen Sie damit etwa behaupten, daß man sich in eine Art Monster verwandelt, wenn man diese Pflanze ißt?«

Margo nickte. »Und ich weiß jetzt auch, was Greg Kawakita in seinem Labor gemacht hat. Er muß irgendwann zu denselben Schlüssen gekommen sein wie ich und daraufhin versucht haben, die Pflanze zu züchten, um daraus Rauschgift herzustellen.« Sie breitete ein großes Diagramm auf dem Konferenztisch aus. »Hier ist eine Karte seines Labors, soweit ich es rekonstruieren konnte. An den Rand habe ich eine Aufstellung der Apparate geschrieben, die er sich dafür angeschafft hat. Selbst mit Großhandelsrabatt müssen sie mehr als achthunderttausend Dollar gekostet haben.«

»Drogengeld«, sagte D'Agosta und pfiff durch die Zähne.

»Ganz genau, Lieutenant. In diesem Labor wurde gentechnische Produktion auf hohem Niveau betrieben. Und zwar mit der Betonung auf *Produktion.*«

»Seit Ende letzten Jahres gab es immer wieder Gerüchte von einer neuen Droge namens Glaze«, bemerkte D'Agosta. »Sie soll sehr selten, sehr teuer und sehr wirkungsvoll sein.«

Eine Weile sagte keiner der beiden etwas. D'Agosta wischte sich den Schweiß von der Stirn und tastete seine Brusttasche nach der vertrauten Form einer Zigarre ab. Margos Theorie kam ihm immer wahrscheinlicher vor.

»Wenn ich mir alles richtig zusammengereimt habe, dann hat Kawakita seine Apparate dazu benutzt, aus der DNS des Virus Gene zu entfernen«, erklärte Margo schließlich und legte ein paar weitere Fotos auf den Tisch. »Das hier sind Aufnahmen von einem Rasterelektronenmikroskop, die eindeutig beweisen, daß er die Reptiliengene herausgeschnitten hat. Ich kann mir das nur so erklären, daß er auf diese Weise die Nebenwirkungen der Droge eliminieren wollte, die Whittlesey in Mbwun verwandelt haben.«

»Was hält eigentlich Frock von Ihren Theorien?«

Margo wurde rot. »Ich habe noch keine Gelegenheit gehabt, mit ihm darüber zu reden«, antwortete sie betreten. »Aber ich weiß auch so, daß er nicht viel davon halten wird. Dazu ist er viel zu sehr seiner Theorie von der Fraktalen Evolution verhaftet. Vermutlich wird Ihnen das alles ziemlich verrückt vorkommen, Lieutenant, aber es ist eine Tatsache, daß es in der Natur eine ganze Reihe von Substanzen gibt, die enorme Veränderungen der äußeren Erscheinung bewirken können. Denken Sie bloß an die Hormone: Es gibt zum Beispiel ein Hormon, das als BSTH bezeichnet wird und eine Raupe dazu bringt, sich zu verpuppen und zum Schmetterling zu werden. Ein anderes heißt Resotropin-X. Wenn eine Kaulquappe eine bestimmte Menge davon abkriegt, verwandelt sie sich innerhalb weniger Tage in einen Frosch. Warum soll es also nicht auch Stoffe geben, die körperliche Veränderungen beim Menschen auslösen?«

Margo hielt einen Augenblick inne. »Und dann ist da noch etwas.«

»Ist das denn nicht schon genug?«

Margo griff in ihre Umhängetasche und holte mehrere Blätter angebrannten Papiers in durchsichtigen Plastikhüllen heraus. »Ich habe in der Ruine ein verkohltes Schreibheft gefunden, das vermutlich Kawakitas Labortagebuch war«, sagte sie und reichte D'Agosta drei weitere Fotografien. »Ich habe die wenigen Fragmente, die man noch lesen konnte, fotografieren und vergrößern lassen. Das erste davon stammt etwa aus der Mitte des Hefts und stellt wohl so eine Art Liste dar.«

D'Agosta betrachtete das erste Foto. Es zeigte eine zum Großteil verbrannte Seite, auf der er am linken Rand ein paar handschriftliche Worte entziffern konnte: »Wysoccan, Blaufüßiger Kahlkopf.« Dann, etwas weiter unten: »Gunpowder, Lotus Heart, Green Cloud«.

»Kommt Ihnen irgendwas davon bekannt vor?« fragte D'Agosta, während er die Worte in sein Notizbuch schrieb.

»Nur das Wort ›Gunpowder‹, aber ich weiß nicht so recht, woher«, erwiderte Margo und deutete auf das zweite Foto. »Das hier ist eindeutig Programmiersprache für einen Computer. Es könnten Fragmente des Quelltextes für Kawakitas Extrapolator-Programm sein. Das nächste Fragment ist wieder in Klartext.«

D'Agosta betrachtete das dritte Foto.

... kann das Wissen um das, was ich getan habe, nicht mehr ...
Wie konnte ich bloß, während ich mich auf ... konzentriert habe ... die psychischen Effekte außer acht lassen, die ...
... und er wird immer gieriger. Ich brauche Zeit, um ...

»Sieht so aus, als hätte er ein schlechtes Gewissen bekommen«, sagte D'Agosta und reichte Margo die Fotos zurück. »Aber jetzt weiß ich noch immer nicht, was er in seinem Labor genau gemacht hat.«
»Darauf komme ich gleich«, antwortete Margo. »Lassen Sie uns erst noch bei seinem Laborbuch bleiben. Ich vermute, daß er auf der Seite, die Sie gerade gelesen haben, von der Droge Glaze schreibt. Interessant ist, daß er die psychischen Nebenwirkungen offenbar nicht bedacht hat. Was mir allerdings noch immer nicht klar ist, ist, wen oder was er mit ›ihm‹ meint, der immer gieriger wird.«
Margo griff noch einmal in ihre Tasche und zog ein weiteres Foto heraus. »Es gibt noch ein weiteres Fragment, von dem ich glaube, daß es von der letzten Seite des Heftes stammt. Wie Sie sehen, sind jede Menge Zahlen und Berechnungen darauf, aber nur drei lesbare Worte mit einem Punkt dazwischen: ›unumkehrbar. Thyoxin könnte ...‹«
D'Agosta sah Margo fragend an.
»Ich habe mich informiert. Thyoxin ist ein sehr starkes experimentelles Unkrautvernichtungsmittel, mit dem man Algen aus Seen entfernen kann. Aber wozu könnte Greg es gebraucht haben? Und wozu das Vitamin D, das er ganz offensichtlich in seinem Labor hergestellt hat? Auf all diese Fragen habe ich bisher noch keine befriedigenden Antworten gefunden.«
»Ich werde mal mit Pendergast darüber reden. Vielleicht hat der ja eine Idee.« D'Agosta starrte eine Weile auf das Foto, bevor er es auf den Tisch legte. »Dr. Green, nun sagen Sie mir

aber doch bitte endlich, was Kawakita mit all seinen Apparaten wirklich gemacht hat.«

»Er hat vermutlich versucht, die Droge zu entschärfen, indem er die Reptiliengene aus dem Erbgut des Virus entfernte.«

»Entschärfen?«

»Ich glaube, er wollte erreichen, daß die Droge ihre Konsumenten nicht mehr in groteske Monstren verwandelt, ihnen aber dennoch all die nützlichen Eigenschaften verleiht, wie sie auch die Mbwun-Kreatur aufwies: Kraft, Schnelligkeit, besseres Sehvermögen in der Dunkelheit.«

Margo rollte ihren Plan von Kawakitas Labor langsam wieder zusammen. »Ich möchte wetten, daß wir in den Gewebeproben von Gregorys Skelett Spuren der stark veränderten Mbwun-Droge finden werden. Meine Assistentin ist gerade dabei, sie daraufhin zu untersuchen.«

»Meinen Sie etwa, daß Kawakita das Zeug auch selbst genommen hat?«

»Ganz bestimmt. Aber irgend etwas muß er bei der Herstellung außer acht gelassen haben, denn es ist ihm ganz offensichtlich doch nicht gelungen, der Droge ihre unerwünschten Nebenwirkungen zu nehmen. Die Deformierungen an seinem Skelett sind der beste Beweis dafür.«

D'Agosta wischte sich abermals den Schweiß von der Stirn und sehnte sich nach seiner Zigarre. »Irgendwie will mir das alles noch immer nicht so ganz einleuchten«, erklärte er. »Kawakita war doch ein cleverer Bursche. Er würde niemals so mir nichts, dir nichts eine so gefährliche Droge nehmen.«

»Da stimme ich Ihnen zu, Lieutenant. Vielleicht ist das ja auch die Erklärung für seine Schuldgefühle. Aber ich bin mir sicher, daß er diese Droge nicht aufs Geratewohl genommen hat. Er hat sie bestimmt vorher an jemandem getestet.«

»Ach so«, sagte D'Agosta und fügte nach einer langen Pause ein »gottverdammte Scheiße« an.

36

Bill Trumbull fühlte sich großartig. Der Dow-Jones-Index war allein an diesem Tag sechzehn Punkte gestiegen, was sich bereits jetzt zu hundert Punkten die Woche addierte, und ein Ende des Aufwärtstrends war nicht zu erkennen. Obwohl Trumbull erst fünfundzwanzig Jahre alt war, machte er schon hunderttausend Riesen im Jahr. Seine ehemaligen Kommilitonen würden ganz schön blöd aus der Wäsche gucken, wenn er ihnen das auf dem Treffen nächste Woche erzählte. Die meisten von ihnen krebsten im unteren Management herum und verdienten, wenn es hoch kam, vielleicht gerade mal die Hälfte. Da war sein Job als Broker an der Wall Street schon was anderes!
Laut schwatzend und lachend gingen Trumbull und seine Kollegen durch die Drehkreuze am U-Bahnhof Fulton Street. Es war kurz nach Mitternacht, und sie hatten eben auf der Seaport Pier opulent zu Abend gegessen, eine Menge von dem hervorragenden, direkt im Lokal gebrauten Bier getrunken und sich ausgemalt, wie reich sie alle eines Tages werden würden. Jetzt, auf dem Nachhauseweg, waren sie in Höchststimmung und rissen laute Witze über einen trotteligen neuen Kollegen, der ihrer Meinung nach niemals die Probezeit überstehen würde.
Trumbull spürte einen warmen Windhauch und hörte das vertraute Rumpeln eines herannahenden U-Bahnzugs. Dann tauchten zwei kleine Lichtpunkte aus dem Tunnel auf, die rasch größer wurden. Trumbull wußte, daß er eine halbe Stunde brauchen würde, bis er zu Hause war, und ärgerte sich wieder einmal darüber, wie weit weg vom Zentrum seine Wohnung an der Ecke 98th Street und Third Avenue doch lag. Vielleicht sollte er sich ja in nächster Zukunft etwas in der Innenstadt suchen, näher an der Wall Street. Einen Loft zum Beispiel, oder eine schöne große Wohnung mit drei Zimmern.

Soho wäre nicht schlecht, aber die East Side wäre noch besser. In einem oberen Stockwerk mit Balkon. Ein großes Bett natürlich, dicker, eierschalenfarbener Teppichboden, viel Chrom und Glas ...

»... und dann sagt sie: ›Liebling, kannst du mir siebzig Dollar leihen?‹« Als seine Kollegen über einen obszönen Witz lauthals loswieherten, lachte Trumbull mit, obwohl er nichts davon mitbekommen hatte.

Mit einem lauten Rumpeln fuhr der Expreßzug in den Bahnhof ein. Einer seiner Kollegen schubste Trumbull zum Spaß in Richtung Bahnsteigkante, und der Jungbroker drehte sich wie ein Stierkämpfer vor der heranrasenden U-Bahn ab. Kaum war der Zug mit kreischenden Bremsen zum Stehen gekommen, drängten Trumbull und seine Kollegen in einen Wagen.

Trumbull setzte sich auf eine der abgewetzten Bänke und sah sich angewidert um. Schon wieder so ein Waggon, in dem die Klimaanlage nicht funktioniert, dachte er. Obwohl sämtliche Fenster weit offen waren und die abgestandene feucht-stickige Luft des Tunnels und den lauten Lärm des über die Gleise ratternden Zuges hereinließen, war es höllisch heiß. Trumbull lockerte seine Krawatte und öffnete den obersten Knopf seines Hemdes. Er fühlte sich auf einmal ziemlich müde und spürte einen leichten Schmerz in seinen Schläfen. Ein Blick auf seine Uhr zeigte ihm, daß er in sechs Stunden schon wieder in seinem Büro sein mußte. Mit einem leisen Seufzer lehnte er sich zurück und war froh, daß die Lautstärke im Waggon keine Unterhaltung mehr zuließ. Erschöpft schloß Trumbull die Augen.

Nach und nach stiegen seine Kollegen aus, so daß schließlich nur noch er und Jim Kolb, ein Aktienhändler, der im Stockwerk unter Trumbull arbeitete, übrigblieben. Trumbull mochte Kolb nicht besonders und signalisierte ihm mit einem herzhaften Gähnen, daß er nun zu schlafen beabsichtigte. Der Zug raste auf dem Expreßgleis immer tiefer unter die Erde.

Im Halbschlaf bekam Trumbull mit, wie die U-Bahn in den

Bahnhof 59th Street einfuhr, Fahrgäste aus- und einsteigen ließ und wieder beschleunigte. Noch eine Station, dachte er müde, dann bin ich zu Hause.

Auf einmal ging ein Ruck durch den Zug, der daraufhin heftig abbremste und schließlich mit lautem Kreischen zum Stehen kam. Jäh aus seinem dünnen Schlaf gerissen, setzte Trumbull sich irritiert auf und lauschte dem Knarren und Ticken der bewegungslosen U-Bahn.

»So eine Mistlinie«, schimpfte Kolb und stieß Trumbull mit dem Ellenbogen in die Rippen. Der verdrehte nur die Augen. Was war dieser Kolb doch für eine traurige Existenz.

Trumbull betrachtete die beiden anderen Passagiere im Waggon, eine hübsche Kellnerin und einen schwarzen Jungen, der trotz der Hitze eine dicke Jacke und eine gestrickte Wollmütze trug. Obwohl der Junge zu schlafen schien, traute Trumbull ihm nicht über den Weg. Der hat wohl genügend Leute für heute ausgeraubt und fährt jetzt nach Hause, dachte er und tastete in seiner Jackettasche nach seinem Taschenmesser. Ihm würde niemand seine Brieftasche klauen, auch wenn heute abend gar kein Geld mehr darin war.

Auf einmal erwachte der Lautsprecher an der Stirnseite des Waggons zum krächzenden Leben. »Achtung, Fahrgäste«, verkündete eine kaum verständliche Stimme. »Wegen eines Signalfehlers kommt es zu einer kurzen Verzögerung. In wenigen Augenblicken werden wir weiterfahren.«

»Wer's glaubt, wird selig«, schnaubte Kolb verächtlich.

Trumbull verschränkte die Arme über der Brust und schloß wieder die Augen. Sein Kopfweh wurde stärker, und die stickige Hitze war kaum zu ertragen.

»Und für dieses Dampfbad verlangen die eineinhalb Dollar«, schimpfte Kolb. »Das nächstemal nehmen wir gleich ein Taxi, nicht wahr, Bill?«

Trumbull nickte geistesabwesend und sah auf seine Uhr. Es war Viertel vor eins.

»Kein Wunder, daß die Leute über die Drehkreuze springen und schwarzfahren«, keifte Kolb.
Trumbull nickte wieder und fragte sich, wie er Kolb wohl zum Schweigen bringen konnte. Dann hörte er ein Geräusch von außerhalb des Waggons und blickte gelangweilt aus dem Fenster. Aus der Dunkelheit des Tunnels kam eine Gestalt an den Gleisen entlang auf ihn zu. Sicher ein Arbeiter, der das Signal wieder in Ordnung bringt, dachte Trumbull. Wenn es das überhaupt ist. Hoffentlich ist nicht der ganze Zug kaputt, sonst hocken wir hier bis ...
Trumbull zuckte zusammen. Die Gestalt war jetzt so nahe an seinem Fenster, daß er sie deutlich erkennen konnte. Es war gar kein Arbeiter, sondern eine Frau in einem langen weißen Kleid. Als sie an seinem Fenster vorbeistolperte, sah Trumbull, daß ihr Kleid auf dem Rücken einen großen dunklen Blutfleck hatte. »Hast du das gesehen?« fragte er Kolb.
»Was denn?«
»Na die Frau, die eben am Gleis entlanggerannt ist.«
»War heute abend wohl ein Drink zuviel, Billy Boy«, bemerkte Kolb mit einem süffisanten Grinsen.
Trumbull stand auf, streckte den Kopf aus dem Fenster und spähte das Gleis entlang nach hinten. Von der Frau war nichts mehr zu sehen, und auch die beiden anderen Leute im Wagen schienen sie nicht bemerkt zu haben.
Was ging hier vor? War die Frau überfallen worden? Trumbull blickte wieder nach draußen, aber der Tunnel war still und leer.
»Wie lange dauert das denn *noch?*« fragte Kolb und sah auf seine goldene Rolex.
Trumbulls Kopfschmerz war jetzt fast unerträglich. Mit einem hatte Kolb recht: Er hatte weiß Gott genug getrunken, um irgendwelche Halluzinationen zu haben. Und das war nun schon das dritte Mal in dieser Woche. Vielleicht sollte er in Zukunft etwas kürzertreten. Wahrscheinlich war die Frau doch

nur ein Arbeiter mit einem roten Rucksack oder sonst irgendwas auf dem Rücken gewesen. Und warum eigentlich keine Arbeiterin? Heutzutage machten Frauen ja die unmöglichsten Jobs. Trumbull schaute durch die Verbindungstür in den nächsten Waggon, in dem nur ein einziger Fahrgast saß und gelangweilt ins Leere starrte. Alles war ruhig. Wenn wirklich ein Überfall oder sonstwas geschehen wäre, dann hätte der Fahrer sicher eine Durchsage gemacht.

Trumbull setzte sich wieder, schloß die Augen und versuchte, sich darauf zu konzentrieren, daß seine Kopfschmerzen verschwanden. Normalerweise fuhr er gern mit der U-Bahn. Man brauchte sich um nichts zu kümmern, kam relativ rasch ans Ziel und konnte auf der Fahrt seinen Gedanken nachhängen. Erst jetzt, wo er ohne befriedigende Erklärung in einem stickig-warmen Tunnel festsaß, fiel Trumbull plötzlich ein, wie tief unter der Erde sich das Gleis der Expreßstrecke befand. Außerdem schätzte er, daß er mindestens einen Kilometer vom nächsten Bahnhof entfernt war.

Und dann hörte er das Geräusch. Zuerst klang es wie das Bremsenkreischen eines weit entfernten U-Bahnzugs, aber als Trumbull genauer hinhörte, erkannte er, daß es ein Schrei war, der seltsam verzerrt von den Tunnelwänden widerhallte.

»Was, zum Teufel ...?« fragte Kolb und sprang auf. Die Kellnerin blickte sich beunruhigt um, und selbst der coole schwarze Junge öffnete ein Auge.

Es folgte eine gespannte Stille, in der alle hinaus in den dunklen Tunnel horchten. Ein weiterer Schrei kam jedoch nicht.

»Großer Gott, Bill, hast du das gehört?« fragte Kolb schließlich. Trumbull sagte nichts. Vermutlich war jemand beraubt, möglicherweise sogar ermordet worden. Vielleicht war ja sogar der Alptraum eines jeden U-Bahn-Passagiers Wirklichkeit geworden, und eine Verbrecherbande arbeitete sich von Waggon zu Waggon systematisch durch den stehenden Zug vor.

»Die sagen einem doch nie, was wirklich passiert«, maulte Kolb und blickte nervös zu dem Lautsprecher hinauf. »Vielleicht sollte mal jemand nachsehen, was los ist.«
»Nur zu«, entgegnete Trumbull. »Tu dir keinen Zwang an.«
»Das war ein Mann, der geschrien hat«, sagte Kolb. »Ich habe es genau gehört.«
Als Trumbull wieder aus dem Fenster sah, bemerkte er, wie abermals eine Gestalt die Gleise entlangkam. Sie hatte einen merkwürdigen, fast hinkenden Gang.
»Da kommt jemand«, sagte er.
»Frag ihn, was los ist.«
Trumbull trat ans Fenster. »He! He, Sie da!«
Die Gestalt blieb stehen.
»Ist etwas passiert?« rief Trumbull hinaus. »Wurde jemand verletzt?«
Ohne zu antworten, setzte sich die Gestalt wieder in Bewegung. Trumbull sah, wie sie auf den Wagen vor dem ihren zuging, auf die Kupplung kletterte und aus seinem Gesichtsfeld verschwand.
»Ich hasse diese Arschlöcher von der U-Bahn«, erklärte Kolb. »Schieben vierzig Riesen im Jahr ein und kümmern sich einen Scheißdreck um ihre Fahrgäste.«
Trumbull ging nach vorn und schaute durch das Fenster der Verbindungstür in den vorderen Waggon. Der einzelne Passagier saß noch immer da und las jetzt in einem Taschenbuch. Wieder war alles still.
»Kannst du was sehen?« fragte Kolb.
Trumbull ging zurück zu seinem Platz. »Nichts«, kommentierte er. »Vielleicht war es ja nur ein Arbeiter, der seinem Kumpel was zugerufen hat.«
»Wenn wir nur endlich *weiterfahren* würden«, sagte die Kellnerin auf einmal mit zittriger Stimme. Der Junge in der dicken Jacke lümmelte auf seiner Bank, die Hände in den Taschen. Der hat bestimmt eine Knarre in der Hand, dachte Trumbull,

der sich nicht sicher war, ob er das nun beruhigend oder beängstigend finden sollte.
Dann ging im vorderen Wagen auf einmal das Licht aus.
»Verdammte Scheiße«, schrie Kolb.
Aus dem dunklen Waggon war ein dumpfer Schlag zu hören, der den ganzen Zug erzittern ließ. Dem Aufprall folgte ein merkwürdiges seufzendes Geräusch, das Trumbull an aus einem feuchten Ballon entweichende Luft erinnerte.
»Was war das?« fragte die Kellnerin ängstlich.
»Mir reicht's«, erklärte Kolb. »Ich verschwinde von hier. Der Bahnhof 59th Street kann nur ein paar Blocks weit hinter uns liegen. Kommst du mit, Bill?«
»Ich bleibe hier.«
»Dann bist du ein Idiot«, sagte Kolb. »Ich jedenfalls werde nicht darauf warten, daß eine gottverdammte Gang durch diese Tür kommt und mich wegen ein paar Dollar absticht.«
Trumbull schüttelte seinen schmerzenden Kopf. In solchen Situationen war es immer besser, sich so unauffällig wie möglich zu verhalten. Wenn man sich bewegte, lenkte man nur die Aufmerksamkeit auf sich und machte sich damit erst recht zum Ziel eines Angriffs.
Aus dem dunklen Waggon drang jetzt ein Geräusch wie Regen, der gegen eine Metallwand prasselt.
Als Trumbull durch die Verbindungstür schauen wollte, bemerkte er, daß die Scheibe von innen mit dicker Farbe bespritzt war, die in dicken Klumpen nach unten lief.
»Was ist da los?« schrie Kolb.
Zunächst hatte Trumbull den Eindruck, als würden im nächsten Waggon jugendliche Vandalen mit roter Farbe herumspritzen, aber dann wurde ihm schlagartig klar, daß es Blut war, das da an der Scheibe entlanglief. Kolb hatte recht. Sie sollten von hier verschwinden, solange es noch möglich war. Trumbull hatte den Gedanken noch nicht zu Ende gedacht, da rannte er schon zur hinteren Tür des Waggons.

»Billy! Warte auf mich!« schrie Kolb und hetzte hinterher.
Im Laufen hörte Trumbull, wie die Verbindungstür zum vorderen Waggon aufflog und wie die Kellnerin in Panik aufschrie. Ohne sich umzusehen, riß er die hintere Schiebetür auf und sprang über die Kupplung auf den nächsten Waggon. Kolb hielt sich dicht hinter ihm und fluchte in einem fort nur: »Scheiße! Scheiße! Scheiße!« Trumbull sah noch, daß der Waggon leer war, dann ging im ganzen Zug das Licht aus. Gefolgt von Kolb rannte er durch den dunklen Wagen zur hinteren Tür. Es war der letzte Waggon, und durch die Scheiben konnte Trumbull die gelblichen Lichter des Bahnhofs 59th Street erkennen.
»Mach schon«, herrschte er Kolb an. »Hilf mir, diese verdammte Tür zu öffnen.«
In diesem Augenblick gellte der Knall eines Schusses durch den Wagen, den sie gerade hinter sich gelassen hatten. Als das Echo verklungen war, hörte Trumbull, wie das leise Schluchzen der Kellnerin abrupt aufhörte.
»Die haben ihr die Kehle durchgeschnitten!« schrie Kolb. »Ich habe es genau gesehen!«
»Halt's Maul!« zischte Trumbull. Ganz gleich, was da hinter ihm geschah, er mußte raus aus diesem Zug. Verzweifelt quetschte er seine Hände durch die Gummidichtung der Doppeltür und versuchte, einen Flügel davon zur Seite zu ziehen. »So faß doch endlich mit an!« schrie er.
Kolb krallte seine Finger ebenfalls in den Spalt und zerrte, während ihm die Tränen über die Wangen liefen, an der anderen Hälfte der Tür.
»Fester, verdammt noch mal!«
Schließlich hörte Trumbull das Zischen von Preßluft, und die Tür ging auf. Aus dem Tunnel drang ein widerwärtiger, erdigfauler Gestank in den Wagen. Bevor Trumbull noch etwas tun konnte, drückte Kolb ihn zur Seite und sprang hinunter aufs Gleis. Trumbull wollte ihm gerade hinterher, als er plötzlich

vor Schreck erstarrte. Aus dem Tunnel tauchten auf einmal mehrere Gestalten auf und schlurften langsam auf Kolb zu. Die Art, wie sie sich bewegten, hatte etwas zutiefst Irritierendes und Fremdartiges an sich. Mit offenem Mund sah Trumbull zu, wie der vor Angst zitternde Kolb von den Gestalten eingekreist wurde. Eine von ihnen trat auf ihn zu und bog ihm die Arme auf den Rücken, während eine andere seinen Kopf nach hinten riß. Kolb zappelte verzweifelt, gab aber keinen Laut von sich. Dann trat aus dem Schatten des Tunnels eine dritte Gestalt, hob ihre Hand und zog sie mit einer merkwürdig eleganten Bewegung quer über Kolbs Kehle, aus der augenblicklich ein dicker Strahl Blut in Richtung Wagen spritzte.

In Panik tastete Trumbull sich zurück in den dunklen Waggon. Im schwachen Licht einer von draußen hereinscheinenden Streckenlampe sah er, wie sich im Wagen davor zwei Gestalten am Kopf der am Boden liegenden Kellnerin zu schaffen machten.

Trumbull spürte, wie ihn eine unbeschreibliche, eiskalte Verzweiflung überfiel. Er drehte sich um und rannte, so schnell er nur konnte, wieder zur hinteren Tür. Dort sprang er sofort hinunter auf die Gleise und hetzte an den über Kolbs zusammengesackte Leiche gebeugten Gestalten vorbei auf das ferne Licht des Bahnhofs zu. Als er sah, was sie mit seinem Kollegen machten, drehte sich ihm der Magen um, und er kotzte im Laufen das Abendessen und das Bier heraus. Trumbull hörte, wie seltsam schlurfende Schritte ihn verfolgten und schluchzte vor Verzweiflung laut auf.

Und dann tauchten auf einmal direkt vor ihm auf dem Gleis zwei weitere Gestalten in langen Mänteln auf, die ihre Gesichter unter weiten Kapuzen verbargen. Als Trumbull stehenblieb, setzten sich die Gestalten mit schrecklicher Langsamkeit in Bewegung. Die schlurfenden Schritte kamen immer näher, aber Trumbull fiel in eine seltsame Lethargie, die seine Glieder in Stein zu verwandeln schien. Er merkte, wie sich sein Verstand

verabschiedete. In ein paar Sekunden würden sie mit ihm das gleiche machen wie mit Kolb ...
Die Gestalten kamen immer näher. Als sich eine von ihnen kurz zur Seite drehte, sah er im fahlen Licht einer Streckenlampe für den Bruchteil einer Sekunde ihr Gesicht.
Mit einemmal war Trumbull klar, was er zu tun hatte. Ohne zu zögern, tastete er mit dem rechten Bein nach der Stromschiene neben dem Gleis. Als er sie gefunden hatte, steckte er mit einem fast erleichterten Gefühl den Fuß unter die Abdeckung. Gleich darauf fuhr ein knisternder greller Blitz in seinen Körper, und die Welt zerfloß zu einem gnädig blendenden, wunderbar weißen Licht.

37

D'Agosta versuchte, an das Yankee-Stadion zu denken. Er stellte sich den Geruch von frisch gemähtem Gras vor, einen Baseball, der in hohem Bogen durch den blauen Julihimmel flog, einen Außenfeldspieler, der mit hoch erhobenem Lederhandschuh den Ball aus der Luft fing. Diese Gedanken waren D'Agostas Form der transzendentalen Meditation, seine Art, die Außenwelt auszublenden und seine Gedanken zu sammeln. Er wendete sie immer dann an, wenn um ihn herum die Kacke am Dampfen war.
Auch jetzt hielt er die Augen geschlossen und versuchte, die unablässig klingelnden Telefone, die schlagenden Türen, die aufgeregten Sekretärinnen noch einen Moment lang zu ignorieren. Irgendwo im Haus rannte Waxie herum wie ein brunftiger Truthahn. Gott sei Dank befand er sich im Augenblick offenbar an einem Ort, von dem aus sein krächzendes Geschrei D'Agostas Ohren nicht erreichen konnte, und diesen Augen-

blick wollte D'Agosta genießen. Jetzt war Waxie sich nämlich nicht mehr ganz so sicher, daß der gute Jeffrey die Morde begangen hatte. Für D'Agosta war das nur ein schwacher Trost. Mit einem Seufzer verbannte D'Agosta die Baseball-Bilder aus seinem Kopf und zwang sich, an Alberta Muñoz zu denken, die einzige Überlebende des U-Bahn-Massakers.

Kurz nachdem D'Agosta am Notausstieg an der 66th Street angelangt war, hatte man die dicke, mütterlich wirkende Frau auf einer Krankentrage herausgebracht. Sie hatte die Hände im Schoß gefaltet, ein entrücktes Lächeln spielte auf ihrem glänzenden dunklen Gesicht. Gott allein wußte, wie sie es geschafft hatte, den Killern zu entgehen. Sie selbst jedenfalls hatte noch kein einziges Wort gesagt. Den Zug, aus dem man sie geborgen hatte, hatten die Täter in ein Schlachthaus verwandelt: Neun Tote waren die gräßliche Bilanz der Schreckensfahrt, sieben Fahrgäste und zwei Angestellte. Fünf von ihnen hatten zertrümmerte Hinterköpfe und bis zum Nacken aufgeschlitzte Kehlen, bei dreien fehlten die Köpfe ganz. Ein Fahrgast war auf die Stromschiene getreten und verbrannt. Ein gefundenes Fressen für die Presse und für clevere Anwälte, deren Händereiben D'Agosta jetzt schon zu hören glaubte.

Mrs. Muñoz lag jetzt in der psychiatrischen Abteilung im St. Luke's Hospital, und der behandelnde Arzt hatte, Waxies wütenden Drohungen zum Trotz, verfügt, daß sie vor sechs Uhr früh nicht vernommen werden durfte.

Drei verschwundene Köpfe. Natürlich war man sofort den in die Tunnels führenden Blutspuren nachgegangen, aber die Spezialisten von der Spurensicherung hatten in dem feuchten Labyrinth dort unten schon nach wenigen Metern aufgeben müssen. Im Geist faßte D'Agosta noch einmal den vermutlichen Tathergang zusammen: Irgend jemand hatte einen Signaldraht durchgeschnitten und damit sämtliche Expreßzüge zwischen der 14th und der 125th Street gestoppt. Einer dieser Züge war im langen Tunnel zwischen der 59th und der 86th

Street steckengeblieben, wo die Killer offenbar im Hinterhalt gelegen waren.

Die ganze Tat zeugte von straffer intelligenter Planung, möglicherweise sogar von Insiderwissen. Obwohl die am Tatort gefundenen Spuren eher dürftig waren, schätzte D'Agosta die Zahl der Täter auf mindestens sechs und höchstens zehn. Es war ein perfekt vorbereiteter und gut koordinierter Angriff gewesen.

Aber zu welchem Zweck?

An der Lage der verkohlten Leiche zwischen den Gleisen hatte die Spurensicherung festgestellt, daß der Mann möglicherweise absichtlich auf die Stromschiene getreten war. D'Agosta fragte sich, was ihn wohl zu diesem verzweifelten Schritt veranlaßt hatte. Was immer es auch gewesen sein mochte, möglicherweise hatte auch Alberta Muñoz es gesehen. Er mußte unbedingt mit ihr sprechen, bevor Waxie mit seiner ruppigen Art alles kaputtmachte.

»He, D'Agosta«, hörte er plötzlich wie auf Bestellung die ihm nur allzu bekannte Stimme. »Was machst du denn da? Bist du eingeschlafen, oder was?«

D'Agosta öffnete langsam die Augen und schaute in das rot angelaufene, vor Anspannung bebende Gesicht. Wenn man von der Sonne spricht, sendet sie ihre Strahlen.

»Entschuldige, daß ich deinen Schönheitsschlaf unterbreche«, giftete Waxie, »aber wir haben es hier mit einer kleinen Krise zu tun, falls du das noch nicht bemerkt haben solltest.«

D'Agosta stand auf, nahm sein Jackett von der Stuhllehne und schlüpfte hinein.

»Hast du verstanden, D'Agosta?« rief Waxie.

Ohne ein Wort zu sagen, drängte sich D'Agosta an dem Captain vorbei in den Gang. Hayward stand am Koordinationstisch und las ein soeben hereingekommenes Fax. D'Agosta suchte Blickkontakt mit ihr und nickte in Richtung Aufzüge.

»Wo, zum Teufel, willst du hin?« schrie Waxie, der D'Agosta

auf dem Fuß gefolgt war. »Bist du taub, oder was? Ich sagte, wir haben es hier mit einer Krise zu tun, und ich erwarte, daß ...«

»Das ist *deine* Krise, Jack«, schnitt D'Agosta ihm das Wort ab. »Damit mußt du alleine fertig werden. Ich habe jetzt etwas anderes zu tun.«

Als die Aufzugstüren sich schlossen, steckte sich D'Agosta eine Zigarre in den Mund und sah Hayward an.

»Ins St. Luke's?« fragte sie. D'Agosta nickte.

Im Erdgeschoß angekommen, blieben die beiden wie angewurzelt stehen. Vor der großen Glastür hatten sich aufgebrachte Menschen versammelt, die drohend die Fäuste in die Luft reckten und lautstark Parolen skandierten. Als D'Agosta um zwei Uhr früh ins Polizeipräsidium gekommen war, hatte er bereits ein paar vereinzelte Demonstranten auf dem Platz davor bemerkt, jetzt aber schien sich ihre Zahl vervielfacht zu haben. Diese Mrs. Wisher, die schon die Demonstration an der Grand Army Plaza angezettelt hatte, stand auf der Motorhaube eines Streifenwagens und krähte etwas in ein Megaphon. Überall Fernsehteams und Fotografen, die ein wahres Blitzlichtgewitter auf Mrs. Wisher niedergehen ließen.

Hayward legte ihm eine Hand auf den Unterarm. »Sollten wir nicht lieber einen Streifenwagen aus der Tiefgarage nehmen?« fragte sie.

»Gute Idee«, meinte D'Agosta und trat zurück in den Aufzug.

Der Arzt ließ die beiden fünfundvierzig Minuten auf den unbequemen Plastikstühlen der Krankenhaus-Cafeteria warten, bevor er endlich zu ihnen kam. Er war jung, gestreßt und todmüde. »Ich habe doch dem Captain schon gesagt, daß die Frau vor sechs Uhr früh nicht vernommen werden darf«, sagte er mit einer hohen, verärgert klingenden Stimme.

D'Agosta stand auf und gab dem Arzt die Hand. »Ich bin Lieutenant D'Agosta, und das ist Sergeant Hayward. Freut mich, Sie kennenzulernen, Dr. Wasserman.«

Der Arzt brummte eine Begrüßung und zog seine Hand zurück.
»Dr. Wasserman, ich möchte gleich vorweg betonen, daß wir nichts vorhaben, was Mrs. Muñoz in irgendeiner Weise schaden könnte.«
Der Arzt nickte.
»Und was ihr schadet, bestimmen Sie und sonst niemand.«
Wasserman erwiderte nichts.
»Ich weiß, daß bereits ein gewisser Captain Waxie hier war und für Ärger gesorgt hat. Ich könnte mir gut vorstellen, daß er Sie sogar bedroht hat.«
»Seit ich hier in der Notaufnahme arbeite, ist mir noch keiner so blöd gekommen wie der«, explodierte Wasserman.
»Willkommen im Club«, kommentierte Hayward mit einem leisen Kichern.
Der Arzt warf ihr einen erstaunten Blick zu und entspannte sich ein wenig.
»Dr. Wasserman«, sagte D'Agosta. »An dem Überfall waren mindestens sechs, vielleicht sogar bis zu zehn Täter beteiligt. Ich glaube, daß es dieselben waren, die auch Pamela Wisher und eine ganze Reihe anderer Menschen getötet haben, und während wir hier miteinander sprechen, treiben sie in den Tunnels weiter ihr Unwesen. Mrs. Muñoz ist möglicherweise der einzige lebende Mensch, der die Täter beschreiben kann. Wenn Sie wirklich meinen, daß ich mit meinen Fragen Mrs. Muñoz Schaden zufüge, dann werde ich das akzeptieren. Aber bedenken Sie bitte, daß hier auch das Leben vieler anderer Menschen auf dem Spiel steht.«
Der Arzt starrte lange ins Leere, dann brachte er ein schwaches Lächeln zustande. »Also gut, Lieutenant. Sie dürfen mit ihr sprechen, aber nur unter drei Bedingungen: Erstens möchte ich dabeisein, zweitens müssen Sie Mrs. Muñoz so schonend wie möglich befragen, und drittens müssen Sie sofort damit aufhören, wenn ich es Ihnen sage.«
D'Agosta nickte.

»Ich schätze übrigens, daß Sie sich die Mühe sparen können, denn Mrs. Muñoz leidet unter einem schweren Schock und den ersten Symptomen eines posttraumatischen Streßsyndroms.«
»Ich verstehe.«
»Gut. Bisher wissen wir über Mrs. Muñoz, daß sie aus einer kleinen Stadt in Zentral-Mexiko stammt und als Kinderfrau bei einer Familie in der Upper East Side arbeitet. Sie dürfte also genügend Englisch sprechen, um Ihre Fragen zu verstehen.«
Mrs. Muñoz lag genau so in ihrem Bett, wie D'Agosta sie auch schon auf der Krankentrage gesehen hatte: die Arme gekreuzt, stierte sie mit ausdruckslosen Augen an die Decke. Das Zimmer roch nach Glyzerinseife und irgendeinem Desinfektionsmittel. Hayward bezog draußen im Gang Stellung für den Fall, daß Waxie überraschend auftauchen sollte, während D'Agosta und der Arzt sich auf die Stühle zu beiden Seiten des Bettes setzten. Dr. Wasserman nahm schweigend Mrs. Muñoz' Hand und drückte sie beruhigend.
D'Agosta zog seine Brieftasche hervor und holte ein Foto heraus. »Hallo, Mrs. Muñoz«, sagte er und zeigte der Frau das Bild. »Das ist meine Tochter Isabella. In einem Monat wird sie zwei Jahre alt. Ist sie nicht süß?«
D'Agosta mußte Mrs. Muñoz das Foto eine ganze Weile vor die Augen halten, bis sie schließlich zu blinzeln begann. Dr. Wasserman runzelte kritisch die Stirn.
»Haben Sie auch Kinder, Mrs. Muñoz?« fragte D'Agosta und steckte das Foto wieder ein. Mrs. Muñoz sah ihn mit leerem Blick an.
»Mrs. Muñoz, ich weiß, daß Sie illegal in diesem Land sind«, sagte D'Agosta.
Die Frau drehte den Kopf zur Seite, und der Arzt warf D'Agosta einen warnenden Blick zu.
»Ich bin mir sicher, daß Ihnen schon eine Menge Leute Versprechen gemacht und diese dann nicht gehalten haben. Aber ich mache Ihnen jetzt ein Versprechen, und ich schwöre beim

Bild meiner Tochter, daß ich es auch halten werde. Wenn Sie mir jetzt helfen, dann werde ich Ihnen eine Arbeitserlaubnis beschaffen.«

Die Frau gab keine Antwort. D'Agosta holte ein weiteres Foto aus seiner Jackettasche und zeigte es ihr. »Mrs. Muñoz?« Die Mexikanerin blieb eine Weile unbeweglich liegen, bis sie zu D'Agostas Erleichterung schließlich doch ihren Kopf drehte und das Bild ansah. »Das ist Pamela Wisher im selben Alter wie meine Tochter jetzt. Zwei Jahre.«

Mrs. Muñoz nahm das Bild in die Hand. »Ein Engel«, flüsterte sie.

»Sie wurde von denselben Tätern ermordet, die auch Ihre U-Bahn überfallen haben«, erklärte D'Agosta sanft, aber bestimmt. »Mrs. Muñoz, bitte helfen Sie mir, diese Monster zu fassen, bevor sie weitere Morde begehen.«

Dicke Tränen liefen Mrs. Muñoz über die Wangen. Ihre Lippen bebten.

»Ojos ...«

»Wie bitte?«

»Augen ...«

Ein paar Augenblicke lang bewegten sich ihre Lippen lautlos. »Sie kamen ... ganz leise«, hauchte sie schließlich. »Eidechsenaugen ... Schlangenaugen.« Ein Schluchzen schüttelte ihren Körper.

D'Agosta öffnete den Mund, um etwas zu sagen, aber ein Blick von Wasserman brachte ihn zum Schweigen.

»Cuchillos de pedernal«, stöhnte Mrs. Muñoz. »... und Gesichter wie Teufel.«

»Was für Gesichter?« fragte D'Agosta.

»Alte Gesichter. *Viejas ...*«

Sie schlug die Hände vors Gesicht und stieß einen lauten, stöhnenden Schrei aus.

Wasserman stand auf. »Genug jetzt«, zischte er D'Agosta zu. »Gehen Sie!«

»Aber ich muß sie noch fragen, ob ...«
»Raus!«
Draußen im Flur holte D'Agosta sein Notizbuch hervor und schrieb sich, so gut es ging, die spanischen Phrasen auf.
»Was soll denn das sein?« fragte Hayward und blickte ihm über die Schulter.
»Spanisch«, antwortete D'Agosta.
Hayward runzelte die Stirn. »So ein Spanisch habe ich noch nie gesehen.«
D'Agosta warf ihr einen scharfen Blick zu. »Jetzt erzählen Sie mir bloß nicht, daß Sie auch noch Spanisch sprechen.«
»Der Untergrund ist nun mal nicht für englischsprachige Penner reserviert«, erwiderte Hayward mit erhobenen Augenbrauen.
»Na schön, dann nehmen Sie das«, sagte D'Agosta und drückte ihr das Notizbuch in die Hand. »Sehen Sie zu, ob Sie was draus machen können.«
Hayward murmelte die Worte, die D'Agosta aus dem Gedächtnis aufgeschrieben hatte, halblaut vor sich hin. Dann schüttelte sie den Kopf, ging ins Schwesternzimmer und fing an zu telefonieren.
Wasserman kam aus dem Krankenzimmer und schloß leise die Tür. »Dieses Gespräch war, gelinde gesagt, ziemlich unorthodox, Lieutenant. Aber ich glaube, es hat letztendlich doch keinen allzu beunruhigenden Effekt auf Mrs. Muñoz gehabt. Dafür möchte ich Ihnen danken.«
»Das brauchen Sie nicht«, antwortete D'Agosta. »Sehen Sie nur zu, daß sie bald wieder auf die Füße kommt. Ich habe ihr noch eine Menge Fragen zu stellen.«
Hayward hatte ihr Telefonat beendet und gab D'Agosta sein Notizbuch zurück. »Das ist alles, was mir Jorge dazu sagen konnte«, erklärte sie.
D'Agosta sah die Worte, die Hayward neben die seinen geschrieben hatte, stirnrunzelnd an. »Messer aus Feuerstein?«

Hayward zuckte mit den Achseln. »Wie gesagt, das ist alles, was Jorge und mir dazu einfällt. Schließlich war ich ja nicht dabei, als sie das von sich gegeben hat.«

»Danke, Sergeant.« D'Agosta steckte das Notizbuch in die Tasche und wandte sich zum Gehen. Nach ein paar Schritten drehte er sich noch einmal um. »Dr. Wasserman«, sagte er und wandte sich dem Arzt zu. »Es kann gut sein, daß Captain Waxie in den nächsten paar Stunden hier auftaucht.«

Die Miene des Arztes verfinsterte sich.

»Ich könnte mir gut vorstellen, daß Mrs. Muñoz jetzt viel zu erschöpft ist, um mit ihm oder irgend jemand anderem zu sprechen. Sollte der Captain Ihnen Schwierigkeiten bereiten, dann verweisen Sie ihn auf mich.«

Zum erstenmal, seit er in diesem Krankenhaus war, konnte D'Agosta so etwas wie ein Lächeln auf dem Gesicht des jungen Arztes entdecken.

38

Als Margo um zehn Uhr vormittags den Konferenzraum der Anthropologischen Abteilung betrat, erkannte sie an den Kaffeetassen, Papierservietten und halb aufgegessenen Croissants, daß die Sitzung schon eine ganze Weile im Gang war. Außer Frock, Waxie und D'Agosta war zu Margos Erstaunen auch Chief Horlocker anwesend, dessen mit Goldborten verzierte Uniform ihr irgendwie fehl am Platz vorkam. Die Stimmung zwischen den vier Männern schien ziemlich geladen.

»Du erwartest doch wohl nicht, daß wir dir das mit diesen Astortunnels abnehmen«, ging Waxie gerade D'Agosta an. Dann bemerkte er Margo und brummte: »Schön, daß Sie kommen konnten.«

Als Frock Margo sah, rollte er ein wenig zur Seite und machte ihr Platz. »Margo! Endlich!« rief er mit einem Ausdruck der Erleichterung im Gesicht aus. »Vielleicht können Sie die Angelegenheit aufklären. Lieutenant D'Agosta hier hat uns eine Menge seltsamer Dinge über Ihre Funde in Gregorys Labor erzählt. Außerdem behauptet er, Sie hätten in meiner Abwesenheit – äh – zusätzliche Forschungen angestellt. Wenn ich Sie nicht so gut kennen würde, meine Liebe, dann könnte ich fast glauben, daß Sie ...«
»Entschuldigen Sie, bitte«, unterbrach ihn D'Agosta mit lauter Stimme. Alle sahen ihn an.
»Ich würde vorschlagen, daß Dr. Green uns selbst sagt, was sie herausgefunden hat.«
Margo nahm Platz und war erstaunt, daß Horlocker D'Agosta nicht über den Mund fuhr. Irgend etwas mußte geschehen sein, und sie vermutete stark, daß es etwas mit dem U-Bahn-Massaker in der vergangenen Nacht zu tun haben mußte. Sie überlegte kurz, ob sie ihr spätes Kommen erklären und den anderen sagen sollte, daß sie bis drei Uhr früh in ihrem Labor gearbeitet hatte, entschied sich dann aber doch dagegen. Jen, ihre Laborassistentin, war vermutlich immer noch mit den Versuchen beschäftigt.
»Einen Augenblick noch«, sagte Waxie. »Ich wollte bloß noch einmal betonen, daß ...«
Horlocker sah ihn böse an. »Halten Sie den Mund, Waxie. Und Sie, Dr. Green, erklären uns jetzt besser, was Sie getan und was genau Sie herausgefunden haben.«
Margo atmete tief durch. »Ich weiß nicht, wieviel Lieutenant D'Agosta Ihnen bereits erzählt hat«, begann sie, »aber ich möchte kurz noch einmal das Wichtigste zusammenfassen. Sie wissen alle, daß das deformierte Skelett aus dem Humboldt Kill das von Gregory Kawakita war, einem früheren Kurator des Museums. Er und ich haben gemeinsam bei Dr. Frock promoviert. Nach seinem Weggang aus dem Museum richtete sich

Greg offenbar eine Reihe von geheimen Labors ein, das letzte davon im alten Güterbahnhof an der West Side. Meine Untersuchung der Ruine ergab, daß Greg dort vor seinem Tod eine gentechnisch manipulierte Art von *Lilicea mbwunensis* gezüchtet hat.«

»Und das war die Pflanze, nach der die Museumskreatur süchtig war?« fragte Horlocker dazwischen. Margo achtete genau auf einen sarkastischen Unterton in seiner Stimme, konnte aber keinen entdecken.

»Ja«, erwiderte sie. »Aber ich glaube, daß die Pflanze nicht nur eine berauschende Wirkung hat. Wenn ich mich nicht irre, dann ist das in ihr enthaltene Reovirus in der Lage, andere Lebewesen morphologisch zu verändern.«

»Wie bitte?« fragte Waxie.

»Das Virus löst eine starke Verformung des Körpers aus. John Whittlesey, der Wissenschaftler, der vor zehn Jahren die Kisten mit den Fasern ans Museum schickte, muß im Regenwald von der Pflanze gegessen haben – ob unabsichtlich oder unter Zwang, wird wohl niemand mehr herausfinden – und hat daraufhin eine grundlegende körperliche Verwandlung erlitten. Ich bin mir inzwischen ziemlich sicher, daß die Museumskreatur in Wirklichkeit John Whittlesey war.«

Keiner sagte ein Wort. Nur Frock holte laut vernehmlich Luft.

»Ich weiß, wie abwegig diese Erklärung im ersten Moment klingt«, sagte Margo. »Und außerdem steht sie im krassen Gegensatz zu allen unseren früheren Theorien. Aber sie würde unter anderem erklären, weshalb es das Mbwun-Monster nach der Zerstörung seines natürlichen Lebensraums ausgerechnet hierher ins Naturgeschichtliche Museum verschlagen hat – Whittlesey wußte natürlich, daß in den Kisten hier im Keller der einzige noch existierende Vorrat an den Pflanzenfasern zu finden war. Schließlich hatte er sie ja selbst hierher geschickt. Greg Kawakita hat das alles übrigens sehr viel schneller herausgefunden als ich. Vermutlich war ihm die wahre Bedeutung der

Pflanzenfasern bereits kurz nach dem Tod des Museumsmonsters klar. Er muß sich irgendwie ein Exemplar der Pflanze beschafft und dann begonnen haben, sie genetisch zu verändern. Ich denke, er hat versucht, sie von ihren negativen Nebenwirkungen zu befreien.«

»Erzählen Sie von der Droge«, sagte D'Agosta.

»Kawakita hat große Mengen von der Pflanze in seinem Labor gezüchtet; vermutlich, um daraus eine neue Droge namens Glaze herzustellen«, begann Margo mit ihren Ausführungen. »Neben der morphologischen dürfte das Virus nämlich auch eine stark narkotische oder halluzinatorische Wirkung haben. Ich nehme an, daß Kawakita das Rauschgift einer ausgewählten Gruppe von Süchtigen verkauft und sich so das Geld für seine Forschungen beschafft hat. Außerdem konnte er an den Usern der Droge die Fortschritte seiner Arbeit testen. Irgendwann allerdings muß er damit begonnen haben, die Droge selbst zu nehmen, denn nur so lassen sich meiner Meinung nach die grotesken Veränderungen an seinem Skelett erklären.«

»Aber wenn dieses Zeug so schreckliche Nebenwirkungen hat, wieso hat Kawakita es dann genommen?« wollte Horlocker wissen.

Margo runzelte die Stirn. »Das kann ich Ihnen auch nicht sagen. Vermutlich hat er geglaubt, er habe die negativen Eigenschaften der Droge eliminiert. Außerdem muß er irgendeinen Nutzen für sich darin gesehen haben. Zur Zeit führe ich zusammen mit meiner Assistentin umfangreiche Tests mit den Pflanzenresten durch, die ich in Kawakitas Labor gefunden habe. Wir haben die Droge mehreren Versuchstieren injiziert und werten gerade die Ergebnisse aus.«

»Warum hat mir niemand etwas davon gesagt?« polterte Waxie auf einmal los.

»Wenn du dich hin und wieder dazu bequemen würdest, deine Voice-Mail abzuhören, wüßtest du, daß wir dir jeden gottverdammten Schritt mitgeteilt haben«, fuhr D'Agosta ihn an.

Horlocker hob die Hand. »Das genügt, Vincent. Wir alle wissen, daß bei dieser Untersuchung Fehler gemacht wurden, aber jetzt ist nicht die Zeit für Schuldzuweisungen.«
D'Agosta lehnte sich wieder in seinem Stuhl zurück. Margo hatte ihn noch nie so wütend gesehen. Es kam ihr so vor, als mache er alle in diesem Raum – sich selbst mit eingeschlossen – für die Tragödie in der U-Bahn verantwortlich.
»Im Augenblick haben wir eine unglaublich ernste Situation zu meistern«, fuhr Horlocker fort. »Der Bürgermeister sitzt mir schon seit Tagen im Genick und drängt auf sofortige Fahndungserfolge, und jetzt, nach diesem Massaker, stößt der Gouverneur ins selbe Horn.« Horlocker tupfte sich mit einem Taschentuch den Schweiß von der Stirn. »Nun gut. Wenn das stimmt, was Dr. Green sagt, dann haben wir es wohl mit einer Gruppe von Drogenabhängigen zu tun, die dieser Kawakita mit Stoff versorgt hat. Jetzt, wo er tot ist und sie nicht mehr beliefern kann, werden sie da unten in diesen Astortunnels, von denen D'Agosta uns vorhin erzählt hat, vermutlich halb wahnsinnig vor Gier nach dem Zeug. Wenn sie es nicht bekommen, dann müssen sie eine bestimmte Drüse aus dem menschlichen Gehirn essen, genau wie die Mbwun-Kreatur damals. Das wäre in der Tat eine ziemlich plausible Erklärung für die Morde, die uns allen soviel Kopfzerbrechen bereiten.« Horlocker hielt inne und blickte herausfordernd in die Runde. »Gibt es Beweise, die diese Theorie untermauern?«
»Die Mbwun-Pflanzen, die wir in Kawakitas Labor gefunden haben«, meinte Margo.
»Und den Umstand, daß die meisten Morde in der Nähe der Astortunnels begangen wurden«, ergänzte D'Agosta. »Das hat Pendergast herausgefunden.«
»Purer Zufall«, schnaubte Waxie.
»Und was ist mit den Aussagen zahlreicher Maulwürfe, daß sich im Dachboden des Teufels merkwürdige Lebewesen eingenistet haben?«

»Sie werden doch nicht einer Bande von Pennern und Junkies Glauben schenken!«

»Und warum sollten sie lügen, bitte schön?« warf Margo ein. »Wer weiß denn besser, was dort unten vor sich geht, als sie?«

»In Ordnung!« sagte Chief Horlocker und hob abermals die Hand. »Angesichts dieser Beweise glaube ich, daß wir die Theorie akzeptieren sollten. Keine andere Spur hat bisher etwas gebracht, und von ganz oben wird von uns erwartet, daß wir so rasch wie möglich handeln. Nicht morgen oder nächste Woche, sondern jetzt sofort.«

Frock räusperte sich leise. Es war das erste Geräusch, das er seit Margos Vortrag von sich gegeben hatte.

»Wollen Sie etwas sagen, Professor?« fragte Horlocker.

Frock rollte langsam nach vorn. »Entschuldigen Sie meine Skepsis, aber ich finde diese Theorie doch ein wenig zu phantastisch und konstruiert«, begann er mit einem leicht tadelnden Blick hinüber zu Margo. »Da man mich bei den jüngsten Untersuchungen nicht hinzugezogen hat, bin ich natürlich mehr oder weniger auf Mutmaßungen angewiesen, aber ich bin trotzdem nach wie vor der Meinung, daß selbst bei einem Fall wie diesem die einfachste Erklärung auch die wahrscheinlichste ist.«

»Und was *ist* die einfachste Erklärung Ihrer Meinung nach?« fragte D'Agosta ungeduldig dazwischen.

Frock quittierte die Unterbrechung mit einem eisigen Blick. »Vielleicht lassen Sie mich erst einmal ausreden, Lieutenant.«

»Beruhigen Sie sich, Vincent«, sagte Horlocker zu D'Agosta.

»Vielleicht hat Kawakita ja wirklich an der Mbwun-Pflanze gearbeitet«, fuhr Frock fort. »Und ich stimme Margo sogar zu, wenn sie sagt, daß wir vor achtzehn Monaten möglicherweise zu übereilte Schlüsse in Hinblick auf die Museumskreatur gezogen haben. Aber wo sind die Beweise dafür, daß Gregory eine Droge hergestellt und vertrieben hat?« Frock streckte den anderen seine leeren Hände entgegen.

»Großer Gott, Doktor, wieso sollte er denn sonst ständig Besucher in seinem Labor in Long Island City gehabt haben? Und was ist mit ...«

Frock brachte D'Agosta mit einem weiteren kühlen Blick zum Schweigen. »Ich möchte fast wetten, daß auch *Sie* in Ihrer Wohnung in *Queens* Besucher haben«, erwiderte der Wissenschaftler, wobei er das Wort »Queens« besonders abfällig aussprach. »Aber das bedeutet noch lange nicht, daß Sie ein Drogendealer sind, Lieutenant. Was auch immer Kawakita in seinen Geheimlabors gemacht hat, mag vielleicht nach ethischen Maßstäben verwerflich gewesen sein, aber deshalb muß es noch lange nichts mit einer Bande jugendlicher Verbrecher zu tun haben, die im Untergrund die Menschen abschlachten. Außerdem dürfen wir nicht vergessen, daß Gregory selbst zu den Opfern in diesem Fall zählt. Wie Sie daraus eine Verbindung zu den Tätern konstruieren wollen, ist mir schlichtweg schleierhaft.«

»Und wie erklären Sie sich dann seine körperlichen Veränderungen?« fragte Horlocker.

»Na schön, dann hat er eben Drogen hergestellt und sie vielleicht sogar selbst genommen. Aus Achtung vor Margo möchte ich sogar so weit gehen und sagen – ohne einen stichhaltigen Beweis, wohlgemerkt –, daß diese Droge möglicherweise morphologische Mißbildungen hervorrufen kann. Aber das heißt immer noch nicht, daß Kawakita diese Drogen an andere Süchtige verkauft hat, die wiederum alle diese Morde begangen haben. Und was die Theorie anbelangt, daß die Mbwun-Kreatur in Wirklichkeit John Whittlesey war, da muß ich doch schon sehr bitten ... das würde ja jeglicher Evolutionstheorie widersprechen.«

Nicht jeglicher, aber *deiner* Evolutionstheorie, dachte Margo.

Horlocker fuhr sich mit dem Taschentuch über die Stirn und schob dann Papiere und leere Kaffeetassen von einer Karte, die auf dem Tisch ausgebreitet lag.

»Ihre Einwände habe ich zur Kenntnis genommen, Dr. Frock«, sagte er. »Aber es ist mittlerweile egal, *wer* diese Kreaturen sind. Wir wissen, was sie tun, und haben eine ziemlich genaue Vorstellung davon, wo sie leben. Jetzt müssen wir eigentlich nur noch etwas gegen sie unternehmen.«
D'Agosta schüttelte den Kopf. »Ich halte das noch für verfrüht. Natürlich ist mir klar, daß es auf jede Minute ankommt, aber wir tappen in vielerlei Hinsicht noch zu sehr im dunkeln. Ich war damals bei der Ausstellungseröffnung dabei und habe die Kreatur gesehen. Wenn diese Drogensüchtigen auch nur einen Bruchteil von ihrer Kraft und ihren Fähigkeiten haben, dann gute Nacht ...« D'Agosta atmete tief durch. »Ich bin deshalb dafür, daß wir erst dann losschlagen, wenn wir genau wissen, womit wir es zu tun haben. Pendergast ist vor achtundvierzig Stunden zu einer Erkundungstour in die Astortunnels aufgebrochen. Ich finde, wir sollten warten, bis er wiederkommt.«
Frock sah D'Agosta erstaunt an, und Horlocker schnaubte: »Pendergast? Ich mag den Mann nicht, und seine Methoden mag ich noch viel weniger. Außerdem fallen die Morde nicht in seinen Zuständigkeitsbereich. Wenn er also da unten herumkriecht, dann ist das sein Privatvergnügen. Vermutlich ist er schon längst nicht mehr am Leben. Und machen Sie sich mal keine Sorgen wegen der Kreaturen, die sich womöglich in den Tunnels herumtreiben. Wir verfügen über genügend Feuerkraft, um es mit ihnen aufzunehmen.«
Waxie signalisierte durch eifriges Nicken seine Zustimmung.
D'Agosta gab nicht auf. »Dann halten wir eben die Tunnelausgänge unter Beobachtung. Aber es wäre wirklich klüger zu warten, bis Pendergast sich meldet. Geben Sie ihm noch vierundzwanzig Stunden, Sir.«
»Sie wollen die Eingänge unter Beobachtung halten«, wiederholte Horlocker sarkastisch und blickte in die Runde. »Ist das alles, was Ihnen einfällt? Und was mache ich dann bitte schön mit dem Bürgermeister? Er verlangt nun mal sofortiges Eingrei-

fen von mir und will bestimmt keine vierundzwanzig Stunden mehr abwarten. Uns läuft die Zeit davon, Vincent, das müßte doch auch Ihnen klar sein.« Er wandte sich an Waxie. »Machen Sie mir eine Verbindung mit dem Büro des Bürgermeisters, und dann stellen Sie fest, wo Jack Masters ist. Wir müssen endlich in die Gänge kommen.«

»Einen Augenblick noch, Chief Horlocker«, meldete sich Frock zu Wort. »Ich bin derselben Meinung wie Lieutenant D'Agosta. Wir sollten nichts überstürzen und ...«

»Zu spät, Professor«, fauchte Horlocker und wandte sich wieder der Karte zu. »Die Entscheidung ist gefallen.«

Frocks Gesicht wurde puterrot, und er rollte wütend in Richtung Tür. »Dann fahre ich eben in mein Labor«, erklärte er bitter. »Offenbar ist meine Gegenwart hier nicht länger erwünscht.«

Margo wollte aufstehen, aber D'Agosta legte ihr eine Hand auf den Arm. Mit Bedauern sah sie, wie sich die Tür hinter ihrem alten Lehrer schloß. Früher einmal war Frock für sie ein Visionär gewesen, der nicht unerheblich an ihrer Entscheidung beteiligt gewesen war, den Beruf der Anthropologin zu ergreifen. Jetzt aber fühlte sie nur noch Mitleid für den großen Wissenschaftler, der sich zusehends mehr in seine Theorie verrannte. Warum nur hat man ausgerechnet ihn bei diesem Fall hinzuziehen müssen? fragte sie sich. Warum konnte man ihn nicht in Ruhe und Frieden seinen Lebensabend genießen lassen?

39

Pendergast stand auf einem kleinen metallenen Laufsteg und blickte hinunter auf den trägen Abwasserstrom, der eineinhalb Meter unter ihm vorbeifloß. Auf den Monitoren seines VisnyTek-Nachtsichtgeräts glühte er seltsam grün und irreal. Der Geruch, der Pendergast in die Nase stieg, ließ auf eine gefährlich hohe Methangaskonzentration schließen, so daß der FBI-Agent von Zeit zu Zeit in die Tasche seines Kampfanzugs griff und aus einem kleinen Mundstück reinen Sauerstoff atmete.

Der Laufsteg war über und über mit aufgeweichtem und wieder getrocknetem Papier und anderen weniger leicht identifizierbaren Dingen verklebt, die sich offenbar beim letzten Unwetter dort verfangen hatten. Zudem war das Eisen des Steges so stark von Rostausblühungen überzogen, daß Pendergasts Stiefel darin versanken wie in einem Teppich aus Moos. Sorgfältig suchte der FBI-Agent die schleimüberzogenen Wände nach der Metalltür ab, die den letzten Teil des Abstiegs in die Astortunnels markierte. Alle zwanzig Schritte zog er eine kleine Spraydose aus der Tasche und sprühte zwei Punkte einer Farbe an die Wand, die für das menschliche Auge unsichtbar war, in dem auf Infrarotmodus geschalteten Nachtsichtgerät aber gespenstisch aufglühten. Die Punkte sollten ihm helfen, seinen Rückweg auch dann zu finden, wenn er – aus welchem Grund auch immer – keine Zeit mehr zum Kartenlesen haben sollte.

Nachdem er eine Weile über dem Kanal entlanggegangen war, entdeckte Pendergast die mit dicken Nieten besetzte Metalltür, nach der er gesucht hatte. Sie war durch ein massives Vorhängeschloß gesichert, das, ebenso wie die Tür selbst, von einer dicken Schicht aus Kalk und Rost überzogen war. Mit einer kleinen akkubetriebenen Säge, die er in einer Tasche seines Anzugs mitgebracht hatte, rückte Pendergast dem

Schloß zu Leibe. Es dauerte nur wenige Sekunden, dann hatte sich das diamantbesetzte Sägeblatt mit einem laut kreischenden Geräusch und hell sprühenden Funken durch das Metall des Schließbügels gefressen, und das Schloß fiel scheppernd auf den Laufsteg. Schließlich durchschnitt Pendergast auch noch die verrosteten Angeln der Tür, so daß sie sich mit geringem Kraftaufwand nach vorne kippen und über das Geländer des Laufstegs hinunter in den Kanal werfen ließ. In der Wand des Tunnels gähnte nun ein schwarzes Loch, in dem ein schmaler Schacht hinunter in eine bodenlose Tiefe führte. Pendergast verstaute die Säge wieder in seinem Anzug, wischte den Rost von seinen Latex-Handschuhen und spähte mit seiner Nachtsichtbrille hinab in die Dunkelheit. Selbst mit eingeschalteten Infrarotdioden war kein Boden zu erkennen.
Wieder griff Pendergast in eine der großen Außentaschen seines Tarnanzugs und holte ein langes, dünnes Seil aus Kevlar hervor, dessen eines Ende er um einen massiven in die Wand des Schachtes eingelassenen Eisenbolzen knotete. Dann warf er das Seil hinunter in das Loch, legte einen Sitzgurt aus Nylongewebe an und hängte ihn mittels eines mit einer mechanischen Bremse versehenen Karabinerhakens an das Seil. Dann stieg er in den Schacht und glitt an dem Seil entlang rasch nach unten.
Als er nachgiebigen, weichen Boden unter den Füßen spürte, hakte er sich aus und verstaute den Gurt wieder in seinem Anzug. Dann sah er sich mit Hilfe seiner Nachtsichtbrille um. Er befand sich in einem langen Tunnel mit glatten Wänden.
Der Schlamm am Boden war etwa zehn Zentimeter tief und so dick und zäh wie Schmierfett. Pendergast studierte die Karte auf dem Innenfutter seiner Anzugjacke. Wenn sie stimmte, dann befand er sich in einem Servicetunnel, der parallel neben der privaten U-Bahn-Linie verlief, die sich die Millionäre der Stadt vor fast einem Jahrhundert hatten bauen lassen. In etwa vierhundert Metern müßte er eigentlich auf den Kristallpavil-

lon stoßen, einen luxuriösen Wartesaal tief unter dem längst vergessenen Knickerbocker Hotel, das früher einmal an der Ecke Fifth Avenue und Central Park South gestanden hatte. Der Kristallpavillon war laut Al Diamond der größte Wartesaal der Linie gewesen, größer noch als seine Pendants unter dem Waldorf Astoria Hotel und den reichen Anwesen in der Fifth Avenue. Wenn es im Dachboden des Teufels überhaupt einen zentralen Punkt gab, dann war das ohne Zweifel ebendieser Kristallpavillon.

Vorsichtig arbeitete sich Pendergast den Tunnel entlang. Obwohl ihm von dem fauligen Geruch fast schwindelig wurde, sog er von Zeit zu Zeit die Luft durch die Nase ein und prüfte sie auf einen bestimmten ziegenartigen Gestank, den er zum erstenmal vor achtzehn Monaten im Keller des Museums wahrgenommen hatte. Vom Geruch her deutete nichts darauf hin, daß sich in dem Tunnel andere Lebewesen außer ihm aufhielten, aber als Pendergast zu Boden sah, durchfuhr ihn plötzlich ein eisiger Schreck: Im Schlamm entdeckte er die Abdrücke von nackten Füßen, die offenbar ganz frisch waren und in dieselbe Richtung führten, die auch er gewählt hatte.

Pendergast nahm ein paar tiefe Züge Sauerstoff aus seinem Mundstück und ging in die Hocke, um die Spuren zu untersuchen. Auf den ersten Blick sahen sie wie die Abdrücke etwas breiterer menschlicher Füße aus, aber dann bemerkte er, daß die Zehen in lange, krallenartig spitze Fortsätze ausliefen und durch Schwimmhäute miteinander verbunden waren.

Pendergast richtete sich auf. Wenn ihn nicht alles täuschte, war er auf die Fußspuren der sagenumwobenen Wrinkler gestoßen. Der FBI-Agent blieb einen Augenblick stehen und gönnte sich noch eine Lunge voll Sauerstoff, bevor er mit gezogener Waffe den Fußspuren bis zu dem Punkt folgte, an dem der Servicestollen auf den U-Bahn-Tunnel stieß.

Hier mündeten die Fußspuren in einen offenbar viel begangenen Trampelpfad, der in der Mitte der Gleise entlangführte.

Pendergast bückte sich und untersuchte den Weg: viele verschiedene Abdrücke nackter Füße und nur wenige Schuhsohlen. Manche der Füße waren extrem breit und erinnerten Pendergast an das Blatt eines Spatens, andere wiederum wirkten vollkommen normal.

Nachdem er sich noch einmal gründlich umgesehen hatte, ging Pendergast weiter. Sein Weg führte ihn an mehreren Seitentunnels vorbei, aus denen heraus weitere Pfade auf den Hauptgang stießen. Pendergast erinnerte dieses Geflecht an die vielen schmalen Pfade, wie er sie bei der Jagd in Botswana und Namibia kennengelernt hatte; unzählige Tiere hatten auf ihrem Anmarsch zu den Wasserstellen oder zu ihrem Bau getrampelt.

Vor sich sah Pendergast nun einen langen, vom Schlamm unzähliger unterirdischer Fluten überkrusteten Bahnsteig auftauchen. Über eine Treppe am Ende des Perrons stieg Pendergast von den Gleisen hinauf in den Bahnhof. Wenn Al Diamond recht hatte, dann mußte gleich hinter dem Bahnsteig der Kristallpavillon liegen.

Vorsichtig tastete sich Pendergast durch die Dunkelheit, während auf den Monitoren seiner Nachtsichtbrille nach und nach eine phantastische Szenerie des Verfalls entstand: Filigrane Gaslaternen, die längst kein Glas und keine Glühkörper mehr hatten, hingen an den mit gesprungenen Mosaikkacheln verzierten Wänden, die über und über mit dem Schlamm vergangener Sturzfluten verschmiert waren. Auch die Decke des Bahnhofs bestand aus einem prächtigen Mosaik, das die zwölf Tierkreiszeichen darstellte.

Am hinteren Ende des Bahnsteigs liefen die vielen verschiedenen Trampelpfade vor einem niedrigen Torbogen zusammen. Als Pendergast darauf zuging, schlug ihm ein warmer Wind entgegen, der einen unmißverständlichen Geruch mit sich trug. Pendergast blieb sofort stehen und holte aus seinem Anzug eine Argon-Blitzlampe hervor, wie sie auch beim Militär

Verwendung findet. Sie konnte Blitze erzeugen, die einen Menschen selbst in der hellen Mittagssonne zeitweise erblinden ließen, hatte aber den Nachteil, daß sie mehrere Sekunden brauchte, bis sie wieder voll aufgeladen war. Zudem enthielt der Batteriepack nur Energie für ein Dutzend Blitze. Pendergast nahm noch einen Zug Sauerstoff, dann trat er, die Blitzlampe in der einen und seine Pistole in der anderen Hand, durch den Torbogen.

Der Raum dahinter war so groß, daß Pendergast die Empfindlichkeit seines Nachtsichtgeräts anders einstellen mußte, bevor er erkannte, daß er sich in einem weiten runden Saal befand. Hoch über seinem Kopf hingen schief und verdreckt die Überreste eines riesigen Kristalleuchters von der Mitte des Gewölbes herab, an denen lange, wie Seegras anmutende Schmutzfetzen baumelten. Die gewaltige Deckenkuppel rings um den Lüster war vollständig mit Spiegeln ausgekleidet, von denen die meisten allerdings erblindet und gesprungen waren. Als Pendergast hinaufsah, hatte er das Gefühl, als würde ein zerstörter Himmel über ihm schweben. Sein Nachtsichtgerät war selbst auf höchster Stufe noch zu schwach, als daß Pendergast genau hätte erkennen können, was sich in der Mitte des großen Saales befand. Er sah lediglich eine Reihe von ungleich hohen, sanft ansteigenden Steinstufen, die mit unzähligen schlammigen Fußabdrücken bedeckt waren. Am Ende der Stufen befand sich ein verschwommenes Etwas, das vielleicht einmal ein alter Kiosk oder Pavillon war.

Die Wände des runden Saales waren mit aus zerbröckelndem Gips modellierten dorischen Säulen geschmückt, zwischen denen sich riesige Wandgemälde aus bemalten Kacheln befanden. Pendergast trat auf eines von ihnen zu, auf dem ein stiller See mit Biberdamm und Biber, Berge, Wälder und ein nahender Gewittersturm dargestellt waren. Der angegriffene Zustand des Wandgemäldes hätte Pendergast an Pompeji erinnert, wären da nicht die Haufen von Abfall zu Füßen des Bildes und die breiten braunen Kotstreifen gewesen, die in verrückten Mustern an den Kacheln hinabliefen. Als er oberhalb der Nische den aus goldenen Mosaiksteinen zusammengesetzten Namen »Astor« entdeckte, mußte Pendergast trotz der gespenstischen Umgebung lächeln. Der Millionär Astor, dem dieses Wandgemälde gewidmet war, hatte einst den Grundstein zu seinem sagenhaften Vermögen durch den Verkauf von Biberpelzen gesetzt.

Daß auch der anderen reichen New Yorker Familien der damaligen Zeit in dem Wartesaal gedacht worden war, sah Pendergast an dem nächsten Wandgemälde, das eine Dampflokomotive zeigte, die vor dem Panorama schneebedeckter Bergriesen einen langen Güterzug über eine Brücke zog. In den goldenen Lettern darüber las er den Namen des Mannes, der mit Eisenbahnen reich geworden war: Vanderbilt.

Langsam ging Pendergast an der Wand des runden Raumes entlang und fand mit »Morgan« und »Jesup« zwei weitere Namen des Goldenen Zeitalters der Stadt New York. In der letzten Nische schließlich, deren Wandgemälde unter dem Schriftzug »Rockefeller« mehrere in eine bukolische Landschaft eingebettete Erdölfördertürme zeigte, stand eine alte Ottomane mit halb abgerissenen Armlehnen, aus deren aufgeplatzter Polsterung schimmeliges Roßhaar quoll. Daneben befand sich ein Schild mit der Aufschrift ZUM HOTEL, das in einen kurzen Korridor mit zwei reich verzierten Fahrstühlen wies. Die von Grünspan überzogenen Messingtüren der zerstörten Kabinen standen weit offen, an ihrem Boden kringelten sich wie metallene Schlangen die abgerissenen Aufzugskabel. An der Wand entdeckte Pendergast ein verzogenes, von Holzwürmern durchlöchertes Mahagonibrett, auf dem noch Reste des alten Fahrplans zu lesen waren:

```
Ziel:             Zeit:
Pocantico Hills   10:14 Uhr
Cold Spring       10:42 Uhr
Hyde Park         11:3
```

Neben dem Fahrplan war ein kleiner Warteraum mit zusammengefallenen Stühlen und Sofas, zwischen denen sogar noch ein Konzertflügel stand. Das Holz des Instruments war längst den unzähligen Überschwemmungen und gefräßigen Mikroorganismen zum Opfer gefallen, so daß Pendergast nur noch einen skelettartigen Metallrahmen mit wilden Knäueln gerissener Saiten und groteskerweise vollkommen intakten Tasten sah.

Der FBI-Agent ging wieder zurück in den großen Saal und lauschte angestrengt in die Dunkelheit, aber die tiefe Stille dort wurde nur vom leisen Geräusch tropfenden Wassers unterbrochen, das an mehreren Stellen durch die Decke sickerte. Auch der Rundumblick mit dem Nachtsichtgerät zeigte keine weißen Punkte, die im Infrarotspektrum das Vorhandensein eines warmen Körpers signalisiert hätten.

Trotzdem wurde der ziegenartige Gestank immer stärker.

Mit langsamen Schritten ging Pendergast nun auf den Umriß in der Mitte des Raumes zu, der auf den grünlich leuchtenden Monitoren der VisnyTek-Brille immer mehr Gestalt annahm. Je näher er kam, desto deutlicher sah er, daß es sich um eine krude, aus weißen Steinen erbaute, runde Hütte handelte. Erst als Pendergast direkt davorstand, bemerkte er, daß ihre Wände aus aufeinandergetürmten menschlichen Schädeln bestanden. Der FBI-Agent nahm ein paar tiefe Atemzüge von seinem Sauerstoff, bevor er die Totenköpfe genauer betrachtete. Ihre Gesichter zeigten alle nach außen, aber durch die Augenhöhlen sah er, daß in den meisten Hinterköpfen große Löcher klafften. Überschlagsmäßig schätzte Pendergast, daß die makabre Behausung aus etwa vierhundertfünfzig Schädeln bestehen müßte. Die meisten von ihnen waren, wie man an der daran klebenden Kopfhaut erkennen konnte, noch ziemlich frisch. Pendergast ging einmal um die Hütte herum und verharrte dann mehrere Minuten lang regungslos vor ihrem Eingang, vor dem sämtliche Trampelpfade zusammenliefen. Auf dem Schädel direkt über der Türöffnung erkannte er drei mit einer dunklen Flüssigkeit geschriebene japanische Schriftzeichen:

數
奇
家

Schließlich, nachdem er über längere Zeit weder ein Geräusch noch eine Bewegung bemerkt hatte, holte er noch einmal tief Luft, bückte sich und trat ein.

Das Innere des runden Raumes war leer bis auf viele entlang der Wand auf dem Boden aufgereihte tönerne Trinkbecher, die offenbar irgendwelchen zeremoniellen Zwecken dienten. Pendergast schätzte ihre Zahl auf mindestens hundert. Rasch verließ er die Hütte wieder und besah sich den runden Steintisch direkt vor dem Eingang. Er war etwas mehr als einen Meter hoch, maß einen knappen Meter im Durchmesser und war von einem niedrigen Zaun umgeben, zu dem man menschliche Arm- und Beinknochen mit Lederbändern zusammengebunden hatte. Auf der glatten Tischplatte lagen einige merkwürdig aussehende Gegenstände, die in einer Art Muster angeordnet und mit verwelkten Blumen geschmückt waren. Pendergast nahm einen und betrachtete ihn erstaunt. Es war ein flaches Stück Metall mit einem abgenutzten Gummigriff, von dem er nicht wußte, wozu es dienen sollte. Auch die anderen Gegenstände gaben ihm keinen Hinweis auf ihre Herkunft. Er beschloß, ein paar von ihnen mitzunehmen und später an der Oberfläche in Ruhe zu untersuchen.

Kaum hatte er die Metallstücke in die Tasche gesteckt, da

huschte etwas Weißes über die Monitore seines Nachtsichtgeräts. Rasch ging Pendergast hinter dem Tisch in Deckung. Als er sich von dort aus umsah und nichts entdecken konnte, fragte er sich, ob er sich wohl getäuscht hatte. Manchmal riefen bestimmte Luftschichtungen auf dem Infrarotschirm falsche Signale hervor.

Dann aber sah er es wieder, und diesmal deutlicher als zuvor: Es war eine menschliche – oder zumindest fast menschliche – Gestalt, die vom Bahnhof her durch den Torbogen gerannt kam und auf den Infrarotmonitoren eine weiße Wärmeschleppe hinter sich herzog. Sie kam beängstigend schnell näher, und Pendergast sah, daß sie im Laufen etwas Großes, Rundes an ihre Brust drückte.

In der dichten Finsternis des alten Wartesaals hob Special Agent Pendergast lautlos Pistole und Blitzlampe und machte sich bereit.

40

Margo hatte die Ellenbogen auf den Tisch des Konferenzraums gestützt und massierte sich mit den Fingerspitzen die Schläfen. Nach Frocks Abgang hatte Horlocker mehrere Minuten lang den Raum verlassen, um mit dem Bürgermeister zu telefonieren, und war dann zusammen mit einem Ingenieur von den Stadtwerken namens Hausmann wieder zurückgekommen. Jetzt war der Konferenz auch noch Jack Masters zugeschaltet, der Chef des Spezialeingreifkommandos der New Yorker Polizei, der dem geplanten Unternehmen ziemlich skeptisch gegenüberzustehen schien.

»Meine Leute haben fast eine halbe Stunde gebraucht, um herauszubekommen, daß es diese Astortunnels überhaupt

gibt«, hörte man seine verzerrte Stimme aus der Freisprechanlage krächzen. »Jetzt muß ich erst einmal prüfen, wie ich einen Trupp dort hinunterbekomme.«
»Einen Trupp?« bellte Horlocker. »Sie schicken gleich mehrere, verstanden? Ich will, daß wenigstens einer davon bis unten durchkommt.«
»Aber Sir, wie soll ich das denn machen? Sie können mir ja nicht einmal sagen, wie viele dieser ... dieser Geschöpfe sich in den Tunnels herumtreiben. Im Untergrund gibt es unzählige Möglichkeiten für einen Hinterhalt, da bringe ich meine Männer in ernste Gefahr. Bisher weiß ich ja noch nicht einmal, wie man in diese Astortunnels kommt.«
»Sie müssen durch den Flaschenhals«, sagte Hausmann, der nervös am Ende seines Bleistifts herumkaute.
»Wo muß er durch?« fragte Horlocker.
»Durch den Flaschenhals«, wiederholte der Ingenieur. »Das ist ein großes Loch durch eine harte Gesteinsschicht etwa hundert Meter unter der Erde, durch das sämtliche Leitungen laufen. Irgendwo darunter befinden sich die Astortunnels.«
»Haben Sie das gehört, Masters?« erkundigte sich Horlocker in Richtung Telefon. »Diesen Flaschenhals riegeln wir einfach ab, dann sitzen sie in der Falle.«
»Möglicherweise, Sir.« Selbst aus dem schlechten Lautsprecher klang Masters' Stimme unverkennbar skeptisch. »Aber was machen wir dann? Wenn wir hineingehen und sie ausräuchern, könnte das ein Himmelfahrtskommando für meine eigenen Leute werden, solange wir keine vernünftigen Pläne von diesen Tunnels haben.«
Margo blickte hinüber zu D'Agosta, der sein Gesicht mürrisch verzog. Genau das hatte er von Anfang an zu bedenken gegeben.
Horlocker schlug mit der Faust auf den Tisch. »Verdammt noch mal, Masters, wir haben keine Zeit! Der Bürgermeister und der Gouverneur machen mir die Hölle heiß. Sie verlangen

von mir, daß ich diese Killer aus dem Verkehr ziehe, und genau das werde ich tun.«

Seit er den Raum zum Telefonieren verlassen hatte, war Horlocker noch nervöser und ungeduldiger als zuvor, und Margo fragte sich, womit ihn der Bürgermeister wohl so unter Druck gesetzt hatte.

Hausmann nahm den Bleistift aus dem Mund und schnauzte: »Woher wissen wir denn überhaupt, daß diese Kreaturen in den Astortunnels leben? Im Untergrund von Manhattan gibt es schließlich noch unzählige andere Möglichkeiten, sich zu verkriechen.«

Horlocker warf Margo einen auffordernden Blick zu. Offenbar erwartete er, daß sie jetzt eingriff.

»Soweit ich weiß«, begann sie, nachdem sie sich geräuspert hatte, »gibt es dort unten zahlreiche Obdachlose. Die hätten es sicher bemerkt, wenn irgendwo eine größere Anzahl von seltsamen Wesen aufgetaucht wäre. Wir waren uns doch schon vorhin einig, daß es keinen Grund gibt, an den Worten von Mephisto zu zweifeln. Außerdem müßten diese Kreaturen, sofern sie dem Mbwun-Monster ähneln, eine extreme Abscheu gegen jegliches Licht haben und sich allein schon deshalb so tief wie möglich unter die Erde verkriechen. Aber warum warten wir nicht ab, bis Pendergast von seiner Erkundungstour zurückkommt und ...«

»Vielen Dank, Dr. Green«, unterbrach sie Horlocker barsch. »Haben Sie alles mitgehört, Masters? Jetzt wissen Sie Bescheid.«

Auf einmal ging die Tür auf, und Dr. Frock kam in seinem Rollstuhl hereingefahren. Margo blickte langsam auf und hatte fast Angst davor, ihrem alten Doktorvater ins Gesicht zu sehen.

»Ich möchte mich bei Ihnen entschuldigen«, sagte Frock kleinlaut, während er mit leise knarzenden Reifen an den Tisch heranrollte. »Als ich draußen durch die Gänge fuhr und über alles nachdachte, kam ich zu dem Schluß, daß ich mich vorhin möglicherweise geirrt habe. Es fällt mir zwar schwer, das zuzugeben, aber ich denke jetzt, daß Margos Theorie von allen bisher gehörten den Tatsachen noch am nächsten kommt.« Nach diesen an alle Anwesenden gerichteten Worten wandte er sich direkt an Margo. »Bitte vergeben Sie mir, meine Liebe. Ich bin manchmal ein schrecklicher alter Dickkopf, der viel zu sehr in seine Lieblingstheorien verliebt ist. Besonders natürlich, wenn es dabei um die Evolution geht.« Er lächelte schwach.

»Sehr nobel«, bemerkte Horlocker trocken. »Aber könnten wir diese Seelenschau vielleicht auf später verschieben?«

»Wir brauchen bessere Pläne«, ließ sich die Stimme von Masters aus dem Lautsprecher vernehmen, »und mehr Informationen über das Verhalten der Zielpersonen.«

»Verdammt noch mal!« schrie Horlocker. »Haben Sie mir denn nicht zugehört, Masters? Wir haben keine Zeit für eine gottverdammte geologische Erkundung, sehen Sie das doch endlich ein! Waxie, machen Sie doch auch mal den Mund auf!«

Frock sah hinüber zu Waxie, der aus dem Fenster blickte, als hätte jemand die Antwort auf sämtliche noch offenen Fragen auf den Rasen des Central Parks gesprüht. Der Captain runzelte die Stirn, sagte aber nichts.

»Wir sind uns doch wohl alle einig«, ergriff Frock das Wort, ohne die Augen von Waxie zu nehmen, »daß die beiden Skelette aus dem Humboldt Kill von einem Unwetter aus dem Regenwasserabflußkanal gespült worden sind.«

»Stimmt, das wurden sie«, brummte Horlocker. »Aber das wissen wir schon längst. Worauf wollen Sie hinaus?«

»Die Gebißspuren an den Skeletten sahen nicht so aus, als wären die Täter in Eile gewesen«, fuhr Frock fort. »Es scheint vielmehr so, als hätten die Kreaturen viel Zeit gehabt, um ihre Opfer in aller Ruhe abzunagen. Das wiederum läßt den Schluß zu, daß die Wesen die Leichen in ihren Bau geschleppt und sie dort gefressen haben. Für ein solches Verhalten gibt es in der Natur zahlreiche Parallelen.«

»Und?«
»Wenn ein starker Regenguß zwei Skelette aus diesem Bau ins Freie spülen kann, müßte man doch auch den Bau selbst unter Wasser setzen können.«
»Genau!« rief Waxie triumphierend und trat vom Fenster zurück. »Das ist es! Wir ertränken die verdammten Scheißkerle!«
»Das ist doch verrückt«, meinte D'Agosta.
»Nein, ist es nicht«, widersprach Waxie und deutete aufgeregt aus dem Fenster. »Soviel ich weiß, geht der Ablauf des Wasserreservoirs im Park in die Kanalisation, und wenn die überlastet ist, läuft das Wasser in die Astortunnels, deswegen hat man sie ja schließlich aufgegeben, nicht wahr?«
Ein paar Sekunden lang war es still im Raum. Horlocker warf dem Ingenieur einen fragenden Blick zu. »Es stimmt«, sagte Hausmann und nickte. »Theoretisch kann das Wasser aus dem Reservoir direkt in die Kanalisation geleitet werden.«
»Und läßt sich das auch praktisch bewerkstelligen?«
Hausmann dachte einen Augenblick nach. »Um das sicher sagen zu können, müßte ich erst mit Duffy von der Wasserversorgung sprechen. In dem Reservoir sind zweieinhalb Millionen Kubikmeter Trinkwasser gespeichert. Selbst wenn wir nur einen Teil davon – sagen wir mal dreißig Prozent – auf einen Schlag in die Kanalisation leiten würden, müßte diese vollkommen überflutet werden, und das überschüssige Wasser würde, soweit ich weiß, erst in die tiefsten Tunnels laufen und dann von dort in den Hudson.«
Waxie nickte triumphierend. »Und das sind diese Astortunnels!«
»Mir scheint das ein ziemlich drastischer Schritt«, warf D'Agosta ein.
»Drastisch?« wiederholte Horlocker. »Entschuldigen Sie bitte, Lieutenant, aber gestern nacht haben diese Geschöpfe neun Menschen getötet. Sie sind enorm blutrünstig, und sie werden immer schlimmer. Vielleicht wollen Sie ja hinuntersteigen und

ihnen eine gerichtliche Vorladung überbringen, bloß wird das nicht allzuviel Eindruck auf sie machen, fürchte ich. Man verlangt von uns, daß wir etwas tun, verdammt noch mal. Und damit« – er deutete aus dem Fenster in Richtung Wasserreservoir – »können wir sie tief unten in ihrem Bau unschädlich machen.«

»Aber woher wollen wir denn wissen, wo das ganze Wasser wirklich hinfließt?« fragte D'Agosta.

»Das kann man ziemlich genau sagen«, meldete sich Hausmann zu Wort. »Es wird zunächst in die unterste Ebene des Central Park-Quadranten strömen und von dort aus durch die Überlaufkanäle im Flaschenhals hinunter in die tiefsten Regenwasserkanäle und die darunterliegenden Astortunnels, bis es schließlich das Entwässerungssystem der West Side erreicht und von dort aus in den Hudson abfließt.«

»Pendergast hat mir gesagt, daß die Tunnels südlich und nördlich vom Park schon vor Jahren zugemauert wurden«, meinte D'Agosta mehr an sich selbst als an die anderen gerichtet.

Horlocker blickte in die Runde und verzog seine Lippen zu einem dünnen Lächeln. Margo kam es so vor, als würde der Polizeipräsident die dazu benötigten Muskeln nicht allzu häufig benutzen. »Na, ist doch wunderbar«, knurrte er. »Dann sind sie in den Tunnels unterhalb des Flaschenhalses gefangen und werden jämmerlich ersaufen. Gibt es noch irgendwelche Einwände?«

»Bevor Sie das Reservoir ablassen, müßten Sie dafür sorgen, daß sich auch wirklich alle Kreaturen in den Tunnels befinden«, gab Margo zu bedenken.

Horlockers Lächeln verschwand. »Mist. Daran habe ich noch gar nicht gedacht. Wie sollen wir das denn bewerkstelligen?«

D'Agosta zuckte mit den Achseln. »Wir haben herausgefunden, daß keiner der Morde bei Vollmond verübt wurde. Möglicherweise sind sie zu solchen Zeiten nicht aktiv.«

»Klingt logisch«, meinte Margo. »Wenn diese Wesen wie die

Mbwun-Kreatur sind, dann haben sie eine starke Abneigung gegen Licht. Es wäre durchaus möglich, daß sie bei Vollmond auch nachts in ihren Tunnels bleiben.«

»Was ist eigentlich mit den ganzen Obdachlosen, die in den Tunnels unter dem Central Park leben?« erkundigte sich D'Agosta.

»Haben Sie denn Hausmann nicht richtig zugehört?« schnaubte Horlocker. »Das Wasser fließt sofort hinunter in die tiefsten Ebenen, und da gibt es keine Obdachlosen mehr. Sie wagen sich nicht in solche Tiefen und jetzt, wo diese Wrinkler dort ihr Unwesen treiben, schon gleich gar nicht mehr.«

Hausmann nickte. »Wir werden die Aktion so planen, daß tatsächlich nur die Astortunnels überflutet werden.«

»Trotzdem kann das Wasser auf seinem Weg nach unten eine Menge Menschen mit sich reißen«, beharrte D'Agosta auf seiner Meinung.

»Ist ja gut, Sie haben recht«, seufzte Horlocker. »Okay, wenn's denn sein muß, durchkämmen wir eben vorher den Quadranten unter dem Central Park und stecken die Penner dort in städtische Unterkünfte. Vielleicht können wir damit ja zwei Fliegen mit einer Klappe schlagen und nebenbei da unten mal gründlich aufräumen.« Er stand auf und wandte sich an Waxie. »Prima Plan, Captain. Weiter so.«

Waxie errötete und nickte.

»Aber der Quadrant unter dem Central Park ist riesengroß«, sagte D'Agosta, »und die Obdachlosen werden nicht freiwillig mitgehen.«

»Jetzt reicht's, D'Agosta«, fauchte Horlocker. »Ich habe genug von Ihrem ständigen Herumgenörgle. Um Himmels willen, um wie viele Obdachlose wird es sich denn wohl handeln? Um hundert?«

»Um sehr viel mehr. Die Tunnels sind ...«

»Wenn Sie eine bessere Idee haben, Lieutenant, dann heraus damit«, unterbrach ihn Horlocker. »Ansonsten halten Sie jetzt bitte schön die Klappe. Heute nacht ist Vollmond. Wir können nicht noch einen Monat warten, sondern müssen die Sache jetzt in Angriff nehmen.« Er beugte sich in Richtung Telefon und sagte: »Masters, ich wünsche, daß alle Flächen unterhalb des Central Parks bis Mitternacht von Obdachlosen gesäubert werden. Und damit meine ich jeden gottverdammten Tunnel zwischen der 59th Street bis zur 110th Street, und zwar von Central Park West bis hin zur Fifth Avenue. Eine Nacht in der Unterkunft wird den Pennern guttun. Setzen Sie sich mit den Stadtwerken und den Verkehrsbetrieben in Verbindung. Ich werde den Bürgermeister über unseren Plan informieren und dafür sorgen, daß Sie jede Unterstützung bekommen, die Sie benötigen.«

»Zum Durchkämmen der Tunnels sollten wir am besten Leute von der früheren Bahnpolizei einsetzen«, sagte D'Agosta. »Die kennen sich dort unten aus.«

»Das würde ich nicht empfehlen, Sir«, mischte Waxie sich ein. »Diese Tunnelmenschen sind gefährlich. Als wir vor ein paar Tagen da unten waren, hätten sie uns beinahe getötet. Für diesen Job brauchen wir richtige Polizisten.«

»*Richtige* Polizisten!« murmelte D'Agosta verächtlich und fügte etwas lauter hinzu: »Dann schicken Sie wenigstens Sergeant Hayward mit.«

»Auf keinen Fall«, protestierte Waxie. »Die geht den Leuten bloß im Weg um.«

»Diese Bemerkung zeigt mal wieder überdeutlich, wie wenig Ahnung du doch hast, Jack«, brauste D'Agosta auf. »Hayward war deine beste Kraft, und du hast das nicht einmal bemerkt. Sie weiß mehr über die Obdachlosen im Untergrund als irgendwer sonst. Bei einer solchen Aktion kommen wir ohne ihre Erfahrung nicht aus, das kannst du mir glauben.«

Horlocker seufzte genervt. »Masters, sorgen Sie dafür, daß Sergeant Hayward zu dem Einsatz mitgenommen wird. Und Sie, Waxie, setzen sich mit diesem – wie heißt er noch mal?

Duffy? – von der Wasserversorgung in Verbindung. Ich möchte, daß das Reservoir um Punkt Mitternacht abgelassen wird.« Horlocker blickte sich in der Runde um. »So. Ich glaube, wir sollten jetzt ins Polizeipräsidium umziehen. Dr. Frock, wir könnten Ihre Hilfe gebrauchen.«

Margo sah, wie Frock sich darüber freute. »Vielen Dank für Ihr Vertrauen, Chief Horlocker«, sagte er, »aber ich möchte lieber erst nach Hause fahren und mich ein paar Stunden ausruhen. Diese Sitzung hat mich doch ziemlich mitgenommen.« Er lächelte Horlocker an, zwinkerte Margo zu und rollte zur Tür.

Margo sah ihrem alten Mentor nach. Niemand außer mir kann ermessen, wie schwer es ihm gefallen ist, seinen Fehler zuzugeben, dachte sie.

D'Agosta folgte Horlocker und Waxie hinaus in den Korridor. An der Tür blieb er stehen und fragte Margo: »Was halten Sie von der Sache, Dr. Green?«

Margo schüttelte den Kopf und wirkte, als wäre sie in Gedanken ganz weit weg gewesen. »Ich weiß nicht so recht. Einerseits verstehe ich, daß Horlocker keine Zeit mehr verlieren möchte, andererseits muß ich daran denken, was damals passierte, als ...« Sie zögerte. »Ich wünschte, Pendergast wäre hier«, sagte sie dann.

Das Telefon klingelte, und sie hob ab. »Hier Margo Green.« Sie hörte eine Weile schweigend zu, dann legte sie auf.

»Sie sollten vielleicht besser mitkommen«, sagte sie zu D'Agosta. »Das war meine Laborassistentin. Sie will mir etwas Wichtiges zeigen.«

41

Smithback schob einen Mann im Leinenanzug zur Seite, rammte einem anderen den Ellenbogen in die Rippen und versuchte, sich so einen Weg durch die immer dichter werdende Menschenmenge zu bahnen. Er hatte ihre schiere Masse schlichtweg unterschätzt: Die Leute stauten sich schon drei Blocks weit die Fifth Avenue hinunter, und jede Minute kamen neue hinzu. Mrs. Wishers Eröffnungsrede hatte er bereits verpaßt, und jetzt wollte er wenigstens noch bei der ersten Mahnwache dabeisein, bevor sich der Demonstrationszug wieder in Bewegung setzte.

»Drängle nicht so, du Arschloch«, schnauzte ein junger Mann, der gerade einen silbernen Flachmann von den Lippen nahm.

»Schieb dir doch eine Aktie in den Arsch«, gab Smithback zurück. Aus dem Augenwinkel beobachtete er, wie Polizisten erfolglos versuchten, wenigstens die Fahrbahn frei zu bekommen. Inzwischen waren mehrere Fernsehteams eingetroffen, deren Kameramänner auf die Dächer ihrer Kleinbusse stiegen, um von oben die Menge zu filmen. Sie kamen, ebenso wie die Polizei, viel zu spät. Mrs. Wisher hatte die Stadt wieder einmal überrumpelt.

»He, Smithback!« hörte der Journalist auf einmal eine Stimme hinter sich rufen. Er drehte sich um und sah Clarence Kozinsky, den Börsenreporter der *Post.* »Das hier ist wirklich unglaublich. Hat sich herumgesprochen wie ein Lauffeuer.«

»Ich schätze, das liegt wohl an meinem Artikel«, antwortete Smithback stolz.

Kozinsky schüttelte den Kopf. »So leid's mir tut, Smithback, aber dein Artikel ist erst vor einer halben Stunde erschienen. Die Aufforderung zur Demo lief aber schon am Nachmittag über die verschiedenen Börsennetze. Sieht so aus, als wäre die Finanzwelt komplett auf Mrs. Wisher abgefahren. Fast scheint

es so, als wäre diese Frau die Lösung für alle Sorgen, die unsere armen Broker so plagen.« Kozinsky kicherte kurz und trocken. »Es geht jetzt nicht mehr bloß um die Bekämpfung der Kriminalität, sondern um alles, was nach Meinung der Finanzwelt in dieser Stadt sonst noch schiefläuft. In den einschlägigen Bars spricht man schon davon, daß Mrs. Wisher die Fürsorge kappen, die Obdachlosen von den Straßen bringen, die Dodgers zurück nach Brooklyn holen und wieder einen Republikaner ins Weiße Haus bringen wird. Und das alles auf einmal.«
Smithback sah sich um. »Ich wußte gar nicht, daß es so viele Finanztypen auf der Welt gibt, geschweige denn in Manhattan.«
Kozinsky kicherte abermals. »Die Leute halten den typischen Börsenmenschen eben noch immer für einen Retro-Yuppie in einem langweiligen Anzug, der rund um die Uhr arbeitet und in irgendeiner Vorstadt in New Jersey mit seiner Frau und zweieinhalb Kindern am Wochenende ein stinklangweiliges Familienleben führt. Niemand denkt daran, daß die Wall Street auch so etwas wie einen Unterleib hat. Da gibt es Devisenhaie, Zinstrickser, Geldwäscher und Leute, die ihr Geld mit dem Verschieben von Schweinebäuchen machen. Das sind keine Oberklassenyuppies, sondern Typen, die an der Wall Street die Drecksarbeit machen. Außerdem rekrutiert diese Wisher ihre Leute schon längst nicht mehr nur in der Börse allein. Zur Zeit laufen sämtliche Handys, Pager und Faxgeräte heiß, damit auch die kleinen Angestellten der Banken und Versicherungen was von dem Spaß haben.«
Als Smithback auf einmal einige Meter vor sich Mrs. Wisher entdeckte, verabschiedete er sich von Kozinsky und drängte weiter. Mrs. Wisher stand direkt vor dem Bergdorf Goodman-Kaufhaus und blickte, flankiert von einem katholischen und einem protestantischen Priester sowie einem Rabbi, auf einen riesigen Haufen frischer Blumen. Daneben bemerkte Smithback einen erschöpften jungen Mann mit langen Haaren, der

einen Nadelstreifenanzug und violette Socken trug. Smithback erkannte den Trauernden an seinem vergrämten Gesicht als Viscount Adair, den Freund der verstorbenen Pamela Wisher. Die Mutter der Toten hatte sich die hellen Haare streng nach hinten gekämmt und kein Make-up aufgelegt, was sie schlicht und würdevoll zugleich wirken ließ. Diese Frau ist zum Führen geboren, dachte Smithback, während er sein Diktiergerät einschaltete.

Mrs. Wisher blieb eine Weile bewegungslos und mit gesenktem Kopf vor den Blumen stehen. Dann wandte sie sich zu den Demonstranten um, ließ sich ein kabelloses Mikrophon reichen und räusperte sich laut und hörbar.

»Bürger und Bürgerinnen von New York«, rief sie, woraufhin das Tosen der Menge augenblicklich verstummte. Smithback, den die Klarheit und Lautstärke ihrer Stimme erstaunte, sah sich um und erkannte, daß mehrere, an strategisch günstigen Punkten postierte junge Männer an Metallstangen befestigte Lautsprecher in die Höhe hielten. Auch wenn die Demonstration noch so spontan aussah, hatten Mrs. Wisher und ihre Leute das Ereignis ganz offenbar bis ins kleinste Detail vorausgeplant.

Als die Stille vollkommen war, fuhr Mrs. Wisher mit leiserer Stimme fort: »Wir haben uns hier versammelt im Gedenken an Mary Ann Cappiletti, die am 14. März an dieser Stelle überfallen und erschossen wurde. Lassen Sie uns ein stilles Gebet für sie sprechen.«

Zwischen ihren Sätzen hörte Smithback, wie die Polizei die Menge über Megaphon aufforderte, sich zu zerstreuen. Berittene Polizisten erschienen am Rand der Demonstration und drehten, als sie die dichtgedrängt stehende Menge sahen, wieder ab. Smithback wußte, daß Mrs. Wisher die Demonstration absichtlich nicht angemeldet hatte, um die Stadtverwaltung zu überrumpeln und das größtmögliche Chaos zu produzieren. Die Verbreitung des Aufrufs über private Kanäle war

nicht nur hocheffizient gewesen, sondern hatte auch dafür gesorgt, daß Behörden und Medien wirklich erst Wind von der Sache bekamen, als es schon zu spät war.
»Es ist lange her«, ergriff Mrs. Wisher wieder das Wort. »Und zwar sehr, sehr, lange, daß Kinder ohne Angst durch die Straßen von New York spazieren konnten. Inzwischen fürchten auch wir Erwachsene uns, wenn wir durch gewisse Straßen oder nachts durch den Park gehen. Oder wenn wir U-Bahn fahren!«
Bei der Anspielung auf das jüngste Massaker ließen sich aufgebrachte Rufe aus der Menge vernehmen. Smithback, der das Diktiergerät in die Luft hielt, fragte sich, ob Mrs. Wisher wohl jemals in ihrem Leben die öffentlichen Verkehrsmittel benutzt hatte.
»Heute nacht!« rief sie auf einmal aus und blickte mit funkelnden Augen in die Menge. »Heute nacht werden wir das alles ändern. Heute nacht erobern wir uns den Central Park zurück. Genau um Mitternacht werden wir dort alle zusammen mitten auf der großen Rasenfläche stehen, und wir werden keine Angst haben!«
Das Brüllen der Menge, das auf diese Worte folgte, war so gewaltig, daß Smithback sein Diktiergerät ausschalten mußte. Mit dieser Lautstärke wurde das kleine Gerät nicht fertig. Es blieb ihm also nichts anderes übrig, als sich die Ereignisse genau zu merken. Smithback wußte, daß inzwischen jede Menge anderer Journalisten von lokal und landesweit verbreiteten Medien anwesend sein mußten, aber er war der einzige Reporter, der direkten Zugang zu Anette Wisher hatte, der einzige, den sie in ihre Pläne eingeweiht hatte. Am späten Nachmittag war bereits eine Sonderausgabe der *Post* mit einer genauen Beschreibung der Demonstrationsroute und der einzelnen Haltepunkte erschienen, an denen der jeweiligen Mordopfer gedacht werden sollte. Smithback sah, daß viele der Anwesenden diese Ausgabe dabeihatten, und verspürte einen Anflug

von Stolz. Kozinsky hatte ganz offenbar also doch nicht recht gehabt. Auch er, Smithback, hatte entscheidend dazu beigetragen, daß so viele Menschen zu der Demonstration gekommen waren. Und was noch viel besser war: Diese Ausgabe hatte sich nicht nur unter Arbeitern und Angestellten, den angestammten Lesern der *Post*, hervorragend verkauft, sondern auch in den besseren Kreisen, die normalerweise zur *Times* griffen. Hämisch grinsend dachte Smithback daran, wie Kollege Harriman diesen Umstand wohl seinem verknöcherten stockkonservativen Chefredakteur beibringen wollte.
Die Sonne war soeben hinter den stattlichen Häusern von Central Park West untergegangen, und ein warmer Sommerabend senkte sich auf die Stadt. Mrs. Wisher zündete eine kleine Kerze an und nickte den Geistlichen zu, die daraufhin das gleiche taten.
»Meine lieben Freunde«, sprach sie in ihr Mikrophon und hielt die Kerze hoch in die Luft. »Mögen unsere kleinen Flämmchen und unsere leisen Stimmen sich zu einem lodernden Mahnfeuer und einem lauten Schrei der Wut vereinen. Wir haben nur eine einzige Forderung an die Behörden, und die können sie nun nicht länger ignorieren oder beiseite schieben. Und diese Forderung lautet: *Säubert New York!* Wenn ihr es nicht tut, dann werden wir es eben selber tun!«
Während die Menge durch lautes Gebrüll ihre Zustimmung signalisierte, setzte Mrs. Wisher sich in Bewegung. Smithback schob ein paar Demonstranten beiseite und drängte sich in den inneren Kreis um sie, in dem eine Ruhe herrschte wie im Auge des Sturms.
»Wie schön, daß Sie hier sind, Bill«, sagte Mrs. Wisher, als begrüße sie ihn zu einem Kaffeekränzchen.
»Die Freude ist ganz meinerseits«, erwiderte Smithback mit einem breiten Grinsen.
Als sie mit langsamen Schritten die Grand Army Plaza betraten, drehte Smithback sich um und betrachtete die riesige Men-

schenmenge, die ihnen folgte. Sie sah aus wie eine gigantische Schlange, deren geschmeidiger Körper am Central Park entlangglitt. Vor sich sah er weitere Gruppen, die aus der Sixth und Seventh Avenue herbeiströmten und sich ihnen aus westlicher Richtung kommend anschlossen. Als er die Gesichter in der Menge studierte, fielen ihm neben den ruhigen, dezent gekleideten Mitgliedern der besseren Gesellschaft auch viele von den jungen Männern, die Kozinsky vorhin erwähnt hatte, auf: Jungbroker, kleine Banker, subalterne Versicherungsangestellte, die, zum Teil schon ziemlich alkoholisiert, johlten und pfiffen und es offenbar kaum mehr erwarten konnten, daß es endlich Zoff gab. Smithback erinnerte sich daran, wie wenig es bei der letzten Demonstration bedurft hatte, daß Flaschen auf den Bürgermeister geflogen waren, und fragte sich, ob Mrs. Wisher diesmal die Menge wohl noch unter Kontrolle würde halten können, wenn die Stimmung aggressiver wurde.

Die Autofahrer auf der Central Park South hatten längst das Hupen aufgegeben und ihre Fahrzeuge verlassen, um der Demonstration zuzuschauen oder sich ihr anzuschließen, aber aus der Richtung des Columbus Circle ertönte noch immer ein gellendes Hupkonzert. Smithback atmete tief durch und sog die chaotische Stimmung ein wie Nektar. Entfesselte Massen hatten schon immer eine fast berauschende Wirkung auf ihn gehabt.

Ein junger Mann eilte auf Mrs. Wisher zu und reichte ihr ein Handy. »Es ist der Bürgermeister«, keuchte er.

Mrs. Wisher steckte das Mikrophon in ihre Handtasche und nahm das Telefon ans Ohr. »Ja?« fragte sie unterkühlt, ohne ihre Schritte zu verlangsamen. Eine Weile hörte sie zu, dann sagte sie: »Es tut mir leid, daß Sie das so sehen, aber die Zeiten, in denen man eine Demonstration angemeldet hat, sind für uns ein für allemal vorbei. Sie scheinen noch nicht begriffen zu haben, daß sich diese Stadt im Kriegszustand befindet. Mit unserer Kundgebung hier machen wir Sie zum letztenmal

darauf aufmerksam. Sorgen Sie dafür, daß wieder Frieden einkehrt in New York. Das ist Ihre letzte Chance.«
Wieder hörte Mrs. Wisher zu, wobei sie sich ihr freies Ohr zuhalten mußte, um bei dem Lärm der Menge überhaupt etwas zu verstehen. »Es tut mir leid, daß wir Ihre Polizei behindern, Herr Bürgermeister. Und wenn der Polizeipräsident endlich etwas unternimmt, dann soll er es von mir aus tun. Aber wo waren eigentlich Ihre Polizisten, als meine Pamela ermordet wurde? Hat da vielleicht ein ...«
Mrs. Wisher verstummte abrupt und lauschte in das Telefon. »Daß ich nicht lache«, sagte sie dann. »Diese Stadt versinkt im Verbrechen, und da wollen Sie mir mit einer gerichtlichen Vorladung drohen? Wenn Ihnen nichts Besseres einfällt, dann ist dieses Gespräch für mich beendet. Ich habe Wichtigeres zu tun.«
Sie drückte auf einen Knopf an dem Handy und gab es dem jungen Mann zurück. »Wenn er noch mal anruft, bestellen Sie ihm, daß ich beschäftigt bin.«
Sie machte einen Schritt auf Smithback zu und hängte sich bei ihm ein. »Unser nächster Halt wird die Stelle sein, an der meine Tochter verschwunden ist. Da muß ich meine ganze Kraft zusammennehmen. Wollen Sie mir dabei zur Seite stehen, Bill?«
Smithback fuhr sich mit der Zunge über die Lippen. »Selbstverständlich, Anette«, sagte er.

42

D'Agosta folgte Margo einen staubigen, schlecht beleuchteten Gang im ersten Stock des Museums entlang. Den Korridor, der früher einmal dem Publikum zugänglich gewesen war, hatte man vor vielen Jahren abgetrennt und zu einem Lagerraum für überzählige Exponate der Säugetiersammlung umfunktioniert. Auf beiden Seiten des engen Ganges fanden sich ausgestopfte Tiere in den unterschiedlichsten Angriffs- oder Verteidigungshaltungen. Als D'Agosta sich an den scharfen Krallen eines auf den Hinterbeinen stehenden Grizzlybären fast das Jackett aufriß, preßte er die Arme fest an den Körper, um nicht in Kontakt mit den verstaubten Tierkörpern zu kommen.

Der Gang bog um eine Ecke und endete in einer Sackgasse, an deren Ende D'Agosta einen riesigen ausgestopften Elefanten erblickte, dessen rissige graue Haut schon an vielen Stellen geflickt war. Margo deutete auf die hohe Tür eines Frachtaufzuges direkt hinter dem Elefanten.

»Wir sollten uns besser beeilen«, sagte D'Agosta zu Margo, als diese den Aufzugsknopf drückte. »Im Polizeipräsidium rüsten die jetzt bestimmt schon auf, als gälte es, die Invasion in der Normandie zu wiederholen.« In dem Korridor lag ein Geruch, der D'Agosta an gewisse Mordtatorte erinnerte.

»Gleich hier links ist das Präparationslabor«, erklärte Margo, als sie sein Naserümpfen bemerkte. »Da kochen sie gerade wieder irgendwelche toten Tiere aus.«

»Man riecht's«, brummte D'Agosta und warf einen Blick hinauf zu dem Elefanten. »Wo sind eigentlich die Stoßzähne von dem Burschen?«

»Das ist Jumbo, der alte Star des Zirkus Barnum. In Ontario hatte er einmal einen Zusammenstoß mit einem Güterzug, und dabei sind ihm seine Stoßzähne zersplittert. Barnum hat sie fein zermahlen lassen, eine Art Wackelpudding daraus hergestellt und das Ganze beim Leichenschmaus für Jumbo auf den Tisch gebracht.«

»Wie originell«, bemerkte D'Agosta und steckte sich eine Zigarre in den Mund. Bei diesem Gestank war es um das bißchen Rauch auch schon egal.

»Tut mir leid«, sagte Margo mit einem betretenen Grinsen. »Hier ist Rauchen streng verboten. Es könnte Methangas in der Luft sein.«

Als D'Agosta die Zigarre zurück in seine Brusttasche steckte, kam der Aufzug. Methangas. Was es in so einem Museum nicht alles gab!

Sie fuhren mit dem Aufzug in den Keller und traten in einen drückend heißen Gang, mit Heizungsrohren an der Decke und riesigen Holzkisten am Boden. Aus einer der Kisten ragte das Ende eines schwarzen Knochens heraus, so groß wie ein Ast. Der gehört bestimmt zu einem Dinosaurier, dachte D'Agosta und unterdrückte das bedrohliche Gefühl, das in ihm aufstieg. Er konnte sich noch gut daran erinnern, was vor eineinhalb Jahren hier im Keller des Museums vorgefallen war.

»Wir haben die Droge an verschiedenen Organismen getestet«, sagte Margo, während sie die Tür zu einem Labor öffnete, dessen helles Neonlicht in starkem Kontrast zu dem trüb beleuchteten Korridor stand. In einer Ecke des Raumes saß eine Laborangestellte an einem Oszilloskop. »An weißen Mäusen, *E. coli*-Bakterien, blaugrünen Algen und mehreren Einzellern. Die Mäuse sehen Sie hier.«

D'Agosta blickte in einen kleinen Käfig und trat unwillkürlich einen Schritt zurück. »Großer Gott!« Die weißen Wände des Käfigs waren voller Blutflecken, und am Boden lagen die toten Mäuse mit zerfetzten Gliedmaßen und herausgerissenen Gedärmen.

Margo deutete auf den Käfig daneben. »Wie Sie sehen, ist von den vier Mäusen, die ursprünglich in diesen Käfigen waren, jeweils nur noch eine am Leben.«

»Und warum haben Sie nicht jede Maus in einen separaten Käfig gesperrt?« fragte D'Agosta.

Margo warf ihm einen erstaunten Blick zu. »Bei diesem Experiment geht es doch gerade darum, wie die Tiere miteinander umgehen. Wir wollten ihr soziales Verhalten unter dem Einfluß der Droge ebenso testen wie die körperlichen Veränderungen, die sie hervorruft.«

»Sieht so aus, als wären sie völlig außer Rand und Band geraten.«

Margo nickte. »Allen diesen Mäusen haben wir das Reovirus gespritzt. Es ist sehr ungewöhnlich, daß ein Virus Menschen und Mäuse gleichermaßen befällt. Normalerweise sind Viren auf einen einzigen Wirtsorganismus spezialisiert. Und jetzt sehen Sie sich einmal das an.«

Als Margo sich dem Käfig näherte, klammerte sich die überlebende Maus an das Drahtgitter und zischte sie böse an, während ihre gelben Zähne wild durch die Luft schnappten.

»Nettes Tierchen«, bemerkte D'Agosta, und Margo trat einen Schritt zurück. »Die hat wohl alle anderen in dem Käfig totgebissen, habe ich recht?«

Margo nickte. »Aber an dieser Maus ist noch etwas interessant. Sie wurde nämlich bei einem Kampf schwer verletzt, aber sehen Sie nur, wie gut ihre Wunden verheilt sind. Dasselbe Phänomen finden Sie auch bei den überlebenden Mäusen in den anderen Käfigen. Die Droge stimuliert ganz offenbar die Selbstheilungskräfte des Körpers. Wir haben übrigens noch etwas festgestellt, und zwar, daß die mit dem Virus infizierten Mäuse extrem empfindlich auf starkes Licht reagieren. Das wiederum geht konform mit unseren Beobachtungen an der Mbwun-Kreatur. Als Jen, meine Assistentin, gestern nacht vergaß, das Licht auszuschalten, waren die Mäuse in den Käfigen unter der Lampe am nächsten Tag alle tot.«

D'Agosta und Margo starrten eine Weile schweigend auf die Mäuse. »Da ist noch etwas, das ich Ihnen gerne zeigen würde«, sagte Margo schließlich. »Jen, könntest du mir vielleicht einmal helfen?«

Zusammen mit der Laborassistentin schob Margo eine Trennwand in einen der Käfige und isolierte damit die überlebende Maus von ihren toten Artgenossen. Dann nahm sie mit einer langen Pinzette die kleinen Kadaver heraus und warf sie in eine Glasschale.

»Sehen wir uns die doch mal genauer an«, forderte Margo D'Agosta auf und legte eine der Mäuse auf die Objektbühne eines Stereomikroskops, das sie auf geringe Vergrößerung gestellt hatte. Während D'Agosta mit einem leichten Gefühl des Ekels zusah, schnitt sie mit einem Skalpell die Haut am Hinterkopf des toten Tieres auf, klappte sie beiseite und betrachtete eingehend den Schädelknochen. Dann legte sie ein Stück der Wirbelsäule frei und untersuchte auch dieses sorgfältig.

»Wie Sie vielleicht sehen können, wirkt die Maus körperlich vollkommen normal«, erklärte sie und ließ D'Agosta durch das Mikroskop schauen. »Bis auf die erstaunlichen Heilungskräfte scheinen die Veränderungen durch die Droge eher psychischer, nicht physischer Natur zu sein. Zumindest ist das bei diesen Mäusen der Fall. Es ist vielleicht noch ein bißchen früh für eine gesicherte Schlußfolgerung, aber es sieht so aus, als sei es Kawakita tatsächlich gelungen, die Droge weitgehend zu entschärfen.«

»Aber für ihn selbst war es zu spät«, bemerkte D'Agosta.

»Das ist es, was mir Kopfzerbrechen bereitet«, sagte Margo. »Kawakita muß die Droge genommen haben, *bevor* sie diese Entwicklungsstufe erreichte. Aber warum sollte er das Risiko eingehen, die noch unfertige Droge an sich selbst auszuprobieren? So eine Voreiligkeit paßt überhaupt nicht zu ihm.«

»Vielleicht war es ja Arroganz«, warf D'Agosta ein.

»Auch aus Arroganz macht man sich nicht zum Versuchskaninchen. Kawakita war schließlich ein sorgfältiger Wissenschaftler – manchmal sogar ein wenig *zu* vorsichtig.«
»Sie werden es nicht glauben, wer alles drogensüchtig wird«, warf D'Agosta ein. »Ich habe da schon einiges erlebt: Ärzte, Krankenschwestern, sogar Polizisten.«
»Mag sein«, sagte Margo nicht sonderlich überzeugt. »Jedenfalls haben wir hier drüben die Bakterien und dic Einzeller, die wir mit dem Reovirus infiziert haben. Dabei ist eines sehr merkwürdig: Die meisten dieser Organismen, ganz gleich ob Amöben, Pantoffel- oder Rädertierchen, zeigten keine Reaktion auf das Virus. Bis auf einen.« Sie öffnete einen Brutkasten und deutete auf eine Reihe von Petrischalen mit violettem Nährboden. Glänzende, etwa zehncentstückgroße Flecken in der Mitte der Schalen zeigten, daß sich hier Mikroorganismen vermehrten.
Margo nahm eine der Petrischalen. »Das hier ist *B. meresgerii*, ein Einzeller, der in seichten Meeresbuchten auf der Oberfläche von Tang und Seegras wächst und sich hauptsächlich von Plankton ernährt. Ich arbeite gern damit, denn das Tierchen ist ziemlich friedfertig, läßt sich gut züchten und reagiert außergewöhnlich empfindsam auf alle möglichen Umwelteinflüsse oder Chemikalien.«
Sie zog vorsichtig eine Drahtschlinge durch die Einzellerkolonie in der Petrischale und beschmierte damit eine kleine Glasplatte, die sie auf die Objektbühne eines Mikroskops legte. Dann stellte sie scharf und trat einen Schritt zur Seite, damit D'Agosta ins Okular blicken konnte.
Zuerst konnte der Lieutenant überhaupt nichts sehen, aber dann erkannte er eine Reihe von runden, klaren Tropfen, die in hektischem Tempo kleine wimpernförmige Geißeln bewegten und aufeinander losgingen.
»Sagten Sie nicht, die Viecher seien friedfertig?« fragte D'Agosta.

»Normalerweise schon.«
D'Agosta beobachtete, wie die Tiere sich gegenseitig die Membranen aufrissen und versuchten, sich in die dadurch entstandenen Löcher in der Zellwand zu drängen.
»Und ich dachte, die ernähren sich von Plankton«, bemerkte D'Agosta.
»Auch das trifft normalerweise auf sie zu«, antwortete Margo und blickte den Lieutenant, der die Augen vom Okular genommen hatte, bedeutungsvoll an. »Beängstigend, nicht?«
»Und ob.« D'Agosta trat vom Mikroskop zurück und wunderte sich, daß die Aggressivität dieser winzigen Tiere ihm so zu schaffen machte.
»Ich mußte Ihnen das zeigen«, sagte Margo und warf selbst noch einmal einen Blick in das Mikroskop. »Denn wenn Sie wirklich planen, das Reservoir abzulassen ...«
Margo verstummte und schaute plötzlich ganz gebannt auf das, was sie in dem Mikroskop sah.
»Was ist los?« fragte D'Agosta.
Eine ganze Weile gab Margo keine Antwort. »Wirklich seltsam«, murmelte sie dann und wandte sich an die Laborassistentin. »Jen, könntest du diese Kultur mal mit Eosin anfärben? Und dann möchte ich, daß du über den radioaktiven Tracer herausfindest, welche von den *B. meresgerii* aus der ursprünglichen Kolonie stammen.«
Margo bat D'Agosta, sich einen Augenblick zu gedulden, und war Jen behilflich. Als die frisch präparierte Einzellerkolonie unter dem Mikroskop lag, studierte Margo sie eine kleine Ewigkeit. Dann richtete sie sich auf, kritzelte ein paar Zahlen in ihr Notizbuch und wandte sich abermals dem Mikroskop zu. D'Agosta hörte, wie sie leise vor sich hin zählte.
»Wenn man *B. meresgerii* bei siebenunddreißig Grad Celsius hält, teilt es sich alle acht Stunden und hat dann etwa eine Lebenserwartung von sechzehn Stunden. Diese Kolonie hier ist seit sechsunddreißig Stunden im Labor, also müßte das

Verhältnis zwischen toten und lebenden Tieren etwa sieben zu neun sein.«

»Und?« fragte D'Agosta.

»Ich habe eben herausgefunden, daß es in der Kolonie mehr lebende als tote Tiere gibt.«

»Und das bedeutet?«

»Daß sich diese *B. meresgerii* entweder schneller als normal teilen oder …« Sie blickte wieder in das Okular des Mikroskops und fing noch einmal leise an zu zählen. Als sie sich diesmal wieder aufrichtete, geschah das sehr viel langsamer als beim erstenmal.

»Die Teilungsgeschwindigkeit ist völlig normal«, erklärte sie mit leiser Stimme.

D'Agosta tastete nach der Zigarre in seiner Brusttasche. »Und das heißt …?«

»Das heißt, daß sie eine um fünfzig Prozent verlängerte Lebensdauer haben.«

D'Agosta sah sie eine Weile an. »Da haben wir doch Kawakitas Motiv«, sagte er ruhig.

Es klopfte sacht an der Tür, und bevor Margo noch öffnen konnte, schlüpfte Pendergast ins Labor und nickte ihr und D'Agosta zu. In seinem wie frisch gebügelt wirkenden schwarzen Anzug sah er so gepflegt aus wie immer, und nur sein etwas müdes Gesicht und ein kleiner Kratzer über der linken Augenbraue ließen erkennen, daß er soeben einen anstrengenden Ausflug in den Untergrund hinter sich hatte.

»Pendergast!« rief D'Agosta erstaunt. »Es wurde aber auch Zeit.«

»Sie sagen es, Vincent«, nickte der FBI-Agent. »Ich hatte mir schon gedacht, daß ich Sie hier finden würde. Tut mir leid, daß ich so lange nichts von mir habe hören lassen, aber meine Begegnung dort unten hat mich doch ein wenig mehr mitgenommen als angenommen. Ich hätte natürlich eine halbe Stunde früher kommen können, aber ohne mich zu duschen und umzuziehen, wollte ich Ihnen das nicht zumuten.«

»Begegnung?« fragte Margo ungläubig. »Haben Sie sie denn gesehen?«

Pendergast nickte. »Das habe ich, und nicht nur das. Aber zuerst möchte ich Sie bitten, daß Sie mich in Hinblick auf die Dinge, die sich inzwischen hier oben ereignet haben, auf den neuesten Stand bringen. Von dem Massaker in der U-Bahn habe ich schon gehört, aber was ist mit dem Riesenaufgebot an Polizei, das sich gerade in der Stadt versammelt? Sieht so aus, als hätte sich hier einiges getan.«

Pendergast hörte aufmerksam zu, als Margo und D'Agosta ihn über die wahre Natur der Droge Glaze, über Whittlesey und Kawakita und den Plan informierten, die Astortunnels unter Wasser zu setzen. Erst als Margo ihm von ihren Experimenten mit dem Virus erzählte, stellte er ein paar Zwischenfragen.

»Das ist ja faszinierend«, sagte er schließlich, als sie fertig war. »Faszinierend und zutiefst beunruhigend zugleich.« Er schlug die Beine übereinander. »Ihre Beobachtungen stimmen so ziemlich mit dem überein, was ich im Untergrund erfahren habe. Tief unten in den Astortunnels, an einem Ort, der früher einmal der Kristallpavillon hieß, habe ich eine Art Versammlungsplatz entdeckt, auf dem eine merkwürdige aus menschlichen Schädeln errichtete Hütte und eine Art Opfertisch stehen. Als ich mir gerade diesen Tisch ansah, tauchte eine der Kreaturen aus der Dunkelheit auf.«

»Und wie sah sie aus?« fragte Margo eher zögerlich.

Pendergast runzelte die Stirn. »Schwer zu sagen. Sie kam mir nicht so nahe, daß mein Nachtsichtgerät ein klares Bild geliefert hätte. Aber sie ähnelte im großen und ganzen einem Menschen, wenn auch ihr Gang ein wenig ... seltsam war.« Den FBI-Agent schien seine übliche Beredsamkeit verlassen zu haben. »Beim Laufen beugte sie sich in einem unnatürlichen Winkel nach vorne und hielt etwas in den Händen, das mir wie ein weiterer Schädel für die Hütte schien. Ich habe die Kreatur mit einem Blitz geblendet und sofort auf sie geschossen, aber die plötzliche Helligkeit hat meine Nachtsichtbrille überfordert, und als ich wieder etwas sah, war das Wesen schon verschwunden.«

»Haben Sie es getroffen?« fragte D'Agosta.

»Ich glaube ja. Jedenfalls habe ich eine Blutspur bemerkt. Aber ich habe mich nicht mehr lange aufgehalten, sondern mich schleunigst auf den Rückweg nach oben gemacht.« Pendergast hob eine Augenbraue und sah Margo an. »Ich könnte mir vorstellen, daß manche der Kreaturen mehr deformiert sind als andere. Aber wie dem auch sei, drei Dinge können wir als sicher annehmen: Erstens sind diese Geschöpfe sehr schnell. Zweitens können sie im Dunkeln sehen. Und drittens sind sie durch und durch bösartig.«

»Und sie leben in den Astortunnels«, ergänzte Margo und erschauderte. »Und sind vermutlich alle süchtig nach Glaze. Jetzt, da Kawakita tot ist und seine Pflanzen zerstört sind, leiden sie bestimmt unter den schlimmsten Entzugserscheinungen.«

»So sieht es aus«, bestätigte Pendergast.

»Und diese Schädelhütte scheint mir der Ort, an dem Kawakita die Droge an die Wesen verteilt hat«, fuhr Margo fort. »Ihrer Beschreibung nach könnte sie fast eine Art Tempel sein.«

Pendergast nickte. »Das ist sie vermutlich auch. Über dem Eingang entdeckte ich ein paar japanische Schriftzeichen, die grob übersetzt soviel wie ›Ort des Unsymmetrischen‹ bedeuten. Diese Worte werden manchmal zur Beschreibung von japanischen Teehäusern verwendet.«

D'Agosta runzelte die Stirn. »Was hat denn ein Teehaus in dieser Umgebung zu suchen?«

»Das habe ich mich anfangs auch gefragt«, erwiderte Pendergast. »Aber je mehr ich darüber nachdachte, desto klarer wurde mir, woran Kawakita beim Bau dieser Hütte gedacht hatte. Die unregelmäßigen Stufen davor, die auf japanisch *roji* heißen, das Fehlen jeglicher dekorativer Elemente, der einfache Grundriß – das alles sind Elemente der Teezeremonie.«

»Vielleicht hat er aus der Pflanze ja eine Art Tee bereitet«, rätselte Margo. »Aber warum sollte er sich die Mühe machen, ein Ritual ins Leben zu rufen, außer ...« Sie hielt inne. »Außer, um die Kreaturen ...«

»Ganz genau das habe ich mir auch überlegt«, sagte Pendergast. »Mit der Zeit muß es für Kawakita immer schwieriger geworden sein, die sich verwandelnden Süchtigen unter Kontrolle zu halten. Vermutlich hat er irgendwann einmal aufgehört, die Droge zu verkaufen und sie nur noch *verteilt.* Kawakita hat doch auch Anthropologie studiert, oder? Dann wußte er, wie beruhigend und *bezähmend* Rituale und Zeremonien wirken können.«

»Und deshalb hat er sich ein Ausgaberitual für die Droge einfallen lassen«, sinnierte Margo. »Schamanen in primitiven Kulturen verwenden solche Zeremonien häufig, um Stämmen ihre Ordnung aufzuzwingen und ihre Macht zu erhalten.«

»Und Kawakita hat sich für ein Ritual auf der Basis der Teezeremonie entschieden«, sagte Pendergast. »Darauf weisen auch die Fragmente hin, die Sie von seinem Laborbuch gefunden haben, Dr. Green.«

»Ich habe mir die Sachen notiert«, sagte D'Agosta und holte sein Notizbuch aus der Tasche. Er schlug es auf und reichte es Pendergast.

»Vielen Dank, Vincent. Ah ja, da haben wir's: Gunpowder, Lotus Heart, Green Cloud. Das sind alles mehr oder minder bekannte grüne Tees. Und dann das hier: ›Blaufüßiger Kahlkopf‹. Kommt Ihnen das nicht von irgendwoher bekannt vor, Dr. Green?«

»Sollte es eigentlich, aber ich komme im Moment nicht drauf.«

Pendergasts Lippen verzogen sich zu einem dünnen Lächeln. »Es handelt sich dabei nicht um eine Substanz, sondern um zwei. Beide würden die Maulwürfe von Route 666 ohne Zweifel als *Magic Mushrooms* bezeichnen.«

»Aber natürlich!« rief Margo aus und schnippte mit den Fingern. »*Caerulipes* und *Coprophila.*«

»Das ist zu hoch für mich«, erklärte D'Agosta.

»Der Blaufüßige Kahlkopf und der Mist-Kahlkopf gehören zu den stärksten halluzinogenen Pilzen, die es überhaupt gibt, Lieutenant«, erklärte Margo.

»Und hier steht noch etwas, und zwar Wysoccan«, murmelte Pendergast. »Wenn mich nicht alles täuscht, dann war das ein halluzinogenes Getränk, das die Algonquin-Indianer bei ihren Initiationsriten verwendeten. Es enthält größere Mengen an Scopolamin, das auch als Jimson-Gras bekannt ist. Ein ziemlich heimtückisches Halluzinogen mit einer stark narkotischen Wirkung.«

»Dann ist das also eine Art Inventarliste?« fragte D'Agosta.

»Möglicherweise. Vielleicht wollte Kawakita mit diesen Drogen sein Gebräu verändern, um die Süchtigen etwas gefügiger zu machen.«

»Wenn Sie recht haben und Kawakita die Glaze-User beruhigen und unter Kontrolle halten wollte, warum hat er dann die Hütte ausgerechnet aus Schädeln erbaut?« fragte Margo. »So etwas könnte doch auch genau den gegenteiligen Effekt haben und die Leute erst recht aufregen.«

»Da ist was dran«, sagte Pendergast. »Aber es fehlen eben noch viele Steine zur Lösung dieses Puzzles.«

»Eine Hütte, die nur aus menschlichen Schädeln besteht ...«, murmelte Margo nachdenklich vor sich hin. »Das kommt mir von irgendwoher bekannt vor. Ich glaube sogar, so etwas in Whittleseys Expeditionstagebuch gelesen zu haben.«

Pendergast sah sie interessiert an. »Tatsächlich? Das ist ja interessant.«

»Gehen wir doch in mein Büro und holen es uns aus dem Archiv auf den Bildschirm.«

Die gelben Strahlen der untergehenden Sonne schienen durch das einzige Fenster in Margos enges Büro und überzogen die Papierstapel auf dem Schreibtisch und die Bücher in den Regalen mit einem goldenen Schimmer. Pendergast und D'Agosta sahen zu, wie Margo ihren Computer einschaltete und etwas auf der Tastatur tippte.
»Das Museum hat im vergangenen Jahr einen öffentlichen Zuschuß bekommen, um seine Archivbestände zu digitalisieren«, erklärte sie. »Wenn wir Glück haben, finden wir in der Datenbank das Tagebuch.«
Margo gab drei Begriffe in die Suchmaschine ein: »Whittlesey«, »Hütte« und »Schädel«. Sofort erschien der Name eines einzelnen Dokuments auf dem Bildschirm. Margo rief es auf und sprang an die von der Suchmaschine markierte Stelle. Als sie zu lesen anfing, erinnerten sie die Worte, die auf dem Computerschirm so kühl und unpersönlich aussahen, an ein Ereignis vor achtzehn Monaten: Damals hatte sie sich in einem halbdunklen Büro hier im Museum zusammen mit Smithback über die Seiten eines zerfledderten Notizbuchs gebeugt:

Crocker, Carlos und ich wollen weitergehen. Um drei bleiben wir stehen, um die Kiste umzupacken, weil drinnen ein Tongefäß zerbrochen ist. Während ich umpacke, schweift Crocker vom Weg ab und findet auf einer Lichtung eine halbzerstörte Hütte, die offenbar aus menschlichen Schädeln gemacht ist und von einem niedrigen Zaun aus Arm- und Beinknochen umgeben ist. In den Hinterköpfen der Schädel sind große, unregelmäßig geformte Löcher. In der Mitte der Hütte ist ein aus mit Sehnen zusammengebundenen Knochen gefertigter Tisch mit Opfergaben darauf, darunter eine kleine Figur und seltsam geschnitzte Holzstücke.

»Das reicht«, erklärte Margo brüsker als beabsichtigt, denn das war der Stoff, aus dem Alpträume sind.
»Wirklich bemerkenswert«, sagte Pendergast. »Vielleicht sollten wir ja einmal zusammenfassen, was wir bisher wissen: Kawa-

kita hat die als Glaze bekannte Droge verbessert und sie an anderen und schließlich auch an sich selbst getestet. Die unglücklichen Süchtigen, die durch die Droge schwerwiegende körperliche Veränderungen erfuhren und immer weniger Licht vertrugen, gingen in den Untergrund, wo sie anfingen, Obdachlosen nachzustellen und sie zu töten. Jetzt, da Kawakita tot ist und er die Süchtigen nicht mehr mit der Droge versorgen kann, werden diese immer gefährlicher.«

»Und wir wissen auch den Grund, warum Kawakita die Droge selbst genommen hat«, ergänzte Margo. »Offenbar hat sie eine verjüngende und lebensverlängernde Wirkung. Die Form, die er sich selbst verabreichte, war gegenüber der ursprünglichen Droge, die die Süchtigen im Untergrund nahmen, bereits deutlich verbessert, und selbst *nachdem* er selbst zum User der Droge geworden war, hat Kawakita sie noch verfeinert. Deshalb weisen die Tiere in meinem Labor auch überhaupt keine körperlichen Veränderungen mehr auf. Dennoch macht Glaze auch in seiner verbesserten Form extrem aggressiv, wie Sie an den Mäusen und sogar an den Einzellern sehen konnten.«

»Aber meiner Meinung nach bleiben noch immer drei wesentliche Fragen unbeantwortet«, sagte D'Agosta. »Erstens: Warum haben die Kreaturen Kawakita getötet? Ich jedenfalls bin mir ziemlich sicher, daß sie es waren.«

»Vielleicht sind sie völlig außer Rand und Band geraten«, meinte Pendergast.

»Möglicherweise haben sie erkannt, was er ihnen angetan hat und ihn in ihrer Wut umgebracht«, ergänzte Margo. »Oder vielleicht hat es zwischen ihm und einer der Kreaturen eine Art Machtkampf gegeben. Erinnern Sie sich noch, was er in seinem Laborbuch geschrieben hat? ›... und er wird immer gieriger!‹«

»Ja, richtig, das Laborbuch. Das bringt mich gleich zu meiner zweiten Frage«, fuhr D'Agosta fort. »Wie paßt dieses Unkrautvernichtungsmittel Thyoxin, das er sich dort notiert hat, in unsere Theorie? Und was ist mit dem Vitamin D, das er in seinem Labor synthetisiert hat?«

»Und vergessen Sie nicht, daß Kawakita in dem Fragment, von dem Sie sprechen, auch das Wort ›unumkehrbar‹ verwendet hat«, gab Pendergast zu bedenken. »Vielleicht hat er am Schluß erkannt, daß das, was er getan hat, sich nicht mehr rückgängig machen ließ.«

»Das würde auch die Reue erklären, die wir aus seinen Zeilen glauben herauslesen zu können«, sinnierte Margo. »Offenbar hat er sich darauf konzentriert, der Droge die Fähigkeit zur physischen Veränderung ihrer User zu nehmen, und erst viel zu spät bemerkt, was diese neue Variante mit deren Psyche anstellt.«

»Dritte und letzte Frage«, sagte D'Agosta. »Wozu, um alles in der Welt, hat Kawakita die Hütte nachgebaut, von der in Whittleseys Expeditionstagebuch die Rede ist?«

Darauf wußte niemand eine Antwort.

»Sie haben recht, Vincent«, meinte Pendergast nach längerem Schweigen. »Ich kann mir auch nicht erklären, was die Hütte wirklich soll. Und dann sind da noch diese merkwürdigen Metallstücke, die ich auf dem Opfertisch gefunden habe und mit denen ich ebensowenig anzufangen weiß.« Pendergast griff in seine Jackettasche und holte mehrere kleine Gegenstände hervor, die er auf Margos Arbeitstisch ausbreitete.

D'Agosta nahm sie und begutachtete sie gründlich. »Könnte das nicht einfach irgendwelcher Schrott sein?« fragte er.

Pendergast schüttelte den Kopf. »Dazu waren sie viel zu sorgfältig und liebevoll arrangiert«, sagte er. »Fast wie Reliquien in einem Reliquiar.«

»In was?«

»In einem Reliquiar. Das ist ein Behältnis, in dem man heilige Gegenstände aufbewahrt.«

»Also mir kommen die Dinger nicht allzu heilig vor«, brummte D'Agosta. »Sie sehen aus, als wären sie Teile von irgendeinem

Instrumentenbrett oder einer Maschine oder so. Können Sie sich vielleicht etwas darunter vorstellen, Dr. Green?«
Margo stand vom Computer auf und kam an den Arbeitstisch. Sie nahm ein Metallstück, dessen Ende in ein Stück grauen Gummi eingebettet war, in die Hand. »Das kann alles mögliche sein«, meinte sie, während sie das Ding wieder auf den Tisch legte.
»Stimmt«, sagte Pendergast. »Aber wenn wir herausfinden, was das für Gegenstände sind und warum sie wie Heiligtümer auf einem steinernen Opfertisch dreißig Stockwerke unter den Straßen von New York lagen – dann haben wir auch die Lösung unseres Rätsels. Davon bin ich überzeugt.«

43

Hayward setzte sich den Schutzhelm auf, klappte das Visier hoch und blickte auf die blauuniformierte Masse ihrer Kollegen, die sich vor dem U-Bahnhof in der 59th Street versammelt hatte. Sie sollte sich bei Abteilung fünf unter dem Befehl eines Lieutenant Miller melden, was sich in dem Chaos auf dem großen Platz als gar nicht so einfach darstellte.
Hayward sah, wie Chief Horlocker zusammen mit Jack Masters, dem taktischen Koordinator des Einsatzes, aus einem Streifenwagen stieg. Masters war ein magerer, säuerlich dreinblickender Mann mit langen Armen, die normalerweise herunterhingen wie die eines Gibbons, jetzt aber aufgeregt durch die Luft wirbelten, als er einer Gruppe von Lieutenants Anweisungen gab, auf Karten deutete und imaginäre Anmarschrouten in die Luft malte. Horlocker stand daneben, hielt einen Zeigestab wie ein Offiziersstöckchen in der Hand und deutete damit ab und zu auf die Karte, um einen besonders wichtigen Punkt heraus-

zustreichen. Schließlich entließ Horlocker die Lieutenants, und Masters griff zu einem Megaphon. »Achtung, Achtung«, schallte gleich darauf seine rauhe Stimme über den Platz. »Haben alle Abteilungen sich jetzt gesammelt?«

Das allgemeine Gemurmel, das wohl »nein« heißen sollte, erinnerte Hayward irgendwie an ein Pfadfinderlager.

»Abteilung eins sammelt sich hier vor dem Bahnhof«, bellte Masters und deutete auf den Platz vor der Tür. »Abteilung zwei auf der Bahnsteigebene. Abteilung drei ...«

Nacheinander wies Masters den einzelnen Abteilungen ihre Position zu. Als Hayward zu der für Abteilung fünf vorgesehenen kam, breitete Lieutenant Miller gerade eine Karte aus, in der das Gebiet, das er zu durchkämmen hatte, blau eingezeichnet war.

Miller trug eine hellgraue Kampfuniform, deren lockerer Sitz seine enorme Leibesfülle nur mangelhaft kaschieren konnte. »Also hört mal her, Leute«, sagte er gerade, als Hayward zu der Gruppe stieß, »wir haben die Aufgabe, die tieferen U-Bahn- und Versorgungstunnels unter dem Columbus Circle von Pennern zu säubern. Ich will keine unnötigen Konfrontationen, daß das klar ist. Und daß mir ja keiner den Helden spielt, okay? Was wir hier tun, ist im Grunde genommen genauso aufregend wie ein Einsatz als Verkehrspolizist. Sollten wir auf massiven Widerstand stoßen, setzt ihr eure Masken auf und schießt Tränengas, mehr nicht. Laßt euch nicht provozieren, sondern zeigt den Pennern, wer das Sagen hat. Aber ich rechne eigentlich nicht mit größeren Schwierigkeiten. Wenn ihr euren Job richtig macht, dann sind wir in einer Stunde wieder draußen.«

Hayward öffnete den Mund, hielt ihren Kommentar dann aber doch zurück. Ihr kam der Einsatz von Tränengas im Untergrund äußerst problematisch vor. Vor Jahren, als die Bahnpolizei noch eigenständig gewesen war, hatte ein dahingehender Vorschlag eines hohen Vorgesetzten fast eine Revolte bei den unteren Rängen ausgelöst. Tränengas war schon an der Oberfläche schlimm genug, unter der Erde jedoch war es geradezu mörderisch.

Miller blickte in die Runde. Um seinen Hals baumelte an einem neonfarbenen Band eine dunkle Sonnenbrille. »Denkt daran, daß die meisten der Maulwürfe besoffen sind oder unter irgendwelchen Drogen stehen«, verkündete er. »Zeigt Autorität, und sie werden euch folgen. Scheucht sie auf und treibt sie nach oben wie Kühe, wenn ihr versteht, was ich meine. Wenn sie erst einmal in Bewegung sind, könnt ihr sie am Laufen halten. Treibt sie zu diesem Sammelpunkt hier, wo auch die Gruppen vier und sechs ihre Leute hinbringen. Von dort aus schaffen wir die Maulwürfe dann durch den parkseitigen Ausgang nach oben.«

»Lieutenant Miller?« meldete sich Hayward, die nicht länger schweigen konnte, nun doch zu Wort.

Der Lieutenant sah sie an.

»Ich bin in diesen Tunnels Streife gegangen und kenne die Obdachlosen dort recht gut. Ich glaube nicht, daß sie sich so einfach hinaufführen lassen werden, wie Sie denken.«

Millers Augen weiteten sich erstaunt. »*Sie* wollen da unten Streife gegangen sein?« fragte er ungläubig.

»Ja, Sir«, antwortete Hayward und nahm sich vor, dem nächsten, der ihr diese Frage stellte, einen kräftigen Tritt in die Eier zu verpassen. »Ich war früher bei der Bahnpolizei.«

»Großer Gott«, sagte Miller kopfschüttelnd.

Auch die anderen Polizisten starrten Hayward jetzt an.

»Sind sonst noch irgendwelche Ex-Bahnpolizisten unter euch?« fragte Miller in die Runde. Ein Polizist hob die Hand. Er war ein dicker Schwarzer mit einer Figur wie ein Kleiderschrank.

»Name?« bellte Miller.

»Carlin«, antwortete der Mann langsam.

»Sonst noch wer?« fragte Miller. Niemand rührte sich.

»Okay.«

»Schade, daß man nicht mehr von uns zu diesem Ausflug eingeladen hat, Sir«, meinte Carlin mit seiner weichen, tiefen Stimme. »Wir kennen diese Tunnels wie unsere Westentasche und wissen, daß es dort unten ziemlich gefährlich werden kann.«
»Was Sie nicht sagen, Carlin«, entgegnete Miller, »aber jetzt hören Sie mir mal gut zu: Sie haben Ihr Gas, Ihren Gummiknüppel und Ihre Waffe, also machen Sie sich mal nicht vor Angst in die Hosen. Und wenn ich das nächstemal Ihre Meinung hören will, dann frage ich Sie danach.« Miller blickte sich um. »Ehrlich gesagt, es sind mir sowieso schon zu viele Leute an dieser Operation beteiligt. Für so etwas braucht man eine kleine, schlagkräftige Elitetruppe, nicht so ein riesiges Aufgebot. Aber bitte, wenn der Chief es so haben will, dann kriegt er es eben auch so.«
Hayward schätzte die Abteilung auf etwa hundert Polizisten. »Allein unter dem Columbus Circle dürften an die dreihundert Obdachlose hausen«, sagte sie ohne Betonung.
»Ach ja? Und wann haben Sie sie das letztemal gezählt, wenn ich fragen darf?«
Hayward erwiderte nichts.
»Immer diese Besserwisser«, murmelte Miller vor sich hin. »Also, Leute, aufgepaßt! Das ist eine taktische Operation, bei der wir zusammenbleiben und strikt unsere Befehle befolgen. Ist das klar?«
Die Polizisten nickten. Carlin warf Hayward einen vielsagenden Blick zu und verdrehte die Augen. Es war klar, was er von Miller hielt.
»Okay. Jeder sucht sich einen Partner!« befahl Miller und rollte die Karte zusammen.
Hayward wandte sich an Carlin, der zustimmend nickte. Als sie ihn genauer musterte, sah sie, daß ihr erster Eindruck sie getrogen hatte: Carlin war gar nicht dick, sondern lediglich so kräftig gebaut wie ein Gewichtheber. An seinem Körper schien

nicht ein Gramm Fett. »Wo waren Sie bei der Bahnpolizei eingesetzt?« wollte er wissen.

»Hauptsächlich unter dem Pennsylvania Bahnhof. Ich heiße übrigens Hayward.« Aus dem Augenwinkel sah Hayward, wie Miller sie höhnisch grinsend beobachtete: Da haben sich ja die zwei Richtigen zusammengefunden, schien seine Miene ausdrücken zu wollen.

»Eigentlich ist das, was wir hier tun, Männerarbeit«, wandte Miller sich an Hayward. »Da kann es manchmal auch ziemlich ungemütlich werden. Wenn Sie also lieber hierbleiben wollen, dann …«

»Ich glaube, daß Sergeant Carlin genügend *Mann* für uns beide ist«, unterbrach ihn Hayward. »Finden Sie nicht, Lieutenant?« Dabei blickte sie erst anerkennend auf Carlins durchtrainierte Figur und dann auf Millers Schmerbauch. Ein paar Polizisten in der Nähe brachen in unterdrücktes Gelächter aus, und Miller schnitt eine Grimasse. »Na schön. Sie können ja die Nachhut machen.«

»Polizeibeamte!« ließ sich auf einmal Chief Horlockers megaphonverstärkte Stimme vernehmen. »Wir haben weniger als vier Stunden, um den Untergrund rund um den Central Park von Obdachlosen zu säubern. Denken Sie immer daran, daß Punkt Mitternacht viele Millionen Liter Wasser aus dem Reservoir in das Kanalsystem abgelassen werden und sich niemand mehr in den Tunnels befinden darf. Es ist also von höchster Wichtigkeit, daß bis Mitternacht die Ihnen zugeteilte Zone vollkommen menschenleer ist. Dies ist keine vorübergehende Evakuierung. Wir werden diese Aktion vielmehr dazu benutzen, um die Tunnels unter dem Central Park ein für allemal von Obdachlosen zu säubern. Sie haben nun alle Ihre Instruktionen erhalten und stehen unter der Leitung kompetenter Offiziere. Es gibt somit keinen Grund, weshalb Sie nicht ein oder zwei Stunden vor dem festgesetzten Termin mit Ihrer Arbeit fertig sein sollten.

Wir haben dafür gesorgt, daß die von Ihnen nach oben gebrachten Personen ein warmes Essen und eine Unterkunft für die Nacht erhalten. Erklären Sie ihnen das, falls nötig. An den Ausgängen, die auf Ihren Karten verzeichnet sind, werden Busse auf sie warten, die sie dann in die Unterkünfte in Manhattan und anderen Stadtvierteln bringen. Mit Widerstand rechnen wir nicht, falls es aber doch welchen geben sollte, befolgen Sie Ihre diesbezüglichen Befehle.«

Horlocker ließ den Blick über die versammelten Einsatzkräfte schweifen, bevor er das Megaphon wieder an den Mund hob. »Ihre Kollegen in den nördlichen Abschnitten werden ihre Operation zeitgleich mit Ihnen beginnen, denn nur so wird der größtmögliche Effekt erreicht. Denken Sie immer daran, daß im Untergrund Ihre Funkgeräte nur sehr eingeschränkt funktionieren, die Kommunikation zwischen den einzelnen Gruppen wird daher enorm schwierig sein. Halten Sie sich deshalb genau an den vorgegebenen Zeitplan.«

Dann rief er: »Und jetzt, Leute, tut eure Pflicht!«

Die Abteilung stand stramm, als Horlocker zwischen den Beamten hindurch zum Ausgang lief. Als er an Hayward vorbeikam, blieb er stehen und runzelte die Stirn. »Sie sind wohl Hayward, D'Agostas besonderer Liebling.«

Du kannst mich mal, dachte Hayward. »Ich arbeite mit Lieutenant D'Agosta zusammen, Sir«, sagte sie laut.

Horlocker nickte. »Na denn, tun Sie Ihre Arbeit.«

»Sir, ich glaube, Sie sollten ...«, fing Hayward an, aber in diesem Augenblick kam ein aufgeregter Adjutant und erzählte etwas von einer Demonstration im Central Park, die viel größer sei als angenommen. Der Chief wandte sich brüsk ab und verschwand, gefolgt von seinem Stab, in Richtung auf den Streifenwagen, mit dem er auch gekommen war. Miller warf Hay- ward einen mißbilligenden Blick zu.

»Eine Abteilung nach der anderen: Marsch!« befahl Masters, der das Megaphon von Horlocker übernommen hatte.

Miller wandte sich mit einem schiefen Grinsen an seine Polizisten: »Okay, Leute, dann laßt uns mal auf Maulwurfjagd gehen.«

44

Captain Waxie trat aus dem alten Polizeirevier am Central Park und schnaufte den Weg entlang, der nach Norden in ein dunkles Wäldchen führte. Bei ihm waren ein uniformierter Polizist aus dem Revier und Stan Duffy, der Leitende Wasserbauingenieur der Stadt. Duffy, der schon etliche Schritte voraus war, blieb stehen und blickte sich ungeduldig nach Waxie um.

»Nicht so schnell«, keuchte der dicke Polizeicaptain. »Das ist doch kein Marathonlauf.«

»Ich bin so spät nicht gerne im Park«, entgegnete Duffy mit hoher, dünner Stimme. »Und jetzt, wo diese Morde passiert sind, erst recht nicht. Sie hätten mich schon vor einer halben Stunde auf dem Revier treffen sollen.«

»Nördlich der 42nd Street herrschte das reinste Chaos auf den Straßen«, verteidigte sich Waxie. »Es war einfach kein Durchkommen mehr. Das haben wir alles dieser Mrs. Wisher zu verdanken. Die hat aus dem Nichts heraus schon wieder so eine unangemeldete Demonstration angeleiert, und jetzt ist der gesamte Verkehr zusammengebrochen.« Waxie schüttelte den Kopf. Central Park West und Central Park South waren völlig dicht, und selbst auf der Fifth Avenue zog immer noch die Nachhut der Demonstranten dahin. Das Chaos war perfekt, vor allem, weil niemand auf die Demonstration vorbereitet gewesen war. Wenn Waxie der Bürgermeister gewesen wäre, hätte er die ganze Bagage ins Gefängnis werfen lassen.

Jetzt tauchte vor ihnen die vom Licht der untergehenden Sonne angestrahlte Orchestermuschel auf. Das geschwungene, über und über mit Graffiti beschmierte Gebäude lag still und verlassen da, ein wahres Paradies für jemanden, der anderen Leuten auflauern wollte. Duffy blickte nervös hinüber und beschleunigte seine Schritte.

Die drei umrundeten den Teich und folgten dem East Drive nach Norden. Aus der Ferne jenseits des stillen Parks drang vielstimmiges Rufen und das Hupen zahlloser Autos an Waxies Ohr. Er sah auf die Uhr. Es war halb neun. In einer Viertelstunde mußten sie plangemäß mit den Vorbereitungen zum Ablassen des Reservoirs beginnen. Waxie schlug eine etwas schnellere Gangart an. Wenn sie rechtzeitig dort sein wollten, mußten sie sich beeilen.

Durch die Bäume sah Waxie das Steingebäude der alten Meßstation etwa eine Viertelmeile südlich des Reservoirs. Als er schwer schnaufend dort anlangte, schloß Duffy bereits die schwere Stahltür auf. Dahinter befand sich ein Raum mit Kartentischen und alten, technisch längst überholten hydrometrischen Instrumenten. In einer Ecke stand ein Computer mit Drucker und mehreren Monitoren, der einen merkwürdigen Kontrast zu den anderen Gegenständen in dem Raum bildete.

Von innen schloß Duffy die Tür dann sorgfältig ab und begab sich an den Computer. »Ich habe so was noch nie gemacht«, sagte er nervös und holte unter dem Tisch ein Handbuch hervor, das mindestens fünfzehn Pfund wog.

»Jetzt scheißen Sie sich bloß nicht in die Hosen«, brummte Waxie.

Duffy sah ihn schief von der Seite an und blätterte ein paar Minuten lang in dem Handbuch herum, bevor er sich an die Tastatur setzte und etwas einzutippen begann. Auf einem der Monitore erschien eine Reihe von Befehlen.

»Wie funktioniert das eigentlich?« fragte Waxie, der ungedul-

dig von einem Fuß auf den anderen trat. Von der hohen Luftfeuchtigkeit in dem Raum taten ihm die Gelenke weh.
»Ganz einfach«, antwortete Duffy. »Das Reservoir wird unter Ausnutzung der natürlichen Schwerkraft mit Wasser aus den Catskill Mountains gespeist. Auch wenn es Ihnen vermutlich gigantisch erscheint, enthält es doch nur soviel Wasser, wie Manhattan innerhalb von drei Tagen verbraucht. Eigentlich ist es nur eine Art Zwischenspeicher, der Niedrig- und Spitzenverbräuche ausgleicht.«
Duffy tippte weiter. »Dieses Computersystem ist so programmiert, daß es diese Verbrauchsschwankungen voraussieht und den Zufluß in das Reservoir steuert. Mit seiner Hilfe können wir sogar Schleusen am hundertsechzig Kilometer entfernten Strom, dem King Mountain, öffnen und schließen. Das Programm hat den Wasserverbrauch der vergangenen zwanzig Jahre eingespeichert, aus denen es unter Berücksichtigung des aktuellen Wetterberichts den voraussichtlichen Wasserbedarf von Manhattan berechnet.«
Jetzt, wo er in Sicherheit war, redete sich Duffy langsam warm. »Natürlich gibt es ab und zu auch Abweichungen von diesen Vorausberechnungen. Wenn weniger Wasser verbraucht wird, als das Programm errechnet hat, und das Reservoir zu voll ist, dann öffnet der Computer den Hauptschieber und läßt das überschüssige Wasser in die Kanalisation ab. Wird unvorhergesehen viel Wasser verbraucht, dann bleibt der Hauptschieber zu, und die Schleusen in den Bergen werden ferngesteuert geöffnet, damit mehr Wasser ins Reservoir fließt.«
»Tatsächlich?« fragte Waxie abwesend. Er hatte schon bei Duffys zweitem Satz das Interesse an dessen Ausführungen verloren.
»Ich werde jetzt die Automatik des Systems ausschalten und von Hand die Schleusen in den Bergen *und* den Hauptschieber des Reservoirs öffnen. So wird das Reservoir gleichzeitig gefüllt und in die Kanalisation abgelassen. So einfach ist das. Ich gebe dem

Computer den Befehl, eine halbe Million Kubikmeter abzulassen – das entspricht einer halben Milliarde Liter. Sobald das passiert ist, stelle ich das System wieder auf Automatik um.«
»Dann wird das Reservoir also gar nicht geleert?« fragte Waxie.
Duffy lächelte geduldig. »Also ehrlich, Captain, wir wollen doch keinen Wassermangel herbeiführen, oder? Glauben Sie mir, wir können unseren Zweck auch ohne größere Auswirkungen auf die Bürger erreichen. Ich schätze, daß der Wasserspiegel des Reservoirs um knapp drei Meter fällt, mehr nicht. Die Wasserversorgung von New York ist schon faszinierend. Kaum zu glauben, daß sie bereits vor über hundert Jahren entworfen wurde und unseren heutigen Bedürfnissen noch immer gerecht wird.« Das Lächeln verschwand aus Duffys Gesicht. »Trotzdem ist das, was wir jetzt vorhaben, noch nie gemacht worden. Sind Sie sicher, daß es auch wirklich sein muß? Das wird eine ganz schöne Flutwelle im Untergrund geben.«
»Sie haben doch gehört, was Chief Horlocker gesagt hat«, erwiderte Waxie und rieb sich seine dicke Nase mit dem Daumen. »Sehen Sie zu, daß auch wirklich alles funktioniert, und überlassen Sie das Denken den anderen.«
»Es wird funktionieren, keine Bange«, erwiderte Duffy verärgert.
Waxie legte ihm eine Hand auf die Schulter. »Das möchte ich auch hoffen«, sagte er. »Denn wenn es das nicht tut, dann können Sie sich geistig schon mal auf einen Job als Klärwärter einstellen.«
Duffy ließ ein nervöses Lachen los. »Jetzt machen Sie aber mal einen Punkt, Captain, solche Drohungen sind nun wirklich nicht nötig.« Er tippte weiter, während Waxie in dem Raum auf und ab ging. Der uniformierte Polizist stand regungslos an der Tür und schien sich für die Vorgänge nicht im geringsten zu interessieren.
»Wie lange wird es dauern, bis das Wasser in die Kanalisation geflossen ist?« fragte Waxie.

»Etwa acht Minuten.«
»Wie bitte?« grunzte Waxie. »Nur acht Minuten für eine halbe Milliarde Liter?«
»Wenn ich Sie richtig verstanden habe, dann wollen Sie es doch so schnell wie möglich in den untersten Tunnels haben, damit diese auch richtig gut durchgespült werden?«
Waxie nickte.
»Wenn ich das System auf hundertprozentigen Durchfluß stelle, ist die gewünschte Wassermenge in acht Minuten durch die Kanäle gerauscht. Allerdings dauert es fast drei Stunden, bis die hydraulischen Schieber und Schleusen in der richtigen Position sind. Dann machen wir alles auf einmal auf, so daß Wasser aus dem Reservoir fließt und gleichzeitig neues Wasser von den Bergen eingespeist wird. Wie ich Ihnen vorher schon erklärt habe, verhindern wir so ein zu starkes Absinken des Wasserspiegels. Aber das Ganze muß gut koordiniert sein, denn wenn mehr Wasser zu- als abfließt, dann überschwemmen wir womöglich den ganzen Central Park.«
»Dann wollen wir bloß hoffen, daß Sie Ihr Handwerk verstehen, Duffy. Ich will, daß alles genau nach Zeitplan läuft, und zwar ohne Verzögerungen und ohne Pannen.«
Duffys Tippen wurde langsamer.
»Hören Sie endlich auf, sich Sorgen zu machen«, sagte der Ingenieur und hielt, den Zeigefinger Millimeter über einer der Tasten, inne. »Es wird keine Verzögerung geben. Aber eines muß Ihnen klar sein: Was ich jetzt in Bewegung setze, kann nicht mehr rückgängig gemacht werden. Wenn ich nämlich diese Taste hier drücke, fängt die Hydraulik an, die Schieber zu bewegen, und weder ich noch sonst wer kann sie stoppen. Die Sache ist nämlich die ...«
»Jetzt drücken Sie schon die verdammte Taste«, verlangte Waxie ungeduldig.
Duffy senkte mit einer bedeutungsvollen Geste seinen Finger. »Das war's«, teilte er Waxie mit. »Jetzt kann nur noch ein

Wunder das Wasser aufhalten. Und falls Sie es noch nicht wissen sollten: Wunder sind streng verboten in New York City.«

45

D'Agosta blickte auf das kleine Häufchen verchromter Metallteile auf Margos Arbeitstisch und nahm eines von ihnen zur Hand, nur um es nach kurzer Betrachtung mit einem angewiderten Gesicht wieder hinzulegen. »Was sind das bloß für verdammte Dinger?« fragte er. »Sind Sie sicher, daß sie nicht doch durch irgendeinen Zufall auf diesen Opferstein gekommen sein können?«

»Ich versichere Ihnen, Vincent, sie waren sorgfältig arrangiert«, antwortete Pendergast. »Fast so, als wären sie eine Art Opfergabe.« In der Stille, die folgte, ging Pendergast ruhelos in dem kleinen Büro auf und ab. »Da ist übrigens noch etwas, was mir Kopfzerbrechen bereitet«, sagte er. »Mir will einfach nicht in den Sinn, weshalb die Kreaturen, die Kawakita getötet haben, auch gleich die Pflanzen in seinen Aquarien vernichtet haben. Warum sollten sie die Quelle für ihre Droge zerstören? Für Süchtige ist es doch das schlimmste, wenn sie keinen Stoff mehr haben. Und dennoch wurde das Labor mit voller Absicht niedergebrannt, darauf deuten alle Spuren hin.«

»Vielleicht bauen die Kreaturen die Pflanze ja längst woanders an«, meinte D'Agosta und fingerte gedankenverloren an seiner Brusttasche herum.

»Na los, zünden Sie sich schon eine an«, sagte Margo.

D'Agosta sah sie erstaunt an. »Ist das Ihr Ernst?«

Margo nickte lächelnd. »Nur dieses eine Mal. Und nur, wenn Sie mir versprechen, daß Sie Dr. Merriam nichts davon erzählen.«

»Ich werde mich hüten«, entgegnete D'Agosta strahlend. »Das bleibt unser Geheimnis.« Er nahm die Zigarre aus der Brusttasche, wickelte sie aus ihrer Zellophanhülle und machte mit einem Bleistift ein Loch ins Mundende. Dann ging er an das einzige Fenster des Büros und schob es nach oben. Genüßlich zündete er die Zigarre an und blies den Rauch in die Luft über dem Central Park.

Ich wünschte, ich hätte ein Laster, an dem ich so viel Gefallen fände wie er an seiner Raucherei, dachte Margo ein wenig neidisch.

»Ich habe ebenfalls über die Möglichkeit einer neuen Quelle für die Drogen nachgedacht«, erklärte Pendergast, »und habe deshalb in den Astortunnels Ausschau nach einem unterirdischen Garten oder Labor gehalten. Aber mir ist nichts Derartiges untergekommen.«

D'Agosta zog zufrieden an seiner Zigarre. »Sehen Sie sich bloß dieses Chaos da unten an«, sagte er und deutete nach Süden. »Horlocker kriegt junge Hunde, wenn er das sieht.«

Margo trat ans Fenster und blickte auf den im Licht des Sonnenuntergangs gelbgrün schimmernden Park, unter dessen Bäumen sich schon lange Schatten abzeichneten. Rechts, von Central Park South her, drang das Geräusch unzähliger Autohupen zu ihr herauf, und ein Strom von Menschen ergoß sich langsam wie dickflüssiger Sirup auf die Grand Army Plaza. »Da findet wohl schon wieder eine Demonstration statt«, sagte Margo.

»Und was für eine«, brummte D'Agosta. »Die wollen dem Bürgermeister Saures geben.«

»Ich hoffe bloß, daß Dr. Frocks Wagen nicht irgendwo in diesem Verkehrschaos steckengeblieben ist«, murmelte Margo. »Er haßt Menschenmengen.«

Sie blickte von den Demonstranten hinüber auf das stille Oval des Wasserreservoirs. Um Mitternacht würden sich aus diesem künstlichen See fünfhunderttausend Kubikmeter Wasser in den tiefsten Untergrund von Manhattan ergießen und alles Leben dort ertränken. Einen Augenblick lang taten Margo die Wrinkler, die dort unten in der Falle saßen, fast leid. Es war bestimmt kein schöner Tod, in einem finsteren Tunnel jämmerlich ersaufen zu müssen. Aber dann dachte sie an die blutverschmierten Mäusekäfige, an die erschreckende Angriffslust, die selbst der harmlose Einzeller *B. meresgerii* unter dem Einfluß der seltsamen Droge an den Tag gelegt hatte. Dieses Teufelszeug verstärkte die natürliche Aggressivität, die von Natur aus in fast jedem Lebewesen schlummerte, um ein vielfaches. Und Kawakita, der diese Verwandlung am eigenen Leib erlitten hatte, war der Meinung gewesen, daß die durch Glaze hervorgerufenen Veränderungen nicht mehr rückgängig zu machen waren ...

»Bin ich froh, daß wir jetzt hier oben und nicht dort unten sind«, murmelte D'Agosta nachdenklich und blies eine bläuliche Rauchwolke aus dem Fenster.

Margo nickte. Aus dem Augenwinkel sah sie, wie Pendergast hinter ihr ruhelos durch das kleine Büro tigerte und Dinge in die Hand nahm, die er gleich darauf wieder weglegte.

Wenn die Sonne das nächstemal über dem Park aufgeht, dann wird eine halbe Million Kubikmeter weniger Wasser im Reservoir sein, dachte Margo mit einem letzten Blick auf die friedlich glänzende Wasseroberfläche, die das Orange, Rot und Grün des Sonnenuntergangs reflektierte. Die Ruhe dieses Bildes stand in einem seltsamen Kontrast zu den Rufen der Demonstranten und dem aggressiven Hupkonzert der im Stau stehenden Autos.

Moment mal! dachte Margo plötzlich stirnrunzelnd. Wieso grün? Ich habe doch noch nie einen grünen Sonnenuntergang gesehen!

Angestrengt blickte sie auf die große, schimmernde Fläche, die rasch immer dunkler wurde, und ein ebenso abwegiger wie entsetzlicher Gedanke schoß ihr durch den Kopf. Stehendes Wasser und frische Luft ...

Ja ist das denn möglich? fragte sie sich. Aber das wäre doch bestimmt schon jemandem aufgefallen. Oder vielleicht doch nicht?

Margo drehte sich um und blickte auf Pendergast, der sofort mit seinem ruhelosen Hin- und Herlaufen aufhörte.

»Ist was, Dr. Green?« fragte er und hob eine Augenbraue.

Sie sagte nichts, aber Pendergast trat ans Fenster und folgte ihrem Blick hinab auf das Reservoir. Als er sie nach einer Weile schweigend ansah, erkannte sie, daß ihm derselbe Gedanke wie ihr gekommen war.

»Wir sollten besser mal nachsehen«, sagte er leise.

Ein hoher Maschendrahtzaun trennte das Wasserreservoir von dem an seinem Ufer entlanglaufenden Spazierweg. D'Agosta packte den Zaun und riß ihn mit einem kräftigen Ruck an einer Stelle in die Höhe, so daß Margo und Pendergast darunter hindurchkriechen konnten. Anschließend hob Pendergast den Zaun von der anderen Seite für D'Agosta an. Margo watete inzwischen bereits hinaus ins Wasser zu einer Fläche mit seerosenartigen Pflanzen. Dort angekommen, riß sie die erstbeste davon aus und hielt sie in das rapide abnehmende Licht. *»Lilicea mbwunensis«*, sagte sie und zeigte den anderen die fleischigen Wurzeln, von denen noch das Wasser tropfte. »Ganz ähnlich wie die Reste, die ich bei Kawakita gefunden habe. Offenbar hat er die Pflanze so verändert, daß sie auch in unserem Klima gedeiht.«

»Da also haben sie die Droge angebaut«, sagte D'Agosta, der noch immer seine Zigarre rauchte.

Pendergast und er wateten hinaus zu Margo und rissen nun selber einige der Pflanzen aus. Ein paar späte Jogger unterbrachen ihre roboterhaften Runden um das Reservoir und betrachteten neugierig die bizarre Gruppe. Schließlich sah man nicht alle Tage eine junge Frau im Laborkittel, einen übergewichtigen Mann, er an einer dicken Zigarre zog und einen großen, ungewöhnlich hellblonden Mann in einem teuren Maßanzug bis an die Hüften in den Trinkwasservorräten von Manhattan stehen.

Pendergast zeigte Margo eine der Pflanzen, an deren Stengel eine aufgeplatzte haselnußbraune Samenkapsel hing. »Die Pflanzen samen aus«, erklärte Pendergast mit ruhiger Stimme. »Wenn das Reservoir entleert wird, werden diese Samen in den Hudson gespült – und von dort aus hinaus ins Meer.«

Durch die Stille, die seinen Worten folgte, drang aus der Ferne das Hupkonzert der Autos an Margos Ohr.

»Glücklicherweise können diese Pflanzen im Salzwasser nicht gedeihen«, fuhr Pendergast fort. »Oder etwa doch, Dr. Green?«

»Nein, natürlich nicht. Der Salzgehalt ...« Margo konnte nicht weitersprechen, denn ein schrecklicher Gedanke brannte sich seinen Weg durch ihr Bewußtsein. »Großer Gott. Wie dumm von mir.«

Pendergast sah sie fragend an.

»Der *Salzgehalt*«, sagte sie.

»Ich fürchte, ich verstehe nicht, was Sie meinen«, erwiderte Pendergast.

»Der einzige Einzeller, den die Droge aus dem Pflanzenvirus verändert hat, war *B. meresgerii*«, fuhr Margo langsam fort. »Bei den Laborbedingungen, unter denen wir *B. meresgerii* zusammen mit der Droge getestet haben, gab es einen gravierenden Unterschied gegenüber anderen Mikroorganismen: Der Nährboden war auf salzhaltiger Basis, denn *B. meresgerii* ist ein Organismus, der aus dem Meer kommt, einem salzigen Lebensraum also.«

»Und?« fragte D'Agosta.

»Es sieht so aus, als würden die Viren erst durch eine Salzlösung aktiviert werden. Und so wird es auch mit den Viren dieser

Samen sein: Wenn sie das Meer erreichen, dann wird das Salz das Virus im Atlantik freisetzen.«

Margo ließ die Pflanze fallen und machte einen Schritt zurück. »Wir haben im Labor gesehen, was die Droge mit einem einzigen Mikroorganismus anstellt. Wenn sie in den Ozean gelangt, kann sie dort weiß Gott welchen Schaden anrichten. Das komplette Ökosystem des Meeres könnte aus den Fugen geraten und das Virus in die Nahrungskette gelangen. Was dann geschieht, will ich mir lieber nicht ausdenken.«

»Moment mal«, unterbrach sie D'Agosta. »Der Atlantik ist verdammt groß.«

»Es ist nachgewiesen, daß Samen von Süßwasserpflanzen von Meeresströmungen viele tausend Meilen weit transportiert werden«, erklärte Margo. »Wer weiß, in welche Meeresarme oder Lagunen diese Samen gelangen und möglicherweise zu keimen beginnen? Genausowenig kann man vorhersehen, welche Pflanzen oder Tiere sich das Virus als Wirtsorganismus sucht.«

Pendergast nahm die Pflanzen, die er ausgerissen hatte, und watete an Land.

»Wir haben drei Stunden Zeit, um das zu verhindern«, sagte er.

Teil Drei

DIE SCHÄDELHÜTTE

Betrachtet man die verschiedenen sozialen Schichtungen der im Untergrund von New York wohnenden Menschen wie einen Querschnitt durch eine geologische Formation, dann lassen sich interessante Rückschlüsse ziehen. Ganz oben in der Hierarchie und im wahrsten Sinne des Wortes in der ersten Schicht finden sich all diejenigen, die in einer Art Grauzone zwischen Oberfläche und Untergrund leben. Das sind Menschen, die untertags Suppenküchen, Sozialstationen oder sogar Arbeitsämter besuchen und sich nur nachts in die Tunnels zurückziehen, um dort ungestört Alkohol trinken oder schlafen zu können. Die nächstuntere Schicht stellen Obdachlose dar, die schon länger ohne ein Dach über dem Kopf sind und sich nicht wieder in die »normale« Gesellschaft eingliedern lassen wollen. Diese Menschen ziehen die Dunkelheit und die Wärme im Untergrund der hellen, aber oftmals kalten und unwirtlichen Welt an der Oberfläche vor. Unter ihnen - auch hier darf man die Bezeichnung wörtlich nehmen - finden wir Drogensüchtige und Kriminelle, die in aufgelassenen U- oder Eisenbahntunnels Schutz vor einer Verfolgung von seiten der Behörden suchen. Am untersten Ende der Hierarchie schließlich finden sich die psychisch labilen Personen, denen das Leben »oben« einfach zu schwierig oder zu schmerzlich geworden ist. Diese Personen haben eine starke Abneigung gegen Obdachlosenasyle und ziehen sich lieber in die Dunkelheit des Untergrunds zurück, wo man sie mit ihren psychischen Problemen in Ruhe läßt. Und dann gibt es noch diverse andere Gruppierungen, die sich nicht in ein Schema pressen lassen und die mit den eben geschilderten Hauptgruppen mal mehr, mal weniger zu tun haben. Darunter fallen Schwerkriminelle, die im Untergrund anderen Menschen nachstellen, ebenso wie visionäre Utopisten und psychisch Kranke. Seit der Ende der siebziger Jahre gerichtlich angeordneten Schließung vieler psychiatrischer Anstalten machen solche Leute einen wachsenden Anteil an der im Untergrund lebenden Bevölkerung aus.

Allen Menschen angeboren ist die Neigung, sich zu Gruppen zusammenzuschließen, die ihnen Schutz und soziale Geborgenheit geben. Auch die Obdachlosen machen da keine Ausnahme, selbst die tief im Untergrund hausenden sogenannten »Maulwürfe« nicht. Und selbst diejenigen, die sich dazu entschlossen haben, für immer in der Dunkelheit unter der Erde zu leben, bilden ihre Gesellschaften und Gemeinden. Allerdings darf man bei diesen Gruppierungen nicht von einem »Gemeinwesen« im herkömmlichen Sinn ausgehen, welches das Zusammenleben seiner Mitglieder in geordnete Bahnen zu lenken versucht. Das Leben im Untergrund ist so ungeordnet und chaotisch, daß sich Gemeinschaften von Gleichgesinnten in stetem Wechsel zusammenfinden und wieder auflösen. An einem Ort, an dem das Leben meist kurz, oft brutal und immer ohne natürliches Licht ist, sind Höflichkeit und Rücksichtnahme ein Luxus, den sich nur wenige leisten können.

Aus: L. Hayward, *Soziale Hierarchien im Untergrund von Manhattan* (erscheint in Kürze)

46

Hayward stand in dem aufgelassenen U-Bahn-Tunnel und verfolgte die Kegel der Taschenlampen, die wie Suchscheinwerfer über die feuchten Steinwände und die niedrige Decke huschten. Das große Schutzschild aus Plexiglas lastete schwer auf ihrer Schulter. Rechts neben sich spürte Hayward die selbstsichere, Ruhe ausstrahlende Gegenwart von Officer Carlin. Der Mann verstand sein Handwerk und wußte, daß sich ein zu forsches Vorgehen im Untergrund bitter rächen konnte. Die Maulwürfe haßten nämlich nichts so sehr wie Störungen, und wenn es etwas gab, das sie mehr aufbrachte als die Gegenwart eines Polizisten, dann war es das Auftauchen ganzer Polizeiabteilungen, die durch die Tunnels streiften und sie daraus vertreiben wollten.

Vom vorderen Teil der Gruppe, wo sich auch Lieutenant Miller aufhielt, hörte Hayward lautes Lachen und dumme Sprüche. Bisher hatte die Abteilung in der obersten Ebene zwei kleinere Gruppen von Obdachlosen aufgestöbert, die beim Anblick der gut dreißigköpfigen Streitmacht sofort das Weite gesucht hatten. Wegen dieser leicht errungenen Erfolge hielten sich die Polizisten jetzt für unbesiegbar. Hayward schüttelte nur den Kopf; sie wußte, daß sie es bis jetzt noch nicht mit den richtigen Maulwürfen zu tun gehabt hatten – ein Umstand, der ihr ziemlich seltsam vorkam. Eigentlich hätten sich in den Tunnels unter dem Columbus Circle sehr viel mehr aufhalten müssen. Aus den zahlreichen noch rauchenden Feuerstellen, an denen die kleine Polizeistreitmacht vorbeigekommen war, schloß Hayward, daß sich die Maulwürfe vor dem Radau, den ihre Kollegen machten, in tiefer gelegene Ebenen zurückgezogen hatten.

Die Abteilung bewegte sich langsam den Tunnel entlang, wobei es immer wieder kurze Pausen gab, in denen Miller kleinere

Gruppen zur Erkundung von Seitenstollen und größeren Nischen losschickte. Jedesmal kamen die Polizisten, die mit ihren Helmen und Schilden wie Invasoren von einem anderen Stern wirkten, mit leeren Händen zurück und kickten übermütig den am Boden liegenden Abfall durch den Tunnel. Obwohl sie sich schon viel tiefer in den Untergrund vorgewagt hatten als bei einem normalen Streifengang, benahmen sich die Polizisten wie auf einem Betriebsausflug. Die Männer scherzten und lachten miteinander, und niemand hatte sich bisher noch über den widerwärtigen Ammoniakgestank beklagt, der die alten Tunnels durchzog.

Das kommt noch, dachte Hayward. Das kann man abwarten, bis sie Atemnot bekommen.

Als der Tunnel abrupt endete, mußten die Polizisten nacheinander eine schmale Eisentreppe in die nächste Ebene hinuntersteigen. Niemand wußte genau, wo sich dieser Mephisto und seine Gemeinde namens Route 666 befanden, deren Vertreibung schließlich die Hauptaufgabe der Abteilung war, aber das bekümmerte Lieutenant Miller wenig. »Wenn wir ihn nicht finden, dann wird ihn das Tränengas schon aus seinem Bau treiben«, meinte er zuversichtlich.

Als Hayward zusammen mit Carlin der lärmenden und laut schwatzenden Gruppe folgte, hatte sie das unangenehme Gefühl, in heißes, stinkendes Wasser einzutauchen. Die Treppe endete in einem halbfertigen Tunnel, an dessen Wände alte, vor Feuchtigkeit schwitzende Wasserleitungen verliefen. Das Gelächter vor Hayward verwandelte sich in Flüstern und gedämpftes Brummen.

»Passen Sie auf, wo Sie hintreten«, warnte Hayward Carlin und richtete ihre Taschenlampe nach unten. Der Boden des Tunnels war mit schmalen Bohrlöchern übersät.

»Danke. Da möchte ich nicht hineintreten«, entgegnete Carlin, dessen großer Kopf durch den schweren Helm noch voluminöser wirkte. Er schob mit dem Fuß einen Kieselstein in das

nächstliegende Bohrloch und horchte, wie er hinunterfiel. »Das waren bestimmt über dreißig Meter«, meinte er. »Dem Klang nach dürfte sich unter uns ein ziemlich großer Hohlraum befinden.«
»Sehen Sie sich das mal an«, sagte Hayward leise und leuchtete auf die halb vermoderten hölzernen Abwasserrohre.
»Die sind bestimmt über hundert Jahre alt«, bemerkte Carlin. »Ich glaube ...«
Hayward legte eine Hand auf seinen Arm und brachte ihn zum Schweigen. Aus der Dunkelheit des Tunnels war deutlich ein leises Klopfen zu hören.
Ein aufgeregtes Flüstern lief durch die Abteilung. Das Klopfen wurde rascher und verlangsamte sich wieder, als folge es einem geheimen Rhythmus, den die Polizisten nicht verstanden.
»Wer ist da?« rief Miller in die Dunkelheit.
Dem leisen Geräusch gesellte sich nun ein zweites, tiefer klingendes Klopfen hinzu, dann ein drittes, und schließlich war der ganze Tunnel erfüllt von einer infernalisch lärmenden Kakophonie.
»Was, zum Teufel, ist das?« fragte Miller. Er zog seine Waffe und richtete sie nach vorn in den Tunnel, wo sich der Strahl seiner Taschenlampe in der Dunkelheit verlor. »Polizei! Kommen Sie sofort heraus!«
Das Klopfen wurde noch stärker, als wolle es Miller verhöhnen, aber niemand kam aus der Dunkelheit ins Licht.
»Jones und MacMahon, Sie rücken mit Ihrem Trupp hundert Meter vor«, befahl Miller. »Stanislaw und Fredericks sehen mit ihren Leuten hinten nach dem Rechten.«
Hayward wartete, bis die beiden Trupps in der Finsternis verschwunden waren. Nach ein paar Minuten kamen sie zurück, ohne etwas entdeckt zu haben.
»Da muß doch etwas sein!« schrie Miller seine Untergebenen an. »Irgendwer macht doch diese Geräusche!«

Inzwischen war das Klopfen zu einzelnen, unregelmäßig wiederholten Schlägen abgeflaut.

Hayward trat einen Schritt vor. »Das sind die Maulwürfe, die an die Rohre klopfen, um ...«

»Schnauze, Hayward«, schnitt ihr Miller das Wort ab.

Hayward bemerkte, wie die anderen sie ansahen.

»So verständigen sie sich«, sagte sie mit ruhiger Stimme.

Miller drehte sich zu ihr um. Selbst in dem schlechten Licht konnte Hayward seinen genervten Gesichtsausdruck erkennen.

»Die Maulwürfe wissen, daß wir hier sind«, ergänzte Hayward. »Ich glaube, sie wollen mit ihrem Geklopfe die anderen Gemeinden vor uns warnen.«

»Und das wollen Sie alles aus diesem Geräusch heraushören?« fragte Miller sarkastisch. »Haben Sie telepathische Fähigkeiten, oder was?«

»Schon mal was vom Morsealphabet gehört, Lieutenant?« gab Hayward zurück.

Nach einem kurzen Moment der Unsicherheit lachte Miller laut auf. »Sergeant Hayward ist der Meinung, daß die Eingeborenen unruhig werden«, wandte er sich an die Abteilung. Ein paar der Männer lachten eher halbherzig. Die rhythmischen Klopfzeichen hielten an.

»Und was sagen sie jetzt, bitte schön?« fragte Miller.

Hayward hörte kurz zu. »Daß sie bereit sind.«

Es entstand eine längere Pause. »Das ist doch Bockmist, Hayward«, fauchte Miller schließlich und befahl: »Abteilung in Zweierreihe vorrücken! Wir haben schon zuviel Zeit vertan.«

Hayward wollte etwas darauf erwidern, aber dann hörte sie von vorne einen dumpfen Schlag, gefolgt vom Stöhnen eines der Beamten in der vordersten Reihe. Der Mann ließ seinen Schild fallen und taumelte ein paar Schritte zurück. Kurz darauf kam aus der Dunkelheit ein weiterer großer Stein geflogen und landete direkt vor Haywards Füßen.

»Aufstellung nehmen!« bellte Miller. »Schilde in Schutzposition!«
Dutzende von Taschenlampen leuchteten Wände und Decke des Tunnels und alle Nischen in der Nähe ab, aber die Gegner waren nirgends zu sehen. Carlin ging nach vorne und fragte MacMahon, den verletzten Polizisten, ob alles in Ordnung mit ihm sei.
MacMahon nickte. »Der Bastard hat mich am Bauch getroffen«, keuchte er. »Meine kugelsichere Weste hat das Schlimmste verhindert.«
»Polizei!« rief Miller in die Dunkelheit. »Kommt raus und ergebt euch!«
Zwei weitere Steine flogen wie Fledermäuse durch die Lichtkegel der Taschenlampen. Einer von ihnen landete auf dem Tunnelboden, der zweite auf Millers Plexiglasschild, woraufhin der Lieutenant seine Schrotflinte abfeuerte. Der Tunnel verstärkte den Knall des Schusses, und die Gummigeschosse spritzten gegen Decke und Wände.
Als das Echo des Schusses verklungen war, traten die Polizisten unruhig von einem Fuß auf den anderen. Ihre Nerven waren zum Zerreißen gespannt. Dieser Einsatz war doch schwieriger, als sie gedacht hatten.
»Wo sind diese Scheißkerle denn bloß?« fragte Miller.
Hayward atmete tief durch und trat vor. »Wir sollten schleunigst von hier verschwinden, Lieutenant, sonst ...«
Sie brachte den Satz nicht mehr zu Ende, denn auf einmal prasselte ein wahrer Hagel an Wurfgeschossen auf sie ein: Flaschen, Steine, Erde, Metallstücke und Müll kamen aus dem Tunnel geflogen, so daß die Polizisten sich ducken und mit den Schilden ihre Gesichter schützen mußten.
»Igitt!« schrie ein Beamter rechts von Hayward. »Diese Drecksäcke werfen mit Scheiße!«
»Aufstellung nehmen, Leute!« brüllte Miller.
Hayward wollte sich gerade nach Carlin umdrehen, als einer

der Polizisten neben ihr ungläubig »Gott im Himmel!« murmelte. Sie wirbelte herum, und als sie sah, daß eine ganze Armee von schmutzigen, abgerissenen Gestalten von *hinten* auf sie zukam, rutschte ihr fast das Herz in die Hose. Sie waren in eine perfekt geplante Falle gegangen! Im trüben Licht der Taschenlampen war es unmöglich, die wutentbrannten, schwere Winkeleisen, Bleirohre und Flaschen schwingenden Angreifer zu zählen, aber Hayward schätzte sie auf einige hundert.
»Abteilung kehrt!« schrie Miller und richtete seine Schrotflinte auf die Angreifer. »Und Feuer!« Obwohl der Lärm der Salve ohrenbetäubend laut durch den Tunnel hallte, glaubte Hayward, das feuchte Klatschen zu hören, mit denen die Gummigeschosse auf menschliches Fleisch trafen. Mehrere Angreifer in der ersten Reihe brachen zusammen und wälzten sich laut schreiend am Boden.
»Macht die Scheißbullen fertig!« brüllte ein hagerer, dreckverschmierter Mann mit schlohweißen Haaren, der offenbar der Anführer der Obdachlosen war. Sofort stürzten sich diese mit frischer Wut auf die Polizisten. Hayward sah, wie Miller Schutz in der Mitte seiner Männer suchte und in einem fort einander widersprechende Befehle brüllte. Immer wieder wurden Schrotflinten abgefeuert, aber im wild umherhuschenden Licht der Taschenlampen war es fast unmöglich, einen gezielten Schuß abzugeben. Die Maulwürfe stießen ein schrilles, wildes Kampfgeheul aus, das Hayward durch Mark und Bein ging.
»Scheiße«, war alles, was sie herausbrachte, als nun auch von der anderen Seite des dunklen Tunnels ein wüster Mob auf sie und ihre Kollegen losging.
»Dreht euch um!« schrie sie, während sich bereits die ersten Angreifer gegen die Schilde warfen. »Sie kommen von der anderen Seite!«
Immer mehr Taschenlampen gingen zu Bruch und wurden zertreten, so daß der Kampf schließlich in fast völliger Finster-

nis ablief, die nur ab und zu vom Mündungsfeuer der Schrotflinten in ein gelblich aufblitzendes Licht getaucht wurde. Hayward hörte heiseres Gebrüll und gellende Schmerzensschreie und nahm, so gut es mit dem schweren Plexiglasschild ging, eine Karate-Verteidigungsstellung ein. Als sie spürte, wie sie von hinten eine Hand am Kragen ihrer Uniform packte, ließ sie den Schild fallen, griff den Angreifer am Arm und warf ihn über ihre Schulter zu Boden, wo sie ihm mit ihrem schweren Kampfstiefel so fest wie möglich in den Unterleib trat. Der Mann jaulte vor Schmerz auf, während sich eine weitere, nur undeutlich erkennbare Gestalt auf Hayward stürzte. Die Polizistin grätschte ihre Beine diagonal, verlagerte ihr Gewicht so weit wie möglich nach hinten und hielt sich den linken Unterarm schützend vors Gesicht. Als sie im Aufblitzen eines Mündungsfeuers sah, wie der neue Angreifer mit einem Stück Eisenrohr ausholte, duckte sie sich und ließ den Schlag ins Leere gehen, bevor sie den Mann mit einem gewaltigen Halbmondtritt ihres rechten Beines niederstreckte.

»Nicht schlecht!« sagte Carlin, der ihr gerade zu Hilfe kommen wollte, anerkennend.

Hayward, der klar war, daß die Polizisten in der Dunkelheit gegen die Maulwürfe keine Chance hatte, nestelte eine Magnesiumfackel von ihrem Gürtel und zog die Zündschnur. Sofort gab der Stab ein helles rötliches Licht von sich. Hayward hielt ihn in die Höhe und beleuchtete das Kampfgeschehen. Die Abteilung war von beiden Seiten von einer Horde wütender Angreifer eingeschlossen, die mit allen möglichen und unmöglichen Waffen auf die Beamten eindroschen. Hayward hörte ein Zischen neben sich und stellte befriedigt fest, daß Carlin ihrem Beispiel gefolgt war und ebenfalls eine Fackel entzündet hatte.

Fieberhaft überlegte sie, was zu tun sei. Von Miller war nichts mehr zu hören und zu sehen. Hayward vermutete, daß er sich irgendwo zwischen seinen Männern versteckt hatte. Sie steckte die Magnesiumfackel in einen Spalt in der Tunnelwand, nahm ihren Schild wieder auf und zog den langen Gummiknüppel aus dem Gürtel. Dann machte sie ein paar Schritte auf ihre Gegner zu, von denen zwei sofort einen Angriff auf sie starteten, dann aber doch vor dem geschickt geschwungenen Knüppel zurückwichen. Als Hayward zur Seite blickte, sah sie, daß Carlin sich neben ihr aufgebaut hatte und ihr Flankendeckung gab. Hayward wußte zwar, daß die meisten Untergrundbewohner aufgrund ihrer schlechten Ernährung und ihres langjährigen Drogenmißbrauchs nicht gerade über Bärenkräfte verfügten, war sich aber auch im klaren, daß sie in so großer Anzahl selbst für gut ausgerüstete Polizeikräfte nicht zu unterschätzende Gegner darstellten.

Mittlerweile hatten sich auch die anderen Polizisten um Hayward und Carlin geschart und mit ihren Schilden eine Art Phalanx gegen die Angreifer gebildet. Hayward war klar, daß sie diese Position nicht lange würden halten können, denn die Maulwürfe wurden immer mehr. Ihre einzige Chance war, die Angreifer in der Flanke zu packen und in Panik zu versetzen. Vielleicht würde es ihnen ja dann gelingen, die Maulwürfe hinauf in die oberen Ebenen zu jagen.

»Mir nach!« schrie Hayward. »Treibt sie nach hinten zur Treppe!« Mit diesen Worten ging sie entschlossen gegen die rechte Flanke der Maulwürfe vor, die langsam zurückzuweichen begannen. Mit der Schrotflinte feuerte Hayward über ihre Köpfe hinweg, um sie nicht zur Ruhe kommen zu lassen. Offenbar waren bei den Angreifern inzwischen die Wurfgeschosse knapp geworden, denn der vorher so dichte Hagel von Flaschen, Steinen und anderen Gegenständen hatte merklich nachgelassen. Das Geheul und Gebrüll war zwar noch ebenso laut wie vorher, aber jetzt drängten die Maulwürfe in rascher Flucht auf das Ende des Tunnels zu.

Hayward blieb einen Augenblick stehen, um durchzuschnaufen und sich einen Überblick über die Situation zu verschaffen:

Zwei Polizisten lagen auf dem Boden, einer davon rieb sich den Nacken, der andere war offenbar bewußtlos. »Carlin!« rief Hayward und deutete auf die beiden Verwundeten.
Auf einmal hörte sie vor sich lautes Geschrei und sah im Licht der Magnesiumfackeln, daß die Maulwürfe Lieutenant Miller und eine kleine Gruppe von Polizisten eingekreist hatten, die offenbar beim ersten Angriff der Obdachlosen die Flucht ergriffen hatten und so in einen Hinterhalt geraten waren.
Hayward hörte einen dumpfen Knall. Gleich darauf sah sie eine grünlich schimmernde Rauchwolke, die sich rasch im Tunnel verbreitete. Offenbar hatte Miller in seiner Bedrängnis eine Tränengasgranate gezündet.
Das ist so ziemlich das allerletzte, was wir jetzt gebrauchen können, dachte Hayward und schrie: »Gasmasken aufsetzen!«
Das Tränengas trieb in dichten Schwaden knapp über dem Boden auf sie zu. Hayward riß ihre eigene Gasmaske aus dem Behälter und stülpte sie sich über Mund und Nase. Während sie die Klettverschlüsse festmachte, tauchte Miller aus den Schwaden auf. Mit der Gasmaske vor dem Gesicht sah er aus wie ein Außerirdischer.
»Vergast die Scheißkerle!« tönte es dumpf unter seiner Maske hervor.
»Nein!« protestierte Hayward. »Das ist Wahnsinn! Wir haben zwei Verwundete!«
Sie trat einen Schritt auf Miller zu, aber der hatte bereits eine weitere Gaskapsel vom Gürtel eines Polizisten gerissen, die er den sich zurückziehenden Angreifern hinterherwarf. Hayward sah, wie mindestens zwei Männer Millers Befehl Folge leisteten und ebenfalls Gasgranaten zündeten. Die Maulwürfe, die hustend und keuchend zum Ende des Tunnels rannten, waren nun komplett von Gasschwaden eingehüllt. Auf Millers Befehl hin warfen mehrere Polizisten ihre Gasgranaten auch in die Bohrlöcher am Boden. »Wir räuchern diese Bastarde aus!« rief Miller. »Das wird die Schweine nach oben treiben!«

»Hört auf mit dem Scheiß!« schrie Carlin, der neben den beiden Verwundeten kniete.

Der ganze Tunnel war jetzt voller Tränengasnebel, der die Maulwürfe vollständig vor Haywards Blicken verbarg. Den Geräuschen nach zu schließen, hasteten die ersten von ihnen bereits die eiserne Treppe am Ende des Tunnels hinauf. »Okay, Leute«, sagte Miller, nachdem der letzte Polizist seine Gasgranate in eines der Bohrlöcher geworfen hatte. »Es wird höchste Zeit, daß wir uns auf den Rückweg machen.« Aber da rannten die meisten Polizisten auch schon in Richtung Ausgang.

Hayward wartete, bis ihre Kollegen in dem Tränengasnebel verschwunden waren, und ging dann zu Carlin und MacMahon, die sich über den bewußtlos auf dem Rücken liegenden Polizisten beugten. Der andere Verwundete hatte sich inzwischen aufgesetzt, hielt sich den Bauch und übergab sich. Das Gas hatte die Gruppe noch nicht erreicht, kam aber immer näher.

»Bringen wir ihn ein paar Meter nach rückwärts«, schlug Hayward vor. »Solange er kotzt, kann er keine Gasmaske aufsetzen.« Sie half dem Polizisten auf die Beine und führte ihn weiter nach hinten in den Tunnel, Carlin und MacMahon trugen den bewußtlosen Polizisten hinterher. Als sie ihn nach zwanzig Metern wieder hinlegten, sahen sie, wie der grünliche Nebel sie fast eingeholt hatte.

»He, wach auf, Kumpel«, sagte Carlin und schlug dem Mann, der aus einer Platzwunde an der Stirn blutete, mit der flachen Hand auf die Wangen.

Nach einer Weile öffnete der verwundete Polizist die Augen.

»Alles in Ordnung?« fragte Carlin.

»Verdammter Mist«, antwortete der Polizist und versuchte, sich aufzusetzen.

»Bist du halbwegs klar im Kopf, Mann? Kannst du mir sagen, wie du heißt?«

»Beal«, murmelte der Polizist.

Das Gas hatte sie jetzt fast erreicht. Carlin holte Beals Gasmaske aus ihrem Behälter. »Ich setze dir jetzt die Maske auf, in Ordnung?«

Beal nickte geistesabwesend. Carlin schob ihm die Maske über das Gesicht und half ihm auf die Füße.

»Ich kann nicht gehen«, stöhnte Beal hinter der Maske.

»Dann halt dich an uns fest«, sagte Carlin. »Wir bringen dich hier raus.«

Die im flackernden Licht der fast heruntergebrannten Magnesiumfackeln unheimlich schimmernde Gaswolke hatte die Polizisten jetzt vollkommen eingehüllt. Langsam setzte sich die kleine Gruppe in Bewegung, wobei Carlin und MacMahon Beal halb trugen, halb hinter sich her schleiften. Hayward, die dem anderen Verwundeten beim Anlegen der Gasmaske geholfen hatte und vorausgegangen war, wartete nach ein paar Metern auf sie. »Machen wir, daß wir hier rauskommen«, meinte sie.

Vorsichtig tasteten sie sich durch den Tränengasnebel in Richtung Treppe. Der Tunnel war jetzt leer. Die Obdachlosen waren vor dem Gas geflohen, dicht gefolgt von Miller und dem Rest der Abteilung. Hayward schaltete ihr Funkgerät ein, empfing aber nichts als Störgeräusche. Aus weiter Ferne konnte sie das Husten und Fluchen der Obdachlosen hören, die das Gas nach oben trieb. Als Hayward die Treppe erreichte, lauschte sie gespannt in den Nebel. Mit den beiden Verwundeten im Schlepptau wollte sie eine weitere Konfrontation mit den Maulwürfen unter allen Umständen vermeiden. Den Geräuschen, die von unten heraufdrangen, entnahm sie, daß das durch die Bohrlöcher geworfene Tränengas offenbar auch die Bewohner der unteren Ebenen hinauf an die Oberfläche trieb. Hayward und die anderen mußten so schnell wie möglich nach oben.

Als die kleine Gruppe von Polizisten an der Treppe versammelt war, beugte sich Beal auf einmal nach vorn und erbrach sich in seine Gasmaske. Hayward ließ den anderen Verwundeten stehen, um Beal die Maske vom Gesicht zu reißen. Der Kopf des Polizisten sank ihm auf die Brust, schnellte aber, als ihm das Gas in die Nase stieg, ruckartig wieder nach oben. Seine Glieder verkrampften sich, und er begann wild um sich zu schlagen. Schließlich sackte er zusammen und hielt sich die Hände vors Gesicht.

»Wir müssen hier weg!« rief MacMahon.

»Dann gehen Sie doch«, erwiderte Hayward. »Ich kann den Mann hier nicht alleine lassen.«

MacMahon stand unschlüssig da und dachte nach, bevor er etwas widerstrebend sagte: »Okay, ich bleibe bei Ihnen.«

Mit MacMahons Hilfe stellte Hayward den schwer keuchenden Beal auf die Füße. Sie bewegte den Filter ihrer Gasmaske ganz nahe an sein Ohr und sagte mit ruhiger Stimme: »Entweder Sie reißen sich jetzt zusammen und gehen mit uns nach oben, oder wir werden alle zusammen jämmerlich ersaufen. Das liegt ganz bei Ihnen, Kumpel.«

47

Im Krisenkontrollzentrum der New Yorker Polizei liefen sämtliche Kommunikationsfäden für das Ablassen des Reservoirs zusammen. Als Margo hinter Pendergast und D'Agosta den großen Raum betrat, sah sie eine Reihe von Computerterminals, die auf Rolltischen standen und mit dicken, von Isolierband zusammengehaltenen Kabelsträngen miteinander verbunden waren. Vor den Bildschirmen saßen Polizisten in Uniform, die etwas eintippten oder telefonierten. Andere waren über große, auf langen Tischen ausgerollte Pläne gebeugt.

An einem Schreibtisch in der Mitte des Raumes entdeckte Margo auch Horlocker und Waxie, denen der Schweiß über Stirn und Wangen lief. Neben ihnen hockte ein kleiner Mann

mit einem buschigen Schnurrbart und hackte auf einer Computertastatur herum.
»Was machen denn Sie hier?« fragte Horlocker, als er die drei kommen sah. »Haben Sie nichts Besseres zu tun?«
»Sir«, sagte D'Agosta, »Sie dürfen das Reservoir nicht ablassen.«
Horlocker legte den Kopf schief. »D'Agosta, ich habe jetzt wirklich keine Zeit für Sie. Nicht genug damit, daß wir die Obdachlosen aus dem Untergrund vertreiben müssen, jetzt hat diese Mrs. Wisher auch schon wieder eine Demonstration angezettelt. Ich weiß gar nicht mehr, wo ich genügend Leute für das alles hernehmen soll. Schreiben Sie mir eine Meldung, und ich kümmere mich bei Gelegenheit darum, okay?« Horlocker hielt inne und musterte die drei Ankömmlinge, als nehme er sie jetzt erst wirklich wahr. »Wie sehen Sie überhaupt aus? Waren Sie beim Schwimmen, oder was?«
»Das Reservoir ist voller höchst gefährlicher Pflanzen«, sagte Pendergast und trat einen Schritt vor. »Es handelt sich dabei um *Lilicea mbwunensis,* die Pflanze, nach der die Museumskreatur süchtig war und aus der Kawakita seine Droge hergestellt hat. Sie steht kurz vor dem Aussamen.« Mit diesen Worten warf Pendergast die feuchte schlammige Pflanze, die er aus dem Reservoir mitgebracht hatte, auf Horlockers Schreibtisch. »Da ist sie, voll ausgewachsen und randvoll mit Glaze. Jetzt wissen wir, wo die Süchtigen in den Astortunnels ihren Nachschub angebaut haben.«
»He, was soll denn das?« polterte Horlocker. »Nehmen Sie sofort dieses Ding da von meinem Schreibtisch.«
»Jetzt kenne ich mich überhaupt nicht mehr aus, Vinnie«, mischte Waxie sich ein. »Zuerst tust du alles, um uns davon zu überzeugen, daß da unten in den Tunnels irgendwelche grünen Monstren herumlaufen, und jetzt, wo wir sie in ihrem Bau ertränken wollen, hast du plötzlich was dagegen. Kann man es dir denn überhaupt nicht recht machen?«

D'Agosta warf dem dicken, schwitzenden Captain einen verächtlichen Blick zu. »Du kannst mich mal, Jack. Das mit dem Reservoir war deine Idee, du mieser Drecksack.«

»Lieutenant D'Agosta, ich muß schon sehr bitten ...«

»Aber meine Herren!« unterbrach Pendergast und hob beschwichtigend die Hände. »Das bringt uns doch nicht weiter. Für Schuldzuweisungen und persönliche Vorwürfe ist jetzt keine Zeit. Wir haben herausgefunden, daß das Virus in der Pflanze durch Salzwasser aktiviert wird. Das bedeutet, daß wir auf keinen Fall zulassen dürfen, daß Teile davon ins Meer gespült werden. Dr. Greens Experimente haben eindeutig erwiesen, daß die Droge, die von diesem Virus erzeugt wird, auf eine große Anzahl von Organismen eine verheerende Wirkung hat. Das reicht vom simplen Einzeller die ganze Nahrungskette hinauf bis zu uns Menschen. Wollen Sie wirklich die Verantwortung für eine weltweite ökologische Katastrophe tragen, Chief Horlocker?«

»Ach, hören Sie doch auf!« tönte Waxie. »Das ist doch alles nichts als ...«

Horlocker legte Waxie beschwichtigend eine Hand auf den Unterarm und blickte auf die Pflanze, die noch immer auf dem Tisch vor ihm lag und seine Karten und Papiere durchnäßte. »Sieht eigentlich ganz harmlos aus«, meinte er.

»Aber das ist sie nicht«, schaltete sich Margo ein. »Diese Variante der *Lilicea mbwunensis* dürfte sogar besonders gefährlich sein, denn nach allem, was wir wissen, wurde sie mit einer gentechnisch manipulierten Form des Reovirus infiziert.«

Horlocker blickte zwischen Margo und der Pflanze hin und her.

»Ich kann Ihre Skepsis gut verstehen, Chief«, sagte Pendergast ruhig. »Seit der Konferenz heute vormittag hat sich eine Menge getan. Alles, worum ich Sie bitte, ist ein Aufschub von vierundzwanzig Stunden, damit Dr. Green die Pflanze in ihrem Labor testen kann. Dann erst können wir nämlich mit hundertprozentiger Sicherheit sagen, ob sie das Virus enthält, das bei Kontakt mit Salzwasser ins Ökosystem des Ozeans gelangen würde. Zwar bin ich mir sicher, daß wir recht haben, sollte sich aber unsere Annahme doch als falsch erweisen, dann können Sie das Reservoir morgen noch immer ablassen.«

»Wieso mischen Sie sich eigentlich ständig ein, Pendergast?« fragte Waxie erregt. »Das ist doch überhaupt kein Fall für das FBI.«

»Daß Sie sich da mal nicht täuschen, Captain«, entgegnete Pendergast ruhig. »Jetzt, wo Drogen mit im Spiel sind, könnte ich Ihnen den Fall in Null Komma nichts entziehen. Ist es vielleicht das, was Sie wollen?«

»Einen Moment, bitte«, unterbrach Horlocker den Wortwechsel und warf Waxie einen warnenden Blick zu. »Dazu besteht überhaupt kein Anlaß. Was spricht eigentlich dagegen, daß wir die Pflanzen mit einer ordentlichen Dosis Unkrautvernichtungsmittel einfach abtöten?«

»Das dürfte bei einem Trinkwasserreservoir nicht allzu leicht sein«, entgegnete Pendergast. »Auf die Schnelle fällt mir kein Herbizid ein, das zuverlässig sämtliche Pflanzen vernichtet und gleichzeitig keine Gefahr für die Menschen dieser Stadt darstellt. Wissen Sie vielleicht eines, Dr. Green?«

»Höchstens Thyoxin käme in Frage«, antwortete Margo nach kurzem Nachdenken. »Aber das bräuchte vierundzwanzig Stunden, um zu wirken. Besser wären achtundvierzig, denn es arbeitet sehr langsam.« Margo runzelte nachdenklich die Stirn. Irgendwo hatte sie doch kürzlich das Wort Thyoxin gelesen. Aber wo? Und dann fiel es ihr ein: Es war eines der wenigen Worte gewesen, die sie in Kawakitas halbverbranntem Labortagebuch hatte entziffern können.

»Wir sollten es auf alle Fälle schon mal ins Wasser schütten«, sagte Horlocker. »Aber dazu muß ich erst die Umweltbehörde informieren, was die Angelegenheit noch mal komplizierter macht.«

Sein Blick wanderte hinüber zu dem verschüchtert aussehenden Mann am Computer, der noch immer irgendwelche Daten eingab.
»Stan!«
Der Mann hob ruckartig den Kopf.
»Stan, unterbrechen Sie das Ablassen des Reservoirs«, sagte Horlocker und seufzte. »Wir warten damit, bis diese Angelegenheit geklärt ist. Waxie, rufen Sie Masters an. Sagen Sie ihm, daß er mit der Räumung der Tunnels wie gehabt fortfahren, aber die Obdachlosen einen Tag länger in den Asylen halten soll.«
Margo bemerkte, wie der Mann am Computer plötzlich leichenblaß wurde.
»Ist was, Duffy?« fragte Horlocker. »Haben Sie mich nicht verstanden?«
»Wir können die Ablaßsequenz nicht mehr stoppen, Sir«, antwortete Duffy kleinlaut.
»Wie bitte?« fragte Pendergast mit scharfer Stimme.
Margo spürte, wie kalte Angst in ihr hochstieg. Bisher war sie davon ausgegangen, daß sie lediglich Horlocker überzeugen mußte, um die benötigte Zeit zu gewinnen.
»Was soll das, Duffy?« polterte Horlocker los. »Geben Sie Ihrem verdammten Computer doch einfach den Befehl, das Wasser im Reservoir zu lassen.«
»So funktioniert das nicht«, sagte Duffy. »Aber das habe ich doch alles schon Captain Waxie erklärt: Wenn die Sequenz erst einmal eingeleitet ist, nimmt alles seinen Lauf. Unzählige Tonnen Wasser lassen sich nicht einfach von einer Minute auf die andere aufhalten. Die Hydraulik wird automatisch gesteuert, und ich kann ...«
Horlocker schlug mit der Faust auf den Tisch. »Wovon reden Sie überhaupt, Mann?« brüllte er.
»Ich kann hier am Computer nichts mehr machen«, erklärte Duffy bedrückt.

»Davon hat er mir kein Wort gesagt«, verteidigte sich Waxie. »Wenn ich das gewußt hätte, dann …«
Horlocker brachte den Captain mit einem vernichtenden Blick zum Schweigen, bevor er sich mit leiser Stimme an den Ingenieur von den Stadtwerken wandte. »Ich will nicht wissen, was Sie *nicht* tun können, Duffy, sondern ob es eine Möglichkeit gibt, das Ablassen des Reservoirs noch irgendwie zu stoppen.«
»Na ja«, antwortete Duffy widerstrebend, »es müßte jemand unter den Hauptschieber gehen und die Hydraulikventile von Hand schließen. Aber das kann gefährlich werden, und außerdem hat man die Ventile nicht mehr betätigt, seit vor zehn Jahren das automatische System installiert wurde. Kein Mensch kann sagen, ob sie überhaupt noch funktionieren. Und dann wäre da noch das Wasser, das in das Reservoir nachfließt. Die Schleusen in den Bergen wurden bereits geöffnet und haben Millionen Liter Wasser auf den Weg geschickt, die sich jetzt nicht mehr aufhalten lassen. Selbst wenn es uns gelänge, den Hauptschieber von Hand zu schließen, dann würde dieses Wasser das Reservoir zum Überlaufen bringen. Der ganze Central Park würde überschwemmt und …«
»Es ist mir scheißegal, ob dieser Park sich in einen gottverdammten See verwandelt oder nicht. Ich will, daß diese verdammten Ventile geschlossen werden, und zwar sofort. Nehmen Sie Waxie und so viele Männer, wie Sie brauchen, und machen Sie sich auf die Socken.«
»Aber Sir!« protestierte Waxie mit weit aufgerissenen Augen. »Wäre es nicht besser, wenn ich …« Als er Horlockers Gesicht sah, hielt er mitten im Satz inne.
Duffy wischte seine kleinen, schweißnassen Hände an der Hose ab. »Aber es ist nicht so leicht, hinunter zu den Ventilen zu kommen«, stammelte er. »Sie sind direkt unter dem Reservoir am Ablaßschacht …«
»Haben Sie mich nicht verstanden, Duffy?« unterbrach ihn

Horlocker. »Machen Sie, daß Sie von hier wegkommen, und drehen Sie diese Ventile zu. Wird's bald?«

»Ja, Sir«, murmelte Duffy, dessen Gesicht noch blasser geworden war.

»Und Sie, Waxie, gehen gefälligst mit«, wandte sich Horlocker an den mißmutig dreinblickenden Captain. »Sie haben uns die Suppe eingebrockt, und jetzt löffeln Sie sie gefälligst auch aus. Noch Fragen?«

»Ja, Sir!«

»Wie bitte?«

»Ich meine: Nein, Sir.«

Eine Weile sagte niemand ein Wort, bis Horlocker schließlich brüllte: »Worauf warten Sie noch? Raus, alle beide.«

48

Vor dem Eingang zum Whine Cellar, einem jener schicken Kellerclubs, die in den letzten Jahren überall in Manhattan wie Pilze aus dem Boden geschossen waren, hatten sich viele tausend Demonstranten versammelt. Smithback stand mit dem Rücken an die Jugendstilfassade des Hampshire House gelehnt und betrachtete die Menge, die rechts und links von dem Gebäude bis hin zu den alten Ginkgo-Bäumen reichte, hinter denen sich der Eingang zum Central Park befand. Viele der Menschen hatten in stillem Andenken die Köpfe gesenkt, während andere – meist jüngere Männer, die ihre Krawatten gelockert und die Ärmel ihrer weißen Hemden hochgekrempelt hatten – aus in braunen Papiertüten versteckten Flaschen Bier und andere alkoholische Getränke zu sich nahmen. Ganz in Smithbacks Nähe hielt ein Mädchen eine Papptafel hoch, auf die mit großen Lettern PAMELA, WIR VERGESSEN DICH

NIE gepinselt war. In der anderen Hand hielt das Mädchen, dessen Wangen naß von Tränen waren, die Extraausgabe der *Post.* Während die Demonstranten vor dem Hampshire House schweigend ihre Gedenkminute abhielten, mischten sich am Rand der Versammlung die Rufe der Marschierer und das Hupen erboster Autofahrer mit dem Gekrächz aus Polizeimegaphonen und dem Heulen von Sirenen.

Mrs. Wisher, die direkt neben Smithback stand, stellte eine brennende Kerze vor das an der Hauswand angebrachte Porträt ihrer Tochter. Dann kniete sie nieder und sprach ein kurzes Gebet, während eine kühle Abendbrise das kleine Flämmchen zum Flackern brachte. Als Mrs. Wisher schließlich wieder aufstand und hinüber zu den unzähligen Blumengebinden trat, die vor dem Gebäude auf dem Gehsteig lagen, stellten Freunde der Verstorbenen weitere Kerzen vor das Porträt. Mrs. Wisher blieb schweigend ein paar Minuten stehen, bis sie schließlich einen letzten Blick auf das nun von einem Ring von Kerzen umgebene Foto warf. Einen Augenblick lang kam es Smithback so vor, als würde sie ein wenig schwanken, aber als er zu ihr trat und ihren Arm nahm, sah sie ihn mit einem so erstaunten Blick an, als wäre sie in Gedanken gerade ganz woanders gewesen. Dann verschwand der abwesende Ausdruck aus ihrem Gesicht, und Mrs. Wisher ließ Smithbacks Arm los, um sich an die geduldig wartenden Demonstranten zu wenden.

»Danke, daß Sie meinen Schmerz mit mir teilen«, sagte sie mit klarer Stimme. »Hier an dieser Stelle sollten wir aber auch all der anderen Mütter gedenken, die wie ich ihre Kinder verloren haben. Sie haben sie verloren, weil sich das Verbrechen in dieser Stadt und in diesem Land ausgebreitet hat wie eine alles verschlingende Seuche. Das dürfen wir nicht mehr zulassen.«

Vor den Objektiven der Fernsehkameras, die sich inzwischen bis in die vorderste Reihe der Demonstranten vorgearbeitet hatten, hob Mrs. Wisher die Hand und rief: »Und jetzt auf nach Central Park West!«

Als sich die Menge wie von einer unsichtbaren Macht gelenkt in Bewegung setzte, blieb Smithback in Mrs. Wishers Nähe. Obwohl einige der jüngeren Demonstranten sichtlich angetrunken waren, schien der Protestmarsch bis jetzt in relativ geordneten Bahnen zu verlaufen. Smithback hatte bei der Gedenkminute sogar das Gefühl gehabt, als wären sich die meisten Anwesenden der Würde des Augenblicks vollauf bewußt.

Als der Demonstrationszug die Seventh Avenue überquerte, sah der Journalist eine lange, mehrreihige Schlange von roten Rücklichtern. Das Heulen der Polizeisirenen war hier sehr viel deutlicher zu hören und schien aus allen Richtungen zu kommen. Im Weitergehen sah Smithback auf die Uhr. Es war halb zehn. Genau diese Zeit hatte er in seinem Artikel für den Abmarsch nach Central Park West angegeben – es klappte also alles ganz hervorragend. Noch drei Stopps, und dann würden sie alle auf der großen Rasenfläche im Central Park die abschließende Mitternachts-Mahnwache abhalten.

Als der Demonstrationszug in einem weiten Bogen um den Columbus Circle herummarschierte, konnte Smithback einen Blick den Broadway entlang werfen. Hier hatte die Polizei offenbar mehr Zeit gehabt und Straßensperren errichtet, so daß die breite Straße bis hin zum Times Square seltsam leer und verlassen wirkte. Hinter der Absperrung standen auffallend wenige Polizisten und nur ein paar Streifenwagen. Smithback vermutete, daß die Beamten anderswo gebraucht wurden, um den Verkehr zu regeln und zu verhindern, daß der Demonstrationszug noch weiter anwuchs. Der Journalist nickte anerkennend mit dem Kopf. Mrs. Wisher hatte es wieder einmal geschafft, praktisch die gesamte Innenstadt von New York für ein paar Stunden lahmzulegen. Jetzt konnte niemand mehr vor dem Anliegen dieser Frau die Augen verschließen, ebensowenig wie man seine Artikel zu dem Thema ignorieren konnte. Smithback hatte sich bereits genau zurechtgelegt, was er in den nächsten Tagen schreiben wollte: Einem ausführlichen Insiderbericht über die Demonstration würde eine ganze Serie von Interviews mit Teilnehmern, Betroffenen und Behördenvertretern folgen, die er später alle mit in sein Buch aufnehmen wollte. Eine halbe Million Dollar an Tantiemen müßten eigentlich allein für die Hardcover-Ausgabe drin sein, plus noch mal das Doppelte für die Taschenbuchrechte, von den Übersetzungen in die verschiedenen Sprachen ganz zu schweigen ...

Auf einmal hielt Smithback mit seinen Berechnungen inne, weil er ein merkwürdiges grollendes Geräusch hörte, das ein paar Sekunden später kurz aussetzte, um dann wieder anzuschwellen. Die Demonstranten hatten es offenbar auch gehört, denn ihr Rufen und Johlen war merklich leiser geworden. Und dann sah Smithback, wie sich mitten auf der leeren Fahrbahn des Broadway auf einmal ein Kanaldeckel in die Höhe hob. In einer dichten Nebelwolke kletterte hustend, niesend und spuckend ein dreckverschmierter, abgemagerter Mann heraus, den Smithback sofort als den Heckschützen wiedererkannte. Dem Läufer von Mephisto folgten mehrere andere Männer, die ebenso mitgenommen aussahen wie er. Einer von ihnen blutete aus einer Wunde direkt über der rechten Schläfe.

»Was ist denn das?« fragte Mrs. Wisher, die neben Smithback stehengeblieben war und fassungslos die zerlumpten Gestalten anstarrte.

Noch bevor Smithback antworten konnte, flog ganz in der Nähe der Demonstranten ein weiterer Kanaldeckel auf, und eine Reihe von laut hustenden Menschen kletterte an die Oberfläche. Sie waren so abgerissen und dreckverkrustet, daß Smithback nicht einmal feststellen konnte, ob es sich um Männer oder Frauen handelte. Manche von ihnen hielten Eisenstücke und Knüppel in der Hand, und ein Mann mit einer schmutzigen Wollmütze auf dem Kopf fuchtelte mit einem Gegenstand herum, der aussah wie ein nagelneuer Polizei-

Gummiknüppel. Die Demonstranten waren jetzt alle stehengeblieben und beobachteten das seltsame Schauspiel. Smithback hörte, wie die älteren Teilnehmer des Protestmarsches beunruhigt etwas zu murmeln begannen, während die jüngeren sich über die aus dem Untergrund heraufgestiegenen Gestalten lustig machten und ihnen schon leicht angetrunken dumme Kommentare zuriefen. Auch aus den Aufgängen des U-Bahnhofs Columbus Circle quollen jetzt dichte Gasschwaden, und hustende Gestalten hasteten die Treppen herauf. Rasch wurden es immer mehr, und bald stand den Demonstranten eine große Gruppe von Obdachlosen gegenüber, deren Stimmung angesichts der Provokationen von seiten der jüngeren Marschierer immer gereizter wurde.

Schließlich trat der Mann mit der Wollmütze vor die erste Reihe der Demonstranten, stieß einen unartikulierten, wütend wie frustriert klingenden Schrei aus und ließ seinen Gummiknüppel bedrohlich über seinem Kopf kreisen.

Die anderen Obdachlosen stimmten in sein Gebrüll mit ein und fuchtelten ebenfalls mit ihren improvisierten Waffen herum. Viele von ihnen bluteten aus offenen Wunden und sahen ganz so aus, als hätten sie bereits einen schweren Kampf hinter sich.

Wo kommen nur diese ganzen Penner her? fragte sich Smithback. Was ist denn da im Untergrund los? Einen Augenblick lang dachte er an das U-Bahn-Massaker, aber dann fielen ihm Mephistos Worte ein, die dieser ihm damals in der Dunkelheit tief unter Manhattan zugezischt hatte: »Wir können auch zu *anderen* Mitteln greifen, um unserem Anliegen Gehör zu verschaffen.«

Aber hoffentlich nicht jetzt, dachte Smithback. Jetzt ist absolut nicht der richtige Zeitpunkt für so was.

Der Abendwind wehte einen Fetzen der aus den Kanaldeckeln aufgestiegenen Wolke quer über den Broadway, und Smithback spürte ein Brennen in seinen Augen und sah, wie einige

Demonstranten zu husten begannen. Der Nebel, den er zunächst für Wasserdampf gehalten hatte, war offenbar Tränengas. Aus der U-Bahnstation tauchte nun eine kleine Gruppe von Polizisten in verschmutzten Uniformen, Schutzhelmen und Gasmasken auf. Verdammt, da unten muß was passiert sein, dachte Smithback.

»Wo ist Mephisto?« schrie einer der Obdachlosen.

»Den haben diese Scheißbullen geschnappt«, antwortete ein anderer.

»Verdammte Wichser! Die prügeln ihn bestimmt windelweich!«

Die Maulwürfe wurden immer unruhiger.

»Wo kommt denn auf einmal der ganze Abschaum da her?« hörte Smithback einen der jungen Börsianer hinter sich fragen. »So spät am Abend kann man sich doch keine Sozialhilfe mehr ausbezahlen lassen.« Aus den Reihen der jüngeren Demonstranten waren ein paar vereinzelte Lacher zu hören.

»Mephisto!« begannen die Obdachlosen zu skandieren. »Wo ist Mephisto?«

»Die Dreckschweine wollen ihn umbringen!«

In die Demonstranten links von Smithback kam auf einmal Bewegung, als das große Gitter über einem U-Bahn-Notausstieg von unten angehoben wurde und noch mehr Maulwurfsmenschen an die Oberfläche drängten.

»Sie haben Mephisto umgebracht!« schrien ihnen die zuerst Angekommenen zu.

»Hört mal alle her!« rief der Mann mit dem Gummiknüppel, der immer noch ein paar Schritte vor den anderen stand, in die bedrohlich angewachsene Menge.

Er hob theatralisch die Arme und brüllte: »Diese Bullenschweine haben uns vergast!«

Die Maulwürfe antworteten mit wütendem Gebrüll.

»Sie haben unseren Anführer ermordet!«

Das Geschrei der Obdachlosen schwoll orkanartig an.

»Rache!« kreischte der Mann. »Macht kaputt, was euch kaputtmacht! Schlagt alles kurz und klein!«
Mit diesen Worten schleuderte er einen großen Stein ins Schaufenster einer Bankfiliale, das mit lautem Geklirr zerbarst. Eine Alarmsirene heulte los, was aber sogleich im heiseren Triumphgeschrei der Obdachlosen unterging.
»He!« rief der junge Mann hinter Smithback. »Habt ihr gesehen, was dieses Arschloch gerade gemacht hat?«
Die Obdachlosen fingen jetzt an, auch andere Schaufenster auf dem Broadway mit allen möglichen Geschossen zu bombardieren. Noch immer hielt der Zustrom von zerlumpten Gestalten an, die aus Kanalisationsschächten und U-Bahnausgängen auftauchten und sich sofort den anderen anschlossen. Bald waren der Broadway und Central Park West mit den Scherben eingeschlagener Schaufenster übersät.
Smithback zuckte zusammen, als er durch den Lärm und das weit entfernte Heulen von Polizeisirenen auf einmal die über Lautsprecher verstärkte Stimme von Mrs. Wisher vernahm.
»Sehr ihr das?« wandte sie sich direkt an die Demonstranten. »Seht ihr diesen entfesselten Mob, der alles zerstört, was uns lieb und teuer ist?« Ihre von den umstehenden Gebäuden zurückgeworfene Stimme hallte bis in den stillen dunklen Park jenseits der Straße.
Rings um sie wurden wütende Schreie laut. Smithback sah, wie die älteren Demonstranten – Mrs. Wishers ursprüngliche Anhänger also, die offenbar eine Konfrontation mit den Obdachlosen scheuten – in großer Zahl den Rückweg zur Fifth Avenue oder nach Central Park West antraten. Ihren Platz nahmen die kampfbereiten jüngeren Teilnehmer des Protestmarsches ein. Einige von den Fernsehteams, die sich um Mrs. Wisher geschart hatten, richteten ihre Kameras jetzt auf die Obdachlosen, die sich aus Müllcontainern ihre Wurfgeschosse holten und wild schreiend ihr Zerstörungswerk fortsetzten.
Mrs. Wisher winkte mit beiden Armen, als wolle sie ihre Trup-

pen um sich scharen. »Wollt ihr das etwa tatenlos mit ansehen?« rief sie in ihr Mikrophon. »Wollt ihr ausgerechnet heute einer Horde von Asozialen erlauben, mutwillig eure Stadt in Schutt und Asche zu legen?« Anklagend schallte ihre Stimme über die Köpfe der Demonstranten hinweg, und Smithback konnte direkt spüren, wie sich rings um ihn eine geladene Spannung aufbaute. Selbst die Obdachlosen hielten inne und lauschten den von einem Dutzend Lautsprechern verstärkten Worten.

»Das lassen wir nicht zu!« tönte eine nicht mehr ganz nüchterne Stimme aus den Reihen der jüngeren Demonstranten.

Mit gemischten Gefühlen beobachtete Smithback, wie Mrs. Wisher ganz langsam ihren manikürten Zeigefinger hob und auf die Obdachlosen deutete. »Das sind die Menschen, die unsere Stadt zerstören!« Ein leichter Unterton von Hysterie schwang in ihrer sonst so ruhigen Stimme mit.

»Seht euch nur diese verdammten Penner an!« schrie ein junger Mann und drängte sich an der Spitze einer Gruppe von Gleichgesinnten nach vorne, bis er drei Meter vor dem Obdachlosen mit dem Gummiknüppel war. »Such dir lieber einen Job!«

Die Maulwürfe starrten den jungen Mann bedrohlich an.

»Meinst du, ich arbeite mir den Arsch ab, damit du auf unsere Kosten Sozialhilfe kassieren kannst?« provozierte der Börsianer.

Aus den Reihen der Obdachlosen war ein wütendes Murren zu hören.

»Warum tust du nicht mal was für dein Vaterland, anstatt ihm ständig auf der Tasche zu liegen?« fuhr der junge Mann fort und spuckte vor dem Anführer der Maulwürfe aus. »Du dreckiger, verlauster Penner!«

Einige der Demonstranten taten durch laute Rufe ihre Zustimmung kund.

Einer der Obdachlosen trat vor und hielt dem jungen Mann

den Stummel seines linken Armes entgegen; er war oberhalb des Ellenbogens amputiert. »Da, schau dir an, was ich meinem Land gegeben habe, du Muttersöhnchen!« kreischte er mit sich überschlagender Stimme. »Schon mal was von *Chu Lai* gehört?« Mit einem bedrohlichen Gegrummel aus vielen Kehlen begannen die Maulwürfe, sich langsam den Demonstranten zu nähern.

Smithback blickte hinüber zu Mrs. Wisher, deren Gesicht ihm wie eine harte kalte Maske vorkam. Mit einemmal wurde ihm klar, daß diese Frau die Obdachlosen wirklich für ihre Feinde hielt.

»Spiel dich nicht so auf, du dreckiger Schmarotzer!« schrie eine angetrunkene Stimme.

»Ich werde dir gleich einen Schmarotzer geben«, kam die wütende Antwort des Einarmigen.

»Ihr Kapitalistenschweine habt meinen Bruder auf dem Gewissen!« brüllte ein anderer Maulwurf, ein großer, magerer Kerl in einer zerrissenen Baseballjacke. »Verreckt ist er für euer Scheißvaterland auf dem Hügel von *Phon Mak* am 2. August 1969.« Mit diesen Worten streckte er dem angetrunkenen Demonstranten den Stinkefinger entgegen. »Du kannst dir dein Vaterland sonstwo hinstecken, du besoffener Yuppie-Wichser!«

»Die Schlitzaugen hätten dich gleich mit erledigen sollen, Niggerarsch!« schrie der Betrunkene zurück. »Dann hätten wir einen Scheißhaufen weniger in der Stadt!«

Aus den Reihen der Maulwürfe kam in hohem Bogen eine Flasche herangeflogen, die den jungen Mann mitten am Kopf traf. Er taumelte ein paar Schritte zurück und brach mit einer stark blutenden Platzwunde an der Stirn zusammen.

Auf einmal schien sich die angestaute Spannung rings um Smithback mit einem Schlag zu entladen. Laut brüllend und mit erhobenen Fäusten rannten die jungen Männer auf die Obdachlosen zu, während von den älteren Mitmarschierern weit und breit keiner mehr zu sehen war. Smithback, der von der Menge mitgerissen wurde, drehte sich nach Mrs. Wisher um, aber auch die war mitsamt ihren Begleitern von einer Sekunde auf die andere verschwunden. Ohne es zu wollen, wurde Smithback immer näher an die Obdachlosen herangedrängt. Er hörte wilde Schreie, lautes Geheul und das Geräusch von auf menschliches Fleisch herniedersausenden Holzknüppeln und Eisenstangen. Direkt vor ihm schlug ein Jungbanker einem Obdachlosen die Faust ins Gesicht. Smithback hörte noch, wie der Maulwurf vor Schmerz aufbrüllte, dann bekam er selbst einen heftigen Schlag in den Rücken verpaßt und wurde zu Boden geschleudert. Er fiel auf die Knie und mußte hilflos zusehen, wie sein Diktiergerät, das ihm aus der Tasche gefallen war, von den Kämpfenden ringsum in Sekundenschnelle zertreten wurde. Kaum hatte Smithback sich wieder hochgerappelt, mußte er sich auch schon wieder flach auf den Bauch werfen, um einem direkt auf seinen Kopf gezielten Betonbrocken auszuweichen. Der Broadway rings um ihn herum hatte sich in ein wildes, brüllendes Chaos verwandelt.

Auch wenn Smithback nicht wußte, wer oder was die Obdachlosen in so großer Zahl an die Oberfläche getrieben hatte, war ihm doch eines klar: Hier prallten zwei von Scharfmachern aufgehetzte soziale Schichten aufeinander, die im anderen die Verkörperung des Bösen schlechthin sahen.

Als der Journalist wieder auf den Beinen war und von der hin und her wogenden Menge herumgestoßen wurde, dachte er an den Artikel, den er über die Demonstration hatte schreiben wollen. Wenn diese Straßenschlacht wirklich so groß war, wie er glaubte, dann war das *der* Aufmacher für den nächsten Tag, aber um das beurteilen zu können, mußte Smithback erst einmal aus diesem Getümmel heraus und sich einen besseren Überblick verschaffen. Er hob den Kopf und suchte über der prügelnden Menge nach einem erhöhten Punkt, den er schließlich in der bronzenen Shakespearestatue am Eingang zum Park auch fand. Zielsicher begann Smithback, sich darauf hinzuarbeiten, als einer der Maulwürfe mit wild flackernden Augen auf ihn zustürzte und mit einer leeren Bierflasche auf ihn eindreschen wollte. Kurz entschlossen verpaßte Smithback ihm einen Magenschwinger, und erst als sein Gegner einen lauten Schmerzensschrei ausstieß, erkannte der Reporter, daß er gerade eine Frau geschlagen hatte. »Entschuldigung, Madam«, murmelte er und drängte weiter durch die Menge.

Er schlängelte sich an einer Gruppe laut brüllender junger Männer in zerfetzten Maßanzügen vorbei, rammte einem von ihnen den Ellenbogen in die Rippen und erreichte den Gehsteig von Central Park South, wo zerbrochenes Schaufensterglas unter seinen Füßen knirschte. Hier, am Rand des Getümmels, ging es nicht mehr ganz so brutal zu. Als Smithback die Statue erreichte, stieg er auf den Sockel und zog sich an Shakespeares bronzenen Beinen nach oben. Den ätzenden Taubendreck vermied er, so gut es ging. Dann kletterte er auf die breiten Schultern des großen Dichters.

Der Blick, der sich ihm von hier aus bot, war atemberaubend und beklemmend zugleich: Der Tumult hatte sich über mehrere Blocks vom Broadway und Central Park South ausgebreitet. Immer noch krabbelten neue Maulwürfe aus allen möglichen Notausstiegen des U-Bahnhofs Columbus Circle. Smithback hatte noch nie so viele Obdachlose auf einem Haufen gesehen, ganz zu schweigen von alkoholisierten Jungbankern. Von seinem Beobachtungsposten aus konnte er jetzt auch die älteren Demonstrationsteilnehmer entdecken, die den eigentlichen Kern der Aktion »Säubert New York« ausmachten. Sie hatten sich geordnet in Richtung auf die Amsterdam Avenue abgesetzt, wo sie verzweifelt versuchten, Taxis zu finden, um dem Kampfgetümmel zu entfliehen. Die jüngeren Demonstranten und die Obdachlosen aber gingen noch immer mit Fäusten, Knüppeln, Eisenrohren und Wurfgeschossen aufeinander los. Überall hatten sich laut schreiende, ineinander verkeilte Gruppen gebildet, und immer wieder sah Smithback Leute am Boden liegen, die bewußtlos und möglicherweise sogar tot waren. Blut hatte sich mit Glasscherben und Müll gemischt.

Von außen bahnten sich jetzt vereinzelte Polizisten einen Weg durch das Getümmel, aber es waren bei weitem nicht genug, um die Kämpfenden voneinander zu trennen. Zudem verlagerten sich die Auseinandersetzungen langsam immer weiter in den Park hinein, wo sie in der Dunkelheit praktisch nicht mehr unter Kontrolle zu bringen waren. Wo steckt denn bloß die ganze Polizei? fragte sich Smithback verwundert. Einerseits war er entsetzt darüber, wie rasch die Situation eskaliert war, andererseits spürte er, wie eine merkwürdige Hochstimmung in ihm aufkeimte. Was würde das für eine gute Geschichte abgeben!

Von seinem Beobachtungsposten aus ließ er seinen Blick überall umherschweifen, um so viele Eindrücke wie nur irgend möglich aufzunehmen. Sein Kopf begann bereits, sich die Grundzüge eines Artikels zurechtzulegen. Irgendwie kam es ihm so vor, als würden die Obdachlosen, trotz ihrer sehr viel schlechteren körperlichen Verfassung, bei dem Kampf langsam die Oberhand gewinnen. Unter wildem, wütendem Geschrei drängten sie immer mehr Demonstranten in den dunklen Central Park.

Weil in dem Kampfgetümmel bereits mehrere Kameras zu Bruch gegangen waren, hatten sich die Fernsehteams zu einer schützenden Phalanx zusammengerottet, aus der heraus sie im Licht mitgebrachter Videolampen ihre Aufnahmen machten. Andere wiederum hatten sich mit langen Teleobjektiven auf den Dächern umliegender Häuser eingerichtet, um das Geschehen aus sicherer Entfernung zu dokumentieren.

Auf einmal sah Smithback mitten im Getümmel eine Abteilung uniformierter Polizisten, die zwei Männern in Zivil einen Weg durch die Menge bahnten. Einen von ihnen erkannte er als

Captain Waxie, neben dem ein kleiner, verängstigt wirkender Mann mit einem Schnurrbart ging.
Was wollen die denn hier? fragte sich Smithback, während die Polizisten sich mit ihren Schlagstöcken eine Schneise durch die Kämpfenden freischlugen. Sein journalistischer Instinkt sagte ihm, daß hier etwas Merkwürdiges vorging. Die Polizisten taten nichts, um die Kämpfenden zu trennen, sondern strebten ganz eindeutig einem bestimmten Ziel zu. Als sie am Eingang zum Park freie Bahn hatten, schlugen sie eine so schnelle Gangart ein, daß der fette Waxie Mühe hatte, überhaupt mit ihnen mitzuhalten. Wo immer sie hinwollten, sie hatten es verdammt eilig.
Smithback überlegte sich, was es für die Polizei jetzt wohl Wichtigeres geben konnte, als die zu seinen Füßen tobende Straßenschlacht zu beenden.
Er blieb noch einen Augenblick auf Shakespeares kühlen Schultern sitzen und wußte nicht, was er tun sollte. Dann aber fällte er eine Entscheidung. Er kletterte, so rasch er konnte, von der Statue herunter und rannte hinter den Polizisten her in den nächtlich dunklen Park.

49

D'Agosta nahm die nicht angezündete Zigarre aus seinem Mund, pickte einen Tabakkrümel von seiner Zunge und blickte angewidert auf das aufgeweichte Ende. Margo beobachtete, wie er seine Taschen nach Streichhölzern durchsuchte und dann, als er keine fand, fragend zu ihr herübersah. Als sie den Kopf schüttelte, wollte sich D'Agosta an Horlocker wenden, überlegte es sich aber doch anders.
Der Polizeipräsident preßte ein mobiles Funkgerät ans Ohr

und sah überhaupt nicht glücklich aus. »Mizner?« schrie er in das Gerät. »Mizner! Hören Sie mich?«
Ein für Margo und D'Agosta kaum verständliches Gekrächz antwortete aus dem Lautsprecher.
»Schlagen Sie den Aufruhr nieder und verhaften Sie alle ...« begann Horlocker.
Weiteres leises Gekrächz ließ ihn verstummen.
»Was? *Fünfhundert?* Aus dem Untergrund? Sie wollen mich wohl auf den Arm nehmen, Mizner. Warum sind die Penner nicht längst in den Asylen?«
Horlocker hörte wieder zu. Aus dem Augenwinkel sah Margo, wie Pendergast auf der Tischkante saß, ganz in die Lektüre der *Policeman's Gazette* vertieft.
»Was weiß denn ich, wie?« bellte Horlocker in sein Funkgerät. »Setzen Sie meinetwegen Wasserwerfer und Tränengas ein, aber ... Wie bitte? Demonstranten? Sie kämpfen mit den *Demonstranten?*« Er setzte das Funkgerät ab, musterte es mit einem ungläubigen Blick und hob es an sein anderes Ohr. »Nein, natürlich dürfen Sie kein Tränengas gegen die Demonstranten einsetzen. Aber Leute kann ich Ihnen auch keine schicken. Die meisten sind im Untergrund und treiben die Obdachlosen nach oben, und der Rest wartet an den Sammelpunkten, um die Penner in die Asyle zu bringen. Sie müssen sich schon selber helfen. Und noch was, Mizner: Sagen Sie Perillo, daß ich in fünf Minuten alle meine Stellvertreter sehen will. Und schicken Sie mehr Leute in den Park, und wenn es Parkwächter sind, haben Sie mich verstanden?«
Er griff zum Telefon und wählte verärgert eine Nummer. »Curtis, machen Sie mir eine Verbindung mit dem Büro des Gouverneurs. Einige der Obdachlosen, die wir aus den Tunnels heraufgetrieben haben, haben angefangen zu randalieren und liefern sich am Central Park Straßenschlachten mit den Demonstranten von ›Säubert New York‹. Wir brauchen Unterstützung von der Nationalgarde. Und dann rufen Sie Masters an,

und bestellen Sie für alle Fälle einen Hubschrauber. Außerdem soll er die Wasserwerfer aus dem Depot in der Lexington Avenue zum Einsatz bringen – oder halt, warten Sie, die kommen wahrscheinlich gar nicht durch. Das Revier am Park soll alle seine Kräfte mobilisieren. Den Bürgermeister brauchen Sie nicht zu verständigen, das mache ich selbst.«

Als er den Hörer auflegte, rollte ihm ein dicker Schweißtropfen von seiner blaß gewordenen Stirn. Ohne sich um die herumrennenden Polizisten und die aus allen möglichen Lautsprechern krächzenden Stimmen zu kümmern, sah sich Horlocker in der Kommandozentrale um. Auf Margo machte er den Eindruck eines Mannes, für den innerhalb von Sekunden eine ganze Welt zusammengebrochen war.

Pendergast faltete sorgfältig seine Zeitung zusammen und legte sie auf den Tisch hinter sich. Dann beugte er sich vor und fuhr sich mit der Hand durch sein weißblondes Haar. »Ich habe nachgedacht«, erklärte er.

Jetzt kommt's, dachte Margo.

Pendergast baute sich direkt vor Chief Horlocker auf. »Und zwar bin ich zu dem Schluß gekommen, daß diese Situation viel zu gefährlich ist, um sie der Verantwortung eines einzigen Mannes zu überlassen.«

Horlocker schloß die Augen, bevor er sie unter größter Willensanstrengung wieder öffnete und auf Pendergasts gelassenes Gesicht richtete. »Wovon reden Sie überhaupt?« fragte er.

»Sie haben doch Captain Waxie den Auftrag gegeben, die Hydraulikventile zu schließen und damit das Ablassen des Reservoirs zu stoppen.«

»Und?«

Pendergast legte seinen Zeigefinger an die Lippen und flüsterte, als würde er Horlocker ein Geheimnis verraten: »Nun, ich möchte ja niemandem etwas Schlechtes nachsagen, aber Captain Waxie hat sich in letzter Zeit nicht gerade als besonders zuverlässig erwiesen. Wenn er scheitert und die Samen der

Mbwun-Pflanze ins Meer gelangen, haben wir es mit einer Katastrophe globalen Ausmaßes zu tun.«

»Das wissen wir doch alles schon längst«, entgegnete Horlocker genervt. »Davon, daß Sie es mir ein zweites Mal erzählen, wird die Situation auch nicht besser. Sagen Sie mir lieber, worauf Sie hinauswollen.«

»Ich möchte, daß wir Vorkehrungen für den Fall treffen, daß Waxie versagt.«

Gerade als Horlocker antworten wollte, rief ein uniformierter Polizist vom Telefontisch herüber: »Captain Waxie auf Leitung zwei, Sir. Wollen Sie abheben?«

Horlocker nahm den Hörer ans Ohr. »Waxie, wie sieht's bei Ihnen aus?« Er hörte angestrengt zu. »Sprechen Sie doch lauter, verdammt noch mal, ich kann Sie ja kaum verstehen. Was meinen Sie damit, daß Sie sich nicht sicher sind? Ja, darum kümmern wir uns schon. Hören Sie, geben Sie mir Duffy, wenn Sie selber nicht – Waxie? Was ist los? Ich höre Sie nicht mehr!« Horlocker warf den Hörer auf die Gabel. »Sehen Sie zu, daß Sie die Verbindung wieder herkriegen!« rief er zum Telefontisch hinüber.

»Darf ich bitte fortfahren?« fragte Pendergast. »Nach dem zu schließen, was ich gerade mitbekommen habe, bleibt uns nicht mehr viel Zeit. Ich werde mich also kurz fassen. Wenn Waxie versagt und das Reservoir abgelassen wird, müssen wir irgendwie verhindern, daß das Wasser in den Hudson gelangt.«

»Und wie sollen wir das bewerkstelligen?« mischte sich D'Agosta ein. »Es ist schon fast zehn Uhr, und der Hauptschieber soll in zwei Stunden aufgemacht werden.«

»Vielleicht wäre es ja möglich, die Pflanzen im Reservoir zurückzuhalten. Wir könnten zum Beispiel irgendwelche Filter über dem Auslaß anbringen.«

»Interessanter Vorschlag, Dr. Green«, erwiderte Pendergast und sah Margo aus seinen blassen Augen an. »Ich würde sagen, daß wir dafür eine Durchlässigkeit von fünf Mikron benötigen würden. Aber wer stellt uns solche Filter in so kurzer Zeit her? Und wie müßten sie beschaffen sein, um dem enormen Wasserdruck standhalten zu können? Wissen wir überhaupt, wo alle Ablauflöcher sind?« Er schüttelte den Kopf. »Meiner Meinung nach ist unsere einzige Chance, die Abläufe von den Astortunnels in den Hudson mittels Sprengungen zu verschließen. Mit einem Dutzend Sprengsätzen, an den richtigen Stellen gezündet, müßte das eigentlich machbar sein.«

Horlocker wirbelte auf seinem Drehstuhl herum. »Sie sind verrückt«, sagte er zu Pendergast.

In diesem Augenblick hörten sie laute Stimmen vom Eingang her. Kurz darauf ging die Tür auf, und eine Gruppe von Polizisten in zerrissenen und schlammbesudelten Uniformen platzte herein. Die Beamten, von denen einige böse Schrammen im Gesicht hatten, zerrten einen mit Handschellen gefesselten, unglaublich schmutzigen Mann in einem zerlumpten braunen Cordanzug herein. Sein langes weißes Haar war von Dreck und Blut verklebt, und sein grauer ungepflegter Bart hing ihm fast bis zum Bauchnabel herab. Um den Hals trug er eine Kette mit Türkisen.

»Das ist der Rädelsführer!« keuchte einer der Polizisten, während sie den Mann vor Chief Horlocker stießen.

D'Agosta starrte den Mann ungläubig an. »Das ist ja Mephisto!« rief er.

»Sieh mal einer an«, sagte Horlocker mit sarkastischer Stimme. »Die Herren kennen sich. Ist wohl ein Freund von Ihnen?«

»Eher ein Bekannter«, entgegnete Pendergast.

Mephisto starrte von D'Agosta zu Pendergast und wieder zurück. Er brauchte eine Weile, bis er die beiden erkannte, dann aber wurde sein Gesicht rot vor Wut.

»Whitey!« zischte er. »Du bist also ein Verräter! Ein Bulle! Ein Dreckschwein!« Mit einer gewaltigen Kraftanstrengung befreite er sich aus dem Griff der Polizisten und wollte auf Pendergast losgehen, wurde aber gleich darauf von den Beamten zu Boden gerissen. »Du Judas!« schrie er und versuchte, Pendergast anzuspucken.

»Der Kerl ist ja komplett verrückt«, sagte Horlocker und blickte angewidert auf Mephisto, der von den Polizisten nur mit Mühe gebändigt werden konnte.

»Ist er nicht«, entgegnete Pendergast. »Sie würden vermutlich auch nicht anders reagieren, wenn man Sie gerade mit Tränengas aus Ihrer Wohnung vertrieben hätte.«

Mephisto rappelte sich hoch und wollte sich erneut auf Pendergast stürzen.

»Haltet doch endlich den Mann zurück«, fauchte Horlocker und stand auf. Nachdem er ein paar Schritte zurückgetreten war, wandte er sich wieder an Pendergast. »Habe ich Ihren Vorschlag vorhin richtig verstanden?« fragte er und klang dabei wie ein Vater, der herablassend mit einem besonders begriffsstutzigen Kind spricht. »Sie wollen also bis Mitternacht die Astortunnels sprengen?«

»Nicht die Tunnels selbst, sondern ihre Ausgänge zum Hudson hin«, antwortete Pendergast, den Horlockers Sarkasmus nicht im geringsten zu stören schien. »Es ist wichtig, daß das Wasser aus dem Reservoir nicht in den Fluß gelangt. Damit schlagen wir zwei Fliegen mit einer Klappe: Einerseits ertränken wir die Bewohner der Tunnels, und andererseits verhindern wir, daß das Virus ins Meer getragen wird. Wir müssen nur dafür sorgen, daß das Herbizid mindestens achtundvierzig Stunden lang wirken kann.«

Aus dem Augenwinkel sah Margo, daß Mephisto aufgehört hatte zu toben.

»Wir könnten Taucher vom Hudson aus in die Entwässerungskanäle schicken«, fuhr Pendergast fort. »Irgendwann einmal führen die bis zu den Überläufen aus den Astortunnels.«

Horlocker schüttelte mit skeptischer Miene den Kopf. »Das funktioniert nicht.«

Pendergast ließ nicht locker. »Ich habe mir die Pläne der

Kanalisation genau angesehen«, erklärte er. »Wenn die Astortunnels voll sind, dann läuft das überschüssige Wasser in den großen Sammelkanal der West Side. Diese Zuläufe müssen wir mit unseren Sprengungen versperren.«
»Der Mann ist komplett wahnsinnig«, murmelte Horlocker und stützte den Kopf in die Hände.
»Aber möglicherweise reicht diese Maßnahme allein nicht aus«, fuhr Pendergast fort, der jetzt mehr mit sich selbst als mit Horlocker zu reden schien. »Um wirklich sicherzugehen, müssen wir die Abwässerkanäle der Stadt *oberhalb* der Astortunnels dichtmachen. Aus den Plänen geht hervor, daß der Ablauf des Reservoirs bis hin zum Flaschenhals ein geschlossenes System ist. Wir müßten also bloß alle Stollen direkt darunter abdichten, bis auf den, der in die Astortunnels führt. Damit würden wir alles Wasser dort hinunter lenken und verhindern, daß die Kreaturen sich in einer Luftblase verkriechen und überleben.« Pendergast beugte sich über Horlockers Schreibtisch und zeichnete auf ein Blatt Papier einen groben Plan. »Sehen Sie, was ich meine?« fragte er. »Das Wasser strömt hier durch den Flaschenhals hinunter in die Tunnels. Wenn wir also alle Seitenkanäle gleich unterhalb des Flaschenhalses abdichten und gleichzeitig die Taucher die Abläufe zum Hudson sprengen, dann ist das Wasser in den Astortunnels eingeschlossen und die Wrinkler dazu.«
Mephisto, den immer noch zwei Polizisten festhielten, ließ ein tiefes Keuchen hören, von dem sich Margos Nackenhaare aufstellten.
»Ich werde die Leitung des Teams übernehmen, das die Sprengungen am Flaschenhals vornimmt«, erklärte Pendergast. »Schließlich war ich schon zweimal dort unten, und außerdem habe ich sämtliche Pläne studiert. Am liebsten würde ich alleine gehen, aber ein einzelner Mann kann den benötigten Sprengstoff nicht tragen. Wir sollten also ein Team zusammenstellen und …«

»Das wird nicht funktionieren, Judas!« unterbrach ihn Mephisto mit heiserer Stimme. »Bis Mitternacht schaffst du es niemals hinunter zum *Devil's Attic.*«
Auf einmal schlug Horlocker, der offenbar aus seiner Lethargie erwacht war, mit der Faust auf den Tisch. »Das reicht jetzt, Pendergast. Erzählen Sie Ihre hirnrissigen Geschichten jemand anderem, ich muß mich jetzt um Wichtigeres kümmern. Machen Sie also, daß Sie fort kommen.«
»Nur *ich* kenne die Tunnels gut genug, um dich vor Mitternacht zum Dachboden des Teufels und wieder zurück zu bringen, Whitey«, zischte Mephisto und starrte Pendergast herausfordernd an.
Der FBI-Agent erwiderte den Blick. »Da könnte was dran sein«, meinte er.
»Schluß jetzt!« fauchte Horlocker und wandte sich an die Polizisten, die Mephisto hergebracht hatten. »Sperrt den Kerl in eine Zelle. Wir kümmern uns um ihn, wenn sich die Lage wieder beruhigt hat.«
»Und was wollen Sie dafür, daß Sie mich hinunterbringen?« fragte Pendergast den Anführer der Obdachlosen, ohne sich um Horlocker zu kümmern.
»Daß ihr meine Leute in Ruhe laßt, wenn das alles mal vorbei ist. Nicht mehr und nicht weniger.«
Pendergast sah Mephisto nachdenklich und mit einem unergründbaren Ausdruck im Gesicht an.
»Na los, wird's bald«, polterte Horlocker. »Bringt den Mann endlich weg.«
Die Polizisten rissen Mephisto hoch und zerrten ihn in Richtung Tür.
»Bleiben Sie, wo Sie sind«, sagte Pendergast zwar leise, aber so bestimmt, daß die Polizisten unvermittelt stehenblieben.
Auf Horlockers linker Schläfe schwoll deutlich eine dicke Ader an. »Was soll denn nun das schon wieder?« fragte er.
»Chief Horlocker, kraft meines Amtes als Bundesagent der

Regierung der Vereinigten Staaten nehme ich diesen Mann hiermit offiziell in Gewahrsam«, entgegnete Pendergast.

»Sie wollen mich wohl auf den Arm nehmen.«

»Was tun Sie denn, Pendergast?« mischte sich Margo ein. »Uns bleiben nur zwei Stunden.«

Der Agent nickte und sagte dann zu Horlocker: »Entschuldigen Sie die Eile, Chief, aber ich habe einfach keine Zeit für eine höfliche Anfrage. Vincent, würden Sie sich bitte von den Herren die Schlüssel zu den Handschellen geben lassen?«

Während D'Agosta hinüber zu einem der Polizisten ging, wandte Pendergast sich an dessen Kollegen. »Officer, überstellen Sie mir den Mann in meine Obhut.«

»Nein! Tun Sie das nicht!« rief Horlocker.

»Aber Sir«, protestierte der Polizist, »Sie können sich nicht mit dem FBI anlegen.«

»Mr. Mephisto«, sagte Pendergast mit leiser Stimme zu dem Gefangenen. »Ich weiß nicht, was für eine Rolle Sie bei den Ereignissen des heutigen Abends gespielt haben, und deshalb kann ich Ihnen auch nicht garantieren, daß ich Sie freilassen werde. Aber wenn Sie mir jetzt dabei helfen, diese Stadt ein für allemal von den Killern aus dem Untergrund zu befreien, die auch Ihren Leuten nachgestellt haben, dann gebe ich Ihnen mein Wort, daß wir uns alle Ihre Belange unvoreingenommen anhören werden.« Mit diesen Worten streckte er dem noch immer Gefesselten seine Hand hin.

Mephistos Augen verengten sich zu schmalen Schlitzen. »Du hast mich schon einmal angelogen, Whitey«, zischte er.

»Das mußte ich tun, denn sonst wäre ich nie mit Ihnen in Kontakt gekommen«, sagte Pendergast und ließ seine Hand weiterhin ausgestreckt. »Das hier ist kein Kampf zwischen oben und unten mehr, Mephisto. Wenn wir versagen, wird es die Park Avenue ebenso treffen wie die Route 666.«

Mephisto dachte eine Weile nach, bevor er schließlich mit einem stummen Nicken sein Einverständnis signalisierte.

»Was für eine ergreifende Szene«, höhnte Horlocker. »Mir kommen gleich die Tränen. Dann mal viel Spaß da unten in der Kanalisation. Ich hoffe, ihr ertrinkt in der Scheiße.«

50

Smithback spähte durch den Gitterboden eines rostigen Laufstegs in den mit Ziegeln ausgemauerten Schacht, der unter seinen Füßen senkrecht hinunter in die Erde führte. Aus der Tiefe konnte er die Stimmen von Waxie und den anderen hören, und er fragte sich, ob es wirklich so klug gewesen war, den Männern dort hinunter zu folgen, während draußen die größte Straßenschlacht tobte, die New York seit vielen Jahren erlebt hatte. Jetzt aber war er schon mal hier, und da wollte er wenigstens wissen, was dieser Waxie im Untergrund zu schaffen hatte.

Vorsichtig bewegte Smithback sich nach vorn und spähte in die Tiefe. Der alte Laufsteg, auf dem er sich befand, hing an der Unterseite eines riesigen Eisenkessels, an dessen niedrigstem Punkt ein dickes Rohr in dem gemauerten Schacht verschwand. Die alte Eisenkonstruktion ächzte furchterregend, als der Journalist sich über die Balustrade beugte. Aus dem Schacht, der von ein paar schwachen Glühbirnen nur unzureichend beleuchtet wurde, wehte ein kalter, frischer Luftzug herauf, der Smithback die Haare aus der Stirn blies. Aus einem winzigen Loch in der Wand des Eisenkessels über ihm sprühte ein dünner Wasserstrahl herab, und Geräusche wie das Ächzen eines vom Wasserdruck der Tiefsee zusammengepreßten U-Boot-Rumpfs hallten von den Wänden des Schachtes wider.

Bisher hatte Smithback nicht gewußt, daß es unterhalb des Wasserreservoirs im Central Park so einen seltsamen und unheimlichen Ort überhaupt gab. Bei dem riesigen Metallbecken über ihm mußte es sich wohl um den Abfluß des künstlichen Sees handeln, von dem aus das Trinkwasser in die unzähligen unter der Stadt verlaufenden Leitungen verteilt wurde. Allein bei dem Gedanken an die zig Millionen Tonnen Wasser direkt über seinem Kopf spürte Smithback eine Art Beklemmung in sich aufsteigen.

Jetzt konnte er die Männer auf einer kleinen Plattform weiter unten im Schacht entdecken. Sie standen vor einem Gewirr von Rohren, Handrädern und Ventilen, das Smithback wie ein Alptraum aus dem frühen Industriezeitalter vorkam. Der Journalist begann, die Leiter hinunterzuklettern, besann sich aber nach wenigen Sprossen eines Besseren und kehrte wieder um. Die Leiter war feucht und glitschig, und die Plattform unter ihm hatte kein Geländer. Außerdem war es ohnehin viel gescheiter, oben auf dem Laufsteg zu bleiben. Von hier aus hatte er alles im Blick und blieb selbst praktisch unsichtbar.

Tief unter ihm glitten die Strahlen von Taschenlampen über die Ziegelwände des Schachtes, die Stimmen der Polizisten hallten hohl und verzerrt herauf. Smithback erkannte Waxies tiefen Baß, den er schon einmal im Vortragssaal des Museums gehört hatte. Der fettleibige Captain sprach offenbar in ein Funkgerät. Als er es wieder wegsteckte, wandte er sich an den kleinen Mann mit dem Schnurrbart. Die beiden schienen nicht allzu gut aufeinander zu sprechen zu sein. »Sie verdammter Lügner«, fuhr Waxie den Mann an. »Sie haben mir nie gesagt, daß man das Ablassen des Reservoirs nicht mehr aufhalten kann.«

»Doch, das habe ich«, antwortete eine hohe weinerliche Stimme. »Das habe ich sehr wohl. Sie haben damals sogar gesagt, daß Sie es gar nicht aufhalten wollten. Hätte ich nur ein Tonbandgerät dabeigehabt, dann ...«

»Halten Sie den Mund. Wo sind die Ventile?«

»Da hinten.«

Die Männer traten schweigend auf die andere Seite der Plattform. Smithback konnte hören, wie die betagte Stahlkonstruktion unter ihrem Gewicht ächzend protestierte.
»Ist diese Plattform denn sicher?« schallte Waxies Stimme aus der Tiefe des Schachts.
»Woher soll ich denn das wissen?« entgegnete der andere Mann. »Seit das System auf Computersteuerung umgestellt wurde, hat man alle Wartungsarbeiten hier eingestellt, weil die Stadt ja sparen muß und ...«
»Schon gut, schon gut. Halten Sie hier keine Volksreden, sondern tun Sie Ihre Arbeit, Duffy. Ich will so schnell wie möglich wieder von hier verschwinden.«
Der Mann, den Waxie Duffy genannt hatte, trat vor eine Batterie von Handrädern. »Die müssen wir alle zudrehen«, sagte er. »Damit schließen wir einen Notschieber, der das Wasser zurückhält, wenn der Computer den Hauptschieber per Automatik öffnet. Ich kann nur hoffen, daß der Mechanismus noch funktioniert. Er wurde seit vielen Jahren nicht mehr betätigt.«
»Verschonen Sie mich mit dieser alten Leier, Duffy, und tun Sie gefälligst das, wozu Sie hier sind.«
Was haben die vor? fragte sich Smithback. Soweit er es verstanden hatte, versuchten sie, ein Ablassen des Reservoirs zu verhindern. Die Vorstellung, daß das ganze Wasser vielleicht durch das Rohr neben ihm rauschen würde, war Smithback alles andere als angenehm. Was war passiert? Spielte ein Computer verrückt? Was immer es auch sein mochte, es war bestimmt nicht so interessant wie die Vorgänge, die sich inzwischen oben an der Oberfläche abspielten. Smithback hätte niemals aufgrund einer bloßen Ahnung Waxie hinunter in diese feuchte Tiefe folgen dürfen.
»Helfen Sie mir, und drehen Sie an diesem Rad«, sagte Duffy.
»Haben Sie nicht gehört?« fuhr Waxie einen der Polizisten an.
Von seinem Beobachtungsposten aus konnte Smithback sehen, wie zwei der Männer sich an einem großen Eisenrad zu

schaffen machten. Ein leises metallisches Ächzen stieg aus dem Schacht empor. »Das Ding rührt sich nicht«, meinte einer von ihnen.

Duffy trat auf sie zu und untersuchte das Rad. »Da hat jemand dran herummanipuliert!« rief er. »Sehen Sie sich das an, Captain. Der Bolzen wurde abgebrochen. Und zwar vor nicht allzu langer Zeit. Die Bruchstelle ist noch nicht mal angerostet!«

»Erzählen Sie keinen Scheiß, Duffy.«

»Das ist kein Scheiß. Sehen Sie doch selbst. Das Ventil ist hinüber.«

Eine Weile war es still in dem Schacht. »Scheiße im Kanonenrohr!« polterte Waxie schließlich los. »Können Sie das reparieren, Duffy?«

»Klar kann man das. Aber es dauert mindestens einen Tag. Ich brauche dazu ein autogenes Schweißgerät, einen neuen Ventilschaft und ein paar gute Mechaniker. Dazu noch eine Reihe kleinerer Ersatzteile, die seit hundert Jahren nicht mehr hergestellt werden.«

»Vergessen Sie's. Wenn Sie es nicht gleich schaffen, können Sie es auch bleibenlassen. Sie haben uns in diesen Schlamassel gebracht, Duffy, jetzt tun Sie gefälligst etwas, um uns wieder herauszuholen.«

»Zum Teufel mit Ihnen, Waxie!« gellte die schrille Stimme von Duffy aus dem Schacht herauf. »Ich habe Ihre Unverschämtheiten gründlich satt. Sie sind ein dummer, ungehobelter Fettsack, sonst nichts.«

»Passen Sie auf, was Sie sagen, Duffy. Das kommt alles in meinen Bericht!«

»Hoffentlich! Und vergessen Sie nicht, daß ich Sie einen dummen Fettsack nannte, sonst werde ich es eigenhändig ...«

Duffy verstummte abrupt.

»Riechen Sie auch was?« fragte einer der Polizisten.

»Was ist das, verdammt noch mal?«

Smithback sog die kühle, feuchte Luft ein, die nach nichts

weiterem als nach Schimmel und alten Ziegeln roch. »Machen wir, daß wir von hier fortkommen«, sagte Waxie und ging zur Leiter.

»Warten Sie. Was ist mit dem Ventil?« wollte Duffy wissen.

»Sie haben doch eben gesagt, daß Sie es nicht reparieren können«, entgegnete Waxie und fing an, nach oben zu klettern. Aus der Tiefe weit unterhalb der Plattform hörte Smithback ein leises klapperndes Geräusch.

»Was war das?« fragte Duffy mit zitternder Stimme.

»Jetzt kommen Sie schon!« schrie Waxie und zog seinen unförmigen Körper weiter Sprosse für Sprosse die Leiter hinauf.

Smithback sah, wie Duffy zögerte und über den Rand der Plattform nach unten blickte. Dann drehte er sich rasch um und kletterte Waxie hinterher. Die Polizisten folgten ihm. Smithback wurde auf einmal klar, daß sie gleich oben bei ihm sein würden. Bis dahin mußte er verschwunden sein. Er drehte sich um und machte sich auf den Rückweg nach oben. Höchste Zeit, daß er sich wieder den wirklich wichtigen Dingen widmete. Wegen dieses läppischen Wortwechsels im Untergrund hatte er jetzt vielleicht das Ende der Straßenschlacht verpaßt. Während Smithback den wackeligen Laufsteg entlangging, fragte er sich, wo Mrs. Wisher jetzt wohl sein mochte. Am Ende machte sich womöglich noch dieser Mistkerl Harriman an sie heran und ...

Von unten drang ein lautes Quietschen wie von rostigen Türangeln herauf, gefolgt von einem Geräusch, das sich anhörte, als sei ein eisernes Gitter zugefallen.

»Was war das?« keuchte Waxie.

Smithback machte kehrt und ging zurück zur Leiter. Er sah, daß Waxie und die anderen im Klettern innegehalten hatten und in den Schacht hinabstarrten. Alles war still. Und in dieser Stille war auf einmal ein seltsam pfeifendes Schnaufen zu hören, das Smithback einen kalten Schauder den Rücken hinunterjagte. Die Gruppe auf der Leiter leuchtete mit ihren

Taschenlampen nach unten, ohne aber in der Dunkelheit etwas entdecken zu können.

»Was ist da unten los?« rief Waxie.

»Da kommt jemand die Leiter herauf«, antwortete einer der Polizisten.

»Halt, Polizei!« brüllte Waxie. Seine Stimme hatte auf einmal einen seltsam schrillen Ton.

Keine Antwort.

»Wer ist da?«

»Sie kommen näher«, rief der Polizist.

»Der Geruch wird stärker«, schrillte eine andere Stimme, und in diesem Augenblick roch Smithback es auch: Es war ein überreifer ziegenartiger Gestank, der ihn schlagartig in einen Alptraum zurückversetzte, den er vor achtzehn Monaten im Keller des Museums durchlebt hatte.

»Zieht eure Waffen«, kreischte Waxie in Panik.

Und dann konnte Smithback sie sehen: dunkle Gestalten, die, aus der Tiefe kommend, rasch nach oben strebten. Sie trugen weite dunkle Mäntel mit großen Kapuzen, die ihre Gesichter vollständig verbargen.

»Stehenbleiben, Polizei!« schrie Waxie. »Weisen Sie sich aus!« Schwerfällig positionierte er seinen dicken Körper so, daß er nach unten schauen konnte. »Sie bleiben hier und nehmen die Personalien von diesen Leuten auf«, befahl der den Polizisten. »Sollten sie sich unbefugt hier aufhalten, sprechen Sie ihnen eine Verwarnung aus.« Nach diesen Worten drehte er sich wieder um und kletterte weiter die Leiter hinauf. Duffy folgte ihm auf dem Fuß.

Smithback wurde gewahr, daß die Gestalten jetzt die Plattform unterhalb der Polizisten erreicht hatten. Eine von ihnen kletterte weiter und versuchte, einen der Beamten an den Füßen nach unten zu ziehen. Dann gellte ein Schuß aus einer Neun-Millimeter-Polizeipistole durch den Schacht, der in dem engen Raum wie ein ohrenbetäubender Donnerschlag klang. Dem

Knall folgte ein gellender Schrei, und Smithback sah, wie der Polizist von der Leiter gezogen wurde und in den Schacht hinabstürzte. Im Fallen schrie er noch weiter, und es dauerte eine ganze Weile, bis seine immer leiser werdende Stimme gänzlich verklungen war.

»Haltet sie auf!« brüllte Waxie über seine Schulter nach unten und wuchtete sich weiter die Leiter hinauf.

Vor Schrecken starr sah Smithback, daß die Gestalten jetzt immer rascher die unter ihrem Gewicht ächzende Leiter heraufkamen. Auch der zweite Polizist wurde von ihnen gepackt und in den Schacht geworfen. Im Hinunterfallen feuerte er immer wieder seinen Revolver ab, dessen Mündungsfeuer in unregelmäßigen Abständen wie ein fernes Gewitter aus der Tiefe aufblitzte. Der dritte Polizist begann, in panischem Schrecken die Leiter hinaufzuklettern.

Die unheimlichen Gestalten folgten ihm beängstigend rasch. Kräftig und behende nahmen sie immer zwei Sprossen auf einmal und hatten den Polizisten rasch eingeholt. Eine der Gestalten fuhr ihm mit ihrer Hand von hinten quer über die Beine. Smithback hörte das Schleißen von Stoff, gefolgt von einem gellenden Schrei des Polizisten. Die Gestalt kletterte zwei Sprossen hinauf, bis sie mit dem Mann auf gleicher Höhe war, und riß ihm dann mit den Händen Hals und Gesicht auf, während die anderen Wesen vorbeikletterten und nun Duffy ins Visier nahmen.

Smithback wollte sich umdrehen und weglaufen, aber er konnte seine Augen nicht von den grauenvollen Ereignissen wenden, die sich unter ihm auf der Leiter abspielten. Waxie war in seiner Panik von einer der Sprossen ausgerutscht und suchte, während er sich beidhändig an das rostige Metall klammerte, mit den Beinen verzweifelt nach einem neuen Halt. Duffy befand sich jetzt unmittelbar hinter ihm, dichtauf gefolgt von den keuchenden Gestalten.

»Es hat mein Bein!« schrie Duffy und trat wild nach unten. »O

Gott, lieber Gott! Bitte hilf mir!« Seine hysterische Stimme hallte gespenstisch von den Wänden des Schachtes wider. Mit der Kraft der Verzweiflung gelang es Duffy, sich aus dem Griff des Wesens zu befreien und an dem noch immer wie ein hilfloser Sack an der Leiter hängenden Waxie vorbeizuklettern.

»Nein! Nein!« kreischte Waxie verzweifelt, als die Gestalten nach seinen Füßen faßten. Dabei strampelte er so stark, daß er einer von ihnen die Kapuze vom Kopf trat. Als Smithback das Gesicht der Kreatur sah, schloß er instinktiv die Augen. Aber es war schon zu spät. Das gräßliche Gesicht, dessen Bild sich in Bruchteilen von Sekunden tief in sein Gedächtnis eingegraben hatte, war grauenvoller als seine schlimmsten Alpträume: gelbe Augen mit schmalen reptilienhaften Pupillen, dicke fleischige Lippen und große vibrierende Nasenlöcher, durch die das Wesen mit einem leisen Pfeifen die feuchte Luft einsog. Das Schlimmste aber waren die unzähligen tiefen Falten in der narbigen, feucht glänzenden Haut, die dem Gesicht jegliche Ähnlichkeit mit einem Menschen nahmen. Schlagartig wurde Smithback klar, warum Mephisto die Wesen aus dem Untergrund die »Wrinkler« genannt hatte.

Der grauenvolle Anblick hatte Smithbacks Erstarrung gelöst. Rasch drehte der Journalist sich um und rannte den Laufsteg entlang. Hinter sich hörte er, wie Waxie seinen Revolver abfeuerte. Dann kamen ein Schrei, der Smithback die Knie weich werden ließ, zwei weitere Schüsse in rascher Folge und schließlich ein lautes blubberndes Gurgeln, das in ein halb ersticktes, grauenhaftes Röcheln überging.

Getrieben von einer alles verschlingenden Angst, die ihm jeden klaren Gedanken zu rauben drohte, stolperte Smithback weiter. Hinter sich hörte er Duffys hastige Schritte – oder zumindest hoffte er, daß es Duffys Schritte waren – und ein verzweifeltes, von hemmungslosem Schluchzen unterbrochenes Atmen.

Ich habe einen guten Vorsprung, versuchte Smithback sich einzureden. Die Kreaturen müssen immerhin erst mal die Leiter hinaufklettern, und dann ist da noch Duffy zwischen mir und ihnen. Einen Augenblick lang überlegte er, ob er umdrehen und Duffy zu Hilfe kommen sollte, aber er konnte ja doch nichts für ihn tun. Bitte, lieber Gott, laß mich diesmal noch davonkommen, begann er in seiner Verzweiflung zu beten. Ich verspreche dir auch, daß ich mich nie wieder in Gefahr begeben werde.

Smithback erreichte das Ende des Laufstegs und hastete erleichtert die Steinstufen hinauf, die zurück an die Oberfläche führten. Aber dann sah er etwas, das ihm das Blut in den Adern stocken ließ: Vor dem vom Mond erhellten Nachthimmel am Ende der Treppe zeichneten sich deutlich mehrere unförmige Gestalten ab, die die Stufen hinunter direkt auf ihn zukamen! Smithback machte kehrt und suchte an den Ziegelwänden des Ganges verzweifelt nach einer Abzweigung, einer Tür, einer Nische, in der er sich verstecken konnte. Erst im letzten Augenblick entdeckte er einen von Kalk überkrusteten Durchgang, der in einen schmalen niedrigen Seitentunnel führte. Von Panik getrieben rannte Smithback in die Dunkelheit und spürte, daß der Tunnel genau in die Richtung führte, in die er überhaupt nicht wollte: nach unten.

51

Der diensttuende Agent in der Waffenkammer des FBI ließ die neueste Ausgabe von *Soldier of Fortune* sinken und sah die Neuankömmlinge über den Rand des Magazins hinweg unfreundlich an. Margo bemerkte, wie sich seine Augen zu schmalen Schlitzen verengten, und konnte den Mann gut verstehen. So spät am Abend kamen vermutlich nur noch wenige Besucher in den Keller des FBI-Gebäudes an der Federal Plaza, und wenn, dann sahen sie bestimmt nicht so abgerissen und ungewaschen aus wie Mephisto.

»Was kann ich für Sie tun, meine *Herrschaften*?« fragte der Agent und rümpfte die Nase. Jetzt hat er wohl Mephistos Witterung aufgenommen, dachte Margo.

»Die *Herrschaften* sind meine Gäste«, sagte Pendergast und zeigte dem Mann seinen Ausweis, aber der Agent hatte Pendergast offenbar auch ohne Identifikation schon erkannt, denn er warf das Magazin auf den Tisch und sprang auf.

»Ich brauche ein paar Ausrüstungsgegenstände«, erklärte Pendergast.

»Selbstverständlich, Sir. Sofort, Sir«, plapperte der Mann diensteifrig, während er eine massive Metalltür hinter seinem Schreibtisch aufsperrte.

Margo folgte den drei Männern in einen großen Raum voller Regale, die vom Boden bis zur niedrigen Decke reichten. »Was ist das alles für ein Zeug?« erkundigte sie sich.

»Vorräte für den Notfall«, antwortete Pendergast. »Konserven, Wasser, Vitamine, Decken, Ersatzteile für lebenswichtige Systeme, Treibstoff ...«

»Damit kann man ja eine monatelange Belagerung überstehen«, murmelte D'Agosta anerkennend.

»Genau dafür sind die Sachen auch da, Vincent«, bestätigte Pendergast, der bei einer kleinen Metalltür an der hinteren Wand des Raumes angelangt war und einen Code in das Tastenfeld daneben eintippte. Hinter der Tür befand sich ein schmaler Gang, dessen Wände aus vielen Stahlschränken bestanden. Margo las einige der Etiketten an den Türen: M-16/ X-148, CAR-15/SM-177E2, KEVLAR S-M, KEVLAR L-XXL.

»Da bewahrt ihr wohl euer Lieblingsspielzeug auf«, bemerkte Mephisto trocken.

Pendergast ging zielstrebig auf einen der Schränke zu und entnahm ihm drei kleine Sauerstoffflaschen, an denen mit flexiblen Schläuchen Mundstücke aus durchsichtigem Plastik befestigt waren. Eine der Flaschen behielt er selbst, die anderen beiden reichte er Mephisto und D'Agosta.

»Hast du vor, noch ein paar von uns da unten zu vergasen, Whitey?« fragte Mephisto, der mit seinen noch immer in Handschellen steckenden Händen die Flasche nur mit Mühe halten konnte.

Pendergast drehte sich zu dem Führer der Obdachlosen um. »Ich weiß, daß Sie und Ihre Leute sich von der Polizei schlecht behandelt fühlen«, sagte er ruhig. »Und, ehrlich gesagt, stimme ich Ihnen sogar zu. Aber ich gebe Ihnen mein Wort, daß ich mit der Aktion von heute abend nicht das geringste zu tun hatte.«

»Sieht sich einer diesen doppelzüngigen Bastard an«, entgegnete Mephisto kopfschüttelnd. »Der lügt, ohne rot zu werden. Kein Wunder, daß ich ihm seine Märchen abgenommen habe.«

»Ich habe Sie nur deshalb angelogen, weil Sie sich so mißtrauisch abgeschottet haben. Wie hätte ich denn sonst an Sie herankommen sollen?« Pendergast hatte inzwischen ein paar andere Schränke geöffnet und ein starkes, an einem Stirnband befestigtes Blitzgerät sowie mehrere seltsam aussehende Brillen mit länglichen Vorsätzen herausgenommen, von denen Margo annahm, daß es Nachtsichtgeräte waren. »Ich habe Sie nie als Feind betrachtet und tue das auch jetzt nicht.«

»Ach ja? Und warum nimmst du mir dann nicht die Handschellen ab, Whitey?«

Pendergast legte ein paar schwere Kampfmesser, die er eben aus einem der Schränke geholt hatte, wieder zurück und fischte aus der Brusttasche seines schwarzen Jacketts einen kleinen Schlüssel, mit dem er die Handschellen von Mephisto aufsperrte. Der Anführer der Obdachlosen schleuderte die Fesseln verächtlich in eine Ecke. »Deine Schnitzmesserchen kannst du ruhig hierlassen, Whitey«, sagte er, während er sich die Handgelenke rieb. »Mit denen kannst du die Wrinkler vielleicht gerade mal ein bißchen kitzeln.«

»Ich rechne eigentlich nicht damit, daß wir den Kreaturen aus den Astortunnels begegnen werden«, erwiderte Pendergast, der sich gerade zwei Pistolen in den Hosenbund steckte. »Aber ich bin nun mal gerne für alle Eventualitäten gerüstet.«

»Na, dann Waidmannsheil, FBI-Mann. Wenn unser Jagdausflug beendet ist, lade ich dich zu Tee und Plätzchen in die Route 666 ein. Meine Leute können dir ja vielleicht sogar ein paar Trophäen ausstopfen.«

Pendergast trat von dem Schrank zurück und ging langsam auf Mephisto zu. »Sagen Sie mir bitte, wie ich Sie vom Ernst der Lage überzeugen kann«, sagte er und blickte dem abgerissenen Mann aus nächster Nähe in die Augen. Seine Stimme hatte, obwohl sie immer noch ruhig war, auf einmal einen unverkennbar bedrohlichen Unterton.

Mephisto trat einen Schritt zurück. »Ganz einfach, Whitey. Du mußt mir vertrauen.«

»Wenn ich das nicht täte, hätte ich Ihnen nicht die Handschellen abgenommen.«

»Das beweist noch gar nichts. Ich möchte, daß du mir eine Waffe gibst. Eine von den hübschen neuen Pump Guns da drüben wäre nicht schlecht. Wenn ich wegen euch in die Bredouille komme, möchte ich mir wenigstens meinen Weg freischießen können.«

»Tun Sie's nicht, Pendergast«, warnte D'Agosta. »Der Kerl ist nicht ganz richtig im Kopf. Der hat doch kein Tageslicht mehr zu Gesicht bekommen, seit George Bush Präsident war.«

»Wie schnell können Sie uns zu den Astortunnels bringen, Mephisto?« fragte Pendergast.

»In neunzig Minuten, wenn alles glattgeht. Aber ihr dürft keine Angst vor nassen Füßen haben.«

Pendergast dachte eine Weile nach. »Haben Sie denn Erfahrung mit Waffen?« fragte er dann.
»Siebtes Infanterieregiment, erstes Corps. Verwundet im Eisernen Dreieck im Dienst eures verdammten Scheißvaterlands.«
Mit einer Mischung aus Ekel und Faszination sah Margo, wie Mephisto seine schmutzige Cordhose herunterließ und eine gezackte Narbe entblößte, die ihm quer über den Unterleib bis zur Hüfte lief und in einem dicken Knoten aus vernarbtem Gewebe endete. »Die Sanis mußten mir meine Gedärme erst mal wieder in den Bauch stopfen, bevor sie mich auf die Trage legen konnten«, erklärte er mit einem schiefen Grinsen.
Pendergast blieb einige Sekunden lang schweigend stehen, dann nahm er aus einem der Schränke drei Pump-Action Repetier-Schrotflinten mit kurzen Läufen und mehrere Schachteln Patronen. Eine der Waffen hängte er sich selbst über die Schulter, die anderen beiden reichte er D'Agosta und Mephisto.
»Enttäuschen Sie mich nicht«, warnte er, die Hand noch immer am Lauf der Waffe.
Mephisto zog ihm die Flinte aus der Hand, lud sie zur Probe durch und sagte kein Wort.
Langsam begann Margo in Pendergasts Aktionen ein beunruhigendes Schema festzustellen: Der FBI-Agent zog zwar munter Ausrüstungsgegenstände und Waffen aus den Schränken, aber nichts von alledem fand seinen Weg zu ihr. »Augenblick mal«, sagte sie deshalb. »Was ist eigentlich mit mir? Wieso kriege ich keine Ausrüstung?«
»Ich fürchte, Sie müssen hierbleiben«, antwortete Pendergast, während er eine kugelsichere Weste aus einem Schrank nahm und ihre Größe überprüfte.
»Wer sagt das?« fragte Margo. »Und wieso? Weil ich eine Frau bin?«
»Dr. Green, ich bitte Sie. Sie wissen genauso gut wie ich, daß das nicht der Grund ist. Aber Ihnen fehlt nun mal die nötige

Erfahrung für so eine Polizeiaktion.« Pendergast war an den nächsten Schrank getreten und holte eine kleine Holzkiste heraus. »Vincent, würden Sie diese Dinger bitte in Ihre Obhut nehmen?«

»M-26 Splittergranaten«, sagte D'Agosta und pfiff leise durch die Zähne. »Planen Sie eine Invasion in China, Pendergast?«

»Ach so, mir fehlt die nötige Erfahrung?« wiederholte Margo. »Erinnern Sie sich eigentlich nicht mehr daran, daß ich es war, die Ihnen damals im Museum das Leben gerettet hat? Wenn ich nicht gewesen wäre, hätte das Mbwun-Monster Sie zum Nachtisch verspeist.«

»Ich bin der letzte, der das bestreitet, Dr. Green«, antwortete Pendergast, während er sich einen merkwürdigen Rucksack mit einem dicken Schlauch auf den Rücken schnallte.

»Jetzt sagen Sie bloß, daß das ein Flammenwerfer ist.« D'Agosta staunte.

»Ein ABT Fast Fire, wenn ich mich nicht irre«, sagte Mephisto. »In der Army nannten wir das Flammgel, das er versprüht, *Purple Haze.* Das Ding ist eine der sadistischsten Waffen des moralisch bankrotten Kapitalismus.«

»Ich kenne diese Kreaturen wie niemand sonst«, argumentierte Margo. »Sie brauchen mein Wissen als Anthropologin, wenn Sie mit ihnen fertig werden wollen.«

»Ihr Wissen in Ehren, Dr. Green, aber so dringend, daß ich Sie in Lebensgefahr bringe, brauche ich es nun auch wieder nicht«, entgegnete Pendergast. »Auch Dr. Frock ist Anthropologe, aber deshalb fahre ich ihn noch lange nicht in seinem Rollstuhl hinunter in die Tunnels, bloß um mir vor Ort seine gelehrte Meinung einzuholen.«

»Aber ich war diejenige, die die ganze Sache ins Rollen gebracht hat«, protestierte Margo und merkte, wie sie immer lauter wurde.

»Sie hat recht«, mischte sich D'Agosta ein. »Ohne sie wären wir nie so weit gekommen.«

»Aber das gibt uns noch immer nicht das Recht, sie weiter in diese Sache mit hineinzuziehen. Sie ist schließlich keine Polizeibeamtin, und Erfahrung im Untergrund hat sie auch keine.«
»Okay!« rief Margo. »Vergessen Sie mein Wissen als Anthropologin. Vergessen Sie die Hilfe, die ich Ihnen in der Vergangenheit geleistet habe. Aber eines *dürfen* Sie nicht außer acht lassen: daß ich eine ausgezeichnete Schützin bin. Lieutenant D'Agosta kann das bestätigen. Und ein Klotz am Bein werde ich Ihnen auch nicht sein, wenn überhaupt, werden *Sie* Probleme haben, *mir* hinterher zu kommen. Und wenn Sie unten in den Tunnels in Schwierigkeiten geraten, dann zählt jeder Mann und jede Frau.«
Pendergast sah Margo mit seinen blassen Augen an, und wieder einmal spürte sie, wie sein Blick ihr fast bis ins Gehirn zu dringen schien. »Warum wollen Sie sich unbedingt in Gefahr begeben, Dr. Green?« fragte er. »Was haben Sie von dieser Geschichte?«
»Ich will ...« Margo setzte zu einer Erklärung an und verstummte nach den ersten beiden Worten. Ja, was hatte sie eigentlich wirklich davon, wenn sie die anderen hinunter in die Dunkelheit begleitete? Es wäre doch sehr viel einfacher für sie, ihnen viel Glück zu wünschen und dann nach Hause zu gehen. Sie könnte sich vom Thai um die Ecke ein Abendessen kommen lassen und ein paar Seiten in dem Thackeray-Roman lesen, den sie schon seit einem Monat auf dem Nachttisch liegen hatte.
Aber plötzlich wurde ihr klar, daß es gar nicht darum ging, ob sie von der Unternehmung etwas hatte oder nicht. Vor achtzehn Monaten hatte sie dem Mbwun-Monster direkt in seine wilden roten Augen geblickt, bis es ihr dann zusammen mit Pendergast schließlich gelungen war, die Kreatur zu töten. Seither hatte sie geglaubt, der Horror sei damit endgültig vorbei; jetzt wußte sie, daß dem nicht so war. »Vor ein paar Monaten hat Greg Kawakita versucht, zu mir in Kontakt zu treten«, sagte sie, »und ich habe ihn nicht zurückgerufen.

Hätte ich es getan, wäre alles vielleicht ganz anders gekommen.« Sie hielt eine Weile inne, dann fügte sie mit leiser Stimme hinzu: »Ich will dabeisein, wenn die Sache zu einem Ende kommt.«

Pendergast sah sie weiterhin mit seinem durchdringenden Blick an.

»Sagen Sie doch gefälligst auch mal was!« fuhr Margo D'Agosta an. »Sie haben mich schließlich in diese ganze Sache hineingezogen. Ich habe mich nicht darum gerissen, aber jetzt, wo ich nun einmal mittendrin bin, will ich auch bis zum Schluß mit dabeisein.«

»Sie hat recht«, sagte D'Agosta. »Ich habe sie um Hilfe gebeten.«

Zu Margos Erstaunen legte Pendergast ihr beide Hände auf die Schultern. »Bitte, Margo«, sagte er leise. »Verstehen Sie mich doch. Damals im Museum waren wir beide mit dem Monstrum eingeschlossen und hatten keine andere Wahl, aber heute ist es etwas anderes. Jetzt begeben wir uns sehenden Auges in die Gefahr. Sie sind eine Zivilistin, und als solche kann und darf ich Sie auf eine derartige Mission nicht mitnehmen. So leid es mir tut.«

»Diesmal muß ich Whitey sogar zustimmen«, wandte Mephisto sich an Margo. »Sie kommen mir wie ein anständiger Mensch vor, Dr. Green, und passen damit in keiner Weise zu den beiden Cowboys hier. Lassen Sie die doch ihre Polizistenschädel hinhalten, dafür werden sie schließlich bezahlt.«

Pendergast sah Margo noch eine Weile in die Augen, dann nahm er die Hände von ihren Schultern und wandte sich wieder an Mephisto. »Was für einen Weg schlagen wir ein?« fragte er.

»Wir gehen unter Bloomingdales in den Tunnel der Lexington-Linie. Nach vierhundert Metern kommen wir in einen alten Schacht, der direkt unter den Park führt und von dort zum Flaschenhals.«

»Verdammt!« sagte D'Agosta. »Vielleicht haben auch die Wrinkler diesen Weg benutzt, als sie den U-Bahnzug überfielen.«

»Könnte sein«, meinte Pendergast und verstummte für eine Weile, als wäre er tief in Gedanken versunken. »Beeilen wir uns«, sagte er dann und ging los in Richtung Tür. »Wir müssen noch den Sprengstoff holen. In weniger als zwei Stunden müssen wir die Ladungen gezündet haben.«

»Sie wissen, wo es hier rausgeht, Margo?« fragte D'Agosta noch über die Schulter und eilte Pendergast hinterher.

Margo blieb bewegungslos stehen und sah den drei Männern hinterher, die raschen Schrittes zum Ausgang strebten. »Mist!« rief sie wütend und gab dem nächstgelegenen Stahlschrank frustriert einen kräftigen Tritt.

52

Snow sah auf die große Wanduhr. Es war Viertel nach zehn Uhr abends. Gelangweilt ließ der Polizeitaucher den Blick durch die menschenleere Einsatzzentrale gleiten, in der Ersatzluftflaschen und Regulatoren, eingerissene Flossen und Taucherbrillen in allen möglichen Größen herumlagen. Als er schließlich den Berg von unerledigten Papieren auf seinem Schreibtisch sah, zuckte Snow innerlich zusammen. Seit seinem Tauchgang am Humboldt Kill hatte man ihn zum Schreibstubendienst abkommandiert – angeblich, um seine bakterielle Infektion der Lunge auszukurieren, aber Snow und alle seine Kollegen wußten nur zu gut, daß man ihn damit in Wirklichkeit aufs Abstellgleis geschoben hatte. Selbst die Tatsache, daß die Skelette, die er gefunden hatte, eine große kriminalpolizeiliche Untersuchung nach sich gezogen hatten, änderte nichts an der

Tatsache, daß Snow mit seinem ersten Tauchgang sämtliche Felle davongeschwommen waren. Selbst Fernandez machte sich nicht einmal mehr die Mühe, ihn deswegen zu foppen.
Snow seufzte und blickte durch das schmutzige Fenster auf das verlassene Dock und das dunkle, im Mondlicht glitzernde Wasser. Der Rest der Truppe war am frühen Abend ausgerückt, um einen abgestürzten Hubschrauber aus dem East River zu bergen. Snow war hiergeblieben, hatte die Stellung gehalten und im Polizeifunk etwas von einer großen Demonstration gehört, die offenbar in eine Straßenschlacht ausgeartet war. Es kam ihm so vor, als wäre überall die Hölle los, nur bei ihm nicht. Hier, in diesem abgelegenen Winkel der Docks von Brooklyn, war er allein mit einem Wust von Papierkram, den er bis morgen früh aufzuarbeiten hatte.
Mit einem neuen Seufzer wandte Snow sich wieder seinen Formularen zu. Er nahm einen Bericht vom Stapel und begann zu lesen. Es ging um einen toten Hund, den man aus dem Gowanus Kanal gefischt hatte. Todesursache: Schußwunde. Halter: Nicht ermittelbar. Fall zu den Akten. Snow nahm sich den nächsten Hefter vor. Randolf Rowell. Selbstmörder. Alter: 22. Sprang von der Triborough Bridge. Abschiedsbrief wurde in der Hosentasche gefunden. Todesursache: Ertrinken. Fall zu den Akten.
Als Snow den Hefter weglegte, hörte er den Dieselmotor eines Bootes, das sich dem Dock näherte. So früh hatte er seine Kameraden gar nicht zurückerwartet. Aber dann erkannte der Taucher, daß der Motor anders klang als sonst, irgendwie lauter und heiserer zugleich. Vielleicht mußte er ja mal wieder neu eingestellt werden.
Das Boot legte an, und kurz darauf lief jemand über das hölzerne Dock und riß die Tür auf. Zwei Männer in schwarzen Taucheranzügen platzten in den Raum und sahen sich um. Ihre Gesichter waren geschwärzt, und um ihre Hälse hingen wasserdichte Gummibeutel.

»Wo sind die Polizeitaucher?« bellte der erste der beiden Männer mit rauhem texanischem Akzent.
»Beim Hubschrauberabsturz im East River«, antwortete Snow. »Sind Sie von der zweiten Abteilung?« Aber dann sah er aus dem Fenster und bemerkte erstaunt, daß am Dock nicht das gewohnte blau-weiß gestrichene Polizeiboot lag, sondern ein schnelles Motorboot, das ebenso schwarz war wie die beiden Männer.
»Alle?« fragte der Mann.
»Alle außer mir. Wer sind Sie?«
»Batman und Robin, Kleiner«, entgegnete der Texaner. »Wir brauchen jemanden, der uns den schnellsten Weg zum Sammelkanal an der West Side zeigt. Und zwar sofort.«
Snow zuckte zusammen. »Ich werde gleich mal den Sergeant anfunken und ...«
»Dafür ist keine Zeit. Wie steht es mit Ihnen?«
»Na ja, ich weiß natürlich, wo die Kanalausgänge sind. Das gehört schon zur Grundausbildung eines jeden Polizeitauchers, denn schließlich ...«
»Können Sie uns dort hineinbringen?« unterbrach ihn der Mann brüsk.
»Sie wollen in den Kanal *hinein*?« fragte Snow erstaunt. »Das wird nicht so einfach sein. Vor den meisten Ausgängen sind Eisengitter, und manche sind viel zu schmal für einen ...«
»Sie sollen nur die Frage beantworten: Können Sie uns hineinbringen, ja oder nein?«
»Ich glaube schon«, erwiderte Snow, der dabei fast ins Stottern kam.
»Wie heißen Sie?«
»Snow. Officer Snow.«
»Folgen Sie uns zu unserem Boot, Officer Snow.«
»Aber meine Preßluftflaschen und mein Anzug ...«
»Wir haben alles, was Sie brauchen. Ihre Ausrüstung können Sie während der Fahrt anziehen.«

Snow eilte den beiden Männern hinterher. Sie machten nicht den Eindruck, als ob man ihre Aufforderung ungestraft ignorieren könne. »Sie haben mir immer noch nicht gesagt, wer Sie sind«, stieß er im Laufen hervor.
Der Mann, der mit ihm gesprochen hatte, war inzwischen an seinem Boot angekommen. »Commander Rachlin, Kommandeur vom SEAL Team Blau sieben. Und jetzt machen Sie, daß Sie ins Boot kommen.«
Als Snow über die niedrige Bordwand kletterte, wurde ihm auf einmal einiges klar. Die SEALS waren Kampftaucher der US-Marine, die fast ausschließlich für besondere Kommandounternehmen eingesetzt wurden. Aber was hatten sie hier in New York zu suchen?
Der kräftige Innenbordmotor dröhnte los, und der Bootsführer steuerte das Fahrzeug hinaus auf den Fluß. Commander Rachlin winkte Snow herbei. »Hier ist unser Einsatzplan«, sagte er und holte unter einem der aufklappbaren Sitze des Bootes ein Bündel wasserfeste Karten hervor. »Insgesamt sind wir vier Teams mit jeweils zwei Männern.« Der Commander hielt inne und drehte sich um. »Donovan!« rief er.
»Sir!« antwortete ein Mann und kam nach vorne. Selbst in seinem voluminösen Tauchanzug wirkte er dünn und drahtig. Wegen der dick aufgetragenen schwarzen Schminke war es Snow unmöglich, seine Gesichtszüge zu erkennen.
»Donovan, Sie bilden zusammen mit Snow ein Team.«
Der Kampftaucher sagte nichts, was Snow als einen Ausdruck des Mißfallens interpretierte. »Um was geht es hier denn überhaupt?« fragte der Polizeitaucher.
»Um U. S.«, antwortete Rachlin.
»Wie bitte?«
»Um Unterwassersprengungen. Mehr brauchen Sie nicht zu wissen.«
»Hat das vielleicht etwas mit den enthaupteten Skeletten zu tun, die wir im Humboldt Kill gefunden haben?«

Der Commander starrte hinaus aufs dunkle Wasser. »Für einen blödköpfigen, brustnuckelnden Polizeitaucher, der sich nicht aus Mamas Badewanne heraustraut, stellen Sie verdammt viele Fragen, Kleiner.«

Snow sagte nichts und vermied es, Donovan ins Gesicht zu sehen.

»Von diesem Punkt aus können wir unseren Weg selber finden«, erklärte Rachlin und deutete auf eine der wasserfesten Karten. »Aber wir wissen nicht genau, wie wir dort hinkommen sollen. Seit das neue Klärwerk in Betrieb gegangen ist, hat sich hier einiges geändert. Ihre Aufgabe ist es, uns in den Sammelkanal zu schleusen.«

Snow beugte sich über die Karte, die mit ENTWÄSSERUNGSSYSTEM WEST SIDE, UNTERER QUADRANT, 1932, betitelt war. Darunter sah er ein Labyrinth sich verzweigender und überkreuzender Linien. Unter dem Westteil des Central Parks hatte irgendwer mit blauem Stift drei dicke blaue Punkte eingezeichnet. Während Snow die Karte studierte, dachte er fieberhaft nach. Der einfachste Zugang zu den Abwässerkanälen führte über den Humboldt Kill, aber von dort war es ein verdammt langer und verwinkelter Weg bis zu den Markierungen auf der Karte. Außerdem hatte Snow sich geschworen, niemals wieder im Humboldt Kill zu tauchen, zumindest solange es sich vermeiden ließ. Er versuchte, sich an seine Ausbildung zu erinnern. Damals war er mit dem Boot unzählige schlammige Kanäle entlanggefahren. Wo gab es einen rascheren Einstieg in das Entwässerungssystem?

»Ich weiß, daß das keine leichte Aufgabe ist«, sagte Rachlin, »aber beeilen Sie sich trotzdem. Wir haben nicht viel Zeit.«

Snow blickte auf. Ihm war eine Route eingefallen, die sogar ziemlich direkt war. Allerdings hatte sie einen kleinen Haken, aber wenn es den SEALS so sehr pressierte …

»Der schnellste Weg ist der durchs Klärwerk selbst«, erklärte

Snow. »Durch das Absetzbecken kommen wir direkt in den großen Sammelkanal.«
Kurze Zeit waren alle auf dem Boot still. Snow blickte in die Gesichter der Kampftaucher.
»Sollen wir etwa in der *Scheiße* herumtauchen?« ließ sich schließlich eine tiefe Stimme vernehmen.
»Ihr habt gehört, was der Mann gesagt hat«, sagte der Commander und reichte Snow einen Tauchanzug. »Und Sie sehen zu, daß Sie Ihren Hintern in dieses Ding da reinbekommen. Um sechs Minuten vor Mitternacht müssen wir unsere Sprengladungen gelegt haben.«

53

Margo hatte sich enttäuscht auf den kalten Kachelfußboden der Waffenkammer gesetzt und kochte innerlich vor Wut. Sie wußte nicht, über wen sie sich mehr ärgerte: über D'Agosta, der sie erst in diese Untersuchung mit hineingezogen und jetzt im Stich gelassen hatte, über Pendergast, der ihr verboten hatte, mit in den Untergrund zu gehen, oder über sich selbst, weil sie nicht in der Lage war, die gegebenen Tatsachen einfach zu akzeptieren. Sie dachte daran, wie lange ihr die Museumsmorde von vor achtzehn Monaten zu schaffen gemacht hatten, wie lange ihr die Erinnerung an die entsetzlichen Stunden im Keller des Museums den Schlaf und den Seelenfrieden geraubt hatten. Und jetzt dieser Mist hier. Als hätte sie nicht schon genug Probleme ...
Obwohl Margo wußte, daß Pendergast nur ihre Sicherheit im Auge gehabt hatte, konnte sie es einfach nicht verwinden, daß man sie zurückgelassen hatte. Ohne mich würden die jetzt immer noch im dunkeln tappen, dachte sie verbittert. Ich habe

die Verbindung zwischen Mbwun und Whittlesey hergestellt. Ich habe herausgefunden, was wirklich passiert ist. Hätte ich nur ein wenig mehr Zeit gehabt, dann hätte ich vielleicht auch noch herausgekriegt, was die anderen rätselhaften Fragmente von Kawakitas Labortagebuch bedeuten und weshalb ihm die Produktion von Vitamin D so wichtig gewesen ist.
Zumindest konnte sich Margo aber jetzt die Eintragung mit dem Thyoxin erklären. Wie auch den anderen Fragmenten des Tagebuchs zu entnehmen war, hatte Kawakita offenbar kurz vor seinem Tod massive Zweifel an der Richtigkeit seines Tuns gehabt. Vermutlich hatte er erkannt, daß die von ihm veränderte Droge zwar keine körperlichen Mißbildungen, dafür aber verheerende psychische Veränderungen hervorrief. Möglicherweise war ihm auch die Gefahr bewußt geworden, die für die Umwelt bestand, wenn die Pflanzen Kontakt mit Salzwasser bekamen. Auf jeden Fall schien er dazu entschlossen gewesen zu sein, das von ihm angerichtete Unheil wieder aus der Welt zu schaffen und die im Wasserreservoir angepflanzten *Liliceae mbwunensis* mit dem Thyoxin zu vernichten. Vielleicht hatten die Kreaturen ja von seinem Vorhaben erfahren, was vielleicht sogar seine Ermordung erklären würde. Schließlich wollten die Wrinkler nicht, daß man die Pflanzen vernichtete, aus denen ihre Droge gewonnen wurde. Das alles aber erklärte noch immer nicht, weshalb Kawakita in seinem Labor Vitamin D synthetisiert hatte. Ob er es wohl für die Gensequenzierung gebraucht hatte? Aber so ein Verfahren war Margo gänzlich unbekannt ...
Plötzlich kam ihr eine Idee. Sie setzte sich auf und atmete tief durch. Greg wollte die Pflanzen vernichten, dachte sie, da bin ich mir ganz sicher. Und er wußte, daß ihn dieser Schritt in große Gefahr bringen würde. Vielleicht war das Vitamin D ja gar keine Hilfschemikalie für die Produktion von Glaze, sondern ...
Mit einemmal begriff Margo alles.

Sie sprang auf die Beine und rannte zu den Schränken, aus denen sich Pendergast vorher bedient hatte. In Windeseile riß sie einige Ausrüstungsgegenstände heraus, die sie brauchte: Sauerstoffmaske, Nachtsichtbrille und ein paar Schachteln mit Neun-Millimeter-Hohlmantelgeschossen für ihre halbautomatische Pistole.

Nachdem sie alles in ihrer Umhängetasche verstaut hatte, hastete sie schwer atmend in den anderen Raum. Irgendwo muß es ja sein, dachte sie, während sie durch die langen Reihen von Regalen lief. Vor einem der Fächer blieb sie kurz stehen und nahm sich drei leere Ein-Liter-Spritzflaschen mit Schraubverschlüssen. Sie stellte sie neben ihre Umhängetasche auf den Boden und griff sich aus einem anderen Regal mehrere Kanister mit destilliertem Wasser. Dann setzte sie ihre Suche fort, bis sie schließlich am Ende des Raumes auf ein Regal voller Arzneimittel stieß. Rasch las sie die Etiketten der kleinen Dosen, fand, wonach sie gesucht hatte, und rannte zurück zu ihrer Umhängetasche.

Dort kniete sie sich hin, öffnete die Pillendosen und schüttete ihren Inhalt auf den Fußboden. »Was für eine Konzentration, Greg?« fragte sie laut, während sie die Tabletten mit Hilfe einer der Dosen zu Pulver zerstieß. Dieses verteilte sie dann gleichmäßig auf die drei Plastikflaschen, die sie mit destilliertem Wasser auffüllte und kräftig schüttelte. Zwar hatte sich nicht alles Pulver gelöst, aber Margo hatte keine Zeit mehr.

Als sie aufstand, klapperten die leeren Pillendosen über den Kachelboden.

»Wer ist da?« rief der Agent, der draußen an seinem Tisch saß. Margo hatte ihn völlig vergessen. Rasch steckte sie die Flaschen in ihre Tasche, hängte sie sich über die Schulter und ging zum Ausgang.

»Tut mir leid«, erklärte sie. »Ich war ganz in Gedanken versunken und habe gar nicht bemerkt, daß die anderen schon fort sind.«

Der Agent blickte stirnrunzelnd von seiner Zeitschrift auf und machte Anstalten, sich zu erheben.
»Wo sind die beiden eigentlich hingegangen?« fragte Margo rasch. »Special Agent Pendergast hat etwas von der Sektion C gesagt.«
Die Erwähnung von Pendergasts Namen hatte den gewünschten Effekt. Der Agent ließ sich in seinen Stuhl zurücksinken und beantwortete Margos Frage. »Nehmen Sie den Aufzug Nummer vier und fahren Sie zwei Stockwerke nach oben. Dort halten Sie sich links.«
Margo dankte ihm und eilte zum Lift am Ende des Korridors. Als sie in die Kabine stieg, sah sie auf die Uhr. Verdammt. Sie hatte keine Zeit mehr, um Pendergast zu suchen. Entschlossen drückte sie den Knopf fürs Erdgeschoß und wartete ungeduldig, bis die Tür sich wieder öffnete. Fast wäre sie durch die große Eingangshalle gesprintet, ließ das aber angesichts der vielen Wachen doch lieber bleiben. Schnellen Schrittes ging sie zum Portier, gab ihren Besucherausweis zurück und trat hinaus in die feuchtwarme Nacht.
Draußen rannte sie zum nächsten Taxi und sprang hinein. »Zur Ecke 59th Street und Lexington Avenue«, stieß sie hervor, noch bevor sie die Tür richtig geschlossen hatte.
»Gerne«, antwortete der Taxifahrer, »aber es wird eine Weile dauern, das sage ich Ihnen lieber gleich. Am Park ist irgendeine Demonstration oder eine Massenschlägerei oder so was im Gange, jedenfalls sind ringsum die Straßen so dicht wie die Arschbacken eines Bullen, wenn er strammstehen muß.«
»Dann lassen Sie sich was einfallen«, sagte Margo und legte einen Zwanzigdollarschein auf den Beifahrersitz.
Der Fahrer gab Gas und raste zur First Avenue, wo er nach Norden abbog und sich mit halsbrecherischer Geschwindigkeit an den anderen Fahrzeugen vorbeischlängelte. Sie schafften es bis zur 47th Street, wo der Verkehr zum völligen Stillstand gekommen war. In sechs Spuren standen Autos und Lastwagen

mit laufenden Motoren und hupten, was das Zeug hielt. Margo packte ihre Umhängetasche, stieg aus und rannte auf dem Gehsteig weiter. Durch das Hupen glaubte sie die weit entfernten Geräusche von schreienden Menschen zu hören.
Nach sieben Minuten erreichte sie die U-Bahn-Station am Kaufhaus Bloomingdale's. Zwei Stufen auf einmal nehmend, hastete sie die Treppe hinunter und drängte sich, so gut es ging, an den Nachtschwärmern vorbei, die aus den Bars in der Innenstadt nach Hause strebten. Sie atmete schwer vom schnellen Laufen, und der Riemen der schweren Umhängetasche schnitt sich schmerzhaft in ihre Schulter. An der Sperre nahm Margo eine Wertmarke aus der Hosentasche, steckte sie in den Schlitz am Drehkreuz und hetzte die Stufen hinunter zum Bahnsteig. Eine kleine Gruppe von Fahrgästen stand in der Nähe der Treppe, wo das Licht am hellsten war.
»Habt ihr diese Typen gesehen?« fragte gerade eine junge Frau in einem T-Shirt der Columbia University. »Was hatte der eine bloß für ein merkwürdiges Gerät auf dem Rücken?«
»Vielleicht versprühen die damit Rattengift«, antwortete ihr Begleiter. »Die Viecher sind wieder eine echte Plage geworden. Erst neulich habe ich im Bahnhof West Fourth Street eine gesehen, die so groß war wie ein ausgewachsener ...«
»Wo sind die Männer hin?« unterbrach ihn Margo atemlos.
»Sind auf die Gleise der Expreßlinie gesprungen und Richtung Innenstadt in den Tunnel gelaufen ...«
Margo rannte zum Nordende der Plattform, wo sich die Gleise in der Dunkelheit verloren. Zwischen den Schwellen waren kleine Pfützen, in denen sich das grüne Licht eines Signals widerspiegelte. Nachdem sie sich vergewissert hatte, daß kein Zug kam, sprang sie hinunter aufs Gleis.
»Noch so eine Verrückte«, hörte Margo jemanden auf dem Bahnsteig sagen. Sie rückte ihre Umhängetasche zurecht und sprintete los, wobei sie darauf achtete, daß sie auf dem losen Schotter zwischen den Schwellen nicht ins Straucheln kam. Im

Laufen hielt sie in dem dunklen Tunnel Ausschau nach Pendergast und den anderen. Sie öffnete den Mund, um nach dem FBI-Agenten zu rufen, aber dann fiel ihr plötzlich ein, daß auf diesem Gleis sich auch das U-Bahn-Massaker ereignet hatte.
Da spürte sie von hinten einen Windstoß. Sie drehte sich um und sah, wie in der Ferne die Lichter eines Zuges auftauchten und rasch größer wurden. Margo rannte noch schneller. Der Expreßzug würde nur kurz in dem Bahnhof halten und dann sich wieder in Bewegung setzen. Und zwar in ihre Richtung. Weil weder ein Eingang zu einem Seitenstollen noch eine Nische in der Tunnelwand in Sicht waren, hastete sie auf den schmalen Schotterstreifen zwischen den beiden Gleisen voran in der Hoffnung, daß nicht gerade jetzt ein Gegenzug kam.
Hinter sich konnte Margo die Glocke hören, die das Schließen der Türen signalisierte, und kurz darauf das Zischen der Preßluft, mit der sich die Bremsen des Zuges lösten.
Die U-Bahn fuhr an und näherte sich ihr mit zunehmendem Tempo. Margo trat auf das gegenüberliegende Gleis, sah die hell erleuchteten Fenster der Waggons an sich vorbeirasen und wartete, bis sich der Zug laut rumpelnd und funkensprühend entfernt hatte.
Hustend vom aufgewirbelten Staub und mit klingenden Ohren trat Margo wieder zurück aufs Gleis. Vor sich, im rötlichen Schein der Rücklichter des letzten Waggons, konnte sie jetzt drei dunkle Gestalten erkennen, die eben aus einer Nische in der Tunnelwand traten.
»Pendergast!« rief sie, so laut sie konnte. »Warten Sie auf mich.«
Die Gestalten hielten inne. Als Margo näher kam, sah sie im trüben Licht der Tunnelbeleuchtung Pendergasts scharfes Profil.
»Dr. Green?« fragte er in seinem unverkennbaren Südstaatenakzent. »Wie kommen denn Sie hierher?«
»Großer Gott, Margo«, polterte D'Agosta verärgert los. »Was

fällt Ihnen denn ein, uns hinterherzulaufen? Pendergast hat doch ausdrücklich ...«

»Halten Sie den Mund und hören Sie mir zu«, zischte Margo. »Ich habe endlich herausgefunden, wozu Kawakita das Vitamin D hergestellt hat. Er wollte es als *Waffe* gebrauchen.«

Selbst in dem schlechten Licht konnte Margo noch den ungläubigen Ausdruck auf D'Agostas Gesicht erkennen. Mephisto stand hinter ihm in der Dunkelheit und sah aus wie eine Geistererscheinung aus der Unterwelt.

»Ich kann es Ihnen erklären«, keuchte Margo. »Wir wissen doch, daß die Wrinkler kein Licht vertragen. Mehr noch: Zuviel Licht ist absolut tödlich für sie.«

»Richtig«, sagte Pendergast. »Aber ich verstehe trotzdem nicht, worauf Sie hinauswollen.«

»Es ist nicht das Licht an sich, das den Wrinklern zu schaffen macht, sondern das, was das Licht in ihnen *erzeugt*. Wenn Sonnenlicht auf unsere Haut fällt, produziert unser Körper bekanntlich Vitamin D. Ich vermute nun, daß dieses Vitamin auf die Kreaturen eine toxische Wirkung hat und dafür verantwortlich ist, daß zuviel Licht ihnen große Schmerzen bereitet und vermutlich sogar zu ihrem Tod führt, so wie bei den Mäusen in meinem Labor. Übrigens könnte dieser Umstand sogar eine Erklärung für den Namen Wrinkler sein, denn starker Vitamin-D-Mangel macht die Haut faltig und lederartig. Darüber hinaus führt er zu Osteomalazie, dieser Knochenerweichung, die Dr. Brambell an Kawakitas Skelett festgestellt hat. Erinnern Sie sich, daß er sogar meinte, er habe es mit einem extrem schweren Fall von Skorbut zu tun? Dr. Brambell wollte es nicht glauben, aber genau das war der Fall!«

»Interessante Theorie«, sagte D'Agosta. »Aber haben Sie denn auch Beweise dafür?«

»Wozu hätte denn Kawakita sonst das Vitamin D synthetisieren sollen?« rief Margo. »Immerhin war es das reine Gift für ihn. Aber er wußte, daß die Kreaturen auf ihn losgehen würden, wenn er die Pflanzen im Reservoir zerstörte. Und weil sie auf Entzug waren, würden sie bestimmt nicht gerade zimperlich mit ihm umspringen. Er hatte nur eine Chance: Er mußte die Pflanzen *und* die Kreaturen vernichten.«

Pendergast nickte. »Ich stimme Dr. Green zu. Das scheint mir die einzig plausible Erklärung für das Vitamin D zu sein. Aber warum sind Sie uns hinterhergelaufen, um uns das zu sagen?«

Margo klopfte mit der flachen Hand auf ihre Umhängetasche. »Weil ich drei Literflaschen mit einer hochkonzentrierten Vitamin-D-Lösung bei mir habe.«

»Na und?« schnaubte D'Agosta. »Wir haben schon genügend andere Waffen, um mit den Wrinklern fertig zu werden.«

»Das möchte ich bezweifeln. Erinnern Sie sich noch, wie schwierig es war, den Mbwun zu erlegen? Wenn es wirklich so viele Wrinkler gibt, dann können Sie ihnen mit all Ihren Waffen nichts anhaben.«

»Das haben wir auch gar nicht vor«, erwiderte Pendergast. »Wir wollten eigentlich jeglichen Kontakt mit den Kreaturen vermeiden.«

»Aber wird Ihnen das auch gelingen? Sollte es doch zu einer Konfrontation kommen, dann nützen Ihnen auch die stärksten Waffen nicht viel. Kugeln können den Kreaturen zwar weh tun, aber das hier« – damit zog sie eine Flasche aus ihrer Tasche und zeigte sie Pendergast – »das hier trifft sie an ihrem Lebensnerv.«

»Na schön, Dr. Green«, seufzte Pendergast. »Geben Sie mir das Zeug. Wir werden die Flaschen unter uns aufteilen.«

»Nein, das werden Sie nicht«, widersprach Margo. *»Ich* werde die Flaschen tragen. Ich komme nämlich mit.«

»Ich höre einen Zug!« unterbrach Mephisto die Auseinandersetzung.

Pendergast packte Margo am Arm. »Ich habe Ihnen doch vorhin schon erklärt, daß ...«

»Jetzt bin ich schon so weit gekommen«, sagte Margo und war

erstaunt, wie wütend und entschlossen ihre Worte klangen. »Ich lasse mich nicht mehr von Ihnen zurückschicken. Und erzählen Sie mir jetzt nicht noch mal, wie gefährlich diese Unternehmung ist. Wenn Sie wollen, gebe ich es Ihnen schriftlich, daß ich mich Ihnen auf eigene Verantwortung anschließe.«

»Das ist nicht nötig, Dr. Green.« Pendergast seufzte noch tiefer als vorhin. »Dann kommen Sie in Gottes Namen eben mit, aber vergeuden Sie nicht noch mehr von unserer knappen Zeit mit derartigen Diskussionen. Mephisto, führen Sie uns nach unten.«

54

Smithback lauschte starr vor Angst in den dunklen Tunnel hinein. Da waren sie wieder, die Schritte, von denen er nicht genau sagen konnte, ob sie näher kamen oder sich entfernten. Er hörte sie nun schon eine geraume Zeit. Der Journalist atmete tief durch und schluckte ein paarmal, um sein Herz zu beruhigen, das ihm bis zum Halse schlug. Ohne Licht hatte er sich im Gewirr der schmalen Tunnels heillos verlaufen und wußte längst nicht mehr, ob er in die richtige Richtung ging. Es war gut möglich, daß er sich im Kreis bewegt hatte und jetzt den Wesen, die den fetten Polizeicaptain und seine Leute umgebracht hatten, direkt in die Arme lief. Dennoch sagte Smithback irgendwie sein Instinkt, daß er sich nach wie vor von der Szene des grauenhaften Gemetzels fortbewegte, auch wenn der Gang, dem er seit einiger Zeit folgte, ständig nach unten zu führte.

Smithback war sich sicher, daß es sich bei der häßlichen Kreatur, deren Gesicht er vorhin einen Moment gesehen hatte, um einen jener Wrinkler gehandelt hatte, die höchstwahrscheinlich für das U-Bahn-Massaker verantwortlich waren. Auch jetzt hatten sie innerhalb weniger Minuten vier Menschen umgebracht. Smithback glaubte noch immer, Waxies gellende Schreie zu hören, die so gräßlich von den Wänden des engen Schachtes widergehallt hatten.

Jetzt allerdings machte ihm ein anderes, sehr viel realeres Geräusch wesentlich größere Sorgen. Es waren die Schritte, die ihn zu verfolgen schienen und ganz eindeutig näher kamen. Nun hatten sie ihn schon fast erreicht. In Panik wirbelte Smithback herum. Er schaute auf einmal in helles Licht, weiter hinten stand eine dunkle Gestalt. In seiner Verzweiflung bereitete sich der Journalist auf einen Kampf vor, von dem er nur hoffen konnte, daß er möglichst kurz und schmerzlos verlaufen würde. Dann aber schrak die Gestalt zurück und stieß einen Schrei des Entsetzens aus. Eine Taschenlampe fiel zu Boden und rollte scheppernd auf Smithback zu. In ihrem Schein erkannte der Reporter erleichtert den buschigen Schnurrbart des Mannes, der hinter Waxie die Leiter hinaufgeklettert war. Duffy hieß er, wenn Smithback sich richtig erinnerte. Offenbar war es ihm gelungen, seinen Verfolgern zu entkommen. Gott allein wußte, wie er das geschafft hatte.

»Beruhigen Sie sich, Mann«, flüsterte Smithback und hob die Taschenlampe auf. »Ich bin ein Journalist von der *Post* und habe gesehen, was passiert ist.«

Duffy war zu verängstigt und erschöpft, um Smithback zu fragen, was er unter dem Reservoir im Central Park überhaupt zu suchen hatte. Schwer atmend ließ er sich auf den Ziegelboden des Tunnels sinken und warf alle paar Sekunden einen Blick über die Schulter nach hinten in die Dunkelheit.

»Wissen Sie, wie wir hier herauskommen?« fragte Smithback.

»Nein«, keuchte Duffy. »Oder halt, vielleicht doch. Helfen Sie mir auf.«

»Ich heiße Bill Smithback«, flüsterte der Journalist und beugte

sich nach unten, um dem am ganzen Körper zitternden Duffy auf die Beine zu helfen.
»Stan Duffy, ich bin Ingenieur bei den Stadtwerken.«
»Wie haben Sie es geschafft, diesen Wesen zu entkommen?«
»Da hinten bei den Überlaufschiebern waren sie auf einmal nicht mehr da«, sagte Duffy, wobei ihm eine große Träne über sein schmutzverschmiertes Gesicht lief. »Mehr weiß ich auch nicht.«
»Wieso führen denn alle diese Tunnels nach unten?«
Duffy wischte sich mit dem Ärmel über die feuchten Augen. »Wir sind hier in den Nebenabflußkanälen«, sagte Duffy. »Sollte der Hauptkanal des Reservoirs einmal überlastet sein, nehmen sie das überschüssige Wasser auf und transportieren es zum Flaschenhals.« Duffy riß die Augen auf und warf einen raschen Blick auf seine Uhr. »O Gott, der Flaschenhals! Wir müssen sofort hier raus! In neunzig Minuten ist hier die Hölle los.«
»Wieso denn? Was geschieht denn in neunzig Minuten?« fragte Smithback und leuchtete den Tunnel vor ihnen ab.
»In neunzig Minuten wird das Reservoir abgelassen, und alle diese Tunnels werden völlig unter Wasser gesetzt!«
»Wieso denn das?« japste Smithback.
»Die Polizei will die Astortunnels überfluten, die tiefsten Ebenen unter der Stadt. So wollten sie die Kreaturen töten. Aber jetzt haben sie es sich anders überlegt. Doch nun ist es zu spät ...«
»Die Astortunnels?« fragte Smithback. Das mußte *The Devil's Attic* sein, von dem Mephisto gesprochen hatte.
Anstatt eine Antwort zu geben, riß Duffy ihm auf einmal die Taschenlampe aus der Hand und hastete weiter den Tunnel entlang.
Smithback folgte ihm. Nach ein paar Metern stieß der Kanal auf einen größeren, der sich in weiten Spiralen immer tiefer in die Erde schraubte wie ein riesiger hohler Korkenzieher. Bis

auf den zitternd hin und her tanzenden Strahl der Taschenlampe war es stockdunkel. Smithback versuchte, an den Seiten des Tunnels zu gehen und nicht in das dünne Rinnsal zu treten, das an seinem Boden entlangfloß, aber eigentlich hätte er sich die Mühe sparen können, denn Duffy platschte mittendurch und machte genügend Lärm, um alle Kreaturen der Welt auf ihre Fährte zu locken.

Nach ein paar Minuten blieb Duffy abrupt stehen und lauschte in die Dunkelheit. »Da war was!« winselte er, als Smithback bei ihm angelangt war. »Ich habe sie gehört!«

»Sie müssen sich getäuscht haben«, erwiderte Smithback und lauschte in die Dunkelheit.

Duffy entdeckte eine dunkle Öffnung in der Wand des Tunnels und verschwand darin. Smithback rannte ihm hinterher, aber er kam nicht weit. Nach wenigen Metern verlor er den Boden unter den Füßen und glitt auf dem Rücken eine feuchte, glatte Rutsche nach unten, von wo schon Duffys klagendes Gewimmer heraufdrang. Smithback versuchte verzweifelt, sich irgendwo festzuhalten, fand aber keinen Halt. Es war wie in einem jener Alpträume, in denen man glaubt, in ein tiefes Loch zu stürzen, nur noch viel schlimmer; denn Smithback wußte, daß er nicht in seinem warmen Bett aufwachen würde, sondern in einem finsteren Tunnelsystem irgendwo tief unter den Straßen von Manhattan. Von unten hörte Smithback ein lautes Platschen, und eine Sekunde später landete auch er unsanft auf einer harten Fläche, die an die dreißig Zentimeter unter Wasser stand.

Als er sich aufrappelte, taten ihm sämtliche Glieder weh, aber wenigstens hatte er wieder festen Boden unter den Füßen. Der Tunnel, in den sie gefallen waren, schien eben zu sein, und das Wasser roch relativ frisch. Duffy stand neben ihm und schluchzte unkontrolliert vor sich hin.

»Seien Sie doch still!« zischte Smithback ihn an. »Sie locken diese Biester sonst auch noch an.«

»O mein Gott«, winselte Duffy. »Das *darf* doch nicht wahr sein. Was sind das überhaupt für Kreaturen? Wo ...«
Smithback tastete in der Dunkelheit nach Duffys Arm und zog den Mann ganz nah an sich heran. »Halten Sie den Mund!« knurrte er ihm ins Ohr.
Das Schluchzen ging in ein gedämpftes Glucksen über.
»Wo ist die Taschenlampe?« flüsterte Smithback.
Leise weinend schaltete Duffy die Lampe an, die er wie durch ein Wunder bei dem Sturz nicht verloren hatte.
»Wo sind wir?«
Duffy hörte auf zu greinen.
»Duffy! Wo sind wir, verdammt noch mal?«
»Woher soll ich das denn wissen? Vielleicht in einem Überlaufkanal.«
»Haben Sie eine Ahnung, wo er hinführt?«
»Hier führen alle Kanäle irgendwann zum Flaschenhals«, schniefte Duffy. Wenn wir der Fließrichtung des Wassers folgen, müßten wir eigentlich hinkommen.«
»Und wie kommen wir von dort nach oben?« flüsterte Smithback.
»Keine Ahnung.«
Smithback wischte sich mit der Hand übers Gesicht und sagte nichts. Er versuchte, seine Panik zu einer kleinen Kugel zu formen und sie irgendwo in seinem Inneren zu versenken. Am besten, er dachte an die Geschichte, die er über dieses Abenteuer später schreiben würde. Mit etwas Glück konnte er vielleicht sogar noch etwas über die Straßenschlacht nach der Wisher-Demonstration in die morgige Ausgabe bringen. Aber dazu mußte er erst einmal ...
Ein leises Platschen, dessen Entfernung sich wegen der vielen Echos an den Tunnelwänden schwer schätzen ließ, riß Smithback aus seinen Gedanken. Eines allerdings war klar: Das Geräusch kam näher.
»Sie sind noch immer hinter uns her!« winselte Duffy.

Smithback packte ihn wieder am Arm. »Halten Sie die Klappe, und hören Sie mir zu. Wir können vor ihnen nicht weglaufen, denn dafür sind die Biester viel zu schnell. Also lassen Sie sich was einfallen, Duffy. Sie kennen das Kanalsystem und müssen wissen, wie wir sie austricksen können.«
Duffy versuchte, sich aus Smithbacks Griff zu befreien, und gab dabei unartikulierte Geräusche von sich.
Der Journalist ließ nicht locker. »Duffy, wir können diesen Wesen nur dann entkommen, wenn Sie sich jetzt zusammenreißen und sich etwas einfallen lassen.«
Duffy hörte auf, sich zu wehren. Smithback hörte, wie er schwer und angestrengt atmete.
»In Ordnung«, schnaufte er schließlich. »In diesen Nebenkanälen gibt es oft kleine Pumpstationen. Vielleicht könnten wir uns in einer von ihnen verstecken und ...«
»Los, gehen wir!« zischte Smithback.
Sie platschten durch die vom Schein der Taschenlampe nur schwach erhellte Dunkelheit. Der niedrige Tunnel führte um eine Ecke, hinter der eine riesige, horizontal auf einem Bett aus Beton gelagerte eiserne Hohlschraube auftauchte, von der an beiden Enden dicke rostige Röhren wegführten. Das muß die Pumpstation sein, dachte Smithback. Hinter der Schraube sah er weitere Röhren, die ineinander verschlungen waren wie eisernes Gedärm. Am Fuß der Station lief eine schmale, mit einem Geländer versehene Plattform entlang, dahinter zweigte ein schmaler Seitentunnel nach links in die Dunkelheit ab. Smithback nahm Duffy die Taschenlampe aus der Hand, stieg auf die Plattform und half dem Ingenieur nach oben. »Kriechen Sie in das Rohr!« flüsterte Smithback und warf die Taschenlampe in den unterhalb der Plattform vorbeifließenden Wasserstrom.
»Sind Sie wahnsinnig?« jaulte Duffy. »Wieso werfen Sie die Taschenlampe weg?«
»Sie ist aus Plastik und wird noch eine ganze Weile schwimmen.

Ich hoffe, daß ihr Licht die Kreaturen weiter in den Kanal hineinlockt.«

Mucksmäuschenstill hockten die beiden in der absoluten Dunkelheit. Die dicken Eisenwände der Pumpstation dämpften die Geräusche aus dem Tunnel, aber nach ein paar Minuten konnte Smithback das Platschen der Wrinkler wieder hören. Sie kamen rasch heran. Smithback spürte, wie Duffy hinter ihm zusammenzuckte, und hoffte inständig, daß der Mann jetzt nicht durchdrehte. Die Wrinkler waren schon so nahe, daß man ihren rasselnden Atem hören konnte, der klang wie das Schnaufen eines schwer arbeitenden Pferdes. Direkt vor der Pumpstation hörte das Platschen dann plötzlich auf.

Ein fauliger Ziegengestank drang in das Rohr herein, so stark, daß Smithback sich die Nase zuhalten mußte. Duffy hinter ihm zitterte am ganzen Körper.

Die Wrinkler stapften vor der Pumpstation auf und ab. Smithback hörte ein gurgelndes Geräusch, als würde jemand durch breite Nüstern witternd die Luft einsaugen, und wurde starr vor Schreck. Auf einmal fiel ihm ein, was für einen ausgezeichneten Geruchssinn die Mbwun-Kreatur gehabt hatte. Dann aber begannen sich die Schritte zu Smithbacks großer Erleichterung zu entfernen. Die Wrinkler zogen offenbar weiter den Tunnel entlang.

Smithback versuchte, so langsam und kontrolliert wie nur möglich zu atmen. Nachdem er dreißig Atemzüge gezählt hatte, wandte er sich wieder an Duffy. »Wo geht es zum Flaschenhals?« flüsterte er.

»Am anderen Ende des Rohres.«

»Dann kriechen Sie los.«

Langsam arbeiteten sich die beiden hintereinander die enge Röhre entlang. Als sie am anderen Ende angelangt waren, kroch Duffy als erster ins Freie. Smithback wollte ihm gerade nachfolgen, als plötzlich ein gellender Schrei die Dunkelheit durchschnitt. Smithback hielt inne und spürte, wie ihm auf einmal eine Flüssigkeit ins Gesicht spritzte, die viel zu warm und zu dick war, um Wasser zu sein. Von panischer Angst getrieben, krabbelte der Journalist wieder ins Innere des Rohres zurück.

»Hilfe!« hörte er Duffy von draußen schreien. »Nein, bitte nicht, ihr ... o Gott, das sind ja meine Gedärme ... hilft mir denn niemand ...«

Die Stimme ging in ein verzweifeltes feuchtes Keuchen über, das schließlich vom lauten Platschen des Wassers übertönt wurde. Smithback, der in blinder Angst rückwärts krabbelte, hörte ein dumpfes Geräusch, als würde Fleisch zerhackt, gefolgt vom Knacken aus ihren Gelenken gehebelter Knochen.

Smithback hatte inzwischen das hintere Ende des Rohres erreicht und plumpste rückwärts auf die Plattform der Pumpstation. Von Panik getrieben rappelte er sich hoch und rannte blind und ohne weiter nachzudenken in den Seitentunnel hinein. Mehrmals strauchelte er und fiel hin, aber immer wieder stand er auf und tastete sich an den feuchten, kalkverkrusteten Wänden entlang, immer tiefer hinein in die dunklen Eingeweide der Erde. Der Tunnel stieß auf einen anderen, größeren, und dieser wiederum auf einen noch größeren. Und schließlich, als er vor Erschöpfung schon mehr taumelte als lief, spürte Smithback auf einmal, wie ihn etwas aus der Dunkelheit am Arm packte und zur Seite riß. Etwas Feuchtes und unglaublich Starkes legte sich um seinen Hals, während sich eine große kalte Hand auf seinen Mund preßte.

55

Eine Stunde nach dem spontanen Aufflackern der Straßenschlacht am Central Park begannen die ersten Kämpfer, deren Energie ebenso aufgebraucht war wie ihre Wut, langsam müde zu werden. Diejenigen, die von Anfang an dabeigewesen waren, bewarfen sich jetzt eher mit Beleidigungen und Drohungen und weniger mit Fäusten, Knüppeln und Wurfgeschossen. Andere strebten zum Schauplatz des Geschehens, darunter viele gewaltbereite Betrunkene, die auf jeden losgingen, dessen Nase ihnen nicht gefiel. Wo immer neue Gewalt aufflammte, stürzten sich sofort sensationslüsterne Fernsehteams auf die Szenerie. Fast noch schlimmer als die wirklichen Tätlichkeiten aber waren die Gerüchte, die sich wie ein Lauffeuer per Telefon und Fax in der ganzen Stadt verbreiteten und in die von jungen Republikanern besuchten Singlebars in der First und der Second Avenue ebenso gelangten wie ins eher linke East Village. Manche der Gerüchte besagten, daß eine große Anzahl von Obdachlosen einem brutalen Vernichtungsfeldzug der Polizei zum Opfer gefallen sei, während andere von einem Mob marxistischer Krimineller sprachen, der Banken verwüstete, unbeteiligte Bürger auf offener Straße abknallte und teure Geschäfte plünderte. Bald trafen von derlei Horrorgeschichten mobilisierte Aktivisten beider Seiten im Central Park ein, wo sie auf die letzten Gruppen von Obdachlosen stießen, die noch immer auf der Flucht vor dem Tränengas der Polizei aus dem Untergrund strömten.

Mitten im dunklen Park hatte sich ein letztes Häuflein der ursprünglichen »Säubert New York«-Bewegung zusammengefunden. Die meisten von ihnen waren zwar längst voller Panik in ihre Häuser und Eigentumswohnungen zurückgekehrt, doch harrten diese letzten Wohlhabenden und Einflußreichen auf der großen Rasenfläche aus in der Hoffnung, daß es der

Polizei endlich gelingen würde, die Kämpfe zu beenden. Was sich allerdings ziemlich schwierig gestaltete, denn die Dunkelheit im Park machte zusammen mit den vielen Möglichkeiten, sich im dichten Unterholz zu verstecken und auf verschlungenen Pfaden zu fliehen, ein effektives Eingreifen der Beamten fast unmöglich.
Auch scheuten sich die Polizisten, massiv gegen die Kämpfenden vorzugehen, denn von ganz oben war der Befehl ergangen, nur ja niemanden von den »Säubert New York«-Demonstranten zu verletzen. Kein Polizeichef konnte es sich leisten, seine Leute mit Knüppeln und Tränengas gegen die Crème de la crème der Stadt vorgehen zu lassen.

Hayward sah zu, wie die Sanitäter Officer Beal in einen Krankenwagen schoben; Beal stöhnte und hielt sich seinen bandagierten Kopf. »Passen Sie doch auf!« fuhr Hayward die Sanitäter an. Als Beal im Krankenwagen lag, beugte sie sich hinein und fragte: »Wie geht es Ihnen?«
»Ging schon mal besser«, erwiderte Beal mit einem schwachen Lächeln.
Hayward nickte. »Das wird schon wieder«, meinte sie und wandte sich zum Gehen.
»Sergeant?« rief Beal ihr hinterher. Hayward blieb stehen. »Miller, dieser Bastard, hat mich einfach liegenlassen. Ohne Sie und Carlin wäre ich jetzt nicht hier. Sie haben mir das Leben gerettet.«
»Nicht der Rede wert«, sagte Hayward. »Das gehört zu unserem Job, oder etwa nicht?«
»Kann sein«, antwortete Beal. »Trotzdem werde ich Ihnen das nie vergessen. Miller hätte mich da unten ersaufen lassen.«
Hayward überließ Beal der Obhut der Sanitäter und ging nach vorne zum Fahrer des Krankenwagens. »Gibt es was Neues?« fragte sie.
»Was wollen Sie denn hören?« gab der Fahrer zurück, der

gerade auf einem Klemmbrett etwas notierte. »Die Schlußkurse der Börse? Football-Ergebnisse? Oder die neuesten Auslandsnachrichten?«

»Sie sind wohl ein echter Witzbold. Ich will wissen, was *hier* los ist.«

Über Central Park West lag eine fast surrealistisch anmutende Stille. Die sonst so stark befahrene breite Straße war bis auf ein paar Streifen- und Krankenwagen vollkommen leer. Die wenigen nicht zu Bruch gegangenen Straßenlaternen beleuchteten in unregelmäßigen Abständen den mit Glasscherben, Betonbrocken und jeder Menge Unrat übersäten Asphalt.

»Wo haben Sie die letzte Stunde denn gesteckt?« fragte der Fahrer verwundert. »Am Mittelpunkt der Erde?«

»Damit haben Sie gar nicht mal so unrecht«, entgegnete Hayward. »Meine Kollegen und ich haben die Obdachlosen aus den Tunnels unter dem Central Park nach oben getrieben. Wir stießen auf ziemlich massiven Widerstand, und dabei wurde auch der Mann verwundet, der jetzt hinten in Ihrem Wagen liegt. Wir waren ziemlich tief unten und mußten ihn erst herauftragen. Und jetzt finden wir hier eine Geisterstadt vor …«

»Sieh mal einer an. Sie also haben die Obdachlosen nach oben getrieben«, sagte der Fahrer. »Dann sind also *Sie* für den ganzen Schlamassel hier verantwortlich.«

»Wofür?«

Anstatt einer Antwort deutete der Fahrer auf den dunklen Central Park. Durch das Krächzen des Funkgeräts und die weit entfernten Geräusche der Stadt konnte Hayward im Park Menschen schreien, Sirenen heulen und Megaphone plärren hören.

»Wissen Sie, daß es heute abend wieder eine Demonstration von diesen ›Säubert New York‹-Leuten gegeben hat?« fragte der Fahrer.

»Ich habe davon gehört.«

»Na ja, die Demo zog gerade hier vorbei, als auf einmal all die Obdachlosen aus dem Untergrund heraufkamen. Sie müssen ziemlich geladen gewesen sein, denn sie brachen sofort einen Streit mit den Demonstranten vom Zaun. Offenbar habt ihr ihnen dort unten mit euren Schlagstöcken etwas zu sehr zugesetzt. Jedenfalls war hier sofort die schönste Straßenschlacht im Gange. Soviel man mir erzählt hat, sind die Leute einfach durchgedreht. Sie haben sich angeschrieen, mit allem möglichen Zeugs beworfen, verprügelt und einander niedergetrampelt. Schließlich fingen sie an, Schaufenster einzuwerfen und Geschäfte zu plündern. Die Polizei hat eine volle Stunde gebraucht, um die Situation unter Kontrolle zu bringen. Ehrlich gesagt, ganz unter Kontrolle ist sie noch immer nicht, aber wenigstens ist es Ihren Kollegen gelungen, den Tumult in den Park abzudrängen.«

Die Sanitäter im hinteren Teil des Wagens gaben dem Fahrer ein Zeichen, der daraufhin die Sirene einschaltete und das Fahrzeug in Bewegung setzte. Hayward blieb zurück und sah, wie das Blaulicht des Krankenwagens über die Kalksteinfassaden der Häuser huschte, aus deren Fenstern neugierige Menschen ihren Kopf herausstreckten. Ein paar mutige Bewohner hatten sich sogar hinaus auf die Straße gewagt und betrachteten im Schutz ihrer uniformierten Türsteher die Verwüstungen. Ein paar Querstraßen weiter konnte Hayward die türmchenbewehrte Fassade des Dakota-Hauses erkennen. Das mächtige Gebäude erhob sich hinter seinem stilisierten Burggraben wie eine Festung, der auch der wütendste Mob nichts anhaben konnte. Unweigerlich blickte Hayward hinauf zu dem Eckturm, dessen dunkle Fenster zu Pendergasts Wohnung gehören mußten, und fragte sich, wo der FBI-Agent jetzt wohl sein mochte.

»Ist Beal gut weggekommen?« hörte Hayward Carlin von hinten rufen. Sie drehte sich um und sah, wie seine massige Gestalt auf der dunklen Straße näher kam.

»Vor einer Minute«, antwortete sie. »Was ist mit dem anderen?«
»Der wollte sich nicht behandeln lassen. Haben Sie was von Miller gehört?«
Hayward schnitt eine böse Grimasse. »Nein. Wahrscheinlich hockt der jetzt schon längst in einer Bar an der Atlantik Avenue, kippt sich ein Bier nach dem anderen rein und gibt mit seinen Abenteuern an. Aber so läuft das nun mal. Er wird befördert, und wir bekommen eine Disziplinarstrafe wegen Insubordination.«
»Diesmal nicht«, sagte Carlin mit einem wissenden Lächeln.
»Wieso nicht?« fragte Hayward, redete dann aber weiter, ohne Carlin Gelegenheit zu einer Antwort zu geben. »Wir sollten uns irgendwo melden, wahrscheinlich werden wir gebraucht.« Sie nahm ihr Funkgerät und schaltete es ein. Sofort tönte ein Schwall von abgehackten, aufgeregten und sich gegenseitig überlagernden Meldungen aus dem kleinen Lautsprecher:

> ... rücken auf die große Wiese vor. Brauche dringend mehr Leute, um ... Ich habe acht von ihnen hier, aber ich kann sie nicht mehr lange festhalten. Wenn nicht bald Verstärkung kommt, hauen die mir einfach ab ... Verdammt noch mal, wo bleibt denn der Krankenwagen, den ich vor zehn Minuten angefordert habe? Wir haben Verletzte, einer davon schwer ... Großer Gott, im südlichen Quadranten kommen immer noch Penner herauf ...

Hayward schaltete das Funkgerät aus und steckte es zurück in das Futteral an ihrem Gürtel. Dann bedeutete sie Carlin mit einer Handbewegung, ihr zum Streifenwagen zu folgen, der an der nächsten Kreuzung stand. Neben dem Wagen war ein Polizist mit Helm und Schild postiert und beobachtete mit einer Schrotflinte in der Hand die Straße.

»Wer hat das Kommando über diese Operation, Officer?« fragte Hayward.
Der Polizist schob das Visier seines Helms nach oben und sah sie an. »Im Belvedere muß es wohl so eine Art vorgeschobenen Kommandoposten geben«, antwortete er. »Jedenfalls habe ich das von der Zentrale gehört. Aber hier geht alles drunter und drüber, deshalb würde ich mich nicht unbedingt drauf verlassen.«
»Wir müssen zum Belvedere Castle«, sagte Hayward zu Carlin und lief los.
Als sie nebeneinander die Straße entlangtrabten, fühlte sich Hayward unwillkürlich an eine Tour erinnert, die sie vor zwei Jahren in einem Filmstudio in Hollywood einmal gemacht hatte. Dort war sie durch eine Kulisse gegangen, die eine Straße in Manhattan zeigte und in der unzählige Musicals und Gangsterfilme gedreht worden waren. Alles hatte man täuschend ähnlich nachgebaut: die Fassaden, die Schaufenster, die Straßenlaternen und Hydranten – nur eines hatte gefehlt: die Menschen. Hayward hatte sich in dieser gespenstisch verlassenen Filmstraße seltsam unwohl gefühlt und sich immer wieder sagen müssen, daß sich nur wenige hundert Meter von ihr entfernt hinter den Mauern des Studiogeländes die lebendige Stadt Los Angeles befand.
Dasselbe Gefühl hatte sie auch an diesem Abend mitten in New York. Obwohl sie in der Ferne die Hupen der Autos und das Heulen der Sirenen hörte und wußte, daß vor ihr im Central Park ihre Kollegen versuchten, mit einem randalierenden Mob fertig zu werden, bemächtigte sich ihrer angesichts der fast leeren Straße das beklemmende Gefühl, durch eine Geisterstadt zu laufen.
»Großer Gott!« murmelte Carlin neben ihr und riß sie aus ihren Gedanken. »Das ist ja unglaublich.«
Hayward vor blieb stehen und blickte nach Süden. Jenseits der 65th Street bot sich ihr und Carlin ein Bild der Verwüstung:

Luxusgeschäfte mit eingeschlagenen Schaufenstern, herrschaftliche Hauseingänge mit herabgerissenen Markisen und demolierte Autos am Straßenrand legten Zeugnis davon ab, daß hier ein erbitterter Kampf getobt haben mußte.

»Sieht aus, als hätten die Maulwürfe da ihre Wut ausgelassen«, sagte Hayward, während sie die Straße überquerte und auf den Eingang zum Park zustrebte. Nach dem Chaos, das sie eben gesehen hatte, kamen ihr die schmalen Asphaltpfade, die hinein in die Dunkelheit führten, geradezu ruhig und idyllisch vor. Als sie allerdings die zerstörten Parkbänke und die umgeworfenen Abfallbehälter sah, wurde ihr klar, daß auch hier vor nicht allzu langer Zeit eine wilde Schlacht stattgefunden haben mußte. Und der Lärm bewies, daß diese Schlacht in anderen Teilen des Parks noch immer andauerte.

Auf einmal blieb Hayward stehen und packte Carlin am Arm. Direkt vor ihnen war eine Gruppe von Menschen – wie viele genau, konnte sie wegen der Dunkelheit nicht sehen –, die offenbar auf dem Weg zur großen Rasenfläche waren. Da sie weder Helme noch Schilde trugen, erkannte Hayward, daß es keine Polizisten waren.

So leise sie konnte, rannte sie der Gruppe hinterher. Als sie zehn Meter hinter den Leuten war, rief sie: »Halt, Polizei!« und legte die rechte Hand an den Griff ihres Dienstrevolvers.

Die Gruppe kam zu einem abrupten Halt und drehte sich zu ihr um. Es waren vier, nein, fünf jüngere Männer, die Jacketts und Polohemden trugen. Hayward registrierte, daß zwei von ihnen Baseballschläger aus Aluminium dabeihatten und einer ein großes Messer, das wohl aus seiner Küche stammte.

Die Männer starrten sie grinsend an.

»Was gibt's?« fragte einer von ihnen und trat auf sie zu.

»Bleiben Sie stehen!« befahl Hayward. Der Mann hielt inne. »Und jetzt sagt mir mal, wo ihr hinwollt, Jungs.«

Der Mann vor ihr schnaubte verächtlich. Offenbar fand er ihre

Frage ziemlich blöd. Mit einer kaum wahrnehmbaren Kopfbewegung deutete er auf den Park.

»Wir haben da drinnen was zu erledigen«, erklärte einer aus der Gruppe.

Hayward schüttelte den Kopf. »Nein. Ihr habt nachts im Park nichts zu suchen.«

»Ach ja?« fragte der Mann direkt vor Hayward und machte einen weiteren Schritt auf sie zu. »Unsere Freunde werden gerade von irgendwelchen dreckigen Pennern zusammengeschlagen, und wir sollen hier nichts zu suchen haben?«

»Das hier ist eine Polizeiaktion«, informierte ihn Hayward.

»Die Polizei kümmert sich doch einen Scheißdreck um das, was hier vorgeht«, gab der Mann zurück. »Sehen Sie sich doch bloß mal um. Dieser Abschaum hat schon die halbe Stadt demoliert.«

»Sie sollen schon zwei Dutzend Leute umgebracht haben«, sagte ein Mann, der ein Handy ans Ohr hielt, deutlich angetrunken. »Darunter auch Mrs. Wisher. Zusammen mit den Kommunistenschweinen aus dem East Village und Soho schlagen sie alles kurz und klein. Da können wir doch nicht einfach so tatenlos zusehen!«

»Da hören Sie's«, sagte der Mann bei Hayward. »Also lassen Sie uns gefälligst weitergehen.«

Hayward nahm die Hand von ihrem Revolver und zog ihren Gummiknüppel aus dem Gürtel. »Wer von euch auch nur einen Schritt macht, der kriegt eines übergebraten«, drohte sie. Carlin neben ihr griff ebenfalls zu seinem Knüppel.

»Ihnen macht es wohl Spaß, das große Wort zu schwingen«, knurrte der Anführer der Gruppe verächtlich. »Mit einer Waffe im Gürtel und einem solchen Kleiderschrank als Verstärkung ist das ja auch kein Kunststück.«

»Meinen Sie wirklich, Sie können es mit uns allen fünfen aufnehmen?« fragte einer aus der Gruppe.

»Vielleicht will sie uns ja mit ihren Möpsen zu Tode drücken«,

ließ sich ein anderer vernehmen, was bei seinen Gefährten ein dreckiges Grinsen hervorrief.
Hayward atmete tief durch und steckte den Gummiknüppel wieder in ihren Gürtel zurück. »Officer Carlin«, sagte sie, »bitte treten Sie zwanzig Schritte zurück.«
Carlin blieb stehen.
»Tun Sie, was ich Ihnen sage!« fauchte Hayward.
Carlin starrte sie einen Augenblick an, dann ging er, ohne die Augen von der Gruppe zu nehmen, zurück auf den Weg, den sie eben verlassen hatten.
Hayward trat auf den Wortführer zu. »Jetzt hör mir mal gut zu, mein Junge«, sagte sie ruhig und sah ihm dabei direkt in die Augen. »Ich könnte meinen Knüppel und meinen Revolver hier ins Gras legen und noch immer jedem einzelnen von euch traurigen Yuppie-Bürschlein eine Tracht Prügel verpassen, daß ihm Hören und Sehen vergeht, aber das will ich nicht. Wenn ihr aber jetzt nicht augenblicklich das tut, was ich euch befehle, dann müssen eure Mütter morgen früh im Polizeipräsidium eine dicke Kaution für euch hinterlegen, wenn sie euch aus dem Knast heraushaben wollen. Und wenn eure Eltern auch noch soviel Geld und Einfluß haben – ihr bekommt trotzdem eine Strafe wegen Widerstand gegen die Staatsgewalt und tätlichen Angriffs auf eine Polizeibeamtin aufgebrummt, das verspreche ich euch. Und wie ihr wißt, ist es mit einer Vorstrafe Essig mit dem Studium und der schönen Karriere. Euren Daddies wird das ganz bestimmt nicht gefallen.«
Hayward hielt einen Augenblick inne und sah die jungen Männer an. »Und jetzt laßt eure Waffen fallen«, sagte sie dann ungerührt.
Einen Augenblick bewegte sich niemand.
»Ich habe gesagt, ihr sollt die Waffen fallen lassen!« schrie Hayward, so laut sie konnte. Gleich darauf lagen Baseballschläger und das Küchenmesser im Gras. Hayward lächelte zufrieden und trat einen Schritt zurück.

»Officer Carlin«, sagte sie leise. Einen Augenblick später stand der Polizist neben ihr.
»Soll ich sie filzen?« fragte er.
Hayward schüttelte den Kopf. An die Gruppe gewandt befahl sie: »Legt eure Führerscheine zu den Waffen ins Gras – und keine Fisimatenten.«
Die jungen Männer zögerten eine Weile, dann holte der Wortführer eine Brieftasche aus seinem Jackett, entnahm ihr eine Plastikkarte und ließ sie zu Boden fallen. Die anderen taten es ihm nach.
»Ihr könnt sie euch morgen im Polizeipräsidium wieder abholen. Fragt nach Sergeant Hayward. Und jetzt möchte ich, daß ihr alle sofort den Park verlaßt – begebt euch auf dem schnellsten Weg nach Hause und ab in die Heia, habt ihr mich verstanden?«
Keiner sagte ein Wort.
»Kriegt die Lady denn keine Antwort?« polterte Carlin mit einemmal los.
»Ja, wir haben verstanden«, murmelte der Wortführer zerknirscht.
»Dann macht, daß ihr wegkommt!« bellte Hayward. Die jungen Männer setzten sich in Bewegung und trabten zuerst langsam, dann immer schneller auf den Ausgang des Parks zu. Bald waren sie in der Dunkelheit verschwunden.
»Eingebildetes Pack«, sagte Carlin. »Glauben Sie wirklich, daß es Tote gegeben hat?«
Hayward schnaubte verächtlich, während sie sich bückte, um die Waffen und die Führerscheine aufzuheben. »Eher nicht. Aber solange solche Gerüchte im Umlauf sind, werden immer mehr Burschen wie diese hierherströmen und die Situation zusätzlich verschärfen.« Mit einem leisen Seufzer gab sie Carlin die Baseballschläger. »Lassen Sie uns gehen und den Einsatzleiter suchen. Vermutlich werden wir heute nacht noch gebraucht. Und morgen bekommen wir

dann einen Riesenanschiß wegen der Geschichte unten im Tunnel.«

»Nein, den kriegen wir nicht«, sagte Carlin und grinste.

»Das haben Sie vorhin schon mal gesagt. Was meinen Sie eigentlich damit, Carlin?«

»Damit meine ich, daß diesmal Miller den Anschiß kriegt und wir zur Abwechslung ein dickes Lob.«

»Und seit wann haben Sie diese hellseherischen Fähigkeiten?«

»Seit mir unser Freund Beal, den Sie vorhin in den Krankenwagen verfrachtet haben, gesagt hat, daß er der Sohn von Steven X. Beal ist.«

»Doch nicht etwa von Senator Steven Beal?« fragte Hayward und riß die Augen auf.

»Genau von dem«, erwiderte Carlin. »Normalerweise behält der Junge das für sich, weil er nicht will, daß er bevorzugt behandelt wird. Aber der Schlag auf den Kopf hat ihm offenbar die Zunge gelöst.«

Hayward blieb einen Augenblick lang reglos stehen, dann schüttelte sie den Kopf und setzte sich wieder in Bewegung.

»Sergeant?« fragte Carlin.

»Ja?«

»Warum mußte ich vorhin eigentlich weggehen?«

»Weil ich den Burschen zeigen wollte, daß ich keine Angst vor ihnen habe. Und daß ich es ernst meine.«

»Hätten Sie es getan?«

»Was getan?«

»Sie wissen schon«, sagte Carlin. »Hätten Sie ihnen wirklich eine Tracht Prügel verpaßt?«

Hayward blieb stehen und sah Carlin an, das Kinn leicht nach oben gereckt. »Ja, was glauben Sie denn?«

»Ich glaube …«, antwortete Carlin, zögerte aber dann einen Moment. »Ich glaube, daß Sie eine knallharte Frau sind, Mrs. Hayward.«

56

Während das Boot über das dunkle Wasser des Hudson glitt, zog Snow sich unter Deck den Taucheranzug an und spürte, wie die beiden kräftigen Dieselmotoren den Rumpf erzittern ließen. Das Innere des Bootes war derart mit Navigationsinstrumenten, Sonar- und Radargeräten vollgestopft, daß es kaum genügend Platz zum Stehen gab. Der Anzug, den Commander Rachlin ihm in die Hand gedrückt hatte, war keiner der bei den Polizeitauchern üblichen, überall abgedichteten Trockentaucheranzügen, sondern bestand aus Neopren, so daß er sich mit Wasser vollsaugen würde. Angesichts dieser Tatsache bereute es Snow, daß er den Vorschlag gemacht hatte, durch das Klärwerk ins Kanalsystem hineinzuschwimmen. Zu spät, dachte er, während er sich in den Anzug zwängte. Das Boot schaukelte so stark, so daß er mit dem Kopf schmerzhaft gegen ein Schott stieß.

Snow rieb sich die Stirn mit der Hand. Es tat weh, und das bedeutete, daß er nicht träumte. Er befand sich wirklich in einem Boot voller bis an die Zähne bewaffneter Navy-SEALs, die irgendeine geheime Mission in den Abwässerkanälen von New York zu erledigen hatten. Eine Mischung aus Angst und Aufregung machte sich in ihm breit. Er wußte, daß diese Unternehmung vielleicht seine einzige Chance war, sich in den Augen des Sergeants und seiner Kollegen wieder zu rehabilitieren. Er würde dafür sorgen, daß er sie nicht verspielte. Snow setzte seine Taucherbrille auf und überprüfte ihren Sitz, zog sich die Handschuhe an und ging nach oben an Deck. »Wieso haben Sie so lange gebraucht?« schnauzte ihn Commander Rachlin an. »Und wo ist Ihre Schminke, Mann?«

»Die Ausrüstung ist ein wenig anders als gewohnt, Sir«, erwiderte Snow.

»Dann gewöhnen Sie sich gefälligst daran.«

»Ja, Sir.«
»Donovan, schwärzen Sie Snows Gesicht«, befahl Rachlin.
Donovan kam wortlos herüber und begann, Snows Wangen und Stirn mit dicker schwarz-grüner Schminke einzuschmieren.
Rachlin holte die restlichen Männer zusammen, um ihnen letzte Anweisungen zu geben. »Hört zu, Leute«, sagte er und deutete auf eine seiner wasserfesten Karten. »Wir werden über das Absetzbecken in das Kanalsystem einsteigen. Laut Snow ist das der kürzeste Weg.« Der Commander fuhr mit dem Finger auf der Karte entlang. »Wenn wir erst mal hier sind« – er zeigte auf einen bestimmten, blau markierten Punkt –, »dann folgen wir unserer ursprünglich geplanten Route bis zu dieser Kreuzung der beiden Kanäle hier. Das wird unser Sammelpunkt. Wenn wir den erreicht haben, übernehmen die Teams Alpha, Beta und Gamma die ihnen zugewiesenen Seitenkanäle. Ich führe Alpha und habe die Leitung. Snow und Donovan bilden Team Delta. Sie bleiben am Sammelpunkt und geben uns Rückendeckung. Noch Fragen?«
Snow hatte einige Fragen, aber er traute sich nicht, sie zu stellen. Sein Gesicht brannte von Donovans ruppiger Schminkaktion, und das Zeug, das er ihm millimeterdick auf die Haut gekleistert hatte, roch wie ranziger Rindertalg.
Der Commander nickte. »Wir gehen rein, legen die Ladungen und verschwinden wieder. Ganz einfach und ohne Komplikationen, so, wie wir es im Training gelernt haben. Mit den Sprengungen verschließen wir die unteren Verbindungen des großen Tunnelsystems zum Sammelkanal, während ein anderes Team, das von der Oberfläche her kommt, die oberen Zuläufe in die Luft jagt. Müssen echte Profis sein, nach allem, was ich gehört habe. Die haben uns doch glatt geraten, NSGs zu verwenden. Ist denn das zu glauben?«
»Was sind denn NSGs?« fragte Snow automatisch.
»Nachtsichtgeräte, Kleiner. Aber versuchen Sie mal, so was

unter der Taucherbrille zu tragen.« Er spuckte über die Bordwand ins Wasser. »Wir SEALs haben keine Angst vor der Dunkelheit. Und wer uns was anhaben will, dem wünsche ich viel Vergnügen dabei.«

Commander Rachlin stand auf. »Okay. Hastings, Clapton und Beecham, ihr seid die Waffenträger eurer Teams. Lorenzo, Campion und Donovan, ihr nehmt den Sprengstoff. Wir haben für jede Sprengung eine Ersatzladung dabei, es wird also ganz schön was zum Schleppen geben. Und jetzt macht euch fertig!«

Snow sah zu, wie die Männer ihre Waffen schulterten. »Und was ist mit mir?« fragte er.

Rachlin drehte sich zu ihm um. »Keine Ahnung. Was soll denn mit Ihnen sein?«

»Ich möchte auch für was gut sein.«

Rachlin sah ihn eine Weile an, dann zuckte ein rasches Lächeln über sein Gesicht. »Okay«, sagte er. »Sie können den Knaller machen.«

»Was ist der Knaller?«

»Der Knaller ist ein echter Knaller«, erwiderte der Commander kryptisch. »Beecham! Werfen Sie mal den Sack für den Knaller rüber!« Rachlin fing den wasserdichten Seesack auf und hängte ihn Snow um den Hals. »Den behalten Sie immer am Mann, verstanden?«

»Ja, Sir. Aber bekomme ich denn keine Waffe?« fragte Snow.

»Gebt dem Mann eine Waffe«, sagte Rachlin. Jemand drückte ihm eine Harpune in die Hand, die sich Snow rasch über die Schulter hängte. Er glaubte, ein leises Kichern zu hören, tat aber so, als habe er es nicht bemerkt. Als Tauchlehrer hatte er es schon oft mit Harpunen zu tun gehabt, aber noch nie mit einer so langen oder so gefährlich aussehenden wie dieser, deren Speer dicke Sprengstoffkapseln an der Spitze aufwies.

»Schießen Sie damit bloß nicht auf Alligatoren«, frotzelte Donovan. »Die sind nämlich vom Aussterben bedroht.« Es war das

erstemal, daß der Mann in Snows Gegenwart überhaupt etwas von sich gab.
Das Tuckern der Diesel wurde langsamer, und das Boot glitt auf einen Landungssteg aus Beton zu, hinter dem die dunkle Silhouette des Klärwerks in den Nachthimmel ragte. Als Snow den großen Betonbau sah, rutschte ihm das Herz in die Hose. Seit seiner Inbetriebnahme vor fast fünf Jahren hatte das vollautomatische, hochmoderne Klärwerk hauptsächlich durch eine nicht abreißende Serie von Pannen auf sich aufmerksam gemacht. Snow hoffte inständig, daß sein Vorschlag, durch das Absetzbecken ins Abwassersystem zu gelangen, auch wirklich durchführbar war. »Sollten wir den Leuten da drin nicht Bescheid sagen, daß wir kommen?« fragte Snow.
Rachlin sah ihn amüsiert an. »Das ist längst passiert, Kleiner. Ich habe das erledigt, während Sie sich umgezogen haben. Wir werden erwartet.«
Eine Jakobsleiter wurde über die Bordwand geworfen, und die Männer kletterten rasch hinunter auf den Anlegesteg. Snow sah sich um. Weil er die Anlage während seiner Ausbildung besichtigt hatte, wußte er, daß der Kontrollraum nicht weit vom Anleger entfernt war. Von den anderen gefolgt stieg Snow eine Treppe hinauf und ging an einer langen Reihe von Klär- und Regenerierungsbecken vorbei, über denen wie giftiger Nebel der Gestank von Methangas und Fäulnis hing. Am anderen Ende der Becken blieb Snow vor einer knallgelben Metalltür stehen, deren Farbe einen starken Kontrast zum faden Grau der Betonwände darstellte. Auf der Tür stand mit roten Buchstaben: TÜR NICHT ÖFFNEN. ALARMGESICHERT. Rachlin schob Snow zur Seite und riß die Tür auf, hinter der ein leerer, von hellen Neonröhren erleuchteter Korridor zum Vorschein kam. Eine Sirene begann zu heulen.
»Weiter!« sagte Rachlin zu Snow.
Der Polizeitaucher ging voran zu einer Treppe, die zu einer weiteren, mit KONTROLLRAUM beschrifteten Tür führte.

Rachlin trat in einen großen Raum, der nach fauligem Abwasser stank. An den Wänden waren Monitore und große Schalttafeln angebracht, in der Mitte saß an einer Konsole ein einzelner Mann, der offenbar das ganze Klärwerk überwachte. Er hatte zerzauste Haare, als wäre er gerade aus dem Schlaf gerissen worden, und legte einen Telefonhörer auf die Gabel. »Wissen Sie, wer das war?« fragte er und deutete auf das Telefon. »Das war der stellvertretende Direktor der Stadtwerke, und er wollte ...«
»Wunderbar«, unterbrach ihn Rachlin. »Bestimmt wollte er, daß Sie keine Zeit verlieren. Sie müssen sofort die Propellerpumpe am Hauptzufluß stoppen.«
Der Mann sah Rachlin an, als wäre er eine Erscheinung aus dem Jenseits. Als er dann die anderen SEALs erblickte, riß er die Augen noch weiter auf.
»Verdammt noch mal«, sagte er in einem fast andächtigen Ton und starrte auf Snows Harpune, »der Mann hat recht gehabt.«
»Beeilen Sie sich, Kleiner«, knurrte Rachlin, »oder wir werfen Sie in den Tank und verstopfen den Auslaß mit Ihrem fetten Bauch.«
Der Mann sprang auf, ging zu einer Schalttafel und legte ein paar Hebel um. »Fünf Minuten, länger kann ich Ihnen nicht geben«, erklärte er. »Sonst staut sich die Scheiße bis zur Lennox Avenue.«
»Fünf Minuten reichen uns«, sagte Rachlin mit einem Blick auf seine Uhr. »Und jetzt bringen Sie uns zum Hauptklärbecken.«
Hörbar schnaufend führte der Mann die Gruppe zurück ins Treppenhaus und ein Stockwerk tiefer, wo er einen langen Korridor entlangging. Am anderen Ende öffnete er eine Tür und stieg eine rotgestrichene Wendeltreppe aus Metall hinunter, die auf einen schmalen Laufsteg über einer blubbernden braunen Flüssigkeit führte.
»Wollen Sie wirklich da drinnen herumtauchen?« fragte der Klärwerksangestellte und sah den Commander und seine Leute ungläubig an.

Snow blickte hinab auf die schaumbedeckte Brühe und rümpfte unwillkürlich die Nase. Warum war ausgerechnet er an diesem Abend in der Einsatzzentrale gewesen, und warum nur hatte er diesen Einstiegspunkt vorgeschlagen? Erst der Humboldt Kill, und jetzt das ...

»Ist das hier das Absetzbecken?« wollte der Commander wissen.

Der Mann fuhr sich mit der Zunge über die Lippen. »Der Haupteinlaß befindet sich etwa zwei Meter unter der Oberfläche an der Ostseite des Tanks«, sagte er. »Und passen Sie in der Propellerpumpe auf. Ich habe sie zwar abgeschaltet, aber der Wasserstrom dürfte sie immer noch drehen. Seien Sie also vorsichtig.«

Rachlin nickte. »Und wo ist das erste Steigrohr?«

»Genau hundertsieben Meter hinter dem Becken«, erwiderte der Angestellte. »Halten Sie sich links, wenn sich der Kanal verzweigt.«

»Gut. Das ist alles, was wir wissen müssen«, meinte Rachlin. »Gehen Sie jetzt wieder hinauf, und schalten Sie wieder alles an, sobald Sie an Ihrem Arbeitsplatz sind.«

Der Mann hielt inne und sah die Taucher zweifelnd an.

»Nun machen Sie schon!« bellte Rachlin, und der Angestellte setzte sich in Richtung Treppe in Bewegung.

Snow ließ sich als erster nach rückwärts in die blubbernde Flüssigkeit fallen. Als er vorsichtig die Augen öffnete, sah er zu seinem Erstaunen, daß sie relativ klar und bei weitem nicht so dickflüssig wie die im Humboldt Kill war. Er spürte, wie die Nässe seinen Anzug durchdrang und zwang sich, an etwas anderes zu denken.

Snow schwamm gegen eine leichte Strömung auf die sich langsam drehenden Blätter der Propellerpumpe am Zulauf des Absetzbeckens zu, das den Eingang in den Kanal verschloß. Vor der Pumpe wartete er auf Rachlin und die sechs weiteren SEALs. Rachlin deutete auf Snow, der mit seinen Fingern bis

drei zählte, bevor er und Donovan an den Blättern des Propellers vorbei in den Kanal schwammen. Als nächstes kam das Alpha-Team, gefolgt vom Beta- und Gamma-Team.
Hinter dem Ventil befand sich ein riesiges Rohr aus rostfreiem Edelstahl, das in tiefe Finsternis führte.
Snow spürte, wie in ihm dieselbe lähmende Angst aufstieg, die ihn auch bei seinem Tauchgang im Humboldt Kill heimgesucht hatte. Er kämpfte dagegen an, indem er seinen Atem verlangsamte und bewußt versuchte, seine Herzschläge zu zählen. Diesmal durfte er nicht in Panik geraten.
Rachlin und sein Partner tauchten hinter ihm durch die Propellerblätter. Der Commander kam sofort auf Snow zu und deutete energisch nach vorn. Rasch schwamm der Polizeitaucher, gefolgt von den anderen Teams, immer tiefer in den Kanal hinein. Von hinten hörte er, wie die Pumpe ansprang, und er spürte an der stärker werdenden Strömung, daß sich die Propellerblätter wieder drehten. Jetzt gab es kein Zurück mehr, selbst wenn sie gewollt hätten. Der Tunnel führte nach unten. An der Gabelung nahm Snow den linken Abzweig. Nach einer Strecke, die ihm schier endlos vorkam, erreichte er schließlich das erste Steigrohr, einen engen Schacht mit Stahlwänden, der kaum breiter als Snows Schultern war. Rachlin bedeutete dem Polizeitaucher, daß er von nun an die Führung übernehmen würde. Snow gliederte sich zwischen die SEALs ein und schwamm im Strom der von ihnen ausgestoßenen Luftblasen nach unten, bis Rachlin nach ein paar Metern anhielt, um sich in ein horizontales Rohr zu zwängen, das noch enger als der vertikale Schacht war. Als Snow hinter Donovan hineinschwamm und spürte, wie seine Preßluftflaschen an der Wand entlangschrammten, bekam er fast Platzangst.
Plötzlich ging der im Licht der Unterwasserlampen glänzende Edelstahl in ein altes Eisenrohr über, dessen Wand mit einer schwammartig weichen Rostschicht überzogen war. Die Flossenbewegungen der Taucher vor Snow lösten dicke orangefar-

bene Flocken davon ab, die ihm vor die Taucherbrille wirbelten. Einmal hielten sie kurz an, weil Rachlin auf seine wasserfeste Karte sehen mußte, dann ging es um zwei weitere Abzweigungen herum, bis sie schließlich zu einem nach oben führenden Schacht kamen. Nachdem Snow diesen ein paar Meter hinaufgeschwommen war, spürte er, wie sich die Wasseroberfläche teilte und sein Kopf an die Luft kam. Er befand sich in einem großen Tunnel mit gemauerten Wänden, der einen Durchmesser von etwa fünf Metern hatte und zur Hälfte mit einer trüben, langsam dahinfließenden Flüssigkeit gefüllt war. Das mußte der große Sammelkanal sein.
»Snow und Donovan nach hinten«, befahl Rachlin, »die anderen bilden die besprochene Formation. Bleibt mit dem Kopf über Wasser, Leute, aber atmet weiter aus den Preßluftflaschen. Die Luft hier unten ist bestimmt voller Methangas.« Nach einem kurzen Blick auf die Karte, die mit einer Schnur an seinem Taucheranzug befestigt war, setzte sich der Commander wieder in Bewegung.
Hintereinander her schwamm die Gruppe durch ein verschlungenes System von großen und kleinen Kanälen. Snow, der eigentlich immer stolz auf seine Leistungen als Langstreckenschwimmer gewesen war, hatte seine liebe Mühe, mit dem Tempo der sieben Kampftaucher mitzuhalten.
Schließlich gelangten sie in einen großen fünfeckigen Raum, von dessen mit gelblichen Stalaktiten besetzter Decke eine dicke Eisenkette herabhing. Ein dünnes Rinnsal rann die Kette hinab und tropfte von dem massiven verrosteten Haken an ihrem Ende ins Wasser. An den Wänden des Raums entlang lief ein breiter, trockener Sims, von dem aus man in drei trockene Tunnels gelangen konnte.
»Das hier ist unsere Operationsbasis«, erklärte Rachlin. »Von hier aus dürfte es ein Kinderspiel sein, die Ladungen anzubringen. Trotzdem gehen wir streng nach Vorschrift vor. Wenn ihr auf Widerstand stoßen solltet, gebt ihr euch zu erkennen und

schaltet den Gegner im Falle eines Angriffs sofort aus. Sollte etwas schiefgehen und ihr eure Kameraden verlieren, schlagt euch alleine zum Kanalschacht an der 125th Street durch, wo wir wieder an die Oberfläche gehen. Gibt es noch Fragen?« Als keiner der SEALs etwas sagte, blickte sich der Commander noch einmal im Kreis seiner Männer um. »Okay, Leute, dann wollen wir uns mal unsere Brötchen verdienen.«

57

Einen schrecklichen Augenblick lang glaubte Margo, daß sie angegriffen würden. Sie drehte sich instinktiv um und hob ihre Waffe, wollte aber nicht hinsehen, mit wem oder was Pendergast da vor ihr kämpfte. Als sie einen geflüsterten Fluch von D'Agosta hörte, warf sie schließlich doch einen Blick durch die ungewohnte Nachtsichtbrille auf den FBI-Agenten und sah, daß er mit einem Menschen und nicht mit einem Wrinkler im Clinch lag. Es war ein abgerissener, schlammverschmierter Mann, der aus einer Wunde am Kopf blutete, vermutlich ein Obdachloser, den die Polizei nicht aus dem Untergrund vertrieben hatte. Aber dann erkannte Margo auf den grünlich leuchtenden Monitoren die schlaksige Gestalt des Mannes.

»Bill?« fragte sie erstaunt.

Pendergast hatte den Mann inzwischen zu Boden geworfen und flüsterte ihm, während er ihm noch immer die Hand auf den Mund preßte, etwas ins Ohr. Einen Augenblick später gab der Mann seinen Widerstand auf. Pendergast ließ ihn los und stand auf. Margo beugte sich über die am Boden liegende Gestalt. Sie hatte recht gehabt. Es war Smithback.

»Geben Sie ihm eine Minute, um sich auszuruhen«, sagte Pendergast.

»Das ist doch nicht zu glauben«, brummte D'Agosta. »Ist der Kerl uns etwa nachgeschlichen?«

Pendergast schüttelte den Kopf. »Nein. Uns ist niemand gefolgt.« Er sah sich um und bemerkte, daß in der Nähe einige Tunnels zusammenliefen. »Das hier ist der Flaschenhals, wo alle Kanäle des Quadranten unter dem Central Park aufeinandertreffen. Offenbar wurde Smithback verfolgt und kam aus einem dieser Tunnels. Die Frage ist bloß, wer ihn verfolgt hat. Oder was.« Pendergast machte seinen Flammenwerfer klar und blickte hinüber zu D'Agosta. »Ist Ihr Blitz bereit, Vincent?«

D'Agosta nickte.

Auf einmal sprang Smithback auf, sackte aber gleich wieder zusammen und blieb auf den Leitungen und Rohren liegen, die den Boden des Flaschenhalses bildeten.

»Sie haben Duffy getötet!« rief er. »Wer seid ihr? Hilfe! Ich kann nichts sehen!«

Margo steckte ihre Waffe ein und kniete sich neben Smithback nieder. Der Weg von dem U-Bahn-Tunnel hier herunter, der durch von allen möglichen Geräuschen widerhallende Stollen und finstere feuchte Gänge geführt hatte, war auch an ihren Nerven nicht spurlos vorübergegangen. Sie konnte gut verstehen, wie Smithback sich jetzt fühlte.

»Bill«, sagte sie mit beruhigender Stimme. »Es ist alles in Ordnung. Ich bin es, Margo, Margo Green. Pendergast, D'Agosta und Mephisto sind bei mir. Bitte seien Sie still. Wir dürfen kein Licht machen, sonst werden die Kreaturen auf uns aufmerksam. Deshalb tragen wir alle Nachtsichtgeräte, aber leider haben wir keines mehr für Sie übrig. Aber wir weisen Ihnen den Weg.«

Smithback starrte mit weit aufgerissenen Augen in die Richtung, aus der ihre Stimme kam. »Ich möchte fort von hier«, rief er und versuchte, sich aufzurappeln.

»Was? Sie wollen freiwillig eine Geschichte sausenlassen?« fragte D'Agosta sarkastisch.

»Allein finden Sie nie zurück«, sagte Pendergast und legte Smithback eine Hand auf die Schulter.
Sein neuerlicher Ausbruch schien den Journalisten erschöpft zu haben. »Was tun Sie überhaupt hier unten?« fragte er mit müder Stimme.
»Dieselbe Frage könnte ich Ihnen auch stellen«, entgegnete Pendergast. »Mephisto führt uns zu den Astortunnels, die auch als *The Devil's Attic* bekannt sind. Ursprünglich war geplant gewesen, das Reservoir im Central Park abzulassen und mit dem Wasser die Kreaturen in ihren Tunnels zu ertränken.«
»Das war Captain Waxies Idee«, warf D'Agosta ein.
»Aber das Reservoir ist voll von gefährlichen Pflanzen, deren Samen auf keinen Fall mit Salzwasser in Berührung kommen dürfen. Weil es zu spät ist, das Ablassen des Wassers zu stoppen, werden Kampftaucher der Marine vom Fluß her die Abläufe der Astortunnels durch Sprengungen verschließen, während uns die Aufgabe zufällt, die Seitengänge am Flaschenhals und bei den Astortunnels dichtzumachen, damit das Wasser sich nicht andere Wege in den Hudson suchen kann. Wenn uns das gelingt, dann wird sich das Wasser von den Tunnels bis hierher zum Flaschenhals so lange stauen, bis ein ihm zugesetztes Herbizid seine volle Wirkung entfalten kann.«
Smithback sagte nichts und senkte den Kopf.
»Wir sind gut bewaffnet, haben ziemlich genaue Pläne und sind auf alles vorbereitet, was uns hier unten zustoßen könnte. Wenn Sie bei uns bleiben, sind Sie sehr viel sicherer als allein. Verstehen Sie, was ich sage, William?«
Mit Erleichterung bemerkte Margo, daß Pendergasts wohlgewählte Worte eine beruhigende Wirkung auf Smithback hatten. Er atmete langsamer, und schließlich nickte er sogar kaum merklich mit dem Kopf.
»Und was haben Sie hier unten verloren?« wollte D'Agosta nun wissen.
Pendergast hob beschwichtigend die Hand, aber Smithback

hatte sich schon wieder so weit gefangen, daß er antworten konnte. »Ich bin Captain Waxie und einer Gruppe von Polizisten unter das Reservoir gefolgt«, erklärte er leise. »Sie versuchten, zusammen mit einem Mann namens Duffy irgendwelche Ventile zu schließen, aber die hatte jemand mutwillig zerstört. Muß wohl Sabotage gewesen sein. Jedenfalls funktionierten sie nicht. Und dann ...« Er verstummte abrupt und fuhr sich mit der Hand übers Gesicht. »Und dann kamen *sie.*«

»Sie müssen das nicht erzählen, Bill«, sagte Margo.

»Ich bin weggelaufen«, fuhr Smithback fort und schluckte schwer. »Zusammen mit Duffy. Aber in der Pumpstation haben sie ihn erwischt und dann haben sie ...«

»Das ist genug«, sagte Pendergast ruhig. Eine Weile waren alle still. »Sie haben vorhin von Sabotage gesprochen?«

Smithback nickte. »Ich habe gehört, wie Duffy sagte, daß jemand an den Ventilen herummanipuliert hätte.«

»Das ist beunruhigend. Sehr beunruhigend sogar.« Pendergasts Gesicht nahm einen Ausdruck an, den Margo noch nie bei ihm gesehen hatte. »Wir sollten jetzt besser weitergehen«, meinte er und griff nach seinem Flammenwerfer. »Der Flaschenhals hier ist ein perfekter Ort für einen Hinterhalt.« Er blickte sich mit seinem Nachtsichtgerät im Tunnel um. »Mephisto?« flüsterte er.

Der Anführer der Obdachlosen trat mit vor der Brust verschränkten Armen und einem breiten Grinsen auf dem Gesicht auf Pendergast zu.

»Welch ein ergreifendes Wiedersehen«, zischte er mit seiner heiseren Stimme. »Jetzt ist unsere fröhliche Gruppe von Abenteurern endlich komplett. Hallo, Schreiberling! Wie ich sehe, haben Sie sich nun doch noch tiefer nach unten gewagt als bei unserem ersten Treffen. Ihr Mut scheint mit der Zeit zu wachsen.«

»Eigentlich nicht«, erwiderte Smithback gedämpft.

»Nun, wie dem auch sei, wie schön, daß wir unseren persönlichen Geschichtsschreiber dabeihaben.« In den unnatürlichen Farben von Margos Nachtsichtgerät schienen Mephistos Augen in einer Mischung aus Gold und Purpurrot aufzuleuchten. »Werden Sie auch ein Heldenepos über uns verfassen? Ich hätte gerne die Mephistiade in Blankversen, wenn das möglich wäre. Dazu müßten Sie allerdings diesen kleinen Ausflug hier überleben, Schreiberling. Aber wer kann schon ahnen, wer von uns das Licht des Tages wiedersehen wird und wessen Gebeine hier in der Tiefe unter Manhattan vermodern werden?«

»Lassen Sie uns jetzt weitergehen«, sagte Pendergast.

»Ich habe verstanden. Whitey meint, wir hätten genug geplaudert. Vielleicht hat er ja Angst, daß *seine* Gebeine von den Ratten abgenagt werden.«

»Wir müssen mehrere Sprengstoffladungen direkt unter dem Flaschenhals anbringen«, erklärte Pendergast ungerührt. »Wenn wir uns noch länger Ihre Ergüsse anhören, werden wir nicht mehr rechtzeitig herauskommen, bevor das Reservoir abgelassen wird. Und dann können sich die Ratten an Ihren Gebeinen ebenso delektieren wie an den meinen.«

»Ist ja gut«, murmelte Mephisto. »Reg dich bloß nicht auf.« Er drehte sich um und begann, einen engen dunklen Schacht hinunterzuklettern.

»Nein«, erklärte Smithback. »Da gehe ich nicht hinein.«

D'Agosta trat auf den Journalisten zu. »Nun machen Sie schon. Ich werde Ihnen die Hand halten.«

Der Schacht endete in einem hohen Tunnel, in dem knöcheltief faulig riechendes Wasser stand. Die anderen warteten in der Dunkelheit, bis Pendergast mehrere Sprengladungen an den Wänden angebracht hatte. Dann gingen sie weiter zu einem ein paar hundert Meter entfernten eisernen Steg, der sich an die fünfzig Zentimeter über dem Wasser befand. Margo war froh, von der kalten, ekelhaft stinkenden Brühe wegzukommen.

»Wie schön«, flüsterte Mephisto, während er auf den Laufsteg kletterte. »Jetzt muß sich Whitey nicht mehr seine hübschen Schuhe naß machen.«
»Vielleicht könnte der Pennerkönig zur Abwechslung mal den Mund halten«, brummte D'Agosta von hinten.
»Pennerkönig!« zischte Mephisto amüsiert. »Was für ein netter Ausdruck. Vielleicht sollte ich mich jetzt auf Rattenjagd begeben und euch eurem Schicksal überlassen. Na, wie würde dir das gefallen, Bullenhäuptling?«
D'Agosta zuckte zusammen, hielt sich aber zurück, während Mephisto sie den Laufsteg entlang zu einem schmalen Gang führte. Margo hörte das Geräusch von rauschendem Wasser, und bald endete der Gang vor einem kleinen plätschernden Wasserfall. Daneben führte eine rostverkrustete Eisenleiter vertikal in die Tiefe.
Einer nach dem anderen kletterten sie diese Leiter hinab, bis sie in einen Tunnel kamen, an dessen felsigem Boden zwei parallele, einen Meter fünfzig dicke Rohre verliefen. Seine Wände waren von so vielen Bohrlöchern übersät, daß Margo sich unwillkürlich an Termitenfraß erinnert fühlte.
»Nous sommes arrivés«, erklärte Mephisto, in dessen Stimme Margo zum erstenmal so etwas wie Nervosität zu erkennen glaubte. »Der Dachboden des Teufels befindet sich jetzt direkt unter uns.«
Pendergast sah auf seine Karten, bedeutete den anderen, auf ihn zu warten, und verschwand in der Dunkelheit. Während die Minuten verstrichen, wurde Margo immer unruhiger. Jeder Wassertropfen, der von der Decke des alten Tunnels auf den Boden fiel, ließ sie vor Schreck zusammenzucken. Wieder einmal fragte sie sich, weshalb sie den anderen eigentlich in den Untergrund gefolgt war. Langsam, aber sicher nahm der Gedanke, viele Stockwerke tief unter der Erde in einem längst vergessenen Labyrinth von Gängen und Tunnels zu sein, immer bedrückendere Dimensionen an. In einem Labyrinth, in

dem hinter jeder Ecke ein unsichtbarer Feind auf sie lauern konnte ...

»Meine liebe Dr. Green«, hörte sie auf einmal Mephistos heisere Stimme sagen. »Ich bedauere es zwar, daß Sie sich unserem kleinen Spaziergang angeschlossen haben, aber da Sie nun mal hier sind, könnten Sie mir vielleicht einen Gefallen tun. Obwohl ich mich nach Kräften bemühe, möglichst viele Risiken auf Ihre Polizistenfreunde abzuwälzen, könnte es vielleicht doch sein, daß mir bei dieser Unternehmung etwas zustößt. Für diesen Fall möchte ich Sie bitten, das hier mit nach oben zu nehmen.« Margo fühlte, wie ihr ein kleiner Umschlag in die linke Hand gedrückt wurde. Sie hob ihn nach oben ins Blickfeld ihrer Nachtsichtbrille, aber Mephisto fing ihre Hand ab und drückte sie wieder nach unten. »Jetzt nicht«, sagte er und steckte ihr den Umschlag in die Hosentasche. »Später ist noch genügend Zeit dafür. Hoffen wir, daß es nicht nötig sein wird.«

»Warum ich?« fragte Margo.

»Wer denn sonst?« kam die gezischte Gegenfrage. »Vielleicht dieser aalglatte G-man Pendergast? Oder D'Agosta, der Freund und Helfer in XXL? Der Kerl ist doch genausowenig ernst zu nehmen wie unser etwas ramponierter Held des Boulevardjournalismus.«

Aus der Dunkelheit waren sich rasch nähernde Schritte zu hören, und kurz darauf kam Pendergast zurück in den Sichtbereich ihrer Infrarotbrillen. »Da vorne ist der Laufsteg, auf dem ich das letztemal hierhergekommen bin. Die Ladungen, die ich angebracht habe, müßten eigentlich dafür sorgen, daß das Wasser des Reservoirs nach Süden abfließt. Jetzt müssen wir nur noch die Tunnels an der Nordseite des Parks zur Sprengung vorbereiten und dann das Ganze in die Luft jagen.« Pendergasts Ton klang so beiläufig, als spräche er von einem Krocket-Spiel bei einer Gartenparty. Margo war ihm dankbar dafür.

Der FBI-Agent entfernte die Schutzkappe vom Abzug des Flammenwerfers. »Ich gehe als erster«, erklärte er. »Dann kommen

Sie, Mephisto. Ich vertraue Ihren Instinkten, wenn Sie also irgend etwas bemerken, das Ihnen seltsam vorkommt, dann sagen Sie es mir sofort.«

»Es ist schon seltsam genug, daß wir überhaupt hier unten sind«, entgegnete Mephisto. »Seit die Wrinkler sich in den Astortunnel eingenistet haben, ist das ein verfluchter Ort.«

»Margo, Sie gehen hinter Mephisto«, fuhr Pendergast fort. »Und kümmern Sie sich um Smithback. Sie, Vincent, halten uns den Rücken frei. Es könnte sein, daß wir angegriffen werden.«

»Alles klar«, antwortete D'Agosta.

»Ich möchte auch etwas tun«, sagte Smithback leise.

»Und was?«

»Geben Sie mir eine Waffe«, bat der Journalist mit zittriger, aber entschlossener Stimme.

»Können Sie denn damit umgehen?« fragte Pendergast.

»Ich bin ein ziemlich guter Tontaubenschütze.«

D'Agosta unterdrückte ein Lachen, während Pendergast sich auf die Unterlippe biß und nachdachte. Dann nahm er die Waffe, die er über der Schulter trug, und reichte sie Smithback. »Das ist ein M-79«, sagte er. »Mit vierzig Millimeter Explosivgeschossen. Schießen Sie nur, wenn zwischen Ihnen und dem Ziel mindestens ein Abstand von fünfundzwanzig Metern besteht, sonst kriegen Sie selbst von der Detonation etwas ab. D'Agosta wird Ihnen im Gehen erklären, wie man das Ding nachlädt. Wenn es zum Kampf kommt, wird auch genügend Licht dasein, damit Sie sehen, wo Sie hinschießen.«

Smithback nickte.

»Schon der Gedanke an einen Journalisten mit einem Granatwerfer macht mich nervös«, ließ sich D'Agostas Stimme aus der Dunkelheit vernehmen.

»Also los, Leute«, ermunterte Pendergast. »Wir bringen die letzten Ladungen an und sehen dann zu, daß wir von hier wegkommen. Sollten wir angegriffen werden, schießen Sie nur dann, wenn es gar nicht anders geht. Das Geräusch wird sämtliche Kreaturen auf uns hetzen, deshalb müssen wir zuerst den Blitz einsetzen, mit dem wir die Wrinkler blenden können. Bevor Sie ihn auslösen, sagen Sie aber Bescheid, Vincent, damit wir die Nachtsichtgeräte ausschalten können, sonst überlastet der Blitz die Schaltkreise. Die Kreaturen reagieren äußerst empfindlich auf Licht, und das ist unser großer Vorteil. Und dann haben wir ja noch das Vitamin D. Sind Sie wirklich sicher, daß es wirken wird, Dr. Green?«

»Hundertprozentig sicher«, antwortete Margo, ohne nachzudenken. »Na ja, sagen wir lieber fünfundneunzigprozentig«, korrigierte sie sich einen Augenblick später.

»Verstehe«, erwiderte der FBI-Agent. »Vielleicht benutzen Sie dann doch besser zuerst Ihre Pistole, wenn es hart auf hart kommt.«

Pendergast sah sich noch einmal um, dann führte er die Gruppe den alten Tunnel entlang. Margo nahm Smithback bei der Hand, und D'Agosta, der immer wieder über seine Schulter blickte, bildete die Nachhut. Nach etwa fünfzig Metern blieb Pendergast stehen und hob die Hand. Die anderen hielten augenblicklich an. Ganz langsam führte Pendergast den Zeigefinger seiner linken Hand an seine Lippen. Dann griff er in eine Tasche seines Kampfanzugs, holte ein Feuerzeug heraus und hielt es an die Mündung des Flammenwerfers. Margo hörte das Kratzen des Feuersteins, ein puffendes Geräusch und ein leises Zischen. Ein bläuliches Zündflämmchen spielte um das Ende des kupfernen Flammrohres.

»Hat vielleicht jemand eine Zigarette?« fragte Mephisto.

Margo sog die Luft durch die Nase ein und hatte Mühe, Ruhe zu bewahren. In den für den Untergrund so typischen Geruch nach Methangas und Ammoniak hatte sich ein schwacher, aber unverkennbarer Bocksgeruch gemischt.

58

Snow lehnte sich mit seinem schmerzenden Rücken an die Ziegelwand des Stollens, zog sich langsam die Flossen von den Füßen und legte sie neben die Preßluftflaschen und Gewichtgürtel der Kampfschwimmer. Er dachte kurz daran, auch den wasserdichten Sack abzunehmen, den ihm Commander Rachlin anvertraut hatte, erinnerte sich dann aber daran, daß er ihn bis zum Ende des Einsatzes am Mann behalten sollte. Der Boden des achteckigen Raumes fühlte sich unter den Sohlen seiner Neoprensocken naß und schlüpfrig an. Snow nahm den Lungenautomaten aus dem Mund und zuckte zusammen, als er die faulig riechende Luft einatmete. Seine Augen brannten, so daß er mehrmals blinzeln mußte. Von hier aus ging es nun zu Fuß weiter.

Rings um ihn legten die SEALs ihre Taucherbrillen und Preßluftflaschen ab und holten Waffen und Sprengausrüstung aus den wasserdichten Säcken. Commander Rachlin zündete eine Magnesiumfackel an und steckte sie in einen Spalt in der Ziegelmauer. Die Fackel zischte und sprotzte und tauchte den Raum in flackernd rötliches Licht. »Macht die Funkgeräte klar!« befahl Rachlin. »Aber benutzt sie nur im Notfall. Ich möchte, daß strikte Funkdisziplin gewahrt wird. Und denkt daran, daß jede Gruppe zusätzliche Ladungen dabeihat. Sollte aus welchen Gründen auch immer eines der Teams ausfallen, übernehmen die anderen seine Aufgabe.«

Er schaute noch einmal auf seine wasserfeste Karte. »Delta, ihr seid die Feuerwehr«, wandte er sich an Donovan. »Ihr bleibt hier am Sammelpunkt und gebt uns Rückendeckung, und sollten wir es nicht schaffen, alle Ladungen zu legen, bringt ihr den Job zu Ende. Team Beta nimmt den rechten Tunnel, Team Gamma den mittleren. Wir kümmern uns um den linken. Alle diese Gänge enden nach etwa fünfhundert Metern in vertika-

len Schächten. Genau dort bringt ihr eure Ladungen an. Bis spätestens 23.20 Uhr sind alle Teams wieder hier, dann müssen wir den Rückmarsch antreten.«
Rachlin warf Snow einen prüfenden Blick zu. »Alles in Ordnung, Kleiner?«
Snow nickte.
»Dann los, Leute«, sagte der Commander. »Beecham, Sie gehen mit mir.«
Snow sah zu, wie die drei Teams mit im Schlamm schmatzenden Schritten in der Dunkelheit verschwanden. Er streifte sich den Kopfhörer des Funkgeräts über die Ohren und richtete das daran befindliche Mikrophon so aus, daß es direkt vor seinen Lippen war. Als die Geräusche der Teams sich langsam in den Tunnels verloren, spürte er, wie ein Gefühl der Bedrohung in ihm immer stärker wurde.
Donovan ging an den Ziegelwänden des fünfeckigen Raumes entlang und erkundete im roten Licht der Magnesiumfackel die Umgebung. Nach ein paar Minuten kam er zurück zu Snow, der noch immer neben der abgelegten Ausrüstung der Kampftaucher stand. »Riecht nach Scheiße hier unten«, konstatierte er und ging neben Snow in die Hocke.
Snow verkniff sich die Bemerkung, die sich ihm aufdrängte.
»Für einen Zivilisten schwimmst du nicht schlecht, Kumpel«, fuhr Donovan fort, während er seinen Gürtel zurechtrückte. Offenbar hatte Snows Verhalten während des Anmarschs den SEAL davon überzeugt, daß es nicht unter seiner Würde war, sich mit ihm zu unterhalten. »Du bist doch der Typ, der die beiden Skelette aus dem Humboldt Kill getaucht hat, stimmt's?«
»Stimmt«, erwiderte Snow kurz angebunden. Wer wußte, was Donovan über diesen Vorfall gehört hatte.
»Muß ein verrückter Job sein, ständig nach irgendwelchen Leichen zu tauchen«, meinte der Soldat und lachte.
Auch nicht verrückter, als Vietcongs abzuknallen oder Schiffen

Sprengladungen unter den Kiel zu kleben, dachte Snow. »Wir fischen nicht nur Leichen aus dem Wasser«, sagte er laut. »An dem Tag, an dem ich die Skelette fand, haben wir eigentlich nach einem Päckchen Heroin getaucht, das jemand von einer Brücke geworfen hatte.«

»Tatsächlich? Heroin? Da werden die Fische ja ganz schön zugedröhnt gewesen sein.«

Snows Lachen kam ihm selbst ziemlich gezwungen und unnatürlich vor. Was ist denn los mit dir? schalt er sich selber. Sei doch so cool wie Donovan. »Ich wette, daß es im Humboldt Kill schon seit zweihundert Jahren keine Fische mehr gibt«, sagte er schließlich.

»Die Wette würdest du vermutlich gewinnen«, stimmte ihm Donovan zu und stand auf. »Mann, ich beneide dich wirklich nicht. Lieber würde ich eine Woche lang Wachdienst schieben, als fünf Minuten in dieser Scheiße herumzuschwimmen.«

Der SEAL deutete mit einem hämischen Grinsen auf Snows Harpune. »Ich glaube, ich gebe dir besser eine richtige Waffe, falls wir die anderen raushauen müssen«, meinte er und zog ein automatisches Gewehr mit einem häßlich aussehenden Metallzylinder unter dem Lauf aus einem der wasserdichten Säcke. »Hast du schon mal mit einem M-16 geschossen?« fragte er.

»Ja«, entgegnete Snow. »Die Jungs von der Sondereingreiftruppe haben uns beim Picknick auf dem Schießstand mal eines geliehen.«

Donovan verzog halb amüsiert, halb ungläubig das Gesicht. »Ist denn das zu fassen? Beim Picknick auf dem Schießstand! Wahrscheinlich haben eure Muttis euch belegte Brote mitgegeben. Stimmt's oder hab ich recht?« Er warf Snow das Gewehr zu und holte aus einem der Säcke mehrere Magazine dafür hervor. »Da sind jeweils dreißig Schuß drin«, erklärte er. »Bei Dauerfeuer hast du die in zweieinhalb Sekunden durchgejagt, laß also den Finger möglichst nicht zu lange auf dem Abzug. Das Ding ist zwar nicht auf dem letzten Stand der Technik, dafür aber robust und zuverlässig. Der vordere Abzug ist übrigens für den XM-148. Das ist der Granatwerfer unter dem Lauf. Hier hast du noch zwei Behälter mit Vierzig-Millimeter-Granaten, falls dich der Ehrgeiz packen sollte.«

»Donovan, was ist eigentlich ein Knaller?« Snow mußte die Frage einfach stellen.

Das geschminkte Gesicht des SEALs verzog sich zu einem breiten Grinsen. »Jetzt kann ich es dir ja sagen«, meinte er. »Der Knaller ist der arme Hund, der bei einer Operation die Blendgranaten schleppen muß.«

»Wieso armer Hund?«

»Diese Granaten müssen bei jedem Nachteinsatz dabeisein, selbst bei einem wie diesem, wo wir möglichst unauffällig vorgehen sollen«, fuhr Donovan mit seiner Erklärung fort, ohne auf Snows Frage direkt einzugehen. »Es ist eine idiotische Vorschrift, aber was soll man schon tun? Die Blendgranaten sind ultrahelle Lichtquellen. Man dreht die Schutzkappe ab und wirft die Granate. Wenn sie detoniert, verbreitet sie ein Licht mit einer Leuchtstärke von einer halben Million Candela. Das Problem mit den Dingern ist nur, daß sie verdammt explosiv sind. Eine Kugel aus einer kleinkalibrigen Pistole in den Sack und – wusch! Der große Knall. Verstehst du jetzt?« Donovan kicherte und fing wieder an, in dem Raum herumzutigern. Snow sah den Beutel um seinen Hals auf einmal mit ganz anderen Augen und versuchte, ihn so weit wie möglich von seinem Körper wegzuhalten. Bis auf das unregelmäßige Zischen der Fackel an der Wand war einige Minuten lang kein Geräusch zu vernehmen. Dann hörte Snow, wie Donovan abermals leise vor sich hin kicherte. »Mann, sieh dir das an. Da ist doch irgendein Verrückter barfuß herumgelaufen. In dem Schlamm! Kannst du dir das vorstellen?«

Snow lehnte das Gewehr an die Wand und ging hinüber zu dem Kampftaucher. Im schlammigen Boden waren tatsächlich die

Abdrücke nackter Füße zu sehen. Sie waren sogar ziemlich frisch, denn die Ränder waren noch ganz feucht.

»Ganz schön großes Kaliber«, murmelte Donovan. »Das muß mindestens Größe fünfzig sein.« Er lachte wieder.

Während Snow auf den merkwürdig breiten Fußabdruck starrte, nahm sein Gefühl von Bedrohung noch zu. Als Donovans Lachen verstummt war, hörte er ein grollendes Geräusch wie Donner, der aus weiter Ferne kam. »Was war das?«

»Was?« fragte Donovan.

»Ist es nicht zu früh für die Sprengung?« überlegte Snow.

»Ich habe nichts gehört.«

»Aber ich.« Snow spürte, wie ihm sein Herz gegen die Rippen schlug.

Donovan lauschte, aber alles war still. »Beruhige dich, Kumpel«, sagte er. »Du hörst schon Gespenster.«

»Ich finde, wir sollten den Commander informieren.«

Donovan schüttelte den Kopf. »Das würde der gar nicht lustig finden. Er hat strikte Funkdisziplin befohlen, erinnerst du dich?« Der Kampftaucher sah auf seine Uhr. »In zehn Minuten sind die anderen sowieso wieder da. Die Einsatzorte sind ja nicht weit entfernt. Und dann machen wir, daß wir aus diesem Scheißhaus hier herauskommen.«

Die Fackel an der Wand flackerte ein letztes Mal auf und erlosch.

»Mist«, sagte Donovan. »Lang doch mal in den Sack vor deinen Füßen und gib mir eine neue Fackel, Kumpel.«

Snow vernahm ein weiteres Grummeln, das kurz darauf im gedämpften Knallen automatischer Waffen unterging.

Snow hörte, wie Donovan aufstand und leise in sein Funkgerät sprach: »Team Alpha, kommen.« In seinem eigenen Kopfhörer war nichts als Rauschen.

Dann spürte er, wie die Erde unter seinen Füßen zitterte. Eine dumpfe Explosion ertönte aus einem der Tunnels. »Das war eine Granate!« rief Donovan. »Alpha! Beta! Kommen!«

Abermals bebte der Boden.
»Snow, hol deine Waffe!« befahl Donovan. Während Snow seine Taschenlampe anknipste, lud der Kampftaucher sein Gewehr. »Was ist da drinnen bloß los?« fragte Donovan und sprach wieder ins Mikro des Funkgeräts. »Kommen Alpha. Hier Delta. *Hört ihr mich denn nicht?*«
»Alpha an Delta«, kam auf einmal Rachlins Stimme aus Snows Kopfhörer. »Wir haben die Verbindung mit Gamma verloren. Haltet euch bereit.«
»Roger, Alpha.«
Es folgte eine kurze spannungsgeladene Stille, dann war die Stimme des Commanders wieder zu vernehmen: »Delta, hier Alpha. Gamma hat offenbar Schwierigkeiten. Seht nach, was los ist, und nehmt die Ersatzladungen mit. Wir haben unsere Ladungen angebracht und überprüfen den Status von Beta.«
»Roger.« Donovan knipste seine Taschenlampe an und sah hinüber zu Snow. »Los, gehen wir. Wir müssen die Ladungen von Gamma setzen.« Nachdem er die Lampe unter einen seiner Schulterriemen geklemmt hatte, lief er los in Richtung Tunnel. Snow folgte ihm und hielt sein Gewehr wie der Kampftaucher im rechten Winkel zu seiner Brust. Plötzlich bemerkte er, daß der Fußboden des Ganges mit denselben Fußabdrücken übersät war wie dem, den er und Donovan gerade untersucht hatten. Zwischen den kreuz und quer verlaufenden Spuren war es unmöglich zu erkennen, wo die beiden SEALs mit ihren Neopren-Socken gegangen waren. Snow schluckte schwer.
Nach ein paar Minuten geduckten Dauerlaufs hielt Donovan vor einem alten Eisenbahngleis an. »Jetzt kann es nicht mehr weit sein«, murmelte er und schaltete die Taschenlampe aus.
»Wo sind sie?« hörte Snow sich selber fragen. Er war nicht erstaunt, als Donovan ihm keine Antwort gab.
»Team Alpha ist zurück am Sammelpunkt«, tönte Commander Rachlins Stimme leise aus seinem Kopfhörer. »Ladungen er-

folgreich angebracht. Gehen nun los und sehen nach Team Beta.«

»Komm schon, Snow«, sagte Donovan und ging weiter in den Tunnel hinein. Nach ein paar Metern blieb er plötzlich stehen. »Riechst du das?« flüsterte er.

Snow öffnete den Mund und klappte ihn sofort wieder zu, als er einen widerlichen Gestank vernahm. Unwillkürlich drehte er den Kopf weg. Über dem Kloakengestank der Kanalisation lag auf einmal etwas seltsam Erdiges mit einer ekelhaft ziegenartigen Note, die Snow den Mageninhalt nach oben trieb. Und da war noch ein Geruch: ein merkwürdig süßlicher wie in einer Metzgerei.

Donovan schüttelte sich und wollte gerade wieder losgehen, als Rachlins Stimme über Funk kam. »... werden angegriffen. Macht noch eine Fackel an ...«

Snow fragte sich, ob er richtig gehört hatte, denn Rachlins Stimme hatte sehr leise geklungen. Dann aber drang aus dem Kopfhörer das laute Rattern von Gewehrfeuer.

»Alpha! Hier Delta!« rief Donovan. »Hört ihr mich? Over.«

»Roger, Delta«, antwortete Rachlin. »Werden angegriffen. Keine Spur von Team Beta. Wir bringen jetzt ihre Ladungen an. Beecham! *Da drüben!*« Snow hörte einen dumpfen Schlag, gefolgt von einer lauten Explosion. Aus dem Kopfhörer drangen seltsame Geräusche: Rufe, ein Gurgeln, das irgendwie zu tief und rauh klang, um von einem Menschen zu stammen, gefolgt von einer Salve aus einer automatischen Waffe.

»Delta ...«, krächzte Rachlins abgehackte Stimme, »... sind eingekreist ...«

»Eingekreist?« rief Donovan ins Mikrophon. »Von wem? Brauchen Sie Hilfe?«

Aus dem Kopfhörer kamen weitere Schüsse und dann ein markerschütternder Schrei.

»Alpha!« schrie Donovan. »Braucht ihr Verstärkung?«

»Mein Gott! So viele ... Was ist das, Beecham, verdammt ...«

Rachlins Stimme ging in einem Geprassel von Störungen unter. Auf einmal rissen alle Geräusche ab, und Snow, der wie gebannt in der Dunkelheit stand, glaubte zunächst, daß sein Funkgerät kaputtgegangen sei. Dann aber hörte er einen häßlichen, hustenden Schrei, der so laut war, als wäre er direkt neben seinem Ohr ausgestoßen worden, gefolgt vom gummiartigen Geräusch von zerreißendem Neopren.

»Alpha! Kommen!« sagte Donovan und wandte sich an Snow. »Die Verbindung ist noch da. Commander! Hier ist Delta! Antworten Sie!«

Aus dem Kopfhörer hörte Snow das Knacken von Störungen und dann ein Geräusch wie von schmatzendem Schlamm.

Donovan versuchte, sein Funkgerät einzustellen, gab es aber einen Augenblick später wieder auf. »Komm mit«, wandte er sich an Snow.

»Wohin?« fragte der Polizeitaucher, dessen Mund vor Angst ganz trocken war.

»Wir müssen die Ladungen von Team Gamma setzen.«

»Bist du wahnsinnig?« flüsterte Snow. »Hast du denn nicht gehört, was da los war? Wir müssen fort von hier, und zwar *sofort.*«

»Wir werden jetzt die Ladungen von Team Gamma anbringen, Kumpel«, sagte Donovan mit harter, aber ruhiger Stimme, die zudem ein wenig bedrohlich klang. »Diese Operation ist noch nicht zu Ende.«

Snow schluckte schwer. »Aber was ist mit dem Commander?«

»Wir bringen die Operation zu Ende«, wiederholte Donovan, ohne auf seine Frage einzugehen.

Snow wurde klar, daß jetzt nicht die Zeit für eine Diskussion war. Er packte sein M-16 und folgte dem SEAL in die Finsternis.

Als sie um eine Ecke bogen, sahen sie auf einmal ein flackerndes Licht, daß über die Ziegelwände des Tunnels tanzte.

»Waffe entsichern!« flüsterte Donovan.

Vorsichtig ging Snow um die Ecke und blieb stehen. Vor ihm

endete der Tunnel, und eine eiserne Leiter führte nach oben in ein großes Rohr in der Decke. Doch das war nicht alles, was er sah.

»Großer Gott!« murmelte Donovan.

Eine einzelne, im Schlamm steckende Magnesiumfackel erleuchtete eine grausige Szenerie. Die Wände des Tunnels waren von Einschußlöchern übersät, an einer der Ziegelmauern klaffte eine dunkle Bresche mit rußgeschwärzten Rändern. Neben der Magnesiumfackel lagen die beiden SEALs, die Team Gamma gebildet hatten, in dunklen Blutpfützen. Ihre Ausrüstung war rings um sie verstreut, und Fetzen von Pulverdampf hingen noch immer in der Luft.

Donovan hatte sich bei einer der niedergestreckten Gestalten hingekniet, um sie aus der Nähe zu betrachten. Als er wieder aufstand, konnte Snow einen vom Bauch bis zur Brust aufgerissenen Neoprenanzug sehen, aus dem anstatt des Kopfes nur noch der blutige Stumpf eines Genicks ragte. »Campion ist auch tot«, sagte Donovan grimmig, nachdem er auch den anderen Mann untersucht hatte. »Mein Gott, wer hat sie bloß so zugerichtet?«

Snow schloß für einen Moment die Augen und merkte, wie rasch und abgehackt er atmete. Er mußte sich zusammennehmen, um nicht die Kontrolle über sich zu verlieren.

»Wer auch immer das war, sie müssen nach dort oben entkommen sein«, meinte Donovan und deutete auf die Leiter vor ihnen. »Snow, nimm die Patronentasche da drüben.«

Der Polizeitaucher beugte sich nach unten und griff nach dem Beutel, der neben dem toten Campion lag. Erst als er ihn in der Hand hatte, bemerkte er, daß er glitschig von Blut und Gehirnmasse war.

»Ich werde jetzt die Ladungen anbringen«, sagte Donovan und zog aus seinem Beutel zwei ziegelförmige Sprengstoffbarren. »Dreißig Pfund dürften wohl ausreichen. Du gibst uns inzwischen Rückendeckung.«

Snow hob seine Waffe, drehte sich um und starrte im zuckenden Licht der langsam herunterbrennenden Fackel auf die Stelle, wo der Tunnel um die Ecke führte. In seinem Kopfhörer war ein leises Zischen zu vernehmen. Snow wußte nicht genau, ob es eine Störung oder das Geräusch von etwas Schwerem war, das durch den Schlamm geschleift wurde.
Kurze Zeit später war das Funkgerät wieder tot. Aus dem Augenwinkel sah Snow, wie Donovan den Zeitzünder in den Sprengstoff steckte und ihn einstellte. »23.55 Uhr. Damit bleibt uns noch eine knappe halbe Stunde, um den Commander zu finden und von hier zu verschwinden.« Er beugte sich über seine enthaupteten Kameraden und nahm ihnen die Erkennungsmarken ab. »Raus hier«, sagte er, während er die Metallplättchen einsteckte und nach seiner Waffe griff.
Gerade als sie um die Ecke biegen wollten, hörte Snow hinter sich ein leises Scharren und ein Geräusch, das wie ein trockenes Hüsteln klang. Als er sich umdrehte, sah er, wie mehrere Gestalten aus dem Schacht an der Decke kletterten und hinter den toten SEALs in den Schlamm sprangen. Sie hatten weite Umhänge mit großen Kapuzen an und kamen Snow seltsam unwirklich vor.
»Raus!« schrie Donovan und rannte los. Snow folgte ihm, von Panik getrieben. Als sie um die Kurve kamen, rutschte Donovan aus und schlug der Länge nach in den Schlamm.
»Dreh dich um!« schrie er, während er seine Waffe aufnahm und gleichzeitig eine Magnesiumfackel anzündete.
Snow wirbelte herum. Die Gestalten kamen mit großen geschmeidigen Schritten näher. Als die helle Fackel aufflammte, blieben sie einen Augenblick stehen und hielten sich die Hände vor die Augen, drängten dann aber wieder vorwärts. Ihren Bewegungen haftete etwas beunruhigend Animalisches an, das Snow das Blut in den Adern gefrieren ließ. Sein Zeigefinger tastete nach dem Abzugsbügel des Gewehrs. Auf einmal ertönte hinter ihm ein ohrenbetäubender Knall. Donovan mußte

eine seiner Granaten abgefeuert haben. Ein greller Lichtblitz flammte auf, und die nachfolgende Druckwelle ließ den ganzen Tunnel erzittern. Erst daran, daß seine eigene Waffe wie wild in seinen Händen zu tanzen begann, bemerkte Snow, daß auch er vor Angst den Abzug betätigt haben mußte. Sofort hörte er auf zu schießen und sah durch den Pulverdampf, wie eine weitere Gestalt um die Ecke kam. Er zielte und drückte ab. Von mehreren Kugeln getroffen warf die Gestalt den Kopf nach hinten, und Snow konnte den Bruchteil einer Sekunde lang ein faltiges, verunstaltetes Gesicht mit reptilienartig grünlicher Haut erkennen. Dann hörte er einen weiteren Knall, und der schreckliche Anblick verschwand in der Detonation von Donovans zweiter Granate.

Snow hatte seine Waffe leer geschossen und zog aus der Tasche an seinem Gürtel ein neues Magazin. Nachdem er es ins Gewehr geschoben hatte, wartete er auf einen weiteren Angriff, aber in dem Tunnel war es auf einmal völlig ruhig. Keine weiteren Gestalten kamen um die Ecke.

Donovan atmete tief durch. »Los, zurück zum Sammelpunkt«, befahl er.

Vorsichtig gingen die beiden den Gang entlang. Donovan leuchtete mit seiner Taschenlampe voraus. Snow, der ihm dichtauf folgte, atmete schwer. Verzweifelt versuchte er, an etwas anderes zu denken als an das, was er soeben gesehen hatte: die kopflosen Leichen, die Wesen, die aus der Dunkelheit auf ihn zugerannt waren, dieses entsetzliche Gesicht …

Donovan blieb so plötzlich stehen, daß Snow ihm auf den Rücken prallte. Als er das Gleichgewicht wiedererlangt hatte, blickte er nach vorn und fragte sich, weshalb der Kampftaucher wohl so abrupt angehalten hatte. Und dann entdeckte er, daß eine Gruppe von zehn bis zwölf Kreaturen *vor* ihnen stand und im schwachen Licht von Donovans Taschenlampe reglos auf sie zu warten schien. Einige von ihnen hielten etwas Seltsames in den Händen, das Snow nicht sofort erkannte. Als er genauer

hinsah, wandte er die Augen sofort wieder ab. Der Anblick war zu grauenvoll. »Mutter Gottes«, murmelte er. »Was machen wir jetzt?«
»Jetzt schießen wir uns den Weg frei«, erklärte Donovan ruhig und zückte seine Waffe.

59

Margo nahm einen tiefen Zug aus ihrer Atemflasche und reichte das Mundstück an Smithback weiter. Der Sauerstoff sorgte fast augenblicklich für einen klaren Kopf. Margo sah nach vorne, wo Pendergast gerade ziegelförmigen Plastiksprengstoff rund um eine offene Luke plazierte. Jedesmal, wenn er ein weiteres Paket aus seinem Beutel nahm und es auf den Boden in Position brachte, stiegen kleine Wolken von Staub und Pilzsporen auf und versperrten Margo den Blick auf sein Gesicht. D'Agosta, der hinter ihr stand, hatte seine Waffe im Anschlag. Neben ihr lehnte Mephisto an der Tunnelwand, dessen Augen auf den Monitoren ihres Nachtsichtgeräts wie rotglühende Kohlen schimmerten.
Pendergast drückte die Zünder in den Sprengstoff, sah auf seine Patek Philippe-Uhr und stellte die Detonationszeit ein. Dann nahm er seinen Beutel und bedeutete den anderen mit einer Geste, daß er hier fertig war. Sein Gesicht sah aus wie eine Maske aus grauem Staub, und sein sonst so makelloser schwarzer Anzug war zerrissen und schlammbespritzt. Unter anderen Umständen hätte sein Anblick lächerlich gewirkt, aber Margo war weiß Gott nicht zum Lachen zumute.
Die Luft in dem Tunnel war so schlecht, daß Margo sich ständig die Hand über Mund und Nase hielt, bis es ihr zuviel wurde und sie sich wieder etwas Sauerstoff gönnte.

»Na, kriegt die Presse vielleicht auch noch einen Zug?« fragte Smithback mit einem schwachen Lächeln.

Margo gab ihm das Mundstück, und nachdem der Journalist tief eingeatmet hatte, nahm sie ihn bei der Hand und führte ihn hinter Pendergast her durch die Dunkelheit. Von der Decke des Tunnels hingen jetzt große Eisenhaken. Nach einem Marsch von ein paar Minuten blieb Pendergast stehen, sah auf seinen Plan und zog dann ein Bündel Sprengstoff aus Margos Tasche, das er in eine Nische knapp unterhalb der Tunneldecke preßte. »Das wäre erledigt«, erklärte er. »Noch eine Serie von Ladungen, und dann kehren wir um. Wir müssen uns beeilen.«

Er ging weiter den Tunnel entlang, hielt aber nach ein paar Schritten abrupt inne.

»Was ist los?« flüsterte Margo, aber Pendergast brachte sie mit einer Handbewegung zum Schweigen.

»Haben Sie das gehört?« fragte er leise.

Margo lauschte in die Dunkelheit. Die dicke, feuchte Luft in den Tunnels kam ihr wie Watte vor, die alle Geräusche dämpfte. Dann aber hörte sie doch etwas: ein dumpfes Grollen direkt unter ihren Füßen, das wie weit entfernter Donner klang. »Was war das?« fragte sie.

»Ich bin mir nicht sicher«, murmelte Pendergast.

»Sind das vielleicht die SEALs, die ihre Sprengladungen zünden?«

Pendergast schüttelte den Kopf. »Dafür war die Detonation zu leise. Außerdem wäre es noch zu früh.« Er lauschte noch eine Weile mit gerunzelter Stirn, bevor er langsam weiterging.

Margo folgte ihm dichtauf und führte Smithback den Gang entlang, der einen merkwürdigen Verlauf durch das harte Felsgestein nahm. Dabei fragte sie sich, wer diesen Stollen drei Dutzend Stockwerke unter den Straßen von Manhattan wohl gebaut haben mochte. Sie stellte sich die Park Avenue vor, deren Asphaltbelag nur eine dünne Deckschicht über einem

gigantischen Netzwerk aus Schächten, Tunnels, Galerien und Gängen war, die in vielen Ebenen tief in die Erde hinunterreichten, wie ein riesiges Insektennest, in dem ...
Margo schüttelte energisch den Kopf, um nicht an die Bewohner dieses Nestes denken zu müssen, und nahm einen weiteren tiefen Zug aus der Sauerstoffflasche. Als ihre Gedanken wieder klar waren, fiel ihr auf, daß weitere gedämpfte Geräusche von unten heraufdrangen. Diesmal aber waren es keine Explosionen, sondern folgten einem an- und abschwellenden Rhythmus, der Margo an das Hämmern einer Maschine erinnerte.
Pendergast blieb abermals stehen. »Seien Sie alle ganz leise. Wenn jemand etwas sagen muß, dann soll er flüstern, verstanden? Vincent, halten Sie den Blitz bereit.«
Vor ihnen endete der Tunnel an einem großen Eisenschild, aus dessen Oberfläche die Köpfe dicker Nieten ragten. In der Mitte dieser Metallwand befand sich eine kleine Tür, die weit offenstand. Pendergast trat vorsichtig über die Schwelle, den Flammenwerfer im Anschlag. Das Licht der kleinen Zündflamme hinterließ verwischte Leuchtspuren auf den Monitoren von Margos Nachtsichtbrille. Nach ein paar Sekunden winkte Pendergast der Gruppe, daß sie nachkommen solle.
Als Margo den Raum hinter der Metallwand betrat, hörte sie die Geräusche aus dem Untergrund auf einmal viel deutlicher. Es war ein lautes Trommeln, in das sich leiser, murmelnder Gesang mischte.
An den Wänden des Raumes sah Margo Hebel und Instrumente aus von Grünspan überzogenem Messing, auf den zerbrochenen Skalen lag eine dicke Staubschicht. In einer Ecke standen eine massive Winde sowie ein verrosteter Generator.
Pendergast ging rasch in die Mitte des Raumes und kniete neben einer großen Metallplatte nieder. »Das hier ist die Schaltzentrale für die Astortunnels«, erklärte er. »Wenn ich mich nicht irre, dann befinden wir uns hier direkt über dem

Kristallpavillon, einem privaten Wartesaal unter dem alten Knickerbocker Hotel. Von hier aus müßte man eigentlich hinunter in den Pavillon schauen können.«

Der FBI-Agent wartete ab, bis die anderen absolut still waren, dann löste er ein paar verrostete Klammern und schob die Metallplatte vorsichtig zur Seite. Ein schwaches flackerndes Licht drang von unten herauf, begleitet von dem ziegenartigen Gestank, an den nicht nur Margo so viele schreckliche Erinnerungen hatte. Das Geräusch von Trommeln und gedämpftem Gesang wurde lauter. Pendergast beugte sich vor und spähte in das Loch, wobei das trübe Licht aus dem Kristallpalast sein Gesicht in einen rötlichen Schimmer tauchte. Nachdem er eine Weile so verharrt hatte, wandte er sich ab. »Vincent«, flüsterte er. »Sie sollten sich das einmal ansehen.«

D'Agosta trat vor, schob die Nachtsichtbrille auf die Stirn und schaute nach unten. Margo bemerkte, wie sich in seinen Augenbrauen dicke Schweißtropfen formten. Seine Hand glitt unwillkürlich an den Gürtel, wo sein Dienstrevolver steckte. Dann trat er wortlos zurück.

Als nächster ging Smithback an das Loch und sah hinab. Dabei atmete er pfeifend durch die Nase und bewegte sich nicht von der Stelle.

»Der Schreiberling schnauft ja wie ein brunftiger Hirsch«, hörte Margo Mephisto mit leiser Stimme sagen. Smithbacks Hände begannen erst kaum merklich, dann immer stärker zu zittern. Als D'Agosta ihn schließlich von dem Loch wegführte, beherrschte ein Ausdruck höchsten Entsetzens sein erstarrtes Gesicht.

Pendergast winkte jetzt Margo heran. »Dr. Green, ich wüßte gerne, was Sie davon halten«, flüsterte er und deutete nach unten.

Margo ging in die Knie, nahm ihre Nachtsichtbrille ab und schaute in den riesigen Raum hinab. Sie befand sich genau über den Trümmern eines zerstörten Lüsters, der in der Mitte eines gewaltigen Gewölbes baumelte. Darunter befand sich ein kreisrunder Saal, an dessen schmutzstarrenden Wänden sie große Mosaiken aus bemalten Kacheln sah. Neben zerbröselnden dorischen Säulen hingen noch die schlammverkrusteten Reste zerrissener Samtvorhänge wie stumme Zeugen längst vergangener Eleganz. Direkt unter den zum Teil abgebrochenen Armen des Lüsters, an denen sich immer noch einige erblindete Kristallplättchen befanden, war die Schädelhütte, von der Pendergast ihr erzählt hatte. Rings um das makabre Gebäude standen mindestens hundert in weite Mäntel mit großen Kapuzen gehüllte Gestalten, die sich zum Schlagen unsichtbarer Trommeln rhythmisch bewegten und einen monotonen, unverständlichen Gesang von sich gaben. Von allen Seiten strömten weitere Wesen der Versammlung zu und fielen, nachdem sie sich hinter ihren Artgenossen eingereiht hatten, ebenfalls in den Gesang ein. Das müssen die Wrinkler sein, dachte Margo mit einer Mischung aus Faszination und Grauen. »Sieht aus, als wäre das eine Art Ritual«, flüsterte sie.

»Genau«, antwortete Pendergast aus der Dunkelheit hinter ihr. »Ohne Zweifel ist das auch der Grund dafür, daß keiner der Morde in einer Vollmondnacht verübt wurde. Bei dem Ritual – oder was auch immer es sein mag – müssen offenbar alle Kreaturen anwesend sein. Die Frage ist nur, wer jetzt, da Kawakita tot ist, den Ritus zelebriert.«

»Vielleicht hat es unter den Wesen eine Art Putsch gegeben«, sagte Margo. »In primitiven Gesellschaften kommt es nicht selten vor, daß ein Schamane von einem Rivalen getötet wird, der sich dann selbst an die Spitze der Gruppe setzt.« Trotz der Angst und der Abscheu, die sie empfand, folgte Margo fasziniert dem fremdartigen Spektakel unter ihr. »Mein Gott, wenn Dr. Frock das nur sehen könnte.«

»Sie haben recht«, pflichtete Pendergast ihr bei. »Wenn eine dieser Kreaturen nach einem Machtkampf Kawakitas Platz eingenommen hat, dann wäre das vielleicht eine Erklärung dafür, daß die Morde nach seinem Tod an Häufigkeit und Brutalität zugenommen haben.«

»Sehen Sie sich bloß an, wie diese Wesen sich bewegen«, flüsterte Margo. »Als hätten sie alle O-Beine. Das könnte ein Anzeichen für beginnenden Skorbut sein. Wenn sie kein Vitamin D aufnehmen können, wäre das die natürliche Folge.«

Auf einmal begann aus einem Teil des Raumes, den Margo nicht einsehen konnte, ein gutturales Geräusch aufzubranden, das wie eine Welle durch die Reihen der Wrinkler lief. Dann bildete sich eine Gasse zwischen ihnen, und eine Gestalt, die ebenfalls in einen weiten Umhang gehüllt war, wurde auf einer Sänfte aus Knochen und Leder langsam durch die Menge getragen. Gebannt verfolgte Margo, wie die Prozession die im flackernden Licht übernatürlich leuchtende Schädelhütte erreichte. Die Figur verschwand mitsamt der Sänfte im Inneren des Bauwerks, während der Gesang draußen an Lautstärke zunahm.

»Das war der Schamane«, flüsterte Margo atemlos. »Ich bin mir sicher, daß die Zeremonie nicht mehr lange auf sich warten lassen wird.«

»Sollten wir nicht besser abhauen?« fragte D'Agosta leise. »Nichts gegen Ihren Forscherdrang, Margo, aber diese Expedition wird nun mal nicht von *National Geographic* gesponsert. Außerdem sind da draußen dreißig Pfund hochexplosiven Sprengstoffs, die demnächst in die Luft fliegen werden.«

»Er hat recht«, sagte Pendergast, »und die letzte Ladung muß auch noch gelegt werden. »Kommen Sie, Dr. Green, wir müssen weiter.«

»Eine Sekunde noch, bitte«, zischte Margo. Unter ihr kam jetzt Bewegung in die Menge, als etwa ein Dutzend Wrinkler direkt auf die Schädelhütte zusteuerten. Vor dem Eingang knieten sie nieder und ordneten eine Reihe von schwarzen Gegenständen auf dem Boden zu einem Halbkreis an. Dann wurde der Gesang

immer lauter, und eine Gestalt mit zwei brennenden Fackeln in den Händen trat aus der Hütte.
Margo strengte ihre Augen an und versuchte herauszufinden, was das für Gegenstände auf dem Boden waren. Aus der Entfernung sahen sie aus wie unregelmäßig geformte Gummibälle; ganz offensichtlich waren sie ein wichtiger Bestandteil der Zeremonie. Margo erinnerte sich daran, daß der Chuzdi-Stamm in Natal runde, weiß und rot bemalte Steine verwendete, um ...
Dann zog eine der Gestalten an dem Objekt, das vor ihr lag, die Gummihaut weg und enthüllte etwas, das Margo instinktiv von dem Loch zurückweichen und leise aufstöhnen ließ.
Pendergast trat rasch näher und sah hinunter in den Wartesaal. »Das waren die SEALs«, sagte er leise. »Die Wrinkler haben sie getötet.«
Auch Mephisto kam nun herbei, um einen Blick nach unten zu werfen. Das rötliche Licht, das aus dem Loch heraufdrang, schimmerte schwach auf seinem langen Bart. »Man soll eben nach einem üppigen Essen nicht ins Wasser gehen«, murmelte er sarkastisch.
»Meinen Sie, die haben ihre Ladungen noch gelegt, bevor man sie ...?« fragte D'Agosta, ohne den Satz zu Ende zu sprechen.
»Das können wir nur hoffen«, erwiderte Pendergast und schob die Eisenplatte über die Öffnung. »Und jetzt lassen Sie uns unsere Arbeit zu Ende bringen und dann verschwinden, solange noch Zeit dazu ist. Ich werde als erster und Vincent als letzter gehen. Und denken Sie daran, daß wir jetzt praktisch direkt im Nest der Kreaturen sind. Praktizieren Sie also äußerste Wachsamkeit.«
»Praktizieren Sie äußerste Wachsamkeit«, äffte Mephisto die gespreizte Ausdrucksweise des FBI-Agenten nach.
Pendergast sah den Anführer der Obdachlosen mit mildem Tadel an. »Lassen Sie uns doch ein andermal über Ihre schlech-

te Meinung von mir diskutieren«, sagte er leise. »Jetzt ist wirklich nicht die Zeit dafür.«
Die Gruppe verließ den Kontrollraum durch eine Tür an der gegenüberliegenden Wand und gelangte in einen weiteren aus Ziegeln gemauerten Gang. Nachdem sie diesen etwa hundert Meter entlanggegangen waren, blieb Pendergast stehen und deutete in einen Tunnel mit roh behauenen Felswänden, der nach rechts in die Tiefe führte. Aus dem Stollen drang deutlich das Trommeln und Singen aus dem Kristallpavillon herauf.
»Seltsam«, meinte Pendergast. »Dieser Zugang ist auf meinen Plänen nicht verzeichnet. Aber das ist jetzt ohnehin egal, denn unsere Ladungen werden das ganze Tunnelsystem hier zum Einsturz bringen.«
Sie gingen weiter und kamen nach ein paar Minuten zu einer großen, in die Wand des Ganges eingehauenen Werkstattnische, in der verrostete Eisenbahnräder und Ersatzteile für Signale und Weichen gestapelt waren. Überall lag Werkzeug herum, und auf einem modrigen Holztisch stand noch ein Teller mit den verschimmelten Knochen eines halben Hühnchens. Die Nische machte den Eindruck, als sei sie Hals über Kopf verlassen worden.
»Was mag hier wohl passiert sein?« fragte D'Agosta.
»Das werden wir nie mehr erfahren«, entgegnete Pendergast. »In einer Stunde existiert das alles nämlich nicht mehr.« Er deutete auf eine dicke Metalltür hinten an der Wand. »Dahinter befindet sich eine Treppe, die hinab zu den Astortunnels führt. Dort werde ich unsere letzte Ladung anbringen.« Er nahm einen Barren Sprengstoff aus seinem Beutel und rollte ihn in der dicken Staubschicht auf dem Boden.
»Wozu soll denn das gut sein?« fragte D'Agosta. »Zur Tarnung?«
»Genau«, antwortete Pendergast, während er den Plastiksprengstoff an den Fuß des Türpfostens drückte. »Hier besteht durchaus die Gefahr, daß eine von den Kreaturen vorbei-

kommt und den Sprengstoff entdeckt. Sind Ihnen die Fußspuren im Tunnel aufgefallen?«

Margo warf einen Blick nach draußen und sah, was Pendergast gemeint hatte. Der schlammige Boden des Ganges war voller Abdrücke von nackten Füßen. »Großer Gott«, hauchte sie und griff nach dem Sauerstoff. Die Luftfeuchtigkeit betrug hier bestimmt an die hundert Prozent. Nachdem sie einen tiefen Zug genommen hatte, bot sie Smithback das Mundstück an.

»Danke«, sagte der Journalist und atmete langsam ein.

Margo sah, daß seine Augen jetzt nicht mehr so stumpf vor sich hin starrten, aber ansonsten bot der Mann ein Bild des Jammers: Seine Haare hingen ihm in die Stirn, sein Hemd war zerrissen und voller Blutflecke. Der arme Bill sieht aus wie etwas, das man gerade aus einem Abwasserkanal gefischt hat, dachte Margo; und wenn man es genau nimmt, kommt das der Wirklichkeit sogar ziemlich nahe. »Was war eigentlich an der Oberfläche los?« erkundigte sich Margo, um ihn auf andere Gedanken zu bringen.

»Die Hölle«, antwortete Smithback und gab ihr die Atemmaske zurück. »Als die Wisher-Demo in vollem Gange war, tauchten plötzlich Hunderte von Obdachlosen aus dem Untergrund auf. Direkt auf dem Broadway, können Sie sich das vorstellen? Jemand hat gesagt, die Polizei habe die Tunnels voll Tränengas gepumpt, um die Maulwürfe unter dem Central Park zu vertreiben.«

»Die *Maulwürfe*, Schreiberling«, zischte Mephisto, »die Maulwürfe sind wir. Wir scheuen das Licht des Tages, aber nicht deshalb, weil es hell und warm ist, sondern wegen der Dinge, die es enthüllt: Käuflichkeit und Korruption sowie Ausbeutung von unzähligen kleinen Arbeitsameisen, die tagtäglich in den Tretmühlen des Kapitalismus schuften müssen.«

»Ach, hören Sie doch auf!« sagte D'Agosta. »Ich wäre heilfroh, wenn ich nur schon wieder oben in dieser käuflichen, korrupten Welt der Ausbeuter wäre. Sie können sich dann von mir aus im dunkelsten Scheißloch verkriechen, das es unter dieser Stadt gibt, und ich werde Sie dort auch bestimmt in Ruhe lassen, darauf gebe ich Ihnen mein Wort.«

Pendergast trat auf sie zu und sagte leise: »Während Ihrer kleinen Plauderei habe ich mir erlaubt, die letzte Ladung scharf zu machen.« Er rieb sich die Hände und versteckte den leeren Sprengstoffbeutel hinter einem Stapel alter Eisenbahnschwellen. »Und jetzt Schluß mit dem Gerede, sonst machen wir die Kreaturen nur noch auf uns aufmerksam. Außerdem geht in dreißig Minuten der Sprengstoff hoch, und dann möchte ich gerne aus dem Untergrund verschwunden sein.« Mit diesen Worten verließ er die Werkstattnische.

Er war erst ein paar Meter im Tunnel vorangekommen, als er plötzlich anhielt. »Sind Sie bereit, Vincent?« hörte Margo ihn flüstern.

»Allzeit bereit!« gab D'Agosta zurück.

Pendergast überprüfte noch einmal seinen Flammenwerfer. »Wenn es hart auf hart kommt und ich mit diesem Ding einen Feuerstrahl ausstoße, muß jeder stehenbleiben, bis die Flammen verschwunden sind. Die Flüssigkeit aus diesem Flammenwerfer bleibt erst einige Augenblicke an einer Oberfläche haften, bevor sie sich entzündet. Sobald es losgeht, müssen Sie sofort Ihre Nachtsichtgeräte ausschalten und abnehmen. Und sehen Sie zu, daß Sie keinen Blitz in die Augen bekommen. Jetzt entsichern Sie Ihre Waffen, aber warten Sie mit dem Schießen, bis ich das Kommando gebe.«

»Was ist denn los?« fragte Margo, während sie den Sicherungshebel an ihrer Pistole umlegte. Aber dann roch sie auch schon den widerwärtigen Gestank der Kreaturen, der ihnen aus dem Tunnel entgegenwehte.

Kurz darauf hörte Margo raschelnde Geräusche vor und hinter sich. Pendergast gab D'Agosta ein Zeichen, der daraufhin das Einstellicht seines Blitzes anschaltete. Mit angsterfülltem Staunen sah Margo, wie Gruppen verhüllter Gestalten mit unheimlicher Geschwindigkeit von beiden Seiten auf sie zukamen. Pendergast schrie einen Befehl, und D'Agosta löste den Blitz aus. Ein grelles weißes Licht von fast übernatürlicher Helligkeit raste durch den Tunnel und tauchte die düsteren Wände in Farbe. Dann hörte Margo ein seltsames zischendes Brüllen, und aus Pendergasts Flammenwerfer schoß ein breiter, orange und bläulich leuchtender Feuerstrahl. Obwohl sie hinter Pendergasts Rücken stand, spürte Margo eine sengende Hitzewelle auf dem Gesicht. Die Feuerwolke traf mit einem seltsam klatschenden Geräusch auf die angreifenden Kreaturen und hüllte sie in einen Wirbel aus Flammen, Rauch und Funken. Einen Augenblick lang kam es Margo so vor, als trüge die erste Reihe der Angreifer Umhänge aus hellem lebendigem Feuer. Dann waren die Kleidungsstücke auch schon zu Asche verbrannt und fielen in qualmenden Fetzen zu Boden. Wieder ging D'Agostas Blitz los und brannte Margo auf ewig ein gräßliches Bild von buckligen, mißgestalteten Körpern ins Gedächtnis, die wild um sich schlagend und am ganzen Körper brennend zusammenbrachen.

»Zurück in die Werkstatt!« schrie Pendergast.

Während die Gruppe in die Nische zurückhastete, schickte Pendergast den nachdrängenden Angreifern einen weiteren Feuerstrahl entgegen. In seinem orangefarbenen Licht sah Margo, wie immer mehr Kreaturen herbeiströmten. Instinktiv hob sie ihre Pistole und gab mehrere Schüsse ab. Zwei Wrinkler sanken getroffen zu Boden und wurden von den Nachdrängenden niedergetrampelt. Margo bemerkte, daß sie in der Aufregung Smithbacks Hand losgelassen hatte. Als sie sich nach dem Journalisten umsehen wollte, hörte sie direkt neben sich einen ohrenbetäubenden Lärm. Mephisto hatte beide Läufe seiner Schrotflinte gleichzeitig abgefeuert und lud die Waffe mit einer raschen Handbewegung wieder durch. Margo hörte das Gebrüll der getroffenen Kreaturen und einen lauten Schrei, von

dem sie mit Erstaunen feststellte, daß er aus ihrem eigenen Mund kam.
D'Agosta holte aus und warf eine Handgranate mitten unter die Angreifer. Eine gewaltige Explosion erschütterte den Tunnel.
»Schnell!« rief Pendergast. »Zur Treppe!«
»Sind Sie wahnsinnig?« brüllte D'Agosta. »Da sitzen wir doch in der Falle.«
»Das tun wir jetzt schon«, antwortete der FBI-Agent. »Es sind einfach zu viele, und hier in der Werkstatt können wir nicht kämpfen, sonst jagen wir noch unseren eigenen Sprengstoff in die Luft. In den Astortunnels haben wir zumindest eine Chance!«
D'Agosta riß die Metalltür auf, und die Gruppe hastete die Treppe hinunter. Pendergast, der als letzter ging, jagte kurz vor der Tür den verfolgenden Kreaturen noch einmal eine mächtige Feuerwolke entgegen. Das Treppenhaus füllte sich mit beißendem Rauch, der Margo in den Augen brannte. Als sie sich umdrehte, sah sie, wie einer der Wrinkler mit einem hoch erhobenen Steinmesser auf Pendergast zustürzte, sein faltiges Gesicht zu einer wütenden Fratze verzerrt. Fast automatisch nahm Margo ihre Schießhaltung ein, hob die Pistole und zielte. Als sie die monströse Gestalt im Visier hatte, drückte sie so lange ab, bis sie den Rest ihres Magazins verschossen hatte. Mit einem inneren Abstand, der sie selbst verblüffte, beobachtete sie, wie die Hohlmantelgeschosse riesige Löcher in die lederartige Haut der Kreatur rissen. Als die Gestalt zusammenbrach, tauchte sofort eine andere an ihrer Stelle auf und kam Margo bedrohlich nahe, bevor ein Flammenstoß von Pendergast sie in einen wild um sich schlagenden Feuerball verwandelte.
Am unteren Ende der Treppe gelangten sie alle schließlich in einen kleinen Raum mit hoher Decke und gekachelten Wänden und Boden, in den durch einen gotischen Torbogen das rötliche Licht aus dem großen Wartesaal hereinflackerte. Mar-

go lud so hastig ihre Waffe nach, daß ihr die Hälfte der Patronen auf den Boden fiel. Rauchschwaden schwebten durch den Raum, der zu Margos großer Erleichterung leer war. Er schien früher einmal eine Art Nebenwarteraum gewesen zu sein, in dem sich die Fahrgäste die Zeit vertrieben hatten. Auf mehreren niedrigen Tischen standen Schach- und Backgammonspiele herum, deren Figuren von Staub und Schimmel überzogen waren.

»Interessante Konstellation«, murmelte Mephisto beim Anblick eines der Spielbretter. »Schwarz war mit einem Bauern im Vorteil.«

Margo hörte ein Geräusch von der Treppe und sah, wie eine neue Gruppe von Wrinklern aus der Dunkelheit auf sie zukam. Pendergast wirbelte herum und schoß eine lange Flamme in ihre Richtung. Auch Margo drückte wieder ab. Das Knallen ihrer Pistole ging im allgemeinen Lärm der feuernden Waffen fast vollständig unter.

Nun waren auch durch den Torbogen rennende Kreaturen zu erkennen, die vom Pavillon her auf sie zukamen. Mit Entsetzen sah Margo, wie Smithback, der verzweifelt versuchte, seinen Granatwerfer nachzuladen, von einigen der Wesen gepackt und zu Boden gerissen wurde. Pendergast stand mit dem Rücken zu der gekachelten Wand und schickte einen weiten Feuerbogen hinüber zu den anstürmenden Kreaturen. Plötzlich überkam Margo eine seltsame Ruhe. Sorgfältig zielte sie auf die Köpfe der angreifenden Wrinkler und drückte ab. Eine der Kreaturen brach zusammen, danach eine zweite, und dann hatte sie ihr gesamtes Magazin verschossen. Rings um Margo drängten sich jetzt die Leiber von Dutzenden von Wesen, und Arme stark wie Stahlseile legten sich um ihren Hals und rissen ihr die Waffe aus der Hand. Ein modriger Gestank hüllte sie ein und nahm ihr die Luft zum Atmen. Vor Schmerz, Angst und Wut schrie sie auf. Hilflos sah sie ihrem unvermeidlichen Tod entgegen.

60

Snow sah, wie die dunklen Gestalten den Ausgang des Tunnels vor ihnen blockierten. Das helle Licht der Magnesiumfackel hatte sie einen Augenblick zurückschrecken lassen, aber jetzt kamen sie mit einer Entschlossenheit auf ihn und Donovan zu, die ihm einen kalten Schauder den Rücken hinunterjagte. Das waren keine hirnlosen Tiere, die sich, ohne zu denken, in den Kampf stürzten, diese Wesen folgten einer ausgeklügelten Strategie.

»Hör zu«, sagte Donovan leise. »Stecke eine von den Schrapnellgranaten in den XM-148. Wenn ich das Signal gebe, dann feuern wir beide gleichzeitig. Du zielst nach links, ich nach rechts. Lade nach und feuere, so schnell du kannst. Granatwerfer verzieht es gern nach oben, halte also eher ein bißchen tiefer.«

Während Snow die erste Granate in das Rohr unter dem Lauf des Gewehrs steckte, spürte er, wie ihm das Herz bis zum Hals schlug.

»Jetzt!« schrie Donovan.

Snow zog den vorderen Abzug des Gewehrs, das ihm vom gewaltigen Rückstoß der Granate fast aus der Hand gerissen wurde. Zwei nahezu gleichzeitige Explosionen erfüllten den Tunnel mit orangefarbenem Licht, und Snow sah, daß er zu weit nach links gezielt und seine Granate an die Wand geschossen hatte. Ein Regen von Ziegeln prasselte auf die Kreaturen nieder.

»Nachladen!« schrie Donovan und steckte eine weitere Granate in sein Gewehr.

Snow tat das gleiche und drückte ab, wobei er diesmal weiter nach rechts zielte. Gebannt beobachtete er, wie die Granate aus dem Lauf schoß und wie in Zeitlupe auf die wuselnde Gruppe am Ausgang des Tunnels zusegelte, wo sie ei-

nen Meter über den von Kapuzen verhüllten Köpfen explodierte.
»Tiefer halten!« brüllte Donovan. »Sie kommen näher!«
Ohne es zu wollen, hatte Snow zu schreien begonnen. Mit den Zähnen riß er die Klappe der zweiten Munitionstasche auf, lud den Granatwerfer nach und feuerte abermals. Diesmal platzte die Granate direkt zwischen den Kreaturen, deren laute Schmerzensschreie durch den Nachhall der Explosion drangen.
»Feuer!« rief Donovan, der schon wieder nachgeladen hatte. »Geben wir's den Bastarden!«
Auch Snow lud und schoß, aber diesmal war die Granate so kurz gezielt, daß die Druckwelle ihn fast zu Boden gestreckt hätte. Er spürte die Hitzewelle der Explosion und blinzelte durch den schwarzen, scharf riechenden Rauch. Weil er keine Granaten mehr hatte, nahm er den Finger vom vorderen Abzug und drückte den hinteren.
Er schoß so lange, bis Donovan die Hand hob und »Feuer einstellen!« schrie. Lange starrten die beiden Männer mit schußbereiten Waffen in die Dunkelheit, bevor Donovan seine Waffe sinken ließ.
»Das war verdammt knapp«, flüsterte er. »Du hast dich nicht schlecht geschlagen, Kumpel. Jetzt möchte ich, daß du hierbleibst und die Stellung hältst, während ich die Lage sondiere. Ich schätze zwar, daß nicht mehr viel von denen übriggeblieben ist, aber sicher ist sicher.«
Donovan überprüfte das Magazin seines M-1-Sturmgewehrs, zündete eine weitere Magnesiumfackel an und warf sie in den Pulverdampf vor ihnen. Dann bewegte er sich an der Tunnelwand entlang langsam nach vorn. Als der Qualm sich verzog, konnte Snow seinen dunklen Schatten über die Wand des Tunnels huschen sehen.
Vorsichtig tastete sich Donovan durch die regungslos am Boden liegenden Gestalten zum Eingang des fünfeckigen Rau-

mes. Er verschwand um die Ecke, und Snow blieb alleine zurück. Auf einmal erinnerte sich Snow daran, daß er noch immer den Beutel mit den Blendgranaten am Körper trug, den er während des Kampfes völlig vergessen hatte. Er drängte das Bedürfnis zurück, sich dieser Bürde zu entledigen, und dachte an Rachlin, der ihm gesagt hatte, daß er den Beutel bis zum Ende des Einsatzes bei sich behalten müsse.

Rachlin ... Es schien Snow noch immer unmöglich, daß die Kreaturen sechs schwerbewaffnete SEALs getötet hatten. Diese Männer hatten Kampferfahrung, hatten sich in unzähligen Einsätzen bewährt. Wenn die anderen Tunnels auch mit Leitern am Ende bestückt sind, dachte Snow, dann konnten vielleicht ein paar von den Kampftauchern entkommen. Wenn das der Fall ist, dann sollten wir ...

Auf einmal hielt Snow in seinen Gedanken inne und wunderte sich über seine eigene Kaltblütigkeit. Vielleicht war er doch mutiger, als er dachte. Oder auch nur dümmer. Wenn ihn nur Fernandez, dieser Bastard, jetzt sehen könnte ...

Mit langsamen, vorsichtigen Schritten kam Donovan zurück in den Tunnel und winkte ihm zu. Snow ging an den toten Kreaturen vorbei in den fünfeckigen Raum, wo die Ausrüstung der SEALs noch immer fein säuberlich an einer der Wände aufgereiht war. Er ging in die Hocke und suchte nach seinen Flossen.

»Beeil dich!« drängte Donovan. »Wir müssen von hier verschwinden.«

Als Snow sich nach dem SEAL umdrehte, sah er, wie sich urplötzlich aus der Dunkelheit des Gewölbes über Donovan ein Schatten löste, an der herabhängenden Kette mit einem schrillen Schrei nach unten glitt und dem Marinetaucher direkt ins Genick sprang.

Mit Mühe gelang es Donovan, den Angreifer abzuschütteln, aber rasch folgten diesem zwei weitere Wesen nach, die sich ebenfalls auf Donovan stürzten und ihn zu Fall brachten. Snow

sprang auf und riß sein Gewehr hoch. Hier im Dämmerdunkel war es schwierig, richtig zu zielen. Dann kam eine vierte Kreatur mit einem kruden Messer in der Hand auf Donovan zu. Der SEAL stieß einen ungewöhnlich hohen, schrill klingenden Schrei aus, und Snow sah mit lähmendem Entsetzen, wie die Kreatur ihr Messer über Donovans Hals rasch hin und her zog und dann mit einem gutturalen Knurren triumphierend seinen abgeschnittenen Kopf in die Luft hielt, dessen Augen sich noch immer in ihren Höhlen bewegten.
Snow drückte ab. In kurzen Feuerstößen, so wie Donovan es ihm beigebracht hatte, jagte er das ganze Magazin in die Gruppe von Kreaturen, die sich obszön grunzend über Donovans Leiche gebeugt hatten. Er bemerkte, daß er irgend etwas brüllte, wußte aber nicht, was. Als das Magazin leer war, riß er es heraus, rammte ein zweites in die Patronenkammer und verschoß laut schreiend auch dieses. Dann war es still, nur der Nachhall der Schüsse klang Snow noch immer in den Ohren. Vorsichtig wedelte er den Pulverdampf beiseite, besah sich die Leichen der Angreifer und Donovans grotesk entstellten Rumpf und lief dann zurück in den Gang, in dem die Magnesiumfackel noch immer ihr rötliches Licht verbreitete. Dort kletterte er die Leiter am Ende des Tunnels in Windeseile hinauf.

61

Margo schloß die Augen und versuchte, sich gegen die Schmerzen zu wappnen, die ihren bevorstehenden Tod begleiten würden. Die Sekunden vergingen, dann packte sie jemand, hob sie hoch und trug sie mitsamt ihrer schweren Umhängetasche fort. Trotz des Schreckens, den sie dabei empfand, verspürte sie eine gewisse Erleichterung, daß sie noch am Leben war.

Durch tiefe, ekelhaft stinkende Finsternis wurde sie in einen großen, rötlich erleuchteten Raum gebracht. Verzweifelt blickte sie sich um und sah marmorne Wände und matte Spiegel, die über und über mit getrocknetem Schlamm bespritzt waren, und die verschimmelten Reste eines alten Wandbehanges, auf dem mehrere Einhörner dargestellt waren. Hoch über ihrem Kopf hing der große Lüster, über dem sie noch vor wenigen Minuten gestanden und hinab in den Saal geblickt hatte. Jetzt war sie selbst unten im Kristallpavillon.

Der faulig-widerwärtige Gestank wurde immer stärker, so daß Margo nicht nur gegen ihre Panik, sondern auch gegen ein starkes Gefühl des Ekels ankämpfen mußte. Schließlich wurde sie so brutal auf den Boden geworfen, daß der Aufprall ihr für einige Sekunden den Atem nahm. Schwer schnaufend stützte sie sich auf einen Ellenbogen und sah, daß sie von den Wrinklern in ihren groben, aus unregelmäßigen Stoffetzen zusammengenähten Umhängen vollständig eingekreist war. Trotz ihrer Angst sah sie sich neugierig um. Das sind also die Opfer von Glaze, dachte sie, während ihre Gedanken an Klarheit gewannen. Unwillkürlich verspürte sie einen Anflug von Mitleid mit diesen mißgestalteten Kreaturen und fragte sich zum wiederholten Male, ob sie denn wirklich alle sterben mußten, um diesen Alptraum zu beenden; aber tief in ihrem Herzen wußte sie, daß dem so war. Auch Kawakita hatte in seinem Labortagebuch geschrieben, daß es keine Möglichkeit gab, die Veränderungen, die das Reovirus in seinen Opfern ausgelöst hatte, wieder rückgängig zu machen; ebensowenig wie Mbwun wieder in Whittlesey zurückverwandelt werden konnte.

Aber mit diesen Gedanken kam Margo noch ein anderer, der sie enorm beunruhigte. Während sie hier lag, tickten die Zeitzünder des Sprengstoffs weiter, und bald würde das alles hier in die Luft fliegen. Selbst wenn die Wrinkler sie am Leben ließen, dann ...

Eine der Kreaturen trat auf Margo zu und blickte sie aus kalten, harten Reptilienaugen an, deren Pupillen so klein wie Stecknadelköpfe waren. Als Margo unter der Kapuze das von dicken, grotesk umherschwingenden Falten und Hautlappen verunstaltete Gesicht sah, wurde das Mitleid, das sie vorhin noch empfunden hatte, von einem alles überwältigenden Gefühl des Ekels verdrängt.

Margo schloß die Augen und öffnete sie erst wieder, als sie hörte, wie etwas Schweres neben ihr auf den Boden geworfen wurde. Es war Pendergast, dem Smithback und der wild zappelnde Mephisto folgten.

Pendergast warf Margo einen fragenden Blick zu, und sie nickte, um ihm zu zeigen, daß sie unverletzt war. Schließlich wurde auch Lieutenant D'Agosta herangeschleppt, der aus einer Schramme über dem linken Auge blutete. Eine der Kreaturen nahm Margo ihre Umhängetasche und D'Agosta den Revolver ab, der noch immer im Halfter an seinem Gürtel steckte.

»Nimm deine Pfoten weg, du gottverdammter Mutant«, knurrte der Lieutenant. Der Wrinkler nahm die Waffe und schleuderte sie in hohem Bogen fort, bevor er D'Agosta eine schallende Ohrfeige gab.

»Machen Sie gute Miene zum bösen Spiel, Vincent«, meinte Pendergast ruhig. »Wir sind hier leider in der Minderzahl.«

D'Agosta rappelte sich auf die Knie und schüttelte den Kopf. »Warum haben die uns am Leben gelassen?« fragte er verwundert.

»Das ist die große Frage. Ich fürchte, es hat etwas mit der Zeremonie zu tun, die hier gerade stattfindet.«

»Haben Sie das gehört, Schreiberling?« fragte Mephisto und kicherte freudlos. »Ich freue mich schon auf Ihre neue Story in der *Post.* ›Wie ich ein Menschenopfer wurde.‹«

Der gedämpfte Gesang setzte wieder ein, und Margo wurde von zwei Wrinklern hochgezerrt. Eine Gasse bildete sich zwischen den sich langsam hin- und herwiegenden Kreaturen und führte direkt auf die etwa fünf Meter entfernte Schädelhütte zu. In stummer Angst starrte Margo auf das makabre, von dunklen Flecken besudelte Bauwerk mit seinen unzähligen leeren Augenhöhlen. Weißer Dampf drang aus einem Loch im Hüttendach. Die Wesen schleppten Margo zu einem niedrigen Zaun aus menschlichen Knochen, an denen zum Teil noch Sehnen und Fleischreste klebten. Vor dem Eingang zur Hütte standen mehrere flache Steintische, und durch die Löcher in den Schädeln konnte Margo die Sänfte sehen, die die Wesen vorhin hineingetragen hatten. Sie fragte sich, wie der Schamane in der Hütte wohl aussehen würde, und war sich nicht sicher, ob sie den Anblick eines weiteren grausig entstellten Gesichts überhaupt würde ertragen können.

Eine Hand schob sie so brutal nach vorn, daß sie auf die Hütte zustolperte und dabei fast hinfiel. Aus dem Augenwinkel sah sie, wie D'Agosta sich gegen die Wrinkler wehrte, die ihn ebenfalls in Richtung Hütte drängten. Auch Smithback leistete schweigend Widerstand, bis eine der Kreaturen ein langes gefährliches Messer mit einer Klinge aus Feuerstein aus seinem Umhang zog und dem Journalisten an die Kehle hielt.

»*Cuchillos de pedernal*«, murmelte Pendergast. »Das war es doch, was die Überlebende des U-Bahn-Massakers gesagt hat.«

D'Agosta nickte.

Einen Meter vor dem Knochenzaun hielt einer der Wrinkler Margo an und zwang sie und die anderen auf die Knie. Ringsum hatte das Trommeln und Singen inzwischen einen fiebrig schnellen Rhythmus angenommen.

Margo ließ die Augen über die Steintische neben ihr schweifen und entdeckte auf dem, der ihr am nächsten stand, eine Reihe von metallischen Objekten, die offenbar für die bevorstehende Zeremonie nach einem bestimmten Muster arrangiert waren.

Auf einmal verschlug es ihr fast den Atem. »Pendergast?« krächzte sie.
Der FBI-Agent, der neben ihr kniete, warf ihr einen fragenden Blick zu, worauf Margo mit dem Kinn in Richtung Tisch deutete. »Ah«, flüsterte er. »Das sind die größeren Gegenstände, von denen ich Ihnen berichtet habe. Ich konnte bei meinem letzten Ausflug hierher nur ein paar von den kleineren als Souvenir mitnehmen.«
»Etwas kenne ich«, flüsterte Margo atemlos. »Es ist die Handbremse von einem Rollstuhl.«
Ein Ausdruck des Erstaunens huschte über Pendergasts Gesicht. »Das macht keinen Sinn«, murmelte er. »Warum sollte man so etwas ...« Auf einmal hielt er inne. »Lourdes!« flüsterte er.
»Ich verstehe nicht«, entgegnete Margo, aber Pendergast sagte nichts mehr, sondern starrte auf den Eingang der Hütte, wo sich innen drin jetzt etwas bewegte.
Einen Augenblick später kam eine kleine Prozession von Wrinklern heraus, die jeweils zu zweit große Kessel mit einer dampfenden Flüssigkeit trugen. Der Gesang und das Trommeln steigerten sich zu einer ohrenbetäubenden, monotonen Kakophonie. Nachdem die Wrinkler die Kessel in flache Kuhlen im Boden vor der Schädelhütte gestellt hatten, trugen vier weitere die mit schwarzem Stoff verhängte Sänfte heraus. Gemessenen Schrittes bewegten sie sich an dem Knochenzaun entlang, bis sie den größten der niedrigen Steintische erreicht hatten. Dort stellten sie die Sänfte ab und entfernten die Traghölzer sowie den schwarzen Stoff. Dann zogen sie sich rasch wieder in die Hütte zurück.
Margo starrte auf die Gestalt in der Sänfte, deren Gesicht noch im Dunkeln lag. Die einzige Bewegung, die sie wahrnehmen konnte, war ein leichtes Zucken der plumpen Finger. Der Gesang, der beim Absetzen der Sänfte kurz abgeflaut, dann aber mit einem eindeutig erwartungsvollen Unterton

wieder angeschwollen war, brach abrupt ab, als die Gestalt in der Sänfte eine Hand hob. Die Gestalt beugte sich ein wenig nach vorn, wodurch der flackernde Feuerschein auf ihr Gesicht fiel.

Margo kam es so vor, als würde die Zeit einen kurzen schrecklichen Augenblick lang stillstehen. Sie vergaß ihre Angst, ihre schmerzenden Knie, ja sogar die Zeitzünder in den Sprengladungen, die gnadenlos immer näher auf den Detonationszeitpunkt zutickten. Der Mann, der auf dieser aus menschlichen Gebeinen zusammengebundenen Sänfte saß und einen Margo nur allzu vertrauten Gabardine-Anzug mit der unvermeidlichen Krawatte im Paisley-Muster trug, war niemand anderer als Dr. Whitney Frock.

Margo öffnete den Mund, um etwas zu sagen, aber sie brachte keinen Ton heraus.

»Ach du lieber Gott!« hauchte Smithback hinter ihr.

Frock betrachtete unbeteiligt und emotionslos die versammelten Wrinkler. In der riesigen Halle herrschte auf einmal Totenstille.

»Was soll das, Frock, verdammt noch mal?« polterte D'Agosta los.

Langsam ließ Frock seinen Blick über die Gefangenen vor seiner Sänfte schweifen, zuerst über D'Agosta, dann über Smithback und Pendergast. Als er schließlich Margo entdeckte, zuckte er zusammen, und ein Leuchten flammte in seinen Augen auf.

»Was für ein Unglück, daß auch Sie hier sind, meine Liebe«, sagte er. »Offen gestanden, ich habe nicht gedacht, daß Sie sich dieser kleinen Expedition anschließen würden. Sie brauchen mich übrigens nicht so ungläubig anzustarren – ich bin es wirklich. Ich hoffe übrigens, Sie wissen, daß ich Sie verschont habe, als ich mich von diesem impertinenten irischen Leichenbeschauer befreien mußte. Wider besseres Wissen, möchte ich hinzufügen.«

Margo stand immer noch zu sehr unter Schock, um etwas zu sagen.

»Nun, da Sie schon mal hier sind, heiße ich Sie mit dem Rest Ihrer Truppe willkommen in meinem kleinen Reich.« Das Leuchten in seinen Augen verschwand wieder. »Wer ist denn der haarige Gentleman mit den abgerissenen Kleidern, den Sie da mitgebracht haben?« fragte er und deutete auf Mephisto. »Sein Gesicht erinnert mich an ein wildes Tier, das in eine Falle gegangen ist – was übrigens eine recht treffende Beschreibung Ihrer momentanen Lage ist. Dem Aussehen nach müßte er einer der Eingeborenen sein, den Sie als Führer in den Untergrund mitgenommen haben. Nun, will mir denn niemand den Herrn vorstellen?«

Alle schwiegen.

»Na schön, dann soll er mir eben selber sagen, wie er heißt.«

Mephisto sah ihn trotzig an, sagte aber nichts.

Frock wandte sich an die Wrinkler, die neben seiner Sänfte standen. »Schneidet ihm die Kehle durch, wenn er nicht antwortet. Ich toleriere vieles, Unhöflichkeit aber nicht.«

»Mein Name ist Mephisto«, kam die mürrische Antwort. »Ich bin der Anführer der Route 666.«

»Mephisto, sieh mal einer an. Was für ein hochtrabender Name, besonders bei einem so heruntergekommenen Kerl wie Ihnen. Aber vermutlich wollen Sie Ihren schäbigen kleinen Untertanen damit Respekt einflößen. Bei mir funktioniert so etwas allerdings nicht, Mr. Mephisto. Mir kommen Sie wie ein lächerlicher drogensüchtiger Penner vor. Damit will ich aber nicht sagen, daß Sie und Ihresgleichen nicht ausgesprochen nützlich für mich und meine Kinder waren, unter denen sich übrigens einige frühere Genossen von Ihnen befinden ...« Mit diesen Worten machte er eine weit ausladende Geste in Richtung auf die versammelten Wrinkler. Mephisto blieb aufrecht stehen und ließ Frocks Unverschämtheiten äußerlich ungerührt über sich ergehen.

Margo starrte noch immer ihren früheren Doktorvater an. Das war nicht mehr der Dr. Frock, den sie kannte. Der sonst stets höfliche und zuvorkommende Mann legte auf einmal eine Arroganz und Gefühlskälte an den Tag, die ihr durch Mark und Bein gingen.
»Sieh mal einer an, da haben wir ja auch William Smithback, den großen Journalisten«, höhnte Frock weiter. »Hat man Sie mitgebracht, um diesen Vernichtungsfeldzug gegen meine Kinder für die Welt da oben zu dokumentieren? Tut mir leid für Sie, daß Sie über das wahre Ende dieser Unternehmung in Ihrem Skandalblättchen nun nichts mehr werden schreiben können.«
»Das wird sich erst noch herausstellen«, entgegnete Smithback trotzig.
Frock kicherte amüsiert.
»Was soll das alles, Frock?« fragte D'Agosta und versuchte, sich von den beiden Wrinklern loszureißen, die ihn festhielten. »Ich verlange eine Erklärung, sonst ...«
»Sonst was?« wandte Frock sich an den Lieutenant. »Ich will Ihnen mal was sagen, D'Agosta: Ich habe Sie immer schon für einen ungehobelten und ungebildeten Zeitgenossen gehalten, der sich mit dem Denken sichtlich schwertut. Trotzdem erstaunt es mich, daß ich Sie jetzt extra darauf hinweisen muß, daß *Sie* wohl kaum in der Lage sein dürften, Forderungen an *mich* zu stellen.«
Frock wandte sich von dem finster dreinblickenden D'Agosta ab und den Wrinklern zu. »Habt ihr die Gefangenen nach Waffen durchsucht?« fragte er.
Einer der Wrinkler nickte.
»Nehmt euch den da noch einmal vor«, befahl Frock und deutete auf Pendergast. »Das ist ein hinterlistiger Bursche.«
Zwei Wrinkler rissen Pendergast in die Höhe, tasteten ihn brutal ab und drückten ihn wieder auf die Knie. Frock ließ mit

einem kalten Lächeln den Blick über seine Gefangenen schweifen.

»Das war Ihr Rollstuhl, nicht wahr?« fragte Pendergast und deutete auf die Metallteile auf dem Tisch neben ihm.

Frock nickte. »Mein *bester* Rollstuhl.«

Pendergast sagte nichts, aber Margo, die ihre Sprache wiedergefunden hatte, wandte sich an ihren alten Professor. »Warum?« fragte sie schlicht.

Frock sah Margo eine Weile an, dann nickte er den Wrinklern neben seiner Sänfte zu. Die Wesen bewegten sich mit feierlichen Schritten in Richtung Kessel, um dahinter Aufstellung zu nehmen. Dann stand Frock auf, sprang von der Sänfte und ging leichtfüßig auf seine Gefangenen zu. »Deshalb«, sagte er und hob theatralisch die Arme. »So wie ich geheilt wurde, werdet auch ihr geheilt werden!« rief er den Wrinklern mit lauter, klarer Stimme zu. »So wie ich zu mir gefunden habe, werdet auch ihr zu euch finden!«

Als Antwort stießen die versammelten Wrinkler einen lauten Schrei aus, der Margo merkwürdig artikuliert vorkam. Sie können sprechen, dachte sie. Oder zumindest versuchen Sie es.

Langsam verstummte der Schrei, und der dumpfe Gesang hob wieder an. Auch das tiefe, monotone Trommeln setzte wieder ein, während die Kreaturen zu den dampfenden Kesseln drängten. Zwei von Frocks Adjutanten brachten nun aus der Hütte fein ziselierte Goldpokale, die Margo so gar nicht zu dieser abstoßenden Zeremonie zu passen schienen. Nacheinander kamen die Wrinkler alle herbei, nahmen die dampfenden Gefäße in ihre mit hornigen Klauen bewehrten Hände und hoben sie an ihre unter den Kapuzen verborgenen Gesichter. Mit lautem Schlürfen tranken sie die Flüssigkeit und reichten die Becher dann wieder zurück.

»Sehen Sie sich das nur an, Margo!« rief Frock. »Meinen Sie denn nicht, daß es all das wert ist, was in den vergangenen

Wochen geschehen ist?« Sein Ton kam Margo fast beschwörend vor.

Erst jetzt begriff sie, was die Zeremonie, die Rollstuhlteile auf dem Tisch und Pendergasts Hinweis auf Lourdes mit seinen Wunderheilungen zu bedeuten hatten.

»Sie können also wieder gehen«, meinte sie ruhig. »All die vielen Menschen mußten sterben, damit *Sie* wieder gehen können.«

Frocks Gesicht nahm einen harten Ausdruck an. »Ja, spielen Sie sich nur als Richterin auf«, erwiderte er. »Als Frau, die ihr Leben lang zwei gesunde Beine hatte, sagt sich so etwas leicht. Wie können Sie schon wissen, was es bedeutet, wenn man nicht gehen kann? Es ist schon schlimm genug, wenn man verkrüppelt geboren wurde, noch schrecklicher aber ist es, die Fähigkeit zur Fortbewegung zunächst zu besitzen und sie dann auf dem Höhepunkt des Lebens auf grausame Weise entzogen zu bekommen.« Frock sah Margo mit strengem Blick an. »Für Sie war ich natürlich nie etwas anderes als der gute alte Dr. Frock. Wie *traurig,* daß er sich bei einer Expedition in den afrikanischen Busch mit Kinderlähmung infiziert hat. Wie *bedauernswert,* daß er danach keine Feldforschung mehr betreiben konnte.«

Frock trat einen Schritt auf Margo zu und sah ihr direkt in die Augen. »Diese Feldforschung war mein *Leben!*« zischte er. »Begreifen Sie das doch!«

»Sie haben also auf Dr. Kawakitas Arbeit aufgebaut«, mischte sich Special Agent Pendergast ein. »Sie haben das beendet, was er begonnen hat.«

Frock schnaubte verächtlich. »Ach, der arme Gregory. In seiner Verzweiflung kam er zu mir. Wie Sie sicher wissen, hat er die Droge viel zu früh genommen.« Frock drohte sarkastisch mit dem Zeigefinger. »Was für ein böser Bube! Dabei habe ich ihm immer streng wissenschaftliches Vorgehen gepredigt, aber in seiner Ungeduld muß Gregory das wohl vernachlässigt haben.

Arrogant, wie er war, bildete er sich ein, mit der Droge einen wahren Jungbrunnen entdeckt zu haben, aber er übersah, daß er noch nicht alle ihre negativen Nebenwirkungen eliminiert hatte. Aufgrund der damit einhergehenden – nun, sagen wir mal – extremen körperlichen Veränderungen hatte er Probleme bekommen und brauchte Hilfe. Von einer früheren Operation her hatte er eine Metallplatte im Rücken, die ihm zunehmend Schmerzen bereitete. Er war allein, verzweifelt und hatte Angst. An wen hätte er sich in seiner Not schon wenden können außer an mich, seinen alten, im Ruhestand versauernden Lehrer? Und natürlich konnte ich ihm helfen. Nicht nur dabei, daß er die Platte entfernt bekam, sondern auch bei der Weiterentwicklung seiner Droge. Mit Gregorys grausamen Experimenten habe ich allerdings nichts zu tun, die gehen einzig und allein auf sein Konto. Sehen Sie nur, was sein verantwortungsloser Entschluß, die Droge vor ihrer Vollendung zu verkaufen und damit seine Forschungen zu finanzieren, alles angerichtet hat!« Mit diesen Worten deutete Frock mit einer weit ausladenden Geste auf die versammelten Wrinkler. »Als seinen armen Opfern klar wurde, was er ihnen angetan hat, haben sie ihn in ihrer Wut getötet.«

»Und Sie haben die Droge also verbessert und dann selbst genommen«, sagte Pendergast.

»Gregory und ich haben die letzten Arbeiten gemeinsam in seinem Labor unten am Fluß durchgeführt«, antwortete Frock. »Aber dann verlor Gregory sein Vertrauen in unser Projekt. Ehrlich gesagt, ich glaube, es hat ihm von Anfang an an Mut und innerer Überzeugung gefehlt, ohne die es keine wirklich visionären Wissenschaftler geben kann. Also oblag es mir, sein Werk zu vollenden. Ich war es, der seine Droge perfektioniert hat. Ich habe ihr übrigens ihre bemerkenswerte Fähigkeit nicht genommen, sondern sie nur so modifiziert, daß sie ausschließlich heilend wirkt. Mit ihrer Hilfe ist es jetzt möglich, Verunstaltungen und Mißbildungen wieder rückgängig zu machen. Das ist die wahre evolutionäre Bestimmung des Reovirus in der Pflanze, und ich bin der lebende Beweis dafür, denn ich war der erste, an dem es seine positive Wirkung entfalten konnte. Jetzt, da das Ziel erreicht ist, ist mir auch klar, daß nur ich dorthin gelangen konnte. Der Rollstuhl war das Kreuz, das ich zu tragen hatte, und deshalb wird er jetzt zu Recht als Symbol des neuen Zeitalters verehrt, das wir mit Hilfe des Reovirus schaffen werden.«

»Zu diesem neuen Zeitalter zählen wohl auch die Mbwun-Lilien, die Sie im Wasserreservoir angebaut haben«, meinte Pendergast.

»Das war Kawakitas Idee«, erwiderte Frock. »Aquarien sind teuer und brauchen sehr viel Platz. Aber das war, bevor ...« Frock führte den Satz nicht zu Ende.

»Ich glaube, ich begreife langsam«, sagte Pendergast so ruhig, als unterhielte er sich mit einem alten Freund bei einer Tasse Kaffee. »Sie wollten des Reservoir *selber* ablassen.«

»Ganz genau. Kawakita hat die Pflanze gentechnisch so modifiziert, daß sie auch in einem gemäßigten Klima gedeihen kann. Wir hatten vor, genügend davon heranreifen zu lassen und sie dann mit dem Wasser aus dem Reservoir hierher in unsere Tunnels spülen zu lassen. Meine Kinder vertragen nämlich kein grelles Licht und sind deshalb gezwungen, hier unten zu leben. Freund Waxie hat uns schließlich die Arbeit abgenommen. Allerdings ist – oder besser war – er ein Mensch, der sich gern mit fremden Federn schmückt. Wenn Sie sich erinnern, war *ich* es, der die Möglichkeit, das Reservoir in die Tunnels abzulassen, zum erstenmal erwähnte.«

»Dr. Frock«, sagte Margo, die Mühe hatte, ihre Stimme unter Kontrolle zu halten, »ist Ihnen eigentlich klar, daß die Samen der Pflanzen über das Entwässerungssystem in den Hudson gelangen könnten und von dort hinaus in den Ozean? Im Salzwasser würde das Virus aktiviert und so im Ökosystem des Meeres freigesetzt. Was das für die Nahrungskette der ganzen

Welt bedeuten würde, brauche ich Ihnen ja wohl nicht zu erläutern.«

»Aber meine liebe Margo, darum *geht* es doch gerade. Gut, ich gebe zu, es ist ein ziemlich drastischer evolutionärer Sprung, von dem niemand sagen kann, wozu er letztendlich führen wird. Aber als Biologin werden Sie sicher schon bemerkt haben, wie degeneriert die menschliche Rasse inzwischen ist. Sie hat ihre evolutionäre Kraft verloren und vermag sich immer schlechter den natürlichen Gegebenheiten anzupassen. Ich werde das ändern, denn ich bin dazu auserkoren, das Instrument zur Verjüngung der Spezies zu sein.«

»Und wie wollten Sie während der Überflutung der Tunnels Ihren fetten Arsch retten?« fragte D'Agosta dazwischen.

Frock lachte. »Sie sind offenbar der grundfalschen Auffassung, daß Ihre närrische kleine Expedition Ihnen einen auch nur annähernden Überblick über den Untergrund von New York geben könnte. Aber glauben Sie mir, Lieutenant, das unterirdische Manhattan ist sehr viel größer und ausgedehnter, als Sie es sich selbst in Ihren kühnsten Träumen auszumalen wagten. Seit ich meine Beine wieder gebrauchen kann, habe ich hier unten ausgiebig die Beweglichkeit genossen, die ich mir an der Oberfläche aus naheliegenden Gründen noch verwehren mußte. Dabei habe ich eine ganze Welt entdeckt: von unglaublich schönen Naturhöhlen bis hin zu den holländischen Schmugglertunnels aus einer Zeit, in der diese Stadt noch New Amsterdam hieß. Glauben Sie mir, es gibt hier genügend versteckte Orte, an denen man dem Wasser ausweichen und gemütlich abwarten kann, bis es ins Meer geflossen ist. Sie sind auf keinem Plan verzeichnet, aber vorhanden sind sie wohl, und wenn in wenigen Minuten eine halbe Million Kubikmeter Wasser hier durchrauschen und die heilbringenden Samen meiner Pflanze hinaus in alle Welt spülen wird, dann werden meine Kinder und ich schon Zuflucht finden. Später, wenn das Wasser dann abgeflossen ist, kehren wir in unsere frisch gereinigte Welt zurück und sammeln die Blätter der *Lilicea mbwunensis* ein, die uns die Flut frei Haus geliefert hat. So sind wir bestens für den Anbruch des neuen Zeitalters gerüstet, welches ich das der Holozänischen Diskontinuität nenne.«

Margo starrte Frock ungläubig an, was er mit einem arroganten entrückten Lächeln quittierte, wie sie es noch nie an ihm gesehen hatte. Möglicherweise wußte er ja noch nichts von den Sprengladungen, die Pendergast und die SEALs angebracht hatten, denn sonst wäre er nicht so vollkommen von seinem Plan überzeugt.

»Ja, meine Liebe, das ist die Umsetzung meiner Theorie der Fraktalen Evolution in die Realität. Ich werde das Reovirus – oder Glaze, wenn Ihnen das lieber ist – am unteren Ende der weltweiten Nahrungskette freisetzen. Finden Sie es nicht irgendwie passend, daß ausgerechnet ich ein Vektor, ein ausführendes Organ sein werde? Das große Artensterben am Ende der Kreidezeit war ein Klacks gegen das, was wir in den nächsten Jahren erleben werden. Während jenes nur die Dinosaurier betraf und damit Platz für die Säugetiere schuf, werden die bevorstehenden Transformationen einen Einfluß auf *alle* Arten von Lebewesen haben. Und wer kann schon sagen, was danach kommen wird? Die Aussichten sind unglaublich spannend, finden Sie nicht?«

»Sie sind ein kranker Mensch, Dr. Frock«, antwortete Margo, während eine eisige Kälte ihr Herz umschloß. Sie hatte ja keine Ahnung gehabt, wie sehr Frock unter der Verkrüppelung seiner Beine gelitten hatte. Offenbar war sie die geheime Triebfeder für sein gesamtes Tun und Trachten gewesen. Nur so hatte er wohl von Anfang an die heilenden Kräfte in einer Droge erkennen können, die immerhin aus Greg Kawakita ein verunstaltetes Monstrum gemacht hatte. Dabei hatte er höchstwahrscheinlich die verheerenden Auswirkungen des Stoffes auf die Psyche entweder übersehen oder sogar bewußt in Kauf genommen. Daß er durch seine Arbeit an der Droge zwar ihre

Heilungskräfte für den Körper entwickelt, aber gleichzeitig auch ihre aggressionsfördernde Wirkung auf Mensch und Tier enorm gesteigert hatte, würde er sich wohl nie eingestehen. Margo war sich vollkommen klar, daß nichts, was sie jetzt noch sagen oder tun konnte, ihn zur Einsicht bewegen würde.
Die ganze Zeit über waren die Wrinkler nacheinander an die Kessel getreten, hatten sich einen Pokal mit der Flüssigkeit reichen lassen, den sie mit gierigen Zügen austranken. Margo sah, wie sie dabei unter ihren Umhängen erzitterten, konnte aber nicht erkennen, ob vor Wohlbehagen oder Schmerz.
»Sie wußten also alles, was wir vorhatten, schon im voraus«, sagte Pendergast. »Mir kommt es sogar fast so vor, als hätten Sie im Hintergrund die Fäden gezogen.«
»Gut beobachtet«, erwiderte Frock nicht ohne Stolz. »Schließlich ist unsere liebe Margo ja durch meine Schule gegangen. Ich wußte, daß sie sich – ebenso wie Sie, Pendergast – niemals mit simplen Erklärungen zufriedengeben würde. Irgendwann einmal würde sie die richtigen Schlußfolgerungen ziehen, das war klar. Als ich also das Ablassen des Reservoirs anregte, sorgte ich gleichzeitig dafür, daß der Vorgang nicht mehr abgebrochen werden konnte.
Seit Sie hier unten im Kristallpavillon waren, Pendergast, und eines meiner armen Kinder verwundet haben, wußte ich, daß ich über kurz oder lang mit ungebetenem Besuch rechnen mußte. Das mit den Froschmännern war übrigens ein kluger Schachzug von Ihnen, aber zum Glück haben meine Kinder sie abgefangen, bevor sie diese Zeremonie stören konnten. Allerdings will mir nicht ganz einleuchten, wie ein so intelligenter Mann wie Sie glauben konnte, daß die Soldaten mit ihren lächerlichen Waffen etwas wirklich Entscheidendes gegen uns ausrichten könnten. Ich kann mir das nur so erklären, daß sie die Anzahl meiner Kinder grob unterschätzt haben. Wie so vieles andere übrigens auch.«
»Eines wüßte ich noch gern, Dr. Frock«, meldete sich Margo

zu Wort und versuchte, ihre Stimme so ruhig wie möglich klingen zu lassen. »Ich glaube nämlich, daß Sie uns noch nicht die volle Wahrheit erzählt haben.«
Der Professor trat leichtfüßig auf sie zu. Seine ungewohnte Beweglichkeit verblüffte Margo noch immer und hinderte sie daran, einen klaren Gedanken zu fassen. Sie atmete tief durch und spürte, wie die faulig riechende Luft ihre Lungen füllte.
»Ich glaube, daß Sie es waren, der Greg Kawakita getötet hat«, sagte sie dann. »Und dann haben Sie seine Leiche in den Regenwasserabflußkanal geschafft, so daß es aussah, als wäre er ein Mordopfer wie die anderen auch.«
»So, das glauben Sie?« fragte Frock mit einem höhnischen Unterton. »Und warum hätte ich das, bitte schön, tun sollen?«
»Aus zwei Gründen«, entgegnete Margo, die spürte, wie ihre Stimme kräftiger wurde. »Aus den Überbleibseln von Gregs Labortagebuch geht klar hervor, daß er starke Gewissensbisse hatte. So erwähnt er zum Beispiel Thyoxin, mit dem er wohl vorhatte, die Pflanzen im Reservoir zu vernichten. Ich glaube, er hat herausgefunden, daß Salzwasser das Virus aktiviert, und er wollte verhindern, daß die Samen in den Ozean gespült werden. Trotz seiner körperlichen und seelischen Veränderungen muß er also irgendwo noch einen Funken von Verantwortungsbewußtsein gehabt haben.«
»Meine Liebe, Sie verstehen rein gar nichts. Sie können es auch gar nicht verstehen«, erwiderte Frock.
»Sie haben Greg getötet, weil er wußte, daß die von der Droge bewirkten Veränderungen irreversibel sind. Das habe ich übrigens auch bei meinen eigenen Experimenten herausgefunden. Sie können diese Wesen hier nicht heilen, Dr. Frock, das wissen Sie genauso gut wie ich. Aber wissen es auch Ihre sogenannten ›Kinder‹?«
Der Gesang der Wrinkler in Margos unmittelbarer Nähe wurde merklich leiser, und Frock blickte sich rasch um. »Diese Behauptungen sind nichts weiter als wilde Spekulationen einer

verzweifelten Frau«, sagte er so laut, daß die Wrinkler es hören konnten. »Das ist weit unter Ihrem Niveau, meine Liebe«, fügte er leise hinzu.
Die Wrinkler hören mir zu! dachte Margo. Vielleicht kann ich sie ja überzeugen.
»Eine interessante Zeremonie, Dr. Frock«, sagte Pendergast. »Kawakita hat sie sich wohl ausgedacht, um die Droge in geordnetem Rahmen an die Süchtigen abgeben zu können. Vermutlich sollte sie die armen Opfer bei Laune halten. Ich allerdings glaube, daß er das Ritual nie richtig ernst genommen hat und daß erst Sie als Anthropologe die Chance, Ihren eigenen Kult zu begründen, mit beiden Händen ergriffen haben. Sie haben sich alles geschaffen, was dazugehört: Ministranten, die primitive Steinmesser schwingen, eine Schädelhütte als Allerheiligstes und sogar ein Reliquiar für Ihren Rollstuhl, das Symbol Ihrer Transformation.«
Frock stand stocksteif da und sagte kein Wort.
»Das ist der wahre Grund, weshalb die Morde zugenommen haben, nicht die Knappheit der Droge, die ja jetzt, seit Sie sie im Reservoir anbauen, ausreichend vorhanden ist. Nein, Ihr Hunger nach Schädeln hat nichts mehr mit dem Hypothalamus zu tun. Sie brauchen sie als Baumaterial, habe ich recht? Sie wollten damit den Tempel Ihrer neuen Religion errichten, einer Religion, deren Gott Sie sind.«
Frock sah Pendergast an. »Und warum nicht?« entgegnete er mit bebenden Lippen. »Ein neues Zeitalter braucht auch eine neue Religion.«
»Und die Gläubigen werden durch Zeremonien wie dieser unter Kontrolle gehalten, nicht wahr? Aber wird das auch funktionieren, wenn die Kreaturen erst erkennen, daß die Veränderungen an ihren Körpern nicht wieder rückgängig gemacht werden können? Werden sie Ihnen dann noch immer folgen?«
Die Wrinkler in der Nähe begannen aufgeregt zu murmeln.

»Genug jetzt!« rief Frock und klatschte in die Hände. »Das Plauderstündchen ist vorbei. Bereitet sie vor!« Margo spürte, wie sie abermals von hinten an den Armen gepackt und auf die Füße gehievt wurde. Während einer der Wrinkler ihr ein Messer an den Hals hielt, sah Frock sie mit einem seltsamen Ausdruck des Bedauerns an. »Ich wünschte, Sie könnten diese unglaubliche Veränderung am eigenen Leib spüren, Margo«, sagte er, »denn dann würden Sie mich verstehen. Bedauerlicherweise können aber nicht alle den Anbruch der neuen Zeit erleben. Es tut mir aufrichtig leid.«

Smithback sprang auf und wollte sich auf Frock stürzen, wurde aber von den Wrinklern zurückgerissen.

»Dr. Frock!« rief Pendergast. »Margo war Ihre Studentin. Erinnern Sie sich denn nicht mehr, wie wir zu dritt im Museum gegen die Mbwun-Kreatur gekämpft haben? Selbst jetzt kann man Sie für das Geschehene nicht voll verantwortlich machen. Vielleicht gibt es für Sie auch noch einen Weg zurück in die Gesellschaft. Wir werden Ihnen die besten Psychiater des Landes besorgen ...«

»Ich brauche keinen Psychiater«, erwiderte Frock und beugte sich hinunter zu dem FBI-Agenten. »Und weshalb sollte ich zurück in Ihre Gesellschaft wollen?« fragte er im Flüsterton. »Um wieder ein abgehalfterter ehemaliger Kurator zu sein, den manche als Witzfigur betrachten und dessen verbleibende Lebenszeit rapide abnimmt? Margos Versuche haben Ihnen sicher eine der interessantesten Nebenwirkungen der Droge enthüllt: ihre Fähigkeit, die Konzentration freier Radikale in einer Zelle drastisch zu reduzieren. Und das bedeutet, daß sie das Leben verlängern kann! Sie können doch nicht von mir verlangen, daß ich meine wiedergewonnene Bewegungsfreiheit und mein Leben aufgebe, oder?« Frock sah auf seine Uhr. »Aber jetzt ist es zwanzig Minuten vor zwölf. Wir haben keine Zeit mehr.«

Auf einmal spürte Margo einen Windstoß und sah, wie an den

Schädeln der Hütte kleine Rauchwölkchen aufstiegen. Gleichzeitig hörte sie ein scharfes, ratterndes Geräusch, und dann wurde ihr klar, daß es vom Abfeuern einer automatischen Waffe kam. Kurz darauf ließ sich ein seltsamer, weich platzender Laut vernehmen, dann ein zweiter, und dann war plötzlich der gesamte Kristallpavillon in gleißend helles Licht getaucht. Von überall her gellten die Entsetzens- und Schmerzensschreie der Kreaturen, und als ein weiteres Licht mit einem etwas lauteren Knall ganz in Margos Nähe aufflammte, heulte der Wrinkler, der sie gepackt hatte, laut auf und nahm das Messer von ihrer Kehle. Verblüfft blinzelte Margo in das grelle Licht, von dem selbst sie einen Augenblick lang geblendet worden war. Der Gesang der Wrinkler hatte sich in wütendes Schmerzensgeheul verwandelt. Margo spürte, wie eine der Kreaturen ihren Arm losließ. Sie entwand sich mit der Kraft der Verzweiflung dem Griff des zweiten Wrinklers und rollte zur Seite. Dann rappelte sie sich auf Hände und Knie hoch und versuchte, in dem gleißenden Licht etwas zu erkennen. Als die tanzenden schwarzen und weißen Flecken vor ihren Augen langsam wieder wahrnehmbaren Bildern Platz machten, sah sie, daß vom Boden des Wartesaals mehrere Rauchfahnen in die Höhe stiegen, die von unglaublich hellen Lichtern ausgingen, die die Wrinkler in solche Verwirrung gestürzt hatten. Überall neben Margo wälzten sich die Kreaturen am Boden, hielten sich mit den Händen die Augen zu und zogen laut jammernd die Kapuzen ihrer Umhänge übers Gesicht. Neben ihr hatten sich Pendergast und D'Agosta ebenfalls aus dem Griff ihrer Häscher befreit und eilten nun Smithback und Mephisto zu Hilfe.

Auf einmal erschütterte eine laute Explosion den Wartesaal, und eine Seite der Schädelhütte flog als orangefarbener Feuerball in die Luft. Ein Regen von Knochensplittern prasselte auf die Wrinkler in der Nähe nieder.

»Das sind die SEALs!« rief Pendergast. »Ein paar von ihnen

müssen noch am Leben sein.« Er stieß den Wrinkler, der Smithback noch immer festhielt, brutal zu Boden und riß den Journalisten hoch. »Das Feuer kommt vom Bahnsteig außerhalb des Saals. Sehen wir zu, daß wir dorthin kommen, bevor es zu spät ist.« Er wollte loslaufen, hielt dann aber noch einmal inne. »Wo ist Mephisto?« fragte er.

»Haltet Sie auf!« brüllte Frock, der sich eine Hand schützend vor die Augen hielt. Doch die völlig verwirrten Wrinkler schenkten ihm keine Beachtung.

Eine weitere Granate schlug auf dem Platz vor der Hütte ein und zerschmetterte den Knochenzaun und zwei der Kessel, aus denen sich ein breiter, in dem weißen Licht grell schimmernder Strom eines dampfenden Gebräus ergoß. Die Wrinkler in der Nähe heulten vor Entsetzen auf, einige von ihnen warfen sich gar auf den Boden, um die kostbare Flüssigkeit gierig aufzulecken.

D'Agosta und die anderen rannten hinter die Hütte, Margo aber blieb zurück und suchte verzweifelt nach ihrer Umhängetasche. Das Licht ließ bereits an Intensität nach, und einige der Kreaturen taumelten schon wieder auf sie zu, die eine Hand vor die Augen, die andere um die Griffe ihrer gefährlich glitzernden Steinmesser gekrallt.

»Dr. Green, nun kommen Sie doch endlich!« rief Pendergast.

In diesem Moment entdeckte Margo ihre Tasche, die wenige Meter von ihr entfernt auf dem staubigen Boden lag. Sie packte sie und rannte den anderen hinterher. Vor dem Ausgang zum Bahnsteig kam die kleine Gruppe zu einem plötzlichen Halt, denn eine Reihe von Wrinklern versperrte ihr den Weg.

»Mist«, murmelte D'Agosta.

»He, Frock, du alter Sack!« hörte Margo auf einmal eine Stimme, die sich hinter ihr über das allgemeine Gewimmere und Geschrei der Wrinkler erhob. Es war Mephisto, der auf einen der Steintische vor der zerstörten Hütte geklettert war.

»Weißt du, was ich da habe?« fragte Mephisto, dessen Kette mit

den Türkisen wild hin und her schwang, während er ein olivgrünes nierenförmiges Plastikding aus dem Bund seiner verdreckten Cordhose zog. »Das ist eine Anti-Personenmine. Scharfe Metallsplitter, in Teflon gegossen, und genügend Sprengstoff, um zwanzig Handgranaten damit zu füllen. Ein gemeines kleines Etwas und saugefährlich. Na, was hältst du jetzt von dem ›drogensüchtigen Penner‹?«
Als Frock keine Antwort gab, hielt Mephisto die Mine in seine Richtung. »Ich habe sie scharf gemacht und kann sie sofort zur Explosion bringen. Sag also deinen Biestern, daß sie mich in Ruhe lassen sollen.«
Die Wrinkler, die immer näher auf ihn zugekommen waren, blieben stehen.
»Das ist bloß ein Bluff«, rief Frock ihnen zu. »Abschaum wie der hängt viel zu sehr am Leben, um sich selbst in die Luft zu jagen.«
»Bist du dir da so sicher?« fragte Mephisto mit einem breiten Grinsen. »Ich will dir mal was sagen, Napoleon: Wenn ich mich in tausend Stücke sprenge, gebe ich wenigstens kein Baumaterial für deine neue Hütte ab.« Wieder hielt er die Mine in die Luft. »He, Whitey von Grant's Tomb!« schrie er hinüber zu Pendergast. »Ich hoffe, du kannst mir verzeihen, daß ich dieses kleine Spielzeug aus deiner Waffenkammer geklaut habe. Dein Plan war ja wirklich recht vielversprechend, aber ich wollte einfach sichergehen, daß meinen Leuten in Zukunft tatsächlich niemand mehr nach dem Leben trachtet. Hast du vielleicht Lust, mit mir zusammen diese Bastarde hier fertigzumachen?«
Pendergast schüttelte den Kopf und deutete auf seine Uhr, um Mephisto zu zeigen, daß sie keine Zeit mehr hatten. »Kommen Sie!« rief er dem Anführer der Obdachlosen zu. »Wir müssen fort von hier.«
Frock fuchtelte wild mit den Armen herum. »Schneidet ihm die Kehle durch!« brüllte er. Die Wrinkler umringten den Tisch und zückten ihre Steinmesser.

»Adieu, Whitey!« rief Mephisto. »Und denk an dein Versprechen: Die Polizei soll meine Leute in Ruhe lassen!«
Margo sah, wie Mephisto die Mine den Wrinklern vor die Füße warf, und wandte sich ab. Ein grellorangefarbener Blitz leuchtete auf wie eine vom Himmel gefallene Sonne, und eine gewaltige Druckwelle schleuderte Margo und die anderen zu Boden. Sie öffnete die Augen und sah den Bruchteil einer Sekunde lang den hoch aufgerichteten, von Flammen umhüllten Umriß von Dr. Frock, der wie in einer letzten Triumphgebärde noch einmal die Arme ausstreckte, bevor er im dichten schwarzen Qualm verschwand.
Margo stand auf. Die Wrinkler, die den Ausgang zu dem Bahnsteig versperrt hatten, waren verschwunden.
»Los!« schrie Pendergast durch das Brüllen der Feuersbrunst. Margo nahm ihre Umhängetasche und folgte ihm durch den Torbogen hinaus auf den Bahnsteig, wo schon D'Agosta und Smithback warteten. Neben ihnen stand ein schmächtiger Mann in einem schlammverschmierten Taucheranzug, dessen schwarz geschminktes Gesicht vor Schweiß glänzte.
Hinter sich hörte Margo schnaufende Geräusche und sah, wie die Wrinkler sich jenseits des Torbogens zu einem weiteren Angriff formierten. Direkt hinter der Engstelle machte sie halt und kramte in ihrer Umhängetasche.
»Margo!« rief Pendergast vom Bahnsteig her. »Was tun Sie denn?«
»Wir müssen sie aufhalten!« schrie Margo. »Sonst holen sie uns in Null Komma nichts ein!«
»Seien Sie keine Närrin und kommen Sie!« rief Pendergast.
Margo ignorierte ihn und zog zwei der drei Literflaschen mit der Vitamin-D-Lösung aus ihrer Tasche. Sie schraubte die Verschlüsse auf und schüttete etwas von der Flüssigkeit quer über den Boden des Durchgangs. »Stopp!« schrie sie den Wrinklern zu. »Ich habe in diesen Flaschen zwei Millionen Einheiten Vitamin D_3!

Die Wrinkler kamen mit blutroten, tränenden Augen auf sie zu. Ihre grünlich-blasse Haut hatte von dem hellen Licht bereits braune Flecken und häßliche Blasen bekommen.
Margo hielt die Spritzflaschen in die Höhe. »Ihr versteht doch, was ich sage, oder? Das ist genügend aktiviertes Dehydrocholesterin, um alle von euch ein dutzendmal zu töten!«
Die Wrinkler schienen ihr nicht zu glauben oder nicht zu verstehen, was sie sagte, denn sie ließen sich nicht stoppen. Als der erste von ihnen sich mit hoch erhobenem Messer auf sie stürzen wollte, spritzte sie ihm aus einer der Flaschen einen Strahl direkt ins Gesicht. Er und der Wrinkler, der unmittelbar hinter ihm war und auch etwas von der Flüssigkeit abbekommen hatte, fielen zu Boden und wälzten sich in schrecklichen Krämpfen. Von ihrer Haut stiegen kleine, beißend riechende Rauchwölkchen auf.
Die anderen Wrinkler blieben stehen und stießen aufgeregt schnatternde Geräusche aus.
»Vitamin D!« rief Margo. »Sonnenlicht in Flaschen!«
Margo sprühte aus jeder der beiden Plastikflaschen einen dünnen Strahl über die nun innehaltenden Kreaturen. Ein schreckliches Geschrei hob an, und mehrere Wrinkler schlugen wild um sich und schleuderten so die Tropfen, die auf ihre Umhänge gefallen waren, ihren Artgenossen ins Gesicht. Margo trat einen Schritt vor und bespritzte die Gesichter der Wrinkler direkt vor ihr, die laut aufschrieen und in haltloser Panik nach hinten drängten. Noch einmal rückte Margo vor, um die Flüssigkeit von links nach rechts zu versprühen, bis sich die Wrinkler umdrehten und Hals über Kopf die Flucht ergriffen. Ein Dutzend von ihnen blieb zuckend und von Krämpfen geschüttelt auf dem Boden liegend zurück.
Margo verteilte nun den restlichen Inhalt der beiden Flaschen auf dem Boden unter dem Durchgang, bis dieser ganz feucht von der Lösung war. Dann warf sie die leeren Flaschen in den Wartesaal und rannte den anderen hinterher. »Raus hier!« rief

sie, als sie Pendergast bei einem offenen Gitterrost am Ende des Bahnsteigs eingeholt hatte.
»Wir müssen zu unserem Sammelpunkt!« keuchte der Mann im Taucheranzug. »Die Ladungen werden in zehn Minuten explodieren.«
»Sie zuerst, Margo«, sagte D'Agosta.
Als sie sich in den Schacht unter dem Gitter hinabließ, hörte Margo hinter und über sich mehrere laute Explosionen.
»Das ist unser Sprengstoff!« rief D'Agosta. »Das Feuer muß ihn gezündet haben!«
Pendergast setzte zu einer Antwort an, aber seine Stimme ging in einem heftigen Rumpeln unter, das wie ein Erdbeben den Boden unter seinen Füßen erschütterte und immer stärker und lauter wurde. Ein feuchtwarmer Windstoß wütete durch den Bogengang. Der zusammenbrechende Kristallpalast drückte große Mengen Luft in die Stollen, und dieser Wind des Todes wirbelte Staub, Rauch, Papierfetzen sowie den süßlichen Geruch von frischem Blut vor sich her.

62

Margo ließ sich durch den Abflußschacht gleiten und gelangte in einen langen, niedrigen Tunnel, der von dem unsteten Licht einer fast heruntergebrannten Magnesiumfackel rötlich erleuchtet wurde. Auf seinem Boden stand zwanzig Zentimeter tief das Wasser, aus dem hin und wieder Unrat ragte. Über ihrem Kopf tobten noch immer die Explosionen und ließen Staub und Gesteinsbrocken von der Decke herabregnen. Hinter ihr platschten nacheinander Smithback, D'Agosta, Pendergast und der Mann im Taucheranzug ins Wasser des Stollens.

»Wer, zum Teufel, sind Sie?« fragte D'Agosta. »Und wo ist der Rest der SEALs?«
»Ich bin kein SEAL, Sir«, antwortete der Mann, »sondern Polizeitaucher. Mein Name ist Officer Snow, Sir.«
»Ach, Sie sind das«, sagte D'Agosta. »Der Mann, der alles ins Rollen gebracht hat. Haben Sie vielleicht noch eine von diesen Fackeln, Snow?«
Der Taucher zündete eine weitere Magnesiumfackel an, die den Tunnel in ein helles rotes Licht tauchte.
»Mein Gott!« murmelte Smithback, und Margo bemerkte auf einmal, daß das, was sie für Unrat gehalten hatte, in Wirklichkeit die enthaupteten Leichen von zwei in Neoprenanzügen steckenden Tauchern waren. Die Wände des Tunnels waren von unzähligen Einschüssen zernarbt und wiesen hier und da die Rauchspuren von Granatexplosionen auf.
»Das war das Team Gamma der SEALs«, murmelte Snow. »Die Mistkerle haben sie erledigt, ebenso wie meinen Partner. Ich bin ihnen über die Leiter entkommen, und von da an haben sie mich merkwürdigerweise nicht mehr verfolgt.«
»Wahrscheinlich hatten sie Angst, zu spät zum Ball der einsamen Herzen zu kommen«, brummte D'Agosta und betrachtete mit versteinertem Gesicht die Leichen der Kampftaucher.
»Haben Sie da droben irgendwelche SEALs gesehen, Sir?« fragte Snow. »Ich bin den Fußspuren nachgegangen, weil ich hoffte, daß vielleicht der eine oder andere überlebt hat und ...« Seine Stimme wurde leiser, als er den Ausdruck auf D'Agostas Gesicht sah. Einen Augenblick lang herrschte betretenes Schweigen in der Gruppe.
»Jetzt müssen wir aber los«, sagte Snow plötzlich. »Hier unten werden gleich vierzig Pfund Sprengstoff hochgehen.«
Margo folgte dem Polizeitaucher in einem Zustand düsterer Betäubung. Mit jedem Schritt vergewisserte sie sich, daß sie noch festen Boden unter den Füßen hatte, und hoffte, daß

dieses Gefühl sich langsam auch in ihren Gedanken ausbreitete. Sie wußte, daß sie jetzt nicht an das denken durfte, was sie im Kristallpavillon gesehen und erfahren hatte, denn dann wäre sie nicht mehr in der Lage, auch nur einen einzigen Schritt zu tun.

Der Tunnel machte eine langgezogene Biegung. Als Margo hörte, wie Smithbacks Atem hinter ihr stoßweise kam, sah sie am Boden des Tunnels die blutigen Überreste von vielleicht einem Dutzend Wrinklern. Einer von ihnen starrte sie aus seinem entstellten lederartigen Gesicht mit weit aufgerissenen Augen an.

»Hübsches Kerlchen«, murmelte Pendergast, der neben Margo stehengeblieben war. »Obwohl das Reptilhafte schon stark ausgeprägt ist, sind menschliche Grundzüge doch noch unverkennbar. Offenbar haben wir es hier mit einer Vorstufe zur vollständigen Verwandlung in eine Mbwun-Kreatur zu tun. Mir ist allerdings aufgefallen, daß bei einigen Wrinklern die Veränderung schon sehr viel fortgeschrittener war als bei anderen. Vermutlich kann man daran die verschiedenen Stadien der Droge erkennen, die auf Kawakitas gentechnische Manipulationen zurückgehen. Wie schade, daß uns keine Zeit für gründlichere Untersuchungen bleibt.«

Sie setzten sich wieder in Bewegung und kamen in einen großen fünfeckigen Raum mit gewölbter Decke, in dem ebenfalls einige Leichen herumlagen.

»Das ist unser Sammelpunkt«, erklärte Snow nervös und ging zu den an einer Wand abgelegten Taucherausrüstungen. »Hier sind ausreichend Flossen und Preßluftflaschen für uns alle, aber nicht genügend Taucheranzüge. Wir müssen schnell machen, denn wenn die Ladungen explodieren, dann bricht hier das ganze Gewölbe zusammen.«

Pendergast gab Margo eine Taucherbrille und eine Preßluftflasche. »Sie hatten recht mit dem Vitamin D, Dr. Green«, sagte er. »Wenn Sie nicht gewesen wären, wären wir jetzt nicht hier.

Ich verspreche Ihnen, daß ich Sie fortan auf jede Exkursion in den Untergrund mitnehmen werde.«

Margo nickte und zog sich ein Paar Flossen über die Füße. »Vielen Dank, aber einmal ist mehr als genug.«

Der FBI-Agent wandte sich an Snow. »Wie sieht Ihre Rückzugsstrategie aus?« wollte er wissen.

»Wir sind durch die Kläranlage am Hudson hereingekommen«, erklärte der Polizeitaucher, während er sich eine wasserdichte Kopflampe um die Stirn band, »aber da können wir nicht wieder hinaus. Deshalb hatten wir Befehl, über einen Kanal an der 125th Street auszusteigen.«

»Können Sie uns dorthin bringen?« fragte Pendergast.

»Ich denke schon«, erwiderte Snow, während er sich seine Taucherbrille aus dem Haufen mit der Ausrüstung suchte. »Ich habe mir die Karten des Commanders gut angesehen. Wir müssen von hier aus bis zu einem vertikalen Schacht, durch den wir dann nach oben tauchen. Von dort müßten wir über einen Überlaufkanal in den Hauptsammelkanal für die West Side gelangen und von dort in den Seitenkanal an der 125th Street. Es ist allerdings eine ziemliche Strecke zu schwimmen und alles andere als ungefährlich. Wenn man in diesem Kanalsystem verlorengeht, dann ...« Snow ließ den Satz unvollendet.

»Verstanden«, sagte Pendergast, der sich gerade eine Preßluftflasche am Rücken befestigte. »Mr. Smithback und Dr. Green, sind Sie schon mit so einer Ausrüstung getaucht?«

»Im College habe ich mal einen Tauchkurs gemacht«, antwortete Smithback.

»Ich war mal auf den Bahamas beim Schnorcheln«, murmelte Margo.

»Im Prinzip ist das Tauchen mit Preßluftflaschen auch nichts anderes«, erklärte Pendergast. »Wir stellen Ihnen den Lungenautomaten ein, und dann müssen Sie eigentlich nur noch so normal wie möglich atmen und ruhig bleiben.«

»Beeilung!« drängte Snow und rannte, dichtauf gefolgt von Smithback, Pendergast und Margo, ans andere Ende des Raumes.

Auf einmal blieb Pendergast stehen und sah sich um.

»Was ist denn mit Ihnen, Vincent?« fragte er.

D'Agosta hatte weder Preßluftflaschen noch Flossen angelegt.

»Gehen Sie nur«, sagte er.

Pendergast sah ihn fragend an.

»Ich kann nicht schwimmen«, erklärte D'Agosta.

Margo hörte, wie Snow einen leisen Fluch ausstieß. Einen Augenblick lang blieben alle stehen, dann trat Smithback auf den Lieutenant zu. »Ich helfe Ihnen«, sagte er. »Sie brauchen mir nur hinterher zu schwimmen.«

»Das klappt nie«, polterte D'Agosta los. »Wenn man in Queens aufgewachsen ist, kann man nun mal nicht schwimmen, und damit basta. Ich werde untergehen wie ein Stein.«

»Mit Ihrem Fettbauch? Daß ich nicht lache!« ulkte Smithback und hielt D'Agosta eine Preßluftflasche hin. »Schlüpfen Sie in die Gurte hinein«, befahl er. »Und wenn wir im Wasser sind, halten Sie sich einfach an mir fest. Ich kann für uns beide schwimmen, das ist überhaupt kein Problem. Damals, im Museumskeller, haben Sie Ihren Kopf ja auch über Wasser gehalten, erinnern Sie sich noch? Machen Sie einfach alles so wie ich, und dann werden Sie es schon schaffen.« Mit diesen Worten drückte Smithback D'Agosta eine Taucherbrille in die Hand und schob ihn hinter den anderen her.

Am Ende des Raumes verschwand ein unterirdischer Wasserlauf in der Dunkelheit. Margo sah zu, wie zuerst Snow, dann Pendergast ihre Taucherbrillen aufsetzten und sich hinab in das dunkle Gewässer ließen. Dann rückte auch sie ihre Brille zurecht, steckte das Mundstück des Lungenautomaten in den Mund und glitt hinter ihnen hinein. Die Luft aus der Flasche war eine Wohltat nach dem fauligen Gestank der Tunnels. Hinter sich hörte sie ein lautes Platschen, als D'Agosta, gedrängt von Smithback, in das schmutzige, lauwarme Wasser sprang und sich mit verzweifeltem Gerudere an der Oberfläche zu halten versuchte.

So schnell sie konnte, tauchte Margo nun in den Tunnel hinein, immer dem Licht von Snows Kopflampe hinterher. Jeden Moment befürchtete sie, daß die Sprengladungen der SEALs losgehen und die Ziegelmauern des alten Kanals zum Einsturz bringen könnten. Als Snow und Pendergast vor ihr anhielten, schwamm sie neben die beiden.

Snow nahm den Lungenautomaten aus seinem Mund und deutete nach unten. »Passen Sie auf, daß Sie nirgends anschrammen, und kriegen Sie bloß nichts von dem Wasser in den Mund! Am Fuß des Tunnels ist ein altes Eisenrohr, das uns ...«

Eine leichte Vibration über ihren Köpfen, die sie mehr spürten, als daß sie sie hören konnten, ließ Snow mitten im Satz innehalten. Es war ein tiefes, rhythmisches Rumpeln, das sich rasch zu einer gewaltigen Intensität steigerte.

»Was ist das?« keuchte Smithback, der gerade mit D'Agosta im Schlepptau zu der Gruppe stieß. »Sind das die Sprengladungen?«

»Nein«, flüsterte Pendergast. »Hören Sie mal genau hin. Das ist ein kontinuierliches Geräusch. Ich schätze, daß das Ablassen des Reservoirs begonnen hat. Und zwar zu früh.«

Trotz der Gefahr, die ihnen von den Millionen Litern in die Kanalisation stürzenden Wassers drohte, blieben die fünf wie gebannt in dem dunklen, ekelhaft stinkenden Wasser stehen und horchten auf das Geräusch, das aus dem Netz alter, halb vergessener Kanäle über ihren Köpfen zu ihnen drang.

»In dreißig Sekunden müßten die restlichen Ladungen hochgehen«, sagte Pendergast und sah auf seine wasserdichte Uhr.

Margo versuchte, ihren Atem möglichst gleichmäßig zu halten, und wartete. Wenn die Ladungen nicht zündeten, dann würden sie ertrinken.

Auf einmal begann der Tunnel so stark zu vibrieren, daß das

Wasser, in dem sie standen, hohe Wellen schlug. Von der Decke fielen Ziegelsteine und Mörtel herab. Snow nahm seinen Lungenautomaten wieder in den Mund und verschwand unter der Oberfläche. Smithback folgte ihm, den protestierenden D'Agosta vor sich her schiebend. Auf ein Zeichen von Pendergast hin ließ Margo sich als nächste in die schwarze Brühe sinken. Als ihr Kopf unter Wasser war, konnte sie Snows Licht nur noch ganz schwach unter sich erkennen. Margo zwängte sich in eine enge Röhre mit rostigen Wänden, die um mehrere Ecken herum führte. Immer wieder sah sie sich um, ob Pendergast ihr folgte. Sie nahm wahr, wie der FBI-Agent nach vorne deutete.

Nach einer Weile hielt Snow an. Das alte Eisenrohr ging in eines aus glänzendem Edelstahl über, und direkt dahinter befand sich ein vertikaler Schacht, der nach oben und unten in die Dunkelheit führte.

Auf einmal hörte Margo hinter sich ein bedrohliches tiefes Brüllen, dessen Schallwellen sich langsam durchs Wasser fortpflanzten, gefolgt von mehreren scharfen Explosionen. Im Licht von Snows Stirnlampe sah sie, wie sich Pendergasts Augen erleichtert weiteten. Gerade noch rechtzeitig waren die letzten Sprengladungen hochgegangen und hatten die Zugänge zu *The Devil's Attic* für immer versiegelt.

Snow deutete mit hektischen Handbewegungen nach oben, aber Margo spürte auf einmal einen Sog aus dem unteren Teil des Schachtes, der sie wie eine starke Meeresströmung hinabzuziehen drohte. Dieses Gefühl verschwand so rasch, wie es gekommen war, und auf einmal kam ihr das Wasser rings um sie unglaublich dicht vor. Den Bruchteil einer Sekunde lang meinte sie, bewegungslos im Auge eines Hurrikans zu schweben.

Dann schoß auf einmal eine gewaltige Druckwelle das Eisenrohr entlang. Der strudelnde Zyklon aus schlammigem Wasser ließ das Rohr wie in wilden Zuckungen auf und ab tanzen, so daß Margo von einer Seite auf die andere geschleudert wurde.

Das Wasser riß ihr den Lungenautomaten aus dem Mund. Von panischer Angst getrieben tastete sie in dem Strudel aus Luftblasen und Sedimenten nach dem Mundstück, als ein gewaltiger Sog sie plötzlich nach unten zog. Sosehr sie auch versuchte, mit ihren Flossen dagegen anzuschwimmen, sie wurde immer tiefer und tiefer in das Loch unter sich gesaugt. Ein brüllendes Geräusch dröhnte ihr in den Ohren, das das Rauschen ihres eigenen Blutes übertönte. Wie ein Stück Treibholz in einem Orkan wurde sie von einer Seite des Schachtes auf die andere geschleudert. Über sich sah sie noch Pendergast, wie er seine Hand nach ihr ausstreckte. Sie schien ihr so klein wie die einer Puppe. Dann hörte sie auf einmal einen weiteren dumpfen Schlag, und das Rohr über ihr drückte sich mit einem lauten metallischen Knall zusammen. Während das Rumpeln rings um sie weiter anhielt, wurde Margo immer tiefer in die wassererfüllte Dunkelheit gesogen.

63

Hayward trabte im Dauerlauf den Hauptweg des Parks entlang in Richtung Konzertmuschel und Cherry Hill. Officer Carlin neben ihr lief für einen Mann seiner Statur erstaunlich leicht und locker. Seine Bewegungen hatten die Eleganz eines geborenen Athleten, auf seiner Stirn war nicht ein einziger Schweißtropfen zu sehen. Die Schlacht mit den Maulwürfen, das Tränengas, das Chaos, das sie oben auf der Straße vorgefunden hatten – nichts von alldem hatte ihm im geringsten etwas anhaben können.

Hier, in der Dunkelheit des Parks, war der Lärm, der ihnen vorhin so entfernt vorgekommen war, schon sehr viel lauter. Er kam Hayward vor wie ein einziger, an- und abschwellender

Schrei mit einer Art Eigenleben. Flackernde Feuer irgendwo in den Straßen warfen einen gelblichen Schein auf die tiefliegenden Wolken.

»Großer Gott«, sagte Carlin im Laufen. »Das klingt ja wie eine Million Leute, die sich gegenseitig zu meucheln versuchen.«

»Könnte hinkommen«, antwortete Hayward, während eine Gruppe von Nationalgardisten an ihnen vorbei nach Norden lief.

Die beiden trabten über die Bow Bridge und am Rand des Ramble entlang, bis sie sich dem Polizeikordon rings um Belvedere Castle näherten, vor dem die im Leerlauf tuckernden Kleinbusse der verschiedenen Fernsehanstalten warteten. Darüber schwebte ein schwerer Hubschrauber, dessen Rotorwind die Wipfel der Bäume peitschte. Nachdem ein Lieutenant sie durchgewinkt hatte, stiegen Hayward und Carlin die Stufen zum Schloß hinauf. Auf der Terrasse stand inmitten einer durcheinanderwuselnden Menge von hohen Polizeioffizieren, städtischen Beamten und Kommandeuren der Nationalgarde Chief Horlocker, der in den vergangenen vier Stunden um zehn Jahre gealtert zu sein schien. Der Polizeipräsident sprach mit einer zierlichen, gut angezogenen Frau Ende Fünfzig. Oder, besser gesagt, er hörte zu, wie die Frau in raschen, knappen Sätzen auf ihn einredete. Als Hayward näher trat, erkannte sie die Frau als Anette Wisher, die Organisatorin der »Säubert New York«-Demonstrationen.

»... eine Ungeheuerlichkeit, wie sie in der Geschichte dieser Stadt ihresgleichen sucht«, gab Mrs. Wisher gerade von sich. »Ein Dutzend meiner persönlichen Freunde liegt im Krankenhaus, und kein Mensch kann sagen, wie viele Teilnehmer an unserer Demonstration sonst noch verletzt wurden. Ich habe gehört, daß es mehrere hundert sein sollen. Das wird Folgen haben, Chief Horlocker. Wir werden die Stadtverwaltung verklagen, bis sie schwarz wird. Das können Sie dem Bürgermeister bestellen!«

»Nach meinen Informationen waren es gerade die jüngeren Teilnehmer Ihrer Demonstration, die mit der Gewalt angefangen haben, Mrs. Wisher ...«, hielt der Polizeipräsident dagegen.

Mrs. Wisher hörte ihm überhaupt nicht zu. »Und wenn das alles vorbei ist«, fuhr sie fort, »und der Park und die Straßen von dem Dreck, dem Schutt und den Glassplittern gesäubert sind, dann wird unsere Organisation stärker dastehen als je zuvor. Wenn der Bürgermeister heute nacht vor uns Angst hat, dann wird er morgen noch zehnmal mehr Angst haben. Der Tod meiner Tochter war der Funke, der unsere angestaute Wut gezündet hat, aber dieser unglaubliche Angriff auf friedliche Demonstranten hat das Feuer erst wirklich entfacht. Und glauben Sie bloß nicht, daß wir ...«

Hayward trat einen Schritt zurück. Jetzt war wohl nicht der richtige Moment, um mit dem Polizeipräsidenten zu sprechen. Sie spürte, wie Carlin sie am Ärmel zog. Wortlos deutete der Polizist auf die große Rasenfläche, die hinter Belvedere Castle begann. Dort loderte eine Unzahl von kleinen Feuern, zum Teil in Abfallkörben, zum Teil mitten im Gras. Dazwischen waren verschiedene Gruppen noch immer in erbitterte Prügeleien verstrickt. Im Flackern der Feuer und im Scheinwerferlicht der aufgefahrenen Streifenwagen konnte Hayward sehen, daß der sonst so gepflegte Rasen zu braunem Schlamm zertrampelt war. Bei dem schlechten Licht ließ sich kaum sagen, wer von den sichtlich mitgenommenen, häufig auch blutenden Kämpfern nun Demonstrationsteilnehmer oder Obdachloser war. Nur einer Gruppe gutgekleideter Personen, die Schutz hinter den Absperrungen der Polizei suchten, sah man es an, daß sie zum harten Kern der »Säubert New York«-Bewegung gehörten. Offenbar hatten sie nun endgültig eingesehen, daß ihre geplante Mahnwache unter diesen Umständen nicht stattfinden konnte. Vom Rand der großen Wiese her rückten langsam die Hundertschaften von Polizei und Nationalgarde vor und fin-

gen an, mit massivem Knüppeleinsatz die Kämpfenden voneinander zu trennen und dann einzeln abzuführen.
»Was für ein Tohuwabohu!« sagte Hayward und atmete hörbar aus.
Hinter ihr bewegte sich etwas, und als Hayward sich umdrehte, sah sie, wie Mrs. Wisher hocherhobenen Hauptes an der Spitze einer kleinen Gruppe von Leibwächtern und Adjutanten ihren Abgang machte. Horlocker blieb zurück und wirkte wie ein Boxer nach der zwölften Runde eines üblen Kampfes. Er lehnte an der gelblichen Sandsteinmauer des Schlosses, als könne er jeden Moment umfallen.
»Haben Sie dieses Zeug jetzt endlich ins Reservoir gekippt?« fragte er mit keuchender Stimme. »Wie hieß es doch gleich wieder?«
»Thyoxin«, antwortete ein gutgekleideter Mann mit einem Funkgerät in der Hand. »Ja, die Aktion wurde vor fünfzehn Minuten abgeschlossen.«
Horlocker, dessen Augen tief in ihren Höhlen lagen, fragte: »Und warum hat man uns dann nicht Bescheid gegeben, verdammt noch mal?« Doch der Mann zuckte nur mit den Achseln. Dann fiel sein Blick auf Hayward. »Was wollen denn Sie hier?« bellte er. »Wie heißen Sie? Harris?«
»Hayward, Sir.«
»Auch gut«, sagte Horlocker müde und stieß sich von der Mauer ab. »Haben Sie was von D'Agosta gehört?«
»Nein, Sir.«
»Von Captain Waxie?«
»Nein, Sir.«
Horlocker sank zurück an die Mauer. »Großer Gott«, murmelte er und sah auf die Uhr. »Es ist zehn Minuten vor zwölf.«
Mit einem neuen Anflug von Energie wandte er sich an einen Polizisten, der rechts neben ihm stand. »Wieso schlagen die sich da drüben noch immer die Schädel ein?« fragte er und deutete in Richtung Wiese.

»Jedesmal, wenn wir sie einzukreisen versuchen, brechen sie aus und fangen woanders wieder zu kämpfen an, Sir«, antwortete der Beamte. »Außerdem kommen von Süden her ständig neue Leute in den Park. Wir haben einfach nicht genügend Kräfte, um alles abzuriegeln. Ohne Tränengas läßt sich so eine Situation nur schwer unter Kontrolle bringen.«

»Und wieso setzen Sie dann keines ein?«

»Weil Sie es befohlen haben.«

»Ich soll das befohlen haben? Das war doch nur wegen dieser Wisher, Sie Idiot. Geben Sie diesen Bastarden sofort Saures!«

»Jawohl, Sir.«

Auf einmal war ein tief tönender Knall zu vernehmen, der aus dem Inneren der Erde zu kommen schien. Horlocker zuckte zusammen und machte einen Satz nach vorn. »Haben Sie das gehört?« fragte er. »Das waren die gottverdammten Sprengladungen.«

Die Polizisten rings um Horlocker brachen in spontanen Beifall aus. Carlin wandte sich mit einem fragenden Gesichtsausdruck an Hayward. »Was für Sprengladungen?« wollte er wissen.

Hayward zuckte mit den Achseln. »Keine Ahnung«, sagte sie. »Wieso freuen die sich alle bloß so, wo doch die halbe Stadt in Aufruhr ist?«

Von jenseits der großen Wiese drang jetzt ein merkwürdig seufzendes Geräusch heran, das Hayward so vorkam, als würde der Boden unter Manhattan in sich zusammensacken. Zunächst war sie nicht in der Lage, die Quelle dieses Geräusches auszumachen, aber dann bemerkte sie auf der Oberfläche des Wasserreservoirs, die normalerweise so ruhig da lag wie ein Dorfteich, eine plötzliche Bewegung. Wellen türmten sich auf, und in der Mitte des künstlichen Sees bildete sich ein großer Strudel.

Augenblicklich verstummten alle Gespräche ringsum, und die Augen der Polizisten richteten sich auf das Reservoir.

»Das Reservoir schlägt Wellen«, murmelte Carlin. »Das glaubt mir kein Mensch!«
Ein tiefes Rülpsen wurde hörbar, gefolgt von einem schrecklichen Getöse, mit dem Millionen von Litern Wasser sich auf den Weg in den Untergrund von Manhattan machten. Der Tumult auf der großen Rasenfläche, von wo aus man das Reservoir nicht sehen konnte, ging unbeirrt weiter, aber durch die Schreie der Kämpfenden konnte Hayward ein hohles, rauschendes Gurgeln vernehmen, das ihr sagte, daß sich jetzt Tunnel um Tunnel, Galerie um Galerie unter der Erde rasend schnell mit Wasser füllten.
»Es ist zu früh!« schrie Horlocker.
Hayward sah, wie der Wasserspiegel des Reservoirs zuerst langsam, dann immer schneller nach unten absackte. Im Licht der vielen Feuer und Scheinwerfer wurde der Uferstreifen des künstlichen Sees immer breiter, während sich das Wasser in die Mitte des riesigen Beckens zurückzog.
»Stopp!« flüsterte Horlocker.
Das Wasser schwand immer schneller, immer mehr vom Boden des Reservoirs wurde sichtbar. Dann hörte urplötzlich das donnernde Geräusch auf, und der Strudel drehte sich immer langsamer, bis er schließlich ganz verebbte. Das wenige Wasser, das im See verblieben war, wurde langsam wieder glatt.
»Sie haben es geschafft!« flüsterte Horlocker. »Die verdammten Hurensöhne haben es tatsächlich geschafft!«
Erst jetzt, wo die Abflüsse durch die Sprengungen tief unter der Stadt verstopft waren, bemerkte Hayward, daß sich aus einem mächtigen Rohr am nördlichen Ende frisches Wasser in den künstlichen See ergoß. Von den Zuläufen aus den Bergen gespeist, begann der Wasserspiegel rasch wieder nach oben zu wandern.
Gebannt sahen Carlin und Hayward zu, wie das Wasser immer weiter anstieg, bis es schließlich über den Rand des Reservoirs trat. Es füllte kleine Senken, umspülte Büsche und Bäume und

strebte wie ein seichter, langsam fließender Fluß auf die tiefste Stelle des Parks zu: die große Rasenfläche, wo noch immer Obdachlose und Demonstranten erbittert aufeinander eindroschen.

»Na, dann schwimmt mal schön«, bemerkte Carlin.

Die Kämpfenden wußten zunächst nicht, wie ihnen geschah, dann aber veränderte sich plötzlich die Tonlage ihres Geschreis. Immer mehr Gruppen begannen, das Schlachtfeld zu verlassen. Schließlich, als alle knöcheltief im Wasser standen, gaben auch die Hartgesottensten auf und strebten den höhergelegenen Teilen der Wiese und dann den Ausgängen des Parks zu.

Und das Wasser stieg noch immer. Es löschte die Feuer auf dem Rasen, warf Abfalleimer um und überspülte die Baseballfelder neben der Liegewiese. Dann schluckte es den Schloßweiher, schoß laut gurgelnd in das Rund des Amphitheaters und staute sich an den Mauern von Belvedere Castle, bis schließlich der Zufluß mit einemmal aufhörte und die Oberfläche des neuentstandenen Sees still und spiegelglatt dalag.

Unter den Polizisten des Kommandopostens, die dem Schauspiel schweigend und mit angehaltenem Atem zugesehen hatten, brandete erleichterter Jubel auf, der durch sämtliche Räume des kleinen Schlosses hallte.

»Ich wünschte, mein alter Vater hätte das miterleben können«, wandte Hayward sich mit einem breiten Grinsen an Carlin. »Der pflegte nämlich kämpfende Hunde mit einem Eimer Wasser zur Räson zu bringen. Ist ein todsicheres Mittel, das immer wirkt.«

64

Die Sonne war gerade den Fluten des Atlantiks entstiegen und schickte ihre ersten Strahlen auf die vom Morgentau schimmernden Sandstrände, Jachthäfen und Hotels von Long Island. Weiter westlich traf sie dann auf die Gebäude von New York City und verlieh deren grauen Fassaden einen sanften orangefarbenen Glanz. Als die Sonne höher hinauf in den Himmel wanderte, glitzerte sie in den Fluten des East River, spiegelte sich in Zehntausenden von Fensterscheiben und tauchte schließlich die gesamte Stadt in ein reinigendes Bad aus frischem Licht.

In das düstere Gewässer des Humboldt Kill allerdings, das im Schatten einer massiven Eisenbahnbrücke zwischen Betonmauern eingezwängt war, drang zunächst kein einziger Sonnenstrahl. Dazu waren die leerstehenden Häuser ringsum, deren eingeworfene Fenster wie leere Augenhöhlen hinab auf das schmutzige Wasser blickten, viel zu hoch. Die braune Brühe zu ihren Füßen lag still und ohne erkennbare Strömung da, und nur ab und zu, wenn ein U-Bahn-Zug über die Brücke rumpelte, erzeugten die Vibrationen winzige Wellen, die kurz darauf wieder erstarben.

Erst eine geraume Zeit nach Sonnenaufgang fiel ein schmaler, messerscharfer Lichtstrahl durch die blutrot aufleuchtende Stahlkonstruktion der Brücke und beleuchtete einen Augenblick lang einen schmalen Ziegelsims am Fuß eines der umstehenden Gebäude. Dort lag, nur wenige Zentimeter über dem Wasserspiegel, eine bewegungslos zusammengerollte, über und über mit Schlamm beschmutzte menschliche Gestalt. Die Sonne wanderte weiter, und der Sims versank wieder im Dämmerdunkel über dem faulig stinkenden Kanal. Minuten vergingen, bis das Geräusch eines tieffliegenden Helikopters die Stille durchdrang. Der Hubschrauber flog langsam den

Humboldt Kill entlang, drehte eine Schleife und blieb dann über der noch immer bewegungslos am Rand des Wassers liegenden Gestalt in der Luft stehen. Kurz darauf waren in der Häuserschlucht über dem Kanal andere Geräusche zu hören: das tiefe Tuckern eines kräftigen Dieselmotors und das Klatschen von Wellen an den algenüberzogenen Betonmauern.
D'Agosta stand wie eine Galionsfigur am Bug des Polizeiboots und starrte hinaus auf das ölige Wasser. »Da ist sie!« rief er plötzlich und deutete nach vorn. »Sagen Sie dem Piloten, daß er verschwinden soll!« wandte er sich an den Steuermann des Bootes. »Mit seinen Rotorblättern peitscht er ihr den ganzen Gestank in die Nase. Außerdem benötigen wir vielleicht einen Rettungshubschrauber.«
Der Mann am Ruder blickte hinauf zu den rußgeschwärzten Häusern und machte ein skeptisches Gesicht.
Smithback kam nach vorne und stellte sich neben D'Agosta an die Reling. »Wie heißt dieses Gewässer?« fragte er, wobei er sich ein Taschentuch vor die Nase hielt.
»Das ist der Humboldt Kill«, erwiderte D'Agosta knapp und sagte an den Steuermann gewandt: »Legen Sie an, damit der Arzt sich um sie kümmern kann.«
Smithback musterte D'Agosta von der Seite. Er wußte, daß der Lieutenant einen braunen Anzug trug – er trug immer braune Anzüge –, aber jetzt war seine Kleidung so voller Schlamm, Blut und Öl, daß man ihre ursprüngliche Farbe auch beim besten Willen nicht mehr erahnen konnte. Auch D'Agostas Gesicht war total verdreckt, so daß die Wunde über seinem Auge wie ein dünner roter Strich herausleuchtete. Der Lieutenant wischte sich mit dem Ärmel seiner Anzugjacke über die Stirn und murmelte so leise, daß Smithback es kaum hören konnte: »Hoffentlich ist sie noch am Leben.«
Der Steuermann drosselte den Motor, und das Boot ging langsam an dem Ziegelsims längsseits. Es hatte noch nicht richtig angelegt, als D'Agosta und der Arzt schon an Land

sprangen und auf Margo zuliefen. Pendergast blieb an Bord und verzog sein Gesicht sorgenvoll.

Als die beiden Männer über ihr knieten, schreckte Margo hoch. Von Panik getrieben versuchte sie, sich aufzusetzen, sank aber mit einem lauten Stöhnen wieder zurück und legte sich eine Hand auf die Stirn.

»Margo!« flüsterte D'Agosta. »Ich bin's, Lieutenant D'Agosta.«

»Bleiben Sie ganz ruhig liegen«, sagte der Arzt und tastete vorsichtig ihren Nacken ab.

Margo ignorierte seine Anweisungen und richtete ihren Oberkörper auf. »Wo bleibt ihr denn so lange, verdammt noch mal?« fragte sie. Gleich darauf wurde sie von einem heftigen Hustenanfall geschüttelt.

»Haben Sie sich etwas gebrochen?« wollte der Arzt wissen.

»Ich glaube das linke Bein«, antwortete Margo mit schmerzverzerrtem Gesicht.

Der Arzt holte eine Schere aus seinem Koffer und schnitt damit Margos schlammverkrustete Jeans auf. Nachdem er zuerst das Bein und dann auch ihren restlichen Körper abgetastet hatte, sagte er etwas zu D'Agosta.

»Bis auf ein gebrochenes Bein ist sie okay!« rief der Lieutenant hinüber zum Boot. »Sagen Sie dem Rettungshubschrauber, er soll drüben auf dem Dock landen.«

»Sie haben meine Frage noch nicht beantwortet«, murmelte Margo. »Wo waren Sie?«

»Wir mußten alle Kanalausgänge am Hudson absuchen«, antwortete Pendergast, der inzwischen ebenfalls vom Schiff gestiegen war. »So was dauert seine Zeit. Als eine Ihrer Flossen in der Kläranlage gefunden wurde, haben wir schon das Schlimmste befürchtet ...«

»Hat sie sich was gebrochen?« rief Smithback vom Boot aus.

»Vermutlich eine Fraktur am linken Unterschenkel«, antwortete der Arzt. »Reichen Sie mir doch bitte die Trage herunter.«

Margo setzte sich auf. »Das ist nicht nötig, ich kann alleine ...«

»Hören Sie auf den Arzt«, bat sie D'Agosta mit väterlichem Stirnrunzeln.

Nachdem Smithback und der Steuermann die Trage über die Bordwand nach unten gelassen hatten, sprang der Journalist an Land und half den anderen, Margo ins Boot zu hieven. »Und jetzt nichts wie weg hier«, sagte D'Agosta, als alle wieder auf dem Schiff waren.

Der Steuermann gab Gas, und das Polizeiboot glitt rückwärts zurück in den Humboldt Kill. Margo legte ihren Kopf auf das aufblasbare Kissen der Trage und ließ sich von Smithback mit einem feuchten Handtuch Hände und Gesicht säubern. »Das tut gut«, flüsterte sie.

»In zehn Minuten sind wir am Dock, wo schon der Rettungshubschrauber wartet und Sie in ein Krankenhaus bringt«, erklärte Pendergast und setzte sich neben sie.

Margo öffnete den Mund, um zu protestieren, aber der FBI-Agent brachte sie mit einer Handbewegung zum Schweigen. »Unser Freund, Officer Snow, hat uns einiges über die Bakterien hier im Humboldt Kill erzählt. Glauben Sie mir, es ist besser, wenn Sie eine Weile unter ärztlicher Beobachtung bleiben.«

»Was ist denn passiert?« fragte Margo. Sie schloß die Augen und spürte das beruhigende Vibrieren des Schiffsdiesels.

»An was erinnern Sie sich denn?«

»Ich weiß nur noch, daß ich von Ihnen getrennt und hinunter in den Schacht gezogen wurde. Die Explosion ...«

»Die Explosion hat das Rohr zwischen Ihnen und uns abgedrückt«, führte Pendergast ihren Satz zu Ende. »Mit Snows Hilfe sind wir den Schacht hinaufgeschwommen und schließlich am Hudson an die Oberfläche gelangt. Sie wurden vermutlich in einen Kanal gespült, der seinen Auslaß am Humboldt Kill hat.«

»Dabei haben Sie wohl denselben Weg genommen wie die beiden enthaupteten Skelette«, ergänzte D'Agosta.

»Und Frock …?« fragte Margo, die plötzlich mit einer starken Müdigkeit zu kämpfen hatte.
Pendergast legte ihr sofort einen Finger auf die Lippen. »Später«, sagte er. »Dafür ist später noch viel Zeit.«
Margo schüttelte den Kopf. »Wie konnte er so etwas nur tun?« murmelte sie. »Wie konnte er die Droge nehmen und diese schreckliche Hütte bauen?«
»Es ist manchmal ziemlich beunruhigend, wenn man die Wahrheit über bestimmte Menschen herausfindet«, meinte Pendergast. »Wer kann schon wissen, welche geheimen Sehnsüchte im Inneren seiner besten Freunde schlummern? Niemand von uns hat geahnt, wie sehr Frock unter seiner Lähmung gelitten hat; aber seine Arroganz und Eingebildetheit waren immer schon offensichtlich gewesen. Alle großen Wissenschaftler sind bis zu einem gewissen Punkt Egozentriker, und das müssen sie vielleicht auch sein.
Frock war offenbar felsenfest davon überzeugt, daß ihm das gelingen würde, woran Kawakita gescheitert war. Er hat das heilende Potential der Droge erkannt und es konsequent herausgearbeitet. Daß die endgültige Form von Glaze die Psyche irreversibel deformierte, konnte oder wollte er nicht wahrhaben. Als Frock die Droge nahm, wurden seine tiefsten Sehnsüchte und seine geheimsten Gelüste verstärkt und pervertiert. Langsam begannen sie, seine Handlungen zu bestimmen. Die Schädelhütte schließlich war der endgültige Beweis für seinen moralischen Verfall. Damit wollte er sich zum Gott aufspielen, zu einem von ihm selbst geschaffenen Gott der Evolution.«
Margo zuckte zusammen. Dann holte sie tief Luft, ließ die Hände neben ihren Körper sinken und schloß die Augen. Das Boot verließ den Humboldt Kill und fuhr durch den Spuyten Dyvil hinaus in die frische Luft über dem Hudson. D'Agosta saß am Heck und blickte stumm in das gurgelnde Kielwasser, während Smithback an der Reling lehnte und an seinen Nägeln kaute. Pendergast stand auf und stellte sich neben ihn.

Als Margo sich ein wenig zur Seite drehte, spürte sie etwas in ihrer rechten Hosentasche. Sie griff hinein und holte den durchnäßten Umschlag heraus, den ihr Mephisto vor nicht allzu langer Zeit tief unter der Erde in die Hand gedrückt hatte. Neugierig öffnete sie ihn und zog ein feuchtes Blatt Papier hervor. Als sie es auseinanderfaltete, sah sie blasse verschwommene Tintenflecken, die keinen Rückschluß mehr auf die Worte zuließen, die einmal auf dem Blatt gestanden hatten. Dem zerknitterten Schwarzweißfoto, das ebenfalls in dem Umschlag steckte, hatte die Nässe allerdings sehr viel weniger anhaben können. Es zeigte einen kleinen Jungen mit dicklichem Gesicht, der eine Baseballmütze trug und von einem hölzernen Schaukelpferd in die Kamera lächelte. Im Hintergrund sah Margo einen alten Wohnwagen, neben dem einige Kakteen standen, und dahinter eine Reihe kahler Hügel. Margo betrachtete das Foto so lange, bis sie schließlich in den glücklichen Gesichtszügen des Jungen den Mann erkannt hatte, der sich im Kristallpavillon selbst in die Luft gesprengt hatte. Sie steckte das Bild sorgfältig wieder zurück in den Umschlag.

»Und was ist mit dem Reservoir?« fragte sie Pendergast.

»Der Wasserspiegel ist seit sechs Stunden weder gesunken noch gestiegen«, erwiderte der FBI-Agent. »Offenbar haben wir alle Abläufe verstopfen können.«

»Dann haben wir es also geschafft.« Margo war froh.

Pendergast gab keine Antwort.

»Oder etwa doch nicht?« bohrte sie nach.

Pendergast blickte zur Seite. »Das könnte man meinen«, sagte er schließlich.

»Was ist dann das Problem? Sie sind sich nicht sicher, stimmt's?«

Pendergast sah ihr mit seinen blassen Augen direkt ins Gesicht. »Wenn wir Glück haben, dann haben die Tunnels gehalten und es ist nichts von dem Wasser durchgesickert. In zwanzig Stunden wird das Thyoxin die Pflanzen im Reservoir und in den Tunnels vollständig vernichtet haben. Ob damit aber auch wirklich alles vorüber ist, wissen wir nicht – noch nicht.«

»Aber wie sollen wir das jemals wissen?« fragte Margo.

»Das kann ich Ihnen sagen«, mischte D'Agosta sich mit einem breiten Grinsen auf dem Gesicht ein. »In zwei Jahren werde ich mir bei Mercer's in der South Street ein schönes saftiges Schwertfischsteak bestellen. Wenn ich das gegessen habe und immer noch der alte bin, können wir alle aufatmen.«

»Ich glaube, ich werde in nächster Zeit wohl besser auf meine geliebten *frutti di mare* verzichten«, verkündete Pendergast.

Margo blickte rasch zu dem FBI-Agenten. Ob er wohl einen Scherz gemacht hatte? Als sie Pendergasts ernstes Gesicht sah, nickte sie langsam. Sie hatte verstanden.

Epilog

Nach dem Debakel in Central Park fanden keine weiteren »Säubert New York«-Demonstrationen mehr statt. Mrs. Wisher bekam einen ehrenamtlichen Posten bei der Stadtverwaltung, und als diese nach den nächsten Wahlen ausgewechselt wurde, arbeitete sie mit dem neuen Bürgermeister eng in Sachen Verbrechensverhütung zusammen und sorgte dafür, daß ein kleiner Park an der East 53rd Street nach ihrer toten Tochter benannt wurde.

Laura Hayward lehnte eine angebotene Beförderung ab, quittierte den Dienst bei der Polizei und beendete ihr Studium an der Columbia University.

Bill Smithbacks Augenzeugenbericht über die Ereignisse im Untergrund hielt sich, obwohl Special Agent Pendergast das Manuskript stark redigiert hatte, einige Monate lang in den Bestsellerlisten. Nach längerer Gegenwehr ließ Smithback sich schließlich von Margo überreden, die Hälfte seiner Tantiemen wohltätigen Organisationen zu spenden, die sich hauptsächlich um Obdachlose kümmerten.

Auf den Tag genau ein Jahr nach dem Ablassen des Reservoirs in die Astortunnels trafen sich Pendergast, D'Agosta und Margo Green zum Mittagessen in einem berühmten Fischrestaurant an der South Street. Von ihrer Unterhaltung sei hier nichts berichtet, aber als die drei das Lokal wieder verließen, konnte man auf D'Agostas Gesicht ein breites – und ganz offensichtlich erleichtertes – Grinsen sehen.

Anmerkung der Autoren

Während die Ereignisse und Personen des Romans reine Erfindung sind, beruht die Schilderung des Untergrunds von New York in weiten Teilen auf Tatsachen. Unter den Straßen von Manhattan gibt es tatsächlich viele Obdachlose, die »Tunnelmenschen« oder »Maulwurfsmenschen« genannt werden. Sie bewohnen ein unterirdisches Labyrinth von Gleis- und Servicetunnels, Kanälen und aufgelassenen Bahnhöfen. Allein unterhalb der Grand Central Station finden sich mehrere Ebenen, in denen Menschen leben, Kinder aufziehen und sterben. Sogar die Astortunnels mit ihren eleganten zerfallenden Bahnhöfen sind in kleinerem Maßstab und unter einem anderen Namen real vorhanden. Von dieser unterirdischen Welt existiert kein verläßliches Kartenmaterial, so daß sie ein im wahrsten Sinne des Wortes unerforschtes und manchmal auch sehr gefährliches Gebiet ist.

Besonderen Dank schulden die Autoren dem Buch *Mole People* von Jennifer Toth (auf deutsch unter dem Titel »Tunnel-Menschen« bei dtv erschienen, Anmerkung des Übersetzers), das eine exzellente Informationsquelle über den Untergrund von Manhattan darstellt. Außerdem möchten wir uns bei Accra Shepp für wertvolle Einblicke in diese *subterra incognita* bedanken.

Richard Preston

C O B R A

Ein Tatsachen-Thriller

Aus dem Amerikanischen von Michael Schmidt
432 Seiten

New York: Zwei mysteriöse Todesfälle veranlassen die Polizei, die Behörde für Seuchenkontrolle zu alarmieren. Unabhängig voneinander brachen ein junges Mädchen und ein Penner unter fürchterlichen Krämpfen zusammen und starben.
Eine junge Wissenschaftlerin stellt bei der Autopsie des Mädchens fest, daß sich dessen Gehirn in eine gallertartige Masse verwandelt hat. Veränderungen der Hirnstruktur deuten auf ein unbekanntes Virus hin ...

Richard Preston greift ein hochaktuelles Thema auf. Es geht um weltweite illegale Geschäfte mit biologischen Waffen. Der Autor war gezwungen, die brisanten Ergebnisse seiner Recherchen in einem Roman zu »verpacken« – andernfalls hätte er sie nicht veröffentlichen können.

Droemer